증편 한국구비문학대계

1-13

경기도 포천시

이 저서는 2014년 대한민국 교육부와 한국학중앙연구원(한국학진흥사업단)의 구술자료 아카이브 구축사업의 지원을 받아 수행된 연구임(AKS-2014-OHA-1240001)

증편 한국구비문학대계
1-13
경기도 포천시

신동흔 · 노영근 · 이홍우 · 한유진 · 구미진

한국학중앙연구원

역락

발간사

　민간의 이야기와 백성들의 노래는 민족의 문화적 자산이다. 삶의 현장에서 이러한 이야기와 노래를 창작하고 음미해 온 것은, 어떠한 권력이나 제도도, 넉넉한 금전적 자원도, 확실한 유통 체계도 가지지 못한 평범한 사람들이었다. 이야기와 노래들은 각각의 삶의 현장에서 공동체의 경험에 부합하였으며, 사람들의 정신과 기억 속에 각인되었다. 문자라는 기록 매체를 사용하지 못하였지만, 그 이야기와 노래가 이처럼 면면히 전승될 수 있었던 것은 그것이 바로 우리 민족의 유전형질의 일부분이 되었기 때문이며, 결국 이러한 이야기와 노래가 우리 민족을 하나의 공동체로 묶어주고 있는 것이다.

　사회와 매체 환경의 급격한 변화 가운데서 이러한 민족 공동체의 DNA는 날로 희석되어 가고 있다. 사랑방의 이야기들은 대중매체의 내러티브로 대체되어 버렸고, 생활의 현장에서 구가되던 민요들은 기계화에 밀려 버리고 말았다. 기억에만 의존하여 구전되던 이야기와 노래는 점차 잊히고 있다. 한국학중앙연구원이 1970년대 말에 개원함과 동시에, 시급하고도 중요한 연구사업으로 한국구비문학대계의 편찬 사업을 채택한 것은 바로 이러한 시대적 상황에 대한 우려와 잊혀 가는 민족적 자산에 대한 안타까움 때문이었다.

　당시 전국의 거의 모든 구비문학 연구자들이 참여하였는데, 어려운 조사 환경에서도 80여 권의 자료집과 3권의 분류집을 출판한 것은 그들의 헌신적 활동에 기인한다. 당초 10년을 계획하고 추진하였으나 여러 사정으로 5년간만 추진되었으며, 결과적으로 한반도 남쪽의 삼분의 일에 해당

하는 부분만 조사하게 되었다. 그럼에도 불구하고 한국구비문학대계는 주관기관인 한국학중앙연구원의 대표 사업으로 각광 받았을 뿐 아니라, 해방 이후 한국의 국가적 문화 사업의 하나로 꼽히게 되었다.

21세기에 들어서면서 한국학중앙연구원에서는 미완성인 채로 남아 있는 구비문학대계의 마무리를 더 이상 미룰 수 없다는 생각으로 이를 증보하고 개정할 계획을 세웠다. 20년 전의 첫 조사 때보다 환경이 더 나빠졌고, 이야기와 노래를 기억하고 있는 제보자들이 점점 줄어들고 있었던 것이다. 때마침 한국학 진흥에 대한 한국 정부의 의지와 맞물려 구비문학대계의 개정·증보사업이 출범하게 되었다.

이번 조사사업에서도 전국의 구비문학 연구자들이 거의 다 참여하여 충분하지 않은 재정적 여건에서도 충실히 조사연구에 임해 주었다. 전국 각지의 제보자들은 우리의 취지에 동의하여 최선으로 조사에 응해 주었다. 그 결과로 조사사업의 결과물은 '구비누리'라는 이름의 데이터베이스에 탑재가 되었고, 또 조사자료의 텍스트와 음성 및 동영상까지 탑재 즉시 온라인으로 접근할 수 있는 시스템을 갖추었다. 특히 조사 단계부터 모든 과정을 디지털화함으로써 외국의 관련 학자와 기관의 선망의 대상이 되고 있다.

이제 조사사업의 결과물을 이처럼 책으로도 출판하게 된다. 당연히 1980년대의 일차 조사사업을 이어받음으로써 한편으로는 선배 연구자들의 업적을 계승하고, 한편으로는 민족문화사적으로 지고 있던 빚을 갚게된 것이다. 이 사업의 연구책임자로서 현장조사단의 수고와 제보자의 고귀한 뜻에 감사를 표하지 않을 수 없다. 아울러 출판 기획과 편집을 담당한 한국학중앙연구원의 디지털편찬팀과 출판을 기꺼이 맡아준 역락출판사에 감사를 드린다.

2013년 10월 4일
한국구비문학대계 개정·증보사업 연구책임자 김병선

책머리에

구비문학조사는 늦었다고 생각하는 지금이 가장 빠른 때이다. 왜냐하면 자료의 전승 환경이 나날이 달라지고 있기 때문이다. 전승 환경이 훨씬 좋은 시기에 구비문학 자료를 진작 조사하지 못한 것이 안타깝게 여겨질수록, 지금 바로 현지조사에 착수하는 것이 최상의 대안이자 최선의 실천이다. 실제로 30여 년 전 제1차 한국구비문학대계 사업을 하면서 더 이른 시기에 조사를 했더라면 하는 아쉬움이 컸는데, 이번에 개정·증보를 위한 2차 현장조사를 다시 시작하면서 아직도 늦지 않았다는 사실을 실감했다.

구비문학 자료는 구비문학 연구와 함께 간다. 자료의 양과 질이 연구의 수준을 결정하고 연구수준에 따라 자료조사의 과학성이 결정되기 때문이다. 실제로 1차 조사사업 결과로 구비문학 연구가 눈에 띄게 성장했고, 그에 따라 조사방법도 크게 발전되었다. 그러나 연구의 수명과 유용성은 서로 반비례 관계를 이룬다. 구비문학 연구의 수명은 짧고 갈수록 빛이 바래지만, 자료의 수명은 매우 길 뿐 아니라 갈수록 그 가치는 더 빛난다. 그러므로 연구활동 못지않게 자료를 수집하고 보고하는 일이 긴요하다.

교육부에서 구비문학조사 2차 사업을 새로 시작한 것은 구비문학이 문학작품이자 전승지식으로서 귀중한 문화유산일 뿐 아니라, 미래의 문화산업 자원이라는 사실을 실감한 까닭이다. 따라서 학계뿐만 아니라 문화계의 폭넓은 구비문학 자료 활용을 위하여 조사와 보고 방법도 인터넷 체제와 디지털 방식에 맞게 전환하였다. 조사환경은 많이 나빠졌지만 조사보고는 더 바람직하게 체계화함으로써 누구든지 쉽게 접속하여 이용할 수 있는 데이터베이스를 구축했다. 그러느라 조사결과를 보고서로 간행하는 일은 상대적으로 늦어지게 되었다.

2차 조사는 1차 사업에서 조사되지 않은 시군지역과 교포들이 거주하는 외국지역까지 포함하는 중장기 계획(2008~2018년)으로 진행되고 있다. 한국학중앙연구원 어문생활연구소와 안동대학교 민속학연구소가 공동으로 조사사업을 추진하되, 현장조사 및 보고 작업은 민속학연구소에서 담당하고 데이터베이스 구축 작업은 한국학중앙연구원에서 담당한다. 가장 중요한 일은 현장에서 발품 팔며 땀내 나는 조사활동을 벌인 조사자들의 몫이다. 마을에서 주민들과 날밤을 새우면서 자료를 조사하고 채록하여 보고서를 작성한 조사위원들과 조사원 여러분들의 수고를 기리지 않을 수 없다. 조사의 중요성을 알아차리고 적극 협력해 준 이야기꾼과 소리꾼 여러분께도 고마운 말씀을 올린다.

구비문학 조사를 전국적으로 실시하여 체계적으로 갈무리하고 방대한 분량으로 보고서를 간행한 업적은 아시아에서 유일하며 세계적으로도 그 보기를 찾기 힘든 일이다. 특히 2차 사업결과는 '구비누리'로 채록한 자료와 함께 원음도 청취할 수 있는 데이터베이스를 구축해서 세계에서 처음으로 인터넷과 스마트폰으로 이용할 수 있는 디지털 체계를 마련했다. '구슬이 서 말이라도 꿰어야 보배'인 것처럼, 아무리 귀한 자료를 모아두어도 이용하지 않으면 소용이 없다. 그러므로 이 보고서가 새로운 상상력과 문화적 창조력을 발휘하는 문화자산으로 널리 활용되기를 바란다. 한류의 신바람을 부추기는 노래방이자, 문화창조의 발상을 제공하는 이야기주머니가 바로 한국구비문학대계이다.

2013년 10월 4일
한국구비문학대계 개정·증보사업 현장조사단장 임재해

한국구비문학대계 개정·증보사업 참여자(참여자 명단은 가나다 순)

연구책임자
김병선

공동연구원
강등학 강진옥 김익두 김헌선 나경수 박경수 박경신 송진한 신동흔
이건식 이경엽 이인경 이창식 임재해 임철호 임치균 조현설 천혜숙
허남춘 황인덕 황루시

전임연구원
이균옥 최원오

박사급연구원
강정식 권은영 김구한 김기옥 김월덕 김형근 노영근 서해숙 유명희
이영식 이윤선 장노현 정규식 조정현 최명환 최자운 한미옥

연구보조원
강소전 구미진 김보라 김성식 김영선 김옥숙 김유경 김은희 김자현
김혜정 마소연 박동철 박양리 박은영 박지희 박현숙 박혜영 백계현
백은철 변남섭 서은경 서정매 송기태 송정희 시지은 신정아 오세란
오소현 오정아 유태웅 육은섭 이선호 이옥희 이원영 이홍우 이화영
임세경 임 주 장호순 정다혜 정유원 정혜란 진 주 최수정 편성철
편해문 한유진 허정주 황영태 황진현

주관 연구기관 : 한국학중앙연구원 어문생활사연구소
공동 연구기관 : 안동대학교 민속학연구소

일러두기

- ■『증편 한국구비문학대계』는 한국학중앙연구원과 안동대학교에서 3단계 10개년 계획으로 진행하는 "한국구비문학대계 개정·증보사업"의 조사 보고서이다.

- ■『증편 한국구비문학대계』는 시군별 조사자료를 각각 별권으로 간행하는 것을 원칙으로 한다. 서울 및 경기는 1-, 강원은 2-, 충북은 3-, 충남은 4-, 전북은 5-, 전남은 6-, 경북은 7-, 경남은 8-, 제주는 9-으로 고유번호를 정하고, -선 다음에는 1980년대 출판된『한국구비문학대계』의 지역 번호를 이어서 일련번호를 붙인다. 이에 따라『증편 한국구비문학대계』는 서울 및 경기는 1-10, 강원은 2-10, 충북은 3-5, 충남은 4-6, 전북은 5-8, 전남은 6-13, 경북은 7-19, 경남은 8-15, 제주는 9-4권부터 시작한다.

- ■ 각 권 서두에는 시군 개관을 수록해서, 해당 시·군의 역사적 유래, 사회·문화적 상황, 민속 및 구비 문학상의 특징 등을 제시한다.

- ■ 조사마을에 대한 설명은 읍면동 별로 모아서 가나다 순으로 수록한다. 행정상의 위치, 조사일시, 조사자 등을 밝힌 후, 마을의 역사적 유래, 사회·문화적 상황, 민속 및 구비문학상의 특징 등을 중심으로 설명하고, 마을 전경 사진을 첨부한다.

- ■ 제보자에 관한 설명은 읍면동 단위로 모아서 가나다 순으로 수록한다. 각 제보자의 성별, 태어난 해, 주소지, 제보일시, 조사자 등을 밝힌 후, 생애와 직업, 성격, 태도 등을 중심으로 서술하고, 제공 자료 목록과 사진을 함께 제시한다.

■ 조사자료는 읍면동 단위로 모은 후 설화(FOT), 현대 구전설화(MPN), 민요(FOS), 근현대 구전민요(MFS), 무가(SRS), 기타(ETC) 순으로 수록한다. 각 조사자료는 제목, 자료코드, 조사장소, 조사일시, 조사자, 제보자, 구연상황, 줄거리(설화일 경우) 등을 먼저 밝히고, 본문을 제시한다. 자료코드는 대지역 번호, 소지역 번호, 자료 종류, 조사 연월일, 조사자 영문 이니셜, 제보자 영문 이니셜, 일련번호 등을 '_'로 구분하여 순서대로 나열한다.

■ 자료 본문은 방언을 그대로 표기하되, 어려운 어휘나 구절은 ( ) 안에 풀이말을 넣고 복잡한 설명이 필요할 경우는 각주로 처리한다. 한자 병기나 조사자와 청중의 말 등도 ( ) 안에 기록한다.

■ 구연이 시작된 다음에 일어난 상황 변화, 제보자의 동작과 태도, 억양 변화, 웃음 등은 [ ] 안에 기록한다.

■ 잘 알아들을 수 없는 내용이 있을 경우, 청취 불능 음절수만큼 '○○○'와 같이 표시한다. 제보자의 이름 일부를 밝힐 수 없는 경우도 '홍길○'과 같이 표시한다.

■『증편 한국구비문학대계』에 수록된 모든 자료는 웹(gubi.aks.ac.kr/web)과 모바일(mgubi.aks.ac.kr)에서 텍스트와 동기화된 실제 구연 음성파일을 들을 수 있다.

차례

● 현대 구전설화

● 민요

2. 소흘읍

▌조사마을

▌제보자

● 설화

6. 일동면

포천시 개관

먼저 포천시의 연혁을 살펴보면, 포천시에 한민족이 정착한 것은 연천군에서 발굴 조사된 유적과 영중면 영송리에서 발견된 유적지로 보아 구석기시대로 거슬러 올라간다. 또한 포천읍 자작리, 가산면 금현리, 일동면 수입리, 창수면 추동리의 고인돌과 포천실업고등학교 부근에서 발견된 돌도끼와 돌화살촉 등으로 보아 청동기 시대에는 이미 많은 사람들이 거주하였을 것으로 추정된다.

그 후 포천시는 청동기문화를 기반으로 한 우리나라 최초의 국가인 고조선(古朝鮮)과 성읍국가의 하나인 진한(辰韓)의 전신인 진국(辰國)의 북방 경계지역으로 영향을 받아 왔다. 이후 마한(馬韓)을 중심으로 한 백제(百濟)의 고대국가 발전과 함께 백제의 영향권에 속하게 되었다.

그 후 남진정책을 계속하던 고구려가 475년(장수왕 63년)에 백제를 공략하여 한강유역의 광범한 지역이 고구려 영토에 들어감에 따라 포천도 이에 속하게 되었다. 이때 비로소 고유의 지명을 갖게 되었는데, 포천은 고구려의 지배 아래 마홀군(馬忽郡)이라 명칭이 붙여졌으며, 명지(命旨)라는 별호도 이때부터 생겼다.

신라 진흥왕(540~576) 때에 신라의 영토가 되면서 견성군(堅城郡)으로 개칭 되었다가, 757년(경덕왕 16)에 청성군(靑城郡)으로 바뀌었다. 신라말

기의 혼란한 틈을 타 북원(北原 : 지금의 原州)에 본거지를 둔 양길(梁吉)이 강원도, 경기도, 황해도를 지배하는데, 이때 포천 역시 양길의 세력권에 들어갔다. 그 후 궁예(弓裔)가 양길을 누르고 세력을 잡아 901년에 국호를 후고구려(後高句麗)라 하고 수도를 철원(鐵原)으로 정하면서 포천은 후고구려 세력권에 들어갔다. 918년 궁예가 쫓겨나고 그 부하들이 왕건(王建)을 왕으로 추대하여 고려를 건국하여 포천은 고려의 영토가 된다. 이런 연유로 포천에는 궁예와 태조 왕건에 얽힌 유적이나 전설이 많이 남아 있다.

940년(태조 2년)에 고려 태조 왕건이 후삼국을 통일한 후에 포천 지역을 포주(抱州)로 개칭하였고, 995년에는 십도제(十道制)를 채택하여 도단련사(都團練使)를 두고 포천군(抱川郡)이라 개칭하여 포천군의 이름이 처음으로 등장했다.

1005년(목종 8년) 도단련사를 폐지하고, 1018년(현종 9년) 양광도(楊廣道) 양주군(楊州郡)에 이속시켰으며, 1172년(명종 2년) 양주군에서 분리하여 감무(監務)를 두고 포천군을 다스리게 하였다.

1413년(태종 13년) 팔도제(八道制) 실시와 더불어 포천현(抱川縣)이라 하고 현감(縣監)을 두었다. 1618년(광해군 10년) 포천, 영평을 합쳐 도호부(都護府)를 두고 감영(監營)을 설치하였다. 다시 1623년(인조 1년) 포천, 영평으로 분리하고 양주진관(楊洲鎭管)에 소속시켰다.

1895년(고종 2년) 지방관제 개정에 따라 영평현을 포천현에 병합하고 군(郡)으로 승격시켰으며 1896년(고종 33년) 포천군에서 영평을 다시 분할하였다. 1914년에 영평군을 다시 포천군에 통합하였다.

1945년 8월 15일 해방을 맞이했으나 미·소 양군의 진주와 함께 38도선을 분계로 포천은 두 지역으로 분리 되었다. 창수면, 청산면, 영중면, 일동면의 일부와 영북면, 이동면은 소련 군정 하에 들어가고 포천군은 나머지 10개 면 67개 리를 관할하며 미군정 치하에 있었으나, 1948년 8월

15일 대한민국 정부가 수립되어 미군정으로부터 행정권을 이양 받았다.

1950년 6월 25일 전쟁의 발발로 포천군청은 부산으로 피난하였다가 9·28수복으로 10월 14일 복귀하였다. 1951년 1월 4일 중공군의 침공으로 다시 철수하였다가 6월 24일 복귀하였다. 청사가 전소되어 포천면 어룡리에 임시 청사를 두었다가 11월 14일 현 군청소재지인 포천읍 신읍리로 이전하였다. 당시 포천군의 행정구역은 10개 면 67개 리로 구획되었다.

1951년 UN군의 북진으로 38선 이북 지역의 5개 면을 탈환 수복하여 행정권을 이양할 때까지 군정하에 북포천이라 하여 북포천군수를 두었다가 1954년 11월 17일 수복지구 행정권 이양으로 12개 면 88개 리로 구획되었다.

1963년 5월 10일 내촌면 화현출장소를 설치하고, 1973년 7월 1일 행정구역 개편으로 포천면 탑동리가 양주군 동두천읍으로 이속되었다.

1983년 2월 15일 대통령령 제11027호로 내촌면 화현출장소가 화현면으로 승격되고 청산면(삼정리, 갈월리, 덕둔리, 금동리 제외)이 연천군으로, 연천군 관인면이 포천군으로 편입되어 행정구역은 13개 읍면 89개 리로 구성되었다.

2003년 대통령령 제6928호로 포천시(농복합시)로 승격되어 포천읍이 포천동과 선단동으로 분리되어, 행정구역은 14개 읍·면·동(1읍, 11면, 2동)으로 구성되어 현재에 이르고 있다.

포천시는 크게 1읍, 11면, 2동의 행정구역으로 구분되어 있다. 이를 다시 세분화하면 총 82개의 법정리와 6개의 동, 244개의 행정리과 32개의 통으로 나누어진다.

포천시의 행정 중심지라 할 수 있는 소흘읍(蘇屹邑)은 9개의 법정리와 30개의 행정리로 구성되어 있는데, 법정리로는 송우리, 무림리, 직동리, 이가팔리, 무봉리, 이동교리, 이곡리, 고모리, 초가팔리가 있다.

군내면(郡內面)은 8개의 법정리와 22개의 행정리로 구성되어 있다. 법정리로는 구읍리, 유교리, 명산리, 상성북리, 용정리, 좌의리, 직두리, 하성북리가 있다.

내촌면(內村面)은 6개의 법정리와 20개의 행정리로 나눠진다. 진목리, 음현리, 소학리, 마명리, 내리, 신팔리가 법정리이다.

가산면(加山面)은 8개의 법정리와 23개의 행정리로 구성되어 있는데, 법정리로는 마산리, 방축리, 정교리, 우금리, 감암리, 가산리, 금현리, 마전리가 있다.

신북면(新北面)은 12개의 법정리가 있고 이를 다시 27개의 행정리로 나누고 있다. 가채리, 신평리, 심곡리, 고일리, 삼성당리, 삼정리, 기지리, 만세교리, 계류리, 갈월리, 덕둔리, 금동리가 법정리를 이루고 있다.

창수면(蒼水面)은 7개의 법정리와 15개의 행정리가 있는데, 추동리, 가양리, 고소성리, 신흥리, 주원리, 오가리, 운산리가 법정리이다.

영중면(永中面)은 6개의 법정리와 20개의 행정리로 이루어져 있다. 법정리로는 양문리, 거사리, 성동리, 영평리, 영송리, 금주리가 있다.

일동면(一東面)은 6개의 법정리와 24개의 행정리가 있는데, 법정리에는 길명리, 기산리, 사직리, 유동리, 화대리, 수입리가 있다.

이동면(二東面)은 4개의 법정리와 20개의 행정리로 구성되어 있는데, 법정리에는 장암리, 연곡리, 도평리, 노곡리가 있다.

영북면(永北面)은 7개의 법정리와 19개의 행정리가 있다. 법정리에는 운천리, 산정리, 문암리, 대회산리, 소회산리, 자일리, 야미리가 있다.

관인면(官仁面)은 6개의 법정리와 11개의 행정리로 구성되어 있다. 법정리에는 중리, 초과리, 냉정리, 삼율리, 탄동리, 사정리가 있다.

화현면(화현면)에는 3개의 법정리와 13개의 행정리가 있는데, 법정리에는 화현리, 명덕리, 지현리가 있다.

포천동(抱川洞)과 선단동(仙壇洞)은 원래 포천읍(抱川邑)이었다가 2003

년에 시로 승격되면서 2개 동으로 분리되었다. 포천동에는 2개의 동과 16개의 통이 있는데, 신읍동과 어룡동으로 구성되어 있다. 선단동에는 4개의 동과 16개의 통이 있는데, 자작동, 설운동, 선단동, 동교동으로 나누어진다.

포천시의 행정구역별 인구 및 주민구성은 다음과 같다. 최근 통계인 2007년 12월을 기준으로 포천시의 총인구는 166,383명이다. 조사 당시 이 중에 남자는 88,186명이고, 여자는 78,197명이다. 인구의 29.1%에 해당하는 48,373명이 소흘읍에 살고 있으며, 나머지 두 개의 동에 33,662명(20.2%), 11개 면에 84,348명(50.7%)의 인구분포를 보여 주고 있다.

포천시는 경기도의 최북단에 위치하고 있으며 남북의 연장이 47.9km이고, 동서의 연장이 30.8km이다. 동쪽은 광주산맥의 주축을 이루는 백운산(940m), 국망봉(1,168m), 강씨봉(830m), 현등산(935m), 주금산(813m)의 연봉을 경계로 강원도 화천군 및 경기도 가평군과 접해 있다. 북쪽은 광덕산(1,046m), 명성산(923m), 금학산(947m)의 연봉을 경계로 강원도 철원군과 접해 있고, 서쪽으로는 지장봉(877m), 종현산(588m)을 잇는 연봉으로 연천군과 동두천시와 경계를 이루고 천보산맥(天寶山脈)을 경계로 양주군과 접해 있다. 남쪽으로는 축석령, 운악산(936m)을 경계로 의정부시, 남양주시와 경계를 이루고 있어 8개 시군에 둘러싸여 있다.

서울경기지역 2팀은 포천시에 대한 현장조사를 1차 조사(2010년 1월 15일~17일), 2차 조사(2010년 1월 22일~24일), 3차 조사(2010년 1월 29일~31일), 4차 조사(2010년 2월 5일~7일), 5차 조사(2010년 2월 19일~21일), 6차 조사(2010년 3월 5일~7일) 등 총 여섯 차례 실시했다.

공동연구원인 신동흔 교수를 필두로, 노영근(박사급), 한유진(박사과정), 구미진(석사과정), 이홍우(조사참여)가 한 팀이 되어 조사를 진행했다. 실제 답사에 앞서 사전 답사를 실시했는데, 각 읍면사무소를 방문해 해당 지역의 지도와 마을회관 주소 및 전화번호, 노인회장 성명이 기재된 목록을 입수해 체계적인 답사가 될 수 있도록 만전을 기했다. 이러한 자료를 바탕으로 답사 일시와 동선을 계획하였고 사전에 노인회장에게 연락을 해서 약속을 잡은 다음 마을회관을 방문하여 조사하는 방식을 취했다.

6차에 걸친 현지답사의 구체적인 경과는 다음과 같다.

1차 조사는 포천시에서 인구가 제일 많기 때문에 제보자 또한 상당할 것이라 예상하고 소흘읍을 중심으로 진행하였다. 무림1·2리, 고모1·2리, 무봉1리와 3리, 이곡1리의 마을회관들을 답사했다.

2차 조사는 신북면을 중심으로 답사가 진행됐다. 금동1리와 삼정1리의 마을회관과 가채1리의 제보자 자택에서 조사를 했다. 그 외에 가산면 정교1리, 신읍동 제보자 자택, 영북면 운천1리와 산정1리를 추가로 답사했다.

3차 답사는 가산면을 중심으로 답사를 하고, 추가로 1차 조사에서 답사 일정이 맞지 않아 조사하지 못한 소흘읍의 몇 마을을 방문했다. 가산면에서는 우금1·2리, 금현1리 마을회관 및 제보자 자택, 방축1리 제보자 자택, 가산1리를 답사했다. 나머지 일정은 소흘읍의 이곡2리, 고모1·3리를 추가 조사했다.

4차 답사는 일동면 일대를 중심으로 이뤄졌다. 일동면의 사직1~3리, 화대3리, 기산1·5리, 길명1리의 마을회관들을 답사했다. 일정에 여유가 생겨 추가로 신북면 금동1리도 들렸다.

5차 답사는 영북면을 중심으로 영중면과 가산면을 조사했다. 영북면에서는 운천8리, 자일2·4리의 마을회관과 자일4리의 제보자 자택, 소현산리에서 조사가 진행됐다. 영중면에서는 양문3리와 금주4리의 제보자 자택에서, 가산면에서는 가산1리에서 조사가 이뤄졌다.

6차 답사는 내촌면을 중심으로 진행됐다. 내촌면에서는 내1리, 신팔1리, 음현4리를 답사했고, 관인면 초과1리에 들러 추가로 조사를 했다.

여섯 차례의 답사 성과를 정리하면 다음과 같다. 답사와 함께 실제 채록까지 이루어진 조사 지역은 17개 마을이고, 조사자들이 만난 제보자 수는 26명이다. 제보자들은 설화와 민요, 그리고 생애담까지 다양하게 들려주었는데, 불완전하다거나 간략한 설명 위주의 자료들은 채록에서 제외됐다. 제보자들이 들려 준 자료수를 장르별로 살펴보면 설화 126편, 민요 30편, 생애담 4편이다.

1. 가산면

▌조사마을

경기도 포천시 가산면 가산1리

조사일시 : 2010.1.30, 2010.1.31, 2010.2.21
조 사 자 : 신동흔, 노영근, 한유진, 구미진, 이홍우

가산면 가산1리는 포천 조사 내내 세 번에 걸쳐 조사가 이루어졌다. 첫 조사는 1월 30일 4시 정도부터 시작되어 대략 2시간 반 정도 조사가 진행되었다. 1차 조사는 남자 어르신들이 주로 머무는 방에서 이루어졌다. 이날 대략 8편의 이야기들이 구연되었으나 대부분의 이야기들의 서사성이 떨어졌다. 가산면은 오성 이항복이 살았던 곳이기에 조사자들이 이항복에 대한 이야기를 청하자 제보자 이삼성이 한 편의 이야기를 구연했을 뿐이었다.

가산1리의 2차 조사는 1차 조사 다음날인 1월 31일 오후 1시 반 정도부터 시작되어 약 2시간 정도 조사가 진행되었다. 2차 조사는 회관에서 여자 어르신들이 머무는 방에서 조사가 이루어졌는데, 제보자 김복희와 유춘재가 이야기를 구연하였다. 김복희는 함께 밭일 다녔던 염옥선에게 들은 이야기라며 민담 두 편을 구연하였다. 한편 유춘재는 경주 이씨 종갓집의 며느리로서, 그 집안에서 전해 내려오는 효자와 열녀 이야기 세 편을 구연하였다.

3차 조사는 2차 조사 때에 김복희가 추천한 염옥선을 대상으로 조사가 진행되었다. 3차 조사는 2월 21일 조사자들이 회관을 찾아가서 행해졌다. 이날 조사는 오후 6시 반부터 8시까지 한 시간 반 정도 소요되었는데, 염옥선은 민담 5편을 구연하였다.

제보자 이삼성, 김복희, 유춘재, 염옥선이 거주하는 가산1리는 가산면의 한 마을로서, 순조 때 청백리로 이름 높던 정만석(鄭晩錫)과 영조 때의

명신 정기안(鄭基安)의 묘가 있다. 가산면은 조선시대 포천현으로 있을 때 화산면(花山面)으로 마산리(馬山里), 방축리, 가산리, 금현리, 정교리 등 5개 리를 관할하였다. 1914년 부·군·면을 폐합할 때 청량면의 일부인 감암리, 우금리, 마전리를 편입시켜 가산면으로 개칭하고 8개 리를 관할하면서 오늘에 이르렀다. 가산면은 지리적으로는 동쪽으로 내촌면과 경계하고, 북쪽으로 군내면, 서쪽으로는 포천읍, 남쪽으로 소흘읍과 접해 있으며 동남쪽으로는 수원산, 국사봉, 죽엽산의 연봉으로 둘러싸여 있다. 그리고 여맥의 일부가 면내로 뻗어 있으나 비교적 평지가 많다. 평탄한 평야에 부채를 펴 세운 형상의 화봉산(華峰山)은 예부터 영산(靈山)이라고 일컬어 왔다. 이 산 기슭에는 조선 선조 때 문명이 높았던 백사 이항복을 배향한 화산서원이 있으며, 산중턱에는 위정척사의 표상이었던 최익현과 이 고장의 대학자 유기일이 자주 회동하던 병풍바위가 있다. 이 바위에는 유기일의 시와 최익현의 글씨가 음각되어 있다.

현재 가산1리에는 공장이 90여 개 이상 들어서 있어, 토박이는 떠나고 외지인들이 많이 유입되어 반 이상이 외지인이다. 그리하여 주민등록상으로는 86세대이나, 실제 거주하는 가구 수는 46호 정도밖에 되지 않는다. 토박이들은 대부분 대대로 벼농사를 지으며 살았고, 포도와 인삼농사를 짓는 가구도 많다. 최근에는 비닐하우스 작물재배도 꾸준하게 행해진다. 가산1리의 토박이들은 대개 아산 이씨, 경주 이씨, 전주 이씨, 김해 김씨가 대부분이다.

가산1리는 포천 조사 기간 중 조사자들이 가장 많이 방문한 마을이다. 이 마을에서 남자 어르신들이 주로 머무는 방은 주로 이야기를 구연할 만한 제보자가 없어, 이삼성이 1편을 구연한 것 외에 구연이 제대로 이루어지지 않았다. 반면 여자 어르신들이 머무는 방은 염옥선을 비롯하여 김복희, 유춘재 등 이야기 구연이 고루 이루어졌다. 뿐만 아니라 제보자들의 구연 시 청중들 또한 이야기에 귀 기울이고 이야기판에 활발히 참여하는

경기도 포천시 가산면 가산1리 마을 전경

경기도 포천시 가산면 가산1리 102-2 마을회관

모습을 보였다. 이러한 상황으로 미루어볼 때 가산1리의 전승은 대체로 남자 어르신보다는 여자 어르신들 사이에서 이루어지고 있음을 알 수 있었다. 특히 2차 제보자 김복희의 구연이 3차 제보자 염옥선에게 들은 이야기로 행해졌다는 사실로 볼 때, 이들 사이에서 이야기판이 형성되어 전승이 이루어지고 있음을 확인할 수 있었다. 그리고 구비전승 되고 있는 이야기에 대한 가치를 제보자들도 인식하고 있었기 때문에, 이후에도 중요한 조사 지역으로서의 가치가 높다고 생각된다.

경기도 포천시 가산면 금현1리

조사일시 : 2010.1.30
조 사 자 : 신동흔, 노영근, 한유진, 구미진, 이홍우

　금현1리는 1월 30일 오후 1시 경부터 금현1리 마을회관에서 조사가 시작되었다. 금현1리 마을회관에는 일곱 분이 계셨는데, 이종범과 이종태가 각각 설화 1편을 구연하였다. 이 두 제보자들은 오성 이항복의 후손으로 몇 대째 금현1리에 거주하고 있는 토박이이다. 이러한 상황을 고려하여 조사자들은 오성 이항복에 대한 이야기를 청하자, 두 제보자 모두 오성 이항복 관련 설화를 구연하였다. 특히 이종범은 오성 이항복과 관련 설화를 5편정도 더 구연하였는데, 이야기의 서사성이 떨어져서 채록하기에는 무리가 있었다.

　한편 금현1리의 2차 조사는 유태균 자택에서 이루어졌다. 유태균은 포천의 탁월한 소리꾼으로 가산1리 마을사람들의 추천으로 만나게 되었다. 유태균에 대한 조사는 같은 날인 1월 30일 저녁 8시 경부터 두 시간 이상 진행되었으며, 이날 유태균은 총 17편의 민요를 구연하였다.

　이종범과 이종태, 유태균이 거주하는 금현1리는 가산면에 속한 마을로서, 이항복의 묘와 그 신도비가 있다. 금현1리는 현재 100가구 이상 거주

경기도 포천시 가산면 금현1리 마을 전경

경기도 포천시 가산면 금현1리 1089-1 마을회관

하고 있는데, 반 이상이 외지인이다. 금현1리가 속한 가산면은 충적토로 땅이 기름져 농사에 알맞고 임야가 총 면적의 45%로 경지면적이 포천군에서 제일 넓다. 그래서 예부터 농업이 발달하여 쌀의 생산량이 포천군에서 제일 많은 곳이다. 현재는 토착민들은 주로 벼농사를 짓고, 밭농사와 포도 농사를 짓는 가구도 더러 있다. 금현1리에는 공장들이 꽤 많이 들어서 있는데, 공장이 들어선 지는 10년이 넘었다고 한다.

금현1리에서 조사한 설화 구연 제보자 이종범과 이종태는 오성 이항복이 조상임을 자랑스러워하며 그에 관련 설화를 다수 알고 있었다. 그러나 이야기를 많이 해본 경험이 없어서인지 두 제보자 모두 이야기의 서사성이 떨어져 아쉬움이 남았다. 한편 포천의 소리꾼 유태균은 어렸을 적부터 소리에 관심이 많았고, 20여 년 이상 상여소리를 해오는 등 현재에도 여전히 소리를 하고 있는 탁월한 소리꾼이다. 유태균은 포천 메나리 전수회 회장을 역임하고 있으면서 무형문화재이기도 하여서, 소리에 대한 깊은 애정과 전승에 대한 큰 관심을 가지고 있었다. 이상의 제보자들을 통해 금현1리의 전승 상황을 살펴보면, 유태균은 금현1리에서 거주하고 있지만 포천의 소리를 대표하는 인물로 평가할 수 있을 만큼, 현재 금현1리는 이야기판이 잘 형성되고 있지 않다고 할 수 있다.

경기도 포천시 가산면 우금2리

조사일시 : 2010.1.30, 2010.1.31
조 사 자 : 신동흔, 노영근, 한유진, 구미진, 이홍우

우금리(友琴里)는 현장조사팀의 3차 답사기간 동안 두 차례에 걸쳐 방문했던 포천시 가산면에 속한 마을이다. 우금리는 본래 포천군 청량면에 속했던 지역으로, 부락명 또한 '우금'이라 하였다. 이것이 1914년 행정구역 개편에 따라 '우금리'라고 하여, 가산면에 편입되었다.

경기도 포천시 가산면 우금2리 마을 전경

경기도 포천시 가산면 우금2리 마을회관 전경

그중 현장조사팀의 실질적인 조사장소가 된 우금2리는 마을 동쪽으로 높은 산지가 있으며, 서쪽으로는 우금저수지가 있는 곳에 위치한다. 저수지는 생긴 지 얼마 되지 않은 것으로 특별한 유래나 전설은 없다고 하나, 저수지를 중심으로 그 주변에 마을이 조성되어 있었다. 마을 주민 대부분은 농사가 주업이며, 현재는 외지인들이 반 이상을 차지하고 있다.

조사 중에 방문했던 우금2리 마을회관에는 할아버지가 십여 분 이상이 모여 계셨고, 식사 준비를 하시는 할머니 몇 분과 부녀회 회원 분들까지 계셔 다소 시끌벅적하고, 화목한 분위기였다. 마을 분들은 주로 회관에서 같이 모여 점심을 함께 드시고, 게이트볼을 치러 다니신다고 한다. 특히 우금2리 북쪽으로는 풍양 조씨와 원주 원씨가 대대로 모여 살던 곳이라 하여, 각각 조촌(趙村)과 원촌(元村)이라고 부르기도 하는데, 마을 분들 중에서도 몇 대 째 같은 마을에 살고 있는 조씨와 원씨 성을 가진 분들을 쉽게 찾을 수 있었다.

한편 우금2리는 넘말 북쪽에 있는 마을로, '괘기'라고도 하는데, 마을 분들 중에는 그 이름이 고양이와 관련된 것이 아닐까 하고 추측하는 경우도 있었으나, 정확한 유래에 대해서는 분명하지 않다. 특히 이 마을에는 예전에 커다란 괴화나무가 있었다고 하여 '괴야리'라고 하는데, 괴화나무가 꽃피는 마을이라는 의미로 '괴화동'이라고도 한다. 현장조사에서는 마을의 지명유래와 관련하여 마을 분들과 이와 같은 이야기를 나누던 중, 커다란 괴화나무 혹은 느티나무가 있었던 사실과 그것을 베어버림으로써 생긴 괴이한 일에 대한 이야기를 조사할 수 있었다.

또한 우금2리의 주요 제보자인 유인원은 현재 포천 메나리 보존회 회원으로 활동하고 있기도 하나, 마을 분들을 포함한 포천 메나리 보존회 회원분이 적극적으로 추천해주었을 만큼, 마을 내에서 실력 있는 소리꾼으로 인정받고 있는 듯하였다. 그러나 막상 조사가 시작 되자, 노래를 부르기에 적당하지 않은 분위기라 여겨서 인지, 쑥스러워 하시면서 선뜻 구연하시지 못하셨다. 그러나 마을회관에 계시던 분들이 다 같이 분위기를 조성하고, 소리가 시작되자 뒷소리를 해주는 등 조사를 적극적으로 도와주셨다.

그리하여 이번 조사에서는 상여 나가셨을 때 구연하셨다는 '회다지 소리', '상여소리'를 마을 분들과 함께 현장감 있는 분위기에서 조사할 수 있었다. 이외에도 평소 흥이 날 때, 즐겨 부르는 소리로 '아리랑'과 경기민요로 잘 알려진 '사발가'까지도 조사하였다.

경기도 포천시 가산면 정교1리

조사일시 : 2010.1.23
조 사 자 : 신동흔, 노영근, 한유진, 구미진, 이홍우

정교리(鼎橋里)는 경기도 포천시 가산면에 있는 마을이다. 마을 남쪽으로 죽엽산(竹葉山)이 자리 잡고 있으며, 산자락 주변으로 밭이 조성되어있다. 또한 산에서 흘러오는 지류를 따라 논이 발달하였다. 자연마을로는 벌말, 아래솥다리, 아래용화골, 용화골, 윗솥다리, 윗용화골, 질마턱 등이 있다. 정교(鼎橋)라는 마을 명은 곧 솥다리라는 자연마을명의 한자어로서, 아래솥다리(이솥), 윗솥다리(조촌), 벌말 등의 세 개 마을이 솥처럼 생긴 산을 중심으로 솥의 다리처럼 생겼다하여 붙여진 이름이라 한다. 한편 용화골은 솥다리 동쪽에 있는 마을로, 지형이 용처럼 생겼다 하여 붙여진 이름이며, 조촌은 솥다리 북서쪽에 있는 마을로 조씨의 집성촌이다.

현장조사팀이 방문한 정교1리 마을회관은 50대 중후반의 비교적 연세가 많지 않은 마을 분들이 계셨다. 특히 뛰어난 소리실력으로 이 마을 분들뿐 아니라, 다른 마을에서도 하나같이 추천하셨던 제보자 이범근은 마을 내에서 이미 소리를 제일 잘하기로 정평이 나 있었다.

그러므로 전국소리경연대회에 출전하였을 때, 경기도 대표로 포천이 선

경기도 포천시 가산면 정교1리 마을 전경

경기도 포천시 가산면 정교1리 539-10 정교1리 마을회관

발되기도 했는데, 그때 참가했던 이범근은 2등을 했던 경력도 있다고 한다. 또한 상여를 나가면서 소리를 했던 경험이 있어, '상여소리', '회다지소리'를 제보해 주었는데, 이에 대한 기본적인 지식도 상세히 설명해주었다.

특히 함께 회관에 있었던 유재학, 박창우, 이주희 등의 제보자는 조금씩 나이차가 있지만, 이범근과 모두 같은 초등학교를 나와 오래도록 친구처럼 지낸 사이라고 하였다. 따라서 이범근의 주도 하에 구성지게 뒷소리를 하여, 현장감 있는 분위기를 조성하고 조사에 많은 도움을 주었다. 이 중 유재학은 이범근의 소리 구연 시 보조를 한 뒤에도, 마을에 대한 여러 가지 정보를 제공하였다. 그러므로 궁예와 관련 된, '왕뒤의 유래'와 '할미재와 고모루성' 등, 마을과 관련 된 이야기뿐 아니라, 포천에 전해지는 '오성과 권율장군' 등의 이야기도 제보하였다.

제보자를 포함한 마을 분들은 대부분 대대로 포천에 거주하는 토박이라 할 수 있으며, 논과 밭농사 및 사과 농사 등을 많이 짓고 계셨다. 그러나 최근에는 마을 주변에도 공장이 들어서면서, 외지인들의 유입도 증가하였다고 한다.

▌제보자

김복희, 여, 1939년생

주 소 지 : 경기도 포천시 가산면 가산1리 102-2
제보일시 : 2010.1.31
조 사 자 : 신동흔, 노영근, 한유진, 구미진, 이홍우

김복희는 포천 가산면 가산1리 마을회관
에서 만난 제보자로, 원래는 경상북도 상주
출생이다. 20세에 포천으로 시집 와 현재까
지 거주하고 있으나, 말투에는 여전히 경상
도 억양이 남아있다.

가산1리의 경우 주요 제보자라고 할 만한
분이 계시지 않았으나, 김복희의 이런 적극
적인 태도 덕분에 몇 가지 이야기를 채록할

수 있었다. 김복희와 함께 밭일을 다니셨던 분 중에 이야기를 많이 알고,
구성지게 했다는 사람이 있어, 일을 하면서도 여러 가지 이야기를 들었던
경험이 있다고 한다. 따라서 흥부 놀부나, 오성 대감의 일화들을 몇 가지
기억하고 있었지만, 말재주나 기억력이 좋지 않아, 제대로 구연하지는 못
했다. 다행히 이번에 조사한 '며느리 고르기'와 '내 복에 산다' 두 편 정
도는 비교적 정확히 기억하고 있었다.

김복희는 목소리나 언행이 매우 걸걸하고, 성미가 다소 급한 편이어서
종종 말을 더듬거나, 이야기를 순서대로 차분하게 구연하지는 못하였다.
그러나 조사에 매우 적극적으로 임하였고, 조사자들에게도 많은 도움을
주고자 하였다.

제공 자료 목록

02_26_FOT_20100131_SDH_KBH_0001 며느리 고르기
02_26_FOT_20100131_SDH_KBH_0002 내 복에 산다

염옥선, 여, 1937년생

주 소 지 : 경기도 포천시 가산면 가산1리
제보일시 : 2010.2.21
조 사 자 : 신동흔, 노영근, 한유진, 구미진, 이홍우

포천의 이야기꾼 염옥선은 아들 넷, 딸
하나로 다섯의 자제(子弟)를 두었다. 현재는
남편과 셋째 아들네와 함께 가산1리에서 거
주하고 있다. 염옥선은 현재 공장에 일을 다
니며 생계를 유지하며 살고 있었다. 염옥선
은 6·25를 겪어서 공부를 많이 하지 못하
였음을 아쉬워했는데, 6·25 발발 전 초등
학교 4학년까지 다니다가 그 후 학업을 잇
지 못하였다. 염옥선의 남편은 현재 가산1리의 노인회장으로 마을의 대소
사에 두루 관여하고 있었다.

염옥선은 1월 31일에 마을회관에 조사를 갔다가 김복희의 추천으로 만
나게 되었다. 1월 31일에는 회관에 염옥선이 나오지 않았었는데, 그 이후
염옥선의 이야기를 조사하기 위해 조사자들이 수차례 연락을 시도하여 2
월 21일에 만날 수 있었다. 그리하여 2월 21일 오후 6시 반부터 8시 정도
까지 약 1시간 반 정도 조사가 이루어졌다. 염옥선은 마을에서도 이야기
잘하는 사람으로 유명하였는데, 특히 1월 31일에 구연한 김복희 제보자의
이야기는 모두 염옥선에게 들은 이야기라고 하였다. 염옥선은 특히 민담
구연에 탁월한 능력을 보였는데, 이날 구연한 총 5편의 이야기가 모두 민

담이었다. 염옥선은 민담 중에서도 가난한 사람이 부자 되는 이야기에 관심이 많았다.

염옥선의 이야기는 대체로 어머니에게 듣거나 책으로 읽은 것들이라고 하였다. 염옥선의 어머니는 공부를 많이 하였고 책을 좋아하였다고 하였는데, 집안 형편이 어려워서 학업을 잇지 못한 딸 염옥선을 특히 많이 안타까워했다고 하였다. 염옥선의 오빠가 24세에 총에 맞아 죽어 그 충격으로 어머니가 시력을 잃게 되자, 염옥선이 그런 어머니를 위해 밤마다 고소설을 읽어드렸다고 하였다. 염옥선이 특히 즐겨 읽은 고소설은 '춘향전', '심청전', '유충렬전', '홍길동전' 등으로 '유충렬전'은 다 외울 정도로 흥미롭게 읽었다고 하면서 영웅 이야기를 좋아한다고 하였다.

염옥선은 체구는 작지만 건강한 체질로 보였으며, 늘 많은 일들을 찾아서 하는 그녀의 성격으로 보아 평소 부지런한 성품을 짐작할 수 있었다. 염옥선은 말이 빠른 편이며, 발음이 정확하고 탁 트인 목소리로 이야기를 구연했다. 조사자들이 이야기를 청하면 부끄러워하면서도 바로 구연하였는데, 구연을 막상 시작하면 이야기에 몰입하여 풍부한 어조로 생생한 이야기를 구연해 냈다. 짧은 이야기를 구연한다며 구연한 이야기지만 정작 염옥선이 구연한 이야기들은 다소 긴 편에 속하였고 완성도 높은 이야기들을 구연해 내었다.

제공 자료 목록

02_26_FOT_2010221_SDH_YYS_0001 남에게 베풀어 부자 된 사람
02_26_FOT_2010221_SDH_YYS_0002 명당을 아는 어린 거지
02_26_FOT_2010221_SDH_YYS_0003 거짓말 잘해서 장가 간 사람
02_26_FOT_2010221_SDH_YYS_0004 내 복에 산다
02_26_FOT_2010221_SDH_YYS_0005 3년간 콩나물죽 먹고 부자 된 사람

원종태, 남, 1939년생

주 소 지 : 경기도 포천시 가산면 우금2리 544
제보일시 : 2010.1.30
조 사 자 : 신동흔, 노영근, 한유진, 구미진, 이홍우

제보자 원종태는 포천시 가산면 우금2리의 노인회장을 맡고 있다. 우금2리는 대대로 풍양 조씨와 원주 원씨가 많이 모여 살던 곳으로, 원종태 또한 원주 원씨로서 수대째 이 마을에 살고 있는 포천토박이라 할수 있다. 원종태는 입담이 뛰어나거나, 이야기를 많이 알고 있지는 않지만, 마을과 관련된 내력담에 대해서는 잘 알고 있었다. 따라서 주로 마을의 내력에 대한 이야기를 들려주어, 마을 개관에 대한 기본적인 정보도 상당 부분 얻을 수 있었다.

체구가 작고 마른편이며, 말투가 느리고 침착하여서 조사자들의 질문에 정확히 알고 있는 내용들만 주로 답하였다. 마을의 전설에 관해서도 짤막한 내용들을 언급하였으나, 이번 조사에서는 어린 시절에 들었던 이야기 중에 '호랑이와 곶감'을 구연하였다.

제공 자료 목록
02_26_FOT_20100130_SDH_WJT_0001 호랑이와 곶감

유인원, 남, 1942년생

주 소 지 : 경기도 포천시 가산면 우금2리 544
제보일시 : 2010.1.31
조 사 자 : 신동흔, 노영근, 한유진, 구미진, 이홍우

제보자 유인원은 원래 경기도 연천 출생
으로, 여섯 살에 가족과 함께 포천으로 이주
하였다. 어린 시절은 계속 포천해서 보낸
뒤, 포도농사를 지으며 살았으나, 후에 서울
및 인근 지역으로 나가 20년 이상 거주하였
다고 한다. 이후 다시 포천으로 돌아와 현재
까지 거주하고 있는데, 소리가 좋아 포천 메
나리 보존회 회원으로 활동하고 있다. 특히
유인원과의 만남은 경기도 무형문화재 제35호로, 포천 메나리 보존회 보
유자인 이영재(1934, 갑술생, 남, 77세)님의 적극적인 추천과, 마을 분들
의 소개를 받아 이루어졌을 만큼, 마을 내에서 실력 있는 소리꾼으로 인
정받고 있는 듯하다.

유인원은 평소에도 흥이 많아 여러 사람이 모이는 자리에서도 종종 노
래를 부르거나, 마을에서 상여가 나갈 때 소리를 했던 경험이 여러 차례
있다고 하였다. 체격은 다소 퉁퉁한 편이며, 목소리가 크고, 연세에 비해
상당히 정정하여 구연하는 데는 큰 어려움이 없었다. 그러나 막상 조사가
시작 되자, 노래를 부르기에 적당하지 않은 분위기라 여겨서 인지, 쑥스
러워 하시면서 선뜻 구연하시지 못하셨다. 그래서 조사자들이 하실 수 있
는 소리가 있는지, 소개받은 내용을 참고하여 여러 질문을 던지니, 하나
씩 생각나신 것들을 몇 가지 구연하였다.

그리하여 이번 조사에서는 먼저, 상여 나가셨을 때 구연하셨다는 '회다
지 소리', '상여소리'를 제보해 주었다. 이러한 소리를 구연하실 때는 조
사자들을 비롯한 청중들이 직접 뒷소리를 하여 분위기를 조성하기도 하
였다. 또한 쉬거나 노실 때 부르셨던 곳으로 '아리랑'과 경기민요로 잘 알
려진 '사발가'도 구연하였다. 유인원은 체격만큼이나 목소리가 시원하고,
노랫말을 비교적 정확하게 기억하고 있었다.

제공 자료 목록

02_26_FOS_20100131_SDH_YIW_0001 회다지소리
02_26_FOS_20100131_SDH_YIW_0002 상여소리
02_26_FOS_20100131_SDH_YIW_0003 아리랑
02_26_FOS_20100131_SDH_YIW_0004 사발가

유재학, 남, 1955년생

주 소 지 : 경기도 포천시 가산면 정교1리 539-10
제보일시 : 2010.1.23
조 사 자 : 신동흔, 노영근, 한유진, 구미진, 이홍우

　유재학은 원래 고모2리에 거주하고 있으
나, 정교1리 마을회관을 방문하였을 때 만
난 제보자이다. 본관은 문화유씨로 20대 이
상 포천에 자리 잡고 살아왔는데, 그 중 15
대 이상은 계속 고모2리에서 살았다고 한다.
논농사와 밭농사를 주로 지으며 최근에는
사과농사도 짓고 있는데, 정교1리의 또 다
른 제보자이기도 한 이범근과 어린 시절부
터 친하게 지내며 소리를 한지 30년 정도 되었다고 한다. 따라서 이범근
이 소리를 구연할 때, 함께 분위기를 조성하고 뒷소리를 해주는 등 보조
를 하며 많은 도움을 주었다.

　이 외에도 유재학은 어린 시절부터 책을 많이 읽고, 어른들로부터 마을
에 전해지는 여러 이야기를 많이 들어 알고 있다고 하였다. 그러므로 마
을 분들이 모두 자리를 뜨셨는데도, 조사자들과 함께 이야기를 나누며 마
을에 대한 여러 가지 정보를 제공하였다. 또한 포천을 지나갔다는 궁예와
관련 된 이야기로 '왕뒤의 유래'와 '할미재와 고모루성' 등, 마을과 관련

된 이야기 뿐 아니라, 포천에 전해지는 '오성과 권율장군' 등의 이야기도 제보하였다.

제공 자료 목록

02_26_FOT_20100123_SDH_YJH_0001 왕뒤의 유래
02_26_FOT_20100123_SDH_YJH_0002 조선왕조 터 잡은 무학대사
02_26_FOT_20100123_SDH_YJH_0003 할미재와 고모리성의 유래
02_26_FOT_20100123_SDH_YJH_0004 오성의 집 살구를 따 먹은 권율장군
02_26_FOT_20100123_SDH_YJH_0005 세조에게 새로 잡은 자리를 드린 신숙주

유춘재, 여, 1937년생

주 소 지 : 경기도 포천시 가산면 가산1리 102-2
제보일시 : 2010.1.31
조 사 자 : 신동흔, 노영근, 한유진, 구미진, 이홍우

제보자 유춘재는 원래 경기도 의정부시 송산 출생으로, 23세에 포천으로 시집을 와서 현재까지 거주하고 있다. 경주 이씨 종갓집에 시집을 간 유춘재는 맏며느리로서, 살림을 꾸려가느라 지금까지도 책임질 일들이 많고, 집안일이 쉽지 않다고 하셨다.

특히 유춘재가 시집 간 경주 이씨 집안은 대대로 효자, 효부와 열녀가 많이 났던 집안이라 하였다. 그래서 자신의 시어머니도 효부이자 열녀로 소문이 자자해, 마을 사람들의 칭송이 대단하였고, 남편의 효성도 매우 지극하여, 몇 해 전에는 효자상을 받기도 했다고 한다. 그러므로 이번 조사에서는 자신의 시댁 어른들로 부터 들어왔던, 열녀 이야기와 효성이 지극한 남편, 족보를 지킨 시어머니 등에 관한 이야기를 제보해 주었다. 유춘재는 체격이

작으나, 목소리가 또렷하고, 발음이 비교적 정확하여 구연에 있어 큰 어려움이 없었다.

제공 자료 목록
02_26_FOT_20100131_SDH_YCJ_0001 넓적다리 잘라 남편 살린 아내
02_26_MPN_20100131_SDH_YCJ_0001 피를 내어 어머니를 살리려했던 효자 남편
02_26_MPN_20100131_SDH_YCJ_0002 경주 이씨 족보 지킨 시어머니

유태균, 남, 1936년생

주 소 지 : 경기도 포천시 가산면 금현1리
제보일시 : 2010.1.30
조 사 자 : 신동흔, 노영근, 한유진, 구미진, 이홍우

포천의 소리꾼 유태균은 15대째 포천시 가산면 금현1리에 살고 있는 토박이이다. 현재 자식들은 모두 객지에 나가 살고 금현1리에서 부인과 단둘이 살고 있다. 유태균은 금현1리에서 태어나서 서울 창신 초등학교를 다니다가 6·25가 발발하면서 학업을 중단하고 다시 금현1리로 돌아왔다. 돌아와서 농사를 지으며 살다가 6·25가 끝나고 28사단 동두천 부대에서 군복무를 마쳤다. 군대를 마치고 돌아와서는 논농사와 포도농사를 지어 생계를 유지해 왔는데, 최근에는 힘들어서 농사일을 하지 않고 다른 사람에게 하우스를 주었다고 한다. 최근에는 취미로 서예학원을 다니며 서예를 배우고 있다.

유태균은 16세부터 선소리를 하기 시작하였고, 15세 때부터 품앗이를 했다고 한다. 그러나 농기계가 보급되면서 품앗이가 사라져 논매는 소리 등은 한때 맥이 끊어졌었다고 하였다. 그러나 인천체대 김순재 교수가 이

러한 소리들을 다시 발굴하면서 그 맥이 이어져 오고 있다. 이 지역에는 논메는 소리는 있으나 벼 베는 소리는 없어서 유태균 역시 벼 베는 소리는 알지 못하였다. 한편 유태균이 상여소리 한 지는 20여 년 되었다. 마을에서는 여전히 상여가 나가고 있어서 지금도 유태균은 상여 나갈 때 상여소리를 하고 있으며, 항상 선소리를 한다고 하였다. 현재 유태균은 포천 메나리 회장을 역임하고 있으며, 포천 메나리로 1992년에는 경기도 최우수상을 수상하였고, 2002년에 경기도 무형문화재로 지정되었다.

조사자들은 가산1리에서 소리 잘하는 사람으로 유태균을 추천받아서 1월 30일에 직접 자택을 방문하여 조사가 이루어졌다. 조사자들이 방문한 시간은 오후 8시로 2시간 이상 조사가 진행되었다. 유태균은 목청이 좋아서 2시간 이상 진행되는 동안 조사자들이 청하면 쉬지 않고 민요를 구연하였다. 유태균은 정확하게 부르겠다며 몇 편의 소리 등은 메나리 전수회에서 만든 책을 보면서 구연하였다. 유태균은 어머니도 노래를 잘 불렀다고 하나 들어본 기억이 잘 나지 않고, 이모들이 잘 불렀던 기억은 가지고 있었다. 유태균은 어렸을 때부터 소리에 관심이 많았으며, 현재에도 소리할 때가 가장 즐겁다고 하였다. 그리고 여전히 배울 것이 많다며 조사자들의 칭찬에 부끄러운 모습을 보이기도 했다. 그는 평소에도 매일같이 메나리 전수회관에 나가서 2시간 이상씩 소리를 하고, 최근에는 경기민요를 강습 받고 있다고 하였다. 유태균은 총 17편의 민요를 구연하였는데, 책을 보지 않고 부르는 민요들도 정확하게 기억해내어 구연하였다.

제공 자료 목록
02_26_FOS_2010130_SDH_YTG_0001 입산소리
02_26_FOS_2010130_SDH_YTG_0002 하산소리
02_26_FOS_2010130_SDH_YTG_0003 소모는 소리
02_26_FOS_2010130_SDH_YTG_0004 긴방아타령(1)
02_26_FOS_2010130_SDH_YTG_0005 긴방아타령(2)
02_26_FOS_2010130_SDH_YTG_0006 자진방아타령

02_26_FOS_2010130_SDH_YTG_0007 새 쫓는 소리

02_26_FOS_2010130_SDH_YTG_0008 긴상여소리

02_26_FOS_2010130_SDH_YTG_0009 달구소리

02_26_FOS_2010130_SDH_YTG_0010 산골처녀가 날 오라네

02_26_FOS_2010130_SDH_YTG_0011 눈이 오려나 비가 오려나

02_26_FOS_2010130_SDH_YTG_0012 잠자리 동동

02_26_FOS_2010130_SDH_YTG_0013 노랫가락(1)

02_26_FOS_2010130_SDH_YTG_0014 청춘가

02_26_FOS_2010130_SDH_YTG_0015 노랫가락(2)

02_26_FOS_2010130_SDH_YTG_0016 시집살이요

02_26_FOS_2010130_SDH_YTG_0017 노랫가락(3)

이범근, 남, 1955년생

주 소 지 : 경기도 포천시 가산면 정교1리 539-10

제보일시 : 2010.1.23

조 사 자 : 신동흔, 노영근, 한유진, 구미진, 이홍우

이범근은 정교1리에 방문하였을 때 만났던 제보자이다. 포천에서 태어나 현재까지 거주하고 있으며, 논농사를 짓고 있다. 특히 목소리가 좋고 구성지며, 뛰어난 소리실력으로 명성이 자자하였는데, 이 마을 분들뿐 아니라, 고모1리를 포함한 다른 마을을 방문했을 때도 하나같이 추천하셨던 제보자 중 하나이다. 그러므로 마을 내에서도 이미 소리를 잘하기로 정평이 나 있었다.

전국 소리경연대회가 있었을 때, 경기도 대표로 포천이 선발되어 출전하게 되었는데, 그때 참가했던 이범근은 소리를 한지 오래 되지 않았음에도 2등을 했던 경력도 있다고 한다. 또한 마을에서 상여를 나갈 때, 소리

를 했던 경험이 있어, '상여소리', '회다지소리'를 제보해 주었는데, 구연 뒤에는 상여 나갈 때의 상황과 노래의 종류 등에 대한 기본적인 지식도 상세히 설명해주었다.

특히 함께 회관에 있었던 유재학, 박창우, 이주희 등의 제보자는 조금씩 나이차가 있지만, 이범근과 모두 같은 초등학교를 나와 한 동네에서 자라며 오랫동안 친구처럼 지낸 사이라고 하였다. 따라서 구연 당시에는 이범근의 주도 하에 모두 뒷소리를 하여, 현장감 있는 분위기를 조성하는 등 조사에 많은 도움을 주었다.

제공 자료 목록

02_26_FOS_20100123_SDH_LBG_0001 상여소리
02_26_FOS_20100123_SDH_LBG_0002 달공소리

이삼성, 남, 1932년생

주 소 지 : 경기도 포천시 가산면 가산1리 102-2
제보일시 : 2010.1.30
조 사 자 : 신동흔, 노영근, 한유진, 구미진, 이홍우

이삼성은 포천 가산면 가산1리 마을회관에서 만난 제보자로, 포천에서 출생하여 현재까지 거주하고 있다. 가산1리 조사 당시, 주로 마을의 노인회장인 안덕호(1934, 갑술생, 남, 77세)가 마을 내력을 포함하여 본인이 알고 있는 여러 가지 정보를 제보해주었는데, 이삼성은 대개 옆에 앉아 이야기를 듣기만 하였다. 그러다 조사자가 오성대감과  그 일화에 대한 질문을 하자, 문득 생각이 나신 오성대감의 일화를 구연

하였다.

이삼성은 언행이 겸손하며, 체구가 작고 마른 편이다. 또한 치아가 많이 빠져 발음이 다소 부정확하고, 말이 느리다. 조사 당시 구연하였던 이야기는 오성 대감의 어린 시절 대장간에서 있었던 일화로 서사의 대략적인 내용을 잘 기억하고 계셨다. 이 이야기는 어린 시절 어른들께 들었던 이야기 중 하나로, 여러 이야기를 들었는데 연로하셔서 현재는 대부분의 이야기를 잊어버렸음에도, 유일하게 기억하고 계신 이야기라 하셨다. 그러나 구연 중간 중간, 주인공의 이름을 뒤바꾸거나, 중간의 사건을 생략해 버리는 등 다소 혼동이 있는 듯하였다.

제공 자료 목록
02_26_FOT_20100130_SDH_LSS_0001 대장장이를 혼내준 오성

이종범, 남, 1934년생

주 소 지 : 경기도 포천시 가산면 금현1리 1089-1
제보일시 : 2010.1.30
조 사 자 : 신동흔, 노영근, 한유진, 구미진, 이홍우

제보자 이종범은 대대로 포천시 가산면 금현1리에 16대 이상 거주하고 있는 포천 토박이이다. 소학교 재학 중, 일제 식민지하에 학업을 중단하게 되셨다고 한다. 특히 금현1리는 오성 이항복(李恒福, 1556~1618)의 후손들이 대대로 거주하고 있는데, 이종범도 오성 이항복의 후손이라고 한다. 그러므로 오성 이항복에 대한 일화나 마을의 내력에 대해, 들은 것이 많은 편이라고 하였다.

그러나 이종범은 목소리가 걸쭉하고 발음도 정확하지 않을 뿐 아니라, 입담이 좋은 편이 아니다. 그러므로 알고 있는 이야기도 짜임새 있게 구연하지는 못하였다. 현장조사에서는 여러 가지 정보를 제공하였으나, 오성과 한음에 관한 일화 한 편 정도만을 비교적 제대로 구연해 주었다.

제공 자료 목록

02_26_FOT_20100130_SDH_LJB_0001 전염병으로 죽은 사람을 염한 오성과 한음

이종태, 남, 1925년생

주 소 지 : 경기도 포천시 가산면 금현1리
제보일시 : 2010.1.30
조 사 자 : 신동흔, 노영근, 한유진, 구미진, 이홍우

제보자 이종태(李鐘太)는 포천시 가산면 금현1리에 대대로 거주하고 있는 포천 토박이로, 이곳 출신인 오성 이항복(李恒福, 1556~1618)의 12대 후손이라고 한다. 그러므로 오성에 대한 이야기를 몇 가지 알고 있었다. 그러나 이종태는 건강 상태가 좋지 않아, 손과 눈을 계속 떨거나, 말을 다소 더듬는 등 몸이 불편하여서, 많은 이야기를 조사하기는 어려웠다. 조사 당시에는 대장간에서 있었던 오성의 어린 시절 일화 한편을 구연해 주었다.

제공 자료 목록

02_26_FOT_20100130_SDH_LJT_0001 대장장이에게 속은 오성

조찬묵, 남, 1933년생

주 소 지 : 경기도 포천시 가산면 우금2리
제보일시 : 2010.1.30
조 사 자 : 신동흔, 노영근, 한유진, 구미진, 이홍우

제보자 조찬묵(趙讚默)은 포천시 가산면 우금2리 마을회관에서 만났다. 우금2리는 대대로 원주 원씨와 함께 조촌(趙村)이라 불릴 만큼 풍양 조씨가 많이 모여 살던 일종의 집성촌을 이루고 있었다. 조찬묵도 풍양 조씨로서, 수대 째 이 마을에 거주하고 있는 포천 토박이다. 그러므로 입담이 좋거나, 많은 이야기를 알고 있지는 않지만, 마을의 내력이나 관련된 유래담에 대해 비교적 잘 알고 있었다.

따라서 주로 마을의 내력에 대한 이야기를 구연하였는데, 말투가 느리고, 성격이 침착한 편이어서, 생각나는 것들을 찬찬히 제보해 주려고 하였다. 조찬묵의 제보를 통해 마을 개관에 대한 기본적인 정보도 얻을 수 있었다. 또한 이번 조사에서는 마을의 부락명과도 관련 있는 커다란 느티나무에 얽힌 전설과 마을제사에 관한 이야기를 구연하였다.

제공 자료 목록
02_26_FOT_20100130_SDH_JCM_0001 마을의 느티나무 제사

며느리 고르기

자료코드 : 02_26_FOT_20100131_SDH_KBH_0001
조사장소 : 경기도 포천시 가산면 가산1리 102-2 가산1리 마을회관
조사일시 : 2010.1.31
조 사 자 : 신동흔, 노영근, 이홍우, 한유진, 구미진
제 보 자 : 김복희, 여, 72세
청   중 : 3명
구연상황 : 제보자는 예전 이웃 중에 이야기를 매우 구성지게 잘 할 뿐 아니라, 많은 이
야기를 알고 있던 사람이 있었다고 한다. 따라서 함께 밭일을 가거나, 어울리
면서 여러 가지 이야기를 들었다고 하는데, 기억력이 좋지 않아 대부분 잊어
버렸다고 하였다. 조사자들이 그래도 기억에 나시는 이야기가 있는지 묻자,
자신이 들었던 이야기 몇 가지를 말씀하시던 중 비교적 자세히 생각난 이야
기를 구연하였다.
줄 거 리 : 옛날 한 마을에 어떤 여자가 며느리를 맞이하기 위해, 마을에 있는 처녀 세
명을 골라, 각각 쌀을 한 말씩 주면서 한 달 동안 그것으로 살림을 꾸려보도
록 하였다. 며칠 후에 각 처녀의 집에 가보니, 첫 번째 처녀는 쌀을 아끼려고,
멀건 나물죽만 쑤어먹으면서 비실비실 기운도 없었다. 이번에는 또 다른 처녀
의 집에 가보니, 쌀 한 말로는 아무리 아껴도 도저히 한 달 동안 먹을 수 없
다고만 하였다.
그런데 나머지 처녀의 집에 가보니, 한 달 동안 먹으라고 준 쌀로 하루 세 끼
모두 하얀 밥을 잔뜩 지어 배부르게 먹고 있었다. 여자는 기가 막혀, 한 달을
먹으라고 했더니 그새 다 먹어간다고 하자, 그 처녀는 오히려 걱정하지 말라
며 큰소리를 쳤다. 그리고는 배부르게 먹고 기운을 내서, 서울에 올라가 여러
가지 일감을 구해오더니, 열심히 일을 하기 시작했다.
마침내 그 처녀는 쌀 한 말을 한 가마니로 만들어두고, 돈까지 벌어와 재산이
오히려 늘어나게 되었다. 시험을 낸 시어머니는 힘겹게 쌀을 아껴가며 자신의
눈에 들려고 애를 쓰고 있는 다른 처녀보다, 작은 재산으로 큰 재산을 만든,
그 처녀가 가장 현명하고, 부지런하다는 것을 알게 되었다. 결국 그 처녀를
며느리로 택하여 잘 살게 되었다고 한다.

옛날에, 메느리(며느리) 감을 얻을라고(얻으려고) 응, 쌀을 한 말, 저이, 저, 저 저 저 저, [이야기가 곧장 생각이 나지 않는 듯] 처녀들 싯(셋)을 하나 씩 갖다 줬더니, 며느리 삼을 라고, 아, 이 집에 쌀 한 말, 저 집에 쌀 한 말, 싯(셋)을 처녀를 갖다 줬더니,(처녀 셋에게 각각 쌀을 한 말씩 주고, 시험 삼아 살림을 꾸려보도록 했다는 의미임.)

하나는 그냥 시어머니 눈에 들을라고, 며느리 구할라고 하는데, 시어머니 눈에 들을라고[목소리에 힘을 주며] 그저어, 쌀 요만큼 갖다 놓고, 나물죽을 쒀가지고 그냥, 베베 돌아가더래(조금씩 먹어 비실거리며, 기운이 없었다는 의미임.) 미칠(며칠) 있다 가보니까.

(조사자 : 예.)

그런데 또 하나는 가니까는 그냥, 그거를 한 달을 먹으랬는데, 쌀 한 말을 가지고 한 달을 먹을라면(먹으려면), 그냥 진짜 죽어라하고 먹어도 한 달 못 먹는 다나, 어쩐 다나? 뭐 그래 가지고 한 집에 가니까 그렇고.

한 며느리는, 가니까는 그냥, 그냥 허연(하얀) 쌀밥을 그냥, 이만큼[목소리에 힘을 주고, 손을 크게 벌려가며] 씩, 한 사발씩 해가지고 그냥, 막 그냥 먹고 그러더래.

"아이고, 저년이 한 달 처먹으랬는데, 이제 쌀을 그냥 저렇게, 밥을 해서 잔뜩 잔뜩 처먹으니."

"어머니, 걱정 마세요. 뭐 저기, 저거, 그래도 잔뜩 먹고 병이 없고 그래야 돈을 벌어먹지. 아 죽을 쒀먹고 빌빌 돌아가는 데 뭔 돈을 버냐고."

그러더니, 하얀 쌀밥을 그냥 삼시(三時)에 해 처먹고 그냥, 서울에 올라가가지고 그냥, 서울에 올라가가지고, 저 기환 아버지 나 실수할까봐 내다보네. 우리 영감인데.(제보자의 남편이 회관의 방문을 열고 들여다보심.)

(보조 조사자 : 하하하.)

서울에 올라가가지고는 그냥, 서울에 올라가가지고 그냥, 집집마다 가서,

"여기 빨래할 것 있어요? 여기 뭐, 저기 저, 청소할 것 있어요?"

(조사자 : 아아.)

막 그러면서 그냥, 저기 저, 돌아다니면서 그냥, 막 일까마리(일감)를 줏어가지고('구해가지고'의 의미로 말한 것임.) 그냥, 집에 와서는 막 그런 걸 빨고, 뭐하고 이래가지고서는 그냥. 쌀을 한 가마니를 벌어다 놓고서는 그냥, 아주 그냥, 얼마나 그냥 살이 이렇도록 찌고, 돈 많이 벌어다 갖다놓고, 그 며느리 삼았다는 거 아니라.

시래기죽을 써 먹고, 쌀은 한 알 때기 비키다 말다가(쌀이 한 두알 보일정도로 멀겋게 죽을 써먹었다는 말임.), 그걸 냉기가지고(남겨가지고) 갈라고, 냉기가지고, 그걸 냉기가지고 시어머니 눈에 들러 갈라고 한말, 그니까 사람이 머리를 잘 써서 가지고서로, 벌어다가 먹을 생각을 해야지, 고거 요만한 거 가지고 애껴야(아껴봐야), 그게 아무 저것도 안 된다고, 그렇게 며느리 감을 삼아서 잘 살고.(쌀을 아꼈던 며느리보다 오히려 잘 먹고 열심히 일해서, 재산을 늘린 며느리를 택해서 잘 살았다는 의미임.)

내 복에 산다

자료코드 : 02_26_FOT_20100131_SDH_KBH_0002
조사장소 : 경기도 포천시 가산면 가산1리 102-2 가산1리 마을회관
조사일시 : 2010.1.31
조 사 자 : 신동흔, 노영근, 이홍우, 한유진, 구미진
제 보 자 : 김복희, 여, 72세
청   중 : 3명
구연상황 : 이야기를 잠시 쉬는 도중, 조사자들이 답사 사례품으로 대접한 음료수를 하나
         씩 나누어 드렸다. 제보자께도 드리니, 하나를 마시면서 "오늘 여기 와서 이
         거 먹는 것도 내복"이라며, 갑자기 생각나신 이야기를 해주신다고 하셨다.
줄 거 리 : 옛날에 세 딸을 둔 아버지가 있었는데, 어느 날 딸들에게 각각, "너는 누구
         복에 먹고 사느냐"라고 물었다. 그러자 첫째 딸과 둘째 딸은 모두 아버지 복

에 먹고 산다고 대답하였는데, 막내딸만은 아버지 복이 아닌, 자기 자신의 복으로 먹고 산다고 대답하였다.

막내딸의 대답을 괘씸하게 여긴 아버지는 숯을 굽는 가난한 총각에게 딸을 시집보내겠다고 하였다. 그러자 막내딸은 선뜻 아버지의 뜻대로 하겠다며, 숯 굽는 총각에게 시집을 간다. 아버지는 막내딸이 실컷 고생을 하면서 아버지의 복대로 살지 못할 것이라 여겼으나, 막내딸 눈에는 숯 굽는 가마들이 황금덩이로 보일만큼, 부자가 될 기미가 보였다.

결국 남편과 함께 열심히 일하며 살기 시작한, 지혜로운 막내딸은 큰 부자가 되었는데, 그러는 사이 아버지가 사는 친정집은 크게 망하였다. 거지꼴로 막내딸을 찾아 온 아버지는 뒤늦게 딸의 말이 맞았음을 인정하고, 딸의 복으로 살림을 다시 일으키게 되었다.

옛날에 딸이 셋인데,(어떤 사람에게 딸이 셋이 있었다는 의미임.) 아부지가

"뭣이야[주인공 이름은 생각이 안 나시는 듯]! 숙이야! 넌 누구 복에 먹고 사냐?"

그러니까는

"나는 아버지 복에 먹고 살아요."

또 둘째 딸보고,

"뭐, 저기, 뭣이야! 너는 누구 복에 먹고 사니?"

그러니까

"나, 아버지 복에 먹고 살죠."

그랬는데, 요 쪼꼬만(작은)딸 년이, 막내딸 년이

"너는 누구 복에 먹고 사니?"

그러니까

"아, 내 복에 먹고 살지요."

그랬더래잖아.

(조사자 : 하하, 예.)

그러니까는

"요년! 응? 내가, 아부지가 이렇게 벌어다가 믹이살리는데(먹여살리는데), 니 복에 처먹고 살아?"

그러고는 그냥, 이 숯검쟁이('숯 검댕이 묻은 사람'의 의미.)가 하나 들어오더래. 그래서는 그냥 그 숯검쟁이 한테,

"요년, 가서 아주 그냥 고생을 실컷 하게, 아주 그냥, 저리 시집을 보내야지."

그랬더니, 그, 그, 그리 시집을 간다고 그러더래요.

(보조 조사자 : 오오.)

숯검쟁이 한티로(한테로), 시커먼데.

그래 그냥, 숯검쟁이 한테로 갔더니 그냥, 숯을 굽는 데 가니까는 그냥, 다 숯 굽는 아구리('가마'의 의미로 말함.)가 그냥 다 금이더래잖아. 지 눈엔 다 그게 요, 금덩어리더래요.

(조사자 : 예.)

그래서 거기 가서는 그냥, 부자가 돼서, 금덩어리가 돼서, 그 막내딸이 얼마나 잘 살고 그런데, 그 딸이 가고 나니까, 이 아부지 있는 데는 다 망가졌더래잖아.('망했다'는 의미임.) 집이. 그래서 그 복('막내딸의 복으로'라는 의미임.)으로 온 식구가 먹은 거야. 개, 막내딸 복으로.

그래서 가서, 거기 가서 그냥, 숯 검정, 저거 하는데 가서, 얼마나 둘이 저거를 해 가지고, 참 ○○○○ 달고, 잘 살고 그랬는데. 아부지가 그냥 거지가 돼가지고 와서로.

"뭣이야."

하고 왔는데, 못 알아보겠더래잖아. 그렇게 내쫓은 딸이니까는 뭐 얼마만에 갔겠지.

그래서 가서로, 그냥,

"그래 니 말이 맞다. 참 니 복에 먹는다는 말이."

그렇게 아주 저거 하고 나서는, 집이 저거를 해가지고, 거 가서 그렇게

잘 살더래잖아.

남에게 베풀어 부자 된 사람

자료코드 : 02_26_FOT_20100221_SDH_YYS_0001
조사장소 : 경기도 포천시 가산면 가산1리 102-2 마을회관
조사일시 : 2010.2.21
조 사 자 : 신동흔, 노영근, 이홍우, 한유진, 구미진
제 보 자 : 염옥선, 여, 74세
청   중 : 조사자 외 4인
구연상황 : 조사자가 옛날이야기를 청하자 구연하였다.
줄 거 리 : 옛날에 한 가난한 사람이 일주일 째 굶었는데, 어느 날 돈 닷 냥을 마련해서
          쌀을 사러 갔다. 쌀을 사러가기 위하여 한 고개를 넘어 가는데 어떤 한 사람
          이 나타나 자신은 아흐레 굶어서 오늘 저녁까지 먹지 못하면 생명을 잃을 것
          이라고 하며, 그에게 돈을 빌려달라고 하였다. 그 사람 사정을 딱하게 생각한
          그는 자신이 가진 돈 닷 냥을 모두 주고 집으로 돌아왔다. 그날 저녁 밤 12시
          가 되니 돈을 빌려간 사람이 와서 그가 돈을 빌려준 덕분에 살 수 있었다며
          그에게 닷 냥을 갚았다. 그 이후로도 밤 12시가 되면 찾아와서 돈 닷 냥을 매
          일같이 주고 가서 그는 부자가 되었다.

옛날에 옛날에 참 여 얼마나 이 가사가 어려운지, 가사가 너무 어려워
가지고 가세가 어려워, 사는 가세가.

(청중 : 옛날에 어려운 사람 많지.)

어려서 참 하루 이틀 굶은 게 일주일을 굶었드래요.(굶었더래요.)

먹을 게 없어서, 일주일을 굶었는데 어떻게 남편이 옛날에는 다 남자들
이 남자들이 이렇게 돈을 벌어다줘야 먹구 살구.

지금처럼 지금 겉은(같은) 세대가 아니에요, 옛날 세대는.

(청중 : 그럼, 옛날에는 뭐 돈이 있어, 뭐?)

그럼요.

이제 어려워서 한 이레를 굶었는데 남편이 어디 가서 돈을 인제 닷(5)돈을 어디 가서 인제 마련이 됐대요, 이제.

(청중 : 찬찬히 해.)

그래가지구 그걸 인제 쌀을 사러 가는 거야.

시장으로 쌀을 사러 가는데, 한 어느 고개를 이렇게 넘어가다 보니까 어떤 사람이 딱 나타나면서 딱 막는 거야.

"여보세요."

그르는(그러는) 거야.

"아, 왜 그리냐구.(그러냐구)"

"그 당신 쌀 사러가는 돈을 나를 달라고."

그러니까 그 사람이 허는 소리가 뭐라고 하냐믄,

"아이고, 안 된다고."

(청중 : 그렇지.)

"우리 식구 지금 여섯 식구 일곱 식구가 다 이레(7일) 째 굶어 갖고 인제 다 죽게 됐으니까, 이걸 가서 오늘 쌀을 사서 쌀을 뭘 끓여서 먹어야만 살겠다고"

인제 그러니까,

"여보시오. 당신은 이레를 굶었지만, 나는 올해로 아흐레(9일) 째 굶었으니 나는 오늘 저녁에 생명이 왔다갔다가 하고 당신은 앞으로도 이틀이 기회가 있지 않느냐."

(청중 : 그렇지.)

"그르니까 그 돈을 좀 저한테 빌려주시는 게 어떠냐고"

그러니까, 아 또 들으니까 그르네. 자긴 참 기회가 이틀이 남아, 아휴 그래야 굶어야 죽는대요. 물 한 모금 안 먹고 아흐레만 굶으면 죽는대요.

근데 자기는 이레를 굶었는데 아흐레를 굶었으니, 그 돈을 저에게 좀 냉겨달라니(넘겨달라니) 줘야 옳아요, 안 줘야 옳아요? 어떻게 했음 좋겠어요?

(조사자 : 어렵네요.)

[일동 웃음]

(조사자 : 그래서,)

(청중 : 얘기해.)

그래서요, 가만히 생각해보니깐 자기는 그래도 이틀 기회가 남았으니까, 또 이틀 한에 어디서 돈이 좀 마련되면 또 사다 먹겠지 하고 그 돈을 돌려줬대요, 그 사람허고.

(청중 : 존('좋은'은 의미임.) 사람이네.)

주구서 인제 집에를 그냥 오니까 마누라가 집이서(집에서) 애들허고 쌀 사가지고 오믄 밥을 해먹을려고(해먹으려고) 솥을 다 씻어놓고 있는데, 쌀을 안 사가지고 그냥 오는 거예요.

(청중 : 클 났지 뭐야.)

그러니까 화나서 하는 소리가,

"아이고 세상에 어째 쌀을 안 사가지고 오시오."

그르니까,

"아니 가다가 아무 데 고개를 가는데, 어떤 사람이 딱 나타나면서 딱 나타나면서 하는 소리가 그 돈을 나를 달라는데 자기는 오늘 아흐레 째 굶어서 저녁에 두 시간만 있으면 죽는다네. 그르니까는 우리는 아직도 이틀이 기회가 남았으니까 내가 돌려주고 왔다고."

그래.

"미안하다고."

마누라더러. 그러니까,

"쯧 할 수 없죠 뭐. 그냥 또 들어가 자는 수밖에 없다고."

게 인제 방에 들어가 자요. 굶어가지고 또 이레 째 굶었는데 게 자니까 자는데 인제 한밤중 되니깐, 아 대문간 와서 누가 찾는 거야. 그래서 인제

누가 이렇게 찾나 하고 나가니까 어떤 아까 돈 빌려간 사람이 왔어요. 와서 허는 소리가,

"내가 돈을 빌려주셔 가지고 잘 쌀을 사다가 먹구 살아났다구. 이거 다섯, 닷 냥이야."

옛날에 한 냥 두 냥 했기 때문에 닷 냥. 닷 냥을 갖다 딱 주믄서,

"이걸 받으시라구."

그래서 인제 그걸 받아가지구 가서 쌀을 사다 밥을 해먹었어요.

그랬는데 밤 열두시만 되면 그 사람이 딱 돈 닷 냥을 갖다 주는 거야.

(청중 : 그거 받았잖아.)

응?

그러믄 인제 받 받아놓으면 아 또 그 이튿날 열두시만 되면 딱,

"닷 냥이요."

날마다 갖다 주는 거야. 아 그서 그 사람이 그렇게 마음씨가 착해서 부자가 됐대요.

명당을 아는 어린 거지

자료코드 : 02_26_FOT_20100221_SDH_YYS_0002
조사장소 : 경기도 포천시 가산면 가산1리 102-2 마을회관
조사일시 : 2010.2.21
조 사 자 : 신동흔, 노영근, 이홍우, 한유진, 구미진
제 보 자 : 염옥선, 여, 74세
청   중 : 조사자 외 4인
구연상황 : 앞 이야기에 이어 바로 구연하였다.
줄 거 리 : 옛날에 어린 거지가 어머니를 모시고 얻어먹고 다녔다. 그러다가 어머니가 병이 나서 돌아가시자 어머니를 지게에 지고 산수자리를 보러 다녔다. 혼자서 직접 어머니 산수자리를 결정하였는데, 그 자리는 자손에서 진사가 나올 자리였다. 지나가던 지관이 그 자리가 탐이 나서 자신이 이미 잡아놓은 산수자리

라고 둘러댔다. 그러자 거지 아이는 다른 곳으로 떠나갔다. 어린 거지가 그 뒤 어디에 산수자리를 잡을지 궁금했던 지관은 그 어린 거지 뒤를 따라갔는데, 이번에 어린 거지가 잡은 자리는 정승이 나올 자리였다. 또 탐이 난 지관은 아이에게 자신이 이미 잡아놓은 자리라고 하였고, 아이 역시 순순히 물러가 다른 자리를 잡기 위해 떠났다. 다음에 아이가 잡은 자리는 왕이 날 자리였는데, 지관 역시 아이의 비범함을 알아보고 이를 막으면 자신에게 화가 미칠까 두려워 막지 않았다. 한편 어머니를 장사지낼 때 달구질을 하지 않으면 아무리 좋은 자리에 산수를 써도 병신이 난다. 그런데 이 아이가 어머니를 장사지내고 있으니 나무 하러 왔던 동네 거지 친구들이 와서 달구질을 해야 한다고 일러주었다. 그리고 이들은 어른들의 달구질을 봤던 것을 그대로 하여 무사히 장사를 마쳤다. 그 후 그 자손 중에 진짜로 왕이 났다.

옛날에 옛날에 인제 한 사람이 한 한 어린이가, 어린애가 아주 어렵고 너무 가난해서 옛날엔 참 가난헌 사람이 많아. 그래서 어머니 하나를 모시구 얻어먹으러 다녀. 한 열, 여남은(여남은은 열이 조금 넘는 수를 의미한다.) 살 됐는데,

그래 이 마을에도 가서 얻어먹다가 저 마을에두 가서 얻어먹다가 인제 그르다가('그러다가') 어머니가 병이 들었어요. 게 병이 들어서 인제 누셔 가지구('누워 가지고'의 의미임.),

(청중 : 물 한 모금 주까?(줄까?))

누셔 가지구 인제 되게 아프시더니 돌아가신 거야, 어머니가. 그러니깐 얻어먹으러 댕기는(다니는) 아이가 한 열 서너 살 먹었는데 거 어머니가 돌아가셨으니 어떡허면 좋겠어요, 글쎄.

그냥 ○○○○ 없이 얻어먹다가, 그러니까는 어떻게 할 수가 없으니까는 옛날에는 열 서너 살 먹어두 지금 애들 겉지(같지) 않고 무척 어른시러웠어요,(어른스러웠어요.) 옛날에는. 그러니까 인제 어디서 인제 옛날에는 사람이 죽으면 가마니다('가마니에'의 의미임.) 이렇게 뚜루루 말아서 시체를 지게에다 졌답니다.

지구서 인제 어느 산에를 올라가는데, 한 어느 중턱 쯤 올라가니까는

참 그게 따뜻하고 좋 좋을 거 같으거든요, 지맘에?('자기 마음에?'의 의미임.)

(청중 : 아 참 존('좋은'의 의미임.) 얘기다. 잘헌다.)

그러니까,

"아휴, 내가 여기다 우리 어머니를 인제 괭이를 하나 가지구 가서 파구서 내가 여그다(여기다) 인제 자리를 써야 되겠다." 허구

가서 괭이를 파구서 인제 어머니 자리를 보는 거야, 자기 혼자, 애가. 그르니 묻을라고(묻으려고) 내려와서 보니까 어떤 지관이 하나가 지나가다가 딱 보니까, 야 지관이 그렇게 찾을라구도('찾으려고 해도'의 의미임.) 없는 자리야. 거기다만 쓰믄(쓰면) 진사가 나, 진사. 옛날에 진사.

옛날엔 근데 진사님 진사님 허구 진사허믄 아마 여기 한 지금 군수보다 쯤(좀) 높았나봐요, 그래두. 아 그 가만히 보니까 지관이 보니까 아깝거든. 저런 그지(거지) 애가 저런 자린 너무 아깝잖아. 부자두 잘 사는 사람두 그냥 그 지관을 사서 자리를 볼래두('보려고 해도'의 의미임.) 그런 자린 못 만나요. 그런데 그렇게 자리가 좋거든.

그러니까 인제 그 아한테(애한테) 간 거야. 그 아한테 가서 올라가서 허는 소리가,

"야야, 내 그거 우리가 옛날에 그 자리 잡아 논('놓은'의 의미임.) 자리니 안 되겠다."

그르니까는 그 애 허는 소리가,

"네 미안합니다. 넓은 데 아무 데나 또 가면 되죠, 뭐."

그러구 또 지구 올라가더랍니다. 산 또 한 턱을. 그런데 가만히 지관이 생각을 허니까 참 신기 묘헌(묘한) 일이야. 그렇게 어?

'뭐 정승 집들 대감 집들 그른(그런) 데서도 그런 자리를 찾지 못허구 그렇게 할래도 안 되는데, 저런 그지 애가 저렇게 가서 자리가 ○○저러니 이건 또 어디다 갖다 쓸까, 저놈이.'

또 쫓아올라간 거예요, 산에를. 쫓아올라가서 한 ○을 한 ○을 넘어갔는데, 아 거기다가 쓰믄은 정승이 되겠드래요. 정승이 나, 아들이 또. 아 이놈의 지관이 또 배가 아픈 거야. 정승이 나게 생겼으니 저런 그지애가 글쎄. 그래 가서 또 그냥,

"거기도 내가 잡아 논 자리다."

그르니까는,

"에이 네, 인젠 멀리 가야죠 뭐."

그르구 지구서 한없이 가드래는 거야. 엄마를 지구.

(청중 : 그 저 진사어른 무섭지.)

가만히 보니까 참 묘헌 일이거든. 저 애가 참 보통 애, 보통 애가 아니래는(아니라는) 걸 인제 그때 생각, 깨달은 거야 그 사람이. 그러나 저러나 어디다 갖다 묻나. 꼴이나 가서 보자. 그러구 쫓아간 거야, 한없이 그냥. 한 고개 넘어 두 고개 넘어 세 고개 넘어 인제 갔더니, 어느 한 양지바른 곳에 가서, 또 엄마, 그 지게를 내려놓고 또 엄마 자리를 또 거기 괭이로 파드래요.

그래서 이렇게 보니까는 거기다가만 쓰믄 왕이 나겠드래요, 왕. 임금 왕? 그래서 그때는 자기가 가서 그 자리를 막으면 하늘에서 무슨 좋지 않은 일이 생길 거 같더래. 머리에 딱 떠올르는(떠오르는) 게.

"아휴, 그래서 그냥 참 니가 그렇게 만큼 복이 있는 애구나."

그르구 그렇지만 거기다가 써, 쓰, 엄마를 갖다 모셔도, 왜 이렇게 에허 달공 하죠? 산수 모시믄. 그거를 해야만 왕이 나지 그걸 안 허면 왕이 못 난, 안된대. 병신 난대.

(청중 : 그렇게 어린애니까 못헐 줄 알았지.)

그니깐 그까짓 어린애가 무슨 달구질을 해. 어디서 무슨 누가 와서 장사꾼이 있어야 달구질을 허잖아요.

(보조 조사자 : 그니까요.)

그렇다면 인제 헐 수가 없지.

'에이 이놈이 거기 자리는 암만('아무리'의 의미임.) 좋지만 써도 너는 해탕이다.(허탕이다.)'

이렇게 생각을 허구 가만히 앉아서 보니깐 괭이다 후적후적 파구서는 엄마를 갖다 놓구는 인제 또 괭이다 이렇게 쓸어 묻어. 쓸어 묻구 있으니까는 어디서 난데없는 그냥 쫌생이가,

(청중 : 쫌생이.)

그지. 그 인제 동네마다 댕기믄서 밥을 은어먹구,(얻어먹고,) 너 야야야 그런 애들이 낭구를(나무를) 허러 왔다가,

"아휴 야, 넌 느 엄마 죽었냐?"

아 그르더니 야 그르면 이 뭐, 애들이 으른들(어른들) 허는 거 봤잖아요?

"야, 그르믄 이거 느네 엄마 돌아갔으믄 달구질을 허는 거야, 이놈아."

그러니까,

"거 어떻게 하냐?"

그러니까,

"마무리가 이렇게 허지. 지게 작대기다 돌아가믄서 이렇게 달 달구해서 달구 달구 허믄 되는 거야."

그르구 한 여남 명이 모여서 그냥 흔들구 이냥 달구질을 해대, 해주드래요.

(청중 : 그봐, 될래니까.)

그래서 사람은 항시(항상) 남의 것을 탐내지 말고. 그 애는 착해. 착해서 하나님이 다 내려준 복을 받아서 그렇고 그런 자리에 올라앉아서 그 자식 그 애가 은어먹어(얻어먹어) 댕겼을(다녔을) 망정 그담에 임금이 됐대요. 그래서 잘 살았대요.

거짓말 잘해서 장가 간 사람

자료코드 : 02_26_FOT_20100221_SDH_YYS_0003

조사장소 : 경기도 포천시 가산면 가산1리 102-2 마을회관

조사일시 : 2010.2.21

조 사 자 : 신동흔, 노영근, 이홍우, 한유진, 구미진

제 보 자 : 염옥선, 여, 74세

청   중 : 조사자 외 4인

구연상황 : 앞 이야기에 이어 바로 구연하였다.

줄 거 리 : 한 부잣집에서 거짓말 잘하는 사람을 사위로 삼겠다고 하였다. 어떤 사람이
지나가다가 자신이 사위로 들어오겠다고 하였는데, 수일이 지나도 거짓말을
하지 않았다. 어느 날 그 사람은 나무를 한 짐 해오겠다고 지게를 달라고 하
였다. 지게를 내줬는데 나무는 해 오지 않고 집으로 와서 자신의 장인 될 사
람에게 말하기를 나무에 꿀이 많으니 초롱을 가지고 와서 꿀을 떠가라고 하
였다. 그와 함께 초롱을 가지고 산에 간 장인에게 이번에는 바가지를 가지고
오지 않았으니 자신이 집에 가서 바가지를 가지고 오겠다고 하며 장인 될 사
람을 산에 두고 집으로 내려갔다. 그렇게 집으로 내려가서 장모 될 사람에게
말하기를 장인이 꿀을 따다가 나무에서 떨어져 목이 부러졌다고 거짓말을 하
였다. 그리고는 다시 산으로 뛰어올라가 장인에게 집에 불이 나서 사람들이
다 타죽었다고 거짓말을 하였다. 놀란 장인은 집으로 뛰어내려가고 장모는 산
으로 뛰어올라가다가 만나면서 자신들이 비로소 그의 거짓말에 속은 것을 알
았다. 결국 거짓말 잘하는 그를 사위를 삼았다.

옛날에 인제 한 사람이 딸을 하나 낳아놓고 예쁘게 길러놨는데, 너무
인제 자식을 안, 누구든지 자식을 나서('낳아서'의 의미임.) 길르면(기르면)
다 귀엽고 이쁘죠?(예쁘죠?)

그런데 인제 하나 잘 길러놓고 이건 우리 딸을 어느 사람을 줘야 좋
은 사윗감을 만날까, 어떻게 하면 이 좋은 사위를 얻어 얻을까 항상 고
민이야.

근데 하루는 인제 그랬어요.

"나는 사위를 읃으면은(얻으면은) 거짓말을 잘 하는 사람,"

(청중 : 아, 시시하겠다. [웃음])

"거짓말을 잘 해도 거짓말이 정답으로 맞는 사람,"

(청중이 자신이 제보자에게 이야기 해놔서 제보자가 구연한다는 말을 조사자에게 함.)

네?

"그르니까른(그러니까는) 그런 사람을 나는 사위를 사위를 삼겠다."

근데 참 아주 그냥 부잣집에서 딸을 하나 잘 길러놨는데,

근데 어느 놈이 가만히 지나가다가 생각을 해보니까 장가는 가고 싶은데 뭐 그짓말을(거짓말을) 헐(할) 줄을 알아야지. 그래서 인제 그 집을 찾아갔어요. 찾아가서 허는 소리가,

"이 댁에서 그렇게 따님을 하나 잘 이쁘게 길러놓으시고 거짓말을 잘 하면은 사위를 보신다고 그르셨습니까?"

그러니까,

"아, 그렇다구."

"그럼 지가(제가) 좀 사위를 허면 어떠냐구"

그르니까,

"그럼, 그르라구.(그러라구.)"

그래서 인제 하이튼(하여튼) 사윗감을 뭐 먼저 거짓말 하는 걸 봐서 사윗감을 허겠지. 먼저 딸부터 주지는 않을 거 아녜요?

(청중 : 좋아.)

얘기도 좋아. 가서 하루 이틀 밥만 먹고 이놈이 거짓말을 안 허네. 그르니까 그 인제 그 양반이 허는 소리가, 그 양반이 허는 소리가,

"아, 여보게. 아 자네 그 그짓말을 헌다 그르더니 어째 안하는가?"

그러니까,

"네, 에 밥만 먹고 저 이렇게 너무 대, 대가를 못해서 죄송헙니다. 내 낭구나(나무나) 한 짐 해다 드리께.(드릴게.) 지게를 좀 주시겠습니까?"

그르더래요.

그래서 어쨌든 뭐 낭구를 해다 준다니 좋지 뭐. 무슨 뭐 사위 삼는 것도 아니고 인제 그렇게 말 해 논 건데. 그래 인제 지게를 내줬어요.

그래서 낭구를 인제 한 짐 해오라고 그랬더니, 아 이놈이 낭구를 허러 간다고 인제 갔 갔어요. 산에루 갔어. 가서 인제 을마(얼마) 있다가 허는 소리가 인제, 팍 그냥 내가 얘길 잘못했나?

(청중 : 됐어, 됐어.)

맞아. 그래 가. 가면 돼. 산에 올라가, 낭구하러. 뭐가 뭔지 몰라.

(청중 : 아니야.)

당황해서 그래. 불이 났대, 불이 났어. 가만 있어봐. 이거 뭐드라.(뭐더라.)

(청중 : 아니야.)

산에 올라갔어. 으음, 어 참. 그래 산에 올라가서 낭구를 허러 갔다 와서 가다 갔드니(갔더니) 지게도 다 버리고 왔드래는(왔더라는) 거예요.

그래서,

"으응, 아니 나무를 허러 간다고 갔는데 어떻게 기낭(그냥) 오나?"

"아이구, 자인(장인) 아주 저 깊은 산엘 올라갔더니,"

옛날에는 그 벌꿀이 있어요. 깊은 산에 그 꿀이, 그 진짜 꿀이죠.

"아주 꿀 그 어느 그냥 곰낭구에(곰나무에) 꿀 덩어리가 그 이만한데 초롱을 하나 가져가세요. 그러면 아마 아주 한 초롱 더 뜰 겁니다."

(청중 : 거짓뿌렁 아니야? [웃음])

그래서 인제 아 장인이 꿀 뜰 테니까 인제 장인이 아니지, 인제 응?

(청중 : 아직 안했으니까.)

응.

아주 너무 좋아서 인제 초롱을 하나 가지구 인제 그 사람을 따라 가는 거야 인제. 가다가 어느 고개 또 한 고개 넘어가고 한 고개 넘어가고 한

○○○쯤 가가지고, 또,

"아휴 장인님 아휴 그거 뭐헐러('뭐하려고'의 의미임.) 풉니까? 통만 가지('가지고'의 의미임.) 왔지 바가지를 안가지('안가지고'의 의미임.) 왔으니 내가 집에 가서 바가지를 가지 오께.(올게.) 여그(여기) 좀 기다리고 앉아 계시라고."

그니깐, 그런데 또 기다리고 앉았어야지. 어디 또 꿀이 어디가(어디에) 있는지 못 봤으니. 그래 인제 기다리고 인제 중턱에 뜩 앉았는데 파악 또 집을 뛰어내려오는 거예요. 뛰어내려오니까 인제 그 장모 될 안사람이 허는 소리가,

"아니 왜 꿀 뜨러 간 사람이 꿀은 안 뜨고 왜 이렇게 뛰어내려 오냐?"

"아이고 꿀이고 뭐이고 큰일 났습니다."

이거야.

(청중 : 그지뿌렁.(거짓뿌렁.))

"왜냐?"

"아 꿀 뜨러 낭구에 올라갔다가 장인이 뚝 떨어져가지고 모가지가 뚝 뿌러졌대는(부러졌다는) 거야."

응?

(청중 : 그지뿌렁.(거짓뿌렁.))

그니깐 인제 여 여기서 얼마나 놀랬겠어요, 집이서.(집에서.) 그냥 또 울며불며 산으로 올라가네. 또 이놈의 그냥 파악 뛰어올라간 거야. 게 올라가서 장인더러,

"아 왜 왜 주걱을 안 가지고 바가지를 안가지고 그냥 오나?"

"아이구, 장인님 큰일 났습니다. 뭔지 뭔지."

"왜?"

"집이 불이 나서 식구가 다 타 죽었대는 거야."

그니까 장인, 남자는 또 집이 불이 났다니까 꿀이구 뭐이구 그냥 다 집

으로 내리오구(내려오고) 뭐이구 내려오구, 집사람은 또 남편이 모가지가 부러졌다니까 또 산으로 인제 올라가고, 올라가다 내려가다가 맞쨍일(맞장은 마주쳐 만난다는 의미의 북한어이다.) 친 거야.

그래갖고,

"아니 이거 어떻게 된 거냐고."

그러니까,

"아니 아휴 영감 어떻게 살았냐구."

그르니까,

"아휴 이거 집에 불이 나서 마누라 다 잃었는데 어떻게 살았냐구."

[일동 웃음]

아 그리니까 아 이건 그 이상.

"아휴, 여보게 그짓말을(거짓말을) 해도 어떻게 그런 그짓말을 허나?"

그르니깐,

"아 긍께('그러니까'의 의미임.) 그짓말 잘허믄 쓸망(쓸모) 있는 그짓말만 잘 허믄 따님을 주신다니, 나 인제 따님을 주셔야 되겠죠?"

그러니까 꼼짝없이 따님을 줬대요. 그래서 장가를 잘 가가지구요, 잘 살았답니다.

내 복에 산다

자료코드 : 02_26_FOT_20100221_SDH_YYS_0004
조사장소 : 경기도 포천시 가산면 가산1리 102-2 마을회관
조사일시 : 2010.2.21
조 사 자 : 신동흔, 노영근, 이홍우, 한유진, 구미진
제 보 자 : 염옥선, 여, 74세
청   중 : 조사자 외 4인
구연상황 : 이 이야기는 이전에 청중들이 구연자에게 들었던 이야기로, 다시 들려달라고

청하자 제보자가 구연하였다.

줄 거 리 : 옛날에 아버지가 세 딸을 불러놓고 누구 복에 먹고 사느냐고 물었다. 큰딸과
둘째 딸은 아버지 덕에 먹고 산다고 대답하였으나, 막내딸은 자기 복에 먹고
산다고 답하였다. 막내딸의 대답을 괘씸하게 여긴 아버지는 딸의 버릇을 고치
고자 숯장사에게 보내버렸다. 숯장사를 따라간 딸은 그와 혼인을 하여 살았는
데, 어느 날 시어머니를 따라 남편 숯 굽는 곳에 가게 되었다. 가서 보니 숯
이맛돌이 금으로 변해 있었다. 딸은 그 이맛돌을 빼서 팔아 부자가 되었다.
한편 막내딸이 나간 후 그 집은 망해서 부모님은 오갈 데 없이 구걸을 하며
살고 있었다. 하루는 부모님이 막내딸의 집으로 구걸을 왔는데, 막내딸은 부
모님을 알아보고 모시고 잘 살았다.

옛날에 딸을 삼형제를 딱 아버지가 길러놓구 너무 이뻐서(예뻐서) 허는
(하는) 소리가, 야 인제 큰 딸을 불러놓고,

"야, 너는 누구의 덕에 먹고 사느냐?"

아휴, 딸들은 인제 출가 안했으니까, 인제 큰딸은,

"아부지(아버지) 덕에 먹고 살죠. 누구 덕에 먹고 살겠습니까."

"그렇지. 부모님 덕에 먹고 사는 게 맞아."

또 둘째를 불러놓고,

"너는 누구 덕에 먹고 사니?"

"아버님 덕에 먹고 살지요. 누구 덕에 먹고 살아요."

"그렇지. 그래 맞다."

(청중 : 맞죠.)

셋째 딸을 불러놓고,

"너는 누구 덕에 먹고 사니?"

"아이고, 내 복에 먹고 살지 뭐. 누구 복에 먹고 살아요."

[일동 웃음]

(청중 : 맞았지, 뭐.)

내 복에 먹고 살지 뭐.

가만히 아부지가 생각해보니까 괘씸시럽거든? 어떻게 지가 어린애가 이만큼 자란 게 다 부모의 덕으로 이만큼 자랐는데, 아니 기껏 멕여서(먹여서) 길러서 입혀 입혀서 출가할 때 되니까 지 덕에 먹고 산다네?

그니깐 인제 화가 난 거야.

(청중 : 아부지가.)

아부지가 인제 화가 나서 허는 소리가,

"에휴, 저렇게 보구 저런 년은 한번 고생을 좀 시켜보리라."

허구 인제 아침이면 옛날에는 이렇게 숯장사가 그 숯장사가 있어요, 숯장사가. 지금은 이렇게 숯이 없어졌지만 옛날에는 이렇게 숯 사세요 숯 사세요 허구 아침마다 돌아요. 서울 시내도 돌았어요, 다. 두부장사구 숯장사구 다 돌아댕겼다고,(돌아다녔다고,) 그럼. 아 숯 사세요 숯 사세요 허구 댕기거든. 떠꺼머리 총각이. 가만히 내다보고,

"여보시우, 이리오라구."

말이야. 그르니까,(그러니까,)

"왜 그르시냐구. 숯 사실라고 그러냐니까."

"아니라구. 얘를 데리고 가라구."

즈이(자기) 딸을 내줬어요.

(청중 : 막내딸을?)

예.

제 복에 먹고 산다는 년 숯쟁이를 딸려 보내서 고상을(고생을) 얼마만큼 해 시켜서, 응 지가 인제 지 해결될 바랠라고 아버지가 따라오랬어요.

(청중 : 벌 받았지.)

아 그래서 인제 딸려 보내니까 거침없이 또 따라 나와서 가는 거야. 안 간다 소리도 안허구, 이놈의 딸이.

(청중 : 지 복에 먹구 사니까.)

지 복에 먹고 산댔으니까, 넌 니 복에 가서 잘 먹고 살아봐라 그러구.

화가 나서 인제 아버지가 그랬는데, 그래 숯장사를 따라가서 인제, 옛날 얘기지. 지금 같으면 무슨 따라가고 뭐 뭐 얘기 뭐 그런 게 어딨겠어요. 근데 따라갔는데 가서 인제, 가서 세상골 숯이나 구니까, 산에를 가야 숯을 굽죠?

아주 눈만 뺀즐뺀즐 헌데 근데 오두막살이 집이 하나 있는데 들어가니까 거 어머니가 한 분 계시더랍니다. 그래서 인제 어무니, 그러냐구 인제 인사를 허구 같이 산다구 살라구 왔다고 그러니까는 어머니가 도저히 이해가 안 가는 거야. 아니 저렇게 처자가 잘 생긴 처자가 자기 아들, 그 숯쟁이 숯이나 귀 먹는 사람허구 어떻게 살아. 아 그래도 뭐 참 우리집 왔으니까 좋지요. 그랬는데 인제 어머니가 인제 밥을 했어.

인제 아들 숯 숯무지허는 그 산엔 또 더 높어.(높아.) 거기를 인제 숯을 구러('구으러'의 의미임.) 갔는데, 어머니가 인제 밥을 해서 그냥 쌀을, 쌀 가마 쭉 ○○○ 밥을 해가지고 인제 거길 가는 거야.

"그 어디 가시냐니까."

"애 애기 밥 주러 간다구."

아들. 그러니까,

"아 어머니 나도 좀 가보면 안돼냐고, 숯을 어떻게 굽는 거냐고."

그러니까는,

"안된다고. 가지 말라 그래두."

간다구 쭐렁쭐렁 쫓아오네. 그르니 어뜩해.(어떡해.)

그래서 인제 가서 밥을 인제 아들 밥을 주는데, 애가 이제 가서 가만히 보니까 숯 이렇게 아궁이 숯 아궁이 있어요. 큰 아궁이 해놓고 숯을 그냥 그 참나무를 ○○ 길게 쪼개서 이렇게 짚에 숯을 굽잖아요?

근데 아궁이에 아궁이에 이렇게 불 때는 델 디다('들여다'의 의미임.) 보니까 아궁이 그 이맛돌이(이맛돌은 아궁이 위 앞에 가로로 걸쳐 놓은 긴 돌을 의미한다.) 금이야. 금덩어리야.

[전화 오는 소리]

그래서 인제 그게 금덩어리예요, 인제. 그 금이 그 사람이 그 여자가 복이 많아서 그게 금으로 변했어요. 숯 이 숯 숯가마 이맛돌이 그 금덩어리로 이제 변헌 거야. 응, 그래서 인제 그게 금이야. 진짜로 금이야. 근데 이제 몰르고(모르고) 그냥 살은('산'의 의미임.) 거지.

그래서 인제 그 아가씨 허는 말이,

"이거 하나만 우리 실고 가자고. 숯이고 뭐고 다 그만두고 이거 하나만 가지가면(가져가면) 이제 이담에 또 와서 가져가더래도 이거 하나 우선 어서 가져가자고."

그러니깐,

"아 그걸 빼믄은(빼면은),"

그 아들이 허는 소리가,

"우린 순 밥도 굶어 죽는다."

이거야.

(보조 조사자 : 그렇죠.)

응.

"거기다 숯을 구워서 그거 해먹고 살아야 되는데 이걸 빼믄 어떡허냐."

그러니까,

"아니라고. 숯이고 뭐고 그만 안 궈도 된다고."

(청중 : 복덩어리네, 복덩어리.)

"이거 하나만, 어서 이거 하나만 어서 지구 가자고."

아 그래서 그거 하나를 지고 왔어요. 지구 와서 서울로 그 금방, 옛날로 말허면 그 금 저거허는 데로 가져갔어, 인제. 가져가니까 이게 금이다 이거야. 응? 그 이맛돌 하나가 금이니 그것만 해도 자기 평생을 그냥 놀고 앉아 먹어도 돼, 그것만 해도.

(보조 조사자 : 그렇죠.)

그래서 인제 그걸 다 그래서 인제 이 저걸 해가지고 돌을 인제 가지 와서, 참 집을 잘 짓구 그냥 잘 허구 그 그 가서 금 금 한 덩어리만 거기 가서 이맛돌 하나 또 마저 빼오믄, 그만큼 나오구 또 하나 빼오믄 그만큼 나오고 아니 그놈의 돈 덩어리가 그냥 아주 돈이 그냥 을만지도(얼만지도) 몰라.

진짜 뭐 옛날에 멀허기를 뭐라고 말허냐면, 잘 살면 금의 옥시에 쌔인다고(금의 옥시에 쌔인다는 말은 금과 옥에 둘러싸인다는 의미로 생각된다.) 그러죠? 왜 그러죠? 잘 사는 집은.

(청중 : 몰라, 이 사람들은.)

얘길 해. 잘 사는 집은 금의 옥시에 쌔여산다 그러죠? 그 사람이 금의 옥시에 쌔인 거야. 금덩어리에 쌔여(싸여) 살았어. 그래서 그걸 다 그냥게 아주 그냥 집을 그냥 기가 멕히게(막히게) 잘 짓구 그냥, 응?

옛날엔 잘 살믄 또 종을 뒀어요. 남종 여종을 두고, 언제 그냥 뺑그렇게 잘 사는 거야, 이제. 그 잘 사는데 어무니,(어머니,) 아부지(아버지) 그 친정 어무니 아무지는 그 딸이 나간 담부터는 재산이 줄어, 재산이.

(청중 : 복덩어리야.)

하나 하나 다 줄 줄어들드니(줄어들더니) 어디 가서 그냥 다 팔아먹구 딸들 그냥 큰딸은 다 시집 보내구 두 노인네가 어디 가서 살 데가 없어.

그래서 인제 큰 딸네 집을 갔더니 큰딸도 어려와서(어려워서) 살 수가 없어. 어머니 모실 저거가 안 돼.

또 작, 둘째 딸네 집에 가도 어머니 또 모실 저거가 안 돼. 그래서 헐수 없이 두 노인네가 손을 붙잡고 얻어먹으러 나섰어. 거지가 돼 가지구. 지금은 그지가(거지가) 없지만 옛날엔 거지가 참 많아요. 우리 시대만 해두 육이오(6·25) 때만 해두 그지가, 천지가 그지야.

그래 인제 그지가 돼 가지구 인제 이집 저집 은어먹으러 댕기는데, 어떤 참 가다 가다가 참 집도 잘 짓구 부잣집이 있어, 인제. 그러니까 대문 앞에 가 서서, 뭐 좀 달라고. 쌀을 좀 주든지 밥을 좀 주든지 좀 달라구.

가서 섰으니까 딸이 이렇게 내다보니까 아 즈('자기'의 의미임.) 엄마 즈 아버지거든. 그러니 어뜩해.(어떡해.)

그래 나와서 그냥 엄마 아버지를 모셔다가 그 딸네 집이서(집에서) 잘 모시고 잘 살았대요. 그래서 제 그래서 아버지 허시는 말씀이,

"니 복에 먹고 산다는 말이 맞다."

그리구 그때서야 해결을 허시구 거기 가서 몸을 그렇게 의지허고, 그 딸한테 정말 그 딸이 집에서 잘 먹고 살든 그 재산도 딸의 복에 먹고 살았던 거야.

그르다가 딸을 인제 내보내니까 재산이 줄어서 도로 또 읃어먹어서 또 딸네 집에 와서 또 ○○ 하곤 거기서 인제 잘 사셨답니다.

3년간 콩나물죽 먹고 부자 된 사람

자료코드 : 02_26_FOT_20100221_SDH_YYS_0005
조사장소 : 경기도 포천시 가산면 가산1리 102-2 마을회관
조사일시 : 2010.2.21
조 사 자 : 신동흔, 노영근, 이홍우, 한유진, 구미진
제 보 자 : 염옥선, 여, 74세
청   중 : 조사자 외 4인
구연상황 : 이 이야기는 이전에 청중들이 구연자에게 들었던 이야기로, 다시 들려달라고
          청하자 제보자가 구연하였다.
줄 거 리 : 어떤 집에서 딸을 가난한 집으로 시집보냈다. 딸이 결혼해서 콩나물죽 3년을
          먹으면 부자가 된다는 말에 남편과 3년과 콩나물죽만 먹기로 약속했다. 어느
          날 친정어머니가 찾아왔는데 딸은 어머니에게 며칠 동안 콩나물죽만 대접했
          다. 이에 마음이 아픈 딸은 찹쌀떡을 만들어 가는 길에 먹으라고 어머니에게
          싸주었다. 장모가 가는 길목에 지키고 서 있었던 사위는 장모에게서 찹쌀떡을
          빼앗고 장모를 그냥 돌려보냈다. 그리고 10년 동안 어머니와 딸 사이에 왕래
          를 하지 않았다. 10년이 지난 후 부자가 된 딸네는 많은 음식을 싸가지고 친

정어머니를 찾아갔다. 친정어머니는 10년 전 일에 마음을 풀게 되었고, 그 뒤로 친정집에 잘 하면서 살았다.

따, 딸이, 딸허구, 딸을 시집을 줬는데요. 딸을 넘 너무 어려운 가난한 집으로 시집을 줬어요.

(청중 : 옛날엔 시집오면 어려웠지.)

옛날에는 다 어려왔지만,(어려웠지만,) 그 부부가 말허기를 콩나물죽을 3년을 먹으면 세상 없어도 부자가 된대요. 그게 콩나물죽, 아무 것도 안 먹고 콩나물죽 3년 동안 먹는대는 게 그건 또 보통이에요?

(청중 : 못 먹지.)

못 먹지. 해도 그런데 인제 그렇게 부부가 약속을 했어요. 우리는 이 세상에서 한번 나서 좀 남, 남 같이 좀 살아볼라믄, 우리 콩나물죽 3년을 먹으면은 부자 된다니까 콩나물죽 3년을 먹기로 약속을 했어요, 두 부부가.

그랬는데 인제 그래서 맨날 그냥 돈 벌어다 콩나물죽만 사 쒀먹어. 여는 죽은 먹으면 부종이 나서 죽지만 콩나물죽은 3년을 먹어도 죽진 않는대요. 콩이 그렇게 좋아요. 그래서 여는 죽은 절대로 아무리 좋은 죽두 3년은 못 먹어요. 근데 콩나물죽은 먹을 수가 없어 그렇지 먹어도 죽질 않아. 부종이 안나.

(청중 : 저것도 그렇대.)

쒀허구 ○○. 그러니까는 콩나물죽을 인제 그냥 3년 동안 먹기로 약속을 했으니깐 3년을 꼭 인제 먹으리라고 허고 먹는데,

어무니가(어머니가) 어느 날 친정어무니가 오셨어요. 에 딸네 집이를. (집에를.) 그르니(그러니) 콩나물죽 3년을 먹 먹기로 약속 했는데 다른 걸 못 해먹잖아요. 그랬더니 콩나물죽을 쒀다 드린거야, 어머니를.

(청중 : 그럼 어뜩해.(어떡해.))

그렇죠. 그러니까 또 인제 아침에두 또 콩나물죽을 쒀다 드리는 거야.
그래 인제 딸이 가슴이 아파.

(보조 조사자 : 그렇죠.)

아휴 시상(세상) 우리집에 이렇게 그 고개를 넘어서 오셨는데 이놈의
콩나물죽만 쒀드리니 어쨌거나 허구 앉았는데, 가만히 생각해보니깐 찹쌀
이 조금 인제 한 되박 있, 사다가 찹쌀 ○○○○을 담갔어요. 담가서 인제
그걸 인제 절구통에 이렇게 찌어 갖고 인제 고물을 해서 인제 그걸 여그
서(여기서) 잡숫지 못허게 허구, 인제 가지가시라고 드리는 거야. 왜냐허
믄 신랑이 오까봐.(올까봐.) 콩나물죽 3년 먹기로 약속했는데, 그런 걸 했
다구 야단나겠으니까 그걸 해서 인제 엄마를 싸주믄서,

"엄마 이걸 가지구 가다가 그 어느 고개를 넘어,"

또 옛날에는 걸어다녔잖아요.

"고개를 넘어가다가 엄마, 거기서 인제 고개 밑에서 또 물이 있으믄 잡
숫고 엄마 가시라구. 여기서는 이거 보믄 인제 그냥 큰일난다구."

그래서 인제 엄마가 인제 그걸 들구서 인제 가는 거야, 가는 길로.

그런데 이놈의 사위가 어떻게 저 인제 그냥 보내진 않아, 않을 거다 생
각헌 거야. 그러구 장모 가는 길 그 고개 밑에 가서 지키구 섰는 거야.

(조사자 : 아이구.)

지키고 섰는데 장모가 이렇게 가 가는데, 그걸 들고 가는데,

"아이고 장모님 가세요?"

그러니까,

"응, 가."

"아이고 장모님 그거 든 게 뭐예요?"

그러니까,

"어이, 이게 뭐 그냥 뭐 몰르지(모르지) 나도. 뭐 인제 걔가 뭔지 좀 주
길래 가져간다니까."

"어디 이리 줘보세요."

그르는 거야. 줘 줘보시는 뺏어가지고는 뺏는 거야.

"그냥 가, 가시라고."

그러는 거야. 그래서 인제 그걸 뺏기구 그냥 왔어요.

(청중 : 사위헌테 뺏겼어?)

그르믄.('그럼'의 의미임.) 그르니까는 와가지구는 세상 딸네 집에 갈 맘이 없구. 또 딸도 엄마를 그렇게 해서 보내놓구 또 서로 인제 그래서 영 5년 동안 한 10년 동안 안 대녔답니다.(다녔답니다.) 안 다니구 세월을 보내다가 어느 날은 하루 허는 소리가,

"인제 우리가 인제 3년을 콩나물죽을 다 먹구 인제 끝나고 또 돈을 이만큼 인제 모았으니까 우리가 처갓집에 인제 한번 가보자고."

신랑이 인제 그르는 거야. 그래서 그냥 떡에다가 그냥 뭐 닭에다가 뭐 그냥 고기에다가 뭐, 솥 크 옛날에는 소발에다 신고 다녔어요. 이런 드르 덩 마차 아니면 또 소를 이렇게 질마라고 있어. 양쪽에다 이렇게 뜩 허니 신고 쌀을 해서 양쪽에다 한 가마니 신고 또 그냥 고기를 사서 위에다 짓고, 꺼드름거리고('거드름 피우며'의 의미임.) 처갓집엘 가는 거야.

처갓집을 가서 인제 가니까는 인제 장모가 인제 나와.

"아휴, 뭘 그렇게 해가지고 오나."

그러니까,

"장모님, 이게 그 떡을 갖다가,"

여자도 몰랐다. 떡을 뺏었는지도 얘길 안 해서 몰라. 갖다 장에다 갖다 팔았어.

(보조 조사자 : 팔았어?)

콩나물죽 먹기로 약속을 했으니까 그냥 팔았어, 그걸 갖다. 팔아서 인제 돈을 그렇게 모으구. 또 일을 해서 돈을 모으구. 그래 인제 부자가 됐어요. 그러니깐 인제 이것두 콩 저 인절미 팔아서 돈, 저 돈 헌(한) 걸로

이것도 산거, 이것도 인절미 판 거, 아따 죽 늘어 챙기는 거야.

그 장모 앞에 가서.

"내가 이렇게 했으니까 인제 야속해허지 말라구."

그래서 그렇게 부자로 잘 이루구. 한번 결심 그렇게 해가지구 잘 살 잘 살았대요. 처갓집서 잘 해다 드리구.

(청중 : 장모도 맘 풀리고.)

예. 아주 소원 성취를 이루구 잘 살았답니다.

호랑이와 곶감

자료코드 : 02_26_FOT_20100130_SDH_WJT_0001
조사장소 : 경기도 포천시 가산면 우금2리 544 우금2리 마을회관
조사일시 : 2010.1.30
조 사 자 : 신동흔, 노영근, 이홍우, 한유진, 구미진
제 보 자 : 원종태, 남, 72세
청   중 : 10명
구연상황 : 호랑이에 관한 이야기를 나누던 중, 어렸을 때 들었던 이야기가 없는지 묻자, 생각나신 이야기를 구연하였다.
줄 거 리 : 호랑이 한 마리가 배가 고파 마을까지 내려와서는, 사람을 잡아먹으려고 어느 집에 들어섰다. 그 집에는 어린 아이가 있었는데, 밤늦도록 계속 보채고 울기만 하였다. 아이의 엄마는 아이를 달래려고 이런 저런 이야기를 하다가, 자꾸 울면 호랑이가 온다고 겁을 주었다.
그러나 아이는 꿈쩍도 하지 않고, 계속해서 울어댔다. 그러자 이번에는 아이의 엄마가 아이에게 곶감을 주겠다고 하였다. 그 말을 들은 아이는 순식간에 울음을 뚝 그쳤다. 밖에서 이 소리를 엿듣고 있던 호랑이는 자신보다 더 무서운 '곶감'이라는 것이 집안에 있다고 생각하고는, 깜짝 놀라 그대로 달아나 버렸다.

호랭이(호랑이)가 인제 거, 잡아 먹을려고(본격적인 구연 전에, 얘기를 나누면서 산 속에 살던 호랑이가 배가 고파서, 마을에 내려와 사람을 잡

아먹으려다 일어났던 일이라는 부분이 생략되었음.) 왔는데, 인제, 애가
자꾸 우니까, 인제 즈('아이'를 가리키는 것임.), 엄마가 별 소릴 다 했다
는 거야. 별 소릴 다 했는데도, 자꾸 우니까. 뭐 호랭이(호랑이)가 왔다 그
랬는데도, 울고, 자꾸 우니까, ○○

"곶감 줄게. 곶감 줄게"

그러니까 딱 그치더래는 거야. 그러니까 [살짝 웃으며]호랭이(호랑이)가
가만히 있다,

'야 이거 나보다 더 무서운 놈이 있나보다'

그리고 호랭이(호랑이)가 내뺏데(내뺏다)는 거, 그런 얘기야. 허허.

(청중 : 곶감이 더 무섭지.)

왕뒤의 유래

자료코드 : 02_26_FOT_20100123_SDH_YJH_0001
조사장소 : 경기도 포천시 가산면 정교1리 539-10 정교1리 마을회관
조사일시 : 2010.1.23
조 사 자 : 신동흔, 노영근, 이홍우, 한유진, 구미진
제 보 자 : 유재학, 남, 56세
청   중 : 5명
구연상황 : 조사자들이 주변 지역에 전해지는 내력담이나 전설이 없냐고 묻자, 생각나신
          이야기들을 하신 중에 제보하였다.
줄 거 리 : 궁예의 최후와 관련된 왕뒤라는 곳은 왕건에게 패하여 쫓기던 궁예가 지나가
          던 길에서 비롯되었다고 한다. 궁예는 나라 터를 원래 포천으로 잡았는데, 그
          곳에 물이 없다하여 다시 철원으로 잡았다. 이후 그 지방으로 가던 중 평강에
          이르러 백성들에게 들켜 처참하게 돌팔매질을 당해 죽게 되었다. 왕뒤는 그
          길에서 궁예왕이 뒤를 보이고 도망갔다고 하여, 마을 사람 사이에서 붙여진
          이름이라 한다.

왕뒤는, 왕이.

(청중 : 왕이, ○○ 왕이 앉았다는 자리야.)

궁예가, 궁예가, 저, 뭐야 패해서 여기 명지산(경기도 가평군에 있는 산.)으로 갈 때. 왜냐면(왜냐하면) 궁예가 여기를, 여기를 나라 터라 그러거든. 여기 나라 터를 이리로 잡았다가,

(청중 : 요 앞에가 나라 터야. 이게, 옛날에.)

예, 근데 물이 없어서(포천에 물이 없었다는 말임.) 철원에다가 잡았는데. 그, 궁예가 지금 뭐, 거기가 어디냐면. 평강(현재 강원도 북서쪽에 있는 지역임). 그치? 평강.

(보조 조사자 : 평강, 예.)

평강 고 앞에다가 했다 말이야.

근데 궁예가 글루(그리로), 그 옆에 거기다 자리 잡고 도망가서, 패해서, 평강사람들이 돌팔매를 치고, 도망가서 결국 평강 가서 죽었잖아.

근데 일로 도망 와서[손가락으로 가리키며] 여기 왕, 뒤. 왕이 여기서 뒤를 보이고 도망갔다고 그래서, 여기가 왕뒤야.

조선왕조 터 잡은 무학대사

자료코드 : 02_26_FOT_20100123_SDH_YJH_0002
조사장소 : 경기도 포천시 가산면 정교1리 539-10 정교1리 마을회관
조사일시 : 2010.1.23
조 사 자 : 신동흔, 노영근, 이홍우, 한유진, 구미진
제 보 자 : 유재학, 남, 56세
청   중 : 5명
구연상황 : 앞의 이야기에 이어, 생각나신 이야기를 구연하였다.
줄 거 리 : 조선 태조 이성계가 위화도에서 회군하여, 개성을 버리고 서울에서 천도를 하기 위해 자리를 잡으려했다. 그때 포천도 천도 후보지에 올랐으나, 물이 적다하여 수도가 되지 못했다. 그러던 중, 무학대사가 도성 자리를 잡기위해 서울로 가던 길에, 비범한 어떤 노인을 만났다. 무학은 그 노인에게 어느 곳으로

도성을 잡으면 좋겠냐고 물으니, 십리를 더 가라고 하였다. 그리하여 그곳은
십리를 더 간다는 뜻의 왕십리(往十里)가 되었고, 조선의 수도는 인왕산 밑으
로 자리 잡게 되었다.

　이성계가, 위화도를 회군해 갖고, 개성을 버리고, 서울에다가 천도할
때. 어디가 자리를 좋은가 하고. 자리 잡다가. 포천도 천도를 할라 그랬는
데. 이제 포천이, 왜 뭐야. 안을 포(抱)자를 쓰잖아. 안을 포(抱). 근데 지리
적으론 좋은데 포천이 물이 없잖아. 그래서 뭐, 도시가 생길려면 물이 있
어야 되는데.

　그래갖고 무학이 넘어가서 잡아 왔잖아. 근데 왕십리(往十里)에서, 무학
이 도성을 잡을라고 간데,

　'어디가 좋을까.'

　하고, 이렇게 간데, 어느 도인이

　"이 무학만도 미련한 놈의 소새끼야. 왜 안가냐."

　하고 때렸잖아. 그지? 그때 어디 나왔잖아. 일화에. 그래서 무학이 탁
느끼고 그 도인한테 물어봤더니,

　"어따가(어디에다) 도성을 잡았으면 좋겠냐."

　그랬더니

　"이 미친놈 왕십리. 왕십리."

　그렇고 해서, 거기서 십 리를 가서, 지금 인왕산 밑에다가 자리를 잡은
거지.

할미재와 고모리성의 유래

자료코드 : 02_26_FOT_20100123_SDH_YJH_0003
조사장소 : 경기도 포천시 가산면 정교1리 539-10 정교1리 마을회관
조사일시 : 2010.1.23

조 사 자 : 신동훈, 노영근, 이홍우, 한유진, 구미진
제 보 자 : 유재학, 남, 56세
청   중 : 5명
구연상황 : 마을의 지명에 대해 말씀 하시던 중, 생각나신 이야기를 구연하였다.
줄 거 리 : 포천시 소흘읍 고모리에 있는 고모리 산성에는, 그 주변에 할미재라 불리는
          고개가 하나 있다. 이에 대한 유래로, 옛날 할머니와 할아버지 신선이 살았는
          데, 할머니가 성을 쌓았고, 할아버지는 벌판을 개간하는 내기를 했다. 그러던
          중, 할머니가 성을 쌓다 욕심을 부렸고, 할아버지는 논을 먼저 개간하게 되었
          다. 할머니는 아마 내기에서 진 듯한데, 결국 할머니는 무릎으로 고개를 기어
          가게 되었고, 그 고개이름은 할미재가 되었다.

  여기 고모리라는 게, 가면 할미재라고 있어요. 비득재. 이제 비득재가,
비켜간다고 해서 비득재인데. 이게 원래 할미재거덩.

  근데 이제 어느 고서에 보면은 할미하고 할아버지하고, 신선이 내기를
했는데. 그, 할미가 올라가서 성을 쌓고, 할아버지는 벌판을 개간했단 말
이여. 개간을. 근데 이제 할미가 어느 날, 성을 먼저 쌓을 줄 알았는데. 할
미가 욕심이 너무 많고, 그래서 성을 쌓다가 중도에 잘못되고. 할아버지
가 내기를 했는데, 이 벌판에 논을 먼저 개간을 했다. 그런 책이 아마 어
디 뒤지면 나와. 나도 옛날에 이제 책에서 본건데.

  (보조 조사자 : 그래서 어떻게 됐데요?)

  그래갖고, 할미가 거기를 무릎으로 기어서 할미재가 된 거고. 고런 야
사가 하나 있고.

오성의 집 살구를 따 먹은 권율장군

자료코드 : 02_26_FOT_20100123_SDH_YJH_0004
조사장소 : 경기도 포천시 가산면 정교1리 539-10 정교1리 마을회관
조사일시 : 2010.1.23
조 사 자 : 신동훈, 노영근, 이홍우, 한유진, 구미진

제 보 자 : 유재학, 남, 56세
청　　중 : 5명
구연상황 : 포천에서 살았던 인물들에 대해서 아는 이야기가 없는지 묻자, 오성에 대한
　　　　　 이야기를 구연하였다.
줄 거 리 : 옛날 오성 이항복과 권율장군의 집은 이웃해 있었다. 오성의 집에는 살구나무
　　　　　 한 그루가 있었는데, 그것이 담을 넘을 만큼 자라서 권율장군의 집 안까지 가
　　　　　 지가 뻗어 나갔다. 그러자 권율의 집안사람들은 넘어오는 가지에 달린 살구를
　　　　　 모두 따 먹어 버렸다.
　　　　　 이 사실을 알게 된 오성은 권율장군 집을 찾아가, 방 안에 권율이 있는 것을
　　　　　 확인하고는 대뜸 문풍지를 뚫어 손을 집어넣고, '이 손이 누구 손이냐' 물었
　　　　　 다. 황당한 권율은 오성에게 '당연히 네 손이지 않냐'고 대답하니, 오성은 살
　　　　　 구나무의 가지가 담을 넘어가도, 그 살구나무는 여전히 자신의 집 소유라고
　　　　　 말한다. 권율은 그제야 오성의 뜻을 알아차리고, 더 이상 살구를 몰래 따 먹
　　　　　 지 않았다.

　이제 오성대감은, 인제 뭐 나도 다 들은 얘기고, 책에서 본 얘긴데.
　오성대감이 인제, 이게 문풍지에다 손을 푹 집어넣고.
　(보조 조사자 : 예예.)
　여기 권율(權慄)장군네 집이, 권철(권율의 아들로, 조선 중기의 문신.)이
이제, ○○○하는데, 이걸 뚜집으니까(뒤집으니까),
　"누구 손이오?"
　그랬더니,
　"인마, 그거 니 손이지?"
　그지? 손을 쑥 집어넣으니깐.
　"그럼 이 살구나무는 누구 거요?"
　그니까 황당하잖아. 그지? 대감이 들으니까.
　"그 살구나무가 니네 꺼지."
　"근데 왜 우리 살구나무를 대감네가 다 따 먹었냐."
　이거지. 거, 책에 나와요 그거. 그지? 나오지?

(보조 조사자 : 권율네가 그걸 따먹었나보죠?)

이제, 이, 이, 오성네하고 이웃집 살았는데, 이 살구가 쭉 자라갖고, 가지가 거의 권율 장군네 담 너머로 뻗었는데. 자기넨 못 따먹고 그 집에서 다 따 먹은 거지. 그니깐 손을 쑥 집어넣고.

"이손이 누구 손이냐."

그니깐,

"그게 니 손이지."

그래갖고, 그 담서부터는 안 따 먹었다 이 소리지.

세조에게 새로 잡은 자리를 드린 신숙주

자료코드 : 02_26_FOT_20100123_SDH_YJH_0005
조사장소 : 경기도 포천시 가산면 정교1리 539-10 정교1리 마을회관
조사일시 : 2010.1.23
조 사 자 : 신동흔, 노영근, 이홍우, 한유진, 구미진
제 보 자 : 유재학, 남, 56세
청   중 : 5명
구연상황 : 앞의 이야기에 이어서 구연하였다.
줄 거 리 : 세조의 공신으로 알려진 신숙주는 세조의 자리를 잡았다고 하는데, 그 사연은 다음과 같다. 어느 날, 세조는 신숙주에게 술을 잔뜩 먹여 취하게 한 뒤, 한 방에서 자는 동안 바지 쪽에 물을 부어 오줌을 싼 것처럼 하였다.
다음 날, 술에서 깬 신숙주는 깜짝 놀라, 자신이 오줌을 싸는 바람에 임금의 자리까지 다 젖어 있는 것을 보고는 어찌할 줄 몰라 쩔쩔매고 있었다. 그러자 세조는 태연하게 나가 무슨 일이 있자 물으니, 신숙주는 더욱 당황하였다. 그 틈에 세조가 새로 잡은 터가 마음에 든다는 뜻을 드러내자, 큰 죄를 지었다고 여긴 신숙주는 곧장 그 터를 세조에게 드리겠다고 하였다.

요기 인제, 고모1리 권○○이네, 고쪽, 산수 쪽 가, 권철, 고 산수 있는데 가면, 저수지가 있걸랑. 고 옆으로 이제 절이 쫌만한(조그마한) 게 하

나 있었는데, 운악사라고 있었는데.

그 세조가 궐남이하고 이제 등극하면서, 절을 절로(저리로), 광릉으로 웸기고(옮기고), 세조 자리는 보면 인제 뭐, 궐남이가 잡았느니, 신숙주가 잡았느니 나오자나. 그죠?

(보조 조사자 : 예예.)

근데 뭐, 함 ○○ 신숙주를 그거 뭐야, 세조, 거 같이 이렇게 한 방에서, 술을 이빠이('잔뜩'의 의미로 말함.)먹고 취해갖게 만들고. 신숙주를 거 임금 침소에다 놓고 자는 동안 물을 붓고. 물을.

아침에 일어나보니깐 잉 오줌을 ○○○ 싸갖고 용상(龍床)이 다 젖었잖아. 그지?

(보조 조사자 : 예예.)

아, 그냥 아무리 친구라도 자긴 신하고, 여긴 임금인데 인제 죽을, 대죄를 졌지 모야. 그지? 그래 갖고, 어쩔 줄 모르고 있는데 인제 세조가 와갖고.

"어우 대감 일찍 일어 나셨소."

아니 쩔쩔 매고 있는데 그냥.

"아 왜 그러냐."

이렇게 하면서, 쭉 얘기를 하니깐, 저 어쩔 줄 모르니깐 세조가 그랬다는 거야.

"대감, 저기 뭐, 신의지지 잡아놓은 데가 거기 괜찮다지 않냐."

고 그니깐,

"아우, 그거 드리겠다."

고 그래서, 그냥 반납하고.

[이하 생략]

넓적다리 잘라 남편 살린 아내

자료코드 : 02_26_FOT_20100131_SDH_YCJ_0001

조사장소 : 경기도 포천시 가산면 가산1리 102-2 가산1리 마을회관

조사일시 : 2010.1.31

조 사 자 : 신동흔, 노영근, 이홍우, 한유진, 구미진

제 보 자 : 유춘재, 여, 74세

청   중 : 3명

구연상황 : 16대 종갓집에 시집와서 사셨다는 제보자에게 아시는 이야기가 없냐고 묻자, 집안에 전해지던 이야기 중 하나로, 열녀할머니에 대한 이야기를 들은 것이 있다며 구연하셨다.

줄 거 리 : 제보자의 시집 쪽 조상 중에는 열녀로 이름난 할머니가 있었다. 그 열녀의 남편은 두 번이나 아내를 잃고, 세 번째로 다시 부인을 맞이했다. 그러던 어느 날, 남편이 몹시 크게 앓아눕더니 삼년 동안 꼼짝도 못 할 지경이 되어버렸다. 아내는 온갖 좋다는 약을 다 구해와 남편을 간호하였으나, 좀처럼 차도를 보이지 않았다. 그러던 중 평소 남편과 친하게 지냈던 선비 한 분이 병문안을 와보고는 남편의 병은 사람고기를 먹어야 낫는다고 하였다. 그 말을 듣게 된 아내는 자신의 넓적다리를 잘라 그것을 남편에게 먹이니, 병이 감쪽같이 낫게 되었다.

내가 들으니까, 우리 조상 중에 열녀 할머니가 있어요. 열녀 할머니.

(보조 조사자 : 예.)

열녀할머닌데, 그 할아버님이, 마나님을, 셋을, 잘 못되셨어. 그러니까 우리 할아버지가 마나님을 셋을, 구해셔서(구하셔서) 사는데. 그 할아버지가 무척 ○○에 앓으시더래요. 삼년을 두루 앓으시더래. 삼년.

그니까 마나님이, 아유 어떻게 갖은 약을 다 써도 안 나으시더래.

(청중 : 그건 옛날얘기 아니야. 그건 들어도 돼.)

그건 몇 백 년 된 거에요. 다른 약은 다 써도 안 낫는데, 그냥, 학자, 님이 시래요. 그래서 ○○○ 그래, 병문안을 오셨드래. 아 그래서,

"자네는 다른 약이 없구. 인(人)고기를 잡숴야 낫다."

그러더래.

그러니까 그 마나님이요. 이 넓적다리를 [자신의 다리를 치면서] 잘라 가지구, 고기를 해서, 그 샌님을 이렇게, 해드렸데요.

(보조 조사자 : 음.)

그랬더니, 그 고길 잡수고, 감쪽같이 낫더래. 감쪽같이 나. 웬만한 사람 들은 못해, 이 다리를, 이 넓적다리를 어떻게 잘라요?

그래가지구 고기를 해서, 샌님을 갖다 바치니까는,

"마나님, 이게 무슨 고기가 이렇게 맛있소."

(이하 생략)

대장장이를 혼내준 오성

자료코드 : 02_26_FOT_20100130_SDH_LSS_0001
조사장소 : 경기도 포천시 가산면 가산1리 102-2 가산1리 마을회관
조사일시 : 2010.1.30
조 사 자 : 신동흔, 노영근, 이홍우, 한유진, 구미진
제 보 자 : 이삼성, 남, 79세
청   중 : 3명

구연상황 : 조사 당시, 제보자는 주로 옆에 앉아 이야기를 듣기만 하였으나, 조사자가 오성대감과 그 일화에 대한 질문을 하니, 문득 생각이 나신 오성대감의 일화를 구연하였다. 어린 시절 어른들께 들었던 이야기 중 하나라고 하였는데, 연로하여 기억력이 좋지 않고, 서사내용을 혼동하기도 하였다.

줄 거 리 : 오성 이항복 대감은 어린 시절부터 장난이 매우 심하고, 짓궂었다고 한다. 그러던 어느 날, 대장간에 놀러간 오성은 대장장이가 만들어 둔 쇠로 만든 징을 엉덩이 사이에 숨겨 몰래 가지고 가버렸다. 매번 징이 없어지는 것을 보고, 오성이 한 짓임을 알게 된 대장장이는 화가 나 오성을 속이고 골탕을 먹였다. 이를 괘씸하게 여긴 오성은 다시 대장장이를 괴롭히기 위해, 살구 하나를 가져다 쪼개어 속에 대변을 채운 뒤, 다시 붙여 두고는 그것을 들고서 대장간으로 갔다. 대장장이가 오성이 가지고 있는 살구를 달라고 하자, 태연하게 건네주어서 결국 대장장이가 대변이 든 살구를 먹게 하였다.

오성대감이 거, 아주 장난이 시셨데요.(심했다는 의미임.)

(청중 : 아니, 오성대감도, 그리구 저 둘이, 한음도 있구.)

어. 대장간에서 인제, 그, 말을 그, 굽에 대는, 저게 있데요. 징이요. 그 말굽이, 헥, 닳까봐.

그래, 그거를 맨디러(만들어서) 내니까(놔두니까), 그게 쌓이면, 아 그게 자꾸 없어지더래요.

'아 그래, 이게 얼루(어디로) 가나.'

나중에 보니까, 거 한음(오성에 관한 이야기를 말씀하시는데, 구연 도중 한음과 착각함.)이 와가지구, 궁뎅이(궁둥이)로다가, 거 뜨거운 놈의 걸, 거 찝어 가지고(집어 가지고) 그렇게 가더래요.

그래서 자꾸 없어지니까, 이젠, 거, 화가 날 꺼 아니에요? 대감이.(원래 는 대장장이가 먼저 화가 나, 오성대감을 골탕 먹였다는 말인데, 구연 도 중 착각하여, 중간의 서사를 생략하고 곧바로 대감이 화가 난 이야기로 넘어감.)

아 그러니까, 너도 좀, 골나 보라고('혼쭐이 나보라고'의 의미임.), 살구 를 인제, 호주머니에다 넣고 잡숫는데, ○○○ 한음이 오더니,(대장장이를 말함. 구연 중 착각하심.)

"아, 거, 대감님, 살구 하나 달라."

구. 거 인제, 미리 거 준비는 해 놨다, 대변을 발라가지구[웃으면서], 살 구를 쪼개 가지구, 거기다 붙여 가지구, 살구를 하나 주니까 먹구, 돌아서 면 저거 래니까,

"이놈아. 양반을 쇡이면(속이면) 입에 똥이 들어가는 법이다."

(보조 조사자 : 헤헤.)

이러시더래요.

전염병으로 죽은 사람을 염한 오성과 한음

자료코드 : 02_26_FOT_20100130_SDH_LJB_0001
조사장소 : 경기도 포천시 가산면 금현1리 1089-1 금현1리 마을회관
조사일시 : 2010.1.30
조 사 자 : 신동흔, 노영근, 이홍우, 한유진, 구미진
제 보 자 : 이종범, 남, 77세
청   중 : 3명
구연상황 : 금현1리는 오성 대감의 출생지로도 잘 알려져 있으며, 제보자도 오성대감의
후손으로, 몇 대째 이 마을에 거주하고 있다고 하였다. 이런 상황을 고려하여
조사자들이 어른들께 들었던 오성대감에 대한 이야기가 없는지 묻자, 생각나
신 이야기를 구연하였다.
줄 거 리 : 옛날 오성과 그의 친구 한음이 한 마을에 살았는데, 그때 마을에 전염병이 돌
아 일곱 사람이 모두 죽어 한데 모아있었다. 그러나 아무도 그곳에 가지 못하
고, 시체만 그대로 두고 있었는데, 오성이 스스로 먼저 가서 시체를 수습하고,
염을 하였다. 그때 한음이 앞을 내다보고, 오성이 그곳에 가 있을 것이라 여
겨 자신도 그곳으로 갔다. 그렇게 오성과 한음은 전염병도 두려워하지 않고,
아무도 처리하지 못하는 전염병 환자의 시신에 염을 하고, 끝까지 잘 묻어주
었다고 한다.

아, 하루는,

(조사자 : 예.)

전염병 걸려 가지구, 일곱 명이 그냥, 한데 주, 죽, 죽었어요.

(조사자 : 예.)

그래, 누가 염을 허나(하나)? 그래, 오성 대감이, 이항복씨가 먼저 가서,
그 시체 옆을 제치구서, 둘을 제치고, 한음이 이제 들어와서, 어, 시체를
세 보니까, 허. ○○뭐야.

그래 이, 벌써, 그 한음은 앞을 좀 내다 보셨데요.

'항복이가 여기 와서, 그러고 있구나.'

허허, 그래 가지구.

저 시체를 치워 놓고선,

"여, 이놈, 나를 속였구나."

그래 가지구, 나중엔 웃구, 같이 염을, 응? 일곱 사람을, 염을 죄 했데요.

(조사자 : 아.)

일곱 사람을 염을 해서, 저 이제, 매장. 어이 그러는 저거는 없지 뭐야, 글쎄. 일곱을, 응. 참.

(조사자 : 예.)

전염병이라면, 그냥 뭐 병도 아니고, 전염병, 누가 거 동네에서들. 그, 전염병이라면 무서, 무서웠거든. 안 갔어요. 친, 형제, 어, 형제 전에는.

지금은 전염병이라고 그래도 가고, 뭐 오고 가구 하지. 근데, 그 때는 전염병이라 그러면 안 갔거든. 옛날엔. 우리네 어렸어도. 근데 아, 아주 그때는 몇 백 년 전인데, 그때는 더 그러지.

(조사자 : 예.)

염을 둘이 해서, 가서 이장을 했데는 거에요, 거 저기하구, 한음하구.

(조사자 : 어휴, 대단하시네요.)

어, 대단한 분이지.

대장장이에게 속은 오성

자료코드 : 02_26_FOT_20100130_SDH_LJT_0001
조사장소 : 경기도 포천시 가산면 금현1리 1089-1 금현1리 마을회관
조사일시 : 2010.1.30
조 사 자 : 신동흔, 노영근, 이홍우, 한유진, 구미진
제 보 자 : 이종태, 남, 86세
청   중 : 3명
구연상황 : 조사장소가 오성 이항복이 살았던 마을이며, 제보자 또한 오성의 후손이라는
          점을 참고하여, 오성대감에 대한 이야기 중 들으신 것이 없는지 묻자 구연하

였다.

줄 거 리 : 오성 이항복은 어린 시절부터 장난이 매우 심했다고 한다. 그러던 어느 날, 대장간에 놀러간 오성은 대장장이가 만들어 둔 귀한 쇠붙이를 엉덩이 사이에 숨겨 몰래 가지고 가버렸다. 매번 쇠가 없어지는 것을 보고, 화가 난 대장장이는 오성을 골탕 먹이기 위해, 일부러 뜨겁게 달군 쇠를 놔두었다. 그것을 모른 오성은 뜨거운 쇠를 집다가 그만 데고 말았고, 화가 난 오성은 양반을 속였다며 대장장이의 볼기를 쳤다.

그래 그, 장난이 그렇게 심허셨어. 장난이. 그 냥반이(오성을 가리키는 것임), 장, 그렇게, 장난이 심해서. 대장간에를 가서, 이렇게, 뭐, 그 옛날에 쇠, 쇠끝이, 쇠, 쇠 같은 게 귀허거든(귀하거든)?

(조사자 : 예.)

귀헌데(귀한데), 그, 그걸 훔쳐오기는 뭘허고(뭣하고) 허니까, 이 냥반(양반)이 이렇게 앉아서, 이렇게 해서, 이 똥구녕(엉덩이 사이를 말함.)에다가 끼고, [웃으면서] 훔쳐다가 모은 것이, 뭐.

(청중 : 엄청 났데는 거지.)

엄청나게 쇠가 많았데는 거야. 하하.

(청중 : 그래, 거 한번은 인제 뜨거운 거를. 뭐 이놈아, 양반을 속이냐고 그러셨데는 거야. 이놈아, 응. 뜨거운 거를.)

그게 인제 쇠가, 자꾸 거 집어가니까

(청중 : 펄펄 끓는 걸, 집어가니)

뜨거운 거를 이렇게, 뜨거운 거를 났단 말이야.(대장장이가 오성을 혼내주려고 일부러 뜨거운 것을 놓았다는 말임), 그니까 그걸 ○○○가지고, 또 가서 그걸 가자 갈려고(가져 가려고) 했는데,

(조사자 : 예.)

아, 뜨거우니까 이 양반이 디지(데지). 허허. 그러니까 그 대장, 참 옛날엔 상하(上下)에 양반이라는 게 있거든. 양반.

(조사자 : 예.)

그니까 양반을 이눔이(이놈이) 쇡였다고(속였다고) 해서, 볼기를 쳤데는 거야. 하하.

마을의 느티나무 제사

자료코드 : 02_26_FOT_20100130_SDH_JCM_0001
조사장소 : 경기도 포천시 가산면 우금2리 544 우금2리 마을회관
조사일시 : 2010.1.30
조 사 자 : 신동흔, 노영근, 이홍우, 한유진, 구미진
제 보 자 : 조찬묵, 남, 78세
청   중 : 10명
구연상황 : 마을 분들과의 대화를 통해, 조사장소였던 우금2리에 원래 커다란 괴화나무가 있다는 이야기를 들었다. 마을 분들은 괴화나무를 느티나무라고도 부르는데, 그와 관련된 이야기가 없는지 묻자 구연하셨다.
줄 거 리 : 예전부터 마을에는 여덟 명이 들어가서 둘러앉아 밥을 먹을 정도로, 커다란 느티나무(괴화나무)가 한 그루 있었다. 그런데 어느 날 마을에서 그 나무를 베어버리게 되었는데, 그 뒤로 마을에 있는 소들이 한 마리씩 죽어가기 시작했다. 그러자 마을 사람들은 제사를 드렸는데, 아무리 제사를 지내도 소용이 없었다. 그래서 이번에는 개를 잡아 정성스럽게 삶아 올려놓고, 해마다 정해진 시간에 제사를 드렸다. 그 뒤로 마을에서는 더 이상 소가 죽어나가지 않게 되었다.

옛날에, 어른들 얘기가,

(보조 조사자 : 예.)

이 저기, 지금 저, 거기에 저기 있어요. 느티나무.

(보조 조사자 : 예.)

느티나무가 있는데, 그 느티나무에, 옛날 노인네들이 얘기하는데, 광우리(광주리) 이렇게 밥 광우리(광주리) 하나 놓고, 여덟이서 밥을 먹었데요. 얼마나 큰지.

그랬는데, 인제 그걸 비구(베고)나서, 비구(베고)나서 그니까, 옛날에 거 나무 ○○가 난거야.

(보조 조사자 : 예.)

사람은 괜찮은데, 소가 자꾸 죽기 때문에,

(보조 조사자 : 아.)

소가 자꾸 죽기 때문에, 인제 거기다 제사를 지냈는데, 제사를 암만 지내도, 안 돼서, 개를 잡아 놓고 제사를 지냈다 이거에요. 개.

(보조 조사자 : 예.)

거 인제, 개를 잡아 놓고 제사를 지냈는데, 개도 그냥 허는 게 아니라, 이걸 걸려 가지구, 그냥 백숙을, 그냥,

(청중 : 아 개, 개. 개도 털 뽑아 가지구.)

무척으로 그냥 과가지구(고아가지고), 그거를 몇 시에 그냥 지내냐면은, 에…

(청중 : 거, 새벽에 지냈잖아. 새벽.)

아니야. 열시. 정도에 꼭 지냈어요. 열시에.

(보조 조사자 : 예.)

에, 그래 지냈는데, 거 그리구(그리고), 했는데. 그 옛날 노인네들이 얘기하는데, 그거 지내면서 인제, 소가 죽지 않았다 이거야.

피를 내어 어머니를 살리려했던 효자 남편

자료코드 : 02_26_MPN_20100131_SDH_YCJ_0001

조사장소 : 경기도 포천시 가산면 가산1리 102-2 가산1리 마을회관

조사일시 : 2010.1.31

조 사 자 : 신동흔, 노영근, 이홍우, 한유진, 구미진

제 보 자 : 유춘재, 여, 74세

청   중 : 3명

구연상황 : 제보자가 대대로 이름난 효자와 열녀가 많았던 종가에 시집와서 사셨다는 정
보를 얻은 뒤, 관련해서 들으신 이야기가 없는지 묻자 제보자의 남편이 유명
한 효자였다며, 직접 본 이야기를 했다.

줄 거 리 : 제보자의 남편은 평소 소문난 효자로 알려져 있었는데, 어느 날 제보자의 시
어머니가 임종하기에 이르렀다. 그러자 그 곁을 지키던 남편이 문득 자신의
손을 잘라 피를 내, 돌아가시려는 어머니의 입안에 흘려 넣었다. 모두들 깜짝
놀랐으나, 남편은 어떻게든 어머니를 살리고자 했다고 한다.

옛날이 아니라, 우리 바깥양반이 보통 양반이 아니에요.

(조사자 : 예)

어머니가, 돌아가실려고 이렇게, 운명을 하시는데

(조사자 : 음.)

이, 손을 잘라 가지구, ○○에다 피를 넣어 드리더라구.

(조사자 : 아아.)

아유, 그걸 보고 죄 놀랬어요.

(조사자 : 아아.)

그러니까 우리 시누님이 그 칼을 탁 뺏더라구, [손으로 뺏는 시늉을 하
며] 그러니까, 뒤로 감춰. 이렇게 칼을 가져오니까, 칼을 뺏었는데, 어느
길에 가서 손을 잘랐는지 몰라. 그래가지고 어머니가 운명허시는데, 그

피를 여기 입에다 넣어 드리더라구.

　아휴 그래가지구,

　(조사자 : 아. 그걸 직접 보셨어요?)

　네?

　(조사자 : 직접 보신 거에요?)

　우리 어머니가, 우리, 바깥양반이 지독해.

　(조사자 : 아.)

경주 이씨 족보 지킨 시어머니

자료코드 : 02_26_MPN_20100131_SDH_YCJ_0002
조사장소 : 경기도 포천시 가산면 가산1리 102-2 가산1리 마을회관
조사일시 : 2010.1.31
조 사 자 : 신동흔, 노영근, 이홍우, 한유진, 구미진
제 보 자 : 유춘재, 여, 74세
청　　중 : 3명
구연상황 : 앞의 효자남편 이야기에 이어, 자신의 시어머니에 대한 이야기를 구연하셨다.
줄 거 리 : 제보자의 시어머니는 제보자와 마찬가지로 종가에 시집와 살림을 꾸려갔던
　　　　　분이었는데, 한국전쟁이 발발하자 피난을 가게 되었다. 그런데 자신이 먹을
　　　　　것은 하나도 챙겨가지 않으면서도, 몇 대째 내려오던 족보만은 챙겨서 피난길
　　　　　에 올랐다고 한다. 그러나 도중에 소나기를 맞아 족보가 다 젖어버렸는데, 시
　　　　　어머니는 그 와중에 부채를 구해와 한 장씩 부채질을 해가며 족보를 말렸다.
　　　　　그렇게 전쟁 중에도 무사히 보관 된 족보는 후에 경주 이가에 전해지는 족보
　　　　　가 되었다고 한다.

　그러구 우리 시어머니가 보통 양반이 아니셨어. 옛날에 6·25때요. 족
보 있잖아요. 족보, 아시지?

　(보조 조사자 : 예.)

　그 족보를, 그걸 몇 대 족보를, 다 종갓집이니까는. 그걸 지구(지고) 나

가시면서, 당신 잡술 건 하나도 안 가지고 나갔데. 쌀이구, 아무것두, 아무것도 안 가져 가지구, 족보만 가지구 피난을 나가셨는데. 피난을 나갔는데, 그냥 소낙비가 쏟아지더래요.

(조사자 : 예.)

그러니까 그냥, 거, 뭐, [기억이 잘 안 나는 듯] 어디래나. 거길 가니까 그냥 비가 쏟아지는데, 그리 피난을 나가니까 방이 하나두 없더래요. 다 피난민들이 찼드래.

그래서 의짓간을 하나 읃어가지구(얻어가지구), 부채를 하나 사셨데나. 어디서 주문해가지구. 그 족보를 하나 하나 부채질을 부쳐가지구. 그 부채질을 해가지구, 족보를 다 말려 놓으셨데.

말려가지구 우리 경주 이, 상교에서 그 족보(시어머니가 지킨 족보를 말함.)루다가, 족보를 냈어. 그걸루다가. 우리 시어머니가 갖다 보관한 족보를 갖다가, 족보를 맨들었어.(만들었어).

(조사자 : 아.)

그거 아니믄, 우리 족보가 없어지는 건데. 그 족보를 우리 시어머니가 지구(지고) 나가서, 보관을 했기 때문에, 그 족보를 우리 경주 이 서방네, 경주 이가에요.

(보조 조사자 : 아.)

그거루다 족보를 맨들어(만들어) 가지구, 그래가지구, 우리 시어머니가 상을 타셨어.

(보조 조사자 : 아.)

보통 노인네가 아니셔, 그렇죠. 당신, 누구든지 먹을 거를 하나 집어갖구(집어가지고) 나가지, 누가 그 족보를 생각해요? 그냥 그 족보를 지구(지고) 나가셨데.

회다지소리

자료코드 : 02_26_FOS_20100131_SDH_YIW_0001
조사장소 : 경기도 포천시 가산면 우금2리 544 우금2리 마을회관
조사일시 : 2010.1.31
조 사 자 : 신동흔, 노영근, 이홍우, 한유진, 구미진
제 보 자 : 유인원, 남, 69세. 외 청중들(뒷소리)
청   중 : 4인
구연상황 : 마을 분들에게 미리 제보자에 대한 정보를 들어, 제보자가 소리에 능하다는
        사실을 알고 있던 상태에서 간단히 대화를 나누었다. 상여 나가셨던 경험이
        있다는 이야기를 듣고, '회다지소리'를 청하자, 갑작스러워서 준비가 안 되셨
        다며 주저하셨다. 그러나 조사자들과 청중들이 분위기를 조성하자, 곧 구연을
        시작하였다. 구연 시에는 마을회관에 함께 계시던 청중들이 뒷소리를 해주었
        고, 청중 중 한 명은 목침으로 방바닥을 콩콩 찧으며, 땅을 다지는 시늉을 하
        기도 하였다.

여차여차~ 곰방님네~

  예~~

옛날옛적 내려오던 달공질이나 한번 해봅시다~

  좋~죠~

에~헤~리 달~공~

  에~헤~리~ 달~공

달공질을 잘허면은

  에~헤~리~ 달~공

막걸리가 석잔이고~

  에~헤~리~ 달~공

달공질을 못허면은

에~헤~리~ 달~공

막걸리도 없습니다~

에~헤~리~ 달~공

한발 두뼘 달구대를

에~헤~리~ 달~공

양손으로 빌려가며~

에~헤~리~ 달~공

남의 발을 밟지 말며

에~헤~리~ 달~공

멋있게 닫아보소

에~헤~리~ 달~공

그건 그건 그렇거니와

에~헤~리~ 달~공

무슨 노래를 허여볼까

에~헤~리~ 달~공

유행가를 불러볼까

에~헤~리~ 달~공

적벽가를 불러볼까

에~헤~리~ 달~공

노랫가락을 불러볼까

에~헤~리~ 달~공

이것저것 다집어치고

에~헤~리~ 달~공

회심곡(回心曲)이나 하여보세

에~헤~리~ 달~공

여보시오 시주님네

에~헤~리~ 달~공

이내 말쌈(말씀) 들어보소

에~헤~리~ 달~공

이 세상에 나온 사람

에~헤~리~ 달~공

뉘(누구의) 덕으로 나왔는가

에~헤~리~ 달~공

석가여래 공덕으로

에~헤~리~ 달~공

아버님전 뼈를 빌고

에~헤~리~ 달~공

어머님전 살을 빌고

에~헤~리~ 달~공

제석님껜 복을 빌어

에~헤~리~ 달~공

이내 일신 탄생헐제

에~헤~리~ 달~공

석달만에 피를 보고

에~헤~리~ 달~공

여섯달만에 육신이 생기고

에~헤~리~ 달~공

열달만에 탄생헐제

에~헤~리~ 달~공

우리 부모 그등을 보소

에~헤~리~ 달~공

젖은 자리는 당신이 누시고

에~헤~리~ 달~공

마른 자리 골라제며

에~헤~리~ 달~공

엄동설한 돌아오면

에~헤~리~ 달~공

덮어줄 이불 어디 있는가

에~헤~리~ 달~공

의복 벗어 덮어주고

에~헤~리~ 달~공

삼복시절 돌아오면

에~헤~리~ 달~공

단열밤을 마다시고

에~헤~리~ 달~공

다 떨어진 삼살 부채로

에~헤~리~ 달~공

모기 빈대 잡아주며

에~헤~리~ 달~공

흥에 겨워 허시는(하시는) 말씀

에~헤~리~ 달~공

은을 주면 너를 사며

에~헤~리~ 달~공

금을 주면 너를 사랴

에~헤~리~ 달~공

어화동동 길를(기를) 적에

에~헤~리~ 달~공

한두살에 철을 몰라

에~헤~리~ 달~공

부모 은공 ○○손가

　에~헤~리~ 달~공

부모 은공 못갚아서

　에~헤~리~ 달~공

애달고도 설운지고

　에~헤~리~ 달~공

부모 은공 갚을라고

　에~헤~리~ 달~공

머리를 뽑아 ○를 ○○

　에~헤~리~ 달~공

혀를 뽑아 ○○ ○○

　에~헤~리~ 달~공

신발을 삼아 신을진정(지언정)

　에~헤~리~ 달~공

부모 은공 갚을소냐

　에~헤~리~ 달~공

부모 은공 못갚아서

　에~헤~리~ 달~공

애달프고 설운지고

　에~헤~리~ 달~공

춘초는 연년녹이여

　에~헤~리~ 달~공

왕손(王孫)은 귀불귀(歸不歸)라

　에~헤~리~ 달~공

우리 인생 다가면은

에~헤~리~ 달~공

○○○○ 돌아오니

　에~헤~리~ 달~공

부모 은공 갚을소냐

　에~헤~리~ 달~공

우히야~ 훨훨~

[제보자가 쑥스러워 하며, 여기까지 하고 스스로 종료함.]

상여소리

자료코드 : 02_26_FOS_20100131_SDH_YIW_0002
조사장소 : 경기도 포천시 가산면 우금2리 544 우금2리 마을회관
조사일시 : 2010.1.31
조 사 자 : 신동흔, 노영근, 이홍우, 한유진, 구미진
제 보 자 : 유인원, 남, 69세. 외 청중들(뒷소리)
청　　중 : 4인
구연상황 : '회다지소리'에 이어 상여를 나가실 때 경험에 대해 이야기를 나누던 중, 관
　　　　　련된 소리가 없는지 여쭈어보자, 상여를 모시고 행렬할 때, 종을 치며 부르는
　　　　　소리를 구연해주셨다. 앞에서와 같이, 조사자를 비롯하여 함께 소리를 듣던
　　　　　모든 청중들이 뒷소리를 내주어 구연의 분위기를 조성하였다.

워어~ 어허우~ 워하~

　워어~ 어허우~ 워하~

인제(이제) 가면 언제 오나~

　워어~ 어허우~ 워하~

오대산이 평지가 되고

　워어~ 어허우~ 워하~

대강수가 말라가지고~

   워어~ 어허우~ 워하~

먼지가 나면 오시려나~

   워어~ 어허우~ 워하~

가마솥에 푹삶은 개가

   워어~ 어허우~ 워하~

어경컹 짖으면 오시려나~

   워어~ 어허우~ 워하~

영 글렀구나~ 영 글렀어~

   워어~ 어허우~ 워하~

다시 오기 영 글렀네~

   워어~ 어허우~ 워하~

세상천지 만물 중에~

   워어~ 어허우~ 워하~

사람밖에 또 있는가~

   워어~ 어허우~ 워하~

이 세상에 나온 사람~

   워어~ 어허우~ 워하~

뉘(누구의) 덕으로 나왔는가~

   워어~ 어허우~ 워하~

석가여래 공덕으로~

   워어~ 어허우~ 워하~

아버님전 뼈를 빌고

   워어~ 어허우~ 워하~

어머님전 살을 빌어

   워어~ 어허우~ 워하~

세상천지 나올 적에
　워어~ 어허우~ 워하~
석달만에 피를 보고
　워어~ 어허우~ 워하~
여섯달만에 육신이 생기고
　워어~ 어허우~ 워하~
열달만에 탄생헐제
　워어~ 어허우~ 워하~
워호오오~ 오오하~
　워어호오~ 오오하~
간다 간다 나는 가네
　워어~ 어허우~ 워하~
정든 고향을 버리고서~
　워어~ 어허우~ 워하~
내 집을 찾아 가려니까
　워어~ 어허우~ 워하~
눈물이 앞을 가려 나 못가겠네
　워어~ 어허우~ 워하~
여기가 어딘고(어디인고) 하면
　워어~ 어허우~ 워하~
경기도 하고도 포천시야
　워어~ 어허우~ 워하~
포천시 하고도 가산면이고
　워어~ 어허우~ 워하~
가산면엔 우금리라~
　워어~ 어허우~ 워하~

동네 동네는 ○○인데

　워어~ 어허우~ 워하~

사방팔방을 다돌아봐도~

　워어~ 어허우~ 워하~

우청룡 좌백호라

　워어~ 어허우~ 워하~

명당자리가 분명허구랴

　워어~ 어허우~ 워하~

여기를 모시면은

　워어~ 어허우~ 워하~

대대손손 만만재라

　워어~ 어허우~ 워하~

부귀영화 누릴 자릴세

　워어~ 어허우~ 워하~

아리랑

자료코드 : 02_26_FOS_20100131_SDH_YIW_0003
조사장소 : 경기도 포천시 가산면 우금2리 544 우금2리 마을회관
조사일시 : 2010.1.31
조 사 자 : 신동흔, 노영근, 이홍우, 한유진, 구미진
제 보 자 : 유인원, 남, 69세
청　　중 : 4인
구연상황 : 일을 하거나 쉬실 때, 부르셨던 노래는 없는지 물으니, ‘노랫가락’ 등이 있다
　　　　　고 하셨으나, 가사가 기억이 잘 나지 않으신다며, ‘아리랑’을 부르셨다.

아리랑~ 아리랑~

아~라리요~

아리랑 고개로~

넘어간다~

나를 버리고~

가시는 임은~

십리도 못가서~

발병난다~

사발가

자료코드 : 02_26_FOS_20100131_SDH_YIW_0004

조사장소 : 경기도 포천시 가산면 우금2리 544 우금2리 마을회관

조사일시 : 2010.1.31

조 사 자 : 신동흔, 노영근, 이홍우, 한유진, 구미진

제 보 자 : 유인원, 남, 69세

청   중 : 4인

구연상황 : 쉬거나 노실 때 부르시는 노래 중에서, 평소에 좋아하시는 노래가 더 없으신
지 묻자, 생각나신 민요가 있다며, 불러주셨다.

석탄 백탄 타는 데엔~

연기만 펄썩~ 나구요

요내 가슴 타는 데엔~

○○○ 수심도 많구나~

에헤~야 데헤~야

어여라 난다~ 듸여라~

허송세월을 말어라~

입산소리

자료코드 : 02_26_FOS_20100130_SDH_YTG_0001
조사장소 : 경기도 포천시 가산면 금현1리 869번지(제보자 자택)

조사일시 : 2010.1.30

조 사 자 : 신동흔, 노영근, 이홍우, 한유진, 구미진

제 보 자 : 유태균, 남, 75세

구연상황 : 조사자가 포천 메나리를 청하자 제보자는 가장 먼저 입산소리를 구연하였다. 본래 받는 소리를 하기 위해서는 받는 사람이 있어야 하는데, 조사가 제보자 자택에서 늦은 시간에 이루어진 관계로 받는 소리를 하기 위하여 사람을 따로 부를 수 없는 상황이었다. 그리하여 제보자가 메기는 소리에 이어 받는 소리까지 모두 구연하였다. 이날 구연한 입산소리에서 받는 소리는 '아리랑 아리랑 아라리요 아리랑 고개루 넘어간다'로 동일한 구절이 반복되었다. 그러나 받는 소리는 받는 사람에 따라 가사를 변화하여 부를 수 있는 가변적 성격을 가진 것이라고 제보자는 덧붙였다.

아리랑 아리랑 아라리요

아리랑 고개루 넘어간다

아리랑 고개는 열두고개

님넘어 갈고갠 한고갤세

아리랑 아리랑 아라리요

아리랑 고개루 넘어간다

아리랑 고개다 징장구놓고

본낭군 죽으라구 거리굿한다

아리랑 아리랑 아라리요

아리랑 고개루 넘어간다

열라는 콩팥은 왜 아니 열고

아주까리 동백은 왜 여느냐

아리랑 아리랑 아라리요

아리랑 고개루 넘어간다

죽으라는 본낭군은 왜 아니 죽구

뒷집에 김도령 숨넘어간다

아리랑 아리랑 아라리요

아리랑 고개루 넘어간다

산중의 귀물은 머루다래

인간의 귀물은 사랑일세

아리랑 아리랑 아라리요

아리랑 고개루 넘어간다

아주까리 동백아 여지마라(열지마라)

산골의 처녀들 떼난봉난다

아리랑 아리랑 아라리요

아리랑 고개로 넘어간다

만나보세 만나보세 만나보세

아주까리 정자로 만나보세

아리랑 아리랑 아라리요

아리랑 고개루 넘어간다

하산소리

자료코드 : 02_26_FOS_20100130_SDH_YTG_0002

조사장소 : 경기도 포천시 가산면 금현1리 869번지(제보자 자택)

조사일시 : 2010.1.30

조 사 자 : 신동흔, 노영근, 이홍우, 한유진, 구미진

제 보 자 : 유태균, 남, 75세

구연상황 : 입산소리에 이어 하산소리를 구연하였다. 제보자는 하산소리가 목동요로서, 풀을 베고 내려오면서 부르는 노래라는 설명을 짧게 한 뒤 바로 구연하였다.

새등같은 등에다

태산같이 짐을지고

여기봐라 어렵구나

땀은 뚝뚝 떨어지고

다리는 불불 떨리는데

어찌나 갈고

차마 진정 못가겠구나

여기봐라 어렵구나

소모는 소리

자료코드 : 02_26_FOS_20100130_SDH_YTG_0003

조사장소 : 경기도 포천시 가산면 금현1리 869번지(제보자 자택)

조사일시 : 2010.1.30

조 사 자 : 신동흔, 노영근, 이홍우, 한유진, 구미진

제 보 자 : 유태균, 남, 75세

구연상황 : 하산소리에 이어 바로 구연하였다. 제보자는 논 갈면서 소를 달래는 소리라
는 설명을 구연 전 짧게 덧붙이고 구연을 시작하였다.

이랴 이랴 이소 어서가세

힘들지만 어떡허나

이랴 어디 어디

어디루만(어디로만) 슬슬가세

이랴 어디 어디

워워 오돗차 이랴 이소

슬슬만 돌아가세

일락서산에 해떨어진다

어서가자 바삐가자

이랴 어디 어디

지나가는 행인들도

길 멈추고 구경헌다

이랴 어디 어디

얼마 남지않은 이 논배미

마자(마저) 갈고 집에 가서

너도 쉬고 나도 쉬자

긴방아타령(1)

자료코드 : 02_26_FOS_20100130_SDH_YTG_0004
조사장소 : 경기도 포천시 가산면 금현1리 869번지(제보자 자택)
조사일시 : 2010.1.30
조 사 자 : 신동흔, 노영근, 이홍우, 한유진, 구미진
제 보 자 : 유태균, 남, 75세
구연상황 : 모 심는 소리에 이어 바로 구연하였다. 긴방아타령은 "자 논 매면서 방아타령
한번 해보세" 하며 시작한다고 제보자가 설명하였다.

좋다 지었구나

오초동락 너른 물에

오고 가는 쌍고선은

순풍에 돛을 달고

북을 두리둥실 울리면서

어기여차 닻감는 소리

원포귀범이 에헤라 이아니란 말가

에헤 에헤 에에에헤요

어하 우겨라 방아로구나

너니가 난실 나니로구나

니나노 방아가 좋소

어허 지었구나

꼬끼요 닭아 우지마라

네가 울면 날이 새구

날이 새면 나 죽는다

나 죽는건 섧지 않으나

앞 못보는 우리 부친

누굴 믿구선 에헤라 사신단 말가

긴방아타령(2)

자료코드 : 02_26_FOS_20100130_SDH_YTG_0005

조사장소 : 경기도 포천시 가산면 금현1리 869번지(제보자 자택)

조사일시 : 2010.1.30

조 사 자 : 신동흔, 노영근, 이홍우, 한유진, 구미진

제 보 자 : 유태균, 남, 75세

구연상황 : 앞서 구연한 긴방아타령을 이어 부른 것이다. 제보자는 공연할 때에 길게 하면 사람들이 싫어하기 때문에 보통 짧게 하는데, 앞의 구연에서는 공연할 때와 같이 긴방아타령의 앞부분만 구연하였다. 그리하여 조사자가 제보자에게 긴방아타령 뒷부분의 구연도 요청하여 구연이 이루어졌다. 이 부분은 앞에 구연한 긴방아타령의 이어지는 부분이다.

에헤 에헤 에에에헤요

어하 우겨라 방아로구나

너니가 난실 나니로구나

니나노 방아가 좋소

다 지었구나

이십오년 다녕월에

불승청원 저 기러기

갈순 한대를 입에다가 물고

부러진 죽지를 좌촬촬 끌며

날아든다고 에혜라 청산 나가

에혜 에혜 에에에혜요

어하 우겨라 방아로구나

너니가 난실 나니로구나

니나도 방아가 좋소

허어어 좋구나 지었구나

노들강변 언덕 위에

비둘기 한쌍이

푸른콩 한알을 입에다가 물고

암놈이 물어 수놈을 주면

수놈이 물어 암놈을 줄때

암놈 수놈 어르는 소리

늙은 과부는 한숨만 쉬고

소년과수는 에혜라 밤봇짐 싼다

자진방아타령

자료코드 : 02_26_FOS_20100130_SDH_YTG_0006

조사장소 : 경기도 포천시 가산면 금현1리 869번지(제보자 자택)

조사일시 : 2010.1.30

조 사 자 : 신동흔, 노영근, 이홍우, 한유진, 구미진

제 보 자 : 유태균, 남, 75세
구연상황 : 자진방아타령은 긴방아타령 후에 바로 구연한다고 제보자가 설명하였다. 자
진방아타령은 긴방아타령에 이어 바로 구연하였다.

산에 올라 수진방아

에이여라 방아요

들에 나려 디딜방아

에이여라 방아요

줄기차게 찧는 방아

에이여라 방아요

돌고 돌아 연자방아

에이여라 방아요

찧기 좋은 나락방아

에이여라 방아요

자주 찧는 깨방알세

에이여라 방아요

여주이천 자체방아

에이여라 방아요

나려치는(내려치는) 물방아라

에이여라 방아요

새 쫓는 소리

자료코드 : 02_26_FOS_20100130_SDH_YTG_0007
조사장소 : 경기도 포천시 가산면 금현1리 869번지(제보자 자택)
조사일시 : 2010.1.30
조 사 자 : 신동흔, 노영근, 이홍우, 한유진, 구미진

제 보 자 : 유태균, 남, 75세
구연상황 : 자진방아타령에 이어 구연하였다.

우야훨훨

새야새야 파랑새야

우야훨훨

녹두밭에 앉지마라

우야훨훨

녹두꽃이 떨어지면

우야훨훨

청포장사 울고간다

우야훨훨

말 잘허는 앵무새야

우야훨훨

몸채 좋은 공작새야

우야훨훨

춤 잘추는 학두루미

우야훨훨

대가리 큰건 방추새야

우야훨훨

꼬부라졌다 할미새야

우야훨훨

온갖 잡새 다날아든다

우야훨훨

긴상여소리

자료코드 : 02_26_FOS_20100130_SDH_YTG_0008
조사장소 : 경기도 포천시 가산면 금현1리 869번지(제보자 자택)
조사일시 : 2010.1.30
조 사 자 : 신동흔, 노영근, 이홍우, 한유진, 구미진
제 보 자 : 유태균, 남, 75세
구연상황 : 조사자가 상여소리를 청하자 구연하였다.

여보시오 상두꾼들
고히고히 잘모시세

[상여소리 설명함.]

워허어어 워허허우 어화 넘차 에헤에
여보시오 상두꾼들
고히고히 잘모시세
워허어어 워허허우 어화 넘차 에헤에
앞병구는 길 잘잡고
뒤병구는 슬슬 밀어
워허어어 워허허우 어화 넘차 에헤에
어린 동간 거느리고
허리 간에 발맞추게
워허어어 워허허우 어화 넘차 에헤에
이제 가면 언제오나
다시 오기 어려워라
워허어어 워허허우 어화 넘차 에헤에
해당화야 해당화야
명사십리 해당화야

워허어어 워허허우 어화 넘차 에헤에
내 꽃 진다 서러마라
명년 삼월 봄이 오면
워허어어 워허허우 어화 넘차 에헤에
꽃이 줄기줄기 잎이 나고
마디마디 꽃이 되어
워허어어 워허허우 어화 넘차 에헤에
개화 성신 하련만은
초로 같은 인생이야
워허어어 워허허우 어화 넘차 에헤에
한번 아차 죽어지면
잎이 나나 싹이 나나
워허어어 워허허우 어화 넘차 에헤에
불쌍한건 인생이요
가련한건 정망자라
워허어어 워허허우 어화 넘차 에헤에
만승천자 진시황은
불사약을 구하려고
워허어어 워허허우 어화 넘차 에헤에
무남독녀 오백인을
삼신산으로 보냈건만
워허어어 워허허우 어화 넘차 에헤에
불사약이 아니와서
객사주검 하였으니
워허어어 워허허우 어화 넘차 에헤에
여산에 황개무덤

덩그렇게 누웠구나

위허어어 위허허우 어화 넘차 에헤에

말 잘하는 소진장이

말을 못해 죽었느냐

위허어어 위허허우 어화 넘차 에헤에

활 잘쏘는 호반손은

활을 못쏴 죽었느냐

글 잘허는 문신손은

글을 몰라 죽었느냐

달구소리

자료코드 : 02_26_FOS_20100130_SDH_YTG_0009
조사장소 : 경기도 포천시 가산면 금현1리 869번지(제보자 자택)
조사일시 : 2010.1.30
조 사 자 : 신동흔, 노영근, 이홍우, 한유진, 구미진
제 보 자 : 유태균, 남, 75세
구연상황 : 긴상여소리에 이어 바로 구연하였다.

에헤이리 달공

여보시오 상두꾼들

에헤이리 달공

이내 소리 적다 말고

에헤이리 달공

한발 두뼘 달구대를

에헤이리 달공

양손에 널리 잡고

에헤이리 달공

삼등허리를 굽이겨 가며

에헤이리 달공

남의 발등 밟지 말고

에헤이리 달공

한번 쾅쾅 다져볼제

에헤이리 달공

먼데 양반 듣기 좋고

에헤이리 달공

좌우 영산 보시기 좋게

에헤이리 달공

창포밭에 금잉어 놀듯

에헤이리 달공

슬금슬금 놀아보자

산골처녀가 날 오라네

자료코드 : 02_26_FOS_20100130_SDH_YTG_0010

조사장소 : 경기도 포천시 가산면 금현1리 869번지(제보자 자택)

조사일시 : 2010.1.30

조 사 자 : 신동흔, 노영근, 이홍우, 한유진, 구미진

제 보 자 : 유태균, 남, 75세

구연상황 : 조사자가 나무하면서 불렀던 노래를 청하였다. 그러자 제보자는 산에 가서
처녀들 놀리면서 불렀던 노래라고 하며 구연하였다.

날 오라네 날 오라네

산골처녀가 날 오라네

오래기는('오라고 하기는'의 의미임.) 오래('오라고 해'의 의미임.)
놓고

문만 걸구(걸고) 잠만 자네
문을 걸면 증말(정말) 걸며
잠을 자면 증말(정말) 자나
문 걸었다 가지를 말고
담 너머루(너머로) 넘어오게
담넘을 적엔 개가 짖구
님품에 들적엔 닭이 운다
닭아 닭아 우지마라
○○○ 말려 달았다
님품에 들제 울든(울던) 닭은
뒷동산 살쾡이 물어가고
개야 개야 짖지마라
받은 밥상 물려주마

눈이 오려나 비가 오려나

자료코드 : 02_26_FOS_20100130_SDH_YTG_0011
조사장소 : 경기도 포천시 가산면 금현1리 869번지(제보자 자택)
조사일시 : 2010.1.30
조 사 자 : 신동흔, 노영근, 이홍우, 한유진, 구미진
제 보 자 : 유태균, 남, 75세
구연상황 : 조사자가 비가 오지 않기를 바랄 때 부르는 노래를 청하자 제보자가 구연하
       였다.

눈이 올려나

비가 올려나

억수장마 지려나

가막산 검은 구름이

막 몰려온다 아아아

아우라지 뱃사공아

나좀 건너주렴

싸리골 올동백이 다떨어진다 아아아

아리랑 아리랑 아라리요

아리랑 고개로 날좀 넘겨주소

잠자리 동동

자료코드 : 02_26_FOS_20100130_SDH_YTG_0012

조사장소 : 경기도 포천시 가산면 금현1리 869번지(제보자 자택)

조사일시 : 2010.1.30

조 사 자 : 신동흔, 노영근, 이홍우, 한유진, 구미진

제 보 자 : 유태균, 남, 75세

구연상황 : 조사자가 곤충 잡으면서 불렀던 노래를 청하자 제보자가 바로 구연하였다.

잠자리 동동

파리 동동

저리가면 죽고

이리오면 산다

두껍아 두껍아

헌집 줄게 새집 다고(다오)

노랫가락(1)

자료코드 : 02_26_FOS_20100130_SDH_YTG_0013
조사장소 : 경기도 포천시 가산면 금현1리 869번지(제보자 자택)
조사일시 : 2010.1.30
조 사 자 : 신동흔, 노영근, 이홍우, 한유진, 구미진
제 보 자 : 유태균, 남, 75세
구연상황 : 앞의 노래에 이에 바로 구연하였다.

하절에 눈꽃이냐

설안봉에 들꽃이더냐

꽃 피기 전 열매를 맺고

해중천에 달 비추니

한 자락 남은 인생

고목에다 메어볼까

충신은 만조종이요

효자열녀 가가재라

화형제 낙처자허니

붕우유신 하오리라

우리도 성주 모시고

태평성대를 누리리라

공자님 심으신 남게(나무)

안연증자로 물을 주어

자사로 벋은(뻗은) 가지

맹자 꽃이 피었구나

아마도 그꽃 이름은

천추만대의 무궁환가

청춘가

자료코드 : 02_26_FOS_20100130_SDH_YTG_0014
조사장소 : 경기도 포천시 가산면 금현1리 869번지(제보자 자택)
조사일시 : 2010.1.30
조 사 자 : 신동흔, 노영근, 이홍우, 한유진, 구미진
제 보 자 : 유태균, 남, 75세
구연상황 : 앞의 노래에 이에 바로 구연하였다.

아니아니 노지(놀지) 못허리라

[생각이 안 난다며 잠시 머뭇거림.]

어화청춘 소년들아
이한 말씀 들어보소
어화청춘 소년들아
이내 소리 듣고가오
어버이를 섬기는 일
허술하게 하지 말고
어른을 모시는 일
모른다고 하지마오
세월이 흐르고 시절이 바뀌어도
나으시고 기르시고
바로돼라 가르치심
어버이의 그사랑이
어딜 가고 없어지며
내가 비록 백발이 된들
장유유서 어디 바뀔까
우리네 한평생에

자식되고 부모되고

젊어 잠깐 청춘이요

늙어 잠깐 백발인데

어화청춘 소년들아

이내 말씀 중히 듣고

청춘 가고 백발이 오니

그때 가서 후회말고

지금 당장 일어나서

부모공경 깨우치고

어른공경 하여보세

얼씨구나 절씨구나 지화자자자 좋네

어화청춘 소년일세

노랫가락(2)

자료코드 : 02_26_FOS_20100130_SDH_YTG_0015
조사장소 : 경기도 포천시 가산면 금현1리 869번지(제보자 자택)
조사일시 : 2010.1.30
조 사 자 : 신동흔, 노영근, 이홍우, 한유진, 구미진
제 보 자 : 유태균, 남, 75세
구연상황 : 앞의 노래에 이에 바로 구연하였다.

산에 올라 꽃을 꺾어

입에다 물고

잎은 뜯어서 머리에 꽂고

산에 올라 들구경 하니

길가는 행인이 길 못간다

시집살이요

자료코드 : 02_26_FOS_20100130_SDH_YTG_0016
조사장소 : 경기도 포천시 가산면 금현1리 869번지(제보자 자택)
조사일시 : 2010.1.30
조 사 자 : 신동흔, 노영근, 이홍우, 한유진, 구미진
제 보 자 : 유태균, 남, 75세
구연상황 : 제보자의 배우자가 부르는 노래라고 하면서 가사를 보면서 구연하였다.

형님형님 사촌형님
시집살이가 어떱디까
에고애야 말말어라
명주치마 열두폭이
눈물콧물 다젖었네
고추당추 맵다한들
시집살이만 하올소냐
에고답답 내신세야
이을어이 허덜말가
먹을 것이 하도 없어
풋보리를 훑어다가
가마솥에 달달볶아
절구에다 집어넣고
쿵쿵 찧어 밥을 한들
시부모님 대접하고
시동생과 시누이를 주고나니
나 먹을건 하나 없네
밥솥에다 물을 붓고
휘휘돌려 마시고 나니

한심하기 짝이 없고

불쌍한건 인생이라

이런 세월 지나가고

좋은 세월 돌아오면

눈치코치 아니 보고

마음대로 먹고 살날

언제 언제 오려느냐

노랫가락(3)

자료코드 : 02_26_FOS_20100130_SDH_YTG_0017
조사장소 : 경기도 포천시 가산면 금현1리 869번지(제보자 자택)
조사일시 : 2010.1.30
조 사 자 : 신동흔, 노영근, 이홍우, 한유진, 구미진
제 보 자 : 유태균, 남, 75세
구연상황 : 조사자가 재미있는 노래를 해달라고 청하자, 제보자가 바로 이 노랫가락을
　　　　　 불렀다.

황해도 도봉산 구월산 밑에

지칠 캐는 저 처녀야

너의 집이 어드매결래('어디이기에'의 의미임.)

해가 져두 지칠 캐나

나의 집을 아시려거든

삼신산 지난 계속에

초가산간이 내 집이니

맘에 있으면 따라들어오고

마음에 없으면 그만두소

얼씨구나 좋다 지화자 좋네

아니 노지는(놀지는) 못허리라

상여소리

자료코드 : 02_26_FOS_20100123_SDH_LBG_0001
조사장소 : 경기도 포천시 가산면 정교1리 539-10 정교1리 마을회관
조사일시 : 2010.1.23
조 사 자 : 신동흔, 노영근, 이홍우, 한유진, 구미진
제 보 자 : 이범근, 남, 56세. 외 청중들(뒷소리)
구연상황 : 마을에서 유명한 소리꾼으로 알려진 제보자는 실제 상여를 나갈 때, 소리를
했던 경험이 있다고 한다. 그때 불렀던 노래가 있는지 묻자, 청중들을 모아
뒷소리를 부탁하여 분위기를 조성하고 구연을 시작하였다.

워~ 허어~ 허어어어~ 허어~

어기 둥차~ 헤~ 에~

　워~ 허어~ 허어어어~ 허어~

　어기 영차~ 허~ 어~

인제~ 가면 언제~ 오나

우리 인생 한번 가면

　워~ 허어~ 허어어어~ 허어~

　어기 영차~ 허~ 어~

명사십리 해당화야~

꽃진다고 설워마라

　워~ 허어~ 허어어어~ 허어~

　어기 영차~ 허~ 어~

명년(明年) 삼월 돌아오면

꽃은 다시 피련마는
　　워~ 허어~ 허어어어~ 허어~
　　어기 영차~ 허~ 어~
우리 인생 한번 가면
잎이 나나, 싹이 나나~
　　워~ 허어~ 허어어어~ 허어~
　　어기 영차~ 허~ 어~

[뒷소리 하는 데 익숙하지 않은 청중들이 잠시 우왕좌왕하자, 제보자가
설명을 하고 다시 분위기를 이끌어 감.]

허~ 허어~ 허어어어~ 허어~
어기 둥차~ 헤~ 에~
　　워~ 허어~ 허어어어~ 허어~
　　어기 영차~ 허~ 하~
어지러운 사바세계
의지할 곳 바이없어
　　워~ 허어~ 허어어어~ 허어~
　　어기 영차~ 허~ 하~
모든 미련을 다떨치고
산간벽지를 찾어가니(찾아가니)
　　워~ 허어~ 허어어어~ 허어~
　　어기 영차~ 허~ 하~
송죽바람은 서슬하는데
두견조차 슬퍼우네
　　워~ 허어~ 허어어어~ 허어~

어기 영차~ 허~ 하~

귀촉도(歸蜀道) 불여귀(不如歸)야

너도 울고, 나도 울어

　워~ 허어~ 허어어어~ 허어~

　어기 영차~ 허~ 하~

어지러운 사바세계

의지할 곳 바이없어

　워~ 허어~ 허어어어~ 허어~

　어기 영차~ 허~ 하~

에~헤~ 헤에에에~

어기 둥차~ 헤~ 에~

　워~ 허어~ 허어어어~ 허어~

　어기 영차~ 허~ 하~

망령이라 슝(흉)을 보고

구석구석 웃는 모양

　워~ 허어~ 허어어어~ 허어~

　어기 영차~ 허~ 하~

애달고 슬프도다

닫은 문을 박차면서

　워~ 허어~ 허어어어~ 허어~

　어기 영차~ 허~ 하~

망령이라 흉을 보고

구석구석 웃는 모양

　워~ 허어~ 허어어어~ 허어~

　어기 영차~ 허~ 하~

애달고 슬프도다

닫은 문을 박차면서

　워~ 허어~ 허어어어~ 허어~

　어기 영차~ 허~ 하~

여보시오 청춘들아

너희가 청춘이냐

　워~ 허어~ 허어어어~ 허어~

　어기 영차~ 허~ 하~

너희가 청춘이냐

난들 본래 백발이냐

　워~ 허어~ 허어어어~ 허어~

　어기 영차~ 허~ 하~

백발 보고 웃지 마라

명산대천 찾아가고

　워~ 허어~ 허어어어~ 허어~

　어기 영차~ 허~ 하~

온갖 정성을 다드리고

힘든 ○○ 꺾어쥐면

　워~ 허어~ 허어어어~ 허어~

　어기 영차~ 허~ 하~

지성이면 감천이다

우리부모 ○○적에

　워~ 허어~ 허어어어~ 허어~

　어기 영차~ 허~ 하~

아침나절 성든(성하던) 몸이

저녁나절 병이 들어

　워~ 허어~ 허어어어~ 허어~

어기 영차~ 허~ 하~

무녀 불러 굿을 하니

굿 덕이나 입을소냐

　워~ 허어~ 허어어어~ 허어~

　어기 영차~ 허~ 하~

소주 한잔 바쳐 들고

비나이다 비나이다

　워~ 허어~ 허어어어~ 허어~

　어기 영차~ 허~ 하~

모진 목숨 끊어질때

제일전에 진광대왕

　워~ 허어~ 허어어어~ 허어~

　어기 영차~ 허~ 하~

제이에 초강대왕

제삼전에 송제대왕

　워~ 허어~ 허어어어~ 허어~

　어기 영차~ 허~ 하~

제사에 오관대왕

제오에는 염라대왕

　워~ 허어~ 허어어어~ 허어~

　어기 영차~ 허~ 하~

제육에는 변성대왕

제칠전엔 태산대왕

　워~ 허어~ 허어어어~ 허어~

　어기 영차~ 허~ 하~

제팔전에 평등대왕

제구에는 도시대왕

　워~ 허어~ 허어어어~ 허어~

　어기 영차~ 허~ 하~

제십에는 전륜대왕

제시왕(이상 지옥세계의 십대대왕을 말함)의 명을 받아

　워~ 허어~ 허어어어~ 허어~

　어기 영차~ 허~ 하~

자 이제, 고만 쉬었다 가세.

달공소리

자료코드 : 02_26_FOS_20100123_SDH_LBG_0002
조사장소 : 경기도 포천시 가산면 정교1리 539-10 정교1리 마을회관
조사일시 : 2010.1.23
조 사 자 : 신동흔, 노영근, 이홍우, 한유진, 구미진
제 보 자 : 이범근, 남, 56세. 외 청중들(뒷소리)
구연상황 : 앞의 '상여소리'에 이어, 달공질을 할 때 부르던 소리를 구연하였다.

자, 요번엔 저, 저

회 한번 타 봅시다 그려~

　예~

저기, 옛날 구식 버리지 말고,

우리도 옛날 노인네 노시던 가락으로 한번

천천히~ 한번 타 봅시다 그려~~

　예이~~

에~헤이~리이~~ 달~공~

에~헤~리~~ 달공~

잘헌다고 먼저 말고~

에~헤~리~~ 달공~

못헌다고 나중을 말고~

에~헤~리~~ 달공~

한발 두발 달구대를

에~헤~리~~ 달공~

먼데 사람~ 듣기나 좋게

에~헤~리~~ 달공~

가까운데 사람~ 보기나 좋게

에~헤~리~~ 달공~

어지러운 사바세계

에~헤~리~~ 달공~

의지할 곳 바이없어

에~헤~리~~ 달공~

모든 미련을 다떨치고

에~헤~리~~ 달공~

산간벽지를 찾어(찾아)가니

에~헤~리~~ 달공~

송죽바람은 서슬하는데

에~헤~리~~ 달공~

두견조차 슬피우네

에~헤~리~~ 달공~

귀촉도(歸蜀道) 불여귀(不如歸)야

에~헤~리~~ 달공~

너도 울고 나도 울어

에~헤~리~~ 달공~

심야삼경(三更) 깊은 밤을

에~헤~리~~ 달공~

같이나 울어 세워볼까

에~헤~리~~ 달공~

저기 가는 저 할머니

에~헤~리~~ 달공~

딸이나 있거든 사위 삼우

에~헤~리~~ 달공~

아이고, 여보게 그런말 마소

에~헤~리~~ 달공~

딸이 나이가 어렸으니

에~헤~리~~ 달공~

아이고, 장모님 그런말 마소

에~헤~리~~ 달공~

제비가 적어도 강남가구요

에~헤~리~~ 달공~

참새가 적어도 알 잘낳구

에~헤~리~~ 달공~

진국~맹산(명산) 만장봉에

에~헤~리~~ 달공~

청천삭출 금부용은

에~헤~리~~ 달공~

서색은 반공 응상궐이다

에~헤~리~~ 달공~

숙기는 종종 출인걸하니

에~헤~리~~ 달공~

만만세지 금탕이라

　　에~헤~리~~ 달공~

유유한 한강물은

　　에~헤~리~~ 달공~

말없이 흘러가고

　　에~헤~리~~ 달공~

인왕으로 넘는 해는

　　에~헤~리~~ 달공~

너의 감회를 돋우는듯

　　에~헤~리~~ 달공~

여보시오 시주님네

　　에~헤~리~~ 달공~

이내 말씀 들어나 보소

　　에~헤~리~~ 달공~

이 세상에 나온 사람

　　에~헤~리~~ 달공~

뉘 덕으로 나왔는가

　　에~헤~리~~ 달공~

석가여래 공덕으로

　　에~헤~리~~ 달공~

아버님전 뼈를 빌어

　　에~헤~리~~ 달공~

어머님전 살을 빌어

　　에~헤~리~~ 달공~

칠성님전 발원하고

에~헤~리~~ 달공~

신장님전 공양한들

   에~헤~리~~ 달공~

어느 성현 감흥할까

   에~헤~리~~ 달공~

태산같은 부모님께

   에~헤~리~~ 달공~

사랑으로 고이 자라

   에~헤~리~~ 달공~

이십 전에 출가하여

   에~헤~리~~ 달공~

자손 나서 길러보지

   에~헤~리~~ 달공~

부모 은공 모를소냐

   에~헤~리~~ 달공~

부모 은공 감사하고

   에~헤~리~~ 달공~

인제 몇년 살자하니

   에~헤~리~~ 달공~

고스란히 백발이다

   에~헤~리~~ 달공~

후야~ 훨훨~

   후야~ 훨훨~

2. 소흘읍

증편 한국구비문학대계 • 경기도 포천시

경기도 포천시 소흘읍 고모1리

조사일시 : 2010.1.16, 2010.1.31
조 사 자 : 신동흔, 노영근, 한유진, 구미진, 이홍우

고모리(故毛里)는 경기도 포천시 소흘읍에 속하는 마을이다. 그 지명은 마을의 위치가 효부 고씨 할머니의 묘 앞에 있다 하여 묘앞, 고뫼앞 또는 고모동이라 불리다가, 1914년 행정구역 통폐합 당시 고모리라 개칭하였다고 한다. 자연마을로는 고묘앞, 동하성, 벌동네, 새터, 한성골, 샛말, 신기, 삼거리 등이 있다. 여기에서 삼거리마을은 마을에 세 갈래 길이 있다고 하여 삼거리라 이름 붙여졌고, 신기는 삼거리마을 남쪽으로 새로 된 마을이라 하여 붙여진 이름이다.

그 중 현장조사의 실질적인 조사 장소가 되었던 고모1리는 1차 답사 때 처음 방문하였다. 이 마을 뒤로는 죽엽산(竹葉山)이 둘러싸고 있어, 노을(霞)이나, 안개(霧)가 마치 성(城)처럼 둘러싸고 있다. 그러므로 마을 내에서 부르는 부락명은 한성골 또는 하성동(霞城洞) 이라고 하는데, 한성동 또는 한성골이라는 이름은 이 하성동이 변하여 붙여진 것이라 한다.

마을에는 현재 백 여 가구 정도가 있는데, 특히 안동 권씨가 대대로 많이 모여 살던 집성촌으로, 그 중 20가구 정도가 안동 권씨 집안이라고 한다. 또한 낮은 산이 많이 있고, 논농사를 주로 짓는 지역이었으나, 현재 전업농가는 십여 호 정도만이 있다. 그 외 자영업을 하는 주민들이 생겼으며, 축산업이 발달하여 양계장이 특히 많고, 젖소목장이나 사슴농장도 있다. 최근에는 마을 내에 섬유공장이 많이 들어서서, 마을 인구의 절반 이상은 공장에서 근무하고 있다고 한다.

고모1리 마을회관에 처음 방문했을 때는 할아버지 몇 분만 계셔서, 대

경기도 포천시 소흘읍 고모1리 마을 전경

경기도 포천시 소흘읍 고모1리 53-1번지 고모1리 마을회관 전경

개 마을에 대한 정보와 유래 등을 조사할 수 있었다. 그 중 제보자 권순암의 입담이 매우 좋고, 이야기를 구성지게 잘하여 주목할 만 하였다. 조사자들은 이를 염두에 두고, 3차 답사에서는 개인적으로 연락을 취해, 약속을 정하고 자택에 방문하여 따로 조사 할 수 있는 자리를 마련하였다.

권순암 또한 안동 권씨로, 18대에 걸쳐 같은 마을에 거주하는 포천 토박이다. 1971년부터 마을 이장을 두 차례나 했던 경력도 있다고 한다. 어린 시절 글방에 다닌 적이 있어, 한문과 옛 이야기, 지명 유래 등에도 관심이 많았다. 그러므로 마을의 내력과 여러 정보에 관해서도 몇 가지 사항을 더 얻을 수 있었다. 조사에서도 고모리에 있는 죽엽산과 그 명칭에 대한 유래담을 구연하였고, 이외 어사 박문수에 관한 이야기도 제보하였다.

경기도 포천시 소흘읍 고모2리

조사일시 : 2010.1.16
조 사 자 : 신동흔, 노영근, 한유진, 구미진, 이홍우

오전에 고모1리를 조사하고 점심을 먹은 뒤 무봉1리에 들렀다. 무봉1리에서 제보자들로부터 지명에 얽힌 간단한 일화들 외에는 별다른 자료를 얻을 수 없었다. 그래서 오후 3시 20분경 다시 고모2리로 발길을 돌렸다. 조사자들이 마을회관에 들어서자 할머니들만 다섯 명이 있었다. 조사자들의 방문 목적을 알리자 하나같이 할머니들은 이야기를 할 줄 모른다며 손사래를 쳤다. 그래도 손님들이니 일단 들어오라며 조사자들을 환대해 주었다. 별 기대 없이 방에 들어섰지만 타고난 이야기꾼 이범쥬(李凡珠) 제보자를 중심으로 2시간 동안 설화만 14편이 구연될 정도로 뜻밖의 큰 수확이 있었다.

1912년 행정구역으로 포천군 내소면(內所面) 고모리(古毛里)이다. 효부

고모2리 마을회관 전경

고모2리 마을 전경

고씨 할머니의 묘 앞이라 하여 묘앞, 고뫼앞 또는 고모동이라 하였다. 1914년 행정 구역 개편 때 내소면 초가팔리(初加八里) 일부와 가산면(加山面)의 정교리(鼎橋里) 일부를 병합하여 고모리라 하고 내소면과 외소면을 합쳐 만든 소흘면에 편입하였다. 소흘면은 1996년 2월 1일부로 읍으로 승격되고 고모2리 또한 그 관할이 되었다.

고모2리 마을은 원래 문화유씨(文化柳氏)가 대성(大姓)으로 있는 마을 이었는데 현재는 60여 가구 중에 절반이 외지인일 정도로 토박이가 많이 줄었다. 토박이들은 주로 농사를 짓고 외지인들은 마을에 많이 들어 서 있는 공장에서 근무하고 있다. 외지인들 중에는 공장에 다니는 외국인 또한 상당수이다. 이 마을에 입주해 있는 공장들은 주로 가구와 섬유공 장이다.

고모2리는 향적산 아래에 있는 마을로 북으로는 이가팔리, 초가팔리와 접경을 이루며, 동쪽으로는 한성골, 죽엽산을 바라보고, 남쪽으로는 삼거 리 저수지와 노고산이 있다. 전설에 의하면 노고산이란, 어떤 사람이 늙 은 고모님(姑, 할미)를 모시고 그 산밑에 살았다 하여 붙여진 이름인데, 늙을 노(老)자와 고모 고(姑)자를 합친 것이다. 고모가 죽은 뒤에 그 산 밑 에 묘를 썼으므로 '고뫼앞' 마을이라 하였으며, 이것이 변음되어 고모앞 으로 되었다고 한다.

경기도 포천시 소흘읍 무림1리(송정리)

조사일시 : 2010.1.15
조 사 자 : 신동흔, 노영근, 한유진, 구미진, 이홍우

2010년 1월 15일 포천시의 첫 답사지로 소흘읍 무림1리를 택했다. 소 흘읍은 포천시에서 가장 인구가 많은 곳이기 때문에 다른 면이나 동보다 우선적으로 선택하게 되었고, 마을회관마다 미리 전화를 한 결과 조사자

들의 일정과 동선에 가장 적합한 무림1리를 방문하게 되었다. 소흘읍에 2시에 도착한 후 점심을 먹고 오후 3시 30분경에 무림1리 마을회관을 찾았다. 마을회관에는 할머니만 서너 명 있었다. 그래서 할머니들에게 마을 이름의 유래와 현재 거주 중인 가구 수, 생업 등을 조사하고 있었는데, 마침 한춘수 제보자가 들어왔다. 할머니들이 이야기를 잘 하는 사람이라고 그 자리에서 추천을 하여 이야기를 청하게 되었다.

소흘읍은 1895년 이전에는 포천군의 남쪽에 위치하고 있어서 남면(南面)이라 칭했고, 1895년(고종32년) 외소면(송우, 이동교, 무림, 직동, 이곡리 일부)과 내소면(이가팔, 초가팔, 무봉, 고모, 이곡리 일부)이 통합하여 소흘면으로 변경되었다. 1996년에 소흘읍으로 승격됐다. 소흘읍이라 한 것은 소(蘇)자는 풀이름으로 차조기 소, 나무 이름으로는 소나무 소로 풀이되고 흘(屹)은 산 우뚝할 흘, 즉 산이 높다는 뜻이다. 주위에 산이 많고 나무와 풀이 무성했다는 이유로 소흘이라 불렸다.

무림1리는 마을 사람들이 원래 송정(松井)라고 불렀다. 그런데 숲이 무성하여 무림리(茂林里)라고 불리게 되었다. 그리고 일설에는 옛날에 고(高氏)와 문씨(文氏) 두 처사(處士)가 이곳에 정착하여 후손이 번창하여 (무림리)라 하게 되었다고도 한다. 무림리는 북쪽 포천천(抱川川)과 남쪽 중랑천(中浪川)으로 각각 흘러 들어가는 물줄기의 분기점이기도 하다.

가구 수는 120여 가구 가량 되는데 이 중에 본토박이는 90가구이고 나머지는 외지인이다. 마을에서는 주로 포도 농사를 지어 생계를 유지하고 있다. 옛날부터 매년 음력 8월에는 소 한 마리를 제물로 바쳐 사당에서 제를 올렸는데 요즘은 소머리만으로 제를 올린다고 한다.

무림1리 마을회관 전경

무림1리 마을 전경

경기도 포천시 소흘읍 무림2리(내루동)

조사일시 : 2010.1.15
조 사 자 : 신동흔, 노영근, 한유진, 구미진, 이홍우

무림1리 조사를 마치고 바로 인접한 마을인 무림2리 마을회관에 오후 5시 30분경에 도착했다. 마을회관 앞에 내 걸린 현판부터 다른 마을과는 달리 '내누마을회관'이라는 마을 고유의 이름을 사용하고 있었다. 마을회관 안으로 들어가자 열다섯 명 정도의 할아버지, 할머니가 모여서 이야기를 나누고 있었다. 조사자들이 옛날이야기를 청하자 할머니들이 귀신에 가위를 눌린 생애담을 구연했다. 뒤늦게 마을회관에 도착해 할머니들의 이야기를 듣고 있던 고순태 제보자가 도깨비 이야기를 시작하면서 본격적인 이야기판이 형성됐다. 많은 청중들이 제보자를 중심으로 둘러앉아 흥미롭게 이야기를 들었지만, 여러 명이 동시에 자주 이야기에 개입하는 경우도 많아 다소 산만한 분위기였다.

무림2리는 무림1리와 마찬가지로 1895년 이전에는 남면(南面)에 소속되어 있다가 1895년(고종32년)에 외소면(外所面)과 내소면(內所面)이 통합하여 소흘면(蘇屹面)으로 변경되었는데, 당시 외소면에 속해 있던 무림2리 또한 소흘면에 통합되었다. 그 후 1996년 2월 1일부로 소흘면이 소흘읍(蘇屹邑)으로 승격되면서 현재에 이르고 있다.

무림2리는 내루리(內樓里) 혹은 내루동(內樓洞)으로도 불린다. 산막재 남쪽에 마을이 위치하고 있다. 무림2리는 마을 이름인 내루(內樓)에서도 알 수 있듯이 깃대봉 산자락 아래 아주 깊숙한 곳에 위치해 있다. 그래서인지 마을 주민들은 전쟁이 나면 피난처가 될 정도의 복거지라며 마을에 대해 상당한 애착심을 가지고 있었다.

마을에는 40가구 정도의 주민들이 살고 있는데 3가구 정도만 외부에서 들어 온 기독교인들이고 나머지는 토박이이다. 토박이들은 거의 대부분이

무림2리 마을회관 전경

무림2리 마을 전경

제주 고씨(高氏)들로 집성촌을 이루고 있다. 마을 주민들은 무림1리와 마찬가지로 대부분 벼농사와 더불어 포도농사에 종사하고 있다.

마을에 전해지는 전설에 의하면 옛날에 고씨네 일곱 집이 살고 있었다고 한다. 어느 날 도사 한 명이 나타나 이 부락은 안방의 다락같이 생긴 형국이므로 내루동(內樓洞)이라 이름 짓고 사는 것이 좋다고 해서 지어진 이름이라고 한다. 또 도사가 느티나무 지팡이를 꽂아 놓고 여기에 우물을 만들어 그 물을 먹고 살아가면 좋을 것이며 이 지팡이도 얼마 안 있으면 잎이 필 것이라고 예언했다고 한다. 지금도 그 우물과 느티나무가 마을에 있다. 특히 그 느티나무에는 매년 마을 사람들이 고사를 지낸다고 한다.

그리고 옛날부터 음력 8월에는 매년 산치성을 드리는데, 마을 사람들이 성의껏 추렴을 해서 송아지를 사서 제물로 바친다. 송아지는 8월 초사흘 이내에 구입을 해야 하고, 초사흘 이내에 만약 마을로 손님이 들오면 산치성을 마칠 때까지 외부로 나가지 못한다고 한다. 또한 마을 주민 중에 다친 사람이 있으면 그 사람은 산치성에 참여할 수 없다. 옛날에는 무림1리와 무림2리가 함께 산치성을 올렸는데 요즘에는 각각 따로 진행한다.

경기도 포천시 소흘읍 무봉3리

조사일시 : 2010.1.17
조 사 자 : 신동흔, 노영근, 한유진, 구미진, 이홍우

1차 답사 마지막 날 오전에 무봉3리를 찾았다. 무봉리(茂峰里)는 충목단(忠穆壇)으로 유명하기 때문에 사육신의 한 사람인 유응부(兪應孚)에 대한 이야기가 마을에 많이 전해내려 올 것이라 생각하여 답사지로 선정했다. 조사자들은 점심을 먹은 후 정오에 무봉3리 마을회관을 찾았다. 마을 주민들에게 이야기를 잘 하는 분을 소개해 달라고 하자 모두들 충목단 도유사 직책을 맡고 있는 김만기 제보자를 추천했다. 김만기 제보자는 조용

무봉3리 마을회관 전경

무봉3리 마을 전경

한 곳으로 자리를 옮기자며 마을회관의 빈 방으로 조사자들을 안내한 후 이야기 구연을 시작했다.

이 마을은 1912년 행정구역으로 포천군 내소면(內所面) 무봉리(茂峰里)이다. 마을 앞뒤로 큰 봉우리가 있으므로 거친봉이 또는 무봉(茂峰)이라 하였다. 1914년 행정 구역 개편 때 내소면 이내리(二內里)를 병합하여 무봉리라 하고 내소면과 외소면을 합쳐 만든 소흘면(蘇屹面)에 편입하였다. 소흘면이 1996년 2월 1일 읍으로 승격되고 그 관할이 되었다. 기와집말, 벌말, 수벌말을 합쳐서 '거친봉이'라 한다. 무봉리는 동쪽으로 고모리, 서쪽으로 이동교리, 남쪽으로 무림리, 북쪽으로 초가팔리와 인접해 있다.

이 마을은 지금으로부터 약 220여 년 전부터 상산김씨(商山金氏)가 개척하였으며 그 뒤를 이어 전주이씨(全州李氏)가 이주해 와 그들의 후손이 번성하였다. 이곳에는 수목(樹木)이 워낙 무성하여 이 마을을 "거친봉"(茂蜂)이라 부르게 되었다고 한다. 마을은 그다지 큰 편이 아니었다. 마을에는 30호에 108세대가 현재 거주하고 있다. 마을에는 섬유공단들이 많이 들어와 있는데 주로 외지인들은 이 공단에 다니고 있다. 나머지 토박이들은 주로 벼농사를 짓고 있다.

무봉리 27번지에는 충목단이 있는데, 1987년 2월 12일 경기도기념물 제102호로 지정되었다. 유응부의 충절을 기리고자 세운 제단으로 한남군 이어, 병사 양치의 위패가 함께 모셔져 있다. 3기의 비석이 있는데 중앙에 유응부, 좌우에 병사 양치, 한남군 이어의 석비를 각각 세웠다.

▌제보자

고순태, 남, 1939년생

주 소 지 : 경기도 포천시 소흘읍 무림2리
제보일시 : 2010.1.15
조 사 자 : 신동흔, 노영근, 한유진, 구미진, 이홍우

　제보자 고순태는 제주(濟州) 고씨(高氏) 집성촌인 무림2리에서 태어나서 줄곧 살았다. 현재는 농사로 생계를 유지하고 있다. 제보자는 깔끔하고 단정하게 옷을 차려 입었고, 이야기를 구연하는 내내 책상다리를 한 채 자세를 흐트러트리지 않을 정도로 꼿꼿한 모습을 보여주었다. 다른 사람들이 이야기를 하고 있는 중에도 그 이야기가 시원찮거나 관련된 재미있는 이야기가 있으면 중간에 끼어들어 이야기를 주도할 정도로 이야기판에서는 적극적인 모습을 보였다. 말씨는 이 지역의 방언을 쓰면서 약간 느린 게 특징이다. 이야기를 구연할 때는 별다른 군더더기 말이나 불필요한 반복 없이 자연스럽게 이야기를 이어갔다. 제보자가 구연한 이야기들은 대부분 어린 시절 동네 어른들로부터 전해들은 것이라 한다. 제보자는 특히 도깨비나 귀신들에 대한 이야기를 많이 알고 있었으며 실제로도 도깨비 이야기와 처녀 귀신 이야기를 구연했다. 이야기를 구연한 후에는 요즘 사람들이 들으면 모두 거짓말이라 여기고 믿지 못할 얘기들이며 허황된 이야기들이라고 자주 언급을 했다.

제공 자료 목록
02_26_FOT_20100115_SDH_GST_0001 도깨비 장난

권순암, 남, 1946년생

주 소 지 : 경기도 포천시 소흘읍 고모1리 39번지
제보일시 : 2010.1.16
조 사 자 : 신동흔, 노영근, 한유진, 구미진, 이홍우

제보자 권순암은 1차 답사 중에 고모1리 마을회관에서 만나, 이야기를 나누고 조사한 경험이 있다. 당시에 입담이 워낙 좋고, 이야기를 구성지게 잘하여, 여러 편의 설화와 생애담 한 편을 조사할 수 있었다. 그러므로 3차 답사에서는 개인적으로 연락을 취해, 자택에 방문하여 따로 조사하는 자리를 마련하였다.

권순암은 18대에 걸쳐 같은 마을에 거주하는 포천 토박이다. 특히 고모1리는 대대로 안동권씨 집성촌이라 하여, 현재도 안동권씨들이 많이 남아 있다고 하는데, 권순암 또한 안동권씨 집안이라 한다. 또한 이 마을에 거주하며, 1971년부터 마을 이장을 두 차례나 했던 경력을 가지고 있다.

한편 어린 시절부터 아버지께서 공부하는 것을 중요시 여겨 글방에 다닌 적이 있어, 한문과 옛 이야기, 지명 유래에도 관심이 많다. 그러나 당시 경제 사정이 좋지 않아 정규교육은 초등학교에서 밖에 받지 못하였다. 체격이 좋고, 매우 정정하며, 발음이 비교적 정확한 편이나, 말투가 느리고 설명을 다소 길게 하는 습관이 있다.

제공 자료 목록
02_26_FOT_20100116_SDH_GSA_0001 허미수의 퇴조비와 송우암의 약방문

김만기, 남, 1947년생

주 소 지 : 경기도 포천시 소흘읍 무봉3리

제보일시 : 2010.1.17

조 사 자 : 신동흔, 노영근, 한유진, 구미진, 이홍우

김만기는 본관이 연안(延安)이다. 350년 전 9대조가 정착한 후로 현재까지 후손들이 무봉3리에 거주하고 있다. 현재 충목단(忠穆壇) 보존위원회 회장격인 도유사(都有司)를 2년 전부터 맡고 있다. 어렸을 때 서당을 다녔는데 그때부터 한문학에 관심을 가지기 시작했다고 한다. 40대 초반부터 한약방을 운영하는 친구와 포천문화원(抱川文化院)에  서 논어(論語) 강의를 들었다. 그때 강사가 국문학을 전공한 장창아 대령이었는데 묵재(默齋) 홍언필(洪彦弼) 선생의 후손에게서 한학을 배운 사람이라고 한다. 장창아 대령이 전출을 간 후에는 포천 유림의 큰 어른이신 유봉현 선생에게서 일주일에 한 번씩 강의를 들으며 동학들과 고전연구회를 만들어 현재까지 꾸준히 공부를 하고 있다. 또한 (포천 청성한시회) 회원으로도 활동하며 한시 공부에도 매진 중이다.

김만기는 옷을 아주 정갈하게 차려입었고, 말씨에서도 선비다운 기풍이

묻어났다. 한학을 한 영향인지 오성대감이 똥 먹인 이야기를 구연하면서도 추접스러운 이야기라 입에 담기가 그렇다면서 체면을 많이 차렸다. 특히 선비들이 관계된 이야기를 구연할 때는 상당히 조심스러워 하는 모습이었다. 이야기 구연을 마친 후에도 유명한 양반들이 실제로 그랬겠냐며 역사적 인물과 이야기 속 인물을 엄격히 구분하려는 태도를 보였다. 그리고 조사자들이 이야기를 청하자 청중이 있는 곳에서 하지 않고 조용한 곳으로 옮겨서 구연을 시작했다. 이야기를 구연할 때도 반듯하게 앉은 자세를 끝까지 유지하며 흐트러진 자세를 보이지 않았다. 췌언이 거의 없고 차분한 목소리로 구연을 했다. 말을 조곤조곤 천천히 하면서 정확한 발음을 구사했다. 한학을 공부해서 그런지 유림들과 관계된 이야기를 할 때면 이야기 속 인물들에 대한 존경심을 느낄 수 있었고, 한자어들을 말할 때는 신중을 기하는 모습이었다.

제공 자료 목록
02_26_FOT_20100117_SDH_KMG_0001 맞은바위와 살받이밭의 유래
02_26_FOT_20100117_SDH_KMG_0002 오성의 장난(1)
02_26_FOT_20100117_SDH_KMG_0003 오성의 장난(2)

윤옥희, 여, 1931년생

주 소 지 : 경기도 포천시 소흘읍 고모2리
제보일시 : 2010.1.16
조 사 자 : 신동흔, 노영근, 한유진, 구미진, 이홍우

윤옥희는 강원도 춘천 사북에서 태어나서 어린 시절을 보냈다. 현재의 친정은 포천시 이동면에 위치하고 있다. 이야기판에서 윤옥희는 고모2리의 이야기꾼인 이범주가 구연할 때 중요한 보조 제보자의 역할을 했다. 그리하여 이범주가 구연한 이야기에서 누락된 부분을 채워 이야기를 완성하기도 하고, 또 다른 각편을 구연하는 등 직접적으로 이야기 구연에

나설 정도로 적극적인 성격은 아니지만 상
당히 많은 이야기를 알고 있었다. 특히 똑같
은 이야기라도 이야기의 세밀한 부분까지
모두 기억해서 구연했으면 조리정연하게 전
달했다. 치아가 많이 남아 있지 않아 발음이
조금 새기는 했지만 목소리가 차분하여 이
야기를 청취하는 데는 아무 문제가 없었다.
다른 제보자들에 비해 인물 전설을 많이 알

고 있고, 이야기 구연에서 사용하는 용어를 봤을 때 한학을 배운 가풍 속
에서 어린 시절을 보냈음을 알 수 있었다.

제공 자료 목록
02_26_FOT_20100116_SDH_YOH_0001 이율곡을 살린 나도밤나무

이범주, 여, 1932년생

주 소 지 : 경기도 포천시 소흘읍 고모2리
제보일시 : 2010.1.16
조 사 자 : 신동흔, 노영근, 한유진, 구미진, 이홍우

이범주(李凡珠)는 포천시 가산면 정교리가
친정이다. 18세 때 한 살 연하인 남편과 결
혼했다. 학력은 왜정 때 소학교를 5년 정도
다니다가 해방을 맞았다고 한다. 비록 소학
교밖에 나오지 않았지만 구연하는 동안 다
방면의 지식을 소유하고 있음을 알 수 있었
다. 제보자는 백발을 하고 있으며 전체적으
로 긴 얼굴형을 하고 있다. 이야기를 하면서

도 계속 웃음이 끊이지 않을 정도로 잘 웃는 편이고 조사자들이 방문했을 때 먼저 농담을 하며 반갑게 맞이할 정도로 외향적인 성격을 지니고 있다. 그리고 말씨는 이 지역 방언을 사용하면서 속도가 약간 빠른 편이다. 제보자가 구연한 이야기들 중에 설화들은 주로 처녀 시절 동네 어른들에게 들은 것이고, 생애담의 경우는 친정 할아버지께서 몸가짐을 조심하라고 항상 들려 준 것이라고 한다.

조사자들이 구연을 요청해서 한 이야기도 있었지만 제보자 스스로 앞의 이야기와 관련이 있는 이야기를 연속해서 구연하기도 하고, 때로는 청중이 잠깐 언급한 말을 듣고도 기억을 떠올려 또 따른 이야기를 생각해서 구연할 정도로 이야기 구연에 적극성을 보였다. 그리고 구연한 이야기들이 모두 거짓말이라고 자주 표현을 했지만, 이야기 구연을 마친 뒤에는 그 이야기의 숨은 의미에 대해 말할 정도로 구연한 자료에 대해 진지한 모습을 보여주기도 했다.

구연 능력에 있어 고령임에도 이야기를 조리 있게 전달했고, 목소리의 톤이 약간 높고 가늘지만 또랑또랑하고 발음 또한 정확했다. 또한 입담이 좋고 유머 감각이 풍부해 자료를 맛깔나게 잘 살려서 구연했다. 간혹 중간에 설화의 줄거리가 생각나지 않는 경우에는 청중이나 조사자에게 물어가면서 이야기를 이어가기도 했다.

설화 13편과 생애담 1편, 그리고 민요 1편을 구연했는데 시간이 부족해서 구연을 다 못했을 정도로 많은 이야기를 기억하고 있었다. 구연상의 특징으로는 모든 이야기를 구연할 때마다 '~까느루'라는 표현을 습관적으로 사용했다.

제공 자료 목록
02_26_FOT_20100116_SDH_LBJ_0001 호랑이보다 무서운 곶감
02_26_FOT_20100116_SDH_LBJ_0002 선녀와 나무꾼
02_26_FOT_20100116_SDH_LBJ_0003 해와 달이 된 오누이

한춘수, 남, 1929년생

주 소 지 : 경기도 포천시 소흘읍 무림1리

제보일시 : 2010.1.15

조 사 자 : 신동흔, 노영근, 한유진, 구미진, 이홍우

제보자 한춘수(韓春洙)는 현재 살고 있는 무림1리의 아랫동네인 직동에서 대대로 12대째 살아 온 마을의 토박이다. 어릴 때는 조카를 등에 업고 서당에 서너 달 다니면서 한문을 배웠고 한글도 혼자 깨우쳤다. 너무 가난해서 소학교를 제 나이에 들어가지 못하다가 13세에 비로소 3학년으로 들어갔다. 해방 후에는 현재 봉선사 자리에 서립된 광동중학교에서 4년 동안 수학했다. 어느 정도 학식이 있어서인지 인물 전설에 대해 관심이 많았고, 주로 구연한 자료 또한 인물전설에 편중되고 있다. 82세의 고령에도 불구하고 기억력이 비상하고, 목소리가 크고 맑으

며, 발음 또한 정확했다. 체구는 그렇게 큰 편은 아니지만 나이에 비해 건강해 보이며 얼굴 또한 상당한 동안이다. 구연할 때나 중간에 쉴 때도 자주 얼굴에 미소를 띠고 있어 조사자들에게 편안함을 느끼게 해 주었다. 한춘수는 구연하는 중간에 정기적으로 헛기침을 하거나 입을 다시는 습관이 있는데, 주로 이야기의 중요한 전환점이나 흥미 있는 서사부분에서 그런 현상을 두드러졌다.

제공 자료 목록

02_26_FOT_20100115_SDH_HCS_0001 세조의 명당자리
02_26_FOT_20100115_SDH_HCS_0002 왜를 혼낸 사명당
02_26_FOT_20100115_SDH_HCS_0003 황희 정승과 농부

도깨비 장난

자료코드 : 02_26_FOT_20100115_SDH_GST_0001

조사장소 : 경기도 포천시 소흘읍 무림2리 307번지 마을회관

조사일시 : 2010.1.15

조 사 자 : 신동흔, 노영근, 이홍우, 한유진, 구미진

제 보 자 : 고순태, 남, 72세

청   중 : 15인

구연상황 : 처음에 할머니들이 귀신에게 가위 눌린 이야기 등 생애담 몇 편을 구연했다. 그런 뒤에 청중 중의 한 할아버지가 도깨비와 관련된 허황된 일화 몇 가지를 열거한 후에 그런 것들은 모두 거짓부렁이라고 말하자, 제보자가 본격적으로 도깨비의 장난을 구연했다. 제보자의 이야기에 청중들이 큰 관심을 보이며 호응을 해줘서 이야기판의 분위기는 좋았지만, 너무 자주 청중들이 개입하는 바람에 전체적으로 분위기가 산만했다.

줄 거 리 : 옛날에 갑성이 고모가 있었는데 장님이었다. 도깨비가 장난이 아주 심해서 자고 일어나 보면 엽전을 담아 놓은 동구미를 대추나무 꼭대기에 걸어 놓기도 하고, 무쇠솥 뚜껑을 솥 안에 넣었다가 뺐다가 하기도 했다. 장님이 생업을 위해 경을 외는 사람을 불러 배우기 시작했는데 그걸 도깨비가 싫어해서 부엌에 와서 물건들을 던지며 해코지를 했는데 잘 타이르면 다시 물러가곤 했다. 그러던 중 어느 날 집을 비우고 모를 내러 간 사이에 도깨비가 초가지붕에 불을 질러 집을 홀라당 태워버렸다. 그래서 그곳을 도깨비터라고 불렀다.

근데 옛날에 그 저기, 갑성네 갑성이(동네 사람 이름) 고모가 이, 장님이야. 여기서 살았는데 여기 터에서. 걔 고모가 장님이니까는 옛날엔 장님하면은 먹고 살게 뭐가 있겠어, 뭘 배워야 하잖아 이제, 전립(乞粒)을 해야 먹고 살게 아냐?

[웃음]

그래서 그, 신장(神將) 왜 이이, 이 신 뭐 저 뭐야 그 그 불경, 그거를

하는 사람을 갖다가,

(청중 : 앉혀 놓고 배우는 거야?)

응, 데려다 놓구(놓고) 그걸 가리켰대요.(가르쳤대요).

그런데 이 저, 도깨비란 건 귀신이고, 또 이 불경을 읽고 그러면 그거는 도, 저 이거는 귀신을 쫓는 거 아냐, 잡아 놓구? 그래 그런 신장 내린 사람을 갖다가 데려다가 놓구 그걸 가르켰대요.

그랬더니 그냥, 이 도깨비터라 여기가, 그 전에 대추나무가 큰-게 있었는데, 대추나무 꼭대기에 그 집이 옛날에는 엽전이 돈이라, 그 둥구미('멱둥구미'의 준말로, 짚으로 걸어 만든 둥글고 울이 높은 그릇)를 요렇게 잘 요렇게 맹글어가지구(만들어가지고), 요, 돈 그게 둥구미라 그래가지구 엽전을 요렇게 담아 놓구 그랬는데, 밤에 자다가 자고나서 보면은 아침에 보면은 그 대추나무 아주 그냥 [웃으며] 맨 끝에 가서 돈 둥구미가 걸려 있대는 거야.

(청중 : 그건 도깨비가 장난한 건가 보다.)

예. 그리고 또 어떤 때는 보면은, 자고 일어나면은 이, 옛날에 이, 한데서 여여 뭐, 뭐야 솥이 이 밖에 이렇게 부엌이 있어 가지고 주-욱 무쇠솥을 걸어 놨잖아요?

(청중 : 다 무쇠솥이지.)

그래 이제, 무쇠솥엔 뚜껑이 다 있어요. 아, 그 어떤 때 보면은 이놈의 무쇠봍 뚜껑이 솥 안에가 들어가 있대요.

[청중 웃음]

거길 들어갈 수가 없는데!

(청중 : 거길 어떻게 들어가?)

그러면 인제 또, 사용 안하고 내버려 두면은 또 이, 도깨비도 이제 마음이 내키면은 그, 어느 날은 보면은 또 꺼내놨대.

[청중 웃음]

(청중 : 그게 다 거짓부렁같지?)

거짓말이라고 그러지 시방 사람들은.

(청중 : 아, 그건 다 거짓부렁이, 그게 그게 돼?)

그래 그 집이 그렇게 했는데 만날. 이 돈꾸미도 낭구 꼭대기에 그냥 사람이 올라가지도 못한데다가 갖다 달아 놓구, 솥안 뚜껑도 까꾸로 그냥 솥 속에다 갖다 집어넣어 놓구.

그러는데 그때 당시에 장님이 그 그, 처녀가 눈 못 보는 앞 못 보는 사람이 있어 가지구, 그 그 앞 못 보는 사람의 아버지가 이게 뭐,

(청중 : 벌어먹구 살라구.)

응, 정(經)읽은 거 그런 걸 가리켜 달라구. 그래 그걸 가리킨다구 그 신장내리구 그냥 그, 정 그 정문(經文) 읽구 인제 눈 뜨고도 그런 사람을 데리고 왔대요. 그래 이걸 좀 가리키라구.

그랬더니 그 신장 그, 그 뭐야 그걸 신 내리는 사람이 왔다 해가지구 도깨비가 싫어가지구 그냥 더 그냥,

(청중 : 맞아 훼방을 놓아.)

훼방을 놓는 거지. 그래 그러면은 밤에 어떤 때는 뭐뭐, 부엌에 와서 웽그당 뎅그당하면은,

[웃으며]

"얘, 이제 고만 가라!"

인제 그, 어 그런 소리가 나면은 그런대요. 그러면 어떤 때는 그냥도 가기두 하구.

[전화가 옴]

그래 나중에 신장 내리구 사람을 데려다 놓으니까는 더 그냥 하다가 나중에는 오월 달에 모 낼 제 인제, 모 한창 낼 젠데, 들에들, 들에들 죄 모내러 그저,

[제보자의 집에서 전화가 와서]

(청중 : 진지 잡수러 오라는데요?)

사람이 사람이 모를 쪄서 사람이 손이로(손으로) 심었어요. 옛날에는 다, 육십(60)년대 전만 해두. 그래 모를 내러 다 나오고 그랬는데, 갑자기 낮에 그냥 불을 그냥 지붕 초시라기(지푸라기의 의미인 듯)로 팡 돌리니 그냥, 불이 확- 붙어 버리더래 그냥. 그래 홀랑 타버렸대 그냥. [웃음]

(청중 : 진짜루?)

그래 그게.

(청중 : 아, 진짜루 탔어?)

예, 진짜요. 그냥 삥 둘러 붙여 가지구 그냥 홀라당 타 버렸대 그냥. 그래서 여기가, 여기가 도깨비 터라 그래요, 여기가.

손각시를 집안에 들여 망한 사람

자료코드 : 02_26_FOT_20100115_SDH_GST_0002
조사장소 : 경기도 포천시 소흘읍 무림2리 307번지 마을회관
조사일시 : 2010.1.15
조 사 자 : 신동흔, 노영근, 이홍우, 한유진, 구미진
제 보 자 : 고순태, 남, 72세
청   중 : 15인
구연상황 : 앞의 이야기에 이어 제보자는 옛날에 도깨비도 있었지만 처녀귀신도 있었다며 구연을 시작했다.
줄 거 리 : 옛날에는 처녀가 죽으면 손각시가 되는데, 귀신이 되어 산 사람들에게 해코지를 못하게 하려고 죽었을 때 구멍마다 밀떡으로 막아서 까꾸로 엎어서 묻었다. 옛날에 한 사람이 소잔등의 길마에 나무를 싣고 서울가서 나무를 팔아서 생계를 유지했다. 그러던 어느 날 하루는 나무를 팔고 집으로 돌아오는 길에서 뭔가를 싸놓은 좋은 보자기를 발견하여 길마에 실어서 가지고 왔다. 이 사람이 집으로 돌아와 풀어보니 보자기 속에는 노란 저고리와 빨간 치마가 들어 있었다. 그것은 손각시가 죽은 집에서 예방 차원에서 버린 것이었다. 그 사람은 즉시 그 물건을 아궁이에 넣어 태워버렸다. 그렇지만 그 후에도 소가

죽고 사람이 죽는 등 집안의 우환이 끊이지 않자 무당을 불러 굿을 했다. 그 랬더니 손각시가 무당의 입을 통해 자기를 불에 넣어 태운다고 죽겠냐며 그 사람을 위협했다. 결국 그 집은 손각시 때문에 완전히 망했다.

옛날에는 도깨비두(도깨비도) 있었지만 처녀가 죽으면은 그거를 [손으로 구멍을 막는 시늉을 하며] 아주 그냥 이, 눈이구 코구 그냥 구녕(구멍) 마다 콱콱 틀어막아가지구(틀어막아가지고), 저, 그 저 이 밀떡(꿀물이나 설탕물에 밀가루를 반죽하여 익히지 않은 날떡)을 맹글어가지구(만들어가지고), 틀어막어가지구 그냥, 갖다가 비탈 산을 파가지구 까꾸로 갖다 엎어서 묻어 버려. 귀신으루 활동하지 말라구. 옛날에는 그랬어요.

그래 그, 옛날에는 그래, 처녀가 어느 집안에 처녀가 죽었다 그러면, 그 집하고 혼인도 안했어. 그, 손각시라는 게, 손각시라고 그래 그 귀신을. 손각시가 오면 그 집안은 망하는 거야.

그래 저 이, 적골(지명이름) 온씨네가, 적골 저 온씨네야 거기가. 그래 온씨네 딸은 데려오지도 않는다고 그랬어, 그 손각씨터가 옛날에 그런 전설이, 전설이 아니야 실제로 옛날에 그랬다는 거야.

그 시방, 시방 사람이 뭐, 그 얘기 들으면은 에이그, 뭐뭐 [웃으며] 믿지 못할 거지.

(보조 제보자 : 그게 다 미신이지, 그게 다 미신이지.)

[보조 제보자의 말에 동의한다는 듯 웃으며] 그럼, 옛날에는 그랬대요.

(조사자 : 손각시는 해코지를 어떻게 하는 거예요?)

하여간 뭐, 집 집안을 쑥밭 맹그는(만드는) 거예요.

그래서 이, 이 건너 그전에 저 이 한순이, 한순이 아버지, 한순이 아버지랬는가?

(보조 제보자 : 아니, 상윤이야 그 양반이.)

아니, 상윤이는 삼춘이고, 일봉이 일봉씨?

(보조 제보자 : 일봉이는 이 사람아, 할아버지야.)

응?

(보조 제보자 : 할아버지야.)

하여간 거기서,

(보조 제보자 : 할어버지야.)

거기서 그, 서울에 인제 이 서, 옛날에는 여기서 산골이니까는 땔나무를 인제 그때는 뭐 시내구 뭐구 다 나무만 땔 때니까는.

그때는 뭐, 길도 넓게 뚫리지 않아가지구 마차, 우마차도 그때는 없구 소잔등에 이렇게 짊어지는 질마(길마를 의미하는 것으로, 짐을 실으려고 소의 등에 얹는 안장을 말함.) 라고 있어요.

[시늉을 하며]

에, 소에다 이래 탁 질마를 해가지구 양쪽에다가 해서 이렇게 하면은 그게 한, 아마 사람이 지면 서너 짐은,

(보조 제보자 : 서너 짐은 싣지, 서너 짐은.)

실어요.

묶어가지구 소를 끌구 저- 서울 가서 그, 나무를 팔았어.

만날 팔고 오는데 하두 오다가 보니까, 나무를 팔구 소를 끌고 오다가 보니까는, 그게 아주 그냥 그 천도 아주 그냥 깨끗하구 천 천, 좋은 천으루다가,

[손으로 묘사를 하며]

요만한 뭐신 뭐를 그릇을, 아주 싸가지구 이렇게 탁 매서 길에 딱 놨더래, 길옆에.

그래 이건 뭐 나무 팔구 오다,

'아, 이게 뭔데 누가 여기다 이걸 잊어먹구 갔나?'

[웃으며]

그러구선, 이놈의 걸 집어서 소잔등이에다 올려서 묶고 매달아가지구 집으로 왔대요.

와보니까는 와서 인제 끌러보니까는, 노랑 저고리 빨간 치마,

(보조 제보자 : 아, 예방을 했구나!)

한 벌이 있더래, 한 벌.

(보조 제보자 : 그거 예방이야, 옛날 말하자면 예방이라 그러잖아?)

아, 그래서,

'아이구!'

그거 옛날에는 이제 손각시를 제일 무서워했으니까,

'아이구! 이게 손각시 죽은 집에서 이거 갖다가 누가, 손각시 귀신 가져 가라구 해놨구나!'

그래 가지구 그걸 부엌간 갖다 놓구서 불을 질러 버렸대.

[웃으며]

거서 그랬대.

아 그랬더니, 그리곤 그냥 우환이 끓구 소도 죽구 그냥 뭐, 사람도 그냥 뭐, 병이 들구.

(청중 : 그래두('불어 질러서 태워 버렸어도'의 의미임.)?)

응. 그래가, 그러니까는 그걸 인제 가서 옛날에는 뭐뭐 어떻다 하면은 무당집에 가구 뭐 어디가구 그러잖아요?

(보조 제보자 : 만날 부르러 댕기는 거지 뭐.)

가니까는 그런 얘기를 하더래,

"그걸 지구 와서 그렇다구."

그래가지구 뭐 굿을 하는데 그냥 뭐,

"부엌간에 가서 그냥 내가 불에다 데면 내가 죽을 것 같으냐!"

[웃으며]

뭐, 뭐 어떻게 하느냐 하면서 무당이 지껄이잖아?

[청중 웃음]

(청중 : 아, 귀신이 그리 올라가 있는 거구나!)

그래가지구 망했대요, 아주 그냥.

[한 청중에게]

그, 그런 소리 못 들으셨어요, 그 냥반한테?

(청중 : 귀신 들려서 망했다구.)

예, 들으셨죠?

옛날에는, 옛날에는 그 신이라는 게 그만큼 무서워요.

허미수의 퇴조비와 송우암의 약방문

자료코드 : 02_26_FOT_20100116_SDH_GSA_0001

조사장소 : 경기도 포천시 소흘읍 고모1리 53-1번지 마을회관

조사일시 : 2010.1.16

조 사 자 : 신동흔, 노영근, 이홍우, 한유진, 구미진

제 보 자 : 권순암, 남, 65세

구연상황 : 조사자가 옛날에 포천 지방에서 유명한 사람들에 대해 이야기해 달라고 하자 제보자는 자신의 조상들 중 벼슬한 인물들에 대해 설명했다. 그 후 유응부에 대해서도 간단히 언급했다. 조사자가 다시 앞에서 제보자가 언급한 인물들 중 허미수 선생에 대해 자세히 이야기해 달라고 하자 아래의 이야기를 구연했다. 허미수와 관련된 일화 두 편을 이어서 들려주었다.

줄 거 리 : 삼척 해안에 해일 때문에 주민들의 피해가 극심하자 허미수가 퇴조비를 세워 피해를 막았다. 다른 붕당의 신임 부사가 내려와서 이치에 맞지 않는다며 퇴조비를 깨트려 버렸다. 그러자 또 다시 해일 피해가 심해졌다. 부사는 동네에서 어른 대접을 받는 촌로를 찾아가 살려달라며 피해를 막을 수 있는 방법을 물었다. 그러자 촌로는 허미수가 퇴조비가 깨질 것을 예상하고 하나 더 만들어 땅에 묻어 뒀다는 얘기를 들었으니 다시 꺼내서 세우라고 했다. 부사는 땅에 묻힌 퇴조비를 다시 세웠는데 그러자 현재까지도 그 지역에는 해일 피해가 없다고 한다.

허미수 선생은 자수를 했는데 소화가 되지 않아 아들을 시켜 송우암 선생에게 약방문을 받아 오라고 했다. 아들은 정적한테 약방문을 받는 것에 대해 반대했으나 아버지의 명이라 송우암에게로 가서 사정을 전했다. 송우암은 약방

문으로 비상 서 푼을 처방해 주었다. 집으로 돌아 온 아들은 정적인 송우암이 아버지를 죽이려는 것이라며 생각하여 아버지에게 서 푼 중 조금만 떼어서 갖다 드렸다. 허미수가 자수를 하고 있었기 때문에 창자에 찌꺼기가 있어서 아픈 것이었는데 송우암의 처방대로 했으면 다 나았을 것을 아들의 의심 때문에 병이 낫지 않았다.

(조사자 : 아까 그, 아까 그 허미수 선생 같은 분은, 그 분도 이런 저런 일화가 예전에 많았었나 보던데요?)

허미수 선생은 일화야 뭐, 허목 선생의 일화는 아주 대단한 분 아냐, 그 사람이?

인제 그, 얘기 인제 저걸 해서 그렇지 그, 허미수 선생은, [생각을 하다 가] 그 양천 허씨 그 분이, 에 거기에 들어갔지만 그 양반이 팔십에 배상 (拜相 : 정승으로 임명을 받음)을, 팔십에 정승을 했다는 분이예요.

그 분은, 허미수 선생은, 그 저기, 남인의, 남인의 대장이죠, 남인의 대장이고, 노론의 노론소론의 대장은 송우암 선생 아녜요?

그 분들하고 그 뭐, 역사적으로 다 나왔던 이야기인데, 허미수 선생의 그, 삼척 가믄 죽서루에 현판이 걸려 있죠?

그 분 글씨가 걸려 있다고.

죽서루에 가믄 허미수 선생, 허목이라고 하는 분이 죽서, 그 글씨가 쓰여 있는데, 우리도 거기 이제, 여기 우린 여기가 살긴 여기 살아도 우리가 남인 계열이예요.

그래서 그 양반이 스승으로 모시고 그랬던 저거고.

근데 그 분이, 허미수 선생에 삼척 가면 퇴조비(退潮碑)가 유명하다는 거 아닙니까?

물결이, 바닷물을 막기 위해서 글씨를 써서 비석, 비석을 하나 세웠는데 파도가 노냥 해일로 덮쳐갖고, 그 삼척에 해일이 덮쳐갖고 그, 피해를 봤는데,

그렇다고 그러니깐 그 분이 글씨를 써서 퇴조비라는 비석을 하나 딱 세웠는데, 거기밖에(거기밖에) 물이 안 들어오고 피해를 하나도 안 봤다는 거예요.

근데 지끔두 퇴조비가 있대요.

난, 나도 그래서 한 번 간다구 그러구나서 얘기만 들었는데,

(청중 : 그게 어디 있대?)

삼척.

(청중 : 삼척?)

예. 근데 그 분의 그 퇴조비를 세우고 일화가 나니깐 옛날엔 붕당 싸움이 심하니깐, 아이 그저 암만 다음에 부사가 내려와서, 서인 계통 그, 부사가 내려와서,

"그게 무슨 말이나 되는 소리야? 그러면 그거 사람의 이치로 맞지 않는 것 아니냐?"

그거, 그렇다고 그러면 이치에 안 맞는 거니깐 깨트려라, 깨트려 버렸대요, 그놈의 걸.

깨트려 버리고 나서 해일이 덮쳐갖고 그냥 주민들 피해가 많아진 거야.

삼척, 삼척도 부사였는데 직위가, 깨트리고서 해일이 들어오고 막 그 민란이 일어나니까 그냥, 그 부사가 그때 당시에 부사가 그때 그 동네의 최고 노인네를 찾아가서,

촌로라 그러는 게 옛날에는 그, 그 각 동네에 어른 대접을 많이 하는 저거니까 촌로를 찾아가서,

"그 여기에 그 그 그렇게 용하다 그러면 이거 깨트려 버릴 것도 알았을 거 아니냐 이거야, 사실. 그러니까 이거이거 큰일 났다고 사람 살려달라고."

그러니까, 그래 그런 얘기를 자기도 들었다, 또 하나 두 개를 묻었다고 하나를 묻었다고 그러더래는 거야.

그래 급히 파고 그걸 깨서, 그걸 꺼내서 돌을 묻고선 해일이 안 덮친다는 거야, 여지까지 안 덮친다는 거야.

그런데 그 퇴조비가, 내가 어디거 그걸 봤는, 그 저 글을 복사를 해서 봤는데, 그 글씨를 봤는데, 그 글씨가 이런 한문 글씨가 아니라 이상한 글씨를 써갖고 그 해독을 잘 못하고 그랬었다고 그러더라구요.

그런데 해독을 했다고 그러는데 내가 어느 신문인가 어디서 한 번 봤는데 기억이 잘 안나요.

근데 그런 일화도 있고.

그, 허미수 선생하고 송우암 선생은, 정적(政敵) 임서두(정적이면서도) 최고의 유학자들, 학문적인 거에 학자들 아닙니까?

그래 송우암 선생이, 어 옛날에 어려서 자수를 했대요.

지끔 말하면 일본에도 자기 오줌 마신, 먹는다는 거 아닙니까?

근데 그 분도 자수를 했다는 거예요.

오줌을 잡숴갖고 그렇게 건장하시고 송우암 선생이 그랬는데, 사약을 받고도 안 돌아갔다는 얘기예요, 그 양반이?

예? 그만큼 속이 그렇게, 그래 한 번 막아라, 그래고 돌아갔다는 양반인데.

이 양반이, 그 송우암 선생이, 자수를 하다보니깐 이 그 해갖고 속이 강건하고 아주 신체는 좋으셨대, 그런데 잡수니깐 소화를 못 시키니까 소화를 못 시키셨다는 거야, 그 분이.

그니깐 아드님 보고,

"야, 가서, 그 허미수 선생, 허미수 대감한테 가서 약 좀 지어와라."

그랬더니, 펄펄 뛰고,

"아, 우리 정적인데 그걸 말이나 되느냐?"

그래. [청중 웃음]

"무슨 소리냐! 사람은 예(禮)나 도(道)로 해서 하는 거지, 그런 음해(陰

害)하는 게 인간은 아니다. 그냥 약을, 약방문이나 갔다 와라."

그랬대. 그러니깐, 뭐 아버지가 명하면 옛날엔 뭐, 아버지가 군왕하고 아버지 명은 뭐, 최고니까. 마지못해서 가서,

"아이, 저희 아버님께서 이렇게 선생님한테, 대감한테 이렇게 약을 처방을 받으러 왔습니다."

그랬더니,

"으응 그래, 알만하지."

약을 지어 주시는데, 비상 석 돈을 지어, 처방 써 줘 비상 석 돈.

그러니깐 나오고선 나와서,

"이런 그럼 그렇지, 우리 아버지 약방문을 정상적으로 지어줄 리가 없다."

이거야.

"암만 해도, 그렇지 우리 아버지 죽으라고 이걸 지어 준 거지 이게 약방문이야."

이랬다는 거야. 일화지 그게, 그럴 리야 없겠지. 그러니까 그냥 나오면서 욕을 치고 인제 와서 아버지 오니까,

"아이, 약방문 그래 받아왔냐?"

"그 영, 영감탱이가 무슨 약방문을 지어주겠습니까? 말이야. 아버지 돌아가라고 비상 석 돈을 지어 달라, 서 푼 서 푼이를 정말 지어 주더, 써 주더라."

이거야, 서 푼을. 그 서 푼이라 해 봐야 [손으로 시늉을 하며] 바로 요만큼 되겠지, 뭐 얼마, 서 푼, 일 푼이 얼마야?

한 돈의 십분지 일이나 얼마 되었을 거 아냐?

"야, 그럼 그 거 갖고 와라."

"아니, 아버지 돌아갈라고 그러냐고?"

"그게 아니다. 줘봐라, 갖고 와라. 그래, 그건 틀림없을 거다."

그러니까 참말로 어떻게 아버지를 비상을 갖다 드리겠습니까?

그래서 그것도 쪼끔, 그러니까 그 서 푼도 쪼끔인데 반에 한 반 남짓한 걸 갖다 드렸다는 거야. 그걸 잡수니까 쪼금 속은 편해졌는데 안 났더라는 거야.

근데 또 먹는 거지, 한 번에 씻어야 한 번에 싹 깎아야 되는데 그게, 자수를 하니까 오줌은 오줌소태라고 그래서, 끼어갖고 창에, 소화가 안 되는 거라는 얘기야. 그래 고걸 갖다 서 푼만 딱 먹어도 한 번에 싹 깎아 내려서 되는데, 고걸 한 번에 먹지 못하고 나눠서, 그래서,

"이 어떻게 이게 약이 틀리지 않았느냐? 너, 너가 틀린 게 아니냐?"

그랬더니,

"제가 그랬습니다."

그래.

"그렇지, 니가 벌써 벌써 나를 그……"

그랬다는 일화를 내가 인제 허미수 선생의 일화를 그 뭐 그냥 웃음의 소리겠지 뭐, 다 [웃음] 그런 거 가지고 서로가 좋은 거라고 얘기했겠지.

그런데 옛날에 학자들은 그렇게 뭐, 권모술수로 하는 건 진정한 학자가 아니죠.

뭐, 그런 거 중종 때 뭐, 남정이나 뭐, 이런 사람들 뭐, 무슨 조광조 사건 그, 정암이나 그런 거 그 양반들 죽이기 위해서 뭐 글자를 어떻고 그런 거, [웃음]

주조위왕(走肖爲王의 잘못)라고 그랬다는 얘기, 그런 식으로 그런 거는 학자, 진짜 진정한 학자들이 아니지 그러니까, 생각에.

권율의 사위가 된 신립

자료코드 : 02_26_FOT_20100116_SDH_GSA_0002
조사장소 : 경기도 포천시 소흘읍 고모1리 53-1번지 마을회관
조사일시 : 2010.1.16
조 사 자 : 신동흔, 노영근, 이홍우, 한유진, 구미진
제 보 자 : 권순암, 남, 65세
구연상황 : 앞의 이야기에 이어 제보자는 8대조 할아버지의 효행에 관해 잠시 이야기를
했다. 그 후 조사자가 권율 도원수의 사위가 오성대감이 맞는지 물어보자 구
연을 시작했다.
줄 거 리 : 정사에서는 권율 도원수의 사위로 오성대감만 있고, 야사에서는 신립 장군도
사위라고 하는 사람들이 있다. 신립은 귀신 보는 재주가 있는데 하루는 길을
가다 어떤 사람이 떡 바구니를 이고 가는데 그 위에서 귀신이 놀고 있는 것
이 보였다. 이 떡 바구니는 권율 대감 집으로 들어갔는데 떡을 하나 먹은 사
람이 죽는다고 소리쳐 신립이 들어가 보니 귀신이 목을 누르고 있었다. 신립
이 귀신을 물리쳐 그 사람을 살렸다. 이를 계기로 신립은 권율 대감의 사위가
되었다. 권율의 아버지는 관상을 잘 보는데 신립의 관상을 보니 자기 손녀보
다 먼저 죽을 관상이라 손서로 삼았다.

(조사자 : 아까 그, 권율 도원수 그 그, 사위가 오성대감이 그 분 사위
맞나요?)

(청중 : 오성대감 묘가 지금 여기 있어요.)

(조사자 : 그 분도 일화가 많지 않나요?)

근데 오성대감 일화야 뭐 그, 어려서 장난하고 그랬다는 일화나 책 같
은데 워낙 많이 나와서 뭐[웃음] 그렇죠 뭐.

근데 야사(野史), [잠시 생각하다가] 이 정사(正史)에는 오성 부원군 한
분만 저거가 있거든요.

그 저기, 그 분 사위만, 그 분이 사위란 말이예요.

근데 야사에는 그, 신립 장군도 사위라고들 자꾸들 그러는데 [정색을
하며] 아니라는 거야.

정사에는 분명히 오성 부원군(府院君) 한 분이라구요.

응? 근데 신립○○이라고 자꾸들 우긴단 말이예요.

그 신립이 오, 권율 도원수의 사원데, 그 뭐 그 분이 귀신을 보는 재주가 있어갖고, 있는데 재주가 있어갖고 신립이 장사였는데,

어디가다 이렇게 보니까 어디를 가다 보니까, 떡 바구니를 이고 가는 걸 보는데, 파란 보자기를 얹었는데 그 빨간 보자기 얹은 위에서 귀신이 놀더래나?

그래서 그 권율 대감 댁에 거기 갔더니 뭐, 그러니까 이 야사란 말이야, 갔더니,

떡을 갖고 간 걸 하나 먹었더니 그냥 목에 눌려서 죽는다고 소리쳐서 지나가다 들으니까 왜 그러냐니까는,

그렇다고 가서 이렇게 가서 보니까는 뭐, 찾아 들어가니까는 귀신이 거기서 목을 꼭 눌르고(누르고) 있는 같아 들어가니까 나가고, 들어오니까 나가니까 들어오고 그랬다는 얘기를 해, 한다고.

그러니까 그게 야사란 말이야, 다른 건 없었다는 말이야, 그래갖고 그걸 살려 갖고 사위로 삼았는데,

어쨌거나 권율 도원수의 할아버지는 철 자라고 하는 분이, 아니 권율 도원수의 아버지가 철 자 분이거든요.

근데 그 철 자 분 그 분은 관상을 그렇게 잘 봤대요, 사실 철 자 분이 ○○○이라고 그 양반은 영의정을 십년 이상 하신 분이거든요.

근데 그 분이 보니까, 일찍 죽더래는 거야, 그 신립 장군의 명이 못 당하겠더래는 거야.

그런데 보니까, 자기 딸 손녀딸은 먼저 죽겠더라는 거야.

자기 손녀딸이 먼저 죽겠더라는 거야, 이렇게 보니까, 잘 나고 했는데 자기보다 먼저 저기 그, 자기 손녀딸보다 먼저 죽겠, 손녀딸이 먼저 죽겠더라고 관상을 봤다는 거야.

그러면서 그 저, 손서(孫壻)를 삼았다고 하는 얘기를, 그거는 그런데 우

리 정사에 보믄은 오성 부원군 하나라고 돼있단 말이야, 분명히 거기는.

그런데 자꾸 그 이 저거는, 신립 장군 거는 아니냐고 말이야.

[못 마땅해 하며] 자꾸 뭐 그런 얘기가…

지혜로운 정충신

자료코드 : 02_26_FOT_20100116_SDH_GSA_0003
조사장소 : 경기도 포천시 소흘읍 고모1리 53-1번지 마을회관
조사일시 : 2010.1.16
조 사 자 : 신동흔, 노영근, 이홍우, 한유진, 구미진
제 보 자 : 권순암, 남, 65세
구연상황 : 앞의 이야기에 이어 권율도원수가 관련된 인물이라며 구연을 시작했다.
줄 거 리 : 정충신은 원래 광주부의 종이었지만 머리가 아주 똑똑한 사람이었는데 임진
　　　　　왜란 때 권율도원수가 왜군을 뚫고 의주까지 장계를 올릴 사람이 없어 고민
　　　　　하고 있자 자신이 가겠다며 지원했다. 정충신은 장계를 칼로 잘라서 미투리를
　　　　　삼아 권율도원수의 장계를 의주까지 무사히 보고했다. 정충신의 아버지가 광
　　　　　주목사로 부임했을 때 여자 종을 취해 아이를 낳았는데 그가 정충신이다. 훗
　　　　　날 정충신의 어머니가 죽자 모두들 비록 종이었지만 정충신의 신분을 생각해
　　　　　서 아무도 관지구를 쓰지 못하고 있었다. 그때 정충신이 관의 이름을 쓸 사람
　　　　　이 곧 올 것이라고 했는데 마침 오성대감이 찾아왔다. 정충신이 오성대감에게
　　　　　관의 이름을 써 달라고 하자, 오성대감은 어려울 것이 없다며 (막덕지구)라고
　　　　　관지구를 썼다.

　그리구, 권율 도원수 때문에 제일 저그한(출세하고 성공한) 사람은, 저
기 그, 권율 도원수가 도원수꺼정(도원수까지) 되고 그런 분은 정충신이라
고 금남군이라고 있죠?

　정충신이 금남군이, 저기 아냐? 저기, [잠시 생각하다가] 그 분이?

　(조사자 : 그 분, 광주분 아니예요?)

　광주, 광주부에 있다가 그 사람이 저, 종으로 있다가 출발한 사람이란

말이야 금남군은.

그 분이 거기에 관노 비슷하게 있어갖구 권율 도원수가 데리고 있던 사람이란 말이야 그 사람이.

근데 그, 정충신이 권율 도원수를 도와서 머리가 영리하고 그래갖구 나중에, 이괄란 때 부원수가 되고 그랬었죠.

정만이, 에 정, 정, 정 뭐야? [잠시 생각하다가] 무슨 만이 맞지, 정만이 아닌데……

그 분 도원수 밑에 부원수꺼정 돼서 그 사람이 금남군 호도 받고 그랬었는데. 그 분이 임진왜란 때 장계를 올리는데 도원수께서 이 그, 장계(狀啓)를 올릴 사람이 없어 갖구 누가 가겠냐구 그러니깐,

자기가, 그 왜군이 그냥, 서울 우판('위쪽'이라는 의미)까지는 그냥, 평양도까정 있는데 의주까지는 갈, 장계를 올릴 사람이 없는데 자기가 가겠다고 그래서,

"그래, 어떻게 가겠냐구."

그랬더니,

"염려마세요, 그러니깐 써 달라구."

그러더니,

미투리, 그 글씨를 전부 칼로 쪼개갖구 미투리 삼았다는 거 아냐, 미투리.

[꼬는 시늉을 하며] 그걸 이렇게 종이로 꼬믄, 끈 아니예요, 끈?

옛날에는 미투리를, 이 저기 그, 짚신으로 해서 짚신으로 하지만, 잘 하는 미투리들은 종이도 꼬아서 종이보다 더 찔기죠.

그것도 허구, 그 저기 에, 닥나무 껍질 베 무슨 이런 걸 해서 꽈서 하면 더 찔기구 인제 그런데, 서민들은 모두 다 볏짚으로 꽈서 인제 짚시기(짚신)를 세웠는데.

짚, 짚시기, 미투리라고 해서 그걸 미구(메고) 해서 장계를 올렸다는 거

예요, 정충신이. 그때부터 똑똑한 거로 소문이 났죠 인제.

그리구 어, 그리고 나서 어, 병자호란 지나구 그, 임진왜란 지나구 그러니깐 어렸을 때니깐, 그리구 나서 그렇게 출발했던 사람이 정충신이 그 사람이 그 나중에는 금남군이라는 게,

그 저 광주 가면 금남로가 있어요, 금남로.

충장로가 있고 금남로가 있죠, 광주는.

충장로는 충장공이 권율 도원수 호, 시호가 충장공이고, 충장로가 있고, 금남 금남로는 정충신 군호가 금남이란 말이예요, 금남군이라고.

그래서 광주에는 그렇게 지명이 금남로가 있고 충장로가 있단 밀이예요 거기는.

그래 정충신이라는 분이 그래서 했던 사람인데.

말은 그러니깐, 그 분의 아버지가 광주 목사로 있던, 내려와서, 얘기겠지 그것도 뭐 다 야사(野史)겠지 뭐.

그런데 내려와서 하룻밤 자고 있는데, 황구렁이가 누런 황구렁이가 뒤에 나무에 뭐, 호두나문가 있더라는 거예요.

그래 나가보니까, 그 있는데 여자가 하나 이렇게 누웠더래는 거예요.

그러니깐 그때 당시에 뭐, 광부 목사로 왔으니까는 뭐, 그 여자를 취했는데 잉태를 했는데 그 분이 됐는데, 그러니깐 그게 종 비슷한, 그러니깐 거기에 일하는 여자겠죠.

그러니깐 막상 그 분이, 그 인제 정충신의 어머니가 돌아가니까, 그래 군(君)으로 받고 다들 했으니까 그래도 다들 대감들이 되고 뭐, 전부들 했던 거니까,

그분 어머니가 돌아가니까 관의 지구를 못 써, 관지구라고 그래서 관, 관명(官名)을 써요 거기다가.

쓰는데 전부들 못쓰고 있더래는 거야.

이걸 뭐라고 써?

옛날엔 그, 직위가 한 끝에 유인(孺人)이라는 벼슬은, 에 구품(九品)이 유인라고 그러거든, 여자 품계가 종구품이 유인이라고.

우리가 학생부군(學生府君) 쓰는 것도 학생이 곧 구품이라는 말이야, 예를 들어 최고 낮은 벼슬에 죽은 사람 일계급 특진 시켜줘서 그냥들 전부 쓰라고 그래서 유인이라고 쓰는 그거든.

그래서, 그런데 그러니까 쓰질 못하니까, 정충신이 그랬다는 거예요.

"아이, 조금 있으면 그, 저거 쓸, 명정(銘旌) 쓸 분이 오겠다구 온다구."

왔더니, 와서 보니까는 오성 부원군이, 오성 대감이 오니까,

인제 그 분이 호는 백사죠, 오성이. 근데 그 분이 오니까,

"아이, 인제 명정 쓰실 분이 왔다구."

그러니깐, 그 분 보고,

"아이 대감, 이 명정 좀 써 주시오."

그러니깐,

"그렇게 하라구. 뭘 못써."

그래 이름이 정충신 어머니가 막덕이라는 거야, 막덕.

그래 막덕지구라고 그냥 쓰더라는 거야 그냥.

어떻게 감히, 어떻게 대감 어머니를 놔두고 누가 그렇게 차마 못 쓰는 거야, 그게 알아도 못 쓰고, [웃음] 누가 그렇게 쓰겠습니까, 사실?

남, 그 사람 체면 봐서도 못 쓰고, 그걸 못 쓰는 거잖아요? 어떻게 그래도 그걸.

어쨌든 그런데, 정충, 저 오성대감이,

"아이 괜찮아. 내가 쓰지 뭐."

그러더니, 막덕지구라고 쓰더래. [웃음]

그러니까 이름도 없는 거지 뭐, 막덕이라고 하는 이름을 그냥 그렇게 하는 천민 출신이라서 정충신이는, 사실 개천에서 용났다고 하는 분의 한 분이죠.

정충신이 아주, 광주 가면 금남로가 하나 있다는 게 금남로 금남로 그래요.

신립장군과 탄금대

자료코드 : 02_26_FOT_20100116_SDH_GSA_0004
조사장소 : 경기도 포천시 소흘읍 고모1리 53-1번지 마을회관
조사일시 : 2010.1.16
조 사 자 : 신동흔, 노영근, 이홍우, 한유진, 구미진
제 보 자 : 권순암, 남, 65세
구연상황 : 앞의 이야기에 이어 제보자가 다른 이야기에서 잠깐 언급했던 신립 장군에 대해 조사자가 신립 장군이 어떻게 죽게 됐는지 물어보자 탄금대 이야기로 구연을 시작했다.
줄 거 리 : 신립 장군은 임진왜란 때의 명장인데 조령에다 진을 쳐야 할 것을 탄금대에 배수진을 치는 바람에 왜군에게 전멸을 당했다. 이것은 신립에게 원한을 가진 귀신이 앙갚음하기 위해 장난을 쳐서 그런 것이다.

(조사자 : 아까 신립 장군 같은 경우는 그, 일찍 돌아가, 전쟁에서 져가지고 돌아가시지 않았나요?)

탄금대야. 그러니깐 임진왜란 때 신립 장군은 명장이예요.

어, 신립 장군이, 에 북벌에서도 참가를 해서 북벌두 하구, 또 아주 총망 받는 그때 당시에는 최고의 장수가 신립 장군이었다구요.

그래갖구 전쟁이 일어나니까 저기, 저걸 삼아갖구 원수를 삼아갖구, 저 충청도 충주 탄금대에서 어, 탄금대에 거기 지끔두 유석이 있지만,

탄금대에 그 강가를, 강가에서 그 분이, 고 조령이라고 해서 더 가면 조령인데, 조령에다 진을 치기로 어 약, 작심을 하고 갔는데,

그 귀신의 장난이라는 거야.

그렇지 않으면 누구든지 조령에다, 조령에다 진을 쳐야 왜군을 막을 수

있는 건데,

탄금대에다가 저 그, 배수진을 친 거야 그러니깐, 배수진을 친 거야.

그 탄금대, 거기 가 보면 강을 뒤로 뒤로 하고 벌판을 앞으로 하고 거기다 진을 쳤단 말이야.

조령에다가 진을 치기로 하고 갔는데 귀신의 장난이라는 거야, 거기 조령에다 말구 그 탄금대 거기 벌판, 탄금대 보믄 이 그, 공원 뒤는 앞에는 벌판이고 강인데, 거기 배수진을 치고 왜놈들한테 그냥 맞았으니 그냥 전멸했지 뭐예요, 거기서.

그래갖구 거, 귀신이 저걸 했다는 거예요, 그 죽인 거를.

그때 그 귀신이 장난에, 에 자기를 못되게 했다고 귀신이 그걸 죽였, 거 저걸 해서 죽였다는 거지요, 얘기가.

(청중 : 그렇지, 뒤가 강이구 앞으로 탄금대 우륵, 우륵이 그 저 가야금 치고 하던 데야 거기가.)

그러니 그 탄금대, 그러니깐 거기에다가 배수진을 쳐갖구 그냥 돌아갔다는 거지.

그러니깐 귀신이 장난해서 그게 면점의 그 앙갚음을 했다 인제, 에 면점 자기가 그걸 당할 걸 해서 했다고 그래갖구 그랬다는 거야, 그래서 귀신의 장난이라는 거 아냐 그게. [웃음]

일 년에 두 길씩 자라는 대나무

자료코드 : 02_26_FOT_20100116_SDH_GSA_0005
조사장소 : 경기도 포천시 소흘읍 고모1리 53-1번지 마을회관
조사일시 : 2010.1.16
조 사 자 : 신동흔, 노영근, 이홍우, 한유진, 구미진
제 보 자 : 권순암, 남, 65세

구연상황 : 이야기꾼 홍필경에 대한 생애담에 이어서 구연했다.

줄 거 리 : 옛날에 남산에 사는 사람이 함경도 청진에 가게 되어 그곳 사람에게 전라도
　　　　에서는 대나무가 일 년에 두 길씩 자란다고 얘기해 줬다. 그랬더니 함경도 사
　　　　람은 나무가 한 마디씩 자라지 그럴 수는 없다며 유식한 동네 훈장에게 그
　　　　사람을 데리고 갔다. 사연을 들은 훈장 또한 나무는 일 년에 한 마디씩 자란
　　　　다며 남산에서 온 사람이 거짓말을 한다고 했다.

　그 분(제보자가 구연한 '이야기꾼 홍필경'을 말함.)이, 그 분 얘기, 겸
해서 이제 얘기가 뭐냐믄, 아이, 사람은 말이야 죄 우물안 개구리만 알지
다른 데는 모르는 거란 말이야, 옛날엔 더 하죠.

　지끔은 교통이 발달하고 통신이 발달하고 뭐 어떻구 하다 보니깐 다른
데 문화도 알지만, 지끔은(옛날에는) 고기 있는 문화밲에 모르잖아요?

　그, 남산에 있는 사람이, 이 붓, 이 홍필경이처럼 저 함경북도를, 청진
인가 그쪽으로 갔더니, 가서 인제 얘기를, 그게 인제 필경식(홍필경이가 얘
기하는 식으로)으로 얘기를 하는 거죠.

　얘기를 하니깐,

　"아이, 참 뭐, 내가 전라도를 내려가니깐 말이야 대나무가 있는데 일
년에 두 길씩 자란단 말이야."

　얘기 얘기를 하니깐, 그쪽 군은 가서 여기 하구, 거기 얘기보단 저쪽
얘기 해줘야 되는 거 아냐, 항상 얘기가.

　"하이, 여보 사람이 무슨 거짓말을 하고 다니냐구."

　그러는 거야. 그러니깐,

　"아니라고. 대나무는 일 년에 두 길씩 자란다."

　이거야. 그 사람들이,

　"무슨 얘기냐? 나무라는 건 일 년에 한 마디씩 자라게끔 돼 있다. 어떻
게 일 년에 그렇게 자라냐?"

　그, 상식 거짓말을 한다고 야단을, 야단이나마나 인제 옥신각신하고 그

동네 훈장까정 찾아가서,

"아, 이 사람이 와서 꼭 얘기를 하는데 글쎄 나무가 일 년에 두 길씩 다란다구 말이야, 대나무가 몇 마디씩 있는데."

대나무 구경을 한 적은 있거든. 물건은 가니까, 대나무가 가니까.

"대나무가 글쎄 그게 일 년에 자란다고 이렇게 거짓말을 한다고."

하니까, 그 저 훈장이 있다가,

"그럼 아냐. 나무는 일 년에 한 마디씩 자라지 어떻게 저렇게 많이 자라나? 자네도 거짓말하지 말게."

그러더래. 그러니깐, 사람은[웃음] 자기 고장, 그 자기 특색만 아는 거지 한계가 있는 거야.

죽엽산과 봉선사의 내력

자료코드 : 02_26_FOT_20100131_SDH_GSA_0001
조사장소 : 경기도 포천시 소흘읍 고모1리 39번지(제보자의 자택)
조사일시 : 2010.1.31
조 사 자 : 신동흔, 노영근, 이홍우, 한유진, 구미진
제 보 자 : 권순암, 남, 65세
구연상황 : 포천에서 18대 이상 거주하고 계신다는 제보자의 정보를 바탕으로, 마을에 전해지는 전설이나 유래담이 없는지 묻자, 마을 부근에 있는 죽엽산의 내력에 대해 구연해주었다.
줄 거 리 : 포천에 있는 죽엽산의 원래 명칭은 운악산이라고 한다. 운악산은 또한, 지금은 광릉리에 있는 봉선사가 원래 있던 자리라고도 하는데, 현재는 그곳에 절터만 남아있다고 한다. 그런데 이 산의 명칭이 바뀐 이유와 절을 옮긴 유래에 대해서는 다음과 같은 전설이 전한다.
　　　　 고려 시대에 서씨 성을 가진 한 역적의 일파가 있었는데, 죽고 나자 운악산 내 봉선사 부근에 묻혔다고 한다. 그리고 그 역적의 후손은 후에 중국 땅으로 도망을 가서, 중국에서 큰 벼슬까지 얻었다. 그러다 자기 조상의 산소를 찾기 위해 다시 우리나라에 와서는, 운악산 내 봉선사가 부근, 삼형제 바위 근처에

조상의 산소가 있었으며, 삼형제 바위 아래는 귀한 보물도 함께 있으니, 그 위치를 알려주는 이에게 모두 주겠다고 소문을 냈다.

그러나 역적의 후손이 돌아온 것을 못마땅하게 여긴 사람들은 그 자가 스스로 조상의 산소를 찾아내기 전에, 산의 이름을 바꿔버리고, 절을 뜯어다 옮겨서 혼란스럽게 하였다. 결국 역적의 후손은 조상의 산소를 찾지 못한 채, 다시 조국을 떠나가야만 하였다.

우리 동네가 말이에요. 이 앞에 산이, 죽엽산(竹葉山)이라 그러거든요. 대 죽(竹)자, 잎사귀 엽(葉)자, 죽엽산(현 경기도 포천시 내촌면 마명리에 소재한 산.)이라구 그러는데. 이 죽엽산이 남북에 해서, 동서로 해서, 중앙에 있다는 산이에요. 이 산이.

(조사자 : 아.)

그래서 중부지장이 죽엽산 내에 있다고 쓰거든요. 중부지장이라고 인제, 광릉 이법시험장. 아니, 중부지장이라 그러거든요. 거기를. 거기가 거, 대한민국의 중앙에 있다는 산이야 이 산이.

(조사자 : 예.)

그런데 이 산을, 우리 가승이나 이런 데는 물댈 주(注)자 주엽산이라고 되어있어요.

(조사자 : 어. 주엽산이요?)

어. 주엽산.

그리고 광릉연감보면 혹 운악(雲岳)이라고도 했다. 그렇게, 연감에는 그렇게 나와 있었거든요.

(조사자 : 어. 구름 운자요?)

네. 묏부리 악(岳)자. 운악산이라고 하는 거가, 있었다는 거야. 이 산 자체가.

그런데 이제, 전설이나 이런 거를 들어보면은, 옛날 어느 땐진 몰라도 고려 때로 추정이 된다고들 그러는데. 이 산 자체를 갖다가, 그 운악산이었을 제, 여기에 봉선사가 있었다고 그러는 거에요. 봉선사가 저 광릉리에, 운악, 저 봉선사가 있잖아요. 봉선사 뒤에 산이 그게 지금 운악산이라고. 이름 자체가, 그 운악산이라고 그러거든요.

그런데 그 산 자체, 그런데 여기가 봉선사가 있었는데, 뜯어서, 이게, 옛날에. 지금도 기왓장이 나와요. 절터가 있어요. 여기. 절터 우리 큰 산소 밑에 절터가 있는데, 거기에 보면은 기왓장도 나오고 그런데. 불이 나서 한 게 아니고, 말은 뭐, 옛날 말따나 뭐 빈대가 많아서 뭐, 뜯어가 없애게 됐다고들 그러는데, 그게 아니고, 뜯어 간거로들 얘기가, 이제 하는데.

여기 산에, 인제 일화로 쭉 내려오는 얘기가. 고려 때, 저, 그때 당시에, 서 라는 성을 가진 사람이 역적의 한 일파에 있는데, 그 사람이, 그 자손이 중국으로 도망갔다는 거에요. 그래 중국에서 문화시랑이 됐다는 거에요. 그 문화시랑이라고 그러면 지금 말하면 국무총리 격 정도 됐는데, 그 사람이 우리나라로 와서, 이 자기, 선조 산소를 찾는다, 여기, 그 서정만이라고 하는 사람이 여기, 묻혔는데, 지 아버지, 지 조상의 산소를 찾을라고 문화시랑이라고 하는 사람이 여기 오니까, 뭐라 그러냐면은,

"이 산 자체에, 자기 산소, 아부지(아버지) 산소 앞에, 봉선사가 있고, 운악산에 봉선사가 있고, 거기에 삼형제 바위가 있다."

그러면서, 이제 퍼뜨리면서 나오길

"그 삼형제 바위 밑에, 거기에 은 항아리, 금 항아리가 세 독 씩 묻혔는데, 그걸 가르쳐 주는 사람은 다 주겠다."

이렇게 공헌을 했다는 거야. 그렇게 나와서 보니까, 그런데, 이게, 저기 곱게 중국 가서, 해서, 들어온 사람도 왔다 갔다 하면 불평을 하고 그럴 거 아니에요. 이게. 그런데 그, 역적 후손인데, 어떻게 그 좋게 했냐, 좋게 보겠냐 이거야.

그러니까 이 산을 그때 당시에 주엽산으로 개칭을 하구, 봉선사를 갖다

가 저 광릉 넘에다 웸기구(옮기고). 웸겼는데(옮겼는데), 이 저 삼형제 바위라고 하는 거가, 요기 지금, 저 담수가 요기 한, 부지꺼정(부지까지)해서 우리 산에다 했는데, 만여 평 됐는데, 고 길을 돌아가는 데, 옆에 삼형제 바위라고 우리가 노냥('노상'의 경기도 방언임.) 듣기를 그랬어요. 그게 삼형제 바위라는 거야.

그러게, 그, 그런 걸 갖구, 구찮구(귀찮고) 어쩌구 하구, 그 시달리구 그러는 거야. 구찮구(귀찮고) 그러니까, 광릉 내가서 그, 삼, 봉선사 앞에 저희, 그 산소를 암만 찾아도 못 찾겠고, 그래 저것도 그 ○○○○라는 것도 못 찾고. 그러니까 그냥 돌아갔다는 거에요.

(조사자 : 아.)

가짜 당숙 얻은 박문수 어사

자료코드 : 02_26_FOT_20100131_SDH_GSA_0002
조사장소 : 경기도 포천시 소흘읍 고모1리 39번지(제보자의 자택)
조사일시 : 2010.1.31
조 사 자 : 신동흔, 노영근, 이홍우, 한유진, 구미진
제 보 자 : 권순암, 남, 65세
구연상황 : 박문수 어사에 대한 이야기를 들어본 적이 있냐고 묻자, 곧 생각나신 이야기를 구연하였다.
줄 거 리 : 옛날에 박문수가 암행어사가 되어 어느 한 고을에 이르렀다. 그런데 마을의 한 부잣집 양반이 다른 양반들을 잔뜩 모아놓고, 잔치를 베풀면서 자신의 조카가 암행어사가 되어 내려올 것이라고 허풍을 치고 있었다.
이를 괘씸하게 여긴, 박문수는 몰래 잔치에 끼어들어가 집주인에게 하룻밤을 신세 지겠다고 말하니, 박문수의 얼굴을 알아 본 집주인은 거짓말 한 것이 생각나 깜짝 놀라며 깊이 사과하였다. 그리고는 돈은 많이 벌었으나, 백정 출신이어서 대접을 받지 못하자, 박문수 집안의 족보를 사서, 양반행세를 하게 되었다고 고백하였다. 박문수는 그 가짜 양반의 사연을 듣고는, 크게 혼내기보다 가볍게 용서하며, 오히려 진짜 조카인 척 행세하며, 그 자의 체면을 세워

주었다.

후에 박문수는 어사일을 마치고 집에 돌아왔는데, 식구들이 보이지 않았다. 사연을 알고 보니, 가짜 당숙이 박문수의 집이 넉넉지 않다는 것을 듣고 새로 좋은 집을 사서 모두 이사를 보냈던 것이다. 그러나 박문수의 동생은 백정 출신의 천한 자가 자신과 같은 양반행세를 하는 것에 몹시 분개하여, 곧장 그 고을로 내려갔다. 그러자 가짜 양반은 정신이 나간 조카가 왔다며, 다짜고짜 가둬두고 먹을 것을 주지 않았다. 참다 참다 배가 고픈 박문수의 동생은 그제야 가짜 당숙을 인정하였는데, 그 덕에 크게 대접을 받고 돈까지 얻어서 돌아왔다.

그 양반이 고령 신씨 잖아요. 고령 신씨인데, 아, 고령 박씨인데. 이 분이 어느 날, 야사에 본거에요. 뭐 전부다 아는 얘길 거야.

박문수가 저길 가는데, 암행어사를 나갔더니, 나가는데, 허, 그냥, 그, 이, 어디쯤, 인제(이제) 그 얘기를 하는데. 아이 뭐, 그 집이 잘 사는 집인데, 아 그냥 그 저, 즈이, 지 조카가 말이야. 어사로 요번에 내려 온뎄다고 말이야. 뻐기더래는 거야. 아 그래서, 가서, 갔데요. 그래서 인제(이제) 어떤 놈인가, 쏙 가서 이제, 보니까는, 아 그래서 인제, 딱 잔치를 보는데, 고을 원사 건, 뭐 ○○ 노냥(노상) 양반들, 고을 원은 아니고, 양반들을 불러다가,

"하, 이, 내 조카가 이게 저, [뻐기듯이] 저기, 저 암행어사로 내려온다고 그랬다고 그랬는데, 그게 또 다녀갈지도 모르겠다."

고, 하면서 그럼서, 그러니까 그게, 허풍을 친거지.

가만히 보니까 괘씸해갖고, 갔데는 거야. 가서, 이제, 이제, 먹다가,

"아, 여기 하룻밤 자고가자."

고, 그랬더니, 아, 이이이, 그러니까, 아이 배짱 있는 놈이더래. 아주 그냥, 아, 그렇게 하라구.

"야, 좀 잘 해갖구 와라."

아 그러면, 뭐 이. 떡 벌어지게, 했는데. 잘 차려왔드래나. 그래, 먹구나

서. ○○○가 쓱 보구, 이렇게 내다 보, 뵈니까, 진짜 박문수거든.

(조사자 : 허허, 네.)

까무라쳐 갖구,

"대감 살려주쇼."

말이야.

"어사또, 살려주쇼."

그러니까,

"너 어뜩해서(어떻게) 내 당숙,"

거 당질이라 그러니까,

"어떻게 니가 내 당질(원래는 당숙이 맞는데 구연 중 혼동함.)이라 그러냐."

진짜 죽일 놈인데, 자기가 어디 가서 백정 노릇을 했었는데, 돈을 많이 벌었다 이거야. 근데 고령 박씨의 족보를 하나 샀는데, 그 옛날 족보를, 그냥 뭐 없는 사람 족보를, 그냥 산거야. 그래갖구 그냥, 근데 이 사람이 똑똑해갖구, 그 글씨, 그 양반 씨, 돈이 있어도 양반이 아니면은 취급을 안 해주는 세상이란 말이야. 옛날에는.

내가 얘기하는 양반이라고 하는 게, 얼마나 고달픈, 거, 사는 걸 몰라요. 가난한 사람은.

(조사자 : 예.)

양반은 여름에도 버선에다 대님을 두르고, 이렇게 가부좌하고 앉아야 되는 거야.

(조사자 : 음.)

망건을 꼭 해야 되고.

(조사자 : 예.)

이, 이 옷, 의관을 꼭 해서, 이 망건을 꼭 써야 된단 말야. 졸라매서 꼭 써야 되고. 여름에 석권도 꼭 그렇게 해야 생활허고. 바쁘고, 뭐가 있어도,

뛰, 뛰질, 경망스럽다고 해서 뛰지를 못하고.

(조사자 : 예.)

사람이 그냥, 거, 아주 그냥 거, 구속력이. 사회모범, 선비라고 하는 거는 어떤 거냐면요. 지금의 선비의 논리가, 옛날의 양반. 양반이 말이야. 죽일 놈 살릴 놈 했지만, 사회의 모범이 돼서, 사회의 규범이 돼서, 나쁜 짓을 허든지(하던지), 뭐 하는 거든지, 그 양반들이 다스린 거란 말이야. 그게, 꼭 양반이 부자래서 말야. 남의 못된 것만 막 훑어서, 먹고 허는 것이 양반이 아니구.

양반 중에서도 인제, 선비라고. 양반은, 벼슬이, 에, 현직 벼슬이 이상이 나갔던 사람들. 그런 사람들이 보통 양반, 어쩌고 허고. 선비라고 하는 거는, 에, 조상에 양반, 그 가문에서, 그, 청렴결백허구, 모범적인 사람들이 선비라고 한단 말이야. 그러니까 선비 노릇 하는 것도 어렵고, 양반 노릇 하는 것도 어려워요.

그러니까 박문수라고, 그 족보, 거를 사갖구, 먼데서 와서 이사를 왔는데, 누가 알아주는 사람이 없어. 아 그러니까 돈, 기와집에다가, ○○를 부리고 그러니까네, 아, 이, 불러다가,

"우리가 이, 이 서울에, 우리,"

거 고령 박씨니까,

"우리 박씨, 그그, 그 사람이 좀 똑똑, 내 조카가 똑똑하고 그런데, 혹시 또 암행어사 내려올지 몰라."

"아 이, 덩달아 따라서 괜히 그래 본 건데. 진짜 내려 온 거라고".

(조사자 : 예.)

"그러니, 내가 이젠. 그냥 죽여주십쇼. 잘못했습니다."

아 근데, 통이 크거든? 아주 그냥 통이 크더래는 거야. 아 그래 이게, 아 그래서.

"에잇, 까짓것."

통이 크고. 뭐 좀 그래, 그래서 어떠면 어떠냐. 사람 자기 잘나면은 뭐, 되는 거지. 그렇다고 뭐, 응, 뭐 어떠냐고. 일부러, 그 고을 원에 가서,

"우리, 여기 어디, 우리 당숙이 사신다고 그러던데, 어떻게 그래, 아쇼?"

그니까는,

"어휴, 그거 그러냐. 우리 잘 안다."

고, 술도 을어먹고(얻어먹고) 그래봤으니까 말야. 가자고.

아 그러니 말이야. 이게 아주 그, 그냥 체면을 살려준 거지. 아주 그냥. 아, 그니까는 아주 그냥, 뛰어 나와서,

"아휴, 우리 조카님 오셨느냐."

고, 아유 그래, 떡 앉혀놓고는 그냥, 탁 그냥, 잔치를 열어주고, 아주, 그니까 아주, 아주 그냥, 떡, 아주 그냥 진짜 조카가 되어서 왔어. 왔데. 왔는데, 인제 한 바퀴를 다른 데서 멀리해서 오니까는, 아주 오래 걸렸겠지. 아 그래, 오니까는 즈이(저이) 집이, 박문수 집이 아니더래. 그, 이상하단 말이야. 그러니 물어서,

"여기 있는 식구들, 우리 식구들은 어디 갔냐."

니까. 아 저쪽에 집을 하나, 새집으로 이사를 갔다 그러더래는 거야.

그, 그 당숙이래, 진짜, 그런 당숙이 집을 사갖고, 가난하니까. 이사를 시킨 거야, 집을 사갖고.

(조사자 : 아. 허허.)

근데 이 박문수 동생이 떡 들어가니까, 하, 이,

"어 형이라고 말이야. 어디서 어떤 놈한테 당숙, 당숙으로, 당숙이라고, 이놈새끼 때려죽여야겠다. 우리 당숙이라고 그러는 놈의 새끼가 어떤 놈의 새끼라서 그러드냐."

고, 소문은 들어서.

"야야. 그러지 마라. [타이르는 말투로] 사람은 양반 씨가 따로 있는 게 아니다. 자기 잘 되면 양반이지. 잘나면 양반 아니냐. 그래, 그러지 마라."

아이 그랬데는 거야. 아 그래도, 그 양반 저거 하니까

"이놈의 새끼가 어떤 놈의 새낀지 내가 가서 때려죽이고 온다."

고, 아주 그냥 꺼떡거리고 그냥, 거길 내려가니까. 아주 그냥 또, 또또, 저 양, 고을에 양반들, 그 사람들. 뭐 불러다가 연회를 베풀고, 술을 자시고 있더래는 거야.

"그래, 이, 이 저, 우리, 날, 우리 당숙이라고 사칭한 놈의 새끼가 어떤 놈의 새끼냐."

고, 소리치고 들어가니까,

"쯧, 허, 그 내 당질아이가 좀 머리가 돈 아이가 있다 그러더니. 야야! 그 좀 정신 차리게 광에다 갖다 가둬라."

아니 이게 이, 그렇잖아. 머리가 돌았다니까, 히히히.

(보조 조사자 : 헤헤헤.)

딱 갖다가 가둬놓고, 이 밥을 주고 뭘 해야지. 아무것도 안주고 그냥 덜커덕 가둬놨어. 정신 차리게. 아 죽겠지 뭐야. 배가 두고파고,('배도 고프고'라는 말임.) 죽겠지.

"아휴, 당숙. 나 안 그러겠소."

히히히. 그러니까 저 안에서,

"어 그래. 이제 조카가 좀 정신 차린 것 같더라. 거 이 데려와라."

"어휴 이제 정신 들어?"

아이, 술에 밥에다 기껏, 아이 아, 그래 인제 어떡해. 다른 사람 앞에, 이젠 좀 정신 차려 그러니까. 하하하하.

그런 사람이었데는 거야. 술에 밥에다, 기껏. ○○하고, 올라가는 데 노잣돈 하나 턱 얹어주니까, 올라가서 집에 와서,

"우리 당숙. 노릇 헐(할) 만 허든데.(하던데)"

그랬더래는 거야. 하하하하하.

맞은바위와 살반이밭의 유래

자료코드 : 02_26_FOT_20100117_SDH_KMG_0001
조사장소 : 경기도 포천시 소흘읍 무봉3리 306-4번지 마을회관
조사일시 : 2010.1.17
조 사 자 : 신동흔, 노영근, 이홍우, 한유진, 구미진
제 보 자 : 김만기, 남, 64세
구연상황 : 제보자에게 미리 방문 약속을 하고 무봉3리 마을회관으로 찾아갔다. 다른 청
중들이 있는 마을회관 거실에서 이야기를 청해 들으려고 했으나 제보자가 조
용한 곳으로 안내하겠다며 다른 방으로 옮기는 바람에 조사자 외에는 청중이
없는 상화에서 이야기를 구연했다. 마을과 관계된 여러 지명들의 유래에 대해
조사자가 질문하자 여러 봉우리나 골짜기의 유래에 대해 단편적으로 설명하
다가 충목단 이야기와 함께 이 이야기를 구연했다.
줄 거 리 : 충목단에 가면 맞은바위라는 것이 있다. 무관 출신인 유응부 선생은 활을 잘
쐈는데 바위에 화살을 쏘아 그 바위를 맞혔다. 그래서 그 바위를 맞은바위라
한다. 그리고 맞은바위 앞에는 밭이 있는데 유응부 선생이 쏜 화살이 바위에
맞고 튕겨져 나가 그 밭에 떨어져서 살반이 밭이라고 한다.

그 저 충목단(단종의 복위를 꾀하다가 죽은 사육신 중 한 사람인 유응
부와 한남군 李𤥽, 그리고 楊治 선생의 위패를 모시고 있는 단)은 원래 그
저, 유응부 선생의 그, 호를 따서 시호를 따서 인제 충목단이 된 거구요.

근데 그 충목단에 가면은 맞은바위라는 게 있어. 맞은바위가 있는데,
왜 그게 붙여졌는고 하니 그 유응부 선생은 원래 무장 출, 무신 아, 무관,
무관 출신인데, 그 양반이 그, 활을 그렇게 잘 쏘셔서 그 바위에다 대고
활을 쏴서 그 바위를 맞었다. 유응부 장군이 활을 쏴서 맞은, 맞힌 바위다
해서 맞은바위, 화살에 맞은바위, 그래 맞은바위가 있고.

그 맞은바위 앞에 밭이 있는데 그 밭이름이 살반이. 그 바위에 맞고 튕
겨져 나간 화살이 그 밭에 떨어졌다, 그래서 살반이 밭이다 인제 그런 유
래가 있어요.

오성의 장난(1)

자료코드 : 02_26_FOT_20100117_SDH_KMG_0002
조사장소 : 경기도 포천시 소흘읍 무봉3리 306-4번지 마을회관
조사일시 : 2010.1.17
조 사 자 : 신동흔, 노영근, 이홍우, 한유진, 구미진
제 보 자 : 김만기, 남, 64세
구연상황 : 제보자가 앞의 이야기를 구연한 후 충목단에 배향된 양치 선생에 대한 이야
기를 했다. 그래서 조사자가 혹시 같은 청주 양씨의 양사언 선생과 관련된 일
화가 없냐고 묻자, 제보자는 양사언 선생의 일화는 많이 없고 일화로는 오성
과 한음의 일화가 많다며 구연을 시작했다.
줄 거 리 : 오성 대감이 어렸을 때 장난이 아주 심했다. 매일 대장간에 들려 똥구멍으로
쇠를 집어서 훔쳐왔다. 대장장이가 이를 괘씸하게 여겨 하루는 쇠를 뜨겁게
달궈서 놓아 두었다. 그것도 오성은 그 쇠를 똥구멍으로 집다가 데어 혼이 났
다. 며칠을 안 보이던 오성이 다시 대장간을 찾았는데 밤을 맛있게 먹고 있었
다. 대장장이가 먹고 싶어 하자 오성은 밤 하나를 주었다. 대장장이가 밤을
받아서 입에 넣고 깨물자 그 안에서 똥이 나왔다. 그러자 오성은 '양반 속이
는 놈은 똥을 먹어야 된다.'며 혼을 냈다.

(보조 조사자 : 오성 대감 관련 일화가 참 많지만 선생님께서 또 들으신
거 있으면……)

예 그, 난 어려서, 어려서 이제 그, 노인네들한테 들었는데, 이게 좀 추
접시러운(추접스러운) 이야기가 돼서 입에 담기가 그래요, 그게. 그런 유
명한 선생님들이 그런 짓을 하셨을 리는 없는데. [웃음]

(보조 조사자 : 그건 또 이야기니까요.)

내가 알기로는, 아이 그런 이야기는 많이 들으셨을 거예요, 인제 다니
시면은.

(보조 조사자 : 다 다르더라구요.)

응, 그 뭐 오성 대감, 한음과 오성은 원래 장난이 아주 심했던 분인데
그 오성 대감이 어려서 서당에 다닐 적에, 갔다 오는 길에 대장간이 있었
는데, 그, 대갈이라고 하는데 난 그게 잘 뭔지 몰르는데, 나무 절구통에다

가 그 닳지 말라고 밑에다 이렇게 박는 게 있대요. 못대가리를 넓적하게 크게 맨들어서. 그러면 절구깽이(절구공이)로 찧어두 좀 닳지 말구 또 낟알이 빨리 빠질 거 아녜요, 나무보담은. 그걸 이 양반이 장난으로 훔쳐오는데 그냥 훔쳐오지 않고 똥[말을 갑자기 멈추고 엉덩이쪽을 가리키며], 이 저, 요기다 요렇게 끼어서, 끼어서 하나씩 하나씩 가져가더래요.

그래 대장쟁이가 아주 그 괘, 양반집 도령인데 야단칠 수도 없구.

'야, 저놈의 버릇을 초저녁에 고쳐서 못 가져가게 해야 할 텐데.'

그러다 생각한 게, 이 쇠를 뜨겁게 올 시간쯤 돼가지구 뜨겁게 달궈서(달궈서) 놓은 거야. 이걸 몰르구 오성 대감이 그걸 [엉덩이를 가리키며] 또 요기다 집다가 고만 대여 버렸지 뭐야. [일동 웃음]

아주 대장쟁이가 의기양양한 거야, 신바람이 났지 인제.

'저 도련님이 다시는 그런 짓을 못할 거다.'

그랬는데, 한 삼일을 안 오더래요. 며칠 있다가 오는데, 아주 굵은 밤을 삶아가지구서 탁탁 터트려 먹더래. 그래서 어른이래두 먹구 싶구 그런데 이거 혼차(혼자)만 먹거든.

"너두 하나 주랴?"

그러더래요. 그 옛날에는 그 애들이래두 상(常)사람이니깐 너지 인제.

"아이, 도련님 하나 주십시오."

이랬더니,

"그래, 제일 큰 걸로 하나 주마."

그러고 하나 주는데, 딱 깨물었는데 거기서 변이 나왔더랩니다. [일동 웃음]

이 양반이 쪼끔 뚫르구(구멍을 뚫고) 밤을 다 파내곤 거기다 그걸 집어넣은 거야. 초로다 거기 구녕(구멍)을 밀봉을 해서 준 거야.

"에, 퉷퉷퉷."

이거 야단났지 뭐야.

"이런 망할 놈! 양반을 쇡이는(속이는) 놈은 똥을 먹여야 된다더라."

[웃음]

그래서 그런 일화를 어려서 들은 적이 있어요.

오성의 장난(2)

자료코드 : 02_26_FOT_20100117_SDH_KMG_0003
조사장소 : 경기도 포천시 소흘읍 무봉3리 306-4번지 마을회관
조사일시 : 2010.1.17
조 사 자 : 신동흔, 노영근, 이홍우, 한유진, 구미진
제 보 자 : 김만기, 남, 64세
구연상황 : 앞의 이야기에 바로 이어서 오성의 일화를 한 가지 더 이야기 하겠다며 구연을 시작했다.
줄 거 리 : 오성 대감은 부부 사이에도 장난이 심했다. 오성 대감은 매일 밤 마을을 갔다가 돌아오면서 바지를 내리고 문 앞의 댓돌에다 엉덩이를 차갑게 식혀서 들어와 자고 있는 부인의 엉덩이에 갖다 대곤 했다. 참다못한 부인이 하루는 숯불을 댓돌에다 올려놓았다가 오성 대감이 오기 바로 전에 치웠다. 오성 대감은 이것도 모르고 늘 하듯이 바지를 내리고 댓돌에 앉았다가 혼줄이 났다.

그리구, [잠시 머뭇거리다가] 한 가지만 더 말씀을 드릴게요.

(보조 조사자 : 아, 예. 너무 재미있습니다.)

그 아주 부부간에도 그렇게 장난기가 심해서, 이 양반이 인제 저녁을 먹구 마을을 갔다가(이웃집에 놀러갔다가) 오면은, 아주 이 엉덩이를 차-갑게 식혀 가지고 들어와서 마나님 엉덩이에다 들이댄답니다, 인제. 아니 그, 따뜻한 이불 속에서 자던 양반이 차가운 어덩이를 들이대니, 아주 지-겹지. 이건 또 하루 이틀도 아니구 허구헌 날.

'야, 도대체 이 양반이 어떻게 이런 짓을 하나?'

하구, 올 때쯤 돼서 가만히 지키구 보니까 마을 갔다 오더니 자기네 댓

돌(집채의 낙숫물이 떨어지는 곳 안쪽으로 돌려 가며 놓은 돌. '툇돌'이라고도 함.)에다 바지를 내리고는 깔고 앉더래요. 그 차가운 돌에다 식히는 거야.

'야, 이 양반 알았구나.'

그 다음 날은 오기 전에 디지(데지) 않을 만큼 숯불을 펴놨다가 싹 씰어(쓸어) 버린 거야, 마나님이. [웃음] 이것두 몰르구 이 양반이 와서 바지를 내리고 앉다가 그냥, 아주 혼줄이 났지, 뭐야. [웃음]

그래 그런 일화가 있더라구요. [웃음]

(보조 조사자 : 저희가 그런 이야기 전해 들으러 다니고 있습니다. 너무 재미있습니다.)

이율곡을 살린 나도밤나무

자료코드 : 02_26_FOT_20100116_SDH_YOH_0001
조사장소 : 경기도 포천시 소흘읍 고모2리 556번지 마을회관
조사일시 : 2010.1.16
조 사 자 : 신동흔, 노영근, 이홍우, 한유진, 구미진
제 보 자 : 윤옥희, 여, 80세
청   중 : 5인
구연상황 : 이범주 제보자가 '주인을 살린 개'를 구연한 후 조사자가 도깨비가 방망이 들고 다니는 이야기를 해달라고 하자 모르겠다고 했다. 그러자 옆에서 줄곧 이범주 제보자의 구연을 도와줬던 제보자가 나도밤나무 이야기 아니냐며 자연스럽게 구연을 시작했다.
줄 거 리 : 옛날에 이율곡 선생이 태어났는데 시주를 온 스님이 이 집에서 귀한 자손을 낳았지만 훌륭하게 키우려면 밤나무 백 그루를 심으라고 당부했다. 그 후 이율곡 선생이 아기였을 때 이율곡 선생의 부모가 밭 한 쪽에다 이율곡 선생을 재워놓고 일을 하고 있었다. 그런데 그때 호랑이가 나타나 산신령의 허락을 받았다며 밤나무 백 그루를 심어 놓지 않았으면 이율곡 선생을 데려가겠다고 했다. 이율곡 선생의 부모가 호랑이와 함께 밤나무를 세어 보았는데 아흔 아

홉 그루밖에 되지 않았다. 호랑이가 밤나무가 백 그루가 못 된다며 이율곡 선생을 잡아먹으려 하자 옆에 있던 도토리나무가 나도 밤나무라고 해서 밤나무 백 그루를 채우게 되어 호랑이가 이율곡 선생을 데려가지 못했다.

저거, 나, 나도밤나무 이야기 알아요?

(조사자 : 아니요. 나도밤나무요?)

예, 내 그거 이야기 하나 할게요. 이것도 다 잊어먹었는데 그냥 빼먹으면서 할게요.

저기 이, 덕수 이씨 이율곡 선생님 아시죠?

(조사자 : 아, 이율곡 선생님이요?)

이율곡 할아버지, 이충무공 다 그 분이 다 덕수 이씨라구요, 우리 시댁도 덕수이씨라구. 그러는데 이율곡 할아버지가 저, 강원도 강릉 오죽헌에서 나셨잖아요? 거기서, 출생지가 거기라구요.

그런데 거 이율곡 할아버지를 인제 어려서 낳았는데, 옛날에 이렇게는 뭐야 저, 바랑지고 절에서 이렇게 스님들이 이렇게 이런 부락으로 댕기면서 시주하라고 인제 댕기구 그랬잖아요?

그러는데 어느 날 하루는 스님이 오셔서 시주를 하라고 그래 가지구, 이율곡 할아버지의 어머니가 쌀을 떠다가 드랬대. 그랬더니, 그 보살이 하는 말이,

"아휴, 저기 이 댁에 아주 중한 자손을 낳았는데 그 자손을 잘 키워서 훌륭하게, 훌륭하게 될 사람인데, 훌륭하게 저길 할라면, 성장을 할라면 밤나무를 백 두를 심으라고."

그랬대. 그래야만 잘 성장을 해서 큰 사람이 된다구. 그래서 인제 밤나무, 정말 백 두를 백 나무를 심었대요 인제.

그래 가지구 그 이율곡 할아버지가 몇 살인가 이렇게 자랐는데, 이렇게 거기 강원도도 산골이니까 이제 어느 산비탈 밭에 가서 그, 부모님이 이제 일을 하시는데, 그 옆에다 인제 밭 옆에다 애기를 재워 놓고선 일을

하는데, 그, 호랑이가 나타나가지고 막 이제, 저쯤 애기가 자고 있으면 이만침(이만큼) 와가지구, 막 발로 땅을 파고 막 고함을, 소리를 지르고 그냥 '으흥' 소리를 지르고 그러는 거야 호랑이가.

그래가지고 이율곡 할아버지 인제, 아버지 어머니가,

"왜 이렇게 저그 하신 짐승이 이렇게 낮에 나타나서 이러느냐구 말이야, 썩 물러가라고 말이야."

그러니깐, 그래도 물러가질 않고 그, 이율곡 할아버지를 자기가 데리고 가야, 업고 가야 한다고 그러더래.

그래서

"아이 그, 왜 그러냐고?"

그랬더니,

"밤나무를 백 두를 심었으면 내가 이율곡 할아버지를 못 업고 가고 백 두에서 하나라도 빠지면은 이 할아버지를 자기가, 호랑이가 업고 간다고, 산에서 산신령이 허락을 그렇게 해서 그런다고."

그러더래, 호랑이가.

그래 가지구, 그것도 옛날 말이지 호랑이가 말을 했겠어? [웃음]

그래서

"아이, 그럼 그러라구, 밤나무를 심었으니까 세보라고."

그랬대. 그래 가서 이제, 밤나무를 그 호랭이하구 사람 인제, 이율곡 할아버지 부모님이 가서 이렇게 하나, 둘 세어 세는데, 아흔 아홉 개밖에 안되더래. 백, 백 개째 한 나무가 모자라는 거야. 그러니까 모자라면 인제 잡아먹어야 하잖아 그 호랑이가? 그래서,

"백 개째 한 나무가 없으니까 잡아먹겠다."

그랬대. 그랬더니 그 옆에 있던 그건 밤나무도 아니고 그 도토리나무라고 시방 말하자면. 그런데 그, 밤나무는 아닌데 그 나무가 있다가 말을 했다는 거야.

"나도 밤나무다!"

그랬대. [웃음] 그러니까 하나가 모자라서 이율곡 선생을 잡아먹는다고 그랬는데 호랭이가. 옆에 나무가 나도 밤나무라고 그랬으니까 백 나무가 된 거 아녜요? 그래 가지구 이율곡 할아버지를 호랭이가 못 데려 갔대.

그래 가지구 이렇게 성장하셔 가지구 크게 되서, 이율곡 할아버지는 문장, [고개를 저으며] 아니야 문관(文官)이지. 저기, 이순신 장군은 무관(武官)이구. 그 똑같은 덕수 이씬데.

그래서, 옛날에도 이율곡 할아버지는 글루, 글만 많고 그래서 문관이구, 또 이순신 장군은 무관이 돼 가지구 쬐금 얕다고 해서 족보를 한 데다 옛날에는 안 했대요.

그런데 인제, 시방은 그런 거 뭐, 얕고 높은 거 하는 시대가 아니니까, [웃음] 시방은 그냥 다 한 데 하고 그러는데, 옛날에는 그래서 같은 덕수 이씬데도 족보도 한 데다 안하고,

그렇게 돼서 밤나무가 사람을 살린 거래요.

(청중 : 그건 진, 진짜 정말 알아 들을만한 이야기지?)

그래서 이율곡 할아버지는 그, 나도밤나무가 살려줬대. 밤나무가 아니고 도토리나문데, 하나가 모자라서 저 그, 훌륭한 사람을 잡아먹는다고 그러니깐 옆에 도토리나무가 '나도 밤나무다.' 그래서 백을 채와(채워) 줬대요.

(청중 : 저 아주머니가 그, 덕수 이씨니까네루(이씨니까) 덕수 이씨의 내력을 알고 계신 거예요.)

전에 우리 아버님이 만날 그런 이야기를 하시더라구, 그랬다구. 그래서 이율곡 할아버지는 나무가 다 알아보고 그런 할아버지다 그렇게 얘기를 하시더라구.

호랑이보다 무서운 곶감

자료코드 : 02_26_FOT_20100116_SDH_LBJ_0001

조사장소 : 경기도 포천시 소흘읍 고모2리 556번지 마을회관

조사일시 : 2010.1.16

조 사 자 : 신동흔, 노영근, 이홍우, 한유진, 구미진

제 보 자 : 이범주, 여, 79세

청　　중 : 5인

구연상황 : 앞의 도깨비와 관련된 생애담에 이어 조사자가 호랑이가 떡 하나 주면 안 잡
아먹지, 하는 이야기를 해 달라고 했다. 그러자 제보자는 다 아는 얘기를 왜
해달라고 그러냐며 의아해 했다. 조사자가 아는 이야기라도 구연자마다 내용
이나 이야기하는 방식이 조금씩 다르고 그런 것이 중요하다고 하자, 자세히
끝까지는 할 수가 없다고 했다. 그러면서 호랑이 이야기는 곶감이 호랑이보다
무섭다는 이야기를 먼저 해주겠다며 구연을 시작했다.

줄 거 리 : 어느 집에서 애가 우는데 어른들이 무서운 호랑이가 왔다고 해도 울음을 그
치지 않았다. 마침 호랑이가 밖에서 이 소리를 듣고 자기가 왔다고 하는데도
울음을 그치지 않는 걸 보고 애가 얼마나 힘이 세고 무서우면 저럴까, 하고
두려워했다. 그런데 그때 마침 애가 울음을 뚝 그쳤는데 호랑이가 얼마나 무
서운 놈이기에 아이의 울음을 그치게 했나 싶어 귀를 기울여 보니 곶감을 준
다는 것이었다. 그 이야기를 들을 호랑이는 곶감이 자기보다 무서운 존재라
생각하고 도망을 가버렸다.

　　호랑이 얘기로는, 꽂감(곶감)이 무섭다는 얘기부터 해줄게, 곶감.

　　(조사자 : 예.)

　　어느 집에서 애가 어떻게- 우는지 몰라, 응? 애가 우니까 달래도 안 들
어, 그놈의 애가? 그니까 어른들이,

　　"아우, 저 바깥에 호랭이가 왔다구, 무서운 호랭이가 왔으니까느루(왔
으니까) 울지 말구 뚝 그치라구."

　　이러구 달래도 안 들고 울더래요.

　　그런데 호랭이가 진짜 바깥에 왔었대. 와서 가만히 들으니까,

　　'내가 왔다구 그래도 저거, 저렇게 우는데 저놈의 애가 나보담 얼마나

씨고(세고) 무서운가?'

호랑이가 그러면서 들었대. 옛날 얘기니까느루(얘기니까) 말도 들었다는 소리가 나오겠지. 그래, 그러고는 했대.

그리고는 했는데, 울다울다 이놈의 애가, 무신 말을 하니까네루 뚝 그쳤는데,

"얘, 꽂감 주께. 울음 그치라!"

그랬대, 꽂감 주께.

그니까 이놈의 애가 꽂감 받아 먹구 울음을 뚝 그치더래. [웃음] 그래서 호랑이가 나온 거야. 그거, 그거 그렇다는 얘기는 들었어.

(보조 조사자 : 자세하게 다 기억하시네요?)

(조사자 : 그, 호랑이 호랑이보다 꽂감이 더 무서운 거네요?)

응, 그래서 호랭이보다 무서운 게 꽂감이래.

(청중 : 그래서 호랭이가 도망을 갔대잖아?)

응, 도망갔대. 나보담 더 무섭다구.

'내가 왔다구 그래도 저놈의 애가 그치질 않았는데, 응 아니 꽂감을 꽂감 준다구 그러니까 뚝 그치는 걸 보면 저게 꽂감이 나보다 더 무섭구나!' 하고, 도망을 가버리더래.

선녀와 나무꾼

자료코드 : 02_26_FOT_20100116_SDH_LBJ_0002
조사장소 : 경기도 포천시 소흘읍 고모2리 556번지 마을회관
조사일시 : 2010.1.16
조 사 자 : 신동흔, 노영근, 이홍우, 한유진, 구미진
제 보 자 : 이범주, 여, 79세
청   중 : 5인
구연상황 : 앞의 이야기에 이어 선녀가 나오는 이야기를 해달라고 부탁하자, 다 아는 이

야기라며 구연을 시작했다.

줄 거 리 : 나무꾼이 하늘에서 내려 온 선녀가 목욕하는 동안 날개옷을 감추었다. 선녀가
날개옷을 달라고 애원하자, 나무꾼은 자신의 색시가 되어 주면 날개옷을 주겠
다고 했다. 선녀는 나무꾼의 아내가 될 테니 날개옷을 달라고 했다. 나무꾼은
집에 가서 주겠다며 선녀를 집으로 데리고 갔다. 나무꾼의 집에 도착한 선녀
가 날개옷을 달라고 하니 나무꾼은 애 셋을 낳아 주면 주겠다고 했다. 애 셋
을 낳은 선녀는 다시 나무꾼에게 날개옷을 달라고 했다. 나무꾼이 날개옷을
돌려주자 선녀는 아이 셋을 데리고 하늘로 올라가 버렸다. 그 광경을 나무꾼
은 멍하니 쳐다만 봤다.

나무, 낭구꾼(나무꾼)이 아니 낭구꾼이라고 그랬나? [옆의 청중에게 확
인하며] 그게 낭구꾼이래요? 선녀 옷 집어 가지고 올라간 게? 낭구하러
갔다 그랬대죠?

(청중 : 나무꾼이잖아.)

응, 낭구를 하러 갔는데 선녀가 그렇게 저기, 좋은 물에서 옷을 벗어
놓구 목간을 하더래.

그러니깐 이 낭구꾼이 인제 보다보다 못해 그, 선녀 옷을 가지고 들어
갔대요, 자기가 가지고 갔대. 가지고 가니까느루(가니까) 선녀가 목간을
하고 나와 보니까느루(보니까) 날개옷이 있어야 올라가는데, 날개옷을 잊
어버렸으니까(잃어버렸으니까) 못 올라가는 거야, 응.

그러니까느루(그러니까) 그, 언간(엔간)이 애를 뱄겠지 뭐 그냥, 우리는
대강 생각나는 대로 줏어들은 거 생각나는 대로 얘기니깐. 그래 그냥 저
그 하는데 낭구꾼이 옷을 가지고서느네(가지고서는) 에, 인제 저그 집으로
도 안 가고 그 건너편에서 봤겠죠.

그러니까 하두 쩔쩔매니까느루(쩔쩔매니까),

"내 색시 노릇을 하면은 날개옷을 주겠다."

응, 그랬대. 그러니까는 선녀는 올라가야 하기는 해야겠구 그러니까느
루(그러니까), 색시는 색시가 된다고 그랬대요.

"당신의 아내가 될 거니까 날개옷을 달라구."

그랬대.

"그러면 그러마구 집에 가서 주마하구."

그러구선 집으로 가가지구 줬대. 집으로 가가지구선으네(가가지고) 이 것 또 다짐을 받고 줬어. 어떻게 다짐을 받았냐 하믄,

"애 셋을 낳으면 주마."

그랬대. 애를.

"애를 낳고 살믄서(살면서) 애를 셋을 낳으믄은(낳으면) 날개옷을 주께. 그때는 입구 올라가든지 하라구."

그랬대요. 그러다보니까느루(그러다보니까) 어떻게 살다보니까 애를 셋을 낳더래. 그래 인, 그 전에도 달라고 졸랐겠지 자꾸. [청중 웃음] 그건 사실이겠지 뭐.

셋을 낳는데 날개옷을 줬더니요, 아이 선녀가 입구 [애를 옆구리에 안는 시늉을 하며] 이쪽에 하나 이쪽에 하나 날개에다 달구 등에다 업구, 훨훨 날아서 올라가더래.

그래서 그 낭구꾼이 그냥 뼈꾹허니(멍한 상태를 말함.) 이렇게 그냥 쳐다보구 있었대요. [웃음] 고렇게는 들었어. [웃음]

(조사자 : 그렇게 선녀는 그냥 이렇게……)

올라가 버렸지 뭐.

(조사자 : 올라가 버리고?)

그럼. 그, 날개옷이 있으니까는 맘대로 자유대로 움직일 수가 있잖어, 그러니까. 그래서 이렇게 끼구 등에 하나 업구 그냥 올라갔지.

(조사자 : 그 나무꾼은 어떻게 됐대요?)

나무꾼은 뭐 하늘 쳐다보고 있었겠지, 뭐. [웃음] 안 그래요? 하늘루 올라갔으니깐 하늘 쳐다보구 있었겠지. [웃음]

해와 달이 된 오누이

자료코드 : 02_26_FOT_20100116_SDH_LBJ_0003
조사장소 : 경기도 포천시 소흘읍 고모2리 556번지 마을회관
조사일시 : 2010.1.16
조 사 자 : 신동흔, 노영근, 이홍우, 한유진, 구미진
제 보 자 : 이범주, 여, 79세
청   중 : 5인

구연상황 : 앞의 이야기에 이어 조사자가 아까 해주기로 했던 호랑이가 떡장수를 잡아먹은 이야기를 해 달라고 부탁하자 그 이야기도 중간밖에 모른다며 구연은 시작했다. 구연을 하는 중에 제보자가 호랑이가 어머니를 잡아 먹고 아이들에게 엄마 행세를 하는 모티프를 생략하자, 옆에서 이야기를 듣고 있던 윤옥희(여, 80세) 보조 제보자가 이야기를 이어 받아 완벽한 각편을 구연했다.

줄 거 리 : 옛날에 엄마가 남매만 집에다 두고 떡장사를 갔다. 그런데 중간에 호랑이를 만나 떡을 하나씩 주다가 결국 잡아먹히고 말았다. 호랑이는 집으로 달려가 남매에게 엄마가 왔다며 문을 열어 달라고 했다. 아이들이 문을 안 열어주니까 호랑이는 발을 들이밀어 엄마 손이니 안심하고 문을 열라고 했다. 아이들은 껄껄한 호랑이 발을 보고 엄마 손이 아니라며 문을 열어주지 않았다. 호랑이는 옆집에서 일을 도와주고 오느라 풀이 묻었는데 씻지 못하고 와서 그렇다고 아이들을 속였다. 결국 남매는 문을 열어주게 되고 호랑이를 피해 도망가서 하늘을 향해 동아줄을 내려 달라고 빌었다. 아이들인 성한 동아줄을 타고 하늘로 올라가는 것을 본 호랑이도 아이들을 쫓아가기 위해 하늘을 향해 빌었는데 반대로 빌어 썩은 동아줄을 타고 올라가다가 수수밭에 떨어져 죽고 말았다. 그래서 아직도 수숫대는 호랑이의 피가 묻어 불긋불긋하다고 한다. 남매는 하늘로 올라가 처음에 오빠는 해가 되고 동생은 달이 되었는데 동생이 밤이 무섭다고 하여 서로 바꾸게 되었다. 해가 된 동생은 사람들이 쳐다보는 것이 창피해서 오빠가 준 바늘로 사람들의 눈을 콕콕 찌른다고 한다. 그래서 낮에 해를 쳐다보면 눈이 시린 것이라고 한다.

　(보조 조사자 : 호랑이와 곶감 이야기 하고 딴 거 또 해주신다고 그랬잖아요?)

　딴 거 뭐?

　(보조 조사자 : 호랑이 떡 이야기 그것 좀 해 주십시오.)

그것도 난 중간뿐이 몰라.

(조사자 : 그냥 기억나는 것만……)

중, [꼼꼼히 생각하다] 그게 처음에 어떻게 됐나?

엄마가 애를 뭐, 애들을 방에다 두구서 일을 갔었대. 일을, 일을 왜, 떡 장사를 갔는데 중간에서 호랭이를 만났다지 뭐야. 호랭이를 만났는데 아 이놈의 호랭이를 만나니까, 여자가 호랭이를 만나니까 얼마나 무섭겠수?

[할머니 한 분이 방에 들어오시는 것을 보고 인사를 하며] 어서 오세요!

우리, 얘기 잘하는 할머니 오신다. [웃음]

(청중 : 내가 이야기를 잘하믄 얼마나 좋으까잉. [일동 웃음])

얼마나 무서웠겠어? 그래 인자 자꾸 호랭이가 뒤를 쫓아가믄 쫓아가니깐 무서우니까느루(무서우니까) 자꾸 쫓겨 가다가 가다가 인자 집으루 오다가 그랬대.

집으루 애들 있는 데루 오다가. 자꾸 쫓겨 오다가 보니까 맞닥뜨리게 되는데, 호랭이가 하는 말이,

"그 떡 하나 주믄 안 잡아 먹-지."

그러더래.

"떡 하나, 나한테 떡 하나 주믄 안 잡아 먹-지."

그러더래요.

"그럼, 그래라."

그러구선 얼른 떡을 하나 줬대, 팔다 남은 떡을. 아이구 자꾸 쫓아가면서 자꾸 또 와서는 또,

"떡 하나 주믄 안 잡아 먹-지."

그러는데, 남겨 논 떡이 다 없어졌다지, 뭐야. 그냥 빈 광우리(광주리)가 돼서느네(돼서) 집으루 들어갔대. 집으루 들어가서느네(들어가서는) 문을 걸어 잠그구선, 인제 문을 걸어 잠그고 있으면 호랭이가 뒤꺼정(뒤까

지), 거기꺼정 집꺼정 쫓아 온 거야.

쫓아 왔는데, [잠시 생각하며] 아이, 고 대목에 고기 몇 몇 마디 있는데 잊어먹었어 또, 그건 없어. 집으루 쫓아와서는 인제 애들이 있으니까느루 (있으니까) 그 떡을 애들을 갖다 멕여야(먹여야) 할 텐데, 그걸 다 호랭이를 다 줘버렸으니 애들은 배고프지 뭐여.

그러니까느루(그러니까) 아무리 생각을 해두 호랭이 쫓아와서 문밖에 와 있구, 그래 애들을 달래믄서,(달래면서),

"이러저러해서 이러저러해서 내가 호랭이가 쫓아와서 무서와서(무서워서), 떡 하나 주면 안 잡아먹지 이르는 바람에 이렇게 응, 다 주고서네 빈 걸로(빈 광주리로, 빈손으로) 왔다구."

이렇게 얘기를 애들한테 해줬대요. 해주니까 호랭이가 그 소리를 들으니까느루,(들으니까), 그 어떻게 생각을 하믄 죄가 있어서 그랬는지 안됐기두 하구, 응 안됐기두 하구 지가 그렇게 한 게 좀 저그더래.(마음이 안 좋다는 의미)

그래선[잠시 이야기 줄거리를 생각하며] 아이구, 그러고 거기, [옆의 청중을 보며] 저, 호랭이가 발을 디밀었다구 그랬죠, 그랬어요? 문, 문을 찍구?

(보조 제보자 : 그 호랭이가 엄마, 엄마두 잡아먹은 거 아냐.)

(제보자 : 응, 그래요!)

[이후 보조 제보자가 이어서 구연]

(보조 제보자 : 저기, 잡아 먹구선 거기 집이 애들만 있는 집이라서 문구녕(문구멍)을 뚫구서 문을 열어 달래니께 애들이 걸구 안 열어 주니까, 호랭이가 손을 [시늉을 하며] 요렇게 디밀구,)

저, 엄마라 그러면서 열어 달래니까 애들이 보니까 손이 호랭이 발이 사람 손 겉애?(손 같아?) 다르지! 껄껄하구, 인제 무섭게 생겼잖아? 그러니까,

"우리 엄마 손이 아니라구."

애들이 그러니까,

"아유 그게 아니구, 저기 오다가 옆집이서,"

그 옛날에 미명(무명)이나 베에 질쌈하는데(길쌈하는데) 천 허는(하는) 거, 풀 발라서 매는 거 있거든? 그래서,

"그 옆집 아주머니가 그, 미명 매는데 그걸 해달라구 그래서 손에 풀칠을 허구 씻지 못허구 그냥 와서 내 손이 그렇다구, 열어 달라구."

그랬대. 그래, 그래 가지구 애들이 열어 줬대나 봐. 열어주니까 애들을 잡아먹을라고 그럴 거 아냐? 그래가지구서 뭐야 저기, 하늘을 보구 그랬나 어딜 보구 그런 거야?

"저기, 하느님 하느님 저기, 뭐야 저기 우리를 살려 주실래믄 저기 사, 성한 동아줄을 내려 주고, 죽일래믄 뭐 썩은 동아줄을 내려달라."

그랬대. 그래, 그래가지구 하늘에서 응, 하늘에서 동아줄을 내려줘서 애들이 그걸 타구 하늘루 올라가서 애들은 살구.

사니까 호랭이가 보니까, 인제 그렇게 됐으니까 호랭이가 또 저두 인자 애들을 쫓아갈라구, [웃음] 하는 게 반대로 한 거야.

"저를 저기 살려 주실래믄 썩은 동아줄을 내려주구, 죽일래믄 성한 동아줄을 내려주십소서."

하구, 또 호랭이두 인자 빈 거야, 애들을 쫓아갈라구.

그랬더니 하늘에서 썩은 동아줄을 내려 주니까, 그 썩은 동아줄을 호랭이가 타구 얼마만치 올라가다가 호랭이가 그게 끊어, 동아줄이 끊어지니까, 땅에 떨어져서 그 저, 수수밭에 왜 수수끝태기가 잎사귀가 뿔긋뿔긋 하구 그렇잖아? 그래서 그게 호랭이가 떨어져서 그, 죽으면서 피, 피가 찔려가지구 그 피가 묻어서 그렇게 된 거라구 그랬다잖아, 그게.

전설이지 그러니까.

(제보자 : 그래, 그래가지구 걔네들이 올라가서……)

(보조 제보자 : 그러고 올라 하늘로 올라가서 해가 되구 달이 됐는데, 그 인자 저기 해는 여자구 달은 남자래.)

그래가지구 인제 하늘에 올라가서 저기 인제, 오빠가 그러니까 달이,

"니가 그럼 밤에 댕기라구.(다니라고)."

그러니까, 그 인제 여동생이 있다가,

"아유, 나는 밤에는 무서와서(무서워서) 못 댕긴다."

그랬대. 그러니까 그, 달이 하는 소리가,

"그러믄 내가 밤에 댕기께 니가 낮에 댕겨라."

그랬대. 그래서 해는 여동생이구 달은 남자래. 그러는데, 그래서 지끔 우리네가 해를 쳐다보믄 눈이 부시잖아요? 그래서,

"그럼 낮에 내가 댕기믄 사람들이 쳐다보믄 챙피해서 어떡하느냐?"

그러니까,

"그러믄 바늘을 주께, 바늘을 가지고 댕기다가 쳐다보믄 눈을 콕콕 찔러라."

그래서, 그래서 눈이 신거래, 그게. [웃음]

바보 사위

자료코드 : 02_26_FOT_20100116_SDH_LBJ_0004
조사장소 : 경기도 포천시 소흘읍 고모2리 556번지 마을회관
조사일시 : 2010.1.16
조 사 자 : 신동흔, 노영근, 이홍우, 한유진, 구미진
제 보 자 : 이범주, 여, 79세
청   중 : 5인
구연상황 : 앞의 이야기에 이어 제보자와 청중들이 동요 '방아노래', '한 알 때 두 알 때'
         를 노래로 부르진 않고 가사만 조사자들에게 알려 주었다. 조사자가 옛날에
         바보나 바보사위 같은 이야기를 들은 적이 있으면 구연해 달라고 청했다. 그

러자 청중이 '바보온달'이야기를 언급해서 조사자가 바본 온달 이야기를 해 달라고 하자 제보자는 '바보온달'이야기는 모르고 다른 이야기를 들은 게 있다며 구연을 시작했다.

줄 거 리 : 옛날에 바보가 장가를 가게 되었다. 바보의 부모는 아들이 바보라서 사돈 집에 잘 보이려는 마음에 떡을 해서 보내게 되었다. 부모는 떡을 아들에게 주면서 "변변치 않은 음식이니 구경이나 하세요."라고 겸양의 표시를 하도록 시켰다. 그런데 바보 아들은 그 말을 곧이곧대로 듣고 장인 장모님께 떡을 풀어서 보여준 후 구경만 시키고 다시 자기 집으로 떡을 짊어지고 왔다고 한다. 떡을 도로 가져 온 아들이 이상해서 부모가 왜 그냥 가져왔냐고 물어보니, 바보 아들은 구경이나 하라고 해서 장인 장모께 구경만 시켜주고 왔다고 했다.

(조사자 : 바보 온달 얘기 좀?)

바보온달 얘기는 몰르구, 바보온달 얘기는 몰르구 한 번 저거, 그 얼결에 들은 얘기로는 아들을 장개(장가)를 보냈는데 바보였어, 진짜.

장개를 보냈는데, 참 저 색시집에 가서 장개를 들구서는, 전에는 색시집에 가서 예를 일러가지구 오니까, 장개를 들구 왔어, 집에다 왔는데,

또 저거를, 재향을 가게 됐지 뭐유.

재향이라구 와가지구 샘일(삼일) 만에 처갓집엘 가는 게 있거든?

가서 댕겨(다녀) 오는 게 있어.

그럴 적에, 저 친, 저 그러니까느루(그러니까) 엄마 아버지가, 아들이 바보니깐 뭔가는 잘 달래 보내구 일러 보내구 싶어서, 떡을 해서 쥐어 주믄섬,(주면서),

"애, 이걸 갖다가 너희 장인 장모님한테 대접을 하되, 그저 변변치 않은 음식이니 구경이나 하세요."

그러구서네(그리고서) 가서 대접을 하고 오라고 그랬대요.

그러니까 좋다구 떡구리를 걸머지구서는 처갓집엘 갔어.

이 사람이 가서는 인제 떡구리를 턱 내놓구서는,

"변변치 않은 음식이니까는 구경이나 하시랩니다."

그러구는 내놨다가요,

[음식을 주어담는 시늉을 하며] 거둥거둥해서 도로 걸머지구 오더래.

[청중 웃음]

"구경이나 하라, 하시래요."

그러구선, 그러니 구경했으니깐 가져간다구 도로 걸머지고 오더래.

집에 와서 엄마 아버지가 보니깐 도로 가져왔더래.

"왜 그냥 가져 왔누?"

그러니까,

"아, 엄마 아버지가 가서 구, 저기 구경이나 시키라고 그러고 했으니까 구경시키구 도로 가져왔다구."

그러더래. [청중 웃음] 그런 얘기는 들은 게 있어. 옛날 얘기니까 그렇지, 실제 그런 게 있겠수? [청중 웃음]

상에 눈이 먼 방귀 뀐 며느리

자료코드 : 02_26_FOT_20100116_SDH_LBJ_0005
조사장소 : 경기도 포천시 소흘읍 고모2리 556번지 마을회관
조사일시 : 2010.1.16
조 사 자 : 신동흔, 노영근, 이홍우, 한유진, 구미진
제 보 자 : 이범주, 여, 79세
청   중 : 5인
구연상황 : 제보자가 구연한 앞의 '바보사위'이야기를 듣고 청중 한 명이 실제로 있었던 일이라며 고향의 바보사위 생애담을 구연했다. 이어서 조사자가 옛날에 시집 와서 방귀 뀐다고 쫓겨난 이야기가 없냐고 물어보자, 방귀 이야기가 한 마디 있다면서 아래의 이야기를 구연했다.
줄 거 리 : 옛날에 며느리가 폐백을 드리면서 방귀를 뀌었다. 이 소리를 들은 시아버지는 무슨 소리냐고 묻자 하님으로 따라 온 종이 색시를 보호하려고 자신이 잔치 음식을 많이 먹어 실수를 한 것이라며 대신 용서를 빌었다. 이에 시아버지는

일부러 방금 그 소리가 무슨 소린지 제대로 말하는 사람에게 상을 주겠다고
했다. 그러자 며느리는 자신이 타야 할 상을 네가 타냐고 하님에게 화를 냈다
고 한다.

(조사자 : 옛날에 뭐 그, 처녀가 시집와가지고 쪼금 잘못하면 쫓겨나기
도, 잘 쫓겨났다고 하던데요?)

(청중 : 아이구, 마이 쫓겨났지요.)

(조사자 : 옛날에 뭐 누구는 방귀 뀐다고 쫓겨나고 이랬다는……)

방귀 뀐다고 쫓겨나구 그저, [웃음] 애 못 낳는다구 [웃음] 쫓겨나구.

(청중 : 애 못 낳는다고 쫓겨나고 뭐.)

(조사자 : 방, 방귀 뀌다가 쫓겨난 얘기 그런 거 뭐 없어요?)

방구 뀌다 쫓겨난 이야기는 몰라요, 그거는 몰르구. [웃음] 방, 방구 얘
기가 나왔으니까 방구 얘기는 한 마디 있어. 근데 그건 쫓겨나가지는 않
았어.

대갓집에서 며느리를 얻어 왔어요. 며느리를 얻어 왔는데, 피백(幣帛)을
드리는데 피백이 있잖우? 피백을 드리는데, 그때는 색시가 가머는(가면),
색시가 가머는 그 저기 아래 사람들을 딸려 보내거든? 가서 시중 해주라
구. 그걸 하님이라구 그러지, 하님 보낸다구. 그래서 하님 딸려 보내서 시
집을 보냈는데. 아니, 피백을 드릴랴구(드리려고) 그러는데 아니 절을 하
는데 뽕―하구 방구가 나온 거야. [웃음]

응, 피백(폐백)을 절을 할라구 그러는데. 그니까 이넘의 시아버지가 들
은 척 만 척 했으면 괜찮았을 텐데, 멀리서 그래서 괜찮을 텐데,

"그게 뭔 소린고?"

그러더래요. 그러니까 하님이 있다가서느네(있다가) 자기가, 색시가 그
랬다는 말은 못하구 자기가 그랬다구, 자기가 안고 넘어갈라구,

"예, 쇤네가 그저 죽을 죄를 졌습니다. 그저 잔치라구 뭐, 퀴퀴한 걸 먹
었더니 그렇게 실수를 했습니다. 쇤네가 잘못했습니다."

그러는, 그러구 인제 시아버지가 거기다가 상을 걸었대요, 상을 걸구,

"이게 무신 소린지 제대루 누가 그랬나 대는 사람은 내가 상을 줄 거라구."

그러구 상을 걸었대.

그러니까느루(그러니까) 인제 하님 마누라는 그 색시 묻어 줄라구 자기가 맡아 가지구 그러면서,

"쇤네가 잘못했다구, 쇤네가 그저 아무거나 좀 먹구 나니깐 이렇게 에 방구가 나왔노라구 잘못했습니다, 죽을 죄를 졌습니다."

그러니까, 이 며느리가 가만있으면 괜찮은데요,

"야! 내가 살, 내가 탈 상을 니가 탈라구 그러느냐!"

그러면서, 하님을 가지구 야단을 치더래. [청중 웃음]

그 얘긴 들었어. [웃음]

"내가 살, 탈 상을 왜 니가 탈라구 그러느냐구!"

(보조 조사자 : 가만있으면 될 건데 그거.)

[웃음]가만히만 있으면 괜찮지.

시아버니도 들은 척 만 척 가만히 있으면 괜찮구, 며느리도 아무리 그래두 하님은 묻어 둘라구 그런 건데, 응, 따라 간 하님, 저 하님은 그래두 윗사람이니깐, 전에는 양사(문맥상 兩常, 즉 班常의 의미인 듯.)가 있었잖아? 양반 상(문맥상 '양반 양'이라고 해야 함.) 자, 아래 밑 사(문맥상 '常'이라고 해야 함.) 해가지구 상(常)사람의 안 사람들이 하님으로 쫓아가게 되어 있거든요? 그게 종이루(종으로) 부리구 인제 그러던 사람들이예요.

(보조 조사자 : 그 저, 여종을 하님이라고 그런다구요?)

아니, 시집갈 적에 쫓아가는 사람만 하님이라구 짓구, 종은 집에서 부리는 종은 어디까니 종이구. 그런데 글쎄 이렇게, 아니 그 하님이 그렇게 백배를 사죄하니까느루,

"내가 탈 상을 니가 탈라구 그러느냐!"

그러고서는 [웃음] 받아치더래요. 그런 애기는, 방구 애기가 그거 한 마디가 있어.

(조사자 : 재밌어요. [청중 웃음])

(조사자 : 그 색시도 쪼끔 바보네요? [웃음])

바보가 아니구 지나쳐서 그렇지. 지나쳐서 그래. 상준다는 바람에 거기에 눈이 어두운 거야, 그럼. 그 상준다는 바람에.

"이게 뭔 소린고? 바른 대로 말하는 사람은 내가 상을 탈 것인데(내가 상을 줄 것인데)."

그러고 나니까 상준다는 말에 진짜 상주는 줄 알구. [청중 웃음]

친정아버지 박대한 욕심쟁이 딸

자료코드 : 02_26_FOT_20100116_SDH_LBJ_0006
조사장소 : 경기도 포천시 소흘읍 고모2리 556번지 마을회관
조사일시 : 2010.1.16
조 사 자 : 신동흔, 노영근, 이홍우, 한유진, 구미진
제 보 자 : 이범주, 여, 79세
청   중 : 5인
구연상황 : 제보자가 옛날에 욕심쟁이 망한 딸 둔 이야기를 해주겠다며 앞의 이야기에 바로 이어 구연했다.
줄 거 리 : 옛날에 욕심쟁이 딸이 시집을 갔다. 친정아버지가 딸이 사는 모습이 궁금해 딸집을 방문했는데 마침 딸은 쇠비름을 울타리에 걸어 말리고 있었다. 딸은 친정아버지에게 밥을 해주는 것이 아까워 쇠비름이 다 마르면 밥을 해줄 테니 기다리라고 했다. 그런데 이 쇠비름이란 것이 원래 잘 안 마르는 풀이었다. 아버지는 밥도 못 얻어먹고 집으로 돌아왔다. 화가 난 아버지는 사람을 시켜 딸집에 가서 아버지가 죽었다고 기별을 하라고 한 뒤 병풍 뒤에 누워 있었다. 딸은 아버지의 부고를 받고 친정의 동구 밖에서부터 악을 쓰며 울면서 들어왔다. 딸은 지난번에 자기 집에 아버지가 찾아 왔을 때 음식도 잘 대접하고 논과 밭도 주기로 했는데 왜 돌아가셨냐며 대성통곡했다. 그러자 병

풍 뒤에서 이 소리를 듣고 있던 친정아버지는 뛰처나와 딸을 혼내고 쫓아 버렸다.

옛날에 딸 망한, 딸 딸 욕심쟁이 망한 딸 둔 애기 내가 한 마디, 다는 몰라. 다는 몰르구, 그래두 행세 꽤나 하구 돈 꽤나 있는 집에서 영감이 인제 딸을, 아버지가 인제 딸을 시집을 보냈대요. 시집을 보내고는 딸이 보고 싶으니깐 간 거야, 딸네 집에를. 가니까느루(가니까) 딸이 소비듬(쇠비름)이라고 있죠? 소비듬이라구 풀이 있어, 풀.

(조사자 : 소비듬, 비름이요?)

응응, 그거를 툭툭 털어서 울 가지에다 이렇게 걸더래, 친정아버지가 가니깐. 그래, 걸더래, 그러더니 친정아버지를 보구, 응, 인제 그걸 걸다가 서느네(걸다가) 들어갔대. 들어가니까느루(들어가니까) 들어가서 그, 밥을 해, 친정아버질 해 줘야 될 텐데 안 해줬다는 것 같애, 그쵸?

(청중 : 네, 안 해줘서 그게 마르믄(마르면) 저, 해 드린다구 그랬다잖어.)

"아버지, 아버지 들어가 쉬세요. 이 풀, 이게 말르믄은 이거 때서 밥해 드릴게요."

그랬대, 그 풀이, 그 소비듬이 그렇게 안 말른대서 하는 소리야. 그게, 영 안 말라요. 빼짝(바짝) 말랐다가두 물에 불으믄은(불면) 도로 팅팅해져. 잎사귀 죄 떨어지면서 또. 그래서 그게 나온 소리야.

"그래, 이거 말려서 진지해 드릴게요."

그러더래. 이 영감이 인제 그 길로 왔어, 밥 못 얻어 먹구 왔어. 집에 와선, 방에다가 평풍(屛風)을 쳐 놓구, 웃목에 가서 들어 누었어. 들어 눕고서느네(눕고선) 인제 아, 저기 누굴 시켰겠지.

(청중 : 죽었다구 그러는 거지.)

"얘, 아무개네 집에 가서느네(가서) 내가 죽었다구 가서 기별을 하라구,

내가 죽었다구 가 기별을 하라구."

그랬어. 그래 가서 그러니까느루(그러니까) 아들이, 저기 딸이 와가지구, 저 동구 밖에서부텀 악을 악을 쓰고 울면섬 들어오더래. 그러더니 와서 덥썩 엎드려서,

"아버지, 아버지, 아버지, 왜 돌아갔어, 왜 돌아갔어?"

하면서 울면서,

"엊그저께 우리 집에 오셨일(오셨을) 적에 이밥에다 열무김치, 이밥에 잘해드렸더니 잘도 잘도 잡숫더니, 왜 돌아갔느냐구."

이러구 그냥 엎어져 울더래요. 그리구,

"거물논 서마지기 하구, 응 개똥밭 서, 저 하루갈이하구 날 주신다더니 왜 그거 안주고 돌아가셨냐구."

그러구 악을 악을 쓰고 울더래.

그 적에서 이넘의 영감이, 그 딸 소용이 하두 미워서 괘씸스러와서 평풍을 확 제치면섬(제치면서) 뛰어나오면섬,

"내가 갔을 적에 니가 언제 열무김치에 흰 이밥 해 줬냐, 응? 그거 말려서 밥해먹구 가라구 밥도 안 해줬지? 그리구 내가 언제 거물논 서마지기에 밭 한때기 준다고 그랬느냐구, 개똥밭 준다구 그랬느냐구?"

이러구선 당장 딸을 그냥, 정말 밥도 안 해먹이구 울지도 못하게 하구 쫓아버리더래. 그러니까 딸이 그렇게 망한 사람이 있다는 거예요. [웃음]

며느리밥풀꽃의 유래

자료코드 : 02_26_FOT_20100116_SDH_LBJ_0007
조사장소 : 경기도 포천시 소흘읍 고모2리 556번지 마을회관
조사일시 : 2010.1.16
조 사 자 : 신동흔, 노영근, 이홍우, 한유진, 구미진

제 보 자 : 이범주, 여, 79세

청　　중 : 5인

구연상황 : 동요 '할미꽃 노래'를 부른 후 조사자가 시어머니에게 구박당한 며느리가 죽
　　　　　어서 꽃이나 새가 된 이야기를 들어 본 것이 있는지 물었다. 청중 중의 한
　　　　　명이 며느리밥풀꽃이 있다고 하자, 제보자가 갑자기 생각난 듯 이야기를 시
　　　　　작했다.

줄 거 리 : 며느리가 밥 먹고 밥을 씻는데 시어머니가 따귀를 쳐서 며느리의 볼에서 하
　　　　　얀 밥이 튀어나왔는데, 이 며느리가 죽어서 하얀 술이 튀어나오는 며느리밥풀
　　　　　꽃이 되었다.

　(보조 조사자 : 할머니 저, 며느리가 시어머니한테 구박당하다가 뭐, 죽
어서 꽃이 되었다, 새가 되었다 이런 얘기는 안 들어 보셨어요? 시어머니
한테 구박당한 이야기?)

　(조사자 : 며느리가 막, 시어머니한테 구박당하고 죽고 이런 이야기 혹
시?)

　[청중을 보며] 뭐가 생각나세요?

　(청중 : 안나 생각이. 왜 그 저, 메누리밥풀꽃이라고 있잖아? 그게 그 메
누리 이야기, 그것도 전설이 있는 건데 다 생각이 안나.)

　뭐, 인제 줄거리를 알아야지요. 그 밥풀꽃이 지끔 그것두, 지끔두 있어.

　(조사자 : 며느리밥풀꽃이요?)

　(청중 : 하얀 밥풀꽃이 요렇게 피는 꽃이 있어.)

　분홍, 분홍꽃이 [손으로 시늉을 하며] 요렇게 나왔는데, 하얀 게 속 고
갱이가 하얀 게 옆으로 탁 삐져나왔다구 요렇게.

　그래서, 며느리가 밥 먹구 씻는 거를, 요렇게 밥 씻는 거를 따귀를 쳐
서는 밥이 튀어나온 거라구 이런, 고런 고렇게만 들었지 그 내용은 몰
라요.

　(조사자 : 아, 시어머니가요?)

　응, 시어머니가.

(조사자 : 때려서요? 아, 그래서 며느리가 죽어서,)

응, 그래 꽃이 된 거야.

(조사자 : 꽃이 된 거예요?)

꽃이 되어서 그렇게 꽃잎 사이가 고갱이 그, 고갱이가 그러니까 솔이지 그, 꽃솔.(꽃술)

꽃솔이 하얀 게 겉으로 튀어나오면서 한쪽으로 튀어나오면서 하얘요 고거는.

분홍색인데 진달래 색인에 아주 그, 겉으로 튀어 나온 건 그건 하얘.

(청중 : 그, 나물 나물두 해 먹구 그래요.)

나물두 지끔두 해 먹어요, 꽃이 많아.

(보조 조사자 : 아, 식물 거기 밥알처럼 하얗게 튀어나온 게……)

응, 톡 튀어나와서 겉으로 톡 튀어나와서 이렇게 달렸어.

(조사자 : 그게 막 맞아가지고 튀어 나온 거예요?)

응, 응.

(조사자 : 아이구, 불쌍하다! [청중 웃음])

근데 그게 내용은 몰라.

어떻게 돼가지구 그렇게 돼서, 며느리를 어떻게 구박한 건지 그걸 알아야 되는데 그걸 몰르지.

그냥 꽃을 보고서느네(보고선) 그래서 이게 밥풀꽃이다, 이렇게만 들었지.

고모리의 유래

자료코드 : 02_26_FOT_20100116_SDH_LBJ_0008
조사장소 : 경기도 포천시 소흘읍 고모2리 556번지 마을회관
조사일시 : 2010.1.16

조 사 자 : 신동흔, 노영근, 이홍우, 한유진, 구미진
제 보 자 : 이범주, 여, 79세
청   중 : 5인
구연상황 : 앞의 이야기를 듣고 청중 한 사람이 전설도 참 많다며 동네 이름에도 다 전
      설이 있다고 하자, 제보자는 그 말을 들으니 생각이 난다며 고모리의 유래에
      대해 구연했다.
줄 거 리 : 옛날에는 고모리에 집이 없었다. 그러다가 고씨네가 이곳에 묘를 썼는데 삼
      년상을 하면서 묘막을 짓고 살게 되었다. 삼년 상 후에도 고씨네는 아예 자리
      를 잡고 살게 되었는데, 누가 지명을 물어 보면 마땅히 이름을 댈 것이 없어
      서 고씨네의 묘 앞이라는 의미로 고모이 앞이라고 부르게 되었다. 이것이 후
      대에 행정개편을 통해 고모리가 되었다.

  (청중 : 그러니까 전설두 참 많지 뭐야, 아주 보면 옛날에. 이런, 이런
부락 동네 이름에두 다 전설이 붙었잖아요? 그래서 무슨 동네, 무슨 동네
그런 동네 이름이 있는데 그런 게, 다 잊어먹어서.)

  (제보자 : 그, 저거를 지끔 그 얘기를 하시니까 얘기예요.)

  전에 여기 시할아버님이, 시할아버님이 얘기를 하시는데요, 여기가 전
에 동네가 여기 우리 이 동네가 짚이, 저 집이 없었대요.

  동네 집이 없구 고씨네 모이(뫼의 방언) 하나가 여기 있었대. 고씨네 모
이. 그래, 고씨네 모이 하나가 여기 있는데 전에는 왜 모이, 모이 지키는
걸 뭐, 삼 년 해서 지키잖아요? 그래서 어 저, 묘막을 짓고서네(짓고서) 고
씨네가 그냥 묘를 지키고 있었대요.

  그러다가서느네(그러다가) 그, 묘에서 그 사람, 지키는 아들이 인제 거
기서 아주 자리를 잡아서 산 모냥(모양)이지 뭐야. 사는데, 그것을 왜 그
걸 들었냐 하면요, 우리 애들 학교 댕길 적에, 저 고철(제보자의 아들 이
름)인지 하여튼 누군지, 학교 댕길 적에, 동네에 그, 전설을 알아 오랜다
구. 그러니까느루(그러니까) 우리 할아버지가 그걸 얘기해 주시더라구.

  (청중 : 학교서두 가훈 같은 거 뭐, 이 동네 전설 같은 그런 거……)

  그래, 인제 집이 없는데다가 그렇게 돼서 어, 저거 하니까느루,(하니까)

그 인제 누가 저거 하믄은 그, 여기에 인제 지방 저거를 댈 수가 없으니까,(누가 지리를 물어 보면 마땅한 지명을 댈 게 없다는 의미)

고씨네 모이래는,(묘라는), 고씨네 모이 앞이라는 거를 해가지구 동네 이름을 고모이 앞이라구 그랬대요, 처음에. 여기 우리 동네 얘기야, 이건. 고, 고씨네 모이 앞이라구 고, 고모이 앞이라구 그랬대요, 그런데 인제 그게, 말이 조끔씩 변해가지구서느네(변해가지고서) 고모, 저 고모리라구. 응, 고모이 앞이라구 그러다가 고모리라구 그러구, 지끔은 리(里)로 붙으니까, 그쵸?

(조사자 : 네.)

리로 붙구 어 다, 고쳐서 그렇게 붙으니까 그래 여기 고모이 앞이 되구, 그 인제 묘 지키던 사람에 한해서 자꾸 늘어서, 집이 늘구 그러니까느루 (그러니까) 여기가 그래서 고모리라구, 지끔은 고모리로 있다구, 그게.

(청중 : 그래서 다 알고 보믄 이, 동네 이름도 다 전설이 있다구.)

(보조 조사자 : 옛날에 고모이 앞?)

응, 고모이 앞이라구 그랬대요. 그, 현재 있는 할아버지가 우리 애들한테, 그것도 학교에서 아마 설문조사 해오라구 그랬나봐. 그러니까 그렇게 얘기를 해주시더라구. 그래서 고것만 들었어.

주인을 살린 개

자료코드 : 02_26_FOT_20100116_SDH_LBJ_0009
조사장소 : 경기도 포천시 소흘읍 고모2리 556번지 마을회관
조사일시 : 2010.1.16
조 사 자 : 신동흔, 노영근, 이홍우, 한유진, 구미진
제 보 자 : 이범주, 여, 79세
청   중 : 5인
구연상황 : 앞의 이야기에 이어 제보자의 인적 사항에 대해 간단히 문답을 한 후 조사

자가 호랑이와 효자 이야기는 들어 봤냐고 물었다. 그러자 호랑이와 효자 이야기는 못 들어 봤고 호랑이가 묏자리 잡아줬다는 이야기는 들어봤지만 자세히는 기억이 안 난다고 했다. 그러다가 개가 주인 살렸다는 이야기는 안다며 구연을 시작했다.

줄 거 리 : 옛날에 주인이 개를 아주 귀여워해서 항상 데리고 다녔다. 하루는 주인이 장에 갔다가 술이 취해서 오는 길에 산기슭의 잔디밭에서 장죽을 물고 자다가 잔디에 불이 붙고 말았다. 이것을 본 개가 주인을 구하기 위해 몇 번이나 웅덩이에 뛰어 들어 몸에 물을 묻혀서 잔디밭에 굴러 불을 껐다. 주인이 일어나 보니 개는 죽어 있었다. 주인은 자신의 목숨을 살린 개를 위해 무덤을 만들어 주었다.

그리구, 개-가 저거 노릇했다는 거는 있어 또, 개.

(조사자 : 개가요?)

응, 개가 주인 살렸다는 이야기는.

(조사자 : 어떻게요?)

전에 뭐, 주인이 그 개를 얼마나 귀여워했는지 몰른대요.(모른대요). 그래, 어딜 가두 데리구 가구.

그런데 장엘 갔다가 술이 잔뜩 꽉 취해서 주인이 왔대. 주인이 오니까는 개도 인자 쫓아갔다가 올 거 아네요?

(조사자 : 예.)

오다가서는 어느 잔디밭에서, 산기슭 잔디밭에서 주인이 씨러져서,(쓰러져서), 술김에 씨러져서 잠이 들었대요. 그냥 잠이 드니까느루,(드니까), 아이 담뱃대를 이렇게 장죽(長竹)을, 옛날에는 장죽 [두 팔로 시늉을 하며] 기다란 게 있잖우? 거기다 담뱃불을 피워서 물고는 이렇게 드러누웠다가서느네(드러누웠다가) 빨다가 잠이 들었는데, 그놈의거 불이 나서 잔디가 타는 거야.

잔디가 타서 주인한테로 자꾸 번져 들어가 탈라구 그러니까, 개가 안되겠으니깐, 엉덩이(웅덩이)게 가서 덤벙 빠져가지구 몸을 죄 적셔 가지구 와서느네(와서는) 주위의 불을 끄고, 자꾸 되풀이해서느네(되풀이해서는) 주인을 살려 놓더래요. 그 얘기는 있었어. 그래, 그 주인이 살았대.

그래서 엉덩이에 가서 덤벙 빠졌다가서느네(빠졌다가는) 물이 철철 흐르는 걸 가져와서 딩굴딩굴 불타는 데로 굴르니까(구르니까) 그게 꺼질 수밲에.(수밖에).

(조사자 : 그럼 개도 몸이 좀 상했겠네요?)

응, 그래서 그 개를 무덤을 해놓구, 그랬다는 얘기를 들었어.

(조사자 : 개가 그래 죽은 거예요?)

그, 개가 시구역전에(지명 이름인 듯.) 죽었더래. 그렇게 하다가 그래, 주인이 깨보니까 개가 죽었더래요. 그 꼴로 그렇게 하다 죽었더래. 그래서 무덤을 해서 묻어 놓구. 인제 그 개를, 개도 온전한 개를 안 봤겠지? (개가 불에 타서 온전한 모습이 아니었을 거란 의미?)

좀 저거하게 봤겠죠. 그 얘기는 있어.

(보조 조사자 : 무덤이 이 근처에 있어요?)

아니지, 그건 몰르지, 얘기 들은 얘기니까.

자린고비

자료코드 : 02_26_FOT_20100116_SDH_LBJ_0010
조사장소 : 경기도 포천시 소흘읍 고모2리 556번지 마을회관
조사일시 : 2010.1.16
조 사 자 : 신동흔, 노영근, 이홍우, 한유진, 구미진
제 보 자 : 이범주, 여, 79세
청   중 : 5인
구연상황 : 앞의 윤옥희 제보자의 '이율곡을 살린 나도밤나무' 구연 후 조사자가 구두쇠 이야기를 해달라고 하자 자린고비 이야기를 자연스럽게 구연했다.
줄 거 리 : 옛날에 지독한 자린고비가 있었는데 조기 장사가 공짜는 먹겠지 싶어서 자

린고비 집의 울 너머로 조기를 던지자 자린고비는 밥도둑놈이 들어왔다며 다시 울 너머로 내팽개쳤다. 자린고비가 어쩌다가 조기 한 마리를 얻게 되었는데 천장에다가 그 조기를 매달아 놓고 밥을 한 숟갈씩 떠먹을 때마다 반찬 대신 조기를 한 번씩을 쳐다봤다.

(보조 조사자 : 요새는 할머니 막, 사람들이 낭비를 많이 하잖아요? 옛날에는 막 정말 아끼고 아껴가 막 자린고비 소리 듣고 이런 사람이 있었다고 그러던데……)

(조사자 : 구두쇠?)

(보조 조사자 : 구두쇠 이야기 혹시 들어보신 거 있으세요?)

자린고비, 자린고비 구두쇠.

(조사자 : 그 이야기 아세요?)

조기를 울 너머로 던지니까네루(던지니까),

"에이 밥도둑놈 왔다하구."

도루 팽개친 거? [웃음]

(조사자 : 뭐가 밥도둑?)

조기? 굴비, 굴비. 지끔은 조기라 그러지만 전에는 굴비.

(보조 조사자 : 그런 얘기 좀 한 번 해주세요.)

아주 자린고비야 그 집이. 영감쟁이가 어떻게 자린고빈지 몰라. 그런데 조기 장사가, 그때는 굴비 장사가 그렇게 돌아댕겨도(돌아다녀도) 한-번도 안 사먹는 거야, 아주. 그러니까네루(그러니까) 댕기다 댕기다,

'이 놈이 이거, 사지 않구 그저 주는 것도 안 먹으랴!'

하고서는, 울 너머로 굴비 한 두름을 던졌대요. 던지니깐 이렇게 영감쟁이가 보고,

"이거 밥도둑놈이 어디서 왔다."

그러구서느네(그러고서) 도루 울 너머로 내팽개치더래. 그것 보면 밥 많이 먹는다구. [일동 웃음]

그래도 그걸 자꾸 되풀이를 하다보니까네루(하다보니까) 조기 한 마리가 어떻게 되서 걸렸는데, 천장에다 매달아 놓구 밥 한 숟갈 떠 먹구 그거 쳐다보구 샘키구(삼키고) 한 숟갈 떠 먹구 그거 쳐다보구 샘키구 그랬대. [일동 웃음] 고것뿐이 몰라. [웃음]

(보조 조사자 : 지독하네요. [일동 웃음])

그래서 그 영감이 아주 자린고비로 소문이 났대는 거예요.

죽어서 까마귀가 된 계모

자료코드 : 02_26_FOT_20100116_SDH_LBJ_0011
조사장소 : 경기도 포천시 소흘읍 고모2리 556번지 마을회관
조사일시 : 2010.1.16
조 사 자 : 신동흔, 노영근, 이홍우, 한유진, 구미진
제 보 자 : 이범주, 여, 79세
청　중 : 5인
구연상황 : 앞의 이야기가 끝난 후 조사자가 계모가 딸을 괴롭힌 이야기는 못 들어봤냐고 물어보자, '콩쥐팥쥐'같은 이야기는 다 아니까 안 하겠다며 대신 까마귀 이야기를 하겠다면 구연을 시작했다. 보조 제보자의 도움을 받아 구연하기는 했지만 전체적으로 이야기의 당착이 보인다.
줄 거 리 : 계모가 혼사를 준비하다가 죽은 의붓딸의 혼수를 부러워하자 아홉 오라비가 계모를 발로 차서 불더미에 넣어 죽였다. 죽은 계모는 까마귀가 되어 불더미를 돌면서 혼수 한 감만 달라고 '까악까악' 거린다고 한다.

까마귀 얘기는 해 볼게.

(조사자 : 까마귀요?)

까마귀가 계모 죽은 혼이래. 까마귀가.

(조사자 : 아, 그래요?)

(보조 제보자 : 장화홍련전인가 뭐, 그런 거 비슷한……)

까마귀가 인제 죽어서, 딸이 죽어서 까마귀가 됐다는 건데, 그 계모가

어떻게 못 살게 구는지 부잣집이었대요.

근데 딸이 있는데 시집을 못 보내서, 어떻게 어떻게 하다가 혼삿길이 열려서 시집을 보내게 됐는데 아버지가, 여자의 아버지가 혼수를 가서 해 오는데, 아주 바리바리 무척 해왔대요, 계모가 있는데. 혼수를 가서 많이 해서는 내 실어다 놓고는 딸 시집보낼 준비를 하는 거야. 그런데 다 이놈의 걸, 딸을 해주는 그걸 그렇게 많은 것을 딸을 해주는 걸 보니까 계모가 욕심이 나거든?

'저거를 내가 좀, 내가 좀 입고 혼수를, 내가 좀, 한 마디로 말해서 뽐 내보면 어떤가?'

이런 생각이 들어갔겠지. 그래 자꾸 망설이구 망설이구 하는데. 아니, 오라비가 아홉이 됐대요, 그 여자의 오빠가 아홉이 있었대. 그런데 글쎄 그, 그냥 혼수를 그냥 그렇게 쌓아놓구서느네(쌓아놓고선), 애기를 인제 저기 혼수를 해줄려고 그러는데, 아 이놈의 계모가, [잠시 생각하다가] 계모가 불을 났대나, 누가 불을 났대요? 그 혼수를 죄다 태웠대. 그러면 아홉 오라비는, 응 불에 타는데 누가 가서 불을 났는지 불을 났는데, 저 불이 타는데 오라버니가, 아홉인데 그 아홉 오라버니가,

(보조 제보자 : 딸이 죽었잖아?)

응?

(보조 제보자 : 죽어서 그 혼숫감을 태웠잖아?)

죽어서 태웠나?

(보조 제보자 : 딸이 죽으니까 그 혼수를 해서 시집을 못 보내게 됐는데 그건 왜 죽었는지 생각이 안 나는 거야.)

글쎄.

(청중 : 그거잖아요. 그 쥐를 왜……)

쥐새끼 잡다 그런 건 장화홍련전이지!

(보조 제보자 : 장화홍련전이지. 아이 어떻게 돼서 그 계모가 딸이 죽으

면 자기가 그걸 다 입을라고 죽였는지 죽었어요.)

그래서 그 혼수를 딸 해줄 건데 딸이 죽었으니깐 아버지가 갖다 불을 놓는지 오래비가 놨는지 놔서 타니까는 아까우니깐, 그 서모(庶母)가 그 한 감만 저고리 한 감만, 치마 한 감만 하고 줬으면 좋겠다고 그러고 그래, 되잖아? 그래서 까마귀가 그 서모 죽은 혼이라며?

(보조 제보자 : 그러니까는 발로 탁 차서 거기다……)

불때미(불더미)를 뱅뱅 돌믄서,

"저고리 한 감만 남겨다오, 치마 한 감만 남겨다오!"

이러면서, 계모가 뱅뱅뱅뱅 타는 불때미로 돌면서 그러니까네루(그러니깐), 그 아홉 오라버니가 하도 아니꼬우니까 발길로 차서느네(차서는) 불때미다(불더미에다) 집어넣었대요, 그 계모가. 그래서 그게 죽어가지고서느네(죽거가지고서는) 혼이 까마귀가 되어 날라 갔대요.

(청중 : 그 이튿날 나오니까 까마귀가 한 마당 됐대지 왜? [웃음])

(조사자 : 그 딸은 죽어서……)

응?

(조사자 : 딸도 죽었구요?)

그럼, 딸이 죽었으니까 혼수를 갖다가 땠지?

(조사자 : 딸은 죽어서 뭐가 됐다는 이야기는 없구요?)

그건 몰라요.

(보조 제보자 : 따, 딸이 까마귀가 된 거 아니에요? 그래서 '깍깍'하면서 아홉 오라버니가 '깍깍'하면서 까마귀가 댕기는 거라구 그러지 않았어요?)

글쎄요, 무슨 저거를 모르니까네루(모르니까는) 그게 얘기를 못하는 건데.

(보조 제보자 : 딸은 죽였어요, 그래서 혼수를 태왔다구요.)

개와 고양이가 원수가 된 이유

자료코드 : 02_26_FOT_20100116_SDH_LBJ_0012
조사장소 : 경기도 포천시 소흘읍 고모2리 556번지 마을회관
조사일시 : 2010.1.16
조 사 자 : 신동흔, 노영근, 이홍우, 한유진, 구미진
제 보 자 : 이범주, 여, 79세
청   중 : 5인
구연상황 : 앞의 이야기에 이어서 조사자가 개와 고양이가 사이가 안 좋게 된 이유를 묻
　　　　　자 구연을 시작했다.
줄 거 리 : 개와 고양이가 강 건너 보물 연적을 가져오게 되었는데 개는 헤엄을 칠 줄
　　　　　알고 고양이는 헤엄을 못 쳐서 고양이가 입에다 연적을 물고 개의 등을 타고
　　　　　강을 건너게 되었다. 강을 건너면서 개가 계속 고양이에게 연적을 잘 물고 있
　　　　　는지 물어봤는데 대답을 하던 고양이가 연적을 강에 빠트리고 말았다. 그 후
　　　　　로 개와 고양이는 원수가 되었다고 한다.

(조사자 : 개하고 고양이가 뭐, 사이가 그 뭐, 안 좋게 된 이유가, 고양
이하고 개하고 무슨 싸운 적 있나요?)

싸운 적 있는 거보단 그게, 옛날에 연적이라고 무신 보물이 있었다
네봐.

(조사자 : 연적이요?)

응. 보물이 있었는데, 그거를 강 건너 가서 물어 와야 되는데, 그래 고
양이하고 개하고 같이 갔대요. 같이 갔는데 개는 헤엄을 치고 고양이는
헤엄을 못 친다는군. 그래 인제, 헤엄을 못 치니까 그걸 물고 일루 건너와
야 되는데, 건너와야 되는데 개는 헤엄을 치고 고양이는 헤엄을 못 치니
까네루(치니깐) 개 입에다가선(입데다가는) 연적을, 연적을 개입에다가 물
렸대나, 고양이가 물었대나?

그러구선 강을 건너오는데,

"물었니?"

그러니,

"물었다."

자꾸 건너오면서,

"잘 물었니?"

"응, 물었다."

자꾸 이러면서 강을 다 건너오다가 난중에 물었다하다가선(물었다하다가는) 그 보물을 강에다 빠트렸대. 그러니까네루(그러니까) 개가 고양이 따귀를 치고서느네(치고서는) 그때부터는 원수가 됐다, 이런 고렇게는 들었어, 고 대목은 들었어.

그런데 지끔은 사이좋게 잘 놉디다. [일동 웃음] 잘 놀아, 장난두 잘하구 개하고 고양이 하구. 그런 얘기는 들었어. 그러니까 그거 안 놓칠라구,

"물었니?"

그러면,

"물었다."

그, 대답하다가서느네(대답하다가는) 떨군 거야 강에다가. 그러니까네루(그러니까) 그냥, 했다 이러구 대결을 해가지구 그때부터 원수가 되는 얘기가 있어요. 그런데 거기도 아래도 있구 끝도 있겠지? 내가 몰르니까 그렇지. 거기다 적당히 맞춰, 끼워 맞춰. [웃음]

장화홍련

자료코드 : 02_26_FOT_20100116_SDH_LBJ_0013

조사장소 : 경기도 포천시 소흘읍 고모2리 556번지 마을회관

조사일시 : 2010.1.16

조 사 자 : 신동흔, 노영근, 이홍우, 한유진, 구미진

제 보 자 : 이범주, 여, 79세

청   중 : 5인

구연상황 : 앞의 이야기에 이어 제보자는 여우와 관련된 생애담을 소개했고 그 이야기를

들은 청중들이 여우와 관련된 짧은 에피소드들을 소개했다. 조사자들이 자세하게 이야기해 달라고 했지만 기억이 나질 않는다고 했다. 앞의 다른 이야기를 구연하는 중에 제보자가 잠시 언급한 것이 기억나 장화홍련 이야기를 해 달라고 하자 구연을 시작했다.

줄 거 리 : 옛날에 장화와 홍련이 있었는데 어머니가 죽고 아버지가 계모를 얻었다. 계모는 장화와 홍련을 온갖 방법으로 못살게 굴다가 나중에는 쥐를 잡아서 껍데기를 벗겨 장화와 홍련이 자는 이불 속에 넣어 나쁜 행실로 애를 배서 지우려고 했다고 모해를 했다. 그것도 모자라 계모는 아들 장쇠를 시켜 장화와 홍련을 물에 빠뜨려 죽였다. 그 후로 이 고을에 오는 원님들은 모두 부임하는 날 밤에 모두 죽게 된다. 또 한 사람이 원이 되어 부임을 했는데 그날 밤에 불을 켜 놓고 자리를 지키다가 장화와 홍련의 혼을 만나 그 사정을 알게 되어 계모와 장쇠의 죄를 밝히게 된다.

그게 장화, 홍련 여자가 둘이야 딸이. 그런데 저그 엄마가 죽으니까네루(죽으니까) 저희 아버지가 계모를 얻었지 뭐예요. 그런데 또 그, 마누라가 계모가 아, 와서 낳았는지 하여튼 데리고 들어왔는지 아들이 하나 있었어요, 장쇠라구. 장쇠야, 이름이. 있었어.

그런데 그냥 어떻게 계모가 딸을 못살게 구는지. 모해(謀害)를 할라구, 모해를 할라구 그냥 밥도 안주고 뭐 그냥 못살게 굴다굴다 못해 난중에는 이놈의 계모가 못된 그냥, 수를 다 쓴 거야. 왜냐하면, 쥐를 잡아서, 쥐를 잡아서 껍데기를 홀딱 뱃기구, 딸들 자는 이불 속에다가 쥐를 잡은 거를 갖다 넣고서느네(넣고서는),

"저년들이 행실이 나빠서느네(나빠서는) 어디 가서, 애를 애배가지고 와서느네(와서는) 지웠다구, 애 지웠다구."

이렇게 모해를 잡은 거야. 그리구는 갖다 버리라니까네루(버리라니까), 아이구 옛날에 남자들은 바보야. 마누라 말만 듣고서느네(듣고서는) 그, 딸이 진짜 그런 줄 알고서느네(알고서는), 딸을 갖다 죽였지 뭐유. 물에다 빠트려 죽였어요. 그, 장, 아들, 그 저, 마누라가 데리고 온 데리고 왔는지 낳았는지 그 아들 장쇠를 시켜서 갖다가 물에다 빠트려 죽이라 그랬어.

그래, 물에다 빠트려 다 죽였지 뭐야.

그런데 그 지방에는 원이 들어가면 죽어요. 옛날에 원이, 살림 살러 원이 들어가잖우? 원이 들어가믄 들어가서 앉으믄은 그 자리에 앉으면 죽어. 그래 아무리 생각해도 그 이유를 알 수가 없더래.

근데 한 번은 그, 인제 그 조금은 그래도 뭐나 좀 머리 좀 쓰는 사람이겠지. 알 수가 없더래. 그래, 궁리를 하다하다 못해 인제 원을 하나 정해 놓고서느네(놓고서는) 거길 들어오게 해놓구, 그냥 불을 밝혀 놓구, 그냥 불을 밝혀 놓구서느네(놓거서는) 지키는 거야. 이유를 알려구 지키는 거지 뭐야. 그러니까 한 밤중이 되니까네루(되니까) 바람이 휘휙 불더니 불이 꺼지더래요. 불이 획 꺼지더래. 그러면은 인제, 그 그러구는 장화홍련이혼, 서곡을 한 혼이 들어가는 거야. 그러면 그 혼이 원을 죽이는 게 아니구, 원이 그 혼 들어오는 거 보구 놀래서 죽는 거야, 놀래서.

(청중 : 아이, 머리 풀고 귀신이 들어오니까는. [웃음])

놀래서 죽는 거야. 그렇게 죽는 걸 몇 죽었지 뭐야. 그래 난중에 보니까 그렇지 뭐야. 그러니까네루(그러니까) 안되겠다구, 인제 그쪽에서는 무신 대책을 세웠겠지. 대책을 세워가지구서네 단단히 지켰나봐. 그러니까네루(그러니까) 그렇게 보니까네루(보니까) 그렇게 죽게 되니까, 그게 아주, 글쎄 혼이 죽이는 게 아니구 자기가 놀래서 죽으니까네루(죽으니까) 거기에 대책을 세웠겠지.

그러다가 인제 저그하니깐 난중에 인제 그게 나오는 거야. 계모가 딸 갖다 죽이구 어디 빠트려 죽이구 이게 나오는 거야. 그러믄섬, 그 적에서야 맨 꼴, 맨 난중에 들어 온 원한테는, 그 두 혼이 들어와서 재배를 하믄서 엎드려서 절을 하고 재배를 하믄서,

"원수를 갚아 달라구, 원수를 갚아 달라구."

그러더래.

"나는 원수를 갚기 위해서 이렇게 원님이 들어오면은 나타나는 건데,

원님이 우리를 보믄 다들 그렇게 됐다구.”

참 대단한 분이라고 그러면서 원수를 갚아달라구 그러더래요. 그래 그 적에서야 물어다 놓구선 캐니까네루(캐내니까) 답이 나오는 거지 뭐야.

그래서 그 장쇠하구, 그러니까 계모하고가, 그게 어떻게 망했는진 그건 몰라 난. 어떻게 해서 그게 어떻게 마무리가 됐는지 몰라요, 고것까지만 알구. 전에 그게 저, 고대소설에 나왔어요. 고대소설을 내가 읽었는데 그걸 잊어버려서 몰른다구 얘기를 못하겠어.

(청중 : 그 저기, 딸들 자는 방에다 바깥에다 문에다가 멍석도 쳐놓구.)

그럼요, 깜깜하게 하구.

(청중 : 깜깜하게 하구서 날이 안 샌 줄 알구 딸들이 늦도록 잠을 자는데 멍석을 치우고, 해가 한나절 되도록 자빠져 잤다고 뭐라 그러구 그랬잖아. [웃음])

그렇구 뛰어들어가 보니까네루(보니까) 이불 속에 쥐 잡아 놓은 게 있거든. 그러니까네루(그러니까) 쥐 잡아 놓은 걸 그렇하구 뛰어 들어가선, 인제 그걸 꺼내가지고서는 모해를 낚는 거지, 쥐 잡은 거 꺼내가지고.

세조의 명당자리

자료코드 : 02_26_FOT_20100115_SDH_HCS_0001

조사장소 : 경기도 포천시 소흘읍 무림1리 635번지 마을회관

조사일시 : 2010.1.15

조 사 자 : 신동흔, 노영근, 이홍우, 한유진, 구미진

제 보 자 : 한춘수, 남, 82세

청   중 : 5인

구연상황 : 하루 전에 미리 노인회장님께 전화를 드려 조사자들의 신분과 방문 목적을 알린 터라, 마을회관에 도착했을 때는 노인들께서 반갑게 맞아 주었다. 처음에는 할머니들만 계셨는데 이야기를 해 달라고 부탁을 하자 기억이 나지 않

는다며 사양했다. 그래서 조사자들이 할머니들과 마을 이름의 유래와 현재 거주 중인 가구 수, 생업 등에 대해 문답을 하고 있었는데 그때 마침 제보자가 다른 할아버지들과 방으로 들어왔다. 할머니들께서 제보자를 가리키며 옛날 이야기를 잘 하는 양반이라며 조사자들에게 추천을 해주었다. 조사자가 고담들과 사랑방 이야기를 해 달라고 부탁하자 아는 이야기들이 없다고 하면서 주저했다. 그러다가 다시 조사자가 포천의 유명한 인물이나 이 지역의 인물이 아니더라도 잘 아는 이야기가 있으면 해 달라고 하자 책자에 다 나와 있는 이야기들이라며 사양하다가 아래의 이야기를 구연하기 시작했다. 구연하는 장소가 마을회관의 부엌에서 가까운 곳이라 다소 어수선한 분위기였지만 제보자는 주위가 시끄러울 때는 잠시 이야기를 중단하는 등 가능하면 이야기에 집중하려고 노력했다.

줄 거 리 : 옛날에 세조 대왕이 자신의 좋은 묘자리를 찾기 위해 일류 지관을 시켜 알아보게 했다. 그래서 지관이 묘자리를 알아보기 위해 포천 지방으로 왔는데, 지나는 곳마다 여덟 밤을 잤다고 하여 팔야리(八夜里), 말이 울었다고 하여 마명리(馬鳴里), 말이 진이 빠졌다고 해서 진구리, 배꽃이 아름답다고 하여 이목동(梨木洞) 등의 이름을 지었다. 처음 잡은 묘자리는 말굽이 땅에 붙고 말의 진이 빠지는 등 의심스러웠다. 그래서 다시 직동리로 가서 계란을 묻었는데 다음날 벌건 수탉이 홰를 치는 것을 보고 그 자리가 명당임을 확신하고 상감에게 보고했다. 그런데 나중에 알고 봤더니 그 자리는 신숙주가 먼저 잡아놓은 명당이었는데 왕이 택한 자리라 어쩔 수 없이 그는 선산으로 묏자리를 옮겼다. 그 명당이 바로 현재 세조의 광릉이다.

[고민하는 표정으로]

글쎄요…… 할 얘기 없는데, 내가 이거 한 가지 그냥 참, 객담(客談)삼아 말씀드릴 거는,

[손가락으로 방향을 가리키며]

으흠, 여기 무림리(茂林里)를 이제 조끔 벗어나서, 직동리(直洞里) 저, 수목원 가는데 직동리 있죠?

(조사자 : 예.)

[헛기침을 하며]

그 옛날 이제, 이조시대에 세조 대왕께서 이제 그, 릉(陵), 당신 돌아가

실 자리를 볼라고(보려고), 그래 인제 일류 지관(地官)들을 초대를 했는데,

[잠시 생각하다가 헛기침을 하며]

와서 이렇게 하다보니까는, 그 지관 선생이 인제 주-욱 인제, 저, 저기 인제 서울서 떠나가지고, 서울서 떠나가지고, 저쪽으로 지끔 말하자면 퇴계원 이쪽으로 해서 인제,

[옆에서 듣고 있는 청중 중 한 명이 '포천군지(抱川郡誌)'를 가져오며]

(청중 : 이거 보면 정확하게 나온다는데? 포천 이게 저……)

아니, 그건 있는 거니까, 그건 뭐,

(청중 : 있어요?)

(조사자 : 예.)

그건 다 아는 거니까 그건 그건…….

[헛기침을 하며] 그래 인제 그쪽으로, 그래 인제 더듬어 오다가 그, (주위가 시끄러워 조사자가 제보자를 다른 자리로 이동할 것을 권유하느라 25초 동안 구연을 멈춤)

덕목리에서 좀 올라가면 팔야리(八夜里)라는 마을이 있어요. 그건 왜 팔야리냐?

[헛기침을 하며]

그 냥반(양반)이 거기서 와 가지구(가지고) 이리저리 인제 그, 좌우 돌아다니면서 자리를 보다 보니까는 여드레를 묵었어, 거기서. 그래, 여덟 밤을 잤다고 해서 팔야리예요, 에, 왜 팔야리…….

그래 거기서 그렇게 인제 자고 이 냥반이 인제, 마명리(馬鳴里)로 해서, 이제 직동리로 이렇게 인제 그, 죽엽산(竹葉山, 경기도 포천시 소흘읍 내촌면에 있는 산) 줄기를 타고 넘어오다가, 말을 타고 이제 넘어오다 보니까는, 마명리 오다보니까 마명리에서 인제 그, 말이 울더래. 그래서 그, 인제 지명을 마명리로 인제 지어놓고, 그래서 그 등(陵의 의미임.)을 넘어와서, 한참 오다보니깐 말이 진이 빠지더라는 겁니다. 그러니까, '이거 참

이상하다.' 이래가지고, 그러더니 진구리라고 이름을 지었어, 그 골짜구니 (골짜기)를……

그래, 거기가 어디냐 하며는 지금 세조 대왕 능을 모신 그 우에 여기거든? 그래서 그래, 진구리라고 이름을 짓구서(짓고서), 그 인제, 직동리라는 데를 인제 왔는데, 보니깐 그때, 그냥 봄철 한창 개화기 때였던 모냥(모양) 이예요, 인제 배나무꽃이 아주 이렇게 만발하구. 그래 인제, 직동리로 오면서 골짜구(골짜기)가 있는데 거기가 인제 배나무꾸리야.(배나무골이야.) 그래 이게 배나무꽃이 환하게 이렇게 많이 피워놓으니까 아, 보기 좋아서 그래, '아, 여기는 이목동(梨木洞)이라고 해야겠구나!' 그래, 그 냥반이 이목동이라고, 배나무꾸리야, 배나무, 배 이(梨) 자.

[헛기침을 하며]

그래 인제 그렇게 해놓고는,

[입을 다시며]

저 인제 이렇게, 오시다보니까는 여그(여기) 와서 발굽이 탁 붙었단 말이야. 여기여기 저, 수목원 가는데, 우리 마을에서 쪼끔 내려가면은……

[고개를 갸웃거리며]

이 말이 굽이 붙으니깐 오도 가도 못하잖아, 말이 딱 서니까? 그래서 이 냥반이 내려 가지구 좌우를 살펴보니깐 거기, 대감 산소가, 비(碑)가 있었답니다.

그러니깐 내려서 재배(再拜)를 하구, 그리고선 이렇게 떠나왔는데……

[헛기침을 하며]

그래 가지곤 와서 인제 이렇게 주-욱 돌아보니까는, 그래 인제 그래, 당신이 본 그 견해로 봤을 적에는, 그 죽엽산 저, 지끔 모신 그 자리, 거기는 아무래도 뭐가 의심찮은(의심이 간다는 의미) 그런 생각이 들어. 음, 말이 참 붙고, 진이 빠지고 그래 놓으니깐, 그래서 인제 다시 와서,

그래 다시 직동리로 들어 가가지구, 계란을, 계란을 이제 사가지고, 뭐,

지끔 말하면 쉽게 얘기하면 사는 거죠 뭐, 나라에서 계란이 없겠수? 그래, 그걸 갖다가 지금 세조 대왕 모신 데다 거기다 갖다가 계란을 묻었다는 거야. 자기들 ○○○○ 묻고.

[입을 다시며]

그래, 그 이튿날 가니까는, 그 큰-한 게 벌건 수탁이 나와서 홰를 치면서 울더라는 거야.

[손으로 바닥을 치며]

'아, 여기로구나, 바로!'

그래서 거기다가 인제, 세조 대왕, 릉을 좌정해놓고 올라가셨대요. 올라가서 인제, 상감님한테 이래 아뢰니까 어, 그게 이제 바로 어떻게 됐냐?

나중에 알고 보니깐 신숙주(申叔舟)라는 정승이 잡아놓은 자리야 거기가. 그래서 어떡하게, 임금님이 내가 들어가겠다고 하는데, 아무리 참, [웃으며] 가까운 선비지만 어떡해? 그래서 그, 신숙주가, 신숙주 묘이(墓)를 선산으로 옮기구, 그래서 인제 세조 대왕을 거기다 모셨다고 인제, 이렇게 이렇게 얘기를 들었어요.

(조사자 : 그 이야기를 누구한테 들으셨어요?)

응?

(조사자 : 어른, 위에 어르신들한테 들으셨어요?)

그렇죠. 그럼, 어른들한테 그런 말씀을 들은 거죠. 제가 뭐, 뭘 알우? [멋쩍어 하며 웃음]

왜를 혼낸 사명당

자료코드 : 02_26_FOT_20100115_SDH_HCS_0002
조사장소 : 경기도 포천시 소흘읍 무림1리 635번지 마을회관
조사일시 : 2010.1.15

조 사 자 : 신동흔, 노영근, 이홍우, 한유진, 구미진

제 보 자 : 한춘수, 남, 82세

청   중 : 5인

구연상황 : 앞의 이야기에 이어 조사자가 임진왜란과 관련된 인물들에 대한 이야기를 부
　　　　　탁했다. 그러자 이여송 장군이 우리나라 명산의 혈을 자른 일화를 잠깐 언급
　　　　　하다가 일제강점기에도 일본 사람들이 우리나라 명산의 혈을 끊었는데 그 이
　　　　　유가 바로 임진왜란 때 사명당에게 혼이 났기 때문이라며 본격적으로 이야기
　　　　　를 구연했다.

줄 거 리 : 임진왜란 때 원병으로 온 이여송 장군이 우리나라에서 명인이 나는 것을 막
　　　　　기 위해 명산의 혈을 자르고 다녔다. 이후에 혈을 자른 것은 일본 사람들인데
　　　　　임진왜란 때 사명당에게 혼이 났기 때문이다. 일본 사람들이 사명당을 잡아서
　　　　　무쇠방에 가둔 후에 불을 땠는데 죽었을 줄 알고 문을 열어보니 방에는 진서
　　　　　리가 차 있고 사명당은 춥다며 옷을 달라고 했다. 일본 사람들이 사명당의 재
　　　　　주에 탄복을 하며 살려주자, 사명당은 일본 사람들의 씨를 말리기 위해 총각
　　　　　과 처녀의 인피를 각각 백오십 장씩 삼백 장을 바치라고 했다. 그러자 일본의
　　　　　황제의 딸이 국민들의 고통을 볼 수가 없어서 자신의 인피부터 벗기라고 하
　　　　　자, 사명당은 거기서 멈추었다고 한다.

(조사자 : 오성대감이 임진왜란 났을 때도 뭐, 여러 가지 일을 많이 하
셨다고 들었는데요.)

그렇죠.

(조사자 : 중국에서 뭐, 명나라 이여송 장군 왔을 때 그 때도 뭐…….)

예예, 이여송(李如松)이 대단한 장군이죠.

(조사자 : 예, 아…….)

일단 뭐, 거긴 나라가 원채 큰 데였으니까 뭐 그런 인물들이 있었고 우
리나라는 참, 적은데도 그런 인간이 많이 참, 그랬다는 게 참 대단한 겁니
다, 우리나라. 그니간 그때 행실로 봐서 이여송이가 우리나라에 산세(山
勢)를 짚어 봐가지고,

'아, 이거 나라는 조끔해도 명인(名人)이 많이 날 자리라!'

이런 얘기를 했다고 그래요, 그 저…….

(조사자 : 이여송이 장군이 다니면서 뭐 이렇게, 혈도 자르고 그랬다고 그런 얘기도 하시는 분이 있던데요?)

그래 그렇게 했구, 그 냥반(양반)이 그래서 놀랬다는 거예요. 자기네 나라는 참, 대국(大國) 아니요? 대국인데 조선 땅에 나와 보니깐 참, 자기네들 땅에다 데면 손바닥만 하지. 근데 대부분 명산이더라 이 말이야, 산이.

그랬는데 그거는 인제 나중에 그 산에 혈을 질른(자른) 건 일본 사람들이 한 거야.

(조사자 : 아, 일본 사람들이……)

일본 사람들이 혈을 질른 거야. 왜 그랬냐 하면은 임진란 때 혼났어, 서산대사(사명당인 것을 잘못 말했다가 금방 정정함.)한테, 사명당한테 혼났단 말이야? 혼나고 나서 보니까는 참, 그런 인물이 자기네 나라에는 없잖아요?

그래 서산, 사명당을 갖다 자기네 나라의 방에, 무쇠방에다 가둬 놓구서 불을 땐 거 아니야. 그 그래 무쇠가 다 뻘겋게 달가졌잖아요,(달궈졌잖아요), 그래 인제 사명당을 인제 죽일, 죽일랴고.(죽이려고). 그래 인제, 한 이틀을 이렇게 때고 나중에 인제 불을 끄고 열어보니깐 그 방안이 전부 서리, 진서리가 하얗게 앉아 이 냥반이 춥다고,

"옷 좀 가져 오너라!"

이래. 그러니 사람이 놀래지 않았겠느냐. 그러니 그, 철로 만든 집이 새 빨갰었는데 이 냥반이 타 죽지 않구 얼어 죽겠다구, 진서리가 얼어, 얼어 죽겠다구 응, 화롯불을, 옷을 가져오라구 말이야. 그래 인제 일본 놈들이 거기서 탄복을 했다는 거 아니야.

'아, 이런 분은 세상에 제거해선 안 되지 않겠느냐? 내 나라 사람이 아니더라도, 어 접견한 우리 인접 국가, 저 나라의 참 명인이지만서도 이런 분은 제거해서는 안 되겠다구.'

탄복을 했다는 거 아녜요? 그래 가지구,

[헛기침을 하며]

일본 사람들한테 그 사람 저, 사명당이 이렇게 하지 않았어요?

"인피(人皮) 삼백 장을 뱃겨 와라"

그랬어. 사람 껍데기를 삼백 장을, 그러니깐 남자 백오십, 여자 백오십, 근데 그것도 처녀총각, 그 왜? 씨를 말릴라고(말리려고) 그래 일본 사람, 사명당이, 하도 괘씸하게 굴어가지구 씨를 말릴라고 그랬던 건데, 그래 그것이 제정 때 여기 저, 서울에 있었어요. 그 인피, 인피 삼백 장이라는 군대가 있었다고. 그래 날 구진 날 비오고 뭐 하는 날은 거기서도 울음소리도 나고, 아주 기분이 좋지 않은 소리가 들렸다고 그래요. 노인네들이 그랬어요. 우린 어려서 인제 그 들었는데,

"그걸 왜 그렇게 했느냐?"

하니까는, 인피를 뱃기더라도(벗기더라도) 조끔이라도 기스(傷, 일본어)가 나, 차이가 나면 안 돼. 아주 말짱하게 뱃겨야 돼. 그러니까는 일본 황제의 딸이 그 광경을 보고,

"나부텀 뱃겨라!"

그랬다는 거 아냐, 나부텀. 그걸 볼 수가 없잖아요, 사람이? 사람의 눈으로선 사람 인피 그, 껍질을 뱃기는데 볼 수가 없지 뭐야? 그러니까는,

"나부텀 뱃겨달라!"

이래서, 그렇게 일본 사람들도 그렇게 참, 용감한 사람이 있었다. 황제의 딸이지만서두(딸이지만서도) 국민을 위하는 그 심정, 더구나 피참(비참)한 광경 보니까 참, 안타까우니까 자기가 먼저 손수 나서 나부텀 뱃겨달라구 그랬다고 합디다.

그래 그런 거 보면은 우리나라에서 참, 명인은 참 많이 나오시구.

'그래도 그 참 일본을 참, 아주 씨를 말려서는 사람이 이게 될 짓이 아니다.'

그래 이 냥반(사명당을 말함.)이 뉘우치구 그냥 됐다구.

'그래 인간 대 인간으로 참, 자기네 한 짓거리를 한 걸 보면은 이걸 놔둘 수가 없는데 그래도 이걸 다 소멸시키게 되면 우리도 뭐, 썩 반가운 일은 없지 않겠느냐?'

이렇게 해서 그, 거기서 멈추셨다고 그러더라구요.

(조사자 : 아, 사명, 사명대사가 일본에 가서 그렇게……)

예예, 잡아갔죠, 일본서.

(조사자 : 아, 예.)

시게(猜忌) 이게 시게 할라고.

"네가 이렇게 잘 안다니까 얼마나 잘 아느냐?"

하고, 그래서 자기네가 요구한 거를 못 들어주면 넌 죽는다하구 데리고 들어갔죠. 그래 아주 목숨을 걸고, 이 냥반은 들어갈 때 이 냥반은 다 알았대. 그래 인제,

"너희가 왜 나를 이렇게 부르느냐?"

그러니까 그만큼으로써 선견지명(先見之明)이 있고, 참 대단한 분이죠, 뭐. 그야말로 지끔은 관상대에서 기상관측을 하지만 그 전엔 참, 천기를 봤다는 거 아녜요. 사흘 천기, 뭐 열흘 천기, 쭈욱 내다보면 며칠 전에 어떻게 된다는 걸 알고 있었으니까. 우리가 지끔 생각할 땐 거짓말 같은 얘기 아녜요. 그런데 거짓말이 아닌 것이 뭐냐면 지끔 관측소 같은 거, 기상대 관측소 같은 거 이게 자꾸 연구해서 하니까 그러지 않아요? 우리의 그야말로 신라시대의 첨성대가 그게 유명하지 않아요? 그러니까 그런 걸 봤을 때는,

[잠시 생각에 잠기며]

좋으신 분들이 많으셨어, 그런데 지끔 인제 우리나라가 참 많이 좋아졌잖아요? 생활하기도 좋구, 사는 것도 참, 그래서 그 덕에 우리도 이렇게 지끔까지 한 팔십 이렇게 사는데 [웃음] 세상은 참 좋아진 거죠.

황희 정승과 농부

자료코드 : 02_26_FOT_20100115_SDH_HCS_0003
조사장소 : 경기도 포천시 소흘읍 무림1리 635번지 마을회관
조사일시 : 2010.1.15
조 사 자 : 신동흔, 노영근, 이홍우, 한유진, 구미진
제 보 자 : 한춘수, 남, 82세
청   중 : 5인
구연상황 : 앞의 이야기에 이어 조사자가 임진왜란 때 왜군을 물리친 장군들 이야기를
         해달라고 했다. 그러자 제보자는 그런 건 사적에 나와 있으니 그만 두고 황희
         정승 이야기만 간단히 하겠다며 구연을 시작했다.
줄 거 리 : 황희 정승이 등청을 하는 길에 두 마리의 소로 밭을 가는 농부를 보게 되었
         다. 황희 정승은 두 마리 소 중에서 어떤 소가 힘이 셀 지 궁금해서 농부를
         불러 물었다. 그러자 농부는 황희 정승에게 다가와 귓속말로 한 소가 힘이 세
         다고 말했다. 황희 정승이 그렇게 한 이유를 묻자 농부는 미물이라도 귀가 있
         기 때문에 앞에서 말하면 기분이 나쁠 것이기 때문에 그렇게 한 것이라고 했
         다. 농부의 말을 들은 황희 정승은 아직 배울 게 많다는 것을 크게 깨닫게 되
         었다.

(조사자 : 임진왜란 때 그 뭐, 왜군들 물리친 장군들도 많이 계셨잖아
요?)

이순신 장군이나 뭐, 곽재우 장군이나 김덕령 장군이나 이런 분들 얘기
는……

[웃으며]

에이, 그런 건 뭐 여기 사적(史蹟)에 다 나와 있으니 뭐.

(조사자 : 그래도 혹시 뭐, 들으신 게 있으시면요.)

내 그건 고만 두구요. 내 저, 황정승 말씀 한 가지만 내 간단하게 그러
면……

(조사자 : 황희 황정승요?)

황희 황정승. 황희 황정승께서 인제 등청(登廳)을 하시는 길에, 상경을
이렇게 쭈욱 허시다가 뭐, 이렇게 다(그때 당시는 등청하는 길이 모두) 농

촌 아녜요?

가시다보니까는 큰-황소 두 마리를 허구 인제, 채리(쟁기)를 인제 메어 가지구(메어가지고) 밭을 이렇게 갈, 갈다가 더우니까는 그늘에 앉아 쉬더래요.

[헛기침을 하며]

그래서 황정승이 이렇게 쭈욱 가시다 보니깐 그 참, 소가 이렇게 두 바리(마리)가 가는데, 아무나 아무가 생각을 해도 과연 일을 잘 하겠죠?

근데 궁금한 게 있어, 정승께서. 뭐이(무엇이) 궁금했냐 하면은 소가 똑같다고 허더래도(하더라도) 어느 소가 힘이 세고 어느 소가 힘이 약하냐고 하는 거. 그래서 그거를 이제, 내가 한 번 터득을 할라구(하려고), 그 면에 할라구, 말에서 내려가지구 인제 그 경부(耕夫)한테로, 농부한테로 가, 가셨대. 가서서 그러니깐 이 냥반이 배례(拜禮)를 사대(事大)를 하구,

"어쩐 일이시냐구?"

그러니까,

"아이 그게 아니라, 내가 하나 궁금한 게 있어서 묻는데, 좀 자세하게 일러 주시오."

"그, 뭘 말씀을 하십니까?"

그러니까는,

[헛기침을 하며]

"이, 소가 두 바린데, 어떤 소가 힘이 셉니까?"

이걸 물으시더래.

그러니깐, 이 농부가,

"이리 오십시오."

그리구,

[귓속말을 하는 시늉을 내며]

여게(여기) 귀를, 여래(이래) 해가지구 내가 이걸 가지구 귀를 이렇게

대구,

"아무, 어떤 소가 힘이 셉니다."

[손으로 무릎을 치며]

그니깐 이 냥반이 무릎을 탁 친 거야.

"까닭이 뭐요? 왜 나를, 내 귀에다가 갖다 대고 살며시, 슬며시 얘기하시오?"

"에이, 다 아시면서 왜 그러십니까?"

'정승이니깐 다 아실 거 아니요.'

인제 이 말이야 농부는? 자기는 실제로 얘기했는데.

"아니 저, 그렇습니다. 진짜 참, 제가 말씀을 드리는 건 어려운 게 아닙니다. 짐승이나 사람이나 같이 놓고 봤을 때, 내가 어느 소가 참 잘한다, 힘이 세다 못하다 하면은 그 소들이야 말로 얼마나 기분이 좋지 않겠습니까?"

이 말이예요.

"그러니깐 짐승이라도 애껴야(아껴야) 됩니다. 귀가 다 있습니다."

이 말이야, 듣는, 듣는다는 거야. 그래서 거기서 문득,

"아, 과연 내가 알 게 많구나, 아직도!"

황정승이 그러면서,

"참, 대단한 걸 내가 참 배웠다구."

크게 사대를 하구 이렇게 등청을 하셨다는 말씀을 들었어요. 그러니깐 미물(微物)이나 자, 이런 동물이나, 사람이나 누구를 이렇게 편견 한다는 건 좋지 않다, 이런 얘기야.

[웃음]

그런 말씀을 들었어요.

이야기꾼 홍필경

자료코드 : 02_26_MPN_20100116_SDH_GSA_0004
조사장소 : 경기도 포천시 소흘읍 고모1리 53-1번지 마을회관
조사일시 : 2010.1.16
조 사 자 : 신동흔, 노영근, 이홍우, 한유진, 구미진
제 보 자 : 권순암, 남, 65세
구연상황 : 앞의 이야기에 이어 조사자가 요즘에는 제보자처럼 이야기를 잘 하는 사람이
　　　　　 없다고 하자, 제보자는 텔레비전 때문에 옛날의 사랑방 문화가 사라졌다며 이
　　　　　 야기꾼 홍필경에 대해 구연했다.
줄 거 리 : 옛날에는 동네마다 책이나 붓 등을 짊어지고 다니면서 팔고 다니는 사람들이
　　　　　 있었다. 그 중에 홍필경이라는 사람이 있었는데 그 사람이 큰집의 사랑방에
　　　　　 들리면 앞 동네 노인들까지 모두 모여 이야기를 들었다. 그는 이야기를 하기
　　　　　 시작하면 재담과 다니면서 들은 풍을 섞어서 밤 열두 시까지 얘기를 하곤 했
　　　　　 다. 그러던 중 한 날은 동네에서 부인이 죽어 홀아비가 된 사람이 있었는데
　　　　　 중매를 해 달라고 하자, 홍필경은 흔쾌히 승낙을 하고 자기가 돌아다니던 곳
　　　　　 의 한 과부를 소개해 줘서 그 홀아비는 결혼까지 하게 되었다.

　　그 전에 그, 홍, 그 저기, 옛날에는 보따리를, 우리 어렸을 제도 보따리
를 지고 책을, 책하고 붓하고 책 그런 걸 팔러 댕기는 사람이 있어요.

　　짊어지고 댕기믄 각 동네마다 다 돌아 댕겨요.

　　그러면 인제 글방에 가서 책 팔고, 책도 팔고 무슨 붓도 팔고 먹도 팔
고 그러는 거예요.

　　그 사람은 그러면 댕기믄서(다니면서) 허믄서, 우리 동네 홍필경이라고
인제, 그 사람은 여기가, 우리 큰집이 종손집인데, 십팔 대 종손이거든요.

　　인제 거기 사랑방에 와서 그 분이 오기만 하믄, 앞에 동네 사람이, 그
노인네들이 지금은 이십여 명씩 모여요.

이 한 방이 꽉 차는 거야.

그러면 그 사람이 얘기를 하는 거야.

그 사람은 인제, 그 사람은 인제 재담[才談], 말로 댕기믄섬 들은 것
도 있구, 들은 풍을 섞어내서 얘기를 하믄, 밤 열두 시까지 얘기를 하는
거야.

그러믄, 그 뭐, 얘기, 그, 그 문화를 듣고 나서 재미난 얘기가 전파가
되고 그러는 거란 말이야 그게.

(청중 : 한 일화가 있겠지?)

그러니까 그, 분이 인제 돌아 다니믄서 얘기를 하다보니까 그 분은 중
매를 했어요.

여기 와서 돌아간 분이 오득이(인명) 형수 그 양반이야.

그 양반이, 돌아갔단 말이야.

오득이 형님, 형님이, 형수가.

(청중 : 형수가.)

"여기 홀애비 있으니 아, 가서 중매 좀 해 주쇼."

그랬더니,

"아, 그래 어디 내가 한 번 생각해 보자고."

근데 이게 가서 중매를 했다니깐요, 중매를 해서 여기 혼인을 시켰어.
[웃음]

아니 그러니, 어디에 과부가, 적당한 과부가 있는지도 모르는 거 아
녜요?

여기서는 모르잖아요, 인척 아니면 모르잖아요?

그래, 댕기면서 그래, 홍필경이란 그 사람이 중매를 했단 말이예요, 그
렇게.

그런 문화가 되고.

도깨비불에 홀린 할아버지

자료코드 : 02_26_MPN_20100116_SDH_LBJ_0001
조사장소 : 경기도 포천시 소흘읍 고모2리 556번지 마을회관
조사일시 : 2010.1.16
조 사 자 : 신동흔, 노영근, 이홍우, 한유진, 구미진
제 보 자 : 이범주, 여, 79세
청   중 : 5인

구연상황 : 조사자들이 마을회관을 방문했을 때 할머니들만 다섯 명 있었다. 조사자들의
　　　　　신분과 방문 목적을 밝히고 옛날이야기를 해달라고 부탁을 했다. 제보자는 조
　　　　　사자들이 방에 들어서기 전부터 여러 가지 농담을 던지며 입담을 과시했다.
　　　　　조사자가 어렸을 때 들었던 도깨비나 호랑이 이야기처럼 재미있는 옛날이야
　　　　　기를 해달라고 하자, 제보자는 친정 할아버지가 도깨비불에 홀린 이야기를 해
　　　　　주겠다며 시작했는데, 놀라운 기억력과 탁월한 입담을 발휘하여 수많은 이야
　　　　　기를 이어서 구연했다.

줄 거 리 : 제보자의 친정 할아버지가 술을 먹고 도깨비불에 홀려서 쫓아 댕기다가 싸리
　　　　　덤불 밑에서 깨어났는데 자세히 보니 피 묻은 빗자루였다. 친정 할아버지는
　　　　　제보자와 제보자의 여자 형제들에게 항상 행동거지를 주의하라는 의미로 도
　　　　　깨비불 이야기를 해 주었다. 이와 함께 제보자의 할아버지는 복이 들어 올 수
　　　　　있도록 아침에 대문을 열어 놓게 하고, 복이 나가지 않도록 아침에는 삼태기
　　　　　어귀를 대문 바깥으로 놓지 않게 했으며, 키의 귀 부분 또한 대문 방향으로
　　　　　걸어 놓지 않도록 하는 등의 금기를 통해 제보자를 가르쳤다.

　　(앞에 친정 할아버지가 술을 드시고 오는 길에 불을 본 부분 10초 녹음
누락) 그런데 인제 난중(나중)에는 어디 가선으네(가서는) 쫓아 댕기다 쫓
아 댕기다가 불만, 다른 건 안 보구 불만 보구 쫓아 댕기다, 쫓아 댕기다
가는, 제우 쉬고 역진 않구 하도 시간이 오래니깐 술이 깼던 모냥(모양)이
지요. 그런 얘기를 할아버지한테 내가 들었어요.

　　(조사자 : 친정 할아버지한테?)

　　응, 친정할아버지한테. 술이 좀 깨시니까느루(깨시니까) 정신이 좀 뻔쩍
드는데, 어디가 엎으러 졌는데 덤불 싸리 밑에가 엎어러지셨대요.(엎어지

셨대요). 그랬더니 그 저, 지끔은 싸리비라 그러지, 비? 빗짤루(빗자루)에, 피 묻은 빗짤루가 그 덤불싸리 밑에 있더래. 그런 얘기는 내가 들었어. 그런 얘기는 할아버지한테 들었어요. [웃음]

(조사자 : 술이 취하셔가지고 장에 갔다 오시다가요?)

응?

(조사자 : 술이?)

응, 술이 취해서 인자 어디 갔다 오시다가 술이 취해 가지구 불빛을 따라서 인제 돌아 댕기신 거지, 어디루. 그러니까느루(그러니까) 하―염 없이 댕기다보니까 어느 덤불싸리 있는데 덤불싸리에 넘어져서 걸렸는데, 그때 정신이 뻔쩍 들고 보니깐, 싸리빗짤루가 피 묻은 싸리빗짤루가 있더라. 그래서, 그 싸리빗잘루에다가, 그거 우리 주위 주는 이야기야.

"싸리빗짤루나 무신 빗자루 같은데 이렇게 버리는 데다가는 사람의 피를 묻혀, 피 묻은 거는 아무 데나 그렇게 버리지 말아라!"

그렇게 주위를 주시더라구.

(조사자 : 그게 나중에 막 도깨비로 이렇게 변하는 거예요?)

응응, 그렇다고 그렇다구 그러더라구.

그러고, 인제 거기서 그, 도깨비에 대해서는 버드나무 썩은 거, 피리나무 썩은 거 피리나무 썩은 게 밤에는 그렇게 도깨비불모냥(도깨비불마냥) 보인데요. 그게, 밤에 옛날에는 그냥 깜깜할 적에는 그게 도깨비불모냥 파―란 불로 보인대. 고거, 고거는 내가 기억을 하고 있어.

그걸 우리를 아주 가리키고 뭐, 주의를 하라고 얘기를 자꾸 해주신 얘기니까 고건 기억하고 있는데 그 외에는…… [웃음]

(조사자 : 도깨비가 뭐, 어떻게 생겼다는 이야기는 들어 보셨어요?)

어떻게 생기긴? 그냥 빗자루더라니까 뭘 어떻게 생겨? [웃음]

(조사자 : 홀릴 때 불빛만 보고 가신 거네요?)

응, 불빛만 보고 쫓아 댕기다가 낭중에 정신이, 어디가 넘어졌는데 정신이 번쩍 들어 보니깐 무신 덤불싸리 밑인데, 빗짤루가 피 묻은 빗짤루가 있더라, 고렇게만. 그런 얘기는 들었어요, 그렇게. 다른 건 몰라.

그걸 만날 우릴, 나두 여동생이 내 밑으로 있는데 둘을 앉혀 놓구, 만날 여자들 주의하라는 걸루 아주 그렇게 가르키신(가르치신) 걸루 얘기해 주신 거니깐. 그러니깐 도깨비, 에 그 빗자루가 도깨비불로 변해서 댕기더라.

또, 아측(아침)에 아측에 나오먼은, 우리 친정할아버지가 인자 그 얘기하신 할아버지가 그 얘긴 잘하셔.

"아측에 나오먼은 대문부텀 열어 놔라!"

대문을 열 때 활짝 열래.

"행복이 지나가다가 아측에 제일 먼저 문 열어 놓는 집으로 들어간다. 그러니깐 열어 놔라!"

그러고, 삼태기 알아 삼태가?

(조사자 : 삼태기요? 재 나르는 거요?)

[고개를 저으며] 으으응, 재 내는 저, 쓰레기 담아 버리는 거. 삼태기를 쓰고선 아측에는 절대 삼태기 아가리, 이렇게 쓸어 담는 아가리가 바깥으로 나가게 놓지 말래. 아측에는, 응? 그거는 안으로 들어오게 해놓지, 대문 바깥으로 나가게 해놓지 말래요.

(청중 : 복이 나간다고 그러는 거지.)

네, 으응. 복 담아낸다고. 또, 이렇게 까불랑질 하는 키?

(조사자 : 예.)

그것도 그것도,

"그 키귀를 대문 밖으로 내놓지 말고 안으로 들여놔라!"

이런 얘기는 하시더라고. 그게 우리들 가리키는(가르치는) 얘기야 그게, 가리키는 얘기로 하는 거지.

이게 다른 거, 내가 원채 저 그, 어려서, 나이 어려서 시집을 와가지고 시집살이 하느라고 다른 얘기는 더 들은 거 없고, 시집살이 하고는 그냥 정신이 없었지 다른 건 없어.

(조사자 : 그래도 뭐 그, 다 기억을 생생하게 하시네요. 그때 할아버지가 해 주신 다른 얘기는 없으세요?)

다른 얘기는, 다른 얘기는 몰라. 자세히 대가리 속에 들어간 게 없어.그 거는 만날 그저 앉으면은 저기서 키가 눈에 띠면,

"저 키 저, 바깥으로 응, 쇠가 바깥으로 나가게 놓였으니까 다시 놓아 라."

그러시구,

삼태기도 그러시구 그랬으니까느루(그랬으니까) 그게 머릿속에 인이 배 겨 들어 간 거죠, 다른 얘기는 못 들었어.

할미꽃 노래

자료코드 : 02_26_FOS_20100116_SDH_LBJ_0001
조사장소 : 경기도 포천시 소홀읍 고모2리 556번지 마을회관
조사일시 : 2010.1.16
조 사 자 : 신동흔, 노영근, 이홍우, 한유진, 구미진
제 보 자 : 이범주, 여, 79세
청   중 : 5인
구연상황 : 친정아버지를 박대한 딸 이야기를 제보자에게 들은 후 조사자가 할머니가 죽
        어서 할미꽃이 된 이야기를 해달라고 하자, 이야기는 모르겠고 노래가사는 알
        겠다며 가사를 먼저 읊은 후 노래로 불렀다.

    뒷동산에 할미꽃~

    가지 돋은 꼬 응, 꼬부라진 할미꽃이 먼저다.

    꼬부라진 할미꽃~

    젊, 그리구 뭐예요? [웃음]

    (청중 : 젊어서도 할미꽃.)

    젊어서도 할미꽃~

    늙어서도 할미꽃~

    천만가지 꽃중에~

    무슨 꽃이 못되어~

    할미꽃이 되었나~

3. 신북면

증편 한국구비문학대계 ● 경기도 포천시

▌조사마을

경기도 포천시 신북면 가채1리

조사일시 : 2010.1.22
조 사 자 : 신동흔, 노영근, 이홍우, 한유진, 구미진

가채리(加採里)는 경기도 포천시 신북면에 위치한 마을이다. 본래 포천 군 내북면에 속했던 지역인데, 가양산 밑에 있어, 가취 또는 가채라고 하였다. 마을 북쪽으로 가양산, 동쪽으로 원수봉이 자리 잡고 있다. 또한 마을 동쪽으로 포천천이 흐르고 있으며, 물길을 따라 밭이 조성되어 있다.

자연마을로는 벌말, 송골, 승방골, 아래가채, 아래송골, 양짓말, 오장골, 위가채, 응달말, 해방촌 등이 있다. 송골은 아래가채 북서쪽 더렁산 밑에 있는 마을로, 윗송골은 심곡리(深谷里)로 분류되어 있다. 아래가채는 가채리 아래쪽에 있는 마을로 조씨가 많이 살아 조가채라고도 한다. 오장골은 가채리 한가운데에 위치하며 이가채라고도 불린다. 위가채는 가채리 위쪽에 있는 마을로 최씨가 많이 살아 최가채라고도 한다.

위가채에는 최익현(崔益鉉)과 최면식(崔勉植)의 위패와 영정을 모신 사당인 채산사와 최치원(崔致遠)의 사당인 청성사(淸城祠)가 있다. 또한 덕재 부능선에 있는 큰 벽같이 생긴 바위 위에는 갓의 챙 모양으로 생긴 큰 바위가 얹혀 있어, 갓바위라고 한다. 특히 이 바위에는 최치원의 14대 손이자, 최익현의 증조부인 수음공 최광조(崔光肇)선생의 묘 위치를 표기해둔 문구가 음각되어 있기도 하다.

실제 조사장소인 가채1리는 삼정1리 마을회관의 소개로 제보자 최영상의 자택을 방문하기 위해 오게 되었다. 최영상은 가채리에서 대대로 살았는데, 특히 최치원의 집안으로 알려진 경주 최씨로, 면암 최익현의 후손이기도 하다. 그러므로 조사에서는 최치원의 탄생설화와 관련하여 경주

경기도 포천시 신북면 가채1리 마을 전경

경기도 포천시 신북면 가채1리 최영상 제보자 자택전경

최씨를 돼지의 후손이라 하게 된 이야기와, 최익현의 현손이자 포천 출신의 독립운동가로 알려진 염재 최면식(崔勉植)에 대한 이야기를 제보해주었다. 또한 가채리 부근에 있었다는 저수지와 관련하여 장자가 망한 이야기 및 무학과 도선대사의 명당찾기에 관한 이야기를 제공해 주었다.

경기도 포천시 신북면 삼정1리

조사일시 : 2010.1.22
조 사 자 : 신동흔, 노영근, 이홍우, 한유진, 구미진

삼정리(三政里,)는 경기도 포천시 신북면에 있는 마을이다. 마을 내에서 부르는 자연 부락명 또한 삼정골이라고 한다. 이러한 이름의 유래에 대해서, 마을에 있던 우물과 관련이 있다는 이야기가 전해진다. 즉 원래 이 마을에는 우물이 세 개가 있었는데, 여기에서 마을 이름이 삼정리(三井里)라 기록되었다고 한다. 그러나 일제 강점기에 지금과 같이 삼정리(三政里)로 글자가 바뀌었다고 한다.

마을의 북서쪽으로는 경기도 연천군 청산면과 접하는 종현산이 솟아 있다. 그러므로 마을은 산을 중심으로 이루어진 지역이라 할 수 있는데, 지류를 따라서 소규모의 논과 마을이 들어서 있다. 자연마을로는 간지러니, 능골, 쟁골 등이 있다. 간지러니는 삼정골 동쪽에 있는 마을로, 간자산 아래에 자리 잡은 마을이다. 또 다른 이름으로 간자동, 간지리라고도 한다. 한편 쟁골은 삼정골 아래쪽에 있는 마을로, 옛날에 재궁이 있었다 하여 붙여진 이름이다.

현장조사 시에는 삼정1리 마을회관에 방문하였다. 조사 당시 회관 안에는 할아버지 세 분, 할머니 한 분 정도로 다소 적은 수의 마을 분들이 계셨다. 그러나 마을에서 대대로 살아오신 분들을 직접 뵙고 이야기를 나눔으로써, 마을에 대한 정보를 더 얻을 수 있었다. 마을 분들이 제공하신 정

경기도 포천시 신북면 삼정1리 마을 전경

경기도 포천시 신북면 삼정1리 362-1 삼정1리 마을회관 전경

보에 의하면 삼정리는 원래 경기도 양주군 관할이었다가, 포천으로 편입 되었다고 한다. 또 지관들이 찾아온 적이 있었는데, 지금의 연천군에 속 하는 궁평리 쪽으로 명당터가 아홉 군데 정도 있고, 포천의 삼정리 쪽에 는 세 군데가 있었다는 이야기도 전해진다고 한다. 특히 마을 분들에게는 삼정 초등학교터가 예로부터 명당이라 하여, 그 학교 졸업생 중에서 국무 총리나 장관이 세 명 나올 것이라 했다는 이야기도 전해진다고 하는데, 실제로는 그러지 못하다는 우스갯소리도 하셨다.

그러나 삼정리에서는 입담 좋은 이야기꾼이나, 소리꾼이라고 할 만한 사람이 없어, 실제 조사가 수월하지는 않았다. 그러나 마을회관에서 노인 회장직을 맡고 있는 제보자 노인하를 통하여 도깨비에 관한 이야기 한 편 을 조사할 수 있었다.

▌ 제보자

노인하, 남, 1938년생

주 소 지 : 경기도 포천시 신북면 삼정1리 362-1
제보일시 : 2010.1.22
조 사 자 : 신동흔, 노영근, 이홍우, 한유진, 구미진

노인하는 포천시 신북면 삼정1리 마을회
관에서 만난 제보자이다. 조상대대로 포천
에 거주하였으나, 삼정1리에는 3대 째 살고
계셨다. 삼정1리에서 노인 회장직을 맡고
있으며, 오랫동안 벼농사를 지었다. 어린 시
절에는 초등학교 다니던 중, 한국전쟁이 발
발하여 학교를 제대로 마치지 못하셨다고
한다. 슬하에 오남매가 있으며, 현재는 모두
출가하여, 포천을 떠나 따로 살고 있다.

노인하는 목소리가 다소 칼칼하고, 적극적인 성격은 아니지만, 조사자
들이 묻는 것에 대해서 성실히 답변해주어 마을에 대한 정보 등도 얻을
수 있었다. 조사 당시, 특별히 알고 있는 이야기가 많지는 않았으나, 도깨
비에 대한 이야기가 전해지지 않느냐고 물으니 자신이 알고 있는 사람에
게 들을 것이 있다며 관련된 이야기를 한편 제공해주었다.

제공 자료 목록
02_26_FOT_20100122_SDH_NIH_0001 도깨비를 묶어 둔 사람

최영상, 남, 1936년생

주 소 지 : 경기도 포천시 신북면 가채1리 831-1번지
제보일시 : 2010.1.22
조 사 자 : 신동흔, 노영근, 이홍우, 한유진, 구미진

최영상은 가채1리에서 만난 제보자이다. 마을 내에서도 이야기를 많이 알고 있는 것으로 유명하였는데, 삼정1리 마을회관에 방문했을 당시 만났던 최관식의 추천을 받았다. 그래서 따로 연락을 취해 자택으로 방문하여 조사할 수 있었다.

최영상은 어린 시절 서당에서 한문을 배운 적 있으며, 일제 강점기와 한국전쟁을 겪으며 학업을 중단하다 복학하기를 반복하면서 포천고등학교를 어렵게 졸업하였다. 그 뒤 열아홉에 결혼을 하여 슬하에 오남매를 두었는데, 모두 출가하여 포천을 떠났고, 둘째 아들만이 포천 경찰서에 근무하고 있다. 최영상은 15대째 포천 가채리에서 살았는데, 특히 한문학의 조종(祖宗)으로서 절세의 명문으로 알려진 신라의 석학 최치원(崔致遠)을 시조로 하는 경주 최씨 집안이다. 그의 조상은 대대로 벼슬을 많이 하였는데, 병조판서나 대신을 지내기도 했다고 한다. 또한 포천 출신인 면암 최익현(崔益鉉)도 경주 최씨 집안으로 알려져 있다. 그러므로 조사에서는 최치원의 탄생설화와 관련하여 '돼지의 후손으로 태어난 최치원'과, 최익현의 현손이자 포천 출신의 독립운동가로 알려진 염재 최면식(崔勉植)에 대한 이야기를 제보해주었다.

한편 최영상은 태어날 때부터 1980년대 초반까지 현재 살고 있는 집의 바로 윗집에서 살았는데, 그곳은 원래 장자골터로 알려져 있다고 하였다. 이와 관련하여 장자가 망한 이야기 및 무학과 도선대사의 명당 찾기에 관

한 이야기도 제공해 주었다. 말이 느린 편이고, 점잖으며 말재주가 특별히 뛰어나진 않으나 시종 조사를 적극적으로 도와주려고 하였다.

제공 자료 목록

02_26_FOT_20100122_SDH_CYS_0001 돼지의 후손으로 태어난 최치원

02_26_FOT_20100122_SDH_CYS_0002 축지법을 쓴 염재 최면식

02_26_FOT_20100122_SDH_CYS_0003 장자를 망하게 한 스님

02_26_FOT_20100122_SDH_CYS_0004 김씨 집안 명당 찾아 준 무학대사와 도선대사

도깨비를 묶어 둔 사람

자료코드 : 02_26_FOT_20100122_SDH_NIH_0001
조사장소 : 경기도 포천시 신북면 삼정1리 362-1 삼정1리 마을회관
조사일시 : 2010.1.22
조 사 자 : 신동흔, 노영근, 이홍우, 한유진, 구미진
제 보 자 : 노인하, 남, 73세
청   중 : 3명
구연상황 : 어린 시절부터 들으셨던 옛이야기가 없는지 여러 가지 질문을 하던 중, 도깨
비가 장난을 친 이야기를 알고 계신다며 구연하였다.
줄 거 리 : 예전에 한 남자가 술이 잔뜩 취하여 늦은 밤 집으로 돌아가고 있었다. 그러던
중 도깨비를 만나게 되었는데, 힘이 장사였던 남자는 도깨비를 붙잡아 나무에
다 꽁꽁 묶어두었다. 그리고 다음 날이 되자, 어떻게 된 영문인지 궁금했던
남자는 다시 그 자리에 가보았다. 그러나 나무에는 빗자루 하나만이 묶여 있
었다.

　도깨비장난 친 얘기는[웃으면서] 그, 저, 그전에 그 저, 저 아래, 성민네
할아버지가, 노인네. 거 그냥, 밤에 약주 잔뜩 잡숫구(잡수고) 오다가, 술
이 잔뜩 취했는데, 오다가 보니, 도. 그게 허깨비라 그러나, 도깨비라 그
러나. 그걸 만났데요. 그래, 그 양반이, 노인네가, 그걸 잔뜩 그냥, 낭구(나
무)에다가, 붙들어 맸데는 거야. 그걸.

　(보조 조사자 : 음.)

　그리고 그 이틀날 가보니까, 빗잘루(빗자루)더래. 빗잘루(빗자루).

　(보조 조사자 : 빗자루?)

　어.

　(청중 : 이, 그 술이 취해서 그러는 거야. 뭐 도깨비가 어딨어요. 도깨
비가.)

호호. [웃으면서] 술이 잔뜩 취했는데, 뭘 뵈어 가지구 그걸, 그냥 힘은 장사니까, 기운이 많으니까, 그걸. 붙들어 가지구.

(청중 : 그게 도깨비래. 원칙은,)

네?

(청중 : 그거 피 묻어서 내놓으면 도깨비야.)

그래 가지구[웃으면서] 그, 낭구(나무)에다 잔뜩 붙들어 매놓구. 그 이틀날, 어떻게 된 건가 하고 가보니까, 빗잘루(빗자루)더래. 빗잘루(빗자루).

돼지의 후손으로 태어난 최치원

자료코드 : 02_26_FOT_20100122_SDH_CYS_0001
조사장소 : 경기도 포천시 신북면 가채1리 831-1번지(제보자의 자택)
조사일시 : 2010.1.22
조 사 자 : 신동흔, 노영근, 이홍우, 한유진, 구미진
제 보 자 : 최영상, 남, 75세
구연상황 : 제보자의 집안이 경주 최씨라는 이야기를 하던 중, 자신들을 돼지의 후손이라 한다며, 그 사연에 대해 구연하였다.
줄 거 리 : 예로부터 경주 최씨는 돼지의 후손이라는 말이 있었는데, 그 이유에 대해서는 다음과 같은 유래가 있다. 옛날 어느 고을에서는, 새로 부임하는 원님마다 모두 그 부인들이 사라지는 일이 생겨났다. 그리하여 다들 그 고을로 발령되는 것을 꺼려하였다.
　　그런데 어느 한 사람만은 스스로 그 고을의 원이 될 것을 청하였다. 새로 부임하게 된 원님은 부인들이 사라지는 이유를 찾아내기 위해, 잠들기 전 자신의 부인에게도 명주실을 바늘에 꿰어 치맛자락에 꽂아두었다. 다음 날 역시 자신의 부인도 사라져 있었는데, 미리 달아둔 실을 따라 가보니, 산골짜기의 어느 바위 앞에 이르렀다. 그러나 들어갈 방법을 몰라 기다리던 중, 다음날 정오가 되니 바위의 틈이 저절로 열렸다.
　　마침내 그 속으로 들어가는데 성공한 원님은 큰 돼지가 자신의 부인의 무릎을 베고 누워있는 광경을 목격하였다. 그러자 남편이 온 걸 눈치 챈 부인은 자신도 탈출하기 위해, 말가죽에 침을 발라 돼지의 이마에 붙이니, 돼지는 곧

힘이 빠져 죽어 버렸다. 그렇게 부부는 무사히 탈출에 성공하였는데, 돌아와 보니 부인에게는 태기가 있어 곧 아들을 한 명 얻게 되었다. 그 아이는 경주 최씨의 시조인 최치원으로, 매우 영특하여 훗날 신라의 대학자가 되었다.

우리 경주 최씨를 왜, 돼지 손(孫)이라고 그러냐면. 왜 옛날에는 전부, 조상들은 비화해가지구, 신격화 하지 않았어요?

(보조 조사자 : 예예.)

거기에, 한 저걸 거에요.

(보조 조사자 : 예.)

그래, 왜 돼지라 그러느냐면은[멋쩍은 듯 웃으며], 처음에, 어느 고을루 다가, 참, 다른 역사에도 나오는 거와 마찬가지루. [헛기침을 하고, 생각을 다듬으며]

여자를 가면은, 거, 원의 부인을 자꾸 데려가가지구.

(보조 조사자 : 아.)

자꾸 없어지고, 없어지고 해서. 그 고을에는 국가에서, 그니까 나라죠. 나라에서, 보낼려 그러면(그 고을 원으로 발령을 내리려했다는 말임.), 전부 싫어허고 그랬는데.

(보조 조사자 : 예.)

이 양반이(서사의 전개 상 최치원의 아버지를 말하는 듯함) 지원을 해서 거길 갔데요. 그래, 가서, 여자가 왜 없어지나 인제 그걸 볼려구.

(보조 조사자 : 예.)

그랬더니, [기침을 한번 하며]. 저녁에, 그 내력을 확실히 알기 위해서, 이, 꾸리(실꾸리)라고 있잖아요? 왜 옷 짜는 데 그, 날실

(보조 조사자 : 예.)

○○거요. 그, 옛날에는 그 꾸리가 상당히 길잖아요.

(보조 조사자 : 예.)

그래서 명주 꾸리를, 위에 다가 바늘을 꿰어서, 그 여자, 부인한테 다

가, 치마꼬리에다 찔러 놨데요.

(보조 조사자 : 예.)

근데, 밤중이 됐는데, 여자가, 참, 나중에 자구. 남편이 보니까, 여자는 역시 없어지구. 거 꾸리가 다 풀러나갔데요.

(보조 조사자 : 아.)

예, 그래서 인제, 그거를 쫓아갔죠. 어디로 없어진, 장소를 알려구.

(보조 조사자 : 예.)

그랬더니, 어느 산 골짜구니(골짜기)로 다가 들어가서, 큰 바위가 있는데, 이, 이젠 글로(그리로) 들어갔다는 얘기에요. 바위틈으로다가.

(보조 조사자 : 예, 바위틈으로.)

예. 그, 걸 어떻게 열었는진 몰르지만(모르지만), 지키구 있는데. 그 다음날, 또 한 열두시 쯤 되니까, 그 바위가, 틈이, 갈라지구 열리구. 사람이 들어갈 수 있게 벌어지더래요.

(보조 조사자 : 아.)

그래, 거길 들어갔더니[기침을 한번 하며] 돼지가, 이 저, 부인을, 무릎을 비고는(베고는) 자더래요. 그래서 그걸 어떻게 알았는지는 몰르지만(모르지만), 남자가 쫓아가니까 가만히 있으라고. 조금 더 기다리라고. 그리고는, 그 여자가 돼지를 죽여야 자기가 탈출해 나올 테니까. 그 여자의 뭐, ○대 옆에 무슨 장신구가 있는데, 그게 말가죽이래요.

(보조 조사자 : 아.)

그래서 그 여자가, 이분이, 입에 다가 그것을 ○어가지구, 정수리에다 붙였데요. [살짝 웃으며] 그래서 얼마 있다가, 기다리니까, 돼지가, 힘이 빠지구, 죽어 자빠지더래요. 그래서 인제, 구해가지고 왔는데, 그 다음에 난 후, 후손이 우리 저, 최치원 할아버지가 우리, 경주 최씨 조상이거든요. 그래서 그 할아버지를 낳았데요.

(보조 조사자 : 아. 최치원 선생을요?)

예. 그래 가지구, 그 양반이 영특해 가지구. 왜 열여섯 살인가요? 당나라에 가서 벼슬도 허구 오구. 에 그, 무슨 난이에요? 저, 거 무슨 난인가. 저 격문을,

(보조 조사자 : 황소난이요?)

예. 황소의 난. 그래 그 격문을 지어서 저거 허구, 아주 신라의 최고 학자가 되신 분이지 뭐에요.

축지법을 쓴 염재 최면식

자료코드 : 02_26_FOT_20100122_SDH_CYS_0002
조사장소 : 경기도 포천시 신북면 가채1리 831-1번지(제보자의 자택)
조사일시 : 2010.1.22
조 사 자 : 신동흔, 노영근, 이홍우, 한유진, 구미진
제 보 자 : 최영상, 남, 75세
구연상황 : 가채리 입구에는 포천시 향토유적 중 하나이기도 한, 최면식(崔勉植)선생 공적비가 놓여있다. 제보자는 오늘 길에 그 비석을 보았는지 묻고는 최면식이 비범한 사람이었다며, 관련된 이야기를 제보하였다.
줄 거 리 : 면암 최익현의 현손이자, 포천 출신의 유명한 독립 운동가인 염재 최면식(崔勉植)은 일제 강점기에 한국에서 국외로 군자금을 조달하는 책임자 역할을 하였다. 그래서 종로에 약방으로 위장 한 본부를 두고, 포천과 충청도 등을 왕래하며, 바쁘게 움직였다.
그러던 어느 날, 염재 선생은 충청도 청양에 내려가 있었는데, 그 정보를 알게 된 일본 경찰들이 그를 체포하기 위해 한밤중에 찾아왔다. 마침 바깥 변소에서 볼일을 보려했던 염재 선생은 급하게 빠져나와 포천으로 몸을 피했는데, 충청도에서 포천까지 오는 데 걸린 시간이 불과 서너 시간 정도 밖에 되지 않았다. 그렇게 한 시간에 백 리를 넘게 왔다는 염재 선생을 두고 사람들은 모두 축지법을 쓴다고 하였다.

거 염재선생은요. 저 최익현 선생의 손자뻘 되시죠. 이 양반이 일제 때,

(보조 조사자 : 예.)

군자금을 뭐야, 한국서 조달해가지구, 상해로 보냈잖아요?

(보조 조사자 : 예.)

근데 이제, 그 군자금을 보내고, 이제 가져오는 사람, 받아가는 사람. 뭐 또 여러 사람들이 모이니까. 거 왜경의 눈을 피하려고.

(보조 조사자 : 예.)

그래서 서울, 거기 갔다 오신 분들도 계신데. 노인네들이 이제 다 돌아가셨어요. 그 서울 종로, 어디래요. 거기다 약방을 채려놓고(차려놓고).

약, 그래서, 거기서 약 지으러 오는 핑계로다가,

(보조 조사자 : 예.)

그래서 거기서 모여서, 인제 군자금도 갖다 주구. 받으러 오는 사람도 이제 거기서 댕기고. 근데 이 양반이, 뭐 걸음이 빠르셨겠죠? 원 이, 집이 충청도 청양인데,

(보조 조사자 : 예.)

거기서 인제 댕기시는데, 저녁에, 이제, [기침을 한번 하며] 소피를 보려고 변소에를 갔는데,

(보조 조사자 : 예.)

거기 온 거를 알구, 왜경들이 이제 막 떠들구, 저거해서, 화장실. 옛날엔 바깥에 화장실, 변소 있잖아요? 그 인제, 거기를 들, 거적 데기를 들추고 보니까, ○○ 집안으로 들어가구, 찾아서 저걸 허드래요. 그래서, 붙들리겠으니깐, 대변도 못 보시구. 그냥 옷을 입구. 거기서, 열두 신가 뭐, 두 신가에 떠났는데,

(보조 조사자 : 예.)

그땐 뭐 정확한 시간도 없겠죠.

(보조 조사자 : 그쵸.)

인제 뭐 별이나 보면 알죠. 달이나 보구.

(보조 조사자 : 예.)

거기서 여기를, 새벽녘에 오셨다는 얘기에요. 그래서 인제, 이 염재 할아버지는 축지법을 쓴다 그래요. 축지법이라고,

(보조 조사자 : 예예.)

예. 옛날에 거 인제 보면, 땅을 주름을 잡아서, 인제 댕긴데는 그거지 뭐에요. 그래서 여기서 한 삼 백리 잘 되잖아요?

(보조 조사자 : 그 종로에서, 여기까지?)

아니요. 여기, 일로(이리로) 오셨다니까.(청양에서 포천까지 왔다는 말임.) 여기가 작은 집이 있었거든요. 그래서 이 양반이 한문도, 이렇게 하니, 훈학(訓學)도 허시구 그랬어요.

(보조 조사자 : 음.)

근데 이제 여기로 오셨는데, 새벽녘이더래요. 그러니까 한, 서너, 너덧 시 동안에, 삼백 몇 길을 오셨으니까, 그 동네 사람들이 나중에 전하기를, 축지법을 쓰시는 그런 분이었었다고 이제.

(보조 조사자 : 음.)

그런 적이 있죠.

(보조 조사자 : 아. 실제로 축지 하셨나 보네요?)

글쎄,

(보조 조사자 : 그, 그래야지. 그게 뭐,)

그거는 거기서, 밤에 여기 오신 거는, 그건 실화에요.

(보조 조사자 : 그건 한 시간에 한 백 리길 가는 거 아니에요?)

그렇죠. 백리 길, 에, 이상 댕기셨죠.

(보조 조사자 : 아.)

그래서 이 양반이 왜경한테 안 잡힐려고, 군자금을 모은 저, 책임자로 계셨는지도 몰라요.

장자를 망하게 한 스님

자료코드 : 02_26_FOT_20100122_SDH_CYS_0003
조사장소 : 경기도 포천시 신북면 가채1리 831-1번지(제보자의 자택)
조사일시 : 2010.1.22
조 사 자 : 신동흔, 노영근, 이홍우, 한유진, 구미진
제 보 자 : 최영상, 남, 75세
구연상황 : 마을 주변 환경에 대해 이야기 하던 중, 원래 저수지가 있었다며 그와 관련된
　　　　　이야기를 자연스럽게 구연하였다.
줄 거 리 : 예전에 이 마을에는 원래 작은 저수지가 하나 있었는데, 그 주변에는 큰 부자
　　　　　가 살았다고 한다. 그 장자는 구리로 방아를 만들어 쓸 만큼 대단한 부자였다
　　　　　고 하는데, 어느 날 한 스님이 찾아와 시주할 것을 청하였다. 그러나 인색했
　　　　　던 장자는 곧장 거절하고, 스님을 내쫓아 버렸다. 그러자 괘씸하게 여긴 스님
　　　　　은 도술을 부려서 그를 혼내주려 하였다.
　　　　　그리하여 마을에 중국군이 내려온다고 소문을 내었는데, 장자가 직접 고개로
　　　　　가 확인해보니 엄청난 숫자의 군인들이 내려오고 있었다. 장자는 깜짝 놀라
　　　　　나라에 알렸는데, 국가에서 군인을 보내니 아무것도 없었다. 결국 장자는 거
　　　　　짓으로 신고했다는 이유로 붙잡혀가 처벌을 받게 되었다. 이것은 모두 스님이
　　　　　도술을 부려, 인색한 장자를 혼내주기 위해 꾸민 일이었다.

　여기가 아주 부자 동네가 있었는데,

　(보조 조사자 : 예.)

　옛날에 여기서 쪼끔, 한 삼 백, 삼백 메다(미터) 가면은 저수지가 있
어요.

　(보조 조사자 : 예.)

　거 이쪽으로다가, 또 한 이백 메다(미터) 올라가면은 조그마한 저수지
가 있었는데, 여기 큰 저수지는 왜놈들이 만든 거구, 원래는, 원래 저수지
는 조그맣게, 한 이백 평가량 있는데, 그게 옛날엔 저수지가 아니구, 방죽
이라 불리잖아요? 그게 인제

　(보조 조사자 : 예.)

　근데, 거기, 아주 잘사는 부자가 있어가지구.

(보조 조사자 : 예.)

구리방아, 구리방아로 다가, 놓고, 방아를 찧고 그랬다면, 큰 부자지 뭐에요.

(보조 조사자 : 와. 예예.)

근데 거기서 인제, 방아를 찧고 저거 허는데, 중이 와가지구, 세쥬(시주)를 하라구.

(보조 조사자 : 예.)

그랬더니, 이 양반이 세쥬(시주)를 안 했데요. 그냥 쫓아버리고, 그래서 '한 번 혼나봐라.'

그리고는 도술을 부려가지고,

(보조 조사자 : 예.)

저기, 그니까, 옛날에는, 호, 중국을 호놈들이라 그러고 인제 했잖아요? 그래, 저거 헌데, 호경이 차고 올라온다고, 북에서 내려온다고, 그런 소문이 났으니까는, 여, 여기서 절로 가면은[손가락으로 가리키며] ○○○하는데, 거 고개가 있어요.

(보조 조사자 : 예.)

그래, 거기 올라가보니까는 아주 그냥, 그 놈의 벌판에 새카맣게 군인들이 넘어오지 뭐에요.

그래서 인제, 응, ○○을 띠서, 국가에 다가 인제, ○신을 했죠 인제, 응? 호경이 지금 쳐 올라와서 난리가 났다구. 그래서 [기침을 하며] 임금이 국보를 받고는 인제, 병사들을 시켜서, 그러면, 응 이제, 탐색대겠죠.

(보조 조사자 : 예.)

가서 몇 명이나, 어떻게 호군들이 오나 보라구. 그 와보니까 아무것도 없지 뭐에요. 중이 도술을 부렸으니까.

(보조 조사자 : 아아.)

그러니까 허위신고를 했다고.

(보조 조사자 : 예.)

그래서 그 방아를 찧어(찧어) 묻었는데, 그, 그 사람은 나라에서 잡아가가지구, 사형을 당했는데, 그래, 우리 어려서 거기도, 그 놀이터에서는 그 구전이니까, 아무 근거 없어두, 여기만 파보면은 구리방아가 나온다.

(보조 조사자 : 하하.)

파면은 [웃으면서] 큰 부자가 된다. 뭐 그런 말도, 들었어요.

김씨 집안 명당 찾아 준 무학대사와 도선대사

자료코드 : 02_26_FOT_20100122_SDH_CYS_0004
조사장소 : 경기도 포천시 신북면 가채1리 831-1번지(제보자의 자택)
조사일시 : 2010.1.22
조 사 자 : 신동흔, 노영근, 이홍우, 한유진, 구미진
제 보 자 : 최영상, 남, 75세
구연상황 : 마을 주변에 있는 자연물 등을 이야기 하던 중, 자연스레 떠오르는 이야기를 제보하였다.
줄 거 리 : 옛날 이 마을에 살던 김씨 집안에는 정승을 했던 조상이 있었는데, 그 조상의 묏자리를 쓰게 되었다. 그런데 주변에 아무리 살펴도 명당자리가 보이지 않았다. 그러던 중, 무학대사와 도선대사가 직접 명당자리를 찾아주게 되었는데, 명당을 먼저 발견한 무학대사가 춤을 추며 몹시 기뻐하였다. 그러나 도선이 보기에는 물이 부족하여 도무지 명당이라 할 수 없는 곳이었다. 그러자 무학이 바윗돌 하나를 들어 올리니, 그곳에서 물이 콸콸 쏟아지기 시작했다. 그리하여 김씨 집안은 그곳에 자신들의 조상 묘를 쓰고, 지금도 그 근방의 땅을 소유하고 있다 한다.

거, 요기가 저, 의료원, 올라가서 거, 왼쪽으로 산 있죠?

(보조 조사자 : 음.)

거기 왜, 김씨네, 김씨네 거, 몇 대 조인가? 거기 정승한 사람이 있거든요?

(보조 조사자 : 예.)

좌의정인가 아마, 그 양반이 있을 거에요. 그 산소자리 잡을 때, ○○○
○ 다 쌓인 땅에다가 이엉 얹고. 명당이 없어가지고.

(보조 조사자 : 예.)

거 왕방산에서 내려다보니까는, 거 한 길에서, 한 오백 메다(미터) 올라
가서, 묘쓴 데가 있어요.

(보조 조사자 : 예.)

그래, 맞지도 않죠. 옛날 사람들은 무학대사하고, 도선대사하고,

(보조 조사자 : 예.)

한 세대 사람으로다가, 얘기들이 오거든요? 근데 역사에는 그렇지 않잖
아요. 온 세대가 ○○려는 갈렸다시피 하잖아요.

(보조 조사자 : 예.)

그래, 서로 둘이 찾아댕기다가, 거 무학대사가 거기 와서 춤을 추면서,

"인제 찾았다."

고, 그리고는,

"명당자리 봤다."

고. 그러니까, 도선대사가 보니까는 절대로 명당자리가 아니거든요? 물
이, 물이 없어가지구?

"그래, 물도 없는데 여기, 무슨 명당이냐?"

고, [웃으면서] 그렇게 반박을 하니까는

"왜 물이 없느냐."

고,

"안 뵈느냐?"

고,

"거, 어디 물이 있느냐."

고, 그래 인제,

"여기 와보라."

고, 그러고서는 ○○ 바윗돌을 들추니까, 거기서 막 물이 그냥 쏟아지더래요.

(보조 조사자 : 음.)

그, 그래 거기, 물을 나는 게 좋죠. 그래 거기다가, 그 양반, 저기, 김씨네 거, [생각이 안 난다는 듯] 몇 대 조인가? 그, 걸 거기다 쓰구. 그 근방의 산을 전부 김씨네가 차지하구, 지금도 있지 뭐에요.

4. 신읍동

▌조사마을

경기도 포천시 신읍동

조사일시 : 2010.1.23
조 사 자 : 신동흔, 노영근, 이홍우, 한유진, 구미진

신읍동(新邑洞)은 본래 경기도 포천시에 있는 동(洞)이다. 원래 신읍동의 행정구역은 포천읍 신읍리였다. 이곳도 시장이 있던 곳으로 장거리 또는 장가라고 불렸는데, 1914년 행정구역 개편 시 포천군청을 이곳으로 이전하고, 새로 생긴 읍이라고 하여 신읍리(新邑里)라 부르게 되었다. 그러다 2003년 포천군이 포천시로 승격되면서 신읍리도 신읍동으로 승격되었다.

마을 서쪽의 뒤편에는 왕방산(王方山)이 위치해있다. 이 왕방산은 신읍동뿐 아니라, 포천시 포천동·신북면과 동두천시에 걸쳐 있는 비교적 큰 산으로, 마을에는 산 이름과 관련하여 두 가지 전설이 전하고 있다. 하나는 신라 헌강왕 대, 도선국사가 이 산에 머물고 있을 때 국왕이 친히 행차하여 격려하였다 해서 붙여졌다는 이야기이고, 다른 하나는 왕위에서 물러난 태조 이성계가 한양으로 돌아가는 도중에 왕자들의 골육상쟁 소식을 듣고 마음을 달래기 위해 이 산에 있는 왕방사에 며칠 동안 머물렀다 해서 붙여졌다는 이야기이다.

신읍동의 자연마을로는 건너말, 모퉁이말, 바깥말, 구장터(옛장터), 새장터, 원모루(원우동), 점말, 중간말, 해방촌, 호병동, 남속막, 역장골, 밤골, 사냥말, 안말 등이 있다. 장거리 마을은 상인들이 신읍리 일대로 모여들어 상업이 번창하게 되었고, 시골 마을 사람들이 이곳을 '장거리'라고 부른데서 유래한다. 호병동(호병골) 마을은 마을 지형이 마치 호리병 모양처럼 생겼다고 하여 붙여진 이름이다.

신읍동에는 제보자 김제룡을 조사하기 위해 방문하였다. 김제룡은 원래 금동리 출생의 포천 토박이로, 그와의 만남 또한 금동2리 마을 분들의 추천을 통해 이루어졌다. 김제룡은 신읍동에 있는 포천고등학교를 졸업한 후, 군대에 다녀와서 30년 간 포천 지역에서 경찰공무원직을 맡았다고 한다. 조상 대대로 포천에서 살았는데, 삼팔선과 멀지 않은 포천에서 성장했던 관계로, 한국전쟁의 피해와 체험에 대한 기억이 매우 생생하였다. 조사에서도 당시의 기억을 비교적 자세하게 들려주었고, 마을에 전해지는 몇 가지 정보를 제공해주기도 하였다. 조사에서는 안산 김씨인 제보자 자신의 집안에서 전해 들었던 이야기로, 조선시대에 안산 김씨들이 흩어져서 숨어 살게 된 내력담에 대해 제보해주었다.

경기도 포천시 신읍동 제보자의 자택 전경

▌제보자

김제룡, 남, 1941년생

주 소 지 : 경기도 포천시 신읍동 178-25번지
제보일시 : 2010.2.23
조 사 자 : 신동흔, 노영근, 이홍우, 한유진, 구미진

제보자 김제룡은 14대 째 포천 신북면 금동1리에 거주했던 포천 토박이다. 말솜씨가 좋고, 아는 것이 많다고 하여 금동2리 마을 회관의 추천을 받아 자택에서 만남이 이루어졌다. 김제룡도 출생 및 성장은 금동리에서 했으나, 최근에는 신읍동에 거주하고 있다. 또한 삼팔선과 멀지 않은 포천에서 성장했던 관계로, 한국전쟁의 피해와 체험에 대한 기억이 매우 생생하다. 이번 조사에서도 당시의 기억을 비교적 자세하게 들려주기도 하셨다.

김제룡은 고등학교를 졸업 후, 군대에 다녀와서 30년 간 포천 지역에서 경찰공무원직을 맡았다. 퇴임 후에는 경우회 회장으로 지내고 있으나, 이외에 특별하게 하시는 일은 없다고 한다. 성격이 점잖고, 겸손하며 차분하다. 또한 발음이 정확하고, 말재주도 좋은 편이다. 이번 조사에서는 안산 김씨인 제보자 자신의 집안에서 전해 들었던 이야기로, 조선시대에 안산 김씨들이 흩어져서 숨어 살게 된 내력담에 대해 제보해주었다.

제공 자료 목록
02_26_FOT_20100223_SDH_KJR_0001 안산 김씨가 숨어 살게 된 유래

안산 김씨가 숨어 살게 된 유래

자료코드 : 02_26_FOT_20100123_SDH_KJR_0001
조사장소 : 경기도 포천시 신읍동 178-25번지(제보자의 자택)
조사일시 : 2010.1.23
조 사 자 : 신동흔, 노영근, 이홍우, 한유진, 구미진
제 보 자 : 김제룡, 남, 70세

구연상황 : 안산 김씨인 제보자는 14대째 포천에 거주하고 계셨는데, 조선시대에 자신의 조상이 포천에 숨어들어오게 된 유래가 있다며 구연하였다.

줄 거 리 : 조선 태종 때, 공신을 받게 된 안산 김씨는 제2차 왕자의 난이 일어나자, 태종으로부터 태조의 계비인 신덕왕후 강씨의 무덤을 파헤치라는 명을 받게 된다. 그러나 차마 그 명을 따를 수 없었던 안산 김씨 공신이 그것을 시행하지 않으니, 나라에서는 반역자라 하여 안산김씨를 모두 처단하려고 하였다. 그러한 상황에서 안산 김씨들은 경기 지역을 떠나 경상도, 전라도 지역 등으로 각각 흩어져 모두 숨어 지내게 되었다고 한다.

　근데, 뭐 우리 김씨는 보니까, 에, 근데, 그리 온 산 속으로 숨어들어간 이유가 그렇다고 그러더라고. 뭐 맞는지 안 맞는지는 모르는데. 그 이방원이, 태종(太宗).

　(보조 조사자 : 예.)

　태종 때, 2차의 왕자의 난('제2차 왕자의 난'을 말함. 1400정종2년에 왕위를 탐하여 방간과 박포가 일으킨 변란.) 있었지. 그 박포(朴苞)의 난이라고 하기도 허고. 요즘은 역사들 잘, 공부, 무슨 역사책이 없어져서 잘 모른다고 하지만.

　그때 그, 정난공신(정난공신(靖難功臣)은 1453년 단종1 때 계유정난을 일으키는 데 공을 세운 사람들에게 내려준 훈호로, 태종 때의 공신과는 시대상의 차이가 있다. 태종 때의 공신인 좌명공신(佐命功臣)과 착각한 듯

하다.)이라고 그러지, 정난공신. 4등급을 받았더라고 우리 18대조가.

(보조 조사자 : 예.)

여기 저, 하남시에 사는데,

(보조 조사자 : 예.)

근데 그 명을, 무슨 명을 받았느냐 하면은. 이태조의 둘째부인, 한씨(신의왕후 한씨를 말함.)하고, 강씨(태조의 계비, 신덕왕후 강씨를 말함.)가 있나? 좀 어리송(아리송)한데.

(보조 조사자 : 예예.)

한씨부인 소생이 아마 방원이고, 강씨 소생이, 방간이(방간은 신의왕후의 소생이며, 신덕왕후 소생으로는 방번, 방석, 경순공주가 있음.) 뭐 방석이, 뭐 이러는데. 그때 이차왕자의 난 때, 정난공신이 4등 공신이 돼서, 저 무슨 명을 받았냐면, 그,

"작은 마누라의 묘비를 파헤쳐라."

요즘 청계천 하다가 그게 묘비석이 나왔지. 방원이가 진짜 자기, 작은 어머니, 묘비석 다 갖다 깔아놓은 게, 청계천에서 그게 나와서.

(보조 조사자 : 음.)

그 명을 받았는데, 그걸 못하겠다고 그러니까, 이제 역적으로 몰려서, 뭐 사방으로 튀었다는데(도망갔다는 의미임.).

그래서 뭐, 산 속으로 숨어들구. 안산김씨 팔○가 한 대파되었는데, 합천, 강진, 의주. 뭐 이렇게, 사방팔방 흩어져있는 걸 보면, 뭐 그것도 말이 좀 되긴 되는 것 같긴 같더라구요. 왜 그렇게 멀리 갔을까 하는.

(보조 조사자 : 그러니까요.)

합천, 강진, 의주. 이렇게 멀리 튀었다면은, 그 뭐 방원이한테 걸리면 죽으니까 그러지 않았나. 그래서 우리 17대 조상도 거기 있는데, 그때 거기 숨어, 숨어들어오지 않았다는 그런 얘기도 있고.

(이하 생략)

5. 영북면

증편 한국구비문학대계 ● 경기도 포천시

▌조사마을

경기도 포천시 영북면 운천8리

조사일시 : 2010.2.19, 2010.2.20
조 사 자 : 신동흔, 노영근, 이홍우, 한유진, 구미진

　운천8리의 이야기꾼 정덕재(鄭德在)에 대한 조사는 조사자들이 운천8리 마을회관을 방문하여 이루어졌다. 정덕재에 대한 조사는 두 차례에 걸쳐 이루어졌는데, 2월 19일 1차 조사는 약 2시간여에 걸쳐 회관이 문을 닫을 때까지 진행되었다. 그리고 2차 조사는 조사자들이 사전에 약속을 하고 그 이튿날 회관으로 다시 찾아가서 두 시간 정도에 걸쳐 이루어졌다.

　정덕재가 거주하고 있는 운천8리는 영북면의 7개 리 중 하나이다. 영북이란 명칭은 영평현 북쪽에 위치하였다고 하여 북면이라 하였고, 포천군에 편입하면서 영평군의 긴 도로를 지나 제일 북쪽에 있다는 등 복합적인 연유로 영북면이라고 하였다. 영북면은 지리적으로는 포천군의 북단에 위치하며 동쪽으로는 이동면, 남쪽으로는 일동면, 영중면과 인접해 있고, 서쪽으로는 창수면, 관인면과 접해 있다. 북쪽으로는 강원도 철원군과 경계를 이루고 있다. 북부에는 명성산, 중군봉(中羣峰)의 연봉이 솟아 있고, 서부에는 은장산(銀藏山), 불무산이 솟아 있으며, 동부에는 명성산의 여맥이 사향산으로 이어져 사면이 산으로 둘러싸여 있다. 서 북단으로 한탄강이 면계를 이루며 면내에는 영평천의 지류인 야미천과 한탄강의 지류가 흐르며 그 유역에는 평지가 조성되어 경작지와 취락이 형성되어 있다.

　영북면은 북부의 명성산 줄기가 뻗어 내려오면서 기이한 봉우리, 울창한 숲, 깊은 계곡에 맑은 물이 흐르는 절경이 도처에 이루어져 있어 등산로로도 좋은 곳이다. 한탄강이 흐르는 유역도 기암괴석과 깎아내린 듯한 절벽으로 형성된 경관이 수려하여, 봄, 여름, 가을까지 이곳을 찾는 인파

경기도 포천시 영북면 운천8리 마을 전경

경기도 포천시 영북면 운천8리 581-20번지 마을회관

가 끊이질 않고 있다. 특히 영북면 동부에 있는 산정호수(山井湖水)는 국민관광지로 전국적으로 알려진 곳이다. 옛 영평팔경의 화적연(禾積淵)도 한탄강 유역에 있는 명승지이다.

이러한 영북면에 위치하고 있는 운천8리는 현재 40가구 정도 거주하고 있으나, 한창 가구 수가 많았을 때에는 150가구까지 있었던 적이 있는 마을이다. 이 마을은 허씨 성을 가진 사람이 처음 정착하여 터 잡고 살기 시작했다. 현재에는 토박이보다 외지인이 훨씬 많으며, 토박이들도 농사 짓는 사람이 별로 없다.

운천8리에서 조사한 제보자 정덕재는 총 22편의 설화를 구연하였는데, 역사적 인물에 대한 관심이 특히 높았다. 그리하여 역사적 인물과 관련된 설화를 다수 구연하였다. 이뿐만 아니라 민담에도 탁월한 구연 능력을 보였다. 그러나 조사가 이루어질 당시 함께 마을회관에 있던 사람들은 이미 책에 다 나온 이야기라며 제보자의 이야기 가치에 대하여 낮게 평가하였다. 이러한 분위기를 통해 짐작해 볼 때, 정덕재는 많은 이야기를 알고 있으나 평소 회관에서 구연하는 것 같지는 않았다. 이를 통해 본다면 운천8리에 뛰어난 이야기꾼이 있다 하더라도, 현재에는 이야기판이 잘 형성되지 않아 전승 또한 제대로 이루어지고 있지 않음을 알 수 있었다.

경기도 포천시 영북면 자일4리

조사일시 : 2010.2.20, 2010.2.21
조 사 자 : 신동흔, 노영근, 이홍우, 한유진, 구미진

조사자들은 포천의 마을을 전체적으로 조사하면서 일단 마을회관을 찾아가서 조사를 하고, 주요 제보자들에게는 따로 연락을 취하여 추가 조사를 실시하였다. 포천의 이야기꾼 김금봉의 1차 조사는 2월 20일 자일4리 마을회관에 이루어졌다. 이날 조사자들이 회관에 갔을 때 김금봉은 나와

있지 않은 상태였는데, 회관에 있는 마을 사람들이 김금봉의 자택에 연락을 취해줘서 김금봉이 회관으로 나오면서 조사가 이루어졌다. 회관에 있는 마을 사람들은 마을에게 가장 이야기 잘하는 사람으로 모두 한 목소리로 김금봉을 꼽았으며, 마을에서 박사 할머니로 통하는 그녀는 과연 포천의 탁월한 이야기꾼이었다.

김금봉에 대한 조사는 두 번에 걸쳐 이루어졌다. 1차 조사는 2월 20일 자일4리 마을회관에서 진행되었으며, 2차 조사는 그 다음날인 2월 21일 김금봉 자택에서 이루어졌다. 두 차례의 조사 모두 각각 2시간 이상 행해졌으며, 김금봉은 총 31편의 설화와 6편의 민요를 구연하였다.

김금봉이 거주하는 자일4리는 영북면에 속한 마을이다. 영북은 조선시대 초부터 영평현 북면(北面)이라 칭하여 왔다. 1895년 관제 개정에 의하여 영평이 포천군에 병합되어 포천군으로 이속되었으며, 1896년 영평이 포천군에서 분할됨에 따라 다시 영평군 관할 하에 들어갔다. 1914년 행정구역 재편 시 부·군·면이 폐합될 때 영평군이 포천군에 병합되어 포천군 영북면이 되었다. 이때 상굴리, 하굴리가 운천리(雲天里)가 되고 동자일, 서자일이 자일리(自逸里)로 혁장리를 문암리(文岩里)로 개칭하였다. 1945년 8월 15일 해방과 더불어 38선 이북지역으로 북한 통치 아래 들어갔다. 6·25때 실지가 수복되고, 1954년 수복지구 임시조치법에 의하여 행정권이 수복되었다.

자일4리의 산업은 농업으로 관개시설이 잘 되어 있다. 쌀, 잡곡, 채소 등이 생산되며 인삼도 많이 재배되고 양계단지와 꿩 사육 농장도 있다. 금, 은, 중석광산과 중소기업체 또한 있으나 소규모이며, 관광객을 상대로 하는 관광산업이 활발하여 많은 소득원이 되고 있다.

교통은 포천군 북부 교통의 중심지로 남쪽으로는 의정부를 거쳐 서울로 통하고, 동쪽으로는 가평, 춘천과 서쪽으로는 연천, 동두천, 북쪽으로는 철원, 김화로 통하는 도로 발달했다. 자일리의 문화유적으로는 태봉의 궁예에 대한 전설이 얽힌 봉수지 중군수(中軍燧)와 이승만 대통령의 글씨가 새겨진 수복기념탑이 있다.

　자일4리에서 조사한 제보자 김금봉은 특히 민담에 특히 관심이 많았고, 민요 또한 잘 알고 있었다. 김금봉은 손자들에게도 이야기 해주는 것을 즐겼고, 지금까지도 대부분의 이야기들을 잊지 않고 정확히 구연했다. 그녀는 현재 이야기판이 사라져 가고 있는 현실에 대해 무척 애석해 했다. 김금봉의 1차 조사 기간 중 회관에 있는 마을 사람들은 김금봉의 이야기를 매우 흥미로워했고, 김금봉을 이야기꾼으로 추천한 점을 미루어 본다면 그동안 김금봉에게 많은 이야기들을 들어왔음을 짐작할 수 있다. 이러한 제보자의 사례를 통해 본다면, 김금봉은 이야기들을 풍부하게 알고 있는 동시에, 마을 사람들에게 전승 또한 이루어지고 있음을 알 수 있었다.

경기도 포천시 영북면 자일4리 마을 전경

경기도 포천시 영북면 자일4리 804-24번지 마을회관

경기도 포천시 영북면 자일4리 749-17번지(제보자 김금봉 자택)

▌제보자

김금봉, 여, 1914년생

주 소 지 : 경기도 포천시 영북면 자일4리 749-17
제보일시 : 2010.2.20
조 사 자 : 신동흔, 노영근, 이홍우, 한유진, 구미진

포천의 이야기꾼 김금봉은 1914년 생으로 여섯 명의 자제(子弟)를 두었다. 현재는 큰아들과 살고 있는데, 큰아들의 나이가 76세로 현재 증손뿐만 아니라 고손까지 두었다. 김금봉은 자일1리에서 태어나서 결혼한 후에는 자일2리에 살았고 현재는 자일4리에 거주하고 있다. 그러나 결혼한 후 포천에만 거주하지 않고 함경도 문천, 나진 등지에서도 거주한 경험이 있다. 남편은 7년 전 사망했는데, 그녀의 남편은 고아로 태어나서 남의 집의 일을 하다가 11세 때에 데릴사위로 들어왔다고 했다. 김금봉은 자신을 고생시키지 않기 위해 젊어서 고생을 많이 한 남편에 대해서 지금까지도 마음 아파했다. 현재 그녀는 자신의 삶에 대하여 만족한다고 하였으며 가장 큰 걱정은 며느리가 당뇨와 혈압으로 건강이 좋지 않은 것이라고 하였다. 김금봉은 오래 살고 싶지만 며느리보다는 먼저 죽어야 하기에 요즘은 빨리 죽어야 한다는 생각을 한다고 거듭 말하였는데, 이에 며느리에 대한 걱정이 얼마나 큰지 짐작할 수 있었다.

김금봉에 대한 조사는 조사자들이 자일4리 마을회관을 방문하여 처음 이루어졌다. 마을회관을 방문했을 때에 회관에 남자 어르신 다섯 분과 여자 어르신 마흔 여분 정도가 계셨는데, 모두 하나같이 이야기 잘하는 사

람으로 그녀를 추천했다. 김금봉은 마을사람들에게 잘 베풀고 온화한 성품으로 마을에서 존경받고 있었는데, 마을에서는 이야기 잘하는 박사 할머니로 통했다. 김금봉의 첫 조사는 2월 20일로 마을회관에 김금봉이 나와 있지 않은 상황이었지만 회관에 있는 다른 분의 연락으로 그녀가 회관으로 나오면서 조사가 이루어졌다.

김금봉에 대한 첫 조사는 2월 20일 오전 10시 반 경에 시작하여 중간에 점심을 먹고 오후 1시까지 반 정도까지 이루어졌다. 김금봉은 이날 16편의 설화와 2편의 민요를 구연하였다. 김금봉은 더 할 이야기가 많다고 하였으나 연로하여 두 시간 이상의 조사에 힘들어하는 것 같았으므로 이날 이 이상의 조사를 진행할 수 없었다. 그리하여 조사자들은 다음날 찾아가기로 미리 약속을 하고 2월 21일에 재조사를 행하였다. 2월 21일에는 김금봉의 자택으로 조사자들이 직접 방문하여 오전 9시 30분부터 11시 반까지 조사가 이루어졌다. 김금봉은 이날 15편의 설화와 4편의 민요를 구연하였다. 조사기간 내내 김금봉은 총 31편의 설화와 6편의 이야기를 구연하였다.

김금봉은 연로하여 귀가 잘 들리지 않아 큰 소리로 말을 해야 알아들을 수 있었다. 그러나 기억력이 비상하여 조사자들의 이야기 요청에 다 잊어버렸다고 하면서도 시간 걸리지 않고 곧바로 구연했는데, 내용이 상당히 조리 있으면서도 어조 또한 풍부하여 이야기의 생생함을 더했다. 김금봉은 특히 민담에 관심이 많아 대부분 민담을 구연하였다. 김금봉이 구연한 이야기들은 대부분 서당에서 훈장을 하였던 외할아버지에게 들은 이야기로 현재까지도 잊어버리지 않고 있다고 말하였다. 그리고 이날 구연한 이야기들은 과거 손자들에게 해준 이야기로 자신이 이야기하면 손자들이 무척 재미있어 했다고 하였다.

두 차례의 조사 기간 내내 김금봉은 이야기 구연을 흥미로워 했는데, 현재 회관에서 이야기판이 형성되지 않고 고스톱을 치는 상황에 대하여 무척 안타까워했다. 김금봉은 가평 외에도 여러 지방에 거주한 경험 때문인지 이야기 중에 경기도뿐만 아니라 함경도를 비롯하여 경상도, 전라도 방언을 두루 구사하였다. 김금봉은 이가 많이 빠져서 발음이 다소 부정확했지만, 아흔이 넘는 연세에도 불구하고 기억력이 비상하여 완성도 높은 이야기를 구연해 냈다.

제공 자료 목록
02_26_FOT_20100220_SDH_KGB_0001 수수께끼-찬물에 차돌 담군 것
02_26_FOT_20100220_SDH_KGB_0002 해와 달이 된 오누이
02_26_FOT_20100220_SDH_KGB_0003 팥죽 뒤집어 쓴 시아버지
02_26_FOT_20100220_SDH_KGB_0004 고기 대신 미꾸라지를 준 계모
02_26_FOT_20100220_SDH_KGB_0005 아버지의 지혜
02_26_FOT_20100220_SDH_KGB_0006 고부갈등 해결한 아들의 지혜
02_26_FOT_20100220_SDH_KGB_0007 딸보다 재주 좋은 며느리
02_26_FOT_20100220_SDH_KGB_0008 산신의 도움으로 살린 남편
02_26_FOT_20100220_SDH_KGB_0009 힘센 조자룡
02_26_FOT_20100220_SDH_KGB_0010 신선바위와 벼락바위
02_26_FOT_20100220_SDH_KGB_0011 논개
02_26_FOT_20100220_SDH_KGB_0012 조선사람 들볶은 일본인
02_26_FOT_20100220_SDH_KGB_0013 막내딸의 발복
02_26_FOT_20100220_SDH_KGB_0014 도둑질 하게 한 쥐 혼
02_26_FOT_20100220_SDH_KGB_0015 고양이와 쥐가 앙숙이 된 연유
02_26_FOT_20100220_SDH_KGB_0016 혹부리 영감
02_26_FOT_20100221_SDH_KGB_0001 고시레
02_26_FOT_20100221_SDH_KGB_0002 목화 들여온 문익점
02_26_FOT_20100221_SDH_KGB_0003 남매의 싸움
02_26_FOT_20100221_SDH_KGB_0004 콩쥐팥쥐
02_26_FOT_20100221_SDH_KGB_0005 양반 버릇 고친 종
02_26_FOT_20100221_SDH_KGB_0006 내 복에 산다
02_26_FOT_20100221_SDH_KGB_0007 선녀와 나무꾼
02_26_FOT_20100221_SDH_KGB_0008 세상 구경 못하고 죽어 텃구렁이가 된 어머니
02_26_FOT_20100221_SDH_KGB_0009 수수께끼-방아깨비

02_26_FOT_20100221_SDH_KGB_0011 수수께끼-부지깽이

02_26_FOT_20100221_SDH_KGB_0012 장화홍련

02_26_FOT_20100221_SDH_KGB_0013 저승 다녀온 사람

02_26_FOT_20100221_SDH_KGB_0014 반풍수가 잡은 명당

02_26_FOT_20100221_SDH_KGB_0015 토끼 오르고 내리기

02_26_FOS_20100220_SDH_KGB_0001 임이 떠난 빈방 안에는

02_26_FOS_20100220_SDH_KGB_0002 길쌈 노래

02_26_FOS_20100221_SDH_KGB_0001 물레질 하면서 부르는 노래

02_26_FOS_20100221_SDH_KGB_0002 밭일 할 때 부르는 노래

02_26_FOS_20100221_SDH_KGB_0003 자장노래

02_26_FOS_20100221_SDH_KGB_0004 성주풀이

정덕재, 남, 1923년생

주 소 지 : 경기도 포천시 영북면 운천8리

제보일시 : 2010.2.19

조 사 자 : 신동흔, 노영근, 이홍우, 한유진, 구미진

포천의 이야기꾼 정덕재는 1923년 생으로 딸 두 명, 아들 두 명으로 네 명의 자제(子弟)를 두었다. 자식들은 모두 객지에 나가 살고 있으며, 그는 현재 부인과 둘이 운천8리에 거주하고 있다. 정덕재는 가평 하면에서 태어나서 서른 살까지 살다가 6·25 이후 운천8리로 이사하여 현재까지 살고 있다. 정덕재는 집안 형편이 어려워 학교를 다니지 못했다. 그는 평생 농사를 짓고 살았지만 지금은 농사일을 하지 않는다고 하였다.

조사자들은 2월 19일 운천8리 마을회관에서 정덕재에 대한 조사를 처음 행하였다. 그날 영북8리에는 11명 정도가 있었는데, 이야기를 청하자

다들 모른다고 하였다. 그러나 정덕재는 어떤 주제가 나오든지 척척 이야기를 바로 구연해내었다. 이날 정덕재에 대한 조사는 오후 4시부터 6시 정도까지 이루어졌으며, 이날 그는 총 7편의 설화를 구연하였다. 회관이 문 닫을 시간이어서 조사자들은 다음날 방문을 약속하고 1차 조사를 마쳤다.

정덕재의 2차 조사는 2월 20일 운천8리 마을회관에서 다시 이루어졌다. 이날 조사는 3시 30부터 5시 30분까지 약 2시간 정도 소요되었다. 정덕재는 이날 15편의 설화를 구연하였는데, 다소 긴 편의 이야기를 많이 구연하였다. 정덕재는 역사적 인물에 대하여 특히 관심이 많아서 이성계, 궁예, 임경업, 박문수, 주천자, 최치원 관련 설화들을 두루 구연하였다. 또한 인물 설화뿐만 아니라 민담 구연 능력 또한 탁월하여 민담도 다수 구연하였다. 정덕재는 조사자들이 청하는 이야기마다 바로 구연하여 조사자들을 거듭 감탄하게 하였다.

정덕재는 여든이 넘은 연세에도 불구하고 정확한 발음을 구사하였으며, 탁 트인 큰 목소리로 이야기를 구연하였다. 또한 비교적 표준어를 정확하게 구사하고 있었다. 한편 정덕재는 연로하여 귀가 잘 들리지 않아 큰 소리로 말을 해야 알아들을 수 있었다.

정덕재는 조사기간 내내 총 22편의 설화를 구연하였다. 그는 다 잊어버렸다고 말 하면서도 조사자들이 이야기를 요청하면 시간 걸리지 않고 곧바로 구연했는데, 내용이 상당히 조리 있으면서도 어조 또한 풍부하여 이야기에 생생함을 더했다.

제공 자료 목록
02_26_FOT_2010219_SDH_JDJ_0001 명성산(鳴聲山)의 유래
02_26_FOT_2010219_SDH_JDJ_0002 박어사를 살린 여자
02_26_FOT_2010219_SDH_JDJ_0003 도깨비와 친해 부자 된 사람
02_26_FOT_2010219_SDH_JDJ_0004 지관 속여 산 자리 잡은 사람

수수께끼-찬물에 차돌 담군 것

자료코드 : 02_26_FOT_20100220_SDH_KGB_0001

조사장소 : 경기도 포천시 영북면 자일4리 804-24번지 마을회관

조사일시 : 2010.2.20

조 사 자 : 신동흔, 노영근, 이홍우, 한유진, 구미진

제 보 자 : 김금봉, 여, 97세

청　　중 : 조사자 외 20인

구연상황 : 조사자가 옛날이야기를 청하자 구연하였다.

줄 거 리 : 산에 돌 담군 건 찬물에 차돌 담군 것이다.

　산에 돌 담군 건 뭐냐 그르면,(그러면,)

　그르믄 저 지금 물에 담군 거 그 찬물에 차돌 담군 거 그렇게 얘기들을 했지.

　그전엔 옛날 얘기허믄 수수께끼 애들 그렇게 해줬어.

　그럼.

해와 달이 된 오누이

자료코드 : 02_26_FOT_20100220_SDH_KGB_0002

조사장소 : 경기도 포천시 영북면 자일4리 804-24번지 마을회관

조사일시 : 2010.2.20

조 사 자 : 신동흔, 노영근, 이홍우, 한유진, 구미진

제 보 자 : 김금봉, 여, 97세

청　　중 : 조사자 외 20인

구연상황 : 조사자가 호랑이 이야기를 청하자 바로 구연하였다.

줄 거 리 : 어머니가 집에 아이들을 남겨놓고 산 너머 베를 매러 갔다. 호랑이는 어머니

를 잡아먹고 아이들만 남아있는 집으로 왔다. 집으로 들어온 호랑이는 갓난아이를 잡아먹었다. 자신의 동생이 잡아먹히는 것을 본 남매는 우물 옆 정자나무 위로 올라갔다. 우물에 비친 남매를 본 호랑이가 나무에 오를 것을 고심하자 남자아이가 나무에 기름을 바르고 올라오라고 하였다. 호랑이는 남자아이가 시키는 대로 기름을 바르고 나무에 올라가려고 하자 더욱 미끄러워서 올라갈 수 없었다. 그러자 여자아이가 도끼를 찍어가며 올라오라고 알려주었다. 꼼짝없이 호랑이에게 잡아먹히게 되자, 남자아이는 자신들을 살리려거든 산 동아줄을 내려주고, 죽이려거든 썩은 동아줄을 내려달라고 하늘에 빌었다. 하늘에서 산 동아줄이 내려와서 두 남매는 하늘로 올라가게 되었다. 하늘에서 두 남매에게 원하는 것을 묻자 남자아이는 온 세상을 밝혀줄 달이 되기를 원하였다. 여자아이는 해가 되게 해주었는데, 남들이 자신을 쳐다보는 것이 부끄럽다고 하자 바늘을 한 쌈 주며 쳐다보는 사람을 바늘로 찌르라고 하였다. 지금도 해가 날 때 따끔따끔 한 것은 여자아이가 자신을 쳐다보기에 바늘로 찌르기 때문이다.

  호랭이?(호랑이?) 호랑이 애기가 즈('자기'의 의미임.) 어머니가 저 산 너머로 저걸 갔대. 남의 베를 매러 갔대. 인제 아이를 둘을 두구 그르구 갓난 걸 두구 인제 그렇게 산 너머로 베를 베를 매러 갔는데, 거 갔다가서루 ○○○○○ 산 넘어서 호 호랑이가 집으로 왔더래. 집으로 와서는,
  "애들아 문 열어다오. 문 열어다오."
  그러더래. 그래서,
  "아니 우리 엄마 목소리가 아닌데요."
  그르니까,(그러니까,)
  "아니야, 내가 가서 거시키니 해서 목이 쉬었다. 문 열어다오."
  그 그래. 그래서 문을 열어주지 말고,
  "엄마, 우리 엄마 손은 빤빤헌데 어디 손을 좀 문구녕으로(문구멍으로) 집어넣어 달라구."
  그르니까 문구녕으로 손을 집어넣었는데, 털이 수부룩 허드래.
  "아이고 우리 엄마 손은 빤빤헌데 왜 이렇게 털이 많으냐고. 우리 엄마

아니라구."

그러니까,

"아니야 가서 베를 매서 그 베틀이 붙어 그렇다. 그니깐 그저 열어다오. 열어다오."

자꾸 그리거든.(그러거든.) 그래서 할 수 없이 인제 문을 열어줬대. 문을 열어줬더니 들어와서는,

"느이들(너희들) 웃방으로 가거라. 나 여기 안방은 쪼그만(조그만) 애기 데리고 자겠다."

아 가만히 앉았으니까 어 뭐 바작바작 소리가 나더래. 그래 보니깐 그 놈의 즈 동상을(동생을) 잡아먹더래, 호랭이가. 동상을 잡아먹어서 보구서 헐 수 없어서 그담에는 인제 즈이는 가만히,

"엄마 나 대변봐야것어. 화장실에 갈 거야."

쫓겨 나갈라구. 그러니깐,

"아휴 부엌에 가서 화장실 해라."

그래.

"부엌에 냄새 나서 안간다구."

그러구 허니까,

"그럼 나가라구."

글드래.('그러더래.'의 의미임.) 나가서 가만히 보니깐두루 우물 옆에 큰 정자낭구가(정자나무가) 있드래. 그래 이래 보고 거길 동상을 데리고 기어 올라갔대. 기어 올라가서 인제 보니깐 그 담에는 우물에 인제 그림자가 지지? 달이 환허니까. 그림자가 있으니깐두루 이게 암만 봐도 들어올 때만 해도 안 들어오거든. 호랭이가? 그래서 그담에는 또 나왔대. 나와보니깐 읍더래,(없더래,) 아이 큰아들이.

그래서 할 수 없어서 돌아댕이며(돌아다니며) 찾다가 우물을 가 이렇게 디다('들여다'의 의미임.) 보니까, 낭구 앉은 그림자가 우물에 밝은 물이니

까 비치지, 달이 있어서, 그래. 보니깐두루 그담에는 인제 우물에 있거든. 그르니까 호랭이 허는 소리가,

"아휴, 저것들을 어떻게 건져 잡아먹나. 바가지로 뜨까,(뜰까,) 조리로 건지까?(건질까?)" [웃음]

이젠 완전히 이러면서 그리거든.(그러거든.) 그래서 할 수 없어서 인제 거시키 허니까 치다봐서(쳐다봐서) 우습드래, 애들이. 깔깔 웃으니까,

"이휴, 저깄는데 저걸 으뜩게(어떻게) 올라가나."

그 애들이 할 수 없이,

"아휴, 저기 저 우리 부엌에 지름이(기름이) 있으니 그 지름을 갖다가 발르고서(바르고서) 올라오믄 ○○○ 올라온다고."

그르니까 아 부엌에 가 지름을 가지고 와서는 낭구에다 돌려 발르니(바르니) 이놈의 애들허는 대로 허니깐 더 미꺼서('미끄러워서'의 의미임.) 못 올라가겠지? 못 올라 가것어서(가겠어서) 그담에는,

"아휴, 얘 못 올라가겠다. 어뜩허면 좋으냐?"

그러니까 그담에는 저기 우리 뒤꼍에 도끼가 있으니까 이쪽저쪽, 작은 아이가 그르더래. 큰 아이 지름을 일러 일러줬는데. 작은 애가 몰르구서는 그렇게,

"저 우리 뒤꼍에 도끼가 있는데 그 도낄 가지구 와서 이쪽저쪽 쪼면서 올라오면 올르오죠."

그래 호랭이가 그 소릴 듣구 인제 바로 부엌에 찾아가지구 이쪽저쪽 ○○○ 거진거진 올라갔거든. 올라갔으니까 인제 헐 수 없지? 인제 결국은 인제 호랭이 둘이가 거시기허겠다 하구 있으니까, 그담에는 그 큰아이가 허는 소리가,

"하느님 하느님 우리를 살구래믄(살리려면) 산 동아줄을 내려주시구, 우리를 죽일래믄(죽이려면) 썩은 동아줄을 내려줍시사."

인제 그르구 하늘에 대고 빌었거든. 비니까두루 그담에는 하늘에서 산

동아줄이 내려오드래. 그래 애들 둘이 그걸 타구 하늘로 올라갔잖아. 응, 하늘로 올라가서,

"느이는 뭐가 원이냐? 여기 하늘에 왔으니."

"우리는 엄마두 호랭이가 다리 팔을 다 잘라먹구, 동상 하나두 잡아 먹구, 우리가 여길 피해서 왔어요."

그랬대.

"거 뭐가 원이냐?"

그랬더니,

"우리는 여그서 살겠으니까두루 여그서 어뜩허면 사느냐."

그르니까 그 저 남자아이 남동상은,

"나는 여그서 살겠다고."

그르구. 여자애도 살겠다고 그르니까, 그 여자아이는,

"나는 사람들이 치다보믄(쳐다보면) 어떻게 여그서(여기서) 살겠느냐."

"너는 바늘을 한 쌈 주께(줄게) 치다보는(쳐다보는) 사람 바늘로 찔러라."

그리구 또 그 남자아이는,

"그럼 나는 여그서 살겠으니까 난두루 하늘에 달이나 되게 해, 왼(온) ○○ 밝게 해주게 달이 해주, 달이나 되게 해줍서."

그래 여자아이는 해가 되구, 남자아이는 달이 되구 그래 하늘에서 살았어. 그 전에. [웃음] 끝났어. [웃음]

(조사자 : 아휴, 호랑이는요?)

호랑이는 뭐 하늘로 올라갔고요? 호랑이는 그거 잡아먹고 헐 수 없어서 산으로 갔지, 그럼.

(조사자 : 그게 해가 막 눈 부신 게 바늘로 찌르는 거예요?)

그럼. 게 이렇게 치다보믄 해 날 때 이렇게 따끔따끔허지 않아? 그게 호랑이한테 쫓겨(쫓겨) 올라간 여자아이가 해가 되구 남자아인 달이 돼서 이 ○○○○을 밝게 해줬어.

팥죽 뒤집어 쓴 시아버지

자료코드 : 02_26_FOT_20100220_SDH_KGB_0003
조사장소 : 경기도 포천시 영북면 자일4리 804-24번지 마을회관
조사일시 : 2010.2.20
조 사 자 : 신동흔, 노영근, 이홍우, 한유진, 구미진
제 보 자 : 김금봉, 여, 97세
청   중 : 조사자 외 20인
구연상황 : 앞 이야기에 이어 바로 구연하였다.
줄 거 리 : 흉년이 들어서 먹을 것이 없던 시절이었다. 시어머니는 아이를 업고 밖으로
        나가 집에 없고 시아버지는 방에 있는데 며느리가 시어머니 없을 때 혼자 쒸
        놓은 팥죽을 먹고자 했다. 그런데 배가 고팠던 시아버지는 며느리가 쒸놓은
        팥죽을 가지고 가서 몰래 먹고자 했다. 며느리 또한 팥죽을 퍼가지고 가서 먹
        으려다가 시아버지를 만났다. 깜짝 놀라며 팥죽을 감추려던 시아버지는 팥죽
        을 엎어서 머리에 뒤집어썼다.

그리구 인제 그전에 흉년 들어서, 흉년 들어 인제 모두 먹을 게 없잖
아? 근데 인제 저 거시키 팥죽을 쑤었대. 팥죽을 쒔는데 그담에 시어머니
는 아이를 업고 나가구, 시아버지는 또 방에 앉았구 그러드래. 그래서,

"에이 내 시어머니 나갔을 때 이놈의 팥죽이나 훔쳐 먹겠다."

바가지에다 팥죽을 퍼가지구서 인제 갔더니, 아 이 시아버지도 배가 고
프니까 메누리(며느리) 팥죽 쒀 논 걸 먼저 인제 퍼가지구서 어디로 갔느
냐믄 ○○. ○○ 앉아 가서 먹을려고 하니깐, 아 메누리 물을 길어 와서
바가지다 퍼가지고 시어머니 몰래 먹을라고 ○○○ 쫓아왔지? 쫓아와가지
고선 보니깐 아 시아버지도 바가지에다 팥죽을 쒀가지고 와서 앉았드래.

메누리 허는 소리가,

"아버님, 팥죽 잡술라우?"

그러니까 아이구 인제 감출려다가(감추려다가) 이놈의 팥죽을 훌딱 쏟
아서는 ○○ 왔으니까는 일로('이리로'의 의미임.) 줄줄 내려왔지?

[일동 웃음]

그러니까 인제 이 시아버지가 인제,

"얘, 팥죽을 안 먹어도 팥죽 같은 땀이 이렇게 흐르는구나."

[일동 웃음]

그래, 흉년은 그렇게들 했어. 그 몰르게들(모르게들) 먹느라고. 그러지, 에휴.

(조사자 : 땀이 막 팥죽처럼?)

그럼. 그전엔 어려우니까 그랬지, 그럼.

고기 대신 미꾸라지를 준 계모

자료코드 : 02_26_FOT_20100220_SDH_KGB_0004
조사장소 : 경기도 포천시 영북면 자일4리 804-24번지 마을회관
조사일시 : 2010.2.20
조 사 자 : 신동흔, 노영근, 이홍우, 한유진, 구미진
제 보 자 : 김금봉, 여, 97세
청   중 : 조사자 외 20인
구연상황 : 조사자가 이야기를 청하자 바로 구연하였다.
줄 거 리 : 경을 읽는 장님에게 서너 살 된 아이가 있었는데 재취를 얻었다. 경을 읽고
         나서 받은 닭과 고기 등을 집에 갖다 줬는데, 그의 아내는 바람이 나서 고기
         를 아이에게 주지 않고 바람이 난 남자와 함께 먹었다. 그러면서 혹시 남편이
         아이에게 고기를 주지 않았다고 책망할까봐 그릇에 산 미꾸라지를 몇 마리
         넣어서 주었다. 내 숟갈에 고기야 떠져라 라는 아이의 말을 듣고 이상하게 생
         각한 장님이 그릇에 손을 넣어 만져보니 산 미꾸라지가 만져졌다. 이에 장님
         은 아내를 내쫓았다.

그런데 인제 그전에, 장님 ○○가 경을 읽으러 댕기는데(다니는데) 경을
읽으러 댕기는데, 아 경을 읽어가지고 와서 인제 거기서 그전에도 닭도,
닭도 내놓구 경 읽으러 가믄 닭도 내놓고 고기도 주고 그러믄, 아 이놈의
거를 자꾸 가져와서는 주니깐, 여편네가 그냥 집에 있는데 그담에는 아이

가 서너 살 먹은 게 있는데 재취를 얻었더래.

그랬는데 그담엔 아 애를 고기를 안주구서 딴 남자를 사귀어 가지고 그것허고 다 먹고 안주더래, 애를. 그르니깐 즈이(자기) 아버지가 거시키 물어보까봐,(물어볼까봐,)

"엄마가 고기 주디?"

그르니까,

"아니 엄마가 안췄는데 고기를 췄는데, 이 미친년이 날 미꾸리를(미꾸리는 미꾸라지의 경기도 방언이다.) 잡아다가서는 그릇에다 담아서 췄으니까."

아 이놈애가 그걸 숟갈로 뜰래니 떠져?

"어 고기야, 내 숟갈에 떠, 고기야 내 숟갈에 떠라."

그르면서 그러니까, 아 즈이 아버지가 이상시러서 고기 안췄다고 그르까봐(그럴까봐) 그걸 췄는데, 이렇게 손을 넣어서 만져보니까 산 미꾸리를 췄더래. 그래 그만 여편네를 내뿌렸지.(내버렸지.)

[웃음]

그렇게 그전에는 배들 고픔 그렇허구. 의붓자식을 두면 그렇게 했대. 그럼.

아버지의 지혜

자료코드 : 02_26_FOT_20100220_SDH_KGB_0005
조사장소 : 경기도 포천시 영북면 자일4리 804-24번지 마을회관
조사일시 : 2010.2.20
조 사 자 : 신동흔, 노영근, 이홍우, 한유진, 구미진
제 보 자 : 김금봉, 여, 97세
청   중 : 조사자 외 20인
구연상황 : 앞의 계모 이야기에 이어 바로 구연하였다.

줄거리 : 계모가 자신의 아이에게는 쌀밥을 먹이고, 의붓자식에게는 콩밥만 먹였다. 이를 안 남편은 두 자식들을 불러 씨름을 시키면서 콩밥만 먹은 자신의 자식에게 무조건 이기고 쌀밥만 먹은 의붓자식에게는 지라고 당부했다. 콩밥만 먹은 자식이 이기자 콩밥을 먹여서 이긴 것이라며 하며 의붓자식에게 콩밥을 많이 먹으라고 하였다. 그 뒤로 계모는 의붓자식에게는 쌀밥을 먹이고, 자기 자식에게는 콩밥을 먹였다.

그러고 저 의붓자식을 뒀는데, 하나는 거시키 해서는 자꾸 그 즈이(자기) 아이는 쌀밥만 주구 데리고 들어온 아이는, 또 영감의 아이는 콩만 주드래.(주더래.) 자꾸 콩밥만 해서 콩만 멕이고.(먹이고.)

어느 날은 그래도 영감이 거시키 했던지,

"야 너희들 씨름 좀 해봐라."

그랬대.

"왜, 아부지.(아버지.)"

"글쎄, 씨름 좀 해봐."

게 인제 그 데리고 온 자식허구 내 아들허구 씨름을 했는데,

"어떡허던지('어떻게 해서든지'의 의미임.) 이겨라."

그랬대.

"니가 그저 저건 이기고 너는 져라, 그냥. 니가 이길 힘 있어도 져라."

그랬대. 이놈의 두 애들이 달라붙어 씨름을 허는데, 거차 없이(가차 없이) 그 콩만 먹은 애가 곤드러지거든?(정확한 의미는 알 수 없으나, 문맥상 이겼다는 의미일 것으로 생각됨.) 응, 쌀만 먹은 애는 즈이(자기) 아이가. 그르니깐 그냥 놔 곤드라지니까, 즈 아버지가,

"그거 봐라. 콩 먹은 놈이 기운이 세다. ○○ 콩을 많이 먹으니까 기운이 센데, 너 콩을 많이 먹어서 걔를 이겼다. 그 큰아이를."

그르니까 그담에는 제 자식은 콩을 멕이구(먹이고) 그거 밥을 은어멕이더래.(얻어먹이더래.) 그전 남자들은 그렇게 의견이 많았어. 그래가지구,

그럼.

(조사자 : 그 아버지가 굉장히 똑똑하셨네요.)

그럼. 그렇게 해서 내 자식을 쌀밥을 멕이고, 그 데리고 온 자식은 콩밥만 멕이드래.

[일동 웃음]

고부갈등 해결한 아들의 지혜

자료코드 : 02_26_FOT_20100220_SDH_KGB_0006

조사장소 : 경기도 포천시 영북면 자일4리 804-24번지 마을회관

조사일시 : 2010.2.20

조 사 자 : 신동흔, 노영근, 이홍우, 한유진, 구미진

제 보 자 : 김금봉, 여, 97세

청   중 : 조사자 외 20인

구연상황 : 조사자가 며느리 이야기를 청하자 바로 구연하였다.

줄 거 리 : 며느리가 시어머니를 구박했다. 이를 안 남편이 하루는 장에 다녀와서 살찐 노인네를 비싼 값에 주고 판다고 아내에게 이야기를 해주었다. 이 말을 들은 며느리는 시어머니를 팔기 위해 고기를 해서 먹이고 지렁이를 잡아다 국도 끓여주며 살을 찌웠다. 살이 찐 어머니는 며느리가 잘 해주는 것이 고마워서 아이 봐주고, 김도 매주고 하였다. 하루는 남편이 어머니를 장에 내다 팔자고 하자 아이는 누가 보고 김은 누가 매냐며 어머니 파는 것을 반대했다. 그 후 며느리는 어머니 구박하지 않고 함께 잘 살았다.

근데 한 사람 내 또 인제, 그 아들이 즈('자기'의 의미임.) 엄마 공경 잘 허는 아들이 하나 있어.

근데 아 이놈의 여편네를 은었는데(얻었는데) 여편네가 그냥 즈이(자기) 시어머니 그렇게 멕이지두(먹이지도) 않구, 빨래도 안 해주구 그르니까, (그러니까,)

아, 시어머니가 배에 ○○○○. 아이도 봐줄 수가 없고, 집도 못 치주고

('치워주고'의 의미임.) 그르는데, 그냥 어떻게 메누리가(며느리가) 자꾸 구박을 허구 그르니까 아들이 하루는,

"아휴, 나 오늘 장에 좀 갔다와야것수."

여편네더러 그르니까,

"아니, 장에는 왜 오늘 느닷없이 장엘 가우?"

"아니, 장에 볼 일 없어도 나 갔다 오게.(올게.)"

장에 가 돌아댕기다(돌아다니다) 저녁 때 왔대. [웃음] 저녁 때 와가지구선 허는 소리가,

"아이고, 오늘 장에 가니까 별 거 다 봤네."

"왜?"

"아주 노인네 살, 아주 마른 사람 살쪄서 노인네 그렇게 살찐 게 몸값이 비싸대."

그른거여. 그르니까 그 다음날 그 소리를 들군 시어머니를 댕기면서 고기 사다 멕이구, 고기가 떨어지믄 시궁창에 가서 지렁이 캐다가 그거 또 국 끓이구. 아휴, 아 메누리가 인제 시어머니 살 찌믄 팔아먹을라고.

[일동 웃음]

그렇게 해서 이 마누라가 살이 인제 꽤 많이 쪄서 포동포동하니까, 아이도 봐줘야지 채마(菜麻)도 매줘야지. 메누리가 그렇게 잘 허니까. 까닭도 모르고 잘 허니까? 그러니깐 인제 그 시어머니가 그렇게 일을 해주니까 거진(거의, 경상도 방언임.) 살이 많이 쪄서 일도 잘해 주구. 저건 오늘은 뭐가 있나? 어떡허나 볼라구 인제 또 갔대.

"오늘 장에 가니까 그런 살찐 노인네를 아주 몸값 주고 사. 그르니까 우리 어머니 갖다 팔자."

여편네더러 그래.

"아니 아이는 누가 봐주고 짐은(김은) 누가 매게 어머니 갖다 파느냐고."

그담엔 못 팔게 허더래. 그래가지구서는 즈이 어머니는 살쪄가지구서는 짐도(김도) 허구 메누리헌테 구박 안 받고 잘 살다 죽었대.

[일동 웃음]

딸보다 재주 좋은 며느리

자료코드 : 02_26_FOT_20100220_SDH_KGB_0007
조사장소 : 경기도 포천시 영북면 자일4리 804-24번지 마을회관
조사일시 : 2010.2.20
조 사 자 : 신동흔, 노영근, 이홍우, 한유진, 구미진
제 보 자 : 김금봉, 여, 97세
청   중 : 조사자 외 20인
구연상황 : 조사자가 재주 좋은 며느리 이야기를 청하자 바로 구연하였다.
줄 거 리 : 시어머니가 며느리와 딸을 길쌈하는 것을 시키면서 며느리에게는 나쁜 삼을 주고 딸에게는 좋은 삼을 주었다. 그런데도 딸보다 며느리가 길쌈을 더 잘했다. 그러자 시어머니는 며느리에게 조밥을 해주면 그것을 쥐어 먹다가 길쌈을 못할 것으로 생각하고 며느리에게 조밥을 해줬으나 며느리는 그것을 한입에 넣고 길쌈을 잘 해냈다. 반면 딸에게는 찰밥을 해줬는데 딸은 찰밥을 떼어 먹느라 잘 하지 못했다. 며느리는 시어머니가 미워했지만 딸보다 재주가 더 좋았다.

재주 좋은 메누리?(며느리?) 재주 메누리 뭐 저 거시키니 베틀가에 재주 좋은 메누리 그게 있잖아.

(보조 조사자 : 베틀가에요?)

어, 그래. 베틀가에.

(보조 조사자 : 그거 그거 한번 해주세요.)

게 인제 이놈의 시어머니는 딸은 삼을 심궈도(심어도, 심구다는 심다의 경기도 방언이다.) 저기 저런 데 저 거시킨데 굵은 거 그 목이(木은 무명을 말한다.) 다리 없고 그런 것만 따서 주구. 메누리는 방앗간 옆 ○○에

듯간(뒷간) 옆 ○○에 그런데, 그 흠은 모두 저 모기 파고 풍뎅이 파고 그린(그런) 그런 것만 이제 주거든, 시어머니가. 그러니까 이놈의 메누리가 그걸 헐 수가 있어? 그러거나 저러거나 뭐(뭐) 딸은 그렇게 해서 고운 걸 줘도 잘 못허드래.

그저 못허구 그르는데, 메누리는 그냥 가지가지 찢어가지구 그렇게 잘 허드래. 응, 질쌈을(길쌈을, 질쌈은 길쌈의 강원도 방언이다.) 잘 해가지구 그렇게 짜는데 아 그냥 다 그렇게 해서 해 짰는데,

그담엔 딸은 짜두 그냥 굵다랗게 해서 ○○에 가장 데에('자리에'의 의미임.) 그저 뿌리 끈을 잡아 댕기지(다니지) 않아서 모두 허다리가 나구. 아 메누리는 그렇허가지구 아주 곱게 짜서 베틀에서 갖다놓구서는,

"어머니 이거는 방앗간 옆에 뚝다리헌 거구, 이거는 듯간(뒷간) 옆에 뚝다리로 헌 건데 어머니 어떤 게 더 좋겠수?"

그르니까 그담에는 아 즈 시어머니가 보니깐,

메누리가 헌 거는 ○○이가 칼날 겉구,(같고,) 그 ○○에 뿌리 끈도 하나 없구 그렇게 잘해놨드래. 그르니까 응,

"저년은 저 제 서방 저 칼날 같이 저렇게 잘 했으니까, 저년은 인제 제 서방 목 비('베어'의 의미임.) 죽일라고 저렇게 ○○이를 칼날 같이 했다."

어, 그리구 그 이렇게 뿌리 끈 질게(길게) 헌 거는 저거 소매코 칼 저 소매코 말마코 그러라고 거기다 그렇게 고다리(고리의 경북 방언임.)를 뒀는데,

"저년은 어따('어디다'의 의미임.) 낼 데 없이 했다."

메누리가 아주 그래. 메누리가 할 수 없어서 가만히 앉아서 생각허니까 안됐드래. 그래서 어이구 헐 수 없어.

"밤에 짜는 거는 일광단이고(월광단으로 할 것을 잘못한 것임.) 월광단이고, 낮에 짜는 건 일광단인데, 일광단 월광단 이렇게 다 짜 가지구, 어느 날 낭군의 옷을 지우."

시어머니가 아주 그리거든. 그르니까 아 시어머니가 가만히 보니까 아주 메누리는 비상 겉이(같이) 그렇게 잘 허는데, 그래 인제 딸은 거시키 허믄 밥을 주구, 이놈의 메누리는 조밥을 해서 주드래. 그것만 먹구 베틀에 앉었으믄, 그 인제 저놈의 베, 조밥 해주믄 그것만 줘 먹다 인제 많이 못 짜겠지 허구선. 인제 조밥을 줬는데 딱 뿌리 끈에다 뿌리 끈에다 이렇게 선을 덤뻑 넣어서 조밥을 한 아가리를 넣구.

즈이(자기) 딸은 찰밥을 해줬는데, 베틀에 앉아서 그거 먹다가선 이거 붙은 걸 뜯어 먹느라고 베도 못 짜더래, 딸은. 그리구 응 그래서 딸보더 (딸보다) 메누리가 더 재주가 좋드래. [웃음]

[이야기를 끝마친 줄 안 조사자가 제보자에게 음료수를 권함.]

딸은 그렇게 이쁘고 왜 메누리는 그전에 그렇게 미워해두 메누리가 더 잘허더래.

(조사자 : 예.)

그럼.

산신의 도움으로 살린 남편

자료코드 : 02_26_FOT_20100220_SDH_KGB_0008
조사장소 : 경기도 포천시 영북면 자일4리 804-24번지 마을회관
조사일시 : 2010.2.20
조 사 자 : 신동흔, 노영근, 이홍우, 한유진, 구미진
제 보 자 : 김금봉, 여, 97세
청   중 : 조사자 외 20인
구연상황 : 조사자가 산신령 이야기를 청하자 바로 구연하였다.
줄 거 리 : 두 부부가 살고 있었는데 남편이 폐병에 걸렸다. 아내는 남편을 살려달라고
　　　　　매일 저녁마다 산신에게 빌었다. 어느 날 한 노인이 와서 말하기를 남편을 살
　　　　　리고 싶으면 아이 죽은 것을 먹여야 한다고 했다. 그래서 아내는 노인이 알려
　　　　　준 곳에 가서 아이 시체 다리 하나를 떼어 가지고 와서 삶아 남편을 먹였다.

남편은 그것을 먹고 병이 나았다. 다음날 아침에 나가보니 사람 시체가 아니라 몇 년 묵은 인삼이었다. 이는 아내가 남편을 위해 정성스럽게 기도를 해서 산신이 도와준 것이다.

산신령 얘기가, 산신령이 용허다구 그래두 그전에 저 산 넘어 가서 화전만 해먹구 두 영감 마누라가 사는데, 그 살다가 보니깐 냄편네가(남편네가) 지금 그 저 거시키니 폐병, 그게 걸렸드래. 아 그르니 어뜩해.(어떡해.) 자꾸 헐 수 없어서 저녁마동(저녁마다, 마동은 마다의 경북 방언이다.) 산신에 대고 빌었대. '산신, 그저 영감 좀 살려주니, 우리 남자 좀 살궈(살려) 달라고' 자꾸 저녁마동 비니깐, 어느 때인지 노인네가 하나가 와 가지구,

"너 느이(너희) 냄편네 그렇게 살리고 싶으냐?"

그르니까,

"그럼 아 둘이 살다가 냄편네 죽으면 어떡해요."

그르니까,

"살려달라고."

그르니까,

"그럼 너 저 산모탱이로(산모퉁이로) 돌아가믄, 새초(억새의 강원도 방언이다.) 패기(포기, 패기는 포기의 경상북도 방언이다.) 밑에 아이 죽은 게 거기 묻었으니까 그걸 갖다 파다 느이 남편네 멕이겠니?(먹이겠니?)"

그래, 그르니까 아 헐 수 없지 뭐.

"아휴, 허겠다구."

인제 그르니까, 그게 산신이 내려왔지, 응. 그래가지구서는 헐 수 없어서 낮이니깐두루 소내기가(소나기가) 쏟아지구 비가 쏟아지드래.

그 사람, 그 여자 맘에. 그래서 그냥 거기 일러준 델 갔대. 가서 보니깐 이만허게 새초 패기가 있는데, 그걸 허집어야(헤집어야) 그 속에 있다구 그르더래. 그래서 그걸 그 음, 그걸 그냥 손으로 팠대, 새초 패기를. 파보

니깐 아이 죽은 게 거기 묻힌 게 있더래.

"에이, 이놈의 걸 약이 된대니('된다고 하니'의 의미임.) 내 떼 가지구 가겠다고."

다리를 하나 뚝 떼 가지구서는 와서 그걸 삶아서 냄편을 멕였대. 냄편을 멕이고 났는데, 아 그날 저녁부텀(저녁부터) 멀쩡히 자드래. 응 그르니까,

"아휴, 약은 약이구나."

그르구 아침에 나가보니까 아주 산에서 멫(몇) 해 묵은 인삼이더라구. 그 인삼 다릴 하나 떼다가서는 냄편네 멕여서 살렸대는데 산신이 그렇게 일러주더래. 하두 정성시러우니깐두루. [웃음] 그럼. 게, 산신이 그렇게 곱게 가르켜주구.(가르쳐주고.) 그래서 냄편을 살궜대.(살렸대.)

힘센 조자룡

자료코드 : 02_26_FOT_20100220_SDH_KGB_0009
조사장소 : 경기도 포천시 영북면 자일4리 804-24번지 마을회관
조사일시 : 2010.2.20
조 사 자 : 신동흔, 노영근, 이홍우, 한유진, 구미진
제 보 자 : 김금봉, 여, 97세
청   중 : 조사자 외 20인
구연상황 : 조사자가 힘센 사람에 관한 이야기를 청하자 구연하였다.
줄 거 리 : 큰 바윗돌 속에서 산의 명기로 동자가 하나 생겼는데, 그가 조자룡이다. 하루
는 남포들이 와서 돌을 깨뜨리려고 하자, 도사가 그것을 보고 돌을 깨뜨리니
동자가 나왔다. 도사는 동자를 데려다 키웠고, 자신의 성을 따서 이름을 조자
룡으로 지어주었다.

장사 얘기? 장사 얘기 뭘 내가 하나. [웃음] 그 뭐 힘 쎄야(세야) 저 거시키 조자룡이.

(보조 조사자 : 조자룡이요?)

응. 조자룡이가 큰 바웃돌에서(바윗돌에서) 나와서 거시키니 바윗돌 속에서 그 산 명기로다가 거기서 인제 동자가 생겼어, 바웃돌 속에서.

근데 하루는 거시키니 허니까는 남포들이 와서 자꾸 그걸 깨뜨리거든, 돌을? 그리는데(그러는데) 보니깐 그 이튿날은 그 동자 있는 데를 깨뜨리겠드래. 근데 한 도사가 가만히 보니까 내일은 저걸 깨뜨리믄 그 ○○ 동자가 있으니까 저거 어뜩허나 허구선, 밤에 몰래 가 정으로다 뚜들겨서(두들겨서) 깨뜨리니까 동자 애기가 거기서 생겼드래.

그걸 안아다가 키웠는데 세상에 그 조자룡이가 을마나(얼마나) 장사야. 그래가지구서는 그 조자룡이가, 그래서 저는 성두 그 데리다(데려다) 길른(기른) 사람이 조가라 조자룡이지, 바웃돌에서 나온 거야, 응. 게 왜 말에 있잖아?

"저 재룡아(자룡아) 말 놓고 장(창) 쓰지 마라. 만인 장졸이 다 놀랜다." [웃음]

그럼. 그렇게 노래도 있구. 그게 그게 조자룡이가 큰 장사야, 아주. 그럼. 그래 어른(어린) 아들 품에 품고 돌아드느니 장판교다. 자기가 장개(장가) 가서 아들을 낳는데 그거 품에 안고 이 거시키니를 댕기믄서 쌈('싸움'을 의미함.) 했어. 그래서 재룡아(자룡아) 말 놓고 창 쓰지 마라. 그 노래도 있어, 그전에.

[웃음]

신선바위와 벼락바위

자료코드 : 02_26_FOT_20100220_SDH_KGB_0010
조사장소 : 경기도 포천시 영북면 자일4리 804-24번지 마을회관
조사일시 : 2010.2.20

조 사 자 : 신동흔, 노영근, 이홍우, 한유진, 구미진
제 보 자 : 김금봉, 여, 97세
청　　중 : 조사자 외 20인
구연상황 : 앞 이야기에 이어 바로 구연하였다.
줄 거 리 : 어느 날 한 보살이 와서 시어머니에게 날마다 나무아미타불을 하루에 세 번
씩 부르면 좋은 곳으로 간다며 그렇게 하기를 권하였다. 이에 시어머니는 하
루에 세 번씩 나무아미타불을 불렀는데 나이를 먹으니 자신이 했던 말을 잊
어서 며느리에게 물어보았다. 시어머니가 나무아미타불을 부르는 것을 평소
밉살스럽게 생각했던 며느리는 시어머니가 그동안 김첨지 영감을 불렀다고
잘못 이야기해주었다. 며느리 말을 듣고 시어머니가 매일 김첨지 영감을 부르
자 아들이 김첨지 영감을 데리고 왔다. 그러자 시어머니는 김첨지 영감을 찾
는 것이 아니라며 그를 돌려보내고서도 매일 같이 김첨지 영감만을 불렀다.
그러던 어느 날 어머니가 아들을 불러 말하기를 자신을 업어다가 바위 밑에
갖다 놓고 집으로 돌아가라고 말하였다. 아들은 어머니가 시키는 대로 바위
밑에 놓고 갔는데, 가면서 보니 어머니가 구름을 타고 신선이 되어서 하늘로
올라가고 있었다. 집에 와서 아내에게 이를 이야기해주자 며느리는 친정에 가
서 시어머니가 나무아미타불을 불러 신선이 되었으니, 친정어머니 또한 나무
아미타불을 부를 것을 권하였다. 친정어머니는 딸의 말을 듣고 매일 나무아미
타불을 불렀는데, 친정어머니 역시 때가 되자 아들에게 자신의 사돈과는 다른
곳의 바위 밑에 놔 달라고 하였다. 아들은 어머니가 시키는 대로 어머니를 바
위 밑에 놓고 오는데 천둥 번개가 치면서 친정어머니는 벼락에 맞아 죽었다.
시어머니가 하늘로 올라간 곳은 신선바위이고, 친정어머니가 벼락 맞아 죽은
곳은 벼락바위이다.

　　그전에 응 거시키 헌데 이 인제 이놈의 메누리를(며느리를) 하도 거시
키 헌데 저 보살이 와가지고 허는 소리가 음,

　　"할머니 할머니 저 존('좋은'의 의미임.) 곳으로 가실래믄(가시려면) 나
무애비타불만(나무아미타불만) 하루 매일 세 마디씩 불르시우.(부르시오.)"

　　그래 인제 그 할머니가 참 늙어서, 나처럼 늙었는데 앉아서 날마동(날
마다, 마동은 마다의 경북 방언이다.) 부르는 게 나무애비타불을 불르거
든?(부르거든?) 그 늙은이가? 응, 근데 메누리가 밉쌀시럽더래.(밉살스럽더
래.) 시어머니가 만날 부르는 게 그렇게 나무애비타불을 부르니까 밉쌀시

러워서 거시키 헌데 그렇허다가 어떻게 나이가 먹으니까 잊어버렸대, 그거를. 그걸 잊어부려서,(잊어버려서,)

"얘, 내가 뭐라고 자꾸 그랬는데 잊어버렸다. 뭐라 그러디?"

그르니까, 메누리가 허는 소리가,

"뭐라 그러긴 뭐라 그래요. 저그(저기) 있는 김첨지 영감 만날 찾았지."

[일동 웃음]

아 메누리가 그리거든.(그러거든.)

"저그 있는 김첨지 영감만 만날 불르고(부르고) 찾았지. 뭐 뭐 누굴 불러요?"

뭐라 그러고 그러구. 인제 그냥 가만히 듣구 있다깐두루 잊어비렸지,(잊어버렸지,) 아주. 그래서 그담엔 날마동 앉아서, 김첨지 영감 김첨지 영감 허구 불르거든. [웃음] 아 그르구 불르는데 아들은 착허더래. 아들이,

"아니, 어머니 왜 자꾸 그래 김첨지 영감만 보고 싶으시우?"

그르니까,

"아니 김첨지 영감을 불러야 좋대 그래서."

그르니깐 아들이 가서 그 김영감을 데리구 왔대. [웃음]

어, 응 김영감을 데리('데리고'의 의미임.) 와서,

"우리 어머니가 만날 샌님을 그렇게 찾으니 우리 어머니 원대로 좀 한번 가십시다."

했더니, 아 그 영감 왔더니,

"아 누가 이 김첨지 불렀느냐구. 왜 데리구 왔느냐구."

되려 야단을 허거든, 할머니가.

그래서 그 영감 보내구두 만날 허는 소리가 그렇게 김첨지 김첨지 불렀거든. [웃음]

그래 불렀는데 어느 때나 됐던지 참 때가 돼서 하루는 얘 아들더러,

"나를 업어다가 저기 저 높은 산 바우(바위) 밑에다 갖다 놔 두구 돌아

보지도 말구 집으로 가거라."

게 아들은 즈('자기'의 의미임.) 어머니 허래는 대로 즈 어머니를 업어다가 그 바윗돌 밑에다 놓구서 멀리 와서 가만히 보니까 안개가 자욱헌데, 아 즈 어머니가 신선이 돼서 하늘로 올라가거든? 그래서 아들이 인제 털럭털럭 집에 왔지.

"아, 어머니 어떻게 했느냐구."

그러니까,

"저기 바웃돌에(바윗돌에) 가니까는 바윗돌 밑에 갖다 놨는데 어머니는 오색 영롱헌 구름을 타고 하늘로 올라갔어."

인제 그르거든. 이 메누리가 즈이 시어머니 그렇게 잘못 일러줘 가지구서는 이제 시어머니 그렇게 내 성심대로 만날 잊어버리고 그거 불렀는데,

"아, 우리 엄마도 그럼 내가 가서 인제 그 저 나무애비타불을 가리켜줘야것다.(가르쳐줘야겠다.)"

에 그리거든.(그러거든.)

아 즈이(자기) 시어머니 김첨지 영감을 가리키구,(가르치고,) 왜 즈이 친정어머니는 나무애비타불 가르켜주러(가르쳐주러) 친정엘 갔지. 친정에 가가지고 인제 친정에 가,

"아휴, 우리 시어머니는 그렇게 만날 불르더니 좋은 곳으로 가서 신선이 돼서 하늘로 갔다구."

그르거든. 아 그리니까(그러니까) 그 마누란 즈이 딸이 허러는 대로 나무애비타불 자꾸 불렀지? 그랬는데 그담에는 그 마누라도,

"애야, 날 업어다가 그 바윗돌에 말구 딴 바윗돌에다 갖다다오."

그래 아들이 거기다 갖다 주질 않고 딴 바웃돌에다 갖다 줬드래. 아 그담에는 그냥 뇌성벽력을 허구 천둥을 허더니 베락을(벼락을) 때리네? 그 즈이 친정어머니는. 그래서 시어머니는 내 성심대로 그렇게 불러두 김첨지 영감을 불러두 신선이 되구, 또 그 즈이 친정어머니는 딸이 딸이 죄지.

즈이 시어머니 그렇게 해서 허구 즈이 어머니 바로 가리켜줬는데,(가르쳐 줬는데,) 그래서 그 친정어머니는 베락을 맞아 죽구. 시어머니는 신선이 돼 가지구 그래. 그래 하나는 베락바위(벼락바위) 하나는 신선바위, 바우 가(바위가) 둘이래.

[일동 웃음]

그래 내 성심대로만 허믄 다 되는데, 그 망헌 것들은 은제나(언제나) 벌 받아. [웃음]

논개

자료코드 : 02_26_FOT_20100220_SDH_KGB_0011
조사장소 : 경기도 포천시 영북면 자일4리 804-24번지 마을회관
조사일시 : 2010.2.20
조 사 자 : 신동흔, 노영근, 이홍우, 한유진, 구미진
제 보 자 : 김금봉, 여, 97세
청   중 : 조사자 외 20인
구연상황 : 일제시대 이야기를 하라고 청중들이 청하자, 일제시대 이야기를 하다가 논개 이야기를 구연하였다.
줄 거 리 : 논개는 왜정청장이 괴롭히니 그를 죽이고자 하였다. 그래서 열손가락 반지를 다 끼고 왜정청장을 끌어안고 춤을 추다가 진주 남강에 함께 빠져서 죽었다.

나 다른 덴 안 가봤어. 저 거시키 진주 남강에 그 논개. 그 사당 거기 내가 가보니깐, 그 왜정청장 그 거시키 논개가 왜정청장이 하도 들볶으니까,

"저걸 내가 죽여야것다."

그르구(그러고) 할 수 없어서 그냥 그 왜정청장을 사귀어 가지고 춤 추구 그르다가선, 그 진주 남강에 가서 열손꾸락에다(열손가락에다) 옥○○, 반지 다 끼고 빠지까봐.(빠질까봐.) 그래 모가지 끌어안구서 그 왜정청장

그 진주 남강에 떨어져, 저도 죽구 그 왜정청장 죽있어.(죽였어.) 그럼.

조선사람 들볶은 일본인

자료코드 : 02_26_FOT_20100220_SDH_KGB_0012
조사장소 : 경기도 포천시 영북면 자일4리 804-24번지 마을회관
조사일시 : 2010.2.20
조 사 자 : 신동흔, 노영근, 이홍우, 한유진, 구미진
제 보 자 : 김금봉, 여, 97세
청   중 : 조사자 외 20인
구연상황 : 앞 이야기에 이어 바로 구연하였다.
줄 거 리 : 일본사람이 일해 주는 사람에게 달걀을 사오라고 시켰다. 달걀을 사오니까
"곯아, 곯아." 하며 골으라고 하였다. 이에 일하는 사람이 뜻을 알아듣지 못하
고 곯지 않은 달걀을 사왔다고 하였다. 그러자 이번에는 "박아, 박아" 하며
박으라고 하였다. 그러자 일하는 사람이 바가지에 담아가지고 왔다고 대답하
였다.

일본놈이 그렇게 조선 사람을 들볶구, 세상에 그 저 그전에 저 강포대
교, 일본놈 와 살았어. 일본놈 와 사는데, 그거는 사춘(사촌) 둘 데리고 살
아. 응, 사춘 둘을 데리고 사는데 거기서 인제 와서 일해 주는 사람더러
가서 달걀 사오라고 그랬어. 그 달걀을 거시키 허니까 가서 사왔어, 일 허
는 사람이. 가서 사왔는데, 벌써 그 들볶느라 그르지.(그러지.)

[큰 소리로 힘주어 말하며] "이놈아, 곯아 곯아."

[청중 웃음]

곯아(ごら, 이놈)라고 그르면서 이제 때리거든. 그르니까 그 사온 사람
이,

"곯지 않았는데요."

인제 그 사가지고 온 사람이 곯지 않은 거 사왔다고 인제,

"곯지 않았는데요."

[큰 소리로 힘주어 말하여] "박아, 박아."

곯아, 박아(馬鹿, 바보)가 그놈 일본놈들은 나쁜 말이야. 그르니까,

"바가지 담아 가지고 왔주."

[일동 웃음]

이렇허면서 세상에 조선 사람을 그렇게 들볶구.

막내딸의 발복

자료코드 : 02_26_FOT_20100220_SDH_KGB_0013
조사장소 : 경기도 포천시 영북면 자일4리 804-24번지 마을회관
조사일시 : 2010.2.20
조 사 자 : 신동흔, 노영근, 이홍우, 한유진, 구미진
제 보 자 : 김금봉, 여, 97세
청   중 : 조사자 외 20인
구연상황 : 조사자가 손자들에게 해주었던 옛날이야기를 청하자 구연하였다.
줄 거 리 : 한 부부가 세 딸이 있었는데 막내딸 부부는 그 중 가장 못 살았다. 아버지 환
         갑이 되자 막내딸 부부는 아버지 환갑상을 차려가지고 친정집에 갔다. 상에서
         음식이 바닥으로 떨어졌는데 친정어머니가 떨어진 것은 막내사위를 주라고
         말하였다. 이에 서운한 막내딸은 남편과 함께 저녁에 친정집에서 나왔다. 집
         으로 돌아가기 위해서는 고개를 넘어야 하는데 이미 깜깜해져서 달빛이 비치
         는 우물 아래에서 좀 쉬어 가고자 했다. 쉬고 있는데 대사 둘이 산에서 내려
         오면서 하는 말이 그곳에 집을 짓고 사면 발복을 한다고 하였다. 이 이야기를
         들은 막내딸 부부는 그곳에 돌담을 쌓고 살기 시작했다. 그런데 어느 날 막내
         딸 꿈에 한 노인이 나타나서 등산을 넘어 바윗돌 밑에 집을 짓고 사면 잘 살
         것이라고 하였다. 이튿날 막내딸 부부가 그곳으로 가니 바윗돌 밑에 인삼이
         많이 나고 있었다. 부부는 그 인삼을 팔아 부자가 되고 대사가 일러준 데로
         그곳에 집을 짓고 잘 살았다.

옛날에 어떤 부잣집이 거시킨데, 사는데 즈이(자기) 아버지 환갑을 했

대. 환갑을 했는데 저 영(嶺) 넘어 가서, 산 넘어 가서 화전을 허구 그르는(그러는) 딸이 하나 사는데, 딸이 삼형젠데 그 딸이 막낸데 그 중 못살더래. 그런데 즈이 아버지 환갑을 채려가지구(차려가지고) 이렇게 상을 전부 채려가지구서는 거기서 떨어진 걸 그 즈이 어머니 ○○ 그리더래.(그러더래.) 그 ○○○○들. 거기서 뭐가 떨어지니까,

"이거는 저 영 너머 그 막내사우나(막내사위나) 줘라."

장모 마누라도 땅에 떨어진 걸 막내사위 주라고 그르거든. 그 딸이 가만히 듣고 나니까, 즈이는 아무렇해도 어렵고 그 성들은(형들은) 잘 살구 그르니까 떨어진 거를 그 제 사내 주래니까 아주 그게 그렇게 섧더래. 그래서 할 수 없이,

"가자구."

냄편네더러.(남편네더러.) 암('아무'의 의미임.) 소리도 안허구 가자고 이렇게 허니까,

"아니 왜 지금 가재?"

그르니까,

"아휴, 글쎄 내 말대로 가자구."

가자가('가다가'로 해야 할 것을 잘못 말한 것임.) 가다가 가다가 해다 가서 갔지. 가다가 어느 산골짜기 그 영을 넘어가야 즈이 집인데 거길 갈 수가 없더래, 깜깜해서. 그래서 갈 수가 없어서,

"거기 저 달에 또 물이 저렇게 오그러졌으니, 저 달에 떠 물밑이(물밑에) 가 찬실이가 가리구서 우리 갑시다."

그래. 그 인제 그렇게 도랑물을 내리가구.(내려가고.) 근데 달에(달이) 떠 물 밑에 있는데 어느 맘 때 됐는지 어떤 대사 둘이 중얼중얼 내려오면서 허는 소리가,

"아이고, 세상에 저 달에 떠 물 밑에다 집을 지믄 금세 발복을 허구, 그렇게 부자가 될 텐데 저기가 묵는구나."

그 듣는데 그르더래. 그래서 거기서 듣군 그 이튿날 아무 것도 없이 그 냥 가서 집에 가서 이불보따리허구 먹는 것만 가져와서 그 개울에다 돌담을 쌓대. 돌담을 쌓고 돌담에서 잠을 자면서, 아 그 버덩지가 농사를 져도 그렇게 잘 되드래. 근데 하루는 또 그 영감님이 그래.

"너희가 불쌍허다 허구. 너희가 불쌍헌 게 왜냐. 너희가 못살아서 친정 엘 갔다가 오다가 여그서(여기서) 이렇게 ○○니까 내가 가리켜주마.(가르 쳐주마.) 저기 저 등산을 넘어서 큰 바윗돌 밑에를 가믄은 느이(너희) 잘 살 게다."

깨니까 꿈이거든. 그래서 그 이튿날은 그냥 그 등산을 넘어서 가니까 큰 바우가(바위가) 있드래. 바윗돌 밑에를 가보니까 아주 인삼이 떨어져서 또 나구 또 나구 그래. 아주 한 버덩지가(버덩은 높고 평평하며 나무는 없 이 풀만 우거진 거친 들을 의미한다.) 인삼이 아주 퍽 많드래. 그걸 갖다 팔아가지구 부자가 돼서 그 버덩지에다가 기와집을 짓고 그렇게 잘 살드 래. 부모한테두 그렇게 압박을 받구.

[일동 웃음]

그래 부모두 부모두 자식두 사는 자식만 ○○. 땅을 땅에 떨어진 걸 왜 못 사는 사월 주래? 즈이 집 장모 마누라 주지. [웃음]

도둑질 하게 한 쥐 혼

자료코드 : 02_26_FOT_20100220_SDH_KGB_0014
조사장소 : 경기도 포천시 영북면 자일4리 804-24번지 마을회관
조사일시 : 2010.2.20
조 사 자 : 신동흔, 노영근, 이홍우, 한유진, 구미진
제 보 자 : 김금봉, 여, 97세
청   중 : 조사자 외 20인
구연상황 : 조사자가 옛날이야기를 청하자 구연하였다.

줄 거 리 : 한 여자가 며느리가 일곱 번 바뀐 집에 시집을 가겠다고 마음먹고 그 집으로
시집을 갔다. 가서 보니 남편과 시아버지가 도둑질을 해서 먹고 사는 집이었
다. 그런데 하루는 남편은 자고 자기는 바느질을 하고 있는데 남편 한쪽 콧구
멍에서 쥐 한 마리가 나왔다. 아내는 그 쥐를 자로 때려죽였다. 그랬더니 다
른 한쪽 콧구멍에서 또 쥐 한 마리가 나왔다. 그 쥐는 죽이지 않고 살려주었
다. 아내가 죽인 그 쥐는 쥐의 혼인데 그 쥐가 시켜서 남편이 그동안 도둑질
을 한 것이었다. 또한 다른 한 쥐는 남편의 혼이었는데 아내가 죽이지 않았으
므로 남편이 살 수 있었던 것이다. 아내는 그동안 시아버지와 남편이 도둑질
해온 것을 다 돌려주고 잘 살았다.

어느 때 인제 메누리를(며느리를) 일곱을 쫓았거든. 메누리를 쫓은 게
일곱을 쫓았는데, 왜 쫓았느냐 허믄 그 집이 도둑질을 허는 집이야. 시
아버지허구 시어머니, 저 짐팬허구('남편하고'라고 말할 것을 잘못 말한
것임.) 냄편허구(남편허구) 도둑질을 허는 집인데, 그리루 이웃의 색시가,

"나 그리 시집보내 달라구."

그러니까 즈('자기'의 의미임.) 어머니가,

"아 그 집이 일곱씩 나갔는데 니가 가 무슨 시집을 사느냐."

그러니깐두루,

"엄마 그러거나 말거나 나 그리 시집보내 줘요."

그래.

그래 갔지. 가보니깐 일곱 째 들어갔는데 아주 뭐 없는 거 없이 벨(별)
놈의 게 다 있드래. 그런데도 메누리가 들어왔다 나가고 들어왔다 가구
그랬는데. 가서 보니깐 도둑놈의 집이야.

도둑놈의 집이라 온갖 뭘 거 다 갖다가 도둑질을 해 쌓아 놨는데, 아
시어머니가 새 메누리 들어왔다고 나오지도 못허게 허구. 한 일주일 됐
는데,

"넌 들어가거라. 넌 들어가거라 허구."

방으로 떡방아를 빻서 놨거든.

"거시키 헌데 내가 쪄서 헐게. 넌 볼 거 없이 들어가라구."

게 메누리가 가만히 방에 가서 들어가 보니깐, 아 그담에 시어머니가 떡을 쪄 가지고 그렇허고 거시키 헌데, 일주일이 되니까 시아버지허구 냄편네허구 도둑질을 나갔거든. 응, 도둑질을 나갔으니깐 이 시어머니가 떡을 쪄다가 저 성복당에다 한 시루 놓고 앉아서 빌어, 인제.

"응 그저 오늘 저녁에는 주인들 눈 깸기구(감기고) 귀를 먹게 허구 아무 피해를 없이 한 짐씩 지고 들어오게 해달라구."

인제 빌거든. 응, 시어머니가. 그러다가 아 시어멈이 방귀를 북 뀌더래. 방귀를 북 뀌더니,

"방귀 올습니다. 방귀 올습니다. 노여워허지 말구 내 아래가 노래 좋아서 노래허는 소립니다 허구."

아 메누리가 깜짝 놀래서 문틈으로 내다보다가 깔깔 웃었거든. 메누리 몰래 허다가 도둑질 간 거. 그 깔깔 웃으니까 시어머니가 깜짝 놀래면서,

"아휴, 얘 오늘 저녁에 이렇게 거시키는 노래허구 느이(너희) 시아버지허고 한 짐씩 지고 들어온다 그래."

아 그담엔 냄편네도 한 짐 지고 들어오구. 시어버지도 한 짐 지고 그러고 들어오거든. 그 인제 거시키 헌데, 그담에는 이 메누리가 가만히 보니깐 도둠놈의 집이더래. 도둑놈의 집이라 할 수 없어서,

"이왕사 내가 이집에 들어왔으니 이놈의 걸 어떡허나. 나가지도 못하구."

그래서 다 나갔는데 그리구서 인제 있다가,

"아이휴, 할 수 없지. 이집서 살아야지 허구."

앉어서(앉아서) 방에 앉아 이렇게 바느질을 허고 앉었는데 자를 갖다가 문두막에다 이렇게 놓구선 허는데, 냄편네 밤에 도둑질을 왔으니까 자더래. 자는데 이 콧구녕에서(콧구멍에서) 요만한 생쥐가 나오더래. 생쥐가 나오더니 그담엔 고 문두막으로 살살 기서 나가드래. 고 바느질 자루다

하다 때리죽였대,(때려죽였대,) 쥐를.

때려죽이고 났는데 아 또 좀 있으니까, 또 이쪽 콧구녕에서 또 하나 기어 나오드래. 그래 그건 가만두구 안 죽였대. 그랬더니 그 쥐 혼, 쥐 혼이 태나서('태어나서'의 의미임.) 그 도둑질 밤이면 댕겨,(다녀,) 그렇게. 그래서 하나는 살궜으니까(살렸으니까) 사내는 살고, 고 하나는 쥐 혼 나가댕기는(나가다니는) 건 자로 다 때리죽었어. 그래가지구선 그담엔 냄편네가 무서워 바깥을 못나가드래. 그 쥐가 댕기믄 밤이면 도둑질허다가 거시키니까 고 쥐 혼을 때려죽여서 못나가구 그르는데, 그담엔 많이 갖다 논 거를 메누리가 죄 풀어줬대. 그 도둑질 해온 거를. 죄 풀어주구서 그 신랑허구 그담에는 그렇게 잘 살드래.

그래 일곱을 간 집이(집에) 가서도 지가 장언(壯言, 의기양양한 말을 이른다.)허구 가가지고 그렇게 잘 허구 살드래.

(조사자 : 혼이 막 이렇게 쥐처럼 이렇게 나오나 봐요?)

그럼, 혼이 쥐 혼이 태어나가지구서 하나는 콧구녕에서 나온 건 쥐 혼이고, 이쪽에서 나온 건 제 혼이라 고거마저 때려죽였으면 남편네 못 갔는데, 근데 고 하난 죽구 근데 그래 잘 잘 살드래, 그렇허구. 도둑질헌 건 다 메누리가 다 돌려주구. 그럼.

고양이와 쥐가 앙숙이 된 연유

자료코드 : 02_26_FOT_20100220_SDH_KGB_0015
조사장소 : 경기도 포천시 영북면 자일4리 804-24번지 마을회관
조사일시 : 2010.2.20
조 사 자 : 신동흔, 노영근, 이홍우, 한유진, 구미진
제 보 자 : 김금봉, 여, 97세
청   중 : 조사자 외 20인
구연상황 : 앞 이야기에 이어 바로 구연하였다.

줄 거 리 : 한 부부가 살았는데 남편이 집에서 쥐를 먹이면서 삼년동안 길렀다. 그리고 사흘 동안 쥐가 사라졌는데, 남편이 산에서 나무를 해가지고 집에 와보니 자기와 똑같이 생긴 사람이 있었다. 둘은 서로 자기가 진짜라고 우기자, 아들들은 어깨에 있는 점으로 아버지를 가려내고자 하였다. 그러나 둘 다 똑같이 어깨에 점이 있었고, 결국 진짜 남편은 집에서 쫓겨났다. 쫓겨나서 다니는데 어떤 집에서 곡소리가 났다. 곡소리가 나서 들어가 보니 한 여자가 자기 남편이 죽었는데 자기 집이 외딸아서 묻을 곳이 없으니 죽은 남편을 장사지내 달라고 부탁했다. 그는 그 여자의 부탁대로 남편을 장사지내줬고, 그 후 그 과부와 함께 살았다. 살다가 아이를 하나 낳는데 외모가 무척 추했다. 그러던 어느 날 자신의 원래 아내의 환갑이 되어 어떻게 사는지 궁금하여 자기 집에를 갔는데 못생긴 아들이 따라나섰다. 그렇게 아내의 환갑잔치에 가서 앉았는데 도포자락에 숨겨왔던 못생긴 아들이 환갑상 위로 뛰어 올라가 가짜 남편을 물어서 죽였는데 그러고 살펴보니 쥐였다. 과거 자신이 키웠던 쥐가 죽어서 환생을 한 것이었다. 그리고 그 아들은 고양이었는데 아버지의 원수를 갚기 위해 고양이로 태어난 것이다.

옛날에 인제 어 인제 이렇게 사는데, 어느 때나 됐던지 상 밑에서 쥐란 놈이 살살 기어댕기는,(기어다니는,) 밥을 먹으믄. 또 거기서 인제 밥 알갱이 또 그 남편네가 주구 그래. 이놈의 쥐가 꽤 컸더래. 막 삼(3)년을 그렇게 멕였대.(먹였대.) 그래 멕였는데 그담에는 그 쥐가 없어졌드래.

근데 사흘이 됐대. 사흘이 됐는데 아 그담에는 그 냄편네가(남편네가) 가서 낭구를(나무를) 해서 한 짐 지고 오니까, 아 영감 ○○ 겉은(같은) 게 방에 앉아서 마누라허구 이렇허고 앉았더래.

"아 나는 낭구 해가지고 왔는데 저건 뭐냐?"

그러니까,

"그게 아니라 내가 이집의 주인인데 너 뭔데 와서 여그(여기) 와 그르느냐구."

정작 본 남편을 가지구 이리구(이러구) 호통질을 허거든. 그러니 이 헐 수 없지. 헐 수 없어서 인제 그냥 앉았다 거시킨데, 아 이 아들들이,

"우리 이렇게 똑같이 아부지허고(아버지하고) 똑같으니까 어떻게 분간

을 헐 수가 없으니까 우리 아버지 가려내자."

아들들이 그래가지고,

"우리 아버지는 어깨에 점이 커다란 게 있으니까 어디 점을 보자구."

아 둘 다 즈이(자기) 아버지허구 그거 들온('들어온'의 의미임.) 거 허구 어깰 보니까, 아 점도 똑같거든. 점도 똑같이 둘이 있거든. 그래서 인제 못 가려내고 그랬는데, 즈이 친아버지가 여 마누라도 몰르구,(모르고,) 아들들을 모르고 그러니까 고만 쬧겨나갔지.(쫓겨나갔지.) 영감 둘이니까 하난 쬧겨나간 게 본 영감이지.

(조사자 : 아이구, 저런.)

그래, 가만히 가다 가다, 지금처럼 전화가 있어 뭐 있어. 걸어서 가다 가다 어느 때나 됐던지, 이렇게 질거리로(길거리로) 산골로 자꾸 이렇게 가다보니간두루 어느 만치(만큼) 갔는데 산골길을 가니간 곡성이 자꾸 나오드래. 그래 배도 고프구, 그래 거길 찾아 들어갔대. 찾아 들어갔더니,

"아휴, 남편네가 이렇게 세상을 떠났는데 외따서(외딸아) 외딸아서 어따 갖다 모실 수도 없구, 그르니 왔으니 이왕사 이거 이렇게 왔으니 우리 영감이나 좀 내다 묻어달라고."

그래서 인제 헐 수 없이 배도 고프구, 의지가 없으니까 인제 거기 가서 그걸 묶어서 갖다 묻었대. 묻구 어떻게 어떻게 살다 그것허구 살았는데, 그 과불 데리고 살았는데 또 과부가 아이가 생겼대. 그래서 인제 낳는데 그건 뭐 아이도 아니구 문댕이도(문둥이도) 아니구 그런 거 낳대.

나가지구서는 그걸 그래도 내 속으로 난 자식이라구 둘이 잘 키우는데고 아이가 꽤 컸더래. 꽤 컸는데 그담에 그 본 마누라의 환갑이 닥쳐드라우. 환갑이 닥쳐서,

"에휴, 어떻게 됐는지 어떻게나 허구 사나 가본다구."

인제 영감이 나섰대. 나서서 옷갓을(옷갓은 옷옷과 갓을 아울러 이르는 말이다.) 허구 나서니간두루 그 아들이 아주 못 생긴 게 쫓아 나와,

"아버지, 나도 간다고 그러지."

"넌 오지 마라. 내가 혼자 갔다 오께.(올게.) 넌 오지마라. 너 거기가면 남한테 흉 잽힌다.(잡힌다.)"

인제 그래. 그래 인제 슬슬 그거 이렇게 거시키 도포자락에다가 감춰가지고 왔대. 와서 보니깐 바깥에서 보니깐 그 쥐 거시키 ○○○○○○○ 환갑상을 채려가지고(차려가지고) 환갑 찬을 받드래. 찬을 받는데 그 아들 딸 모두 잔들을 드리고 그리더라우.(그러더라우.) 게 가만히 앉아보다가 거시키헌데, 아이 막 이렇게 잔을 뿨서는 아들이 뭐 그 쥐한테로 주니까, 아 그담엔 여기 앉었던 그게 확딱 뛰나가더니 그 앉아, 환갑상 받는 걸 ○○일 물구 흔들어. 그 살펴보니까 그게 쥐드래, 쥐.

쿤데 그게 환생을 해가지구 그렇게 밥을 멕여 길렀는데 그렇게 했는데 보니깐 쥐니깐두루, 그 아들들이 허는 소리가 즈('자기'의 의미임.) 어머니 가지구 허는 소리가,

"아니 어머니는 벌써 몇(몇) 해요. 올해 십년이 됐는데도 그렇게 데리고 살아도 그래두 아버진지도 몰르구(모르고) 여태 쥐 좇도 몰르구."

[일동 웃음]

그래 그 쥐 좇도 몰른대는 게 그때 생긴데('생겼는데'의 의미임.) 그래. 그 거시키 해서는 그담에는 쥐는 갔다 파묻구 즈 아버지허구 그 즈 어머니허구 잘 사는데 아들들이 그담에는 즈이 아버지 잘 모시더래. 그래, 그래서 지금도 고냥이가(고양이가) 그 쥐를 보믄 그렇게 앙숙이지 않아. 그래 쥐가 그거 거시키 허면 고냥이과가 쥐과가 아주 상극이잖아.

근데 그렇게 그 그렇게 난 게 그게 즈이 아버지 웬수(원수) 갚아 줄라고 쥐가 거기 있으니깐 고냥이가 생겼지. 그거 뛰나간 게 고냥이야. 고냥이가 나가서 쥐를 해쳐 죽였지. 그래 그전에도 그렇게 해가지구서는 쥐를 죽이고 즈 아버지 웬수를 갚아서 도로 즈 아버지를 찾더래.

혹부리 영감

자료코드 : 02_26_FOT_20100220_SDH_KGB_0016
조사장소 : 경기도 포천시 영북면 자일4리 804-24번지 마을회관
조사일시 : 2010.2.20
조 사 자 : 신동흔, 노영근, 이홍우, 한유진, 구미진
제 보 자 : 김금봉, 여, 97세
청   중 : 조사자 외 20인
구연상황 : 앞 이야기에 이어 바로 구연하였다.
줄 거 리 : 혹이 달린 영감이 산에 나무를 하러 갔다. 갈퀴로 긁어 개암이 나오니 어머니
        준다며 주머니에 넣었다. 날이 저물어 빈집에서 쉬어 가고자 들어가서 노래를
        부르고 있으니 도깨비들이 왔다. 도깨비들이 그 잘하는 노래가 어디에서 나오
        느냐고 물으니 영감은 혹에서 나온다고 하였다. 도깨비들은 금방망이와 은방
        망이를 줄 테니 혹을 떼어 달라고 하며, 그 영감에게서 혹을 떼어 갔다. 영감
        은 금방망이와 은방망이를 팔아 부자가 되었다. 이웃집에 사는 혹 달린 영감
        이 그를 찾아와서 혹이 없어지고 부자가 된 사연을 물었다. 사연을 들은 혹
        달린 영감은 산에 갔는데, 가서 갈퀴로 긁으니 역시 개암이 나왔다. 이 영감
        은 개암을 자식과 부인을 주겠다며 주머니에 넣었다. 이 영감 역시 빈집에 들
        어가 노래를 부르고 있으니 도깨비들이 왔다. 노래가 어디서 나오느냐는 도깨
        비의 물음에 혹에서 나온다고 하였다. 그러자 도깨비들은 지난번 뗀 혹에서도
        아무 소리도 나오지 않았으니 그 혹을 다시 가져가라며 한쪽에 혹을 하나 더
        붙여주었다. 혹 달린 효자 영감은 잘 되었지만, 불효한 영감은 혹 떼려다가
        오히려 혹만 하나 더 붙이고 왔다.

도깨비가 그전에 이게 혹 혹이 이렇게 달린 영감이 있잖아. 혹이 이렇
게 달린 영감이 있는데, 어디로 낭구를(나무를) 갔어. 낭구를 가서 이렇게
갈퀴로다 북 긁으니까 갬이('개암이'의 의미임.) 하나 찌그르르 해, 개암.
그거 찌그르 굴러 나오니까,

"에이쿠, 이거는 우리 어머니 갖다 까드려야지."

그 주머니에다 늫구.(넣고.) 또 그담에 또 갈퀴 낭구로 긁으니까 그담에
또 하나 굴러.

"이건 우리 어머니 갖다드려야지 그래."

그렇허구서는 어떻게 어떻게 허다 보니깐 해가 저물구, 저물었더래. 그래, 거기 빈 이렇게 거시키니가 있드래. 거기 들어가서 잤대. 자면서 노래를 그렇게 잘했대. 응, 그 안에서 그렇게 노래를 불르구(부르고) 그르니까 도깨비들이,

"아이고, 노래 잘헌다 허구. 노래 잘헌다."

그래 노랫소리가 그러면 도깨비들이 몰려오더래. 그래 몰려와서 인제 거시키 허니까 그담엔,

"아휴, 노래 이렇게 잘하면 여그(여기) 빈 집에 왜 와 있느냐구 그래."

"아휴, 난 길 잊어('잃어'의 의미로 이야기 한 것임.) 버려서 여그서 쉬어갈라고 그린다고.(그런다고.)"

"노래 좀 허라 그래."

거기서 노래를 잘했대. 노래를 잘 허니까,

"어디서 그렇게 혹, 노래가 잘 나오느냐?"

그르니까,

"난 이 혹에서 이렇게 잘 나온다. 혹에서 그렇게 노래가 잘 나온다."

그르니까,

"그 우리가 이 가져온 게 금방맹이 은방맹인데(금방망이 은방망인데) 이거 줄, 혹을 날 떼줘 그래."

"아휴, 그걸 아파서 어떻게 떠냐.(떼냐.)"

"아니 우리가 아프지 않게 띤다구."

도깨비들이 혹을 띠 갔거든? 혹을 떼 갔는데 그담에는 집에 와서는 금방맹이 은방맹이 팔아가지구 그건 부자 됐어.

부자가 됐는데, 응 이웃에 친구가,

"아휴, 어떻게 그렇게 혹도 감쪽같이 띠구 그렇게 부자가 됐느냐?"

그르니까,

"아휴, 그게 아니라 아무 때 거기 가니깐 그렇게 그냥 거시키 해가지구

서 노래 허니깐 노래가 어서 나오냐고. 그래 혹에서 나온다고 그르니까 그 혹을 감쪽같이 띠 가구 금방맹이 은방맹이를 날 줘서 내가 이렇게 잘 산다."

그니까 아 또 혹쟁이 한 영감이,

"내가 그럼 또 간다구."

갔대. 거기를 가가지구서는 인제 허는 소리가, 거기 가서 그렇게 허른 갈퀴로 낭구를 긁으니까 개앰이(개암이) 나오니까 그건 부모 준단 말 안 허구,

"이거는 제 아이 갖다 줘야 헌다구."

또 또 긁으니깐 또 하나 나오니까,

"이건 여편네 갖다 줘야 헌다구."

아 허는 게 모두 그렇게 불효허더래. 그렇허구 있다가 저녁이 되믄 노래 헐라고 거기 가 가만히 있으니까두루, 그담에 노래를 혼자 불르고 앉았으니까 오더래.

아휴, 저기 또 혹 떼 간 놈이 혹을 떼 갔는데도 노랜 커녕 아무 것도 안 나오더래. 그러니까 이놈 안 되겠더래. 거기 들어가서,

"그래, 어디서 그렇게 노래가 나오느냐?"

그러니까,

"나 여그서 나온다고."

그르니까,

"어, 거기서 나와? 접때 여그서 나오는 사람 하나 갔는데 이 혹 가주 ('가지고'의 의미임.) 가거라."

이쪽에 마저 붙어줘.

(조사자 : 아이쿠.)

그래 혹을 띠러 갔다 붙였지. 그래 양쪽에다 혹 붙이고 나왔어.

[일동 웃음]

혹 띠러 갔다 붙여가지구 양쪽에다 붙이구 왔어. 혹 띠러 갔다가 붙인 대는 게 그게 옛날 얘기야.

(청중 : 옛날 속담이야. [일동 웃음])

그래, 그 부모 준대는 사람은 착해서 거시키 헌데 지집('집사람'의 의미로 경상도에서 비속어로 사용하는 말이다.) 주구 새끼 준다고 그르면서 가서 허다가, 가서 혹만 붙이고 왔지.

(청중 : 혹 띠러 갔다가 붙인대잖아.)

부모헌데 잘 허는 사람은 아무 때두 끝이 있구. 부모헌데 못 되게 허는 사람은 망해, 못써.

고시레

자료코드 : 02_26_FOT_20100221_SDH_KGB_0001
조사장소 : 경기도 포천시 영북면 자일4리 749-17번지(제보자 자택)
조사일시 : 2010.2.21
조 사 자 : 신동흔, 노영근, 이홍우, 한유진, 구미진
제 보 자 : 김금봉, 여, 97세
구연상황 : 조사자가 옛날 이야기를 청하자 바로 구연하였다.
줄 거 리 : 고수레를 하는 연유는 세상이 생겨날 적에 신농씨가 인간들에게 농사짓는 법을 가르쳐줘서 이를 고맙다는 의미에서 신농씨에게 하는 것이다.

그것 좀 알아봐? 왜 이 밥을 먹든지 들에 가서 하든지 하면 왜 고시레(고수레, 고시레는 고수레의 강원도 방언임.) 허고 밥 던지지?

(조사자 일동 : 예.)

그거 왜 그르나?

(조사자 : 고시레요?)

어.

(조사자 : 예.)

알아봐.

(조사자 : 예.)

알아보라고. 그 왜 그렇허나.

(보조 조사자 : 맞춰보라고요?)

(조사자 : 응.)

(보조 조사자 : 할머니가 말씀해주셔야지.)

(조사자 : 그 왜 그러는데요?)

어?

(조사자 : 왜 그러는데요?)

그 신농씨가 농사짓는 법을, 옛날에 아주 세상 대표될 적에 신농씨가 이 농사짓는 법을 가르켰어.(가르쳤어.) 그래가지고 이 온갖 씨를 다 맛을 봐서 풀어. 맛을 보니까 ○○○○ 먹기가 좋고 그 오곡잡곡을 그 신농씨가 죄다가 인제 거시기해서 이 농사꾼들을 농사짓게 해줬어. 그래 인제 농사법을 그 신농씨가 가리켜줬지(가르쳐줬지), 다. 그래서 인제 그, 신농씨한테 고시렐 허는거야. 고맙다구. 그래서 인제 그렇게 고시레를 허구.

목화 들여온 문익점

자료코드 : 02_26_FOT_20100221_SDH_KGB_0002

조사장소 : 경기도 포천시 영북면 자일4리 749-17번지(제보자 자택)

조사일시 : 2010.2.21

조 사 자 : 신동흔, 노영근, 이홍우, 한유진, 구미진

제 보 자 : 김금봉, 여, 97세

구연상황 : 앞의 고수레의 유래에 대한 이야기에 이어 바로 구연하였다.

줄 거 리 : 문익점이 대국에 사신을 갔다가 목화씨 세 개를 붓뚜껑에 몰래 넣어서 가지
고 왔다. 가지고 와서 차례로 우리나라에 심었는데, 두 개는 실패했다. 남은

목화씨 하나는 입하(立夏) 때에 심었는데, 그 때 심은 목화씨가 잘 되어서 나라 안에 퍼지게 되었다. 그래서 지금도 목화를 심을 때에 입하 때에 심는다.

또 이 저 거시기 이 옷 짜서 입는 그 목화. 목화는 또 누가 그거 냈나 좀 또 알아봐.

(조사자 : 목화요?)

목화, 이 멘화.(면화.) 그거 심궈서(심어서, 심구다는 심다의 경기도 방언임.) 물레질 해가지구서 면 짜고 뭐 또 해서 우리 많은 인간들이 옷 입은 거. 그건 또 누가 했어?

(조사자 : 그건 누가 했어요?)

그건 누가 했어요? 그것도 몰라?

(조사자 : 예.)

[일동 웃음]

에이고, 하하. [웃음] 그거는 문익점이, 문익점이 그전에 대국으로 사신을 갔어. 사신을 갔는데 가서, 다 인제 조사를 받구선 나오는데 거기선 아무것도 못 가져오거든. 하나도 못 가져 와서 멘화씨를(면화씨를) 거기서 시 개를(세 개를) 붓뚜껑에다 넣었어. 붓뚜껑에다 너가지구서는('넣어가지고서는'의 의미임.) 한국을 나왔다.

한국을 나와 가지고 이거 하나 심궈봐도 그냥 션치를('시원찮다'의 의미임.) 않고, 저거 하나 심궈봐도 션치 않은데, 입하(立夏) 때, 입하 때 하날 냉겼다가(남겼다가) 심으니까 그게 그렇게 잘 돼서 퍼졌어. 그게 퍼져가지고 목화가 그렇게 잘 돼서 지금 목화 심구는 거는 입하 때 심구는 거여, 전부. 그거는 거시기 문익점이 그렇게 낸 거고. 그럼, 그 옛날 얘기가 그런 거여.

(조사자 : 예.)

[일동 웃음]

남매의 싸움

자료코드 : 02_26_FOT_20100221_SDH_KGB_0003
조사장소 : 경기도 포천시 영북면 자일4리 749-17번지(제보자 자택)
조사일시 : 2010.2.21
조 사 자 : 신동흔, 노영근, 이홍우, 한유진, 구미진
제 보 자 : 김금봉, 여, 97세
구연상황 : 조사자가 누나와 남동생이 싸우는 이야기를 청하자 바로 구연하였다.
줄 거 리 : 누이동생에게 오빠가 자꾸 치근덕거려서 싸웠다.

   남자가 오빤데, 그놈의 여자아이가 참 공주야, 이뻐. 근데, 아 이놈의 그 오빠가 주책없이 그 동상(동생) 여자를 이쁜 걸 자꾸 거시키했다. 아, 그러면은 그냥 지 오빠하고 자꾸 싸웠어, 그전에. 그런데 그전에 거 ○○면 챙피를(창피를) 그렇헌다구('그런다고'의 의미임.) 거 왜 동기간끼리라도 그렇게 못허게 했는데, 부모 모르게 이놈의 오라번이 자꾸 그 누이동상을 찍헌대.(의미를 알 수 없음.) 그니까 그래서 싸왔어.(싸웠어.)

   [일동 웃음]

콩쥐팥쥐

자료코드 : 02_26_FOT_20100221_SDH_KGB_0004
조사장소 : 경기도 포천시 영북면 자일4리 749-17번지(제보자 자택)
조사일시 : 2010.2.21
조 사 자 : 신동흔, 노영근, 이홍우, 한유진, 구미진
제 보 자 : 김금봉, 여, 97세
구연상황 : 조사자가 콩쥐팥쥐 이야기를 청하자 바로 구연하였다.
줄 거 리 : 팥쥐는 계모와 의붓언니에게 구박을 받았다. 어느 날 외삼촌 환갑잔치가 있
          어서 팥쥐는 가고자 하였으나, 의붓어멈은 환갑잔치에 오기 위한 조건으로 밑
          빠진 독에 물 붓기와 계피 서 말을 찧는 일을 부과한다. 팥쥐는 두꺼비와 참
          새의 도움으로 이 일을 모두 완수하고 검은 암소에게 옷까지 얻어서 환갑잔

치에 간다. 하지만 콩쥐는 팥쥐의 옷을 빼앗고 물에 빠뜨린다. 한편 계모는 콩쥐에게는 쇠 호미를, 팥쥐에게는 나무 호미를 주면서 김매기를 시킨다. 팥쥐는 나무 호미가 부러져서 곤란에 처했으나 검은 암소의 도움으로 수월하게 일을 해결한다. 또 하루는 계모가 팥쥐에게 나무 해오기를 시키는데, 우연히 산에 온 나라님의 아들이 팥쥐를 보고 반한다. 팥쥐는 콩쥐가 물에 빠뜨린 이후였으므로 한 짝의 신밖에 없었는데, 나라님의 아들은 남은 한 짝의 신을 가지고 집으로 돌아와서 그의 아버지에게 신의 주인공과 혼인을 하겠다고 말한다. 그의 아버지는 신의 임자를 찾기 위해 여러 마을을 수소문하던 중에 콩쥐가 신발을 찢어서까지 신으면서 자신이 신발 임자라고 우긴다. 그리고 팥쥐를 죽인다. 팥쥐가 죽은 곳에서 연꽃이 피고 콩쥐는 그 연꽃을 꺾어 아궁이에 태우나 없어지지 않는다. 콩쥐와 혼인한 나라님의 아들은 그 꽃을 아름답게 여겨 문고리에 꽂아둔다. 이후 나라님의 아들은 꽃에 정성을 들여 꽃을 피우게 되고, 그곳에서 팥쥐가 나온다. 팥쥐는 나라님의 아들과 혼인한다.

콩쥐팥쥐가, 콩쥐는(팥쥐라고 해야 할 것을 잘못 구연함.) 저 거시키 그 거 거시키 영감의 딸이고, 응 팥쥐는 영감의 딸이고 콩쥐는 마누라 딸인데, 상처를 허구서 그 지 아버지가 마누랄 또 얻었어. 얻었는데, 아 이놈의 그 콩쥐가 성인데(형인데) 언니라 그래두 그렇게 거시키허고 옷을 그렇게 좋은 것만 해줘도 그거는 죄 뺏어 입구, 즈이(자기) 성이 신발도 그렇게 저 좋은 걸 ○○○ 그렇지.

그래서 인제 할 수 없어 거시키 헌데, 그담에는 그 친정 외삼춘(외삼촌) 환갑이 됐드래.(됐더래.) 즈이 그 팥쥐 인제 외삼촌이, 진짜 외삼촌이. 그래 거기를 환갑엘 갈래니깐 아 못가게 허드래.(하더래.) 즈이 의붓어멈이. 못 가게 해서 그담에 나도 좀 외삼춘 환갑에 간다고 그르니까,

"너 그르믄 저 두멍(물을 많이 담아 두고 쓰는 큰 가마니나 독을 말한다.), 물두멍 그거 거기다 물 하나 길어다 붓구, 계피 서 말 넣어 논 거 다 쪄놓고, 그렇허고 와야지 못 온다."

인제 그리거든.(그러거든.) 그르니, 이놈의 부엌을 가보니 물두멍이 밑이 빠진 놈을 갖다 놓구 거기다 물을 길어다 부래니('부으라고 하니'의 의

미임.) 암만 길어다 붜도('부어도'의 의미임.) 드세지. 그래서 고만 앉아 울었어. 팥쥐가 앉아 울면서,

"아휴, 외삼촌 환갑에 가야 헐 텐데 여기서 물을 못 길어다 붓는다고."

울었어. 우니깐 커단('커다란'의 의미임.) 두꺼비가 엉금엉금 기어와서,

"내가 여기다 엎드릴게 너 물 길어다 붜라."

그래 인제 그 담에는 두꺼비가 거기 가서 그 밑 빠진 두멍에 엎디니까('엎드리니까'의 의미임.) 그 담에는 인제 길어다 붓는 대로 거기 찼지.

근데 인제, 또 그 담에는 계피 서, 서 말은 언제 쪄. 그거를 못 찌서(쪄서) 그냥,

"아휴, 이걸 다 쪄야 갈 텐데 어떡해서 가나."

허구 인제 앉아서 또 우니깐 아주 널어놨는데 참새 떼가 하나 몰려와서는 앉아 짹짹거리고 그냥 ○○○○. 아, 그 참새 날라 간 다음에 보니깐 참 그 거시키가 홀딱 다 쪄졌지, 계피가.

그래서 인제 그렇허구서는 거시키했는데 외삼춘네 집에를 갈래니 옷이 읍어.(없어.) 옷이 읍어서,

"아이고, 뭐를 입구 가나, 뭐를 입구 가나."

했더니 하, 저 하늘에서 검정 암소가 저 옷을 옥함에다 느서('넣어서'의 의미임.) 가지구 와서,

"이거 입구 가거라."

그래서 아 그거 입구 갔더니 아 그 동상 ○를 성년이, 콩쥐가 그거 뺏어서 입구 싶어서 동상을 갖다가 팥쥐를 갖다 물어다 쳐넣네. 지가 베껴(벗겨) 입고. 그래서 동상이 물에 떠내려갔어. 그래가지구서는 가다가 어디가 걸렸대. 어디가 걸려서 나와 가지구 할 수 없이 집으로 왔지.

집으로 왔는데, 와서 인제 거시키니깐 다 저희 환갑 보구서, 그니까 친외삼춘은 못 봤지, 저는 인제. 와서 있는데, 밭에 그냥 김이 나서 엉켰는데 즈('자기'의 의미임.) 의붓어멈이 제 딸은 쇠 호미를 주구, 그 저 그전

마누라 딸은, 팥쥐는 낭구(낭구) 호미를 줬어.

낭구 호미를 줘서 앉아서 이렇게 김을 매는, 보니깐 호미가 부러졌지. 근데 그 동상 호미가 부러졌는데, 성년은 쇠, 쇠니까 안 부러졌지. 그런데 그걸 매야 집엘 갈 텐데, 맬 수가 없드래. 그래서,

"아휴, 이걸 다 매야 집에 가서, 참 서모(庶母)한테 구박을 안 받을 텐데, 이놈의 걸 어떡허나."

하구 또 앉아 울었대. 앉아서 우니깐 그 담엔 역시 또 그 검은 암소가 또 어서('어디서'의 의미임.) 난데없이 ○○○나와. 그서,

"너 왜 우냐."

그래.

"나는 이걸 매야 집엘 갈 텐데 이걸 매질 못 허구 호미가 부러졌다."

고 그러더래.

"너 그럼 내가 꼬랑지를 잡아○○○."

내 꼬랑지를 붙들고 있으니깐 그 소가 왔다갔다 왔다갔다 허드니 아 그 잠깐 맸지? 아, 그 인제 성년은 못 다 매구. 동상은 금세 매구 들어갔거든.

"이년아, 너는 왜 동상 내빌고('내버리고'의 의미임.) 어떻게 매지고 않고 들어왔다고."

그르더래.

아, 그게 아니라 가서 밭을 보라고 그러니까, 아 그냥 깨끗허게 다 매 놨거든, 팥쥐는. 그렇허면서 그렇게 의붓거시키를 허면서 그렇게 고상을 (고생을) 했어, 팥쥐가. 그렇게 고상을 허다가 저희 아버지가 곽외(郭外) 가서, 서울로 곽외를 갔다가 왔는데, 아 갔다 이놈의 동상 팥쥐를 죽였더라고. 갔다 물에다 처넣었으니, 기어 나왔으니, 아 오죽해, 멕이지도(먹이지도) 않구.

산에 가서 낭구를 해오라고 그래. 낭구를 허러 갔는데 그전 나라님의

아들이 그야말로 거둥('거둥'의 의미.)을 나왔어. 거둥을 나와 가지고 인제 어디로 오다보니깐, 아주 가만히 보니깐 여자가 예쁘게도 생겼지만, 장래 희망이 있는 아이더래. 그래서 그 오돈 거시키들을,

"야, 저 처녀를 가서 데리고 오너라."

데리고 와 보니까, 아 이 신이 읍거든. 신이 읍어. 물에 갔다 떠내려갈 뻔 했으니깐 한 짝은 신구 한 짝은 읍어서. 그 신 한 짝을 베껴서(벗겨서) 가지구 그렇허구선 인제 갔어, 그 나라님 아들이. 집에를 가가지고 저희 아부지(아버지) 보고,

"아휴, 아무튼 이러저러 헌 데를 가니깐 어떤 처녀 하나 물에 빠졌는데, 신발은 한 짝은 신고 한 짝이 읍는데,(없는데,) 아부지 신발 임자를 찾아서 나 인연을 맺어주오."

어 그르니깐 저희 아버지가,

"아니 어디서 물에 그렇게 떠내려가고 신발도 없는 처녀를 그러냐."

"아니야, 아버지 장래 그 처녀가 크게 될 사람이야. 그니까 그거 내 아내 삼게 해달라고."

게, 저희 그 아버지가 그 담엔 그 신발 가지구 인제 조사를 했어. 이 신발 신는 이 맞는 애가 ○○라고. 근데, 그 신발을 가지고 면면촌촌이 댕기면서 조사를 허는 거야. 그거, 꽃신발이니까. 신구서 그런데, 아 이 그 저 성년이 안 들어가는데 제 발 그 맞는 사람 찾으려고 그러니깐 여글('여기를'의 의미임.) 쭉 찢어서 신구서는, 그 지가 인제 콩쥐라고.

콩쥐가 인제 팥쥐라고 이렇게 인제 둔갑을 허구서는 그렇게 어느만치 있으니까서는 그 또 왔드래. 신발을 가지고 왔는데, 그 저 째져진(찢어진) 거 신어두, 그거 그 발에 꼭 맞드래. 그래서 그걸 공주 삼구, 공주를 갔다가서는 아내를 삼구. 그렇게면 그놈의 콩쥐가 팥쥐를 그렇게 못살게 굴었어. 그르더니 갔다가 물에다 처넣었어. 죽일려구, 죽였어. 죽였는데 가만히 헐 수 없어서 죽었는데, 그 담에는 연꽃이 피어 올라왔어.

그 저 연꽃이 피어 올라와서 이렇게 보니깐 그 담에는 그 안되겠드래. 그 참 콩쥐란 년이 또 그걸 꺾어다가 박박 비벼서 아궁이에다 처넣대. 그렇게 처넣는대두 그거 혼이지 뭐. 그러는데, 그거 안 없어지구 그냥 또 있구.

그 참 나라님에 아들이 왔는데, 그 동상 팥쥐는 얼굴이 이쁜데 그 성은 얽었더래, 콩쥐는. 그랬는데 그 인제 그렇게 나라님 아들이 그렇게 허니까 헐 수 없어서 인제 와서, 거기 와서 인제 오니깐, 아 그냥 얼굴이 즈이 샥시는(색시는) 안 얽었는데 얽었거든. 그래서,

"아니 왜 나는 그렇게 이쁜 줄 알았더니 왜 얼굴이 그렇게 그러냐구."

그러니깐,

"예, 난 서방님 오시나 허구 콩 멍석에 가서 ○○○을 허구 보다가 미끄러져서 콩 멍석에 엎어져서 이렇게 얽었다고."

아 이렇허는데 그렇게 그냥 고상을 허구 그냥 콩쥐가 팥쥐를 그렇게 해서 죽였어. 그랬는데, 이 그 꽃을 갖다가 박박해서 이 문고리에다가 꽂아났대, 이쁘니까. 그런데 인제 들어갈 적에 머리를 쥐어뜯고, 아 나올 적에 머리를 쥐어뜯고, 팥쥐 혼이. 그랬는데 밥상을 채려왔는데(차려왔는데) 아 젓가락이 부엌에다가 거시키헌데, 젓가락을 놨는데 보니깐 젓가락이 짝재기더래.(짝짝이더래.) 짝재기니깐 그 거시키니가 여편네가,

"아 왜 젓가락을 짝재기로 놨느냐."

고 그러니깐 응 ○○ 여기 꽃이 허는 소리가,

"아니, 여편네 배뀐(바뀐) 줄은 몰라도 젓가락 바뀐 것은 아느냐."

남편네 가지고. 그래, 그 꽃을 나라에 갖다가 놓구서 자꾸 정성을 들였더니 태어났어, 그 팥쥐가. 그래서 그 담에 그거 그 인제 팥쥐 나라님 메누리가(며느리가) 돼가지고 잘 살았어. 어허허허. [웃음] 그렇게 해서 들볶았어, 그 의붓어멈이.

양반 버릇 고친 종

자료코드 : 02_26_FOT_20100221_SDH_KGB_0005
조사장소 : 경기도 포천시 영북면 자일4리 749-17번지(제보자 자택)
조사일시 : 2010.2.21
조 사 자 : 신동흔, 노영근, 이홍우, 한유진, 구미진
제 보 자 : 김금봉, 여, 97세
구연상황 : 앞 이야기에 이어 바로 구연하였다.
줄 거 리 : 종이 양반의 기를 꺾기 위해서 재치로 골탕을 먹이는 이야기이다. 종은 자신
들에게는 매번 조밥을 주고, 양반들은 쌀밥을 먹는 것을 보고 일부러 자신의
밥그릇에 쌀 하나를 넣자 양반이 종의 밥을 젓가락으로 때린다. 또 비오는 날
꼴을 베러 가기 싫어서 솔가지를 가지고 양반을 골탕 먹인다. 결국 종의 기세
에 눌린 양반은 그를 종의 신분에서 벗어나게 해준다.

　그리구 이 어려와서(어려워서) 그전에는 어려운 사람이 저 양반의 집으
로 종으로 팔려갔잖아. 종으로 팔여가믄 종 문서가 있어서 종 문서를 가
지믄 그 속에서 난 자석도(자식도) 종이 되구, 그리루 장개가는(장가가는)
건 부부가 되고 그래. 아, 그 종에 여편네가 돼서 그 양반에 집으로 들어
가서 참 일을 해주구 그랬는데, 어느 때 낮이었는지, 만날 조밥을, 팥을
주구, 조밥을 해서 주구, 그 양반이라는 거는 쌀밥을 해서 먹구 그래.

　어느 때나 됐는지 어디서 잎 싸라기서 하나, 잎 팥이 하나 들어가서,
어 내 이놈은 버릇을 가르키겠다(가르치겠다) 허구. 그담엔, 그 전엔 그
머리 여그 상투 짰으니까 머리카락 여그서 하나 쏙 뽑아서, 아 요놈 잎싹
을 밥알을 맸어. 허리를 매 가지구 젓가락을 들구 나라님헌테(대감한테라
고 할 것을 잘못 말한 것임.) 들구, 들어가서, 대감한테 갔어. 가니까,

　"아 요놈, 고얀 놈이 있어."

　하니깐,

　"왜, 왜 그르냐."

　"아, 양반의 밥그릇이나 이 쌀이 들지, 이 상놈의 밥그릇에 요놈 왔으니

깐 아 요거 맞아야 헌다구 젓가락으로 밥을 때리네."

[일동 웃음]

어 그렇구나 허구 이제 있는데. 그담엔 또 언젠가 이따가 여름이 닥쳤는데 꼴을 베러가야 헐텐데 그르더래.

"비가 오고 그러니깐 그럭저럭 아무커니 한때 때지."

그래. 그런가 허구 그냥 거시키 있는데, 아 비는 부실부실 오구 가만히 앉았더래, 아 그래. 그렇게 해서 인제 한 가지는 대감을 꺾었는데 이놈의 영감을 또 하나 ○○○○○○○ 그런데 거시키 인제, 어느 때나 돼서 거시키헌데. 아, 비가 오는 데도 꼴을 안 비러(베러) 가더래.

그 대감이 그래서,

"왜 꼴을 안 비러 가니."

"아니, 사람도 한때 때고 마는데, 소도 한때 때라 그리면서(그러면서) 솔가지를 부엌에 푸석헌 데서 솔을 하나 골라가지구 솔을 너두 이거 먹구 한때 때라. 나도 한땔 땐다."

[일동 웃음]

이렇게 해서 대감을 꺾어서 그담에는 거시키 이놈은 안 되겠더래. 그래서 고만 양반이 그 저 종의 문서를 빼 주구, 너는 너대로 살라구 했대.

[일동 웃음]

내 복에 산다

자료코드 : 02_26_FOT_20100221_SDH_KGB_0006
조사장소 : 경기도 포천시 영북면 자일4리 749-17번지(제보자 자택)
조사일시 : 2010.2.21
조 사 자 : 신동흔, 노영근, 이홍우, 한유진, 구미진
제 보 자 : 김금봉, 여, 97세

구연상황 : 앞 이야기에 이어 바로 구연하였다.
줄 거 리 : 김판서에게 세 딸이 있었다. 하루는 김판서가 세 딸을 불러 누구 복에 먹고
사느냐고 물었다. 첫째와 둘째 딸은 아버지 덕에 먹고 산다고 하였는데, 막내
딸은 제 복에 먹고 산다고 대답하였다. 막내딸의 대답을 들은 아버지는 그 딸
의 버릇을 고치고자 종을 시켜 미나리 장사, 방아 찧어 먹고 사는 사람에게
주고 오라고 하였다. 두 집에서 딸을 받아주지 않자 아버지는 결국 종들에게
딸을 죽이라고 시켰다. 종들은 딸을 멀리 데리고 가서 죽이지 않고 그곳에 버
리고 왔다. 한편 집에서 나올 때 하얀 구렁이도 함께 따라왔다. 그녀는 하얀
구렁이가 가는 곳을 따라가 그곳에서 숯 굽는 총각을 만나 혼인을 하고 살았
다. 어느 날 그녀가 남편이 숯 굽는 곳을 올라가보니 숯을 구워내는 돌이 금
덩이었다. 막내딸은 남편을 시켜 금덩이를 팔아 부자가 되었다. 그렇게 오랜
시간이 지났는데, 어느 날 거지가 동냥을 왔다. 그녀가 그 거지를 보니 자신
의 아버지와 비슷하게 보여서 종을 시켜서 알아보니, 자신의 아버지였다. 아
버지는 그녀가 나간 후 부인이 죽고 자신은 한 쪽 눈을 잃고 집은 망한 후였
다. 그녀는 그런 아버지를 모시고 와서 살았다.

그러구 어느 맘 때, 살다가 살다가 그 김판서가 딸이 셋이야. 딸만 셋
이고 아들이 없는데 그 딸만 공주가 잘 자라고 그러니까 너무 좋아서 허
는 소리가,

"너희들 이리 들어오너라."

그래. 이제 딸 삼형제를 다 불렀대. 불러가지고,

"너희 누구 복에 먹고 사냐."

그르니깐,

"네, 저흰 그저 아버님 잘 둬서 아버님 복에 이렇게 잘 먹고 호강을 헙
니다."

근데, 막내가 잠자코 앉았더니,

"너는 그래 누구 복에 먹느냐."

그래.

"나는 그저 내 복에 먹고 삽니다."

아, 즉('자기'의 의미임.) 아버지헌테 그르거든.

"아 요년이 요렇고 ○○허구나."

그렇께 요걸 내가 인제 버릇을 가리키겠다(가르치겠다) 허구, 그 전에,

"너 아주 웂는(없는) 집으로 시집 가두 내 복에 먹냐?"

그니까,

"그렇겠다구."

"나는 내 복에 먹는다구."

그래, 이 즈 아버지가 헐 수 없으니까 종을 시켜서, 대감이니까 종이 있잖아. 종을 시켜서,

"내 저 막내 저걸 남 보지 말게 밤에 태워다 저 서울 가는 그 왕십리 미나리 장사가 총각이 있다. 거기 갖다 줘라. 제 복에 먹나 보게."

인제 하인들이 그걸 밤에 태워서 그 왕십리 미나리 장사한테 데리구 갔어. 데리 가서 보니깐두루 아 참 뭐 그렇구 대감 딸이 공주로 자랐는데, 아 그 여간 이뻐? 아, 그래 갖다 노니까('놓으니까'의 의미임.),

"아니 우린 아무 죄도 없는데 이런 공주를 갖다 놨느냐고."

"어서 태워가라고 태워가라고."

"게 아 우리 안 태워간다고."

그래. 아 거기 한 데서 밤을 팼지?(샜지?) 한 데서 밤을 패고(밤을 패다는 밤을 새다의 북한말이다.) 그날 저날 살다가 ○○○○ 그 이튿날 또 왔 대. 또 내려오니까,

"아 왜 내 복에 먹고 산대드니, 아 왜 또 기어들어왔느냐고."

"냉큼 나가라고."

게서,

"아휴, 내 복에 먹어도 어디 뭐 그 갈 데가 없다고."

그러니까, 그날 저녁엔 또 거시키 허는 소리가 저희 아버지가 종들을 시켜서,

"내 저 저 저년 저 아무 데 그 저 발방아(디딜방아의 경기도 방언임.)

찌어먹고 허는 탈각달이(정확한 의미를 알 수 없다.), 달각달이 집에 갖다
줘라. 제 복에 먹나 보게."

그 인제 또 종들이 그걸 태워 가지구 인제, 그 방아만 찌어서 먹구 그
러는 그 달각달이 집으루 갔어. 가서 인제 어느 만치 있다가 보니깐 그
담에는 뭐, 거기서 보기나 봐? 보지도 않고 그래. 또 할 수 없어서 또 왔
대. 또 왔더니 그 담에는 인제 저거 헐 수 없어. 그니깐 인제는,

"아주 영 뵈지도 않게 갖다 죽여버려라."

즈 아버지가. 그니까 인제 그걸 하인들이 참 또 가마에다 태워가지고
아주 무조건 데리고 갔어. 아주 저 산골로.

자꾸 가서 어느 만치 산골에를 가니깐 그 담에는 물은 도랑에 물을 졸
졸졸졸 내리 가는데 보니깐 이렇게 보니깐, 그 인제 처녀 ○○을 가지구
갔는데 보니깐 아주 하얀 백구랭이가(백구렁이가) 나비를 물구 벌써 그
가마 앞을 쫓아 가드래. 가마 앞에 먼저 가드래. 거기다 내리 놓구 인제
여기 죽인 줄 알았는데, 그냥 거시키니 허니깐,

"인제 우리집에 오믄 우릴 성가시게 허지 말구, 어디루 인제 아주 ○○
○○ 없이 가라구."

처녀가 아주 그랬거든. 그랬더니 거기 앉아서 가만히 생각을 허니깐 참
한심허거든. 지 꼴 소리헌 게. 그래서 가만히 물 소리를 듣고 앉아서 이렇
게 쳐다보니깐, 아주 저 산꼭대기에서 불이 반짝반짝 비더래.('보이더래'의
의미임.)

"아휴, 저긴 그래두 인간이 살겠지."

저길 찾아가겠다구, 아 벌써 이렇게 가니깐 그 뱀이 먼저 올라 가드래.
그 복구랭이지(복구렁이지), 그럼. 그서 그 뱀을 쫓아서 가니깐두루 총각
이 그 산에서 숯을 구워서 숯굽댕이를 허구 숯을 굽는데 아주 앉아서 ○
○○을 짜구 앉았더래. 등장불을 켜놓구. 그래서,

"여기 인간이 살거들랑 나 좀 들어가자고"

그러니까, 아 꽃 겉은(같은) 참 처녀가 와서 그러니깐 아주 허락을 해서,

"들어오라구"

그래. 데리다놨는데,(데려다놨는데,) 그날 저녁에 가만히 해서 그 총각 허구 하루 저녁을 해구, 그 이튿날 그니까 정은 들었지. 정이 들어가지고 인저 오늘 거시키니 숯을 굽는데 어디 가서 좁쌀로 화전 해가지고 좁쌀 먹구 그래.

"어디 가서 쌀 한 되만 구해오오."

그래. 그 담에 그 총각이 숯을 한 상 걸머쳐('걸쳐'의 의미임.) 지고,

"이건 지구 가야, 저 김판서네 집에 가야 이걸 ○○ 쌀 한 되를 가지고 오겠죠."

그래. 근데 인제 숯을 한 상 걸머쳐 지구 가야, 그 친정집엘 갔어. 가다 가다 친정집엘 갔는데 가서, 거기 가서 즈 아버지더러,

"여기 김판서님 여기 저 쌀 한 되만 나 긴히 쓸 데가 있으니, 이거 허시구서 팔라구."

그러니까 쌀을 한 되박 주거든. 게 인제 그 총각이 그걸 지구서 주구서 다 그걸 가지구 왔는데, 뭐가 있어. 그 저 질바가지, 뭐 그딴 거 있고 혼자 끓여먹는데 그래. 도랑에 물 내려가는 데서 죄다 닦아서 거기다가 밥을 해서는 그 바가지다 퍼놓구,

"어디 저 산에 가서 새초(억새의 강원도 방언임.), 새초 한 포기만 비어다가(베어다가) 주저리(볏짚으로 우산처럼 만들어서 터주나 업의항 따위를 덮는 물건을 의미함.) 하나만 틀어주."

그리 뭐 그 처녀가 가서 그렇허니 뭐 허려는 대로 허지. 그니까 총각이 나가서 낫을 가지구 가서 새초를 한 포기 참 깎아다가 주저리를 들어서 부엌에다가 놔주드래. 인제 그 그렇허고 바가지에 밥을 거기다 놓고 빌었대, 처녀가.

"내가 내 복에 먹는다구 그래서 이렇게 쫓겨 나왔는데, 어 먼저 이렇게 복구랭이가 날 쫓아왔으니 여기서 의지허구서 이 밥 먹구서 나 살게해 달라구."

인제 빌었어, 처녀가. 빌구서 그 담에는 한 메칠 메칠(며칠 며칠) 그렇게 조밥을 해 먹으면서 그 산골에서 남편네허구 총각허구 사는데, 어느 때나 됐는지, 꽤 오래겠지. 살살 그 총각 숯 굽는 데를 올라갔대. 총각 숯 굽는 데를 올라가니까,

"아, 험헌 데 여기를 왜 올라왔느냐구."

그래.

"아 험해도 내가 오구 싶어서 왔다구."

그러니까 아 그 숯가마 이망돌이(이맛돌이, 이맛돌은 아궁이 위 앞에 가로로 걸쳐 놓은 긴 돌을 의미한다.) 금덩이드래. 생금덩이드래. 그걸 갖다 숯가마 이망돌을(이맛돌을) 했드래.

"여보, 저거 저거 빼오우."

그러니까,

"아니, 그거 빼면 우리 밥도 굶어. 그걸 가지구 그래 숯을 구워서 먹고 사는데 그거 빼면 안 된다고."

그래.

"그래 내 말대로 그거 빼라고."

그걸 빼가지고 보니까 그거 생금돌이더래, 금돌. 그래서 그걸 빼서 숯섬(숯을 담는 섬으로, 짚, 갈대, 억새 등으로 엮어 만든다.)에다 싸서 ○○ 가지구 내려왔지. 움막으로 내려와서 그 이튿날은, 아이구 헐 수 없어.

"그 저 그거를 숯섬에다 싸서 지구 그 아무 데, 큰 도회지를 가우."

아 거길 갔더니 그 담엔 갖다 이렇게 한 테나 놓구 앉았는데, 누구 하나 들이다 보는 사람이 읍드래. 그래서 그냥 헐 수 없어서 그냥 거시키허구 있는데, 어떤 참 큰 거시키니가 말을 타구 돈을 한 당나귀 싣고 지나

다가,

"세상에 이런 보물이 어디 있다가 인제 나왔다고."

그러면서 그 당나귀다 그 짐 하나 저 그 전 엽전, 그거 한 자루를 그냥 쏟아주면서, 이걸 네가 갖다 달라구. 가보니까 아주 참 부자드래, 그 집이 가. 그래서 그걸 갖다가 주니까 이것만 아니고 내일 오라 그래. 가니까 참 거기서 돈을 많이 줘서 그걸 지구 올라왔지.

다 갖다 그 산골을 다 허구서 그거 인제 집을 기와집을 짓고 그렇허구 잘 사는데, 어느 때나 됐는지 그 딸 복에 그렇게 잘 살다가 아 이놈의 딸 이 나가구 나믄은, 즈 엄마 죽구, 즈 아버지는 눈이 하나 멀구 그랬대.

그래서 전부 다 망가졌는데 그 딸은 그렇게 잘 허구서 처음 안팎 종을 두고 잘 사는데, 아 할 수 없으니까 인제 그 참 즈 아버지가 헐 수 없이 지팽이를(지팡이를) 하나 짚고 눈은 하나 구져서(구지다는 좋지 않다의 전 라도 방언이다.), 헌 갓을 쓰구 동냥을 댕겨, 즈 아버지가. 동냥을 댕기는 데, 거기 동냥을 왔드래. 동냥을 와가지구,

"예, 부자댁에 동냥 좀 줍시다. 동냥 좀 줍시다."

그래. 가만히 앉아서 내다보니깐 몰골은 즈 아버진데 눈도 하나 없구. 그렇게 되기 만무허거든. 딸이 그래서 가만히 보다가 그 담엔 어디루 갔 는지 모르는데 그 후에 내리 가서 방앗간에 가 방아 찧는 방앗간에 가서 혼자 잘라고 있드래. 그래서 종더러, 제 몸종더러,

"야, 저 거시키 몰르게 너 그 방앗간에 가서 그 노인네 성함허구 어디 산 거 좀 알아보고 오너라."

그 인제 종을 내려 보냈지. 제 몸종을 내려 보내 가지고 거기를 내리 가니까 어느 맘 때나 됐든지 혼자 그냥 뭘 하나 깔구 그 방앗간에 있드 래, 그래. 그 가니깐 그래서 그 종이,

"아니 그 전에 어디 살으셨는데, 왜 방앗간에 와 계시냐구."

그러니까,

"아휴, 난 아무 죄도 없습니다. 그 거집에 가서 오늘 난 동냥해 온 거밖에 없는데, 왜 날 밤에 날 찾아왔냐고."

자꾸 인제 그르고(그리고),

"난 아무 죄도 없구, 거가('거기가'의 의미임.) 동냥해 온 것밖에 읍구, 도둑질도 안해왔다구."

인제 그리거든. 그니까, 아니 그게 아니구 인제 그렇게 어디 살구 어떻게 된 걸 죄다 인제 조살 했어, 그 여자 몸종이. 조사를 허니깐 그거 즈이 아버지야. 그래서 그 냄편네(남편네) 명주 바지저고리 존('좋은'의 의미임.) 걸 해났던 거를 한 벌을 싸서 종을 주구,

"가서 네 그 노인네를 싹 목욕을 시키구 이거를 입히구 그렇게 해 가지구 와서 너는 먼저 들어오구, 그 노인더러 바깥에 와서 야 이리오너라 그르고 불르라고 허구."

종더러 일르라고 그르구. 종이 참 가서 옷을 죄 입히구 ○○허니까 눈은 하나 구겼어도 멀쩡허지? 게 와가지구, 대문간에 와서 허는 소리가, 종이 시켰으니까,

"야, 이리 나오너라. 이리 나오너라."

그래. 게 보니까 딸은 인제 지가 흉계를 꾸미고도 쫓아서 뛰어나가면서,

"아이고 아버지 어떻게 왔냐고."

인제 남편네가 알까봐. 그러고 하니까 그 담에 아니 누구냐고 그래.

"아휴, 우리 아버지라."

그래. 안구, 버선발로 뛰어나가서는 즈 아버질 안구 들어와서 거기서 즈 아버지를 그 딸이, 제 복에 산대는 딸이 그렇게 해선 잘 사니깐, 다 그거 나간 후에 망가진 담에 즈이는 망가진 즈이 아버지 데려다 잘 살았어. ○○ 그래도 제 아버지 여전히 잘 ○○○.

[일동 웃음]

선녀와 나무꾼

자료코드 : 02_26_FOT_20100221_SDH_KGB_0007
조사장소 : 경기도 포천시 영북면 자일4리 749-17번지(제보자 자택)
조사일시 : 2010.2.21
조 사 자 : 신동흔, 노영근, 이홍우, 한유진, 구미진
제 보 자 : 김금봉, 여, 97세
구연상황 : 조사자가 선녀와 나무꾼 이야기를 청하자 구연하였다.
줄 거 리 : 나무꾼이 포수에게 쫓기는 노루를 살려줬다. 노루는 그 대가로 나무꾼에서 선
        녀가 목욕하는 날을 알려주고서는, 선녀 셋이 목욕하러 오면 그 중 한 선녀의
        옷을 감추라고 했다. 그리고 아이 셋을 낳으면 선녀에게 옷을 다시 돌려주라
        고 시켰다. 나무꾼은 노루가 시키는 대로 선녀 옷을 감추고 선녀와 결혼을 해
        서 살았다. 선녀가 아이 둘을 낳았는데, 나무꾼은 노루의 말을 어기고 선녀에
        게 옷을 돌려줬다. 결국 선녀는 아이 둘을 옆에 끼고 하늘로 올라갔다. 선녀
        와 아이들이 하늘로 올라간 후 나무꾼은 혼자 살았다.

그래, 그 목 목욕허러 갔는데, 저 그놈의 저 어디야, 거 강원도 설악산
거기 가다보니까 선녀 목욕탕이 있드라우. 거기 선녀 목욕탕이래. 근데,
그게 어떻게 돼서 그렇게 했느냐믄, 아이 이렇게 인제 거시키 낭구꾼이
(나무꾼이) 낭구를(나무를) 허는데, 낭구를 허다 보니깐 아 그 담에는 거기
서 노루 암놈이 하나 ○○거리고 뛰어오거든.

노루, 노루가 뛰어와서 할 수 없으니까 인제 그 담에는 총, 포수가 총
을 가지고 쫓아오니까는 쫓아, 그리 쫓겨(쫓겨, 쫓기다의 강원도 방언임.)
왔지. 뛰어오다 그르니깐 그 낭구에 논('놓은'의 의미임.) 데다가 파묻어
났어. 노루를 파묻어 놔 가지구서 감춰났는데,

"너 이리 저 노루 뛰 가는('뛰어 가는'의 의미임.) 거 못 봤냐?"

낭구꾼더러. 그르니까,

"못봤다고."

그래 감춰났어. 그래가지고 그래 그 노루를 살궜어.(살렸어., 살구다는
살리다의 함경도 방언임.) 살궜는데 포수는 달아나서 얼마쯤 있다가 보니

깐두루 그 담엔 그 노루가 와서 허는 소리가,

"아휴, 낭구 허느라고 그렇게 고상허구(고생하고) 그르지 말구, 여기 인제 아무 날 선녀 셋이 여기 목욕허러 올 테니까 그 선녀 하나, 그 옷 옷을 그걸 입어야 하늘에를 올라가니까 그 옷 한 벌만 그냥 감춰라."

그래. 노루가 그르구 일러주거든. 그르면서 인제 그렇게 살다가 살다가 그 선녀가 와서 그렇게 잘 사니까 그 담에는,

"인제 아이를 날('낳을'의 의미임.) 테니까, 아이 낳거든 셋만 낳거든 그 옷을 돌려줘라."

그래 인제, 참 가만히 보니깐두루 그 선녀허는 거시키가 그 목욕탕 와서 싯이(셋이) 목욕을 허거든. 가만히 몰래 가서 옷을 한 벌, 선녀 옷을 훔쳤어. 훔쳐서 감춰 놓구서 있으니깐 올라가질 못허지. 그 그거 입어야 올라가니까. 그래 못 올라가니까 하는 소리가,

"아휴, 이젠 나 여그서 할 수 없으니깐두루 가서 집에 가 살자구."

그래. 집으로 왔지. 집으로 와가지구 선녀가, 그 노루는 아들을 셋만 아이 셋만 낳거든 그 옷을 돌려주라고 그랬는데, 아 와가지구서 그니까 아이 둘을 낳는데, 그놈의 옷을 그냥 줬어. 어, 남편네가 옷을 주니깐두루 그 담에는 하나를 떨궈 놓구 갈 수가 없으니까 셋만 거시키했는데, 아이를 하나씩 옆에다 끼구 그 옷을 입구 하늘로 올라가버렸어. 게서 그렇게 일러준 것두 그렇게 셋만 거시기 허면 하나는 못, 그냥 못 놓고 가지. 그르니까 둘을 난 담에 줘서는 하나씩 ○○○. 그 옷 입고 하늘로 선녀가 올라갔어. 그래서 그게 선녀야. 그런데 거기 선녀 목욕탕이 있드라.

(조사자 : 그럼 그 나무꾼은 어떻게 됐어요?)

응?

(조사자 : 그 낭구꾼을 어떻게 됐어요?)

누가?

(조사자 : 그 나무꾼은?)

남편은? 남편은 그냥 여편네 뺏기고 아이들 다 뺏기고 남편은 혼자 살지. 지가 잘못했으니까. 왜 싯을(셋을) 거시키 허랬는데 왜 둘만 논('낳은'의 의미임.) 걸 그냥 옷을 줬어. 그래서 저는 지가 잘못했으니까 혼자 살아야지.

(조사자 : 예.)

[일동 웃음]

세상 구경 못하고 죽어 텃구렁이가 된 어머니

자료코드 : 02_26_FOT_20100221_SDH_KGB_0008
조사장소 : 경기도 포천시 영북면 자일4리 749-17번지(제보자 자택)
조사일시 : 2010.2.21
조 사 자 : 신동흔, 노영근, 이홍우, 한유진, 구미진
제 보 자 : 김금봉, 여, 97세
구연상황 : 조사자가 구렁이 이야기를 청하자 구연하였다.
줄 거 리 : 어느 날 부엌 상추밭에 구렁이가 나타났다. 그런데 아들 꿈에 어머니가 나타나서는, 세상 구경 못하고 죽어서 자신이 텃구렁이가 돼서 나타났다고 하면서 상추밭에 나타난 자신을 괄시하지 말라고 하였다. 아들은 평생 일만 하다 죽은 어머니를 위해 구렁이에게 옷을 해 입힌 후 지게에 지고 세상 구경을 시켜 주었다. 그렇게 세상 구경을 한 구렁이는 이제 세상 구경 다했다며 아들을 보내주고, 구렁이는 인간이 되어 떠났다.

뭐, 구렁이가 이 저 그전에 그랬대. 아주 아무 구경도 못허구, 구경을 안 시키구 그냥 거시키 죽었대. 그 즈이(자기) 어머니가 그래 그냥 구경 아무 구경도 못허구 만날 집에서 일만 허다가 죽었는데, 이 저 부엌 바로 마루랑에 거기메(거기에) 상추를 심구고('심고'의 의미임.) 그르는 상추밭이 있는데 갖다 묻었는데 커단('커다란'의 의미임.) 구랭이가(구렁이가) 그 상추밭에 와 엎뎠더래.('엎드렸더래.'의 의미임.) 엎뎌서 거시키 해서는 그

메누리가(며느리가) 허는 소리가,

"아휴, 저 상추밭에 큰 구랭이가 와서 저렇게 엎덨으니 어떡허면 저걸 거시키 허냐고."

그러니까, 그담에 아들이 낮에 잠깐 잠이 들었는데,

"내가 시상(세상) 구경을 못허고 죽어서 느이(너희) 텃구렁이가 됐다. 응? 텃구렁이가 돼서 느이 집에 왔으니까 나 괄세(괄시) 마라."

그러고. 그니까 그 아들이 너무 즈이 어머니 구경도 안 시키고 그리다가(그러다가) 죽어서 구랭이가 됐으니까, 저 짚으로다 이렇게 방석을 틀구 옷을 한 벌 입혀서 뜰빵(짐을 질 수 있도록 어떤 물건에 연결한 줄이라는 의미를 가진 질빵의 황해도 방언임.)에다 걸머쳐('걸쳐'의 의미임.) 지구 이 세상 구경을 시켰어, 아들이.

아들이 ○○○○○ 구경을 시켜서 거시키 했는데 어디 한 군데를 가니깐두루,

"인저는(인제는) 내가 구경을 이만큼 다했으니까 인제는 너는 너 갈 데로 가거라. 나는 인제 구경 실컷 했다."

거기다 내려놓으니까 그 옷을 홀떡 벗고서는 거시키헌데 인간이 돼서, 구렁이가 인간이 돼서 귀경(구경) 다했다고. 근데, 왜 그러잖아. 구경 안허고 죽으믄 텃구렁이 돼. 텃구렁이 되는데 그렇게 텃구렁이 됐댜.(됐대.) 구경을 못허고서 죽으니까는. 응, 그래서 구렁이가 크게 돼서 그래서 아들네 집으로 찾아왔더래, 그럼.

수수께끼-방아깨비

자료코드 : 02_26_FOT_20100221_SDH_KGB_0009
조사장소 : 경기도 포천시 영북면 자일4리 749-17번지(제보자 자택)
조사일시 : 2010.2.21

조 사 자 : 신동흔, 노영근, 이홍우, 한유진, 구미진
제 보 자 : 김금봉, 여, 97세
구연상황 : 조사자가 수수께끼를 청하자 구연하였다.
줄 거 리 : 다리를 잡고 움직이면 방아깨비의 머리가 까딱까딱 하므로, 먼 산을 보고 절
하는 것은 방아깨비다.

그러니깐 인제, 그 하늘보고 주먹질 허는 거는, 인제 그전에 그거 우리끼리 매 앉아서 인제 그거 알아맞히나 그거 보고 헐라고 수수께낄 한 거야. 그런데 거시키 아니라,

"너희들 뭐 아니?"

그러니까 몰른대.(모른대.) 그래서,

"느이(너희) 저 거시키 먼 산 보고 절 허는 게 뭐냐?"

몰른대. 아니 그 방아 대가리(여기서 방아 대가리는 방아깨비의 머리를 의미한다.)가 이렇게 허믄 절허잖아.

"그래서 그 방아 대가리다."

그렇게 일러 주구.

수수께끼-부지깽이

자료코드 : 02_26_FOT_20100221_SDH_KGB_0011
조사장소 : 경기도 포천시 영북면 자일4리 749-17번지(제보자 자택)
조사일시 : 2010.2.21
조 사 자 : 신동흔, 노영근, 이홍우, 한유진, 구미진
제 보 자 : 김금봉, 여, 97세
구연상황 : 앞 수수께끼에 이어 바로 구연하였다.
줄 거 리 : 주둥이만 그슬리고 밥을 해도 얻어먹지 못하는 것은 부지깽이이다.

그리구 부지깽이. 부엌에 아궁이 그전에 불 땔 적에 부지깽이, 그거.

"주둥아리만 기껏 끄실리고(그슬리고) 밥도 못 얻어먹는 게 뭐냐?"

[일동 웃음]

그 부지깽이. 불 때느라고 자꾸 이렇게 주둥아리만 *끄슬리고*(그슬리고) 밥해야 밥도 못 읃어먹잖아,(얻어먹잖아,) 그래. 그게 부지깽이.

하하하하하. [웃음]

[일동 웃음]

장화홍련

자료코드 : 02_26_FOT_20100221_SDH_KGB_0012
조사장소 : 경기도 포천시 영북면 자일4리 749-17번지(제보자 자택)
조사일시 : 2010.2.21
조 사 자 : 신동흔, 노영근, 이홍우, 한유진, 구미진
제 보 자 : 김금봉, 여, 97세
구연상황 : 옛날이야기를 더 청하자 구연하였다.
줄 거 리 : 장화와 홍련은 어렸을 적에 어머니를 여의고 아버지는 새 장가를 들었다. 계모는 부엌에서 쥐를 키워서 장화가 잠들었을 때 이불 속에 넣고 애를 가졌다고 모함을 했다. 장화 아버지는 결국 장화를 죽이라고 명하고, 장화의 의붓오빠인 장쇠가 장화를 연못에 빠뜨려 죽었다. 장화의 죽은 혼이 천둥새가 되어 홍련에게 나타났는데, 홍련 역시 천둥새를 따라가서 언니 장화가 연못에 빠져 죽은 것을 확인하고 따라 죽었다. 그 후로 그 마을에 원이 부임하면 그녀들의 혼이 우는 소리를 듣고 죽어 나갔다. 이에 아무도 그 고을에 원으로 가려고 하는 사람이 없자 한 사람이 자원을 해서 원으로 갔다. 장화와 홍련은 원에게 나타나서 자신들의 억울한 처지를 호소해서 누명을 벗었다. 그 후 계모는 벼락 맞아 죽고, 오빠 장쇠는 호랑이에게 팔과 다리를 잃고 병신이 되었다. 장화의 아버지는 다시 새 장가를 들었는데, 장화와 홍련은 아버지의 쌍둥이 아들로 다시 태어났다.

그전에 장화홍련전 얘기 한번 해볼게, 그래. 인제 장화허구 홍련이구('홍련이하고'의 의미임.) 딸을 둘을 두구서 그담에는 인제 즈('자기'의 의미임.) 엄마가 죽었어.

어 즈 엄마가 죽었는데 그담엔 즈이(자기) 아버지가 또 아들 하나 딸 하나 들인 걸 데리구서는 또 그리 재가(再嫁) 왔어. 재가를 왔는데, 와 가지구서는 어떻게 거시기 허니까 이년이 아주 흉계를 꾸몄어.(꾸몄어.)

저 살궁에서(살강에서) 쥐를 쥐를 멕여가지고(먹여가지고) 자꾸 키웠어. 쥐를 키워가지구 그 담에는 인제 그 두 딸 자는 거시키를 알구서 영감 서울로 곽외(郭外) 갔는데 곽외 가가지고 인제 있는 새에, 그걸 그렇게 밥을 멕여가지고 쥐가 커다랬지? 그랬는데 영감이 곽외 해가지고 내리 왔어. 곽외 해가지고 내려왔는데 이 거시키 허니까,

"아휴, 아 대감님두 없는데 아 그 담에 아 그년이 어떤 녀석을 사귀었는지 거시키 아이가 들어서니 어뜩허면(어떡하면) 좋우."

아, 그 그러는 그 성이(형이) 장화구, 동생이 홍련인데 그래.

"어떡해."

그래.

"아휴, 가보라고, 가보라고."

아 이 딸들 자는 방에다가 늦두룩(늦도록) 자라고 멍석을 갖다 창문에다 치구, 그렇허구선 거시키 허구, 딸이 깜깜하니까는 그냥 둘이 늦두룩 있으니까 가서 그거 홀딱 베끼구,(벗기고,)

"아 이년아, 니가 거시키 해서 아이를 가졌으믄 거시키 허야지."

그렇했다구 딸을 가지구 그르구(그러고) 영감을 와보라고 그랬어. 그 쥐를 껍데기를 까고 대가리를 짤라서(잘라서) 그 딸을 자는 다리 밑에다 갖다 놓구 피를 발라 놓구 그거 낳게 했다고. 그래가지고서는 그 영감이 즈이 아버지가 뭐 헐 수 없이 참 보니, 피는 벌겋고 방에 그냥 그 쥐 끄내니까(꺼내니까) 다 ○○○잖아. 대가리 짤르니까.(자르니까.) 아이 죽은 거 겉지.(같지.)

그러니까두루 그냥 즈이 아버지두루 헐 수 없으니까 인제 그린데,(그런데,) 그담엔 그걸 어뜩해서도(어떡해서도) 못 죽이고,

"어뜩허냐.(어떡하냐.)"

인제 그르니까 그담에는 즈 아버지더러,

"그럼 헐 수 없다. 갖다 죽여라."

얼마 가믄(가면) 아주 큰 연못이 있어. 근데 그 데리고 온 게 장쇠야. 그 아들, 어멈 데리고 온 게 이름이 장쇠야.

"장쇠야, 쟤를 말 잔등에다 태워가지고 니가 가거라."

성, 그걸 그래 태워가지고 인제 그리 가서 연못에다가 집어넣어. 그 저희 그르니까 그 동상이지,(동생이지,) 그래.

그 인제 장쇠가 그렇게 집어넣구 아 돌아서는데 난데없는 호랭이가(호랑이가) 달려들어서 그 장쇠를 귀도 떼먹고 팔도 하나 떼먹고, 그렇허고 나니까 말이 그냥 혼자 땀을 쭉 흘리고 내리 뛰었어, 집으루. 그래서 놀래서 집으로 내리 뛰었어. 그래서 아 가보니깐두루 호랭이가 그렇게 그 그 죄 없는 걸 그렇게 했으니까 그랬지. 게 내리 뛰어서 거기 쫓아가보니까, 그런데 아 연못에 곱게 옷 입은 채로 갈 적에는 저 친척집에 가자 그래가지고 그 태워가지고 갔는데 가서 보니깐 게다('거기다'의 의미임.) 집어넣지?

그르니 날마다 그의 아버지 석공은 그렇게 갖다 넣곤 할 수 없어서 즈 아버지는 그렇게 애태와도(애태워도) 어떡해. 그런데 하루는 그 동상 홍련이가 그렇게 있는데, 여 창문에 와서 청주새(천둥새로 추측됨.)가 짹짹 짹짹 허믄 대가리 끄덕이면 닫고 나오라고 그르는 거드래.

그래서 그 동생이,

"에, 아무케도 아마 성 죽은 혼령인게비다. 저 저 청주새를 쫓아가믄 성 있는 데를 알겠지."

죽은 혼이라구 그르구. 청주새 날아가는 데를 쫓아갔대. 쫓아가니까 저희 성이 연못에 곱게 입은 채로 물에 빠져서 죽었거든. 그러니까 에휴 딴 사람 모르니까 동상마저 빠져 죽었어, 둘이.

그 두 형제가 마저 빠져 죽었는데, 그 담에는 그 의붓어멈은 뇌성벽력을 허구 그르더니 뜰 안에 가 벼락을 맞아죽었어, 그 의붓어멈. 그렇허고서는 그 장쇠란 놈도 그니까 한 다리 한 팔을 다 호랭이가 뗐으니 뭐 그것도 병신이 되고. 근데 즈이 아버지는 그래도 거시키 허고.

아이고 그거 원이 거기를 부임해 오믄은 그냥 그 혼이 댕겨 울어, 동네. 그리면(그러면) 그 우는 소리만 들으믄 그 사람 병들어 죽어. 게서 원이 하나,

"아이고 내가 그냥 거둬, 그거로 원에 내가 부임해가겠다고 갔대."

내 그 그 사람 담락허지? 그래 거기 가 가지구서는 원으로 있는데, 아가서 있는데 그날 저녁에 참 울음소리가 나드래. 울음소리가 나서,

"아이고 오늘은 여기 온 모두 원들은 다 약헌데, 오늘은 참 장성한 우리 이렇게 웬수(원수) 갚아줄 왔다구."

그르면서 공중에서 울면서 얘길 허드래. 그르면서 그게 아니라 내 웬수를 갚을려면 그저 낳게 했대는 거를 가서 찾어서 배때기를 갈라 보래는 거지. 아 그 찾아가지고,

"어따 됐느냐?"

그러니까 그렇잖아. 내가 이거 엉구를(함정을, 엉구는 함정의 경남 방언이다.) 헐까봐 내가 뒀다가 끄내(꺼내) 왔더래. 그래 배때기를 가르니까 거기 쥐똥이 배때기에 가뜩허지.(가득하지.)

그 쥐 죽은 거 그렇게 해가지고 딸을 엉구를(함정을) 씌워가지구 그렇게 딸 둘이를 다 죽였어. 그래서 즈이 아버지가 그담에는 헐 수 없어서, 그 여편넨 베락(벼락) 맞아 죽구 새로 장개가서(장가가서) 그 홍련이 둘이 아들 쌍둥이로 태어났어.

(조사자 : 아들 쌍둥이요?)

그 홍련이 둘이 그 담에 고 아들 쌍둥이로 즈 아버지헌테 태어났어.

[일동 웃음]

저승 다녀온 사람

자료코드 : 02_26_FOT_20100221_SDH_KGB_0013
조사장소 : 경기도 포천시 영북면 자일4리 749-17번지(제보자 자택)
조사일시 : 2010.2.21
조 사 자 : 신동흔, 노영근, 이홍우, 한유진, 구미진
제 보 자 : 김금봉, 여, 97세
구연상황 : 조사자가 저승 다녀온 사람에 대한 이야기를 청하자 바로 구연하였다.
줄 거 리 : 어떤 사람이 사자의 잘못으로 저승에 가게 되었다. 저승에 가서 문초를 받다
가 저승에서도 잘못 온 것을 알고 다시 이승으로 돌려보내 주었다. 돌려보내
면서 그 사람에게 백강아지를 주었다. 강아지를 안고 외나무다리를 건너다가
강아지가 탁 떨어지면서 깨어났는데, 죽은 지 사흘이 된 후였다. 그래서 지금
도 죽은 사람 장사를 지낼 때 사흘이 지난 다음에 지낸다.

지금 그렇지. 저 ○○ 서강사. 거기 내가 갔었어, 구경허러. 갔는데 거
기는 저 천당 지옥이 있드라고? 응, 그전에 이 해방되기 전에 천당 지옥
이 있는데, 가니깐두루 문턱에 죽챙이(죽창이, 죽창 들고 있는 사람을 의
미한다.)가 칼을 이런 걸 가지고 시뻘건 게 문턱에 섰더라구. 인제 거길
들어갔지. 들어가 보니까 거기선 저승에 갔다온 사람들도 다 있어.

저승에 간 사람이 다 있는데, 그 저 들어가보믄 천당 지옥이 있는데 가
볼라치믄 아주 어떤 데는 들어가 미론데('미로인데'의 의미임.) 구랭이가
(구렁이가) 이런 것들이 우글우글우글해.

그런데 죄 많은 건 그런 데다 넣구. 또 남이 저 술, 그전에 술장사할 때
술 잡구 이렇게 짜서는 허믄 멀겋게 물 주구 짠 거는 술찌개미(술지게미)
하나 입에다 물구 있구.

[일동 웃음]

그담에 그 바늘방석 바늘방석허더니 아주 요렇게 되는 그 거시키 쇠꼬
쟁이가(쇠꼬챙이가) 탁탁 했어. 그런 데다 또 갔다가 그거는 집어넣구. 죄
많은 사람, 그 저승에서도 그렇게 그럼, 그렇게 해가지곤 거시키 허구. 또

남이 저 파, 파 캐먹은 여자는 지름(기름) 가마에 지름 설설 끓는 데다가 넣구 쇳을(솥을) 담아 눌르구 있구.

그담에 그렇게 허구 저승에 갔는데, 그 저승에 가는 사람이 가다가 가다가 좋은 일 많이 헌 사람은 참 좋은 데 가구 그랬는데, 그 못된 짓 헌 사람은 그렇게 많은데 가다가 가다가 저 거시키 갔는데, 저승엘 갔는데 가다가 남이 변형해 딴 사람 가잘 텐데 제잘('제자를'의 의미임.) 데려갔어. 잘못 붙들어서 사제가 잘못돼서 갔는데 가가지구 보니까 문초 받으니까 올 사람이 아니거든. 그러니까 인제 그담에는,

"너는 가거라. 이승으로 도로 가거라."

사흘이 죽어서 사흘이 됐는데, 그담에는 도로 이렇게 오는데,

"너는 가는데 이걸 안고 가거라."

하얀 백강아지를 하나 줬어. 안고서 외나무다리를 건너오다가 그 강아지를 턱 떨어지는 바람에 깜짝 깨니까 까무러쳤다가 피어났지(피어났다는 것은 사람이 살이 오르고 혈색이 좋아진 것을 의미한다.), 사흘 만에. 응, 그렇게 저승에 갔다두('갔어도'의 의미임.) 그렇게 오구. 아주 거기 가면 그 화강쇠 절이 세상 지, 커. 근데 거기가보니까 아주 별게 다 있어.

근데 응, 저승에 가서도 그렇게 그냥 내보내지 않구 강아지를 줘서 그 까무러쳐서 사흘 만에 깨났는데, 뭐 그래가지구 한 사람은 그렇게 거시키 허구. 세상 저승에 갔다두(갔어도) 그렇게 패여났는데,(피어났는데,) 뭐. 그렇게 이상시러다.(이상스럽다.) 사람이 죽었다가두 그래 사흘 지난 담에야 지금 장살 지내지 않아. 그 사흘 만에도 깨나니까, 그럼.

반풍수가 잡은 명당

자료코드 : 02_26_FOT_20100221_SDH_KGB_0014

조사장소 : 경기도 포천시 영북면 자일4리 749-17번지(제보자 자택)
조사일시 : 2010.2.21
조 사 자 : 신동흔, 노영근, 이홍우, 한유진, 구미진
제 보 자 : 김금봉, 여, 97세
구연상황 : 앞 이야기에 이어 바로 구연하였다.
줄 거 리 : 어떤 사람이 노자가 떨어져서 점심을 얻어먹고자 초상집에 갔다. 그는 점심을
  먹고 상주에게 자신이 지관이라고 거짓말을 하자, 상주가 아버지 묏자리를 잡
  아달라고 하였다. 그는 상주와 함께 산에 오르다가 병이 깨져 있는 자리를 묏
  자리로 잡아 주면서, 그 자리에 묏자리를 쓰면 장차 부자 되고 자손들이 호조
  판서, 병조판서가 나올 것이라 하였다. 그 사람 말대로 상주는 그 자리에 아
  버지의 묏자리를 썼는데, 후에 자손들이 벼슬을 했다.

그 산수자리를 봐도 다 나무꾼이 지관이야. 그래서 어떤 사람 하나는
얼마쯤 댕기다가(다니다가) 보니까 노자가 떨어졌어. 노자가 떨어져서, 그
냥 어딜 그전엔 걸어댕기니깐 갈 데가 없드래. 근데 보니깐 한 집이서(집
에서) 초상이 났드래.

"에이, 나 저기 들어가서 점심이나 은어먹고(얻어먹고) 가겠다."

그래. 가서 거기 들어가니깐 아니 어떤 양반이 이렇게 여기 와서 밥을
채려다주니(차려다주니) 그래.

"난 걸인이 아니구, 이 사람 돌아가신 데 지관으로 댕기는 사람이오."

그지뿌렁(거짓뿌렁, 거짓말의 전라도 방언이다.)을 했지? 응.

"지관으로 댕기는 사람이오."

"그럼 우리 아버지가 돌아가셨는데, 지금 우리 아버지 산수자리 하나
잡아주시오."

가자구. 아 그냥 그지뿌렁이고 아무 것도 모르는 사람인데, 그 상주를
맏상주를 데리고 산으로 인제 산수자릴 잡으러 갔어. 가다 올라가다 보니
깐 그 전 저 그 지주병(旨酒瓶), 그것도 깨진 게 내리 구르는 게 오래 된
게 있구. 그런 저 병풍도 망가진 게 있구. 근데 그리 누가 가다가 장살 지
냈나, 그전에 버렸나. 그래서 가만히 생각허니까 뭐라 헐까 그지뿌렁을

헐게 읍더래.(없더래.) 그래서 그 상주보고 얘기허우.

"상 상주님 여기 여기가 수상 명당 자리오."

그래.

"어떻게 아느냐?"

"여기다 허믄 아주 잘 저 3년 전에 여기 그냥 아주 자리가 좋아서 부자되구, 자손들이 나믄은 그냥 병조판사(병조판서) 호조판사가(호조판서가) 날 테니까 여그다 씨시우.(쓰시우.)"

그러구 거짓뿌렁을 했지, 그렇게. 그 병 깨진 거 보구 인제 그렇게 거기다 비해서 그랬는데, 그러냐구. 참 거기다가 그 상주가 거 표를 해놓구 와가지구선 사람들과 거기다 구댕일('구덩이를'의 의미임.) 팠어. 그러구 즈 아버질 갖다 묻었는데, 그 상주 복이던지 그 사람이 헛똑허게 지껄였어도 그 사람헌대로 했는데,

아 그담에 그렇게 참 자손들이 모두 비실을(벼슬을) 허더래. 그래, 그게 다 보믄은 다 내복이구, 그 사람 나무꾼이 그래두 그 사람이 그거 거시키 헐 수가 있어. 게 올라가다가 보니까 그 병이 깨지구 그르니까 거기다 산수 쓰면 병조판사 호조판사가 난다구. 그렇게 그지뿌렁을 했지.

[일동 웃음]

토끼 오르고 내리기

자료코드 : 02_26_FOT_20100221_SDH_KGB_0015
조사장소 : 경기도 포천시 영북면 자일4리 749-17번지(제보자 자택)
조사일시 : 2010.2.21
조 사 자 : 신동흔, 노영근, 이홍우, 한유진, 구미진
제 보 자 : 김금봉, 여, 97세
구연상황 : 조사자가 토끼 이야기를 청하자 바로 구연하였다.
줄 거 리 : 토끼는 뒷발이 길어서 올라가기는 쉽고 내려오기는 힘들다. 그래서 올라갈 때

는 내 아들 내 아들하고, 내려올 때는 할아버지 할아버지 부른다고 한다.

뭐, 토끼가 뒷발은 질구(길고) 앞발은 짧구 그래서 그 토끼가 이렇게 거시키 허믄 올라갈 때는 뒷발이 기니까 잘 올라가구. 내려올 때는 곤두박질 치믄 거시키 헐 적에 올라갈 적에는 내 아들 내 아들 허구, 내려올 적에는 할아버지 할아버지허구 내려온대. 내리 짧아서 내리 꾸니까.('구르니까.'의 의미로 보임.) ○○○○○ 토끼가.

[일동 웃음]

그럼. 짧으니까 올라갈 땐 잘 올라가지. 그렇지만 내려올 적에는 짧으니까 내려 구니까 그담에는 할아부지(할아버지) 할아부지헌대.

[일동 웃음]

명성산(鳴聲山)의 유래

자료코드 : 02_26_FOT_20100219_SDH_JDJ_0001
조사장소 : 경기도 포천시 영북면 운천8리 581-20번지 마을회관
조사일시 : 2010.2.19
조 사 자 : 신동흔, 노영근, 이홍우, 한유진, 구미진
제 보 자 : 정덕재, 남, 88세
청   중 : 조사자 외 10인
구연상황 : 앞의 구연자가 지명 유래에 대하 이야기 하자, 그 이야기에 이어서 구연했다.
줄 거 리 : 궁예 왕이 남산이라고 이름 지어야 할 것을 여산으로 이름을 짓자, 산신이 노하여 백여우를 내려 보냈다. 백여우는 여자로 둔갑을 해서 처녀 젖퉁이만 먹고 살았다. 그리하여 많은 여자들이 차례차례 희생되었는데, 그 다음에는 어떤 여자의 차례였다. 그 여자가 붙잡혀 가자 그 여자 집에서 키우던 개가 따라왔다. 따라와서 백여우를 보고 물어뜯어 죽여 버렸다. 이에 백성들은 임금 때문에 많은 사람이 죽었다며 임금을 죽이고자 하였다. 궁예는 백성들을 피해 철원에서 운천 산정호수로 와서 산 중턱을 돌며 울었는데, 그래서 그 산의 이름이 울음산 즉 명성산이 되었다. 궁예는 그 산 굴속에서 살다가 내려왔는데,

결국 백성들에게 돌에 맞아서 죽었다.

구여,('궁예'를 말한 것으로 구연 내내 구여로 구연함.) 구여 왕이 어뜩해(어떻게) 돼서 뭐야 망했는고 허니, 저기 저 산이 산이 그게 남산인데, 그 구여왕 돼가가구('돼가지고'의 의미임.) 여산이라고 이름을 졌어요. 여산이라고 이름을 져 가지고, 인제 산신이 인제 애석해가지구,

"이놈을 한번 혼 내놔야것다 허구서."

여우를 백여우를 내려 보냈어요. 백여우를 내려 보내가지고, 백여우는 둔갑을 많이 허잖아요. 이게 여자가 되구 여자가 돼 가지구. 에헤 인제 여우가 여자가 돼 가지구 인제 에 큰마누란 죽이구, 죽이구.

(보조 조사자 : 죽 죽여버리고요?)

그럼요. 그리고 뭘 먹는고 허니 아주 이쁘죠, 뭐야. 여우가 둔갑을 했으니. 뭘 먹는고 허니 여자 처녀 젖탱이만(젖퉁이만, 젖퉁이는 처녀 젖무덤을 낮잡아 이르는 말이다.) 먹고 살았어요. 처녀 젖탱이만 먹고 살았는데, 인제 그건 뭐 왕이 허는 노릇이니까 헐 수 없이, 어 딸을 내달래믄 딸을 갖다가 다음날 인제 차례차례 내주는 거야, 인제. 그래가지구 그래가지고 뭐 왕이 허는 노릇이니 어뜩해.(어떡해.)

그런데 한 집이(집에) 인제 처녀가 하나 있는데, 인제 그 처녀 차례여.

그 처녀 차렌데 어뜩해 됐는고 허니, 개를 큰 수캐를 하나 낳는데 아주 무척 사나와요. 근데 이 처녀가 아주 그 개를 갖다가 공경을 잘했어요, 아주. 잘 키웠는데 인제 이 처녀가 인제 죽으러 갈 팔잔데, 인제 아 밥을 갖다 인제 마지막 인제 이 처녀가 떠나믄서 줌섬('주면서'의 의미임.) 어?

"나는 이러저러해서 죽으러 가니깐두루 어? 너 아무쪼록 우리 집 잘 지키고 살아라."

그러구선 인제 에? 그렇허고 밥을 갖다 줬어요. 아 근데 조반을 먹고선 인제 뭐야 죽으러가니깐두루 조반을 먹고서 인제 거기서 데리러 와서 인

제 쫓아가는데, 이놈이 아주 ○○○○ 쫓아가는 거야. 그 처녀를.

(보조 조사자 : 그 개가요?)

그럼, 그럼요. ○○○○○ 쫓아가는 거야. 아 암만('아무리'의 의미임.) 때려도 인제 집으로 돌아가지 않고 쫓아가는 거야. 아 가가지고 인제 마당을 갔다 마당을 갔다 인제 잡혀온 거지. 마당을 갔다 쪽 들어섰는데, 아이 백여우란 놈이 인제 이 아주 이쁜(예쁜) 처녀가 문을 빼꼼허고 내다보니깐두루, 마당에 썩 들어서드니 기냥(그냥) 뭐 베락겉이,(벼락같이,) 베락치들 때 달려 들어가서 그냥 물어 털 친 거야, 마당에다. 물어 털치니깐두루 꼬리 뭐 아홉 가진 백여우. 잡은 거야.

그래 그렇게 되구나니깐두루 인제 백성들이 인제 쫓아내는 거야, 죽일라구. 쫓아다니는 거야, 수백 명씩. 어? 이놈의 왕이 잘못해가지고 사람 많이 죽였다고. 아 딸들 다 갖다가 죽였으니,

(보조 조사자 : 그렇죠.)

젖탱이만 먹고 살아가지고. 그래 어디로 쫓겨왔는고(쫓겨왔는고) 허니 인제 저 철원 고 저기 산에서. 아이고, 그 무슨 산이라고 그래? 무슨 봉이라고 그래?

(청중 : 명성산 이런 데.)

산 밑에서 산 밑에서 인제 아주 운천으로 쫓겨온 거여, 왕이. 왕이 인제 신하들을 신하들을 인제 수백 명 따르고 해가지고 저기 산장호수로(산정호수로, 산정호수를 말한 것임.) 가가지고, 고 울음새니 산 그 바웃가(바윗가) 중턱으로 돌아가믄서 울었대는 거야. 그래서 울음산인데, 저쪽으로 돌아가서 저 거, 아휴 거기 어디여? 거 고개 넘어 고개 넘어 그 바우(바위) 갯가가 있는데, 그 바웃 갯가에 거기 가서, 그 바우 굴이 하나 있는데 거기 가서 살다가 살다가 인제,

(청중 : 지금도 있어요.)

(청중 : 지금도 있어요, 시방.(지금.))

거꺼정('거기까지'의 의미임.) 쫓아와 가지고 쫓아와 가지고 인제 거 도로 내려와 가지구, 저 철원 어디 쫓겨 가다가 쫓겨 가는데 백성들이 돌땅을 쳐서 죽였는데 그 돌 돌 덩어리가 이렇게 쌓인 게 ○○○ 됐대요. 결국 그 왕이 말 잘못해가지고 산신헌테 말 잘못해 가지고 백성들 많이 죽이구, 자기도 죽은 거여.

(보조 조사자 : 돌, 돌 맞아죽은 거네.)

어?

(보조 조사자 : 돌 맞아 죽었다고.)

(청중 : 돌에 맞아 죽었지.)

(청중 : 게 돌 맞아 죽고 돌이 쌓이(쌓여) 갖고.)

돌에 맞어 죽은 거죠.

(보조 조사자 : 그렇죠.)

박어사를 살린 여자

자료코드 : 02_26_FOT_20100219_SDH_JDJ_0002
조사장소 : 경기도 포천시 영북면 운천8리 581-20번지 마을회관
조사일시 : 2010.2.19
조 사 자 : 신동흔, 노영근, 이홍우, 한유진, 구미진
제 보 자 : 정덕재, 남, 88세
청   중 : 조사자 외 10인
구연상황 : 이야기판에서 박문수에 대한 이야기가 나오자 구연하였다.
줄 거 리 : 박어사가 멀리 산에 나갔다가 허기가 져서 죽게 되었다. 산에서 나무를 하러 온 여자들을 만나서 사정을 이야기했으나 여자들은 아무런 방법이 없었다. 그 때 한 여자가 탱탱 불은 자신의 젖을 빨아먹으라고 하였다. 박어사는 여자 젖 두통을 모두 먹고 살아났다. 그리고 여자는 박어사를 자신의 집으로 데리고 가서 먹을 것을 해주며 돌봐서 그의 목숨을 구해 주었다. 박어사는 여자에게 쌀을 갖다 주고 또 벼슬을 주어 잘 살게 하였다.

옛날에 박어사가, 박어사가 오래 해먹었죠?

(보조 조사자 : 예.)

에헤, 없는 사람도 많이 도와주구.

(보조 조사자 : 도와줬다고, 예, 예.)

박어사가.

(청중 : 그 다 나오는 건데, 뭐.)

도와준 걸 어뜩해(어떻게) 도와줬느냐 같으면 옛날에 인제 산에 나무를 해먹고 그럴 적에, 아, 이 박어사가 인제 그렇게 댕겨대니깐두루 뭐 돈이 있어, 뭐 있어? 멀리에 나갔다가 허기가 져서 인제 죽을 지경이여. 허기가 져서 죽을 지경인데 나물 허러 갔던 여자들이 아마 한 여남은 됐던 모양이여.

근데 인제 한 여자한테 한 여자한테 애길허니깐두루 인제 뭐야 뭐 있어요, 뭐? 나물들 간 여자들이 아무 것도 없지. 근데 한 여자가 거 박어사 씨러지는(쓰러지는) 것을 보구서 씨러지는 걸 보구서 한 여자가, 인제 애를 띠어(떼어) 두고 왔어요. 근데 젖이 이렇게 탱탱 불었거든. 근데 그 젖을 가서 먹게끔 빨아먹으라고, 어? 젖을 빨아먹으라고. 아 이 여자들이 여느 여자들이 보니깐두루 수상허거든. 그니깐 여느 여자들은 다 도망가 버리고 없어요.

(보조 조사자 : 그렇죠.)

다 도망가 버렸어. 아 그래가지고 수군수군허고 다 도망가버렸는데, 이 박어사가 그걸 갖다가 젖 두통을 다 빨아 먹구서 좀 있으니깐두루 살아나드래. 그래 그렇게 그렇게 살궈가지고(살려가지고) 인제 뭐야, 밤에 걸어가는지 어뜩해 걸어왔어요. 걸어와 가지고 즈('자기'의 의미임.) 집이다가 둬 두구 인제, 어? 박어사를 갖다가 둬두구선 먹을 걸 자꾸 해다 주구 그래서 살궈놨어요. 살궈놨는데 아 여느 여자들은 인제 무슨 딴 조건이나 있나 허구, 인제 수군수군대고 야단인데, 에헤, 아 박어사가 살아나가지구 인제, 어? 거기 주소 다 적어가지고 인제 가드니만두루 ○○○ 헌 거여. ○○○ 허는데, 옛날엔 먹고 사는 게 제일이랬거든요.

(보조 조사자 : 그렇죠.)

어? 아 그다음에는 뭐 그냥 응, 박어사가 그냥 하인들을 데리구 그냥 쌀도 갖다 주구 뭐 그냥 어? 먹을 것도 갖다 주구. 그래가지고 그 박어사 살구구서 아주 팔자를 고쳤대요 그냥, 어?

아 박어사 옛날에 인제 저거야 대통령 다음에는 시방은(지금은) 국무총리지만 그때는 어사또가 제일 무서웠거든요, 아주.

(보조 조사자 : 그렇죠.)

그래가지곤,

(청중 : 암행어산데, 뭐.)

그렇게 자기 젖, 젖 두통 맥여서 살구, 살궈 놓고 그냥 아주 집안이 그냥 어? 팔자를 고치구. 옛날엔 양반 양반이 제일 이랬잖아요.

(보조 조사자 : 그렇죠.)

양반 저 시켜가지구 베슬을(벼슬을) 주구 그냥. 그런 일이 있었대는 거예요. 그래 박어사가 아주 옛날서부텀(옛날서부터) 역사에 아주 크게 돼 낳죠.

(보조 조사자 : 그렇죠.)

옛날에 박어사 분이.

도깨비와 친해 부자 된 사람

자료코드 : 02_26_FOT_20100219_SDH_JDJ_0003
조사장소 : 경기도 포천시 영북면 운천8리 581-20번지 마을회관
조사일시 : 2010.2.19
조 사 자 : 신동흔, 노영근, 이홍우, 한유진, 구미진

제 보 자 : 정덕재, 남, 88세

청   중 : 조사자 외 10인

구연상황 : 다른 사람들이 서로 이야기를 나누고 있을 때, 생각하고 있다가 구연하였다.

줄 거 리 : 어떤 사람이 도깨비와 친하게 지냈다. 어느 날 도깨비가 가장 무서워하는 것이 무엇인지 묻자 그 사람은 돈이라고 답하였다. 도깨비는 그 사람을 혼내주기 위해 돈을 가져다가 그 집 앞에다 뿌렸다. 도깨비가 준 돈은 땅을 사놔야 다시 빼앗기지 않는다는 것을 알고 있었던 그 사람은 도깨비가 준 돈으로 모두 땅을 샀다. 도깨비들이 이 사실을 알고 며칠 동안 와서 땅을 떠갔다. 도깨비에게 지기(地氣)를 빼앗긴 땅은 그 뒤로 삼년동안 곡식이 안 되었지만, 그 뒤로는 다시 곡식이 잘 되었다.

그전에 도깨비 친해가지고 부자 된 사람은 하나 있어요. 어뜩해(어떻게) 돼 부자가 됐는고 허니, 도깨비를 갖다가 인제 친해가지구 인제 뭐 먹을 것도 주구 인제 그렇게 가찹게(가깝게, 가찹다는 가깝다의 경기도 방언이다.) 주니깐두루 아거 주인 놈 보고서,

"아저씨, 뭐를 제일 무서워하세요?"

그르거든.

"어, 나는 돈을 제일 무서워한다, 아주. 돈을 제일 무서워한다."

"아, 그래요?"

아 그렇게 그냥 대우를 받구두 인제 혼을 내 놓을라고 인제 도깨비들이. 아 그 이튿날 저녁서부텀(저녁서부터) 그냥 도깨비들이 그냥 돈을 그냥 어디서 훔쳐가지구 와서 돈을 그냥 막 들이치는 거야, 어?

(보조 조사자 : 집에다가요?)

그럼, 집에다. 대문을 열구. 아 그러니깐두루 인제 식구들허구 짜고 인제 식구들허고 짜고 죽는 소리를 허구 인제 쫓겨서 도망을 가구 가구 인제. 아 도망간 다음에 와보니깐 그냥 뭐 돈을 그냥 이렇게 그냥 대문간에 갖다 들이 틀어놓구 갔거든.

아 그놈의 돈을 그냥 갖다가 그냥 뭐야 둘 데가 마땅치 않으니깐 그냥

땅을 파구서 그냥, 어? 저 옛날엔 가마니, 거기다 담아서 갖다가 묻은 거야, 다. 에헤, 그렇게 묻다보니깐 돈을 주체를 헐 수가 없지, 뭐야.

(보조 조사자 : 그렇죠.)

주체를 헐 수 없어 인제 이 사람이 얘기를 인제 잘 들었는지, 도깨비가 준 돈은 땅을 사야, 땅을 사야 인제 그것이 완전하지, 여느 데 뭐 물건 장만 해놓으면 다 망가뜨리고 가져간다고 그래. 아 그래 그 이튿날 그 메칠(며칠) 있다가 인제 돈을 주체를 못해가지고 그러니깐두루 땅을 일부를 사긴 헌거야. 아 그니깐 뭐 죽는 소리를 허고 쫓겨가니깐(쫓겨가니깐) 그 담엔 자꾸 갖다 주드만두루 인제 뜸 허거든. 아 땅을 갖다가 죄 샀는데 저 어디, ○○○다 ○○○들은 다 산거야, 그 사람이. 다.

아 도깨비들이 와서 이놈의 돈이 을마나(얼마나) 많이 모였나 허고 집이(집에) 와서 보니깐두루, 아 돈이 하나두 없거든. 아 그래서 인제 그놈을 골릴려고 허다간 인제 돈을 죄 뺏겼으니 어뜩해. 아 그담에 와가지곤 알고 보니깐 땅을 갖다가 ○○의 땅을 다 샀거든. 아 그래서 도깨비가 땅을 가져갈라고. 가져갈라고 인제 아 이거 새꼬랭이 갖다가 꽈서 말뚝을 갖다가 비어다가(베어다가) 그냥 어 ○○○ 꽂구서, 그냥 땅을 갖다가 밤낮없이 와서 여쌰 여쌰하고 이 수백 명이 그냥 땅을 갖다가 떠갔대는 거야.

땅을 갖다 떠갔는데 오 땅이 지기(地氣)를 그냥 도깨비들이 쏙 뽑아가서 곡식이 안 되더래. 삼년은 곡식이 안 되래, 삼년을. 그렇단 아주 옛날 얘기가 있어요. 그러더니 그 다음에는 인제 곡식이 되드래요. 게 한 사람은 거 도깨비 친해가지구 그냥 그렇게 부자가 됐대요.

(보조 조사자 : 아 요즘도 그런 일이 있으면 얼마나 좋아요.)

[일동 웃음]

(청중 : 도깨비 지금도 도깨비 뭐야, 복권.)

복권 당첨되면 ○○○○ 그게 도깨비야.

(보조 조사자 : 그렇죠.)

(청중 : 지금 도깨비 그거야.)

돈이 돈으로 버는 거 도깨비야.

지관 속여 산 자리 잡은 사람

자료코드 : 02_26_FOT_20100219_SDH_JDJ_0004
조사장소 : 경기도 포천시 영북면 운천8리 581-20번지 마을회관
조사일시 : 2010.2.19
조 사 자 : 신동흔, 노영근, 이홍우, 한유진, 구미진
제 보 자 : 정덕재, 남, 88세
청   중 : 조사자 외 10인
구연상황 : 다른 이야기를 청하자 바로 구연하였다.
줄 거 리 : 돈이 없는 어떤 사람이 용한 지관을 찾아서 산 자리 하나 잡아 달라고 부탁
        했다. 지관이 거절하자 그 사람은 지관을 외딴 산 나무에 매어 놓고 거기서
        그냥 죽으라며 돌아 내려왔다. 집으로 와서 형에게 그 지관을 구해서 집으로
        돌아오라고 하였다. 그 사람의 형은 동생이 시킨 대로 지관을 구해서 집으로
        데리고 왔다. 지관은 자신을 살려준 은혜에 보답하고자 형에게 산 자리를 하
        나 잡아주겠다고 했다. 동생은 형에게 지관이 산 자리를 잡아줄 때 정승이나
        임금이 날 자리가 아니면 거절하라고 시켰다. 지관이 어떤 자리를 잡아줘도
        형은 거절하며 동생이 시킨 대로 정승이 날 자리를 잡아달라고 하였다. 어쩔
        수 없이 지관을 며칠을 돌아다니며 결국 형에게 정승이 날 자리를 잡아주었
        다. 자리를 잡아주고 돌아와서 지관은 형에게 그 자리를 써도 정승이 될 자격
        을 가진 사람이 못된다고 하였다. 결국 동생이 정승이 되었다.

그전에 옛날에 한 사람이 참 아주 난 사람이 하나 있는데, 난 사람이
하나 있는데 돈이 없어요. 돈이 하나도 읎어.(없어.) 인제 정성(정승) 자격
인데. 옛날에 삼(三) 정성 아니야. 임금 다음엔 삼 정성이거든? 정승 재격
인데(자격인데) 돈이 하나도 읎어요. 그래가지고 뭐 해먹을래야 해먹을 수
도 없구. 또 옛날엔 산 자리, 산 자리 잘 잡아줘 가지고 부자가 되구, 사

람들이 인제 큰 사람들이 나고 인제 했거든요.

그래서 이놈이 의견을 냈어요. 의견을 내는데 어뜩해(어떻게) 냈느냐 겉으믄,(같으면,) 인제 지관 용태는('용하다는'의 의미임.) 사람을 다 찾아 댕겨(다녀) 봤어요. 그래 한 집이(집에) 가서, 인제 지관 용허대는 걸 인제 찾았어요. 찾아가지고,

"에 우리 산 자리 하나 잡아달라고."

"아 그르라고, 그르라고 인제."

돈 하나도 없으니깐두루 산 자리 하나 잡아 달라고. 그래 인제 옛날엔 다 걸어 댕겼잖아요.(다녔잖아요.) 저 인제 강원도 강원도 쪽인 모냥이야, (모양이야,) 아마. 강원도 쪽인 모냥인데, 다 걸어 댕겼는데 순 산길로만 인제 끌구오는 거야, 이놈을. 지관을 혼을 낼라고. 에흠, 혼을 낼라고 산 골로만 끌고 오다가 인제 뭐야 지관을 지관을 갖다가 이놈을 혼을 낼라고 그냥 낭구에다가(나무에다가) 쫌마 매놨어요.

"이놈의 새끼 에? 돈 있는 놈만 산 자리를 산 자리를 갖다 대주 자릴 잡아서 크게 되게 해 해주구, 읎는 놈은 산 자리 하나도 안 잡아줘? 이놈의 새끼. 너 여기서 뒈져봐라."

했단 말야. 그리고 인제 그렇게 해가지고다가 제 성이(형이) 하나 있는데, 성허고 짰어요. 게 짜고 매니깐두루 아 이놈이 뭐 외딴 데 산의 낭구에다 갖다 꼭 붙들어 매 놓으니 꼼짝없이 이제 죽는 거지 뭐.

(보조 조사자 : 꼭 죽었지, 그거.)

그래서 인제 아 그리구서 집으로 왔어. 집으로 와가지고 집 게 거진 와서 그랬던 모냥이야. 그리고 제 성하고 짰지?

"내가 한 놈 붙들어가지구다 지관놈을 저그다(저기다) 산에다 쫌마 매 놨으니, 성님, 저 옛날엔 망태지, ○○○ 망태를 하나 짊어지구 간 가서 인기(人氣)를 내라고 말야, 그 ○가에. 인기를 내믄 사람 살리라고 그냥 소리 지를 거니깐두루 그때 가서 끌러놓으라고 말야. 끌러놓으믄 인제 집

으로 데리고 오라."

아 그래서 인제 갔어. 가니깐두루 가서 인제 인기소릴, 사람 인기소릴 내니깐두루,

"아, 사람 살리라고."

왼통(온통) 야단인데. 아 그래서 보니깐두루 아 끄나풀에다 잔뜩 잡아 매놨는데 그냥 ○○○해도 지가 끌를 수가 있어? 아 그래서,

"아휴 이거 어떤 놈이 이 못된 짓을 했느냐구 말이야."

어 그럼서 끌러놨어요. 끌러놨는데 아주 고맙다고 허믄서는 인제 헌걸 데리고 왔어요. 데리고 와서 인제 즈('자기'의 의미임.) 집에다 갖다가 재 왔어요. 인제 거기서 재우구 인제 이게 저거 동생 놈은 인제 그 숨은 거야, 인제. 집에 인제 숨어 있어. 그러믄 인제,

"성님, 산 자리 잡아주마 그러거든. 정성 날 자리 아니믄 대통령 날 자리 아니믄 절대 마다고(마다하는 것은 거절하거나 싫다고 하는 의미이다.) 그냥 허라고 말이야."

그래서 인제 그 이튿날,

"내가 신세를 이렇게 많이 졌으니 산 자리를 하나 좋은 거 잡아드리고 가리다."

"아 그거 고마운 일이라고 말이야."

아 글쎄 가자 그래서 그 이튿날 인제 간 거야. 아 갔는데 산 자리 인제 하나 잡아주믄 마대고, 잡아주믄, 제 동생하고 짰으니깐. 잡아주믄 마대고 마대고, 아 나중에 화를 내믄서,

"이거 어떤자릴 잡아 잡아 줄래냐고 말이야, 어?"

"아니, 정승 날 자리나 하나 잡아달라고."

아 그래서 이제 그 집서 메칠(며칠) 묵세김서('묵으면서'의 의미임.) 날 마다 잡으러 댕기는 거야. 그 정승 날 자린 그 쉽지 않거든요? 그래 인제 메칠 묵음서 인제 한자릴 갖다가 정승 날 자릴 잡아줬어요. 잡아, 잡아주

구 와가지구 와가지구 인제 떠날텐데,

"당신은 아무 데로 가도 정승을 해먹을 재격은(자격은) 안 됩니다."

그르거든 인제. 저녁에 와서 얘기를 허는데. 아 그런데 인제 그 다음에 인제 고 곁의 방에서, 그냥 몸집이 깍지똥 겉은 놈이 그냥 아주 인물도 참 잘나고 헌 놈이 그냥 썩 나서믄서,

"이놈, 나도 못해먹어."

그러거든. 아 그러니깐두루 그러니깐두루 아주 쥐구녕을(쥐구멍을) 찾는 거야, 지관이 그냥 어?

"내 이놈헌테 쏙았구나,(속았구나,) 어? [웃음] 내 이놈한테 속았구나."

게 그 사람이 게 그렇게 잡아 주구 가서, 그거 참 돈도 한 푼 없는데 아 정승자리 올라앉이믄(올라앉으면) 맨날 돈인데 뭐, 어? 돈이 하나도 읍어가지고(없어가지고) 산 자리를 갖다가 못 잡고 그래가지고, 정승이 나고서 나구서 산 자리를 갖다가 잡아줘 가지고 그 사람이 잘 해먹구 잘 살다 죽드래요. 그렇대는 얘기가 그 옛날 전설의 얘기예요.

(보조 조사자 : 그렇죠. 예.)

(보조 조사자 : 아유 이야기를 참 잘하시네.)

그놈이 정승 날 놈이 참 의견이 동 뜨지 뭐여?

(보조 조사자 : 그러네요.)

돈은 없지, 산 자리는 잡었어야 내가 정승 노릇을 허겠는데, 뭐야 돈이 없으니깐두루 게 그렇게 해가지고 지관을 갖다가 데리구 와서 그렇게 혼을 내주구, 신셀 졌다고 정승 날 잡아 주구 와서.

(보조 조사자 : 꾀가 대단하네.)

때가 됐겠죠, 뭐.

파리로 변해 함 속 물건 알아맞힌 사람

자료코드 : 02_26_FOT_20100219_SDH_JDJ_0005
조사장소 : 경기도 포천시 영북면 운천8리 581-20번지 마을회관
조사일시 : 2010.2.19
조 사 자 : 신동흔, 노영근, 이홍우, 한유진, 구미진
제 보 자 : 정덕재, 남, 88세
청   중 : 조사자 외 10인
구연상황 : 앞 이야기에 이어 구연하였다.
줄 거 리 : 중국에서 한국의 재주를 시험하기 위해 옥함 속에 달걀을 넣어서 알아맞히
라고 보냈다. 이를 아는 사람이 아무도 없었다. 정승이 집으로 돌아와 며칠을
고민했다. 그런데 정승집에 있는 종이 자신을 사위로 삼으면, 그 안에 있는
물건을 알아맞히겠다고 한다. 정승은 처음에는 거절하였으나 답을 맞혀야 하
는 기한이 다가오자 그 종의 제안을 받아들였다. 종은 파리로 변해 중국으로
날아 들어가서 옥함 속에 달걀이 들어있다는 것을 알아냈다. 파리로 변하면서
그는 숨이 끊어졌는데 일주일이 되자 다시 살아났다. 결국 정승은 그 종 덕분
에 답을 맞힐 수 있었고, 종은 그 집 사위가 되어서 잘 살았다.

아 외국서 외국서 인제 그때는 한국이 을마나(얼마나) 재주가 좋은가
허구서, 옥함 속에다가, 옥함 속에다가 이만헌 데다가, 속이다 계란을 넣
구서,

"이게 뭔지 이걸 뭔지 이걸 갖다가 맞춰가지고(맞혀가지고) 여기서 써
서 데려와라."

그랬어요. 게 인제 한국이 얼마나 난 사람이 있나 허구선, 인제 아 옥
함을 갖다 보내는데 이걸 아는 사람이 없어, 그 속에. 그 속에 그 속에 뭐
이('무엇이'의 의미임.) 들었는지 아는 사람이 어딨어? 아 그래서 그걸 연
굴 허다 못해서 인제 이 정승이 꿍꿍 들어와서 앓는 거야. 먹도 않구. 먹
두 않구 앓는 거야.

근데 옛날엔 정승 쯤 되면 참 하인들이 많았거든요.

(보조 조사자 : 그렇죠.)

그 인제 남자아이 젊은 놈이 인제 하인이, 에흠 하인이 무슨 얘기를 헌고 허니,

"나만 딸이 하나 이쁜(예쁜) 게 있는데 나만 사위만 삼으믄 내가 다 알아맞추겠다고 말이야. 다 알아맞추겠다고."

(보조 조사자 : 머슴 놈이.)

그런데 하인이 하인이 그러는데 정승 쯤 되믄 아 나라 양반인데, 얼마나 그 하인 놈을 갖다가 사위를 삼을 수가 있어요?

(보조 조사자 : 그니까요.)

그래서 그냥 안되다고 인제, 안된다고 허락을 안 해주는 거야. 근데 뭐 뭐야, 기한은 되어 오지 그거 정부 정부에서 인제 나라에서 고거 빨리 맞춰서 인제 써가야 인제 데려보내니깐두루 나라에서 야단이지, 어뜩해.(어떡해.) 그래 끙끙 앓고 그냥 조석은, 조석도 안 먹구 그렇게 앓다가만 보니깐두루 기한은 돼 오구 어뜩해, 어? 게 인제 헐 수 없이 인제 게 그 놈을 불러다가 앉혀놓구서,

"내가 딸 줄거니깐두루 이거 좀 빨리 알아맞춰다오."

[일동 웃음]

아 그러니깐두루 인제 그거 알아맞춰주믄 사위 안 삼으믄 어뜩해. 꼼짝 없이 그것만 알아맞추게 되지. 아 그래서 이놈이,

"나는 결혼식 시켜줘야 시켜줘야 뭐야, 내가 맞추겠다고 말이야."

(보조 조사자 : 맞히겠다고.)

아 그리구 허거덩.(하거든.) 아 그리구 허기를 인제 또 꽤 오래도록 인제 이렇게 실갱이를(실랑이를) 헌 거야. 그래 나중에 인제 기한은 지났, 기한은 다 닥쳐오구 인제 헐 수 없이 인제 뭐야 맞 맞춘 거야.

(보조 조사자 : 결혼은?)

아이고, 맞춘, 맞춘 게 아니라,

(청중 : 결혼 시켜줬지.)

그렇허다가 인제 거기를 가지구서 인제 외국으로 간 거여, 인제 대국.

(보조 조사자 : 대국으로? 응.)

대국으로 가가지고 이놈이 대국을 어떻게 들어갔나 허믄 이놈이 재주가 썩 좋더래. 파리가, 파리가 돼가지고, 거길 대국을 날아간 거야.

(보조 조사자 : 그 종이?)

파리가 돼가지고.

(보조 조사자 : 하인이요?)

인제 대국을 날아가지고 뭐야 그 천자, 천자 집이(집에) 거기 인제 들어가서 있는데, 아 즈이끼리(자기끼리) 그렇게 수군수군 허드래. 파리가 돼가지구 뭐 대들보에 달라붙었는데 뭐 알아?

(보조 조사자 : 모르지.)

아 이놈이 재주가 참 좋은 놈이지 뭐야.

"하, 이놈들이 맞추긴 뭘 맞춰, 어? 옥함 속에 산 닭이 들어있는 걸 즈가('자기들이'의 의미임.) 어떻게 맞춰."

그르거든. 그래 계란을 갖다 닭이라고 글더라고.

(보조 조사자 : 아 그렇죠.)

그래 메칠(며칠) 거기서 인제, 일주일간 묵새김서('묵으면서'의 의미임.) 파리가 돼가지구 뭔 얘길 허나 허구 파리가 돼가지구 달라붙어가지구 인제 거 있는데, 그런 얘기들을 허드래, 인제. 어, 천자들 천자들 뭐 그니깐 두루 모여서. 아 그래서 도로 후루룩 날라왔대는 거야. 도로 후루룩 날라왔는데 이 사람이 갈 적에 뭐라고 허는고 허니,

"내가 일주일만 되믄 살아날거니깐두루 죽었지 이사람은. 나 죽 죽을 죽구선 가는 거니깐두루 건드리지 말라고. 나 올 때꺼정(올 때까지) 건드리지 말라고 말이야."

아 파리가 돼가지구 혼이 날라가가지구 그걸 그걸 그러니깐두루 나와가지구 즈 저 정승헌테 그런 얘기 헌 거야. 그런 얘길 허니깐,

"어 그래? 아 그래?"

그러드니만두루 그 옥함을 갖다 내놓더니 글씨를 갖다 썩썩썩 써서,

"여기 옥함 속에 산닭이 들어있습니다."

허구서 써서 보낸 거야. 어? 써서 보낸 거야. 아 그래가지구 그래가지고 글쎄 그 하인을 갖다가 사윌 삼아가지구 잘 살다가 돌아가드래요.(여기서 돌아갔다는 것은 죽었다는 의미이다.)

(보조 조사자 : 그 하인은 ○○○지구요?)

아주 그건 이인(異人)이네.

(보조 조사자 : 어?)

(보조 조사자 : 아주 그 뛰어난 사람이에요.)

뛰어난 사람이죠 뭐. 아 혼이 파리가 되어가지고 날아갈 적이야 뭐, 뛰 뛰어난 거죠 뭐.

속담으로 과제 해결한 사람

자료코드 : 02_26_FOT_20100219_SDH_JDJ_0006
조사장소 : 경기도 포천시 영북면 운천8리 581-20번지 마을회관
조사일시 : 2010.2.19
조 사 자 : 신동흔, 노영근, 이홍우, 한유진, 구미진
제 보 자 : 정덕재, 남, 88세
청　　중 : 조사자 외 10인
구연상황 : 앞의 이인 이야기에 이어서 그 이인의 다른 일화를 구연하였다.
줄 거 리 : 이인(異人) 사위의 장인이 죽을 때가 됐는데, 사위는 죽기 전 장인에게 아는 대로 일러주고 가라고 청하였다. 그러자 장인은 산입에 거미줄 슬겠냐는 말을 남기고 죽었다. 어느 날 중국에서 어떤 동물을 보내와서 살을 찌워서 돌려보내라고 하였다. 그런데 이 동물은 어떤 것을 먹여도 먹질 않고 점점 말라갔다. 그러자 나라에서 이 사위에게 이 일을 청하였다. 사위는 장인이 죽으면서 남기고 간 산입에 거미줄 슬겠냐는 말을 기억하고, 이 동물에게 거미줄을 먹

였다. 과연 이 동물이 살이 통통하게 올라서 중국으로 보낼 수 있었고, 그 뒤로 중국에서 한국을 업신여기지 않았다.

글고 이 양반이 돌아갈(여기서 돌아간다는 것은 죽는다는 것을 의미한다.) 적에 쫌('조금'의 의미임.) 원체 이양반도 아주 잘 알드, 잘 알았대. 잘 아는데 그런 걸 그런 걸 못 맞추지(맞히지) 뭐야.

"돌아갈 때가 인제 아시는 대로 앞으로 으뜩해(어떻게) 으뜩해 해나가야 헐지, 인제 뭐야 잘 일러주구 돌아가시라고 말야."

그거 사위지. 사위가 하이간(하여튼, 전라도 방언이다.) 명인이니깐두루 아주 명인이니깐두루 아주 돌아가시라고 하니깐두루 다른 건 안 일러주구,

"산입에 거미줄 쓸라고.(슬라고.)"

그러느냐고 말이야. 그 말 한마디만 허고 돌아간 거야. 그 말 한마디만 허고 돌아갔는데, 에힘 거기서 아이고 거기서 뭘 내보냈드나? 아이고, 토 긴가? 원, 강아진가? 대국서 하나 인제 그 양반 간 담에 인제 하나,

(보조 조사자 : 짐승을 내보냈나보죠?)

내보냈대. 하나 내보냈는데, 꿩이래나? 원, 비둘기래나 내보냈는데,

"이놈을 살을 지워서(찌워서) 들여보내라."

그렇게 내보냈대. 그렇게 해서. 아 그놈이 살이 지울라고 뭐 고기를 갖다주구 뭐 어? 두불 갖다주구 콩을 갖다주구 밥을 갖다줘도 안 먹는 거야. 그것도 골치지 뭐야.

(보조 조사자 : 그럼.)

골치지. 그래서 이 양반이 인제 제일 잘 알고 인제 그러니깐두루 이 양반헌테다 보내 보내는데, 이 양반이 못 맞추믄 못 맞추는 거야. 에헤, 아 아무리 멕여도(먹여도) 그냥 안 먹고 베쩍(버쩍) 마르니 어뜩해.(어떡해.)

"이거 큰일 났구나 큰일 났구나 허구."

허는데, 아 사위쟁이가 가만히 생각을 허니깐두루 '산 입에 거미를 쓸겠니?' 이말 한 마디가 이게 참 이상한 말이거든. 그래서 이놈을 갖다가 저 울타, 울타리에 그 비오고 나믄 거미줄 하얗게 많이 쓸잖아요? 그 쪼그만 거미줄이. 그걸 갖다, 걷어다가, 걷어다 주뎅이다(주둥이다) 대줬단 말이야.

주뎅이다 대주니깐두루 아 이놈은 아주 그냥 뭐 횃(홰는 새장이나 닭장 속에 새나 닭이 올라앉게 가로질러 놓은 나무 막대를 의미한다.) 치고 먹거든. 아 그래서 그거 하인들 내보내서 날마닥(날마다) 그냥 어? 거미줄을 그냥 걷 걷어 오래서, 거미줄을 걷어다가 그냥 멕이는 거야. 아 이거 한 달포 멕이니깐두루 살이 통통히 찌는 거야. 살이 통통히 찌어. 아 그담에 인젠 인젠 보내두 된다구 말이야. 어? 그래 살을 통통히 찌워서 들이(들여) 보냈대. 에 그담에는 그담에는 이 대국서 이 한국을 갖다가 업신여겨 보지 않드래. 이 대국이 옛날엔 이 한국 큰집이에요, 큰집.

(보조 조사자 : 그렇죠.)

큰집이에요, 대국이.

재주 좋아 시집 못 간 여자

자료코드 : 02_26_FOT_20100219_SDH_JDJ_0007
조사장소 : 경기도 포천시 영북면 운천8리 581-20번지 마을회관
조사일시 : 2010.2.19
조 사 자 : 신동흔, 노영근, 이홍우, 한유진, 구미진
제 보 자 : 정덕재, 남, 88세
청   중 : 조사자 외 10인
구연상황 : 가만히 생각해보고 난 후에 구연하였다.
줄 거 리 : 한 재주 좋은 처녀가 자신과 마찬가지로 재주가 좋은 사람이 아니면 시집을
         안가겠다고 했다. 그런데 한 재주 좋은 남자가 있었는데 그 둘이 내기를 했

다. 그 남자는 벼룩 두 마리에 굴레를 씌울 수 있는 사람이었다. 처녀는 벼를 심고 베어서 그것을 밥을 지을 수 있었는데 여자는 성공했다. 그러나 남자는 벼룩 한 마리의 굴레를 씌우지 못하여 여자와의 내기에서 졌다. 그래서 여자는 자기와 같이 재주 좋은 남자를 못 만난다는 생각에 죽기를 결심하고 산꼭대기에 올랐다. 그런데 산 아래에서 이 모습을 지켜보고 있던 한 남자가 여자를 살리기 위해 쌀 가지를 베어서 그걸로 망을 엮어서 떨어지는 여자를 산 아래에서 받아서 그 여자를 살렸다. 그 여자는 자신처럼 재주가 뛰어난 사람을 만난 것을 기뻐하며, 두 사람은 혼인하여 백년해로 하였다.

옛날에 한 처녀는 재주가 어떻게 좋던지, 재주가 어떻게 좋던지 시집을 못가요.

(보조 조사자 : 재주가 좋아서요?)

재주가 저와 똑같애야(똑같아야) 시집을 가지, 저와 똑같지 않으면 시집을 안 간대는 거여.

(보조 조사자 : 성에 안차서.)

근데 이 여자는 재주가 뭐냐 겉으믄(같으면) 저 옛날에 밥보재기, 저 베 해놔서 베 짜가지구 저 밥보재기 허잖아요? 베를 삼을 갖다 심궈서(심어서) 그놈을 질러서,(길러서,) 인제 남자 저 뭐야 일 허러 들판에 나가라구 인제 그르구. 심궈서 밥을 해서 밥보재기를 덮어가지고 가는 여자야. 그러니 재주가 여간 좋아요?

근데 그런 남자가 없단 말예요. 근데 한 한 남자가 한 남자가 이 남자는 재주가 참 무척 좋아요. 재주가 무척 좋은데 벼룩이를 벼룩이를 두 마릴 잡아서 두 마릴 잡아가지구, 저 장대 밑에다 갖다 놓구서 그놈을 굴렐다 씌워. 다 씌워. 아 그래서 인제 이 여자는 인제 뭐야 벼 심어서 벼 심어서 어? 그놈을 질러서(길러서) 비어다가(베어다가) 비어다가 떨어서 밥을 해서 이구 가는 여잔데, 아 그렇게 인제 둘이 시합을 허는데 아 밥을 갖다가 여다('여기다'의 의미임.) 두구서 산소엘 찾아 간 거야. 벼룩이 두 마릴 굴렐 다 씌웠나, 안 씌웠나. 아 죄 가서 뒤적뒤적 허니깐두루 해 씌

우긴 다 씌웠더래요, 아주. 벼룩이 두 마리를 굴레를, 하루 죈 종일. 아 근데 요렇게 요렇게 장때를 요렇게 요렇게 허니깐두루 벼룩이 한 마리가 깡충 뛰어가드래.

(보조 조사자 : 아 그건 굴레가 없네요?)

그럼요. 그니까 실패한 거야, 그 사람은. 이 사람은 실패한 거야. 고 한 마릴 마저 씌웠어야 인제 그릴 장갈 가는 건데 실패한 거야. 아 그래서 인제 아휴, 이 여자는,

"나는 인제 죽어야 되겠구나. 어? 나와 같이 재주가 좋은 남자를 얻어 가야 돈도 잘 벌고 속도 안상할 텐데, 죽어야겠구나."

그르구 허는데, 아 저 아래 옆 저 몇(몇) 백 리 밖에, 그 처녀는 경기도 사람이구, 이 사람은 충청도 사람인데, 몇 백 리 밖에 사는 놈이 아 가만히 보니깐두루, 아 이쁘게(예쁘게) 생긴 처녀가 그냥 저 ○○○○ 산꼭대기 그런 데서 그냥 떨어져 죽을라고 내려오는 거야. 내려오는 거야. 아 그래서 그걸 보구서,

"아유, 저 처널 내가 가서 살궈야것구나.(살려야겠구나.)"

허구서 산에 가서 인제 저 ○○를 비어다가 ○○를 비어다가, 인제 떨어지는 거 보구서 ○○를 비어다가 그놈을 엮어서 뭐야 망을 맨든(만든) 거야. 망을 맹길 맹길어가지고(만들어가지고) 와서 그 처널 받았어. 그 망에다가. 그 망을 받 받았는데 아 이 처녀가 인제 이 떨어져 죽을라고 그러는데 그 그 남자가 살궈놨는데, 아 살아나서 보니깐두루 게서 더 재주가 좋은 사람은 없거든, 아주.

(보조 조사자 : 그렇죠.)

그럼 아 몇 백리 밖에서 나 떨어져 죽을라고 날아 내려오는 걸 산 산에 가서 쌀가질 비어다가 응? 망을 맨들어가지고 그걸 받아서 살궜으니, 을매나(얼마나) 재주가 좋아. 아 그래서 그냥 정신이 나서 이 처, 처녀도 보니깐 떨어져 죽을라니 까무러쳤지 뭐야. 까무러쳤는데 인제 살아나서 인

제 이 남자는 인제 그렇게 받아놓고 인제 살아날 때만 바래고 그랬는데 살아났으니깐두루 아주 붙들구서,

"그냥 뭐 참 고맙다고. 인제 당신허고 나하고 백년해로를 맺으자고 말이야."

손을 잡고 그래가지고 백년해로를 맺어가지고 사는 처녀도 있어요.

만고충신 김덕령(金德齡)

자료코드 : 02_26_FOT_20100220_SDH_JDJ_0001
조사장소 : 경기도 포천시 영북면 운천8리 581-20번지 마을회관
조사일시 : 2010.2.20
조 사 자 : 신동흔, 노영근, 이홍우, 한유진, 구미진
제 보 자 : 정덕재, 남, 88세
구연상황 : 조사자들이 옛날이야기를 청하자 바로 구연하였다.
줄 거 리 : 김덕령은 재주가 좋은 사람이었다. 나라에 전쟁이 났는데 그 당시 김덕령이 상중(喪中)에 있었으므로 전장에 나가지 못했다. 이에 나라에서 김덕령을 죽이기 위해 잡아들였다. 김덕령을 쇠망치로 때려죽이고자 하였으나 몇 달을 때려도 죽지 않았다. 이에 김덕령은 임금이 사는 궁의 기둥에 만고충신 김덕령이라고 써 붙여 주면 죽겠다고 하였다. 김덕령의 말대로 하니 바로 죽었다. 김덕령이 죽고 나자 기둥에 새긴 글자를 없애고자 대패로 밀었는데 밀 때마다 글자가 다시 생겨서 없앨 수가 없었다.

우리나라는 왜 그전에 남에 나라한테 압제를 갖다가 받고 살았느냐 헐 것 같으면, 우리는 나라는 뭐야 옛날엔 독재, 그놈의 양반, 양반으로 인해 망한 거야. 어? 독재로, 독재를 해서. 게 뭐 임금이면 그냥 뭐야 멍텅구리도 그냥 그 손이믄 임금으로 앉히고, 그러니 뭔 정치를 해요. 거기선 인제 난 놈들은 인제 여느 놈이 해먹을까봐 난 놈들은 다 죽이구.

옛날에 김덕령(金德齡)이 겉은(같은) 사람은 메칠(며칠) 안에서 통일천하할 사람인데, 그 사람도 잡아 죽였잖아. 왜 잡아 죽였느냐 같으면 어떻게

돼 그 사람이 죽구 잡아 죽였느냐 헐 거 같으믄, 인제 김덕령이가 그렇게 재주가 좋아. 뭐, 아주 여 풀이파리를 갖다 한 웅큼 훑어서 그냥 확 팽개 치믄,

"군대 나와라 허고. 군대 나와라."

그러믄 군대가 그냥 수 수 수십 명 그냥 버글버글허고 나오는 거야. 그 게 싸움을 허고. 김덕령이 또 공중으로 날아댕기믄서(날아다니면서) 인제 싸움을 허구 했다구.

근데, 에헤 김덕령이가 왜 죽었냐 같으믄 옛날에 거 양반 세대 때 양반 으로 해서 인제 즈('자기'의 의미임.) 아버지가 일찍 돌아갔어요. 일찍 돌 아가 가지고 인제 전장(戰場)을 나라가 망해 가는데. 전장을 나가야 나가 야 즈이가(자기가) 성공을 하고 인제 에 헐 텐데, 즈 어머니가 전장을 상 제(喪制)라고 전장을 못 나가게 헌 거야. 그래가지곤 아 이게 나라를 외국 서 쳐들어와서 나라는 망허는데 장사가 나오진 않으니깐두루 나오질 않 아서 나라를 뺏길 지경이고 보니깐두루 그 나라에서,

"김덕령일 갖다 잡아오라."

가가지고 죽일라구. 그래 잡아간 거야. 꿈쩍없이. 재주가 암만('아무리' 의 의미임.) 좋으면 뭘 해. 그래 잡아다 갖다 죽일라구 이놈을 그냥 쇳망 치로(쇠망치로) 그냥 뚜드려도 죽질 않아. 죽질 않아, 사람이. 쇳망치로 뚜 드려도. 아 그래 뭐, 몇 달을 두구 뚜드려도 죽질 않으니깐두루 죽질 않으 니깐두루 어, 나라에서, 그것도 참 골치지 뭐야, 안 죽으니. 근데 김덕령 이가 그렇허니 인제 옛날 장사들은 임금 앞에서 죽기를 원을 했대는 거 야. 어? 임금 앞에서 죽기를 원. 게 그렇게 인제 죽일라고 때리고 인제 쇳 망치로 인제 몇 달을 두구 뚜드려 뚜드리고 인제, 그래도 죽질 않고 인제 사니깐두루 나라에서도 골치지 뭐야.

그래 김덕령이가 인제 그담에는 뭐라고 허는고 허니, 옛날에 고 저 뭐 야 임금 사는 데가 뭐?

(조사자 : 대궐이요.)

(보조 조사자 : 궁궐이에요?)

"그 산기둥에다가 만고충신 김덕령이라고 써 붙여 달라고 말이야, 어? 그리면(그러면) 내가 죽겠다고."

"아 그거야 뭐 어려울 거 뭐 있노."

그 만고충신 김덕령이라고 써 붙었어. 써 붙여놓고 뭐 죽은 다음에 대패로 밀믄 없어지니깐두루,

"써붙이라."

그래서 인제 김덕령이를 죽였수, 죽였어. 뭐 '만고충신 김덕령'이라고 인제 그거 써 붙이고 나니간 뭐 한 번 때리니깐, 쇠뭉치로 한번 때리니까 죽지, 살아 그거? 그래 죽어버렸어. 에 그런 다음에,

"거 대패로 밀어서 없애라."

아 이놈의 거 대패로 썩 밀고 나믄 또 솟아나고, 어? 또 밀고나믄 또 솟아나고. 메칠을 두구 그래두 그 지워지질 않는 거야.

그래 옛날엔 이 한국사회는 난 사람이래믄 나라에서 옛날엔 다 잡아다가 잡아다 죽였다고. 지가 못해먹으니까 난 난 사람이라고. 옛날 시상이 (세상이) 그랬어. 옛날엔 장사들이 사흘 동안이믄, 세계 천 세계통일 헐 사람이 있었고, 어? 또 석달 동안이믄 세계통일 헐 사람이 있었고, 어? 또 삼년 만이믄 세계통일 헐 사람들, 그렇게 난 사람들이 많으셨대요. 근데 다 잡아 죽였잖아, 결국. 죽여가지구 못난 사람, 저 뭐야 순 멍텅구리만 저 뭐야 임금으로 그냥 세워가지고 허니 뭔 나라가 꼴이 돼. 그래서 옛날에 그래 그래서 그냥 망헌 거예요.

이성계의 두 가지 과제 성취

자료코드 : 02_26_FOT_20100220_SDH_JDJ_0002
조사장소 : 경기도 포천시 영북면 운천8리 581-20번지 마을회관
조사일시 : 2010.2.20
조 사 자 : 신동흔, 노영근, 이홍우, 한유진, 구미진
제 보 자 : 정덕재, 남, 88세
구연상황 : 제보자가 앞서 구연한 김덕령 장군과 같은 장군이나 이인에 대한 다른 이야기를 조사자들이 청하자 바로 구연하였다.

줄 거 리 : 어떤 사람이 어느 날 산 속 묘 옆에서 자다가 혼들이 대화하는 소리를 듣게 되었다. 이성계가 산에서 천일기도를 했는데 이성계가 천일기도 마친 것을 구경 가자고 하는 소리였다. 그러면서 이성계가 성공을 하려면 두 가지 과제를 성취해야 하는데, 하나는 두란이를 만나는 것이고 다른 하나는 백 명을 살인해야 한다는 것이었다. 이 사람은 혼들의 이야기를 듣고 이성계를 찾아가서 이 사실을 일러주었다. 이성계는 이러한 소문이 퍼져나가면 나라에서 자신을 죽일까 두려워 일러준 사람을 그 자리에서 죽였다. 이성계가 천일기도를 마치고 산에서 내려왔는데, 어느 한 마을에서 두란이를 만나게 되었고 그에게 자기와 함께 가자고 청하였다. 두란이가 허락하여 함께 길을 가게 되었는데 가다가 잠시 쉬어가게 되었다. 쉬다가 두란이를 보니 옷에 이가 득실득실하였다. 이성계가 그 이를 다 잡아 죽였는데 그 수가 아흔 아홉이었다. 그리고 다시 산길을 걷다 거지를 만났다. 이성계는 이미 두란이를 만났고, 또 이 거지를 죽임으로써 백 명을 살인해야 한다는 두 번째 과제까지 성취하였다. 그렇게 다니다가 전쟁이 난 것을 보고 이성계가 전쟁을 지휘하게 되어서 침략해 온 외국군대를 크게 물리쳤다. 이에 나라에서 이성계를 왕으로 추대했다.

이 오백년 전인데 이 전손, 전 전 진서방 집에서 사람이 하나 난사람이 있어 가지구, 오백년 동안을 그 전전 진서방네가 나라 갖다 움직거리고 크게 해먹은 거여. 에? 어떻게 돼 그렇게 됐냐 같으믄 이성계씨라고,

이간(李家인)데, 어 젊어서 산에 들어가서 도를, 도를 갖다가 믿었는데, 보니깐두루 천일기도를 했어요. 천일기도를 허믄 삼년이지, 삼년. 천일 갖다 기도해가지구 그 전 전 진서방네 그렇게 잘 돼 가지구 임금을 해먹은 거여. 근데 그것이 그거 허자면 길다구.

어떻게 됐느냐 같으면 천일기도 끝나는 날 저녁에 한 사람이, 인제 옛날엔 다 걸어 댕겼잖아.(다녔잖아.) 산길을 걸어 댕기다가 걸어 댕기다 어디서 잤느냐 같으믄 모에서(묘에서) 잤어, 모에.(묘에) 모에서 인제 자는데 시방은 인제 그 다 허사라 그러지만 혼이 있어요. 모에서 자는데 아 그 모에서 자믄 호랭이도(호랑이도) 안 물어간대. 호랭이가 안 물어간대. 임자가 있어가지구. 게 저 여름이던지 원, 드러눠 자는데,

"여보게, 여보게 허고."

소릴 지르거든.

"아 저 뭐야 그 이성계씨 오늘 도 마춘(마친) 날 아닌가."

"아 그렇지."

"근데 거기 우리 가서 귀경이라도(구경이라도) 좀 허세."

그르더래. 그르니까,

"아 나는, 나는 갈 새 없고 자네나 갔다 오게."

어? 그러더래.

"우리 집은 손님이 와서 손님이 와가지구 난 난 못가겠네."

그르더래.

"그럼 자네 혼자 갔다 오게."

하고 나서 ○○○○두루 혼이 멀리 있으니깐, 먼동 틀 때 아마 한 네 시나 다섯, 아침 네 시나 다섯 시 돼 왔던 거여.

"게 성적이 좋든가?"

그르니까,

"아, 성적은 참 좋대. 에?"

이 사람이 잠에서 깨서 다 들었단 말이야, 그 얘기허는 소릴. 그 혼들 얘기허는 소릴. 거따가('거기 있다가'의 의미임.) 다 듣구서,

"게 뭘 갖다 해야 어 성공헐까 허니깐두루."

"첫째는 두란일 만나야 성공을 허구. 또 둘째는 뭐냐 겉으믄(같으면) 사

람을 백 명은 살인은 쳐야(해야) 성공을 허것대.(하겠대.)"

그르드래.

"아 그러냐고 말야. 그러냐고."

그래서 이 사람이 다 잘 들었어. 다 잘 듣구서 이거를 가서 지가 일러 주믄 저두 인제 한, 잘 살게 해주겠지 허고 거길 찾아간 거야. 게 어디루 해서, 어디루 길 가는 것꺼정 다 알으켜('알려'의 의미임.) 주드래.

그래 인제 밝은 담에 일어나서 인제 뭐야, 그 집을 찾아갔어요. 그 집 을 찾아갔는데 이 사람이 인제 민간, 산, 순, 산 가서 인제 삼년 동안 살 았으니깐두루 민간 있는 데로 내려갈라고 보따릴 싸드래. 게 보따리를 싸 서 인제 가니깐두루 가서 찾인(찾은) 거야. ○○○ 일러줄라고. 가서,

"난 아무갠데 아무갠데 오다가 오다가 내가 들으니깐두루 그런 얘기들 을 해. 허구 해서 내가 일러줄라고 왔어요."

"아 고맙다고 말이야."

"에 뭔 소릴, 뭔소리를 일러주겠나?"

그렇게 인제 물으니깐두루,

"아 첫째는 두란일 만나야 되구, 둘째는 사람을 백 명을 죽여야 성공을 하겠다고 말이야."

그니까,

"아 그러냐고 말이야."

아 그래서 뭐 그래서 뭐 한 몫이래두 줄 줄 알았더니 보따리를 부스럭 부스럭, 부스럭 부스럭 허드니, 게 산에 가서 거 크게 해 먹을라고 산에 가서 도 믿는 사람이 뭐 무기 다 가지구 댕기지(다니지) 안 가지구 댕겨?

장도칼을 이만헌 거, 칼을 하나 그냥 끄내는(꺼내는) 대로 그냥 이('이 리로'의 의미임.) 가서 일러준 사람 모가지를 천덩 그러는 거야. 그 사람 은 그 사람, 에? 좀 혜택을 볼라고 허다가 가서 일러주기만 허구 죽었지 뭐야. 게 그거 그렇게 인제 했대는 게 소문이 나믄 나라에서 잡아다 죽였

거든. 그래가지구 소문 나까봐(날까봐) 그 사람을 죽여야 인제 크게 해 먹을깐두루 그래 죽였어.

그래 이 사람이 인제 보따리를 삼년 동안 거기 가서 밥 해먹고 있던 인제 보따리를 꾸벅 꾸벅 허구 짊어지구, 응? 내려왔단 말이야. 근데 여름 하절이던지 아 한 여자가 방알, 발방아, 어? 혼자서 뛰거든. 아 여름에 인제 그땐 보리, 보리 쬐서(쪄서) 먹을라고 여름에 인제 보리방알 찧는 거야, 혼자. 보리방알 혼자 찧는데, 에흠 뭐야 방알 찧다가 인제 방알 세워 놓구,

"야, 두란아."

불르드래.(부르더래.)

"두란아."

불르드라.

"어머니, 왜 그러세요."

그르니까,

"거 저 비 한, 비 한 자루 갖다다오."

인제 씰어(쓸어) 놓을라고.

"비 한 자루 갖다다오."

그르니깐두루 이놈이 쪼꼼(조금) 있으니깐두루 그걸 개 목에다 끈타구를('끈을'의 의미임.) 매구 개 목에다 걸어준 거야. 그니('그러니'의 의미임.) 크게 될 놈이지 뭐야, 그놈은. 개 목에다 걸어주지 뭐야. 걸어놓곤,

"어머니, 개 불르세요.(부르세요.)"

그르니깐,

"워리 워리 허구."

불르니깐 아 개가 쩔렁쩔렁 가니깐두루 비를 갖다 달구 왔단 말이야. 아 그래서 비를 갖다 전해주구 그르드래. 게 이 영감이 인제 이성계씨가 인제 본거야. 이걸 본거야.

'어, 니가 크게 될 놈이로구나. 크게 될 놈이로구나.'

그래서 인제 그러고 난 뒤에 그걸 보고서,

"야, 두란아"

그러니까,

"네?"

"너 나허고 같이 가자."

그러니까 서슴지 않고,

"예."

허고,

인제 따라 나선 게야. 인제 비서, 비서나 인제 종이나 인제 심부름꾼데리고 가는 거지. 아 그르구서 그르구서 인제 어떤 고갤 갖다가 인제 응? 여름이니깐두루 인제 홀홀 허고 가지 뭐야. 아 그른데 곰새 곰새든지(금새 금새든지) 아 가다가 인제 잔디밭을 아,

"도란아. 좀 쉬어가자허니까는."

"예."

허구

가만히 보니깐두루 아 뭐 빨랠 제대로 해 입었을 거야, 뭐야? 이(蝨)가 득실득실허거든. 게 인제 이 사람이 인제 크게 될 사람이니깐두루 사람을 어뜩해(어떻게) 백 명을 어뜩해 죽여. 아 그니까 이를 잡아 죽인 거야. 이를 갖다 잡아 죽이기를 시 시작헌 것이 이를 아흔 아홉 마리를 잡아 죽였어. 이를 아흔 아홉 마리를 잡아 죽이구 인제 나서,

"야 두란아, 인제 우리 가자."

거기서 한 십리 되는 큰 고개를 갖다가 인제 넘어가니깐두루 인제 힘들지 뭐야? 홀홀 허고 넘어가다 보니깐두루 아 그지가(거지가) 하나 올라오는 게야, 그지. 게 그지를 거기서 때려죽였어. 보니깐두루 백, 살인이 백이 찬 거야. 살인이 백이 찬 거야.

그지를 하나 때려죽이고 인제 그 두란이허고 같이 댕기는데,(다니는데,) 순 인제 저 뭐야 쌈허는('싸움하는'의 의미임.) 연습만 둘이 댕기며 허는 거야. 저 활, 활 매가지고 활만 날마동(날마다) 둘이 그냥 쏘는 거야. 그래 나중에 그걸 잘 배우니깐두루 잘 배웠는데, 인제 뭔 연습을 허느냐 겉으믄 그때는 다 저 질뚱이(질동이) 질뚱이로다 물을 여다(길러다의 의미임.) 먹었거든. 여다 먹었는데 물뚱이(물동이) 이고 가는 거를 인제 이 이성계 씨가 쏘믄 구녁이(구멍이) 뚫어질 거 아니야. 쏘믄 두란이가 물 나오기 전에 거길 활로 활 끝에다 진흙 칠을 해가지구 그걸 막았어. 그래 재주가 얼마나 좋아.

게 그럭저럭 인제 두란이 데리구서 그렇게 지나가는데, 아 외국서 그냥 한국을 먹을라구 그냥 군대들이 그냥 돌격허지 뭐야. 거 인제 그 뭐야 나라에서 인제 데리다가(데려다가) 데리다가 인제,

"너 저거 물리치라고 말이야."

게 거기서 인제 이성계씨가 대장 노릇을 허구 인제 뭐야, 에? 싸움을 해가지구 인제 많이 물리쳤어. 싸워가지구, 싸워가지구 그래 그 공으로다 공이 많고 인제 그러니깐두루 인제 저 임금을 시켰어. 나라에서 임금을 시켜가지구 임금을 갖다가 그 양반이 들어가서 인제 해먹거든. 옛날 양반 시대고 독재니깐두루 뭐 인제 그냥 뭐 어? 병신이구 어쩌구 임금의 아들이믄 임금을 시킨 거야. 그래가지구 우리나라가 망헌 거야.

이성계와 주천자의 만남

자료코드 : 02_26_FOT_20100220_SDH_JDJ_0003
조사장소 : 경기도 포천시 영북면 운천8리 581-20번지 마을회관
조사일시 : 2010.2.20
조 사 자 : 신동혼, 노영근, 이홍우, 한유진, 구미진

제 보 자 : 정덕재, 남, 88세

구연상황 : 앞의 이성계 이야기에 이어 바로 구연하였다.

줄 거 리 : 이성계가 중국 천자가 되기 위해 산길을 걸어가는 중에 주천자를 만났다. 둘이 만나서 가다가 대포장사를 하는 오막살이집을 발견했다. 주천자는 가진 돈이 없으면서도 주인 여자에게 술을 달라고 청하여 술을 양껏 먹었는데 그 여자 또한 돈을 달라고 하지 않았다. 이를 본 이성계는 주천자와 마찬가지로 여자에게 술을 청해 술을 먹었다. 술을 먹고 나서 주천자는 이성계에게 큰 인물이 아니라며 돌아가기를 청하였다. 이 말을 들은 이성계는 결국 돌아섰는데, 몇 발자국 가다가 뒤를 돌아보니 주천자는 물론 오막살이집과 여자가 사라져 있었다.

게, 이성계씨가 이, 중국으로 들어갈, 들어가 가지고 중국의 대국천자를 해먹을라고(해먹으려고) 그러는데, 대국천자를 해먹을라고 인제 걸어서 인제 산길을 걸어서 들어가는데, 그때는 누구 때문에 떨어졌느냐 같으믄(같으면) 뭐야.

(조사자 : 주.)

무슨 천황? 무슨 천자? 아휴, 잊어버렸어.

(보조 조사자 : 주천자요?)

(조사자 : 주천자요?) 주천자. 주천자허구 둘이 갔어. 중국을 갔다고. 근데 걸어서지, 뭐. 중국을 갔다 산길에 주천자허고, 주천자 인제 될 거지, 천자가 아니라. 그래 인제 이성계씨도 인제 천자노릇을 해먹을라고, 어? 대국으로, 그땐 대국이야. 시방은 ○○○이지만.

데려, 데려갔었는데(들어, 들어갔었는데) 산에 가서 둘이 만났지 뭐야. 둘이 만났는데, 아휴 주천자가 앞에서 그냥 ○○○○○두루 가다보니깐두루 오막살이집이 하나 있는데, 거기서 대포 장사허는 아주 이쁜(예쁜) 여자가 하나 있었어. 근데 이 주천자는 다 아니깐두루 가다가 가다가 그냥 배도 고프구 목도 마르구 그러니깐두루, 어?

"아씨, 막걸리 한 대포 달라구 허니깐두루."

그냥 돈도 없이 덮어놓고 그냥 푹푹 퍼서 주는 거야.

"먹으라고."

아 그래 그걸 먹으니깐 이성계씨도 돈이 하나도 없거든.

"에이, 나도 저분 저분 모냥으로(모양으로) 가다가 그냥 한잔 그대로 달래서 먹고 가겠다,(가겠다,) 그르구서."

아 그대로 가다가 어? 지나가다가 그냥,

"술 한 대포 달라고 말야, 어?"

돈도 없이 그렇게 달라고 해서, 어?

"먹으라고 말이야."

먹는 대로 퍼줬단 말이야. 거 주천자는 뭐 그렇게 먹구 아주 돈 달라 소리 없었던 거여. 게 간 뒤에,

"당신은 고향으로 돌아가시오."

그래

"왜 돌아가냐고 말야."

그러니깐 두루,

"당신은 어? 크게 해먹을 재격이(자격이) 안되니깐두루 돌아가시오."

그르드래. 아 그래서 보니까 이상허거든. 이제 크게 해먹을 사람이니까 두루 이제 맘에 켕기지만 이상허거든. 그니깐두루 돌아서서 한 두어 발자국을 가니깐두루 집두 싹 없어지구, 여자도 싹 없어져버리드래. 그래서 그 이성계씨는 돌아와가지구 한국임금 노릇 밖에 못했대는 거야. 그렇게 이 이성씨가 나가지구 그 집안을 오백년 동안을 임금을 해먹겠끔 맨들어(만들어) 놓구 그렇게 돌아와서.

천자가 된 주천자

자료코드 : 02_26_FOT_20100220_SDH_JDJ_0004
조사장소 : 경기도 포천시 영북면 운천8리 581-20번지 마을회관
조사일시 : 2010.2.20
조 사 자 : 신동흔, 노영근, 이홍우, 한유진, 구미진
제 보 자 : 정덕제, 남, 88세
구연상황 : 앞 이야기에 이어 바로 구연하였다.

줄 거 리 : 어느 날 중이 지나가다가 땔나무를 쌓아놓은 위에 구렁이가 앉아있는 것을
보고 구렁이를 태워 죽였다. 구렁이는 파란 연기가 되어 오십이 넘은 부부가
사는 오막살이집에 들어갔는데, 그로부터 열 달 후 부부는 자식을 얻었다. 부
부는 아이를 글방에 보냈는데, 아이는 삼년을 다녀도 하늘 천 따지도 하지 못
하였다. 한편 아이는 절대 오른손을 펴지 않았는데, 이를 이상하게 여긴 스승
이 아이가 자고 있는 동안 몰래 오른손을 펴보니 손바닥에 천자라는 글자가
적혀 있었다. 스승이 자신의 손을 펴봤다는 사실을 알게 된 아이는 스승을 죽
이고 도망가서 남의 집 머슴을 살았다. 아이가 열다섯 살 즈음 되었을 때까지
도 남의 집 머슴을 사는데 어느 날 두 명의 지관이 찾아왔다. 지관은 그 집에
머물면서 며칠 동안 산수 자리를 보고 다니다가 천자가 날 자리를 찾았다. 이
사실을 알게 된 아이는 달걀을 사오라는 지관들에게 데친 달걀을 갖다 주었
다. 이는 천자가 날 자리에 달걀을 묻으면 그 다음날 새벽에 달걀이 닭이 되
어 울기 때문이다. 지관들이 달걀을 묻었으나 데친 달걀이기에 과연 닭 울음
이 없었다. 결국 천자가 날 자리가 아니라고 생각한 지관들은 그곳을 떠나기
로 하자, 아이는 자신에게 그 자리를 달라고 청하였다. 지관들은 천자가 날
자리를 아이에게 주었다. 그러나 아무리 천자가 날 자리라도 오후 네 시에 금
관에 싸서 하관을 해야 가능했다. 아이는 금을 구할 수 없어서 대신 노란 귀
리 짚으로 관을 싸서 오후 네 시에 하관을 했다. 그런 후 나이 이십이 되어
서 중국으로 가서 거지 대장 노릇을 하였다. 거지 대장 노릇을 하다가 거지
들을 모아놓고 계획을 세워서 임금의 궁까지 들어가게 되었다. 임금에게 자
리를 내놓으라고 하자 임금은 새벽에 인경 소리가 세 번 나면 자리를 넘겨
주겠다고 하였다. 그런데 새벽이 되니 과연 인경 소리가 세 번 났다. 인경이
있는 곳으로 가보니 장끼 한 마리가 머리에 피를 흘리고 죽어 있었다. 결국
왕은 아이에게 자리를 넘겨주어서 아이는 천자가 되었는데, 이 사람이 바로
주천자이다.

주천자가 어떻게 돼, 주천자 노릇을 해먹었느냐 곁으면,(같으면,) 이 주천자가 구랭이(구렁이) 죽은 혼신이에요. 왜 구랭이 죽은 혼신이냐 헐 거 같으믄, 에헤 그전에 중이 지나가다 보니깐 두루, 봄 새, 중이 지나가다 보니깐 두루, 촌에선 저 물건을 갖다가 여름에 땔라고,(때려고,) 이 봄 사이 이른 봄에 해다가 양 이렇게 수십 집 해다가 쌓아놨다가 인제 여름에 때거든. 아 지나가다 보니깐 두루, 구랭이란 놈이 그 낭구(낭구) 터머리 위에 그냥 서까래가 ○○○ ○○○ 서리서리 앉아 그냥 모가지를 휘휘 내두르는 거야.

아 그래서 이 중놈이 거기다 갖다 불을 질러버렸어. 불을 질르니깐 거기서 꼼짝없이 그냥 타서 죽었지 뭐야. 타서 타서 죽었는데 마지막 타니깐 두루 파란 연기가 여기서 똘똘 뭉쳐가지고 도망을 가는 거야. 이 중놈이 뭐 좀 알던지 쫓아온 거야. 쫓아오니깐 두루, 아 이건 소경이 부는 대로 데려갈라 그르구 저 개검이 부는 대로 데려갈라 그리구(그러고), 그른(그런) 데 데려가면 성공을 못하거든. 거 뭐 개, 개나 ○○ 데서 개나 태어나고 닭 거 허는 데서 닭이나 태어나잖아. 그래서 채려 가지고는 못 들어가게 쫓아댕긴 거야, 몇(몇) 시간동안. 몇 시간 동안 쫓아댕기니깐 두루, 아 어디 오막살이집이 하나 있는데 그리 여 연기가 쏙 들어가는 거야.

"하, 인제는 됐구나."

낮이지. 인제는 됐구나 했어, 이 중놈이. 그랬더니 한 한 반시간 동안 있드만 두루 한 오십 먹은 영감이, 옛날엔 오십만 먹어도 영감이라고 했다구. 한 오십 먹은 영감이 어 땀을 지지허고 흘리고 얼굴이 벌개서 나왔거든. 아 나와서 그냥 중놈이 반색을 허구 그냥,

"당신네 어? 할아버지네 인제 대통이 터졌다고 말이야."

어?

"열 달이 지나믄 인제 어? 아들이 인제 하나 태어난다고 말이야."

"원 별 소릴 다헌다고, 어?"

이 영감이 뚜덜뚜덜허고 해.

"난 간 뒤에 인제 열 달만 되면 인제, 응? 대통이 터져서 아들 하나 인제 날 거니깐두루 인제 잘 길르라고 말이야."

아 근데 몇 달 지나고 나니깐두루 여자가, 마누라가 배가 뚱뚱해지는 거야, 어? 뚱뚱해지는데, 거 나이 많이 먹어가지고 자식이라는 거 없다가. 아 인제 이 혼이 인제 구랭이 죽은 혼이 급허니까 그냥 아무대로나 인제, 에? 저거헌대로 들어간 거야.

아 그런데 여 여 ○○허는데, 참 잔병 하나 없이 건강허게 자라는 거야, 잔병하나 없이. 아 그래서 한 여남 살 먹은 걸 갖다 인제 옛날에 한문 글방밖에 없었거든. 한문 글방에다 인제 글 글 배우라고 인제 보냈어. 보냈는데 이놈이 이 바른 손 하나는 장창 그냥 그 글씨도 왼손으로 쓰구 바른 손은 펴질 않는 거야.

그래서 선생이 이상허게 알았지 뭐야.

"이상허다."

근데 그 이놈이 천자를 갖다가 삼년동안 가르쳐도 하늘 천 따지 밖에 모, 하늘 천 따지도 잘 모르는 거야, 이놈이. 게 이놈이 왜 그러냐 헐 거 같으면 배우지 않아도 다 아는 거야. 그래서 이놈이 선생이 이상허게 아는데 선생이, 에? 들오니까('들어오니까'의 의미임.) 인제 하루는,

"천지, 천지원하로('천지현황天地玄黄으로'라고 해야 할 것의 잘못임.) 삼년벽허니 연지호야로('언재호야焉哉乎也로'해야 할 것의 잘못임.) 은제 (언제) 배울까요?"

그르구 노래를 자꾸 부르드래. 노랠 자꾸 부르드래. 아 삼년을 가르쳐도 하늘 천 따지도 모르드래. 근데 아 연자 연자호야면('언재호야焉哉乎也면'해야 할 것의 잘못임.) 하늘 천 천자 끝인데 끝이 연자호얀데 그걸 다 그냥 노래를 부르드래.

아 그렇게 인제 가르치길 갖다 이놈을 멫(몇) 해 가르쳤는데, 하루는 이

놈이 글 배우러 왔다가 다 들어갔는데 쓰러져 자드래. 쓰러져자니깐두루 선생이 거 저거 이상허니깐두루 자는 사이에 손을 펴봤단 말이야. 요 손을 펴보니깐두루 천자라고 아주 뚜렸허게 아주 글씨가 백혀있더래,(박혀 있더래,) 손바닥에. 아 그런데 이놈이 자고 자구서 깨니깐두루 누가 손을 펴봤다 그거야. 그걸 다 알아. 자고서 깨봐, 깨니깐. 아 요놈이,

"나 잘 적에 선생 하나배께(하나밖에) 없었는데 누가 손, 손을 갖다 펴봤을까. 펴볼 사람은 선생배께 없다구 그랴."

그래서 이거를 선생을 내가 죽여야 성공을 허지, 죽이지 못하믄 소문나믄 나라에서 잡어다 죽였구. 아 그래서 뭐야 그렇게 생각을 허구선 인제 마음을 갖다 인제 아주 굳게 인제 먹구선 인제, 아 선생을 죽일래믄 그거 보통이야, 어? ○○ 몰랐다가 밤에 그냥 어떻게 해가지고 선생을 죽여, 죽여 버리곤 도망을 갔어.

죽여가(죽여서) 죽여 버리고 도망을 가서 어디 가 사느냐 같으면, 인제 남의 집 머슴살일 했어. 에 그럭저럭 허다보니깐 아마 한 열댓 살 됐단 말야. 남의 집 머슴살이를 허는데, 에헤 뭐야 머슴들은 대개 ○○○ ○○ 사랑방에서 인제 혼자 인제 자지 않아? 쇠물이나(쇠죽이나, 쇠물은 쇠죽 의 황해도 방언임.) 소 쇠물이나 끓여주구, 어? 짚신이나 짚신이나 삼아서 인제 신구, 어?

그런데 인제 아 하루는 누가 젊은 사람들이 두 놈이 찾아왔드래. 찾아 와서,

"자고가자 그르는데."

"자고 가자고."

아, 그래서 아, 주인헌테 무서워,

"난 머슴이니까 주인한테 물어 물어보세요. 주인이 자고 자고 가래면 나 자는 방 가서 같이 주무세요."

아 그래서 주인헌테 물으니깐 두루 뭐야 저거,

"자고 가라고."

근데 그 사람들이 뭐냐 같으면 지관이야. 지관이야. 산 자리 봐주러 댕기는 지관이야. 산 자리 봐서 인제 돈 많이 받고 인제 임자 만나면 팔아먹구. 아 그래서 같이 자고 났는데, 인제 인제 뭐야 주인보구,

"여그서 인제 메칠 묵어가겠다고."

그르드래.

"아, 묵어가라고 말이야."

거 인제 거기서 묵는데 에헤 거기서 묵는데 이 사람들이 조반 먹구는 산으로 싸댕기는 거야. 산으로 싸댕기며 인제 산자리 좋은 거 잡을라고.

근데 하루는 하루는 이놈들이 뭐야, 갔다 오드만두루 즈그끼리(저희끼리) 얘기를 허더래. 산자리가 아주 좋은 자리를 하나 천자 날 자리지. 그니깐두루 주천자 날 자리야 인제. 그 인제 갔다 와서 인제 그렇게 얘길 헌 걸 요놈이 다 귀 담아 듣던 거야, 크게 될 놈이니깐두루. 근데 거 애 보고선 인제 뭐야 열댓 살 넘었길래 그래두 그 꾀가 그렇게 많았던 거지.

"계란 가서 한 꾸리만 사다달라고."

그르드래. 에 이놈이 벌써 다 알고 계란을 사다가 갔다 쇠물 끓는 데다가 디쳐서(데쳐서) 디쳐서 갔다 줬어. 디쳐서 갔다 줬는데 이놈들이 그걸 어따가('어디에다가'의 의미임.) 쓰느냐 같으믄, 그 산자리 잡아논 데다가 계란을 갔다 놓으믄, 이놈이 낮에 갔다 놓으믄 하루 밤새에 계, 거 닭이 깨서 깨서 크게 자라서 아침에 울어.

[일동 웃음]

울어, 울어. 계란. 아 그런데 인제 이놈들 인제 계란을 갔다 한 꾸러미 주니깐두루 갔다가 고 산자리 잡아논 데다 갔다 묻었어. 묻구선 인제 울 때만 바라는 기야.(거야.) 아침에 네 시믄, 네 시경 되믄 닭들 수탁이 다 울잖아요? 옛날에 인제 촌에서 닭 놓을 적에. 근데 네 시 되니깐두루 영 네 시경이 되도록 안 울거든. 그 아 이놈들이 아주 성화를 허드래. 요놈은

같이 자니깐 다 들었지. 성활 허드래. 속삭속삭 얘길 허믄서. 아 근데 네 시가 넘으니깐두루 쪼끔 삐르르륵 허다 말거든. 삐르르륵 허다 말거든. 그니깐두루 이놈이, 이놈들이,

"에휴 안된다고. 산자리가 우리 봄에만 뭐야 문서 보구 믿지 못하겠다구 말야. 안되겠다고. 떠나간다고."

그르더래.

"떠나간다구. 떠나간다고."

아 그림서('그러면서'의 의미임.) 멋찟멋찟 허믄서 있는데, 아 요 요놈이 인제 다 들었으니깐두루 다 들었으니깐두루 뭐야 이놈들이 간다구 그러는데,

"뭐야 아저씨들, 뭐야 우리 할아버지나 거기다 갖다 모시겠어요."

그래.

"그래라, 그래라."

그르더래. 아 그래서 아 이놈이 가가지구 인제, 여간에 인제 낭굴('나무를'의 의미임.) 베고 풀을 깎구서 인제 어 젊, 열댓 날 먹어도 인제 기운이 있으니깐두루 아 댐벼 댐벼 파는데, 이놈이 어뜩해 허나 보구 두 놈이 가서 지관들 두 놈이 가 귀경을(구경을) 헌 거야. 귀경을 갔다 하니깐 시 애기가,

"써도 시간을 맞춰야지.(맞혀야지.) 그리구 여기다 쓸 걸 갖다가 다 써야지, 다 쓰지 못허믄 너도 써도 써야 해탕이다.(허탕이다.)"

게 뭘 쓰나 같으믄 은관(금관이라고 해야 할 것을 잘못 말한 것임.), 은관에다가 써 가지구 시간은 몇 시냐 같으믄, 시간이믄 시간은,

"오후 네 시에 하관을 해야 거기서 사람이 난다."

그러구 그르드래.

고런 걸 다 들었단 말이야. 이놈은. 아 그래서 이놈이 아 금관이 어딨어, 금관이. 관이 금, 금으로다 맹근(만든) 관이 어딨어? 머슴이나 사는 놈

이. 그래서 이놈이 옛날에 시방(지금) 젊은 사람들은 모를 거야. 옛날에 귀리라고 있었거든, 귀리. 귀리라고 고걸 갖다 심었다가 여름에 비어서 ('베서'의 의미임.) 그걸 쪄서 말려가지고 쪄서 밥을 해먹고 살았다고. 근데 귀리 짚이 노래, 노래. 이놈이 귀리 짚을 댕 댕기며 구해와가지구 그걸 엮어서 인제 깔고서 인제 산소를 갖다 쓸라구 말이야. 그거 금관이야, 금관. 그 이놈이 한참 그렇게 파니깐두루,

"에이, 니가 파고서 어? 그냥 어? 한나절 전에 다 파고서 산소를 쓰믄 넌 쓰나마나 해대여.('허탕이야'라는 의미임.)"

그러구서 인제 귀경만 하는 거여, 숨어서. 숨어서 그러는데 아 이놈이 한참 그렇게 신나게 파더만두루 다 파, 다 팠드래. 다 파니깐두루 혼곤히 잠이 와서 그냥 어? 그늘나무 밑에 봄새니까 그늘 나무 밑에 팩 쓰러져 자드래. 응, 자드니만두루 얼마쯤 잤는지 자다가 깨서 해를 이렇게 쳐다 보더니만두루 하관을 허드래, 그놈이. 아, 시간꺼정(시간까지) 맞춘(맞힌) 거야.

그렇게 해서 즈('자이'의 의미임.) 할아버지 할머님 갖다가, 할아버지 할머님 갖다가 산소를 쓰구서는, 인제 뭐 돈이 하나두 없으니 머슴이나 살아야지 어떡해. 남의 집 머슴만 인제 살아서 인제 억지로 벌어 먹구서 인제 살다가 인제, 나이 아마 한 이십 살 그리다보니깐(그러다보니깐) 한 이십 살 인제 됐던 모냥이야.(모양이야.) 돼서 인제 우리나라에 있어가지곤 뭐 크게 못 해먹구,

"에휴, 대국으로나 들어가겠다구."

그래 대국을 들어가다 인제 그 이성계씨를 만난거야. 게 그때 인제 그 대국을 들어가가지고 뭘 해먹었냐 같으믄, 뭐 돈이 하나나 있어야 뭘 허지. 그래서 그지(거지) 대장 노릇을 했어. 그 나라가 인제 원체 크니깐두루 그지가 인제 없으니깐두루 에? 그지 대장 노릇을 했어. 좀 원체 인제 아휴 천자 해먹을 몸인데 뭐. 원체 인제 생기기도 그지 행세를 허구 했지

만, 생기기도 꺽달지게 생기고 인제 했, 그지 옷을 갖다가 한 삼년 동안 인제 그지 대장 노릇을 갖다가 허는데, 그러다보니깐두루 인제 나이도 한 이십 살 넘어가구 인제 에, 크게 해먹을 나이두 되구 인제 했으니깐두루, 아 돈이 하나나 있어야 이놈이 뭘 허지, 글쎄.

그지들 보구 밥 쌀이나 은어(얻어) 오래서 그저 밥 해줌 밥이나 먹구 그른데, 그래서 돈이 하나두 없구 어떻게 힐 도리가 없어서 하루는 죄 모아놓구서 죄 모아놓구서 그냥 회의를 했어요.

"우리가 이렇게 있다간, 에 그지 생활이나 허다가 죽을거니깐두루 우리 한번 해보자."

그렇게 허니깐,

"아, 뭘 해봅니까 허랴."

"느이들(너희들) 나 시키는 대로만 해라. 시키는 대로만 해라."

"어떻게 해요?"

아주 날짜를 딱 잡아놓구서 앞으로 언제 어? 열흘인가 이십일인가 날짜를 딱 잡아놓구서는 어뜩해 허느냐 같으믄,

"우리 무기 하나두 없지 않느냐."

"예, 그렇죠."

"그러니깐두루 그 중국에 인제 나라 나라에 인제 무기 창고 있는 그 근처에다가 저녁에 한 열시쯤 돼서 불을 다 지르자. 불을 다 지르믄 크게 해먹을 사람이 ○○○○○○. 불을 다 지르믄 그 불 끄러 다 가지 않니."

"에휴, 그렇죠."

"다 간 다음에 그냥 우리가 그냥 숨어 있다가 들어가서 그 무기창고를 때려 부수고서 그냥 무기를 그냥 하나씩 다 나눠가져라. 다 나눠가지고 뺑 돌리(돌려) 싸고 있어. 그 뭐 거기서 저 뭐야, 보초 서는 놈들 군인들 뭐 무기 하나도 없으니 지가 군인이면 뭘 허느냐. 그렇게 우리 해보자."

"아, 그거 참 좋은 얘기라고 말이야."

아 그래서 그날 저녁에는 그냥 저녁을 갖다가, 어? 일찌감치 해먹구서 열시꺼정(열시까지) 저 회의만 허구 자질 않는 거야. 게 인제 열시 넘어, 넘어가면 대개 인제 다 많이들 자거든. 또 인제 보초병들도 인제 졸리와서 졸기도 많이 졸고.

그래서 인제 열시 넘은 다음에 인제 싹 몰려간 거야. 싹 몰려가가지구 인제 그 무기창고 그냥 근처에다 갖다 그냥 집집마다 불을 다 질러버렸어. 아 불을 다 질르니깐두루 그냥 어 이놈들이 보초 스는(서는) 놈들이 그냥 뭐 다 버리구, 그냥 무기고 뭐고 그냥 다 내비리고(내버리고) 그냥 다 그리 가가지고 불 끄는 ○○○○○. 게 이 이놈들이 그냥 이 주천자가 그냥 시켜가지고, 그 뭐 젊은 놈들이니까 그냥 무기창고 그냥 문을 다 때려 부수고 그냥 무기 하나씩 척척 그냥 미고서(매고서) 그냥, 어? 실탄 장치 그냥 척척 해가지고 그냥 뺑 돌려 그냥 그 청화대를 갖다 ○○○○○ ○○○○○, 청화대. 청화대를 그냥 뺑 돌려 싼 거야.

그리고 인제 뺑 돌려 싸고서 인제 뭐야, 이 주천자가 들어가가지구 인제 뭐야 주천, 그 천자 보고서,

"인제 항복해라. 항복해라."

허니깐두루 그 항복을 냉큼 할 거야? 안하지. 대, 저 뭐야 천자 해먹는 사람이. 천자 해먹는.

"항복해라."

허니깐두루 안허는 거야.

"안허믄 너 머리 짤르겠다구(자르겠다고) 그래. 모가지 짤르겠다구."

그래 뭐 밤 이슥하도록 조는 거야. 밤 이슥허도록 졸으니깐두루, 이에 천자가 그냥 내놓긴 억울하니깐두루 뭐라고 허는고니,

"저 인경소리가 새벽에 세 번이 나거든 내가 내놔주마 그래."

인경소리가, 어? 그래 인제 그렇게 약속을 허곤 인경 저거 밑, 고 근처에다가 고 근방에다가 보초를 그냥 뺑 돌려 스는 거야, 인제. 사람이 올라

가서 때리나 허구. 보초를 갖다가 딱 세우더래. 이 주 주 저 먼저 천자가. 아 뺑 돌려 세워놨는데 누가 가서 뭐 야매로 야매로 헐 수가 있어? 뚜드를(두드릴) 수가 있어, 인경을? 아 그른데 한 네 시경, 네 시나 다섯 시경 되믄 어둡질 않거든. 아니, 밝질 않거든. 한 네시 넘으니깐두루 인경소리가 세 번이 땡 땡 나드래. 허, 그거 천지조화지 뭐야.

아 그래서 이 임금두 잠을 못자고 인제 지가 머리 짤라져(잘려져) 나가겠으니 말야. 잠을 못자구서 그냥 밤을 샜다 새워 놨는데, 아 나가보니깐두루 보초를 뺑 돌려 서있구, 응? 사람 근처에도 하나 못오게 허고 했는데, 인경 소리가 그렇게 세 번이 나는 거야. 아 그래서 그냥 고민을 갖다가 허구선 있는데, 이 주천자가 그냥 어? 문을 열고 들어와서,

"인제 내놔라 말이야. 내놔라. 인경소리가 세 번 나믄 냉기준다고(넘겨준다고) 아주 기약을 싹 쓰구 도장을 꽉 쳐놨는데 내놔라."

"아 그래서 인제 다 밝은 다음에 해결 짓자고 말이야. 어?"

억울허니까. 어떻게 돼서 인경소리가 났나.

"다 밝은데 다음에 우리 해결 짓자고 말이야."

아 그래서 인제 그 뭐 아 그지들이 그냥 무기를 가지고 그냥 뺑 둘러쌌는데, 아주 뭐 그냥 꼼짝을 뭐 도망을 갈래야 도망을 갈 수 있어.

아 그래서 인제 그럭저럭 인제 얘길허구 인제 좌담을 허구서 앉았는데, 날이 훤히 먼동이 트는 거야. 훤히 먼동이 트니깐두루 양쪽 인제, 에 군인들 인제 그 신하들이 인제 가서 거길 갖다가 조사를 허는 거야. 조사를 갖다가 허는데 인제 이 이 인경소리가 왜 났나 고거 알을라고.

가서 조사를 허니깐두루 아 커다란 쟁끼가(장끼가) 하나 골이 터져가지고 죽어 떨어졌드래, 인경 밑에. 그거 천지조화지 뭐야. 천지조화지.

(조사자 : 장끼가요?)

천지조화로다 거 인경 거 뭐야 쟁끼가 가서 들이받은 거야. 세 번을 들이받아서 소리가 그렇게 크게 나갖구 맨들어(만들어) 놓구 지가 죽은 거

야. 아 그래서 뭐 안내놓을 수 있어? 헐 수 없이 주천자를 냉겨준(넘겨준) 거야. 주천자를 갖다 냉겨주구. 거 참 뭐야 쟁끼 쟁끼 저거지 뭐야. 아 그래서 그냥 그 신하들을 시켜서 그냥 어? 쟁끼를 갖다가 그냥 사람보담(사람보다) 더 그냥 장사를 갖다가 그냥 잘 지내구 그냥 뭐야 지살('제사를'의 의미임.) 갖다가 그냥 잘 지내주드래, 그냥.

그래가지구 주천자가 대국 들어가서 임금 노릇, 저 천자 노릇을 갖다가 해먹은 이유가 있대는 거지. 게 게, 천자가 거 저, 어머니 아버지만 저 우린 얘기만 들어서, 저 춘천에 어디 산소가 있대는 거야, 춘천에.

(보조 조사자 : 춘천에요?)

춘천 어디 산소가 있는데 천자를 갖다가 해먹었어두 즈 어머니 할아버지헌테 성묘를 한번 못왔다는 거야, 천자 돼가지구. 왜 못왔느냐 겉으믄(같으면) 거 천자가 한번 떠날래믄 어? 거동을 헐래믄 신하들이 한 백 오십 명 따라야 된대. 따라야 되는데 아 거기 바달 갖다 건너오구, 그땐 걸어댕겼는데 어떻게 왔다 가. 여기 한번 거 한인들이 한인들이 한국 한번 왔다갈려면 석달이 걸렸대는 거야, 석달. 그래서 주천자가 이 한국 사람인데 대국 들어가서 천자 노릇을 해먹다가 돌아갔대는('죽었다는'의 의미임.) 거야. 에, 한국 사람으로 그렇게 난 사람이 구렝이 죽은 혼이 그냥 그거 태어나가지구 그렇게 해먹었대는 거지.

고약한 중국 사신

자료코드 : 02_26_FOT_20100220_SDH_JDJ_0005
조사장소 : 경기도 포천시 영북면 운천8리 581-20번지 마을회관
조사일시 : 2010.2.20
조 사 자 : 신동흔, 노영근, 이홍우, 한유진, 구미진
제 보 자 : 정덕재, 남, 88세

구연상황 : 중국 사신과 관련된 이야기를 청하자 바로 구연하였다.
줄 거 리 : 중국 사신이 오면 임금이 윗사람 대접을 해야 했다. 그래서 중국 사신이 왔다
가 가면 배웅을 해야 했는데, 사신이 들어가라고 하기 전에는 들어갈 수 없었
다. 중국 사신이 한국에도 영웅이 있는지 알아보기 위해 배웅 나온 임금을 들
어가라는 말을 하지 않고 계속 걷게 했다. 임금이 땀을 뻘뻘 흘리며, 걷는 것
을 힘들어 하자 이를 본 신하들이 화가 나서 사신을 죽여 버리자고 하였다.
이 말을 들은 사신이 비로소 임금에게 들어가라고 말하였다.

중국, 중국 사신이지만 뭐야, 연락병이지만 사신이 무서왔어요.(무서웠
어요.) 사신이. 사신이 무서운 게 왜 무서웠느냐 같으믄, 중국 사신이 오
믄 석 달 만에 가는데 순~ 임금이 인제 대울 해야 되거든. 대우, 임금이
윗사람으로 취급을 해야 돼. 이 한국나라 임금이지만 사신 올 때 꼼짝 못
했지. 왜 꼼짝을 못허느냐 같으믄 중국 사신이 왔다가 가믄 뭐야 배웅을
해야 돼, 배웅. 그니까 어른이지 뭐야. 암만('아무리'의 의미임.) 임금이
지만 배웅을 해야지. 어, 배웅을 해야 되는데 어떻게 됐느냐 겉으믄,(겉으
면,) 아이 중국 사신이 왔다 겉으면 만날 이렇게 임금이 뭐 걸어 댕겨?(다
녀?) 장창 차나 타고 댕기던 분이, 아 고거 멀리 그냥 걸어서 갈래믄 그냥
힘들어서 다리, 힘도 들고 다리가 아파 그냥 쩔쩔 매고 걷는데 얼마나 힘
들어.

게 이 중국사신이 한국두 무슨 영웅이 있나 없나 그걸 알아볼라고, 거
사신이 임금이 배웅을 나오믄 사신이 어 데려가시라고('들어가시라고'의
의미로 말한 것임.) 데려가시라고 얘기해야 데려가지 그전엔 데려가라 소
리 안 해. 데려가라 소리 허기 전에는 장창 따라가야 돼.

그 인제 사신이 인제 하루는 뭐야 이 한국두 좀 아는 사람이 있나 없나
인제 볼라구 데려가라 소리를 안 허는 거야. 그니깐 자꾸 쫓아가야지 어
뜩해.(어떡해.) 인제 고만 데려가세요 그래야 좋을 텐데. 아니 땀이 뻘뻘
흘르구(흐르고) 인제 거기 하인들이 수십 명 인제 따라 나가는데, 땀을 뻘
뻘 흘리구두 흘리구 그냥 임금이 애를 쓰고 따라가는데 데려가라 소리가

없는 거야, 사신이.

아 그래서 그냥 그 신하들이 하도 그냥 딱허구, 그냥 임금이 땀이 뚝뚝 떨어지도록 데려가라 소리 안허니깐두루 그냥 그 사신들이 그냥 뭐 하나 둘이 따라가? 그냥 거기서 그냥 그 자리서 그냥 사신을 욕을 막 허구,

"저놈의 새끼 그냥 쫘 죽이라고. 활로 쫘 죽이자고 그냥."

욕을 막 허니깐두루,

"데려가세요."

허더래.

"데려가세요."

허구서 데려가 가지고, 그 에헤 아휴 그러는데 그래도 데려가라 소리를 안 해서 안허구 해서, 거기 뭐 큰 빈가 하나 누가 산소에다 해 세웠는데 큰 비(碑)가 그냥 뻘떡 일어나더래. 뻘떡 일어나더래, 그냥 천지조화로. 천지조화로. 뻘떡 일어나드래. 그래서 그제서 그냥 이놈이 무릎 꿇구서 잘못했다구, 에? 데려가시라고 빌구서 갔다는 말이 있는 거여. 게 한국도 이제 허사가 아니다 그거지. 거 사신이 그렇게 무서웠대요.

서산대사와 지팡이

자료코드 : 02_26_FOT_20100220_SDH_JDJ_0006
조사장소 : 경기도 포천시 영북면 운천8리 581-20번지 마을회관
조사일시 : 2010.2.20
조 사 자 : 신동흔, 노영근, 이홍우, 한유진, 구미진
제 보 자 : 정덕재, 남, 88세
구연상황 : 서사대사 이야기를 청하자 바로 구연하였다.
줄 거 리 : 서산대사가 지팡이를 짚고 다니다가 가평 용문산에 꽂아 놓고 말하기를, 지팡이가 살아나면 자신이 산 것이고 죽으면 자신이 죽은 줄 알라고 하였다. 지금 가평 설악면 용문산에 그 지팡이가 크게 자란 은행나무가 있다.

거 서산대사는 일단은 안 죽었어요.

(조사자 : 아, 그래요?)

에흠, 서산대사 때문에 일본놈이 아주 망했지, 서산 서산대사. 근데 서산대사가 그 은행나무 지팽이,(지팡이,) 지팽이 하나 짚구서 댕기다가(다니다가) 저 용문산 거기다 갖다 꽂아났대. 거기다 꽂아 놓고는 뭐야 이게 살아나믄 살아나믄 내가 산 줄 알구, 이게 살아나지 못하고 죽으믄 내가 죽은 줄 알라고 그러고 왔대는데, 시방(지금) 그 은행낭귀(은행나무) 은행나문가 뭐 산나문가 자라 가지구 한 대단원 된대. 저 뭐야 용문산 가평 가평 저 설악면 용문산 거기가 관광지가 됐잖아요. 근데 관광 갔다온 사람들이 한 ○○○가 됐다 그러더라구. 서산대사가 일본놈 망해줬죠, 아주.

일본 혼내준 서산대사

자료코드 : 02_26_FOT_20100220_SDH_JDJ_0007
조사장소 : 경기도 포천시 영북면 운천8리 581-20번지 마을회관
조사일시 : 2010.2.20
조 사 자 : 신동흔, 노영근, 이홍우, 한유진, 구미진
제 보 자 : 정덕재, 남, 88세
구연상황 : 앞의 서산대사 이야기에 이어 바로 구연하였다.
줄 거 리 : 서산대사가 일본에 갔을 때 일본사람이 서산대사를 시험하기 위해 십리 길거리에 양쪽으로 글씨를 써 붙여놓고 다 읽을 수 있느냐고 물었다. 서산대사는 다 읽을 수 있다고 하면서 그 글씨를 다 읽어냈다. 그런데 일본사람이 조사해 보자 딱 한 글자를 읽지 못한 것이 있었는데, 이는 종이가 뒤로 접혀서 그랬던 것이었다. 일본에서 서산대사를 죽이기 위해 방에 가둬놓고 집 근처에 숯을 쌓은 후 불을 질러서 밤새 태웠다. 그러나 다음날 살펴보니 서산대사는 일본사람에게 왜 이렇게 추우냐고 오히려 호통을 쳤다. 서산대사는 일본사람들의 종자를 말리고자 하였다. 그래서 비를 내리게 해서 일본사람들을 물에 잠기게 한 다음 다시 얼린 후 일본사람 목을 발로 차서 죽였다. 그런 후에도 살아있는 사람들을 죽이기 위해 일본 임금에게 여자 인피 삼백 장과 남자 불알

서 말을 요구했다. 결국 일본 임금의 딸의 인피가 가장 먼저 벗겨졌다. 임금의 딸이 죽으면서 말하기를 자신이 죽으면 한국에서 민중전으로 다시 태어나 원수를 갚겠다고 하였다. 몇 십 년 후 한국에서 민중전이 나왔고, 한국은 망했다. 과거 죽은 일본 임금의 딸이 원수를 갚은 것이다.

서산 대사가, 그것도 잊어먹었어.(잊어버렸어.) 서산대사가 인제 일본으로 갔다가 인제 방문을 가는데 방문을 가는데, 이 거리마다 거리에다가 양쪽으로 그냥 그 글씨를 써서 그냥 길을 해다가 그냥 한 십리 동안 해서 꽂아놨어요. 꽂아놨는데 인제 일본을 갔다가 인제 일본을 갔는데 그 길을 갖다 서산대사보구,

"그 길을 갖다가 다 읽을 수 읽을 수 있느냐?"

그러니깐두루,

"아, 읽을 수 있다구 말야."

길에 글씨 써 붙인 걸. 그걸 갔다가 걸어오믄서 그걸 다 어떻게 읽어? 아 그런데 그걸 갖다 얘길한 데 다 읽었어. 다 읽었는데 그래 인제 일본놈이 나가서 조사를 허는 거야. 이걸 다 읽었나 안 읽었나 인제 조사를 허는 거야, 인제. 그걸 갖다 인제 ○○○○○○. 아, 한 해 하날 못 읽었어.

"하날 갖다가 못 읽었는데, 못 읽었는데 언제 다 읽었느냐구 말이야. 여기 하날 못 읽었는데 어디 다 읽었느냐구 말이야."

아 막 야단을 하거든. 아 그래서,

"그럼 가자구 말이야. 내가 다 읽었는데 왜 뭐 땜에 그러냐구 말야. 가자고."

그 명부작성헌 걸 갖다가 다 들구서 인제 가는 거야. 한 군데 가서 보니깐두루 뒤 안에 접쳤드래.('접혀졌더래.'의 의미임.)

[일동 웃음]

접쳤드래. 그래 못 읽었더라구.

아 그러구서 인제 일본놈이 인제 아주 서산대사 아주 영웅이란 소릴 듣구 해서 일본놈이 죽일려구. 죽일려구 인제 이 방에다 갖다가 가두구서 가두구서 그냥 바깥에다, 옛날에 숯 구웠잖아. 왜정 때만 해도 숯 구웠잖 아. 바깥에다 그냥 집에 뺑 돌며 그냥 숯을 갖다 쌓구서, 밤에 자는데 불 을 질른 거야. 불을 갖다 질렀는데 그 인제 일본놈들이 인제 신하 보고서,

"아 그렇게 인제 뭐야 숯을 갖다 뺑 돌려 쌓고 불을 질러났는데 그거 뭐 살았어?"

아이, 신하들이 가서 보니깐 두루 숯은 인제 밤새도록 다 타서 없어지 구, 가서 보니깐 두루 쉬엄에(수염에) 고드름이 이렇게 달렸드래, 그냥.

"야, 이놈들."

그러더래.

"느이(너희) 나라가 덥대드니 게 이렇게 추우냐."

하고. 호령을 ○○○ 치더래. 그래서 인제 혼이 났지 뭐야 아주, 일본놈 들이.

"참 재주가 좋긴 좋구나, 어? 재주가 좋긴 좋구나."

그리구는 일본놈들 아주 종자를 말릴라고, 종자를 말릴라구 허는데,

어떻게 종자를 말리나 같으믄 인제 거 뭐야 서산대사 뭐 말한 명령 한 마디면 그냥 비가 얼마든지 오거든.

"그 인제 비를 갖다 인제 많이 내려달라고 그랬거든. 비를 많이 내려 달라구."

아 그래가지곤 비가 그냥 메칠(며칠) 그냥 뭐 바가지로 들어붓는 거 겉 거든.(같거든.) 퍼붓는 거야. 그니깐두루 사람들이 다 물에 다 잼긴(잠긴) 거야. 물에 다 잠겼는데 인제 그제선 인제 일본놈을 아주 종자를 말릴라 고 물을 얼궜어,(얼렸어,) 그냥. 물을 얼궜는데, 아 요 일본놈들 모가지가 그냥 찰랑찰랑 허는 걸 갖다가 땡땡 얼궈났으니, 뭐 그 저 옛날에 왜정 땐 나막신이라고 낭구를(나무를) 파서 신은 나막신이라고 있거든? 굽 높

다랗고 나막신. 게 나막신 신구 댕기면서(다니면서) 일본놈 대가리를 갖다가 톡톡 차가지고 모가지가 다 똑똑 떨어져 일본놈 죽었대는 거야.

그리고 나마지(나머지) 인제 나마지 산 산 놈들은 인제 뭐야 임금헌테 가서, 아 일본놈이 아주 똥물을 지렸지, 뭐. 일, 일본놈 임금 앞에 가서 뭐라고 말허는고니,

"느이 나라가 앞으로 어? 잘될라믄 한국에다가 인피(人皮) 서 인피 삼백 장, 남자들 불알 서 말을 갖다가 말려서 올려라 그랬어."

아 그 뭐 누구 말이라 뭐 누구 명령이래야 뭐 안 헐 수 있어?

"예, 그러겠습니다."

아 그래서 인제 일본놈들이 인제 여자는, 여잔 처녀들 그냥 껍디기를(껍데기를) 갖다가 그냥 까서 말리구 남자는 불알 짤라서(잘라서) 그냥 말려. 아 이놈의 비가 날마다 와가지구, 어? 말릴 말릴만 허믄 비가 오고 비가 와. 아 이 뭐 불알이 다 썩고 그냥 그래가지고 일본놈이 종자가 마르다시피 했대는 거야, 아주.

[일동 웃음]

그렇게 그렇게 그냥 일본놈을 똥물을 지리게 해놓구. 아 인피 삼백 장이믄 얼마야. 게 먼저는 제일 임금에, 임금에 딸보텀(딸부터) 깠어. 그래야 백성들을 까거든. 백성들 인필 까거든. 일본놈의 딸부텀 까구, 인제 그래서 일본놈의 딸이 죽으믄서 죽으믄서 뭐라고 허는고 허니 뭐라고 허는고니,

"한국에 일본 일본서 내가 죽어가지 죽어가지고 한국 나가가지고 인제 또 태어나가지고 웬수를(원수를) 갚겠다고 말이야."

그래, 그르잖아. 그렇게 그렇게 돼서 웬수를 갚은 거야. 일본놈한테 멕혔잖아.(먹혔잖아.) 그래, 죽음서 글더래.

"한국에 민중전이 나왔, 났다허믄 내치라고 말이야, 민중전."

지가 나가서 인제 어, 태어나가지구 민, 민중전이라고 이름을, 이름을

갖다 져가지고,('지어가지고,'의 의미임.) 어 그래서 뭐야 지 딸이 인제 몇 십년 후에 인제 와가지구, 진짜 민중전이 있었지 뭐야.

민중전이 있어가지구 나라를 다 망해놨잖아. 일본놈헌테 멕힌 거야. 민중전도 저도 거 나라 나라 인제 임금 임금허고 같이 살았어요. 나라 임금허고 같이 살구해서 인제. 그때 인제 뭐야 일본놈이 웬수 갚은 거란 말이죠. 일본놈 나와 가지고 한국사람 얼마나 많이 죽었는데.

임금의 세 아들

자료코드 : 02_26_FOT_20100220_SDH_JDJ_0008
조사장소 : 경기도 포천시 영북면 운천8리 581-20번지 마을회관
조사일시 : 2010.2.20
조 사 자 : 신동흔, 노영근, 이홍우, 한유진, 구미진
제 보 자 : 정덕재, 남, 88세
구연상황 : 조사자가 장군에 대한 이야기를 청하자 바로 구연하였다.
줄 거 리 : 임금의 세 아들이 중국에 붙잡혀 가서 삼년을 살다가 돌아왔다. 다시 돌아오
기 전 중국 임금이 세 명을 불러놓고 한국으로 돌아가면 뭐를 가지고 어떻게
하겠느냐고 물었다. 첫째 아들은 중국 임금이 쓰던 벼루를 주면 가지고 가서
잘 쓰겠다고 대답하였다. 또 다른 한 명의 아들은 부모님과 백성들을 만나보
고 나라를 잘 지키겠다고 대답하였다. 그렇게 세 아들은 다시 한국으로 돌아
왔다. 돌아와서 큰 아들은 중국 임금에게 받아온 벼루로 맞아서 죽고, 다른
한 명의 아들은 아버지가 자리를 물려줘서 임금이 되었다.

어떤 나라, 어떤 나라헌테(나라한테) 멕혔는지(먹혔는지) 그 임중업이가,(임경업이라고 해야 할 것을 구연 내내 임중업이라고 구연함.)

(조사자 : 아, 임경업이요?)

임중업이가 임중업이가 싸움을 잘 허구. 싸움은 잘 허고 허는데 천기(天氣)를 못 봤어, 임중업이가. 천기를 갖다 못 봤는데, 아 중국서 그렇게 나왔는지 이 둘 데려다 그렇게 그냥 밤에 그냥 문청(그 뜻을 알 수 없다.)

나왔지 뭐야. 문청을 나와 가지고, 서울 기냥(그냥) 서울 멕히고(먹히고) 해는데,(하는데,) 그때는 그렇게 멕히믄 거기서 또 임금의 아들, 뭐 저 임금의 아들 잡아간대. 잡아다가 ○○○. 한 여자 남자해서 한 백 명씩 붙들려 갔대요. 붙들려, 저 임금의 아들 임금의 아들 삼형제가 붙들려 갔잖아. 붙들려 갔는데 인제 거기 거기 인제 누구? 임중업이.

임중업이가 인제 대장인데 들어가자 하니깐, 뭐 꿈쩍없이 들어갔지 뭐야. 같이 들어, 들어 가가지고 인제 거기서 사는데 여느 여느 나라에서 그냥 들이쳐 가지고 그냥 당할 사람이 없어. 나라를 멕힐 지경이니깐두루 그 임중업이보고 좀 도와달라구 말이야. 그래 뭐 싸움은 잘 하니까, 천기만 못 봤어. 싸움은 잘 하니깐두루 그래서 인제 도와줘가지고 거기서 인제 임금의 아들들은 고냥(그냥) 영창가구, 영창가고, 영창 가서 살고.

근데 이 임중업이가 그냥 싸움을 해서 그냥 외국군인들 다 물리치고 인제 그러니깐, 그 임중업이래서 인제 저희 나라가 살았다고 말이야. 삼년을 갖다가 그 임금의 아들들 고생 시키구 보내줬잖아요. 보내줬는데 거기서 인제 보낼 적에 보낼 적에 그 임금이 뭐라고 허는고니,

"너는 너는 한국에 느이(너희) 나라에 나가서 뭐를 갖다가 허겠느냐 허니깐두루."

아 삼형제를 다 앉혀놓구, 한 놈은 맏인가 뭐야,

"나는 고 그 나라님 저 바둑판 바둑판이나 하나 주셨으면 가주('가지고'의 의미임.) 나가, 잘 쓰겠다 이말이야."

그리고 허거덩?(하거든?) 그리구 허니 임금의 아들로서 그 헐 말이야? 아, 또 한 놈은 또 뭐라고 허는지 몰라. 한놈은 뭐야 물으니깐두루 그놈은 인제 올바른 얘기지.

"나는 나가서 우리 어머니 아버지 만나 뵙고, 어 백성들 만나보고 나라를 지키겠습니다 그러거든."

"어, 그러냐구."

그 한 놈은 또 뭐라 그러는지 그건 잊어먹었어. 아 그래서 인제 이 데리고 왔어. 데리고 와, 데리고 와가지고는 인제 아들 삼형제를 데리고 와가지고, 아 임금의 임금의 인제 아들이니깐두루 삼년동안은 인제 영창을 들어가 인제 고생을 허고 인제 있었으니깐두루 인제 질문을 헌거야.

"너는 외국 붙들려가 가지고 삼년동안이나 영창생활허구 어? 이 한국에 나와 가지고 너는 뭘 허겠느냐?"

그러니깐두루 아휴, 큰놈은 뭐야 바둑판 하나 달래. 바둑판인가 뭐 하나 달래니깐두루 그걸 갖다 가주 나와, 가주 나왔거든. 가주 나와서 인제,

"너는 뭘 갖다 허겠느냐 허니까는."

"나는 나라님한테 이거 달래서 가주 왔어요."

그니까,

"이놈의 자슥아,(자식아,) 나라를 갖다 임금의 자슥이면 나라를 뺏겼는데, 이놈의 자슥이 그걸 해? 그걸 달라고 해? 이 새끼."

아 그 자리에서 그냥 바둑판으로 그냥 냅다 면상을 때려서 아들 하나는 그냥 거기서 죽었어, 그냥. 그러구 아들, 아들 하난 인제 뭐야, 거서('거기서'의 의미임.) 거 즈('자기'의 의미임.) 아버지 만나 뵙고 나라 지키겠다는 놈은 나라 지키겠다는 놈은 인제 뭐야, 즈 아버지가 인제 물려서 임금을 시키구. 근데 그 사람도 옥에 들어가서 삼년동안 고생해서 한 삼년 살다가 죽었어. 죽었어.

임경업 죽인 김자점

자료코드 : 02_26_FOT_20100220_SDH_JDJ_0009
조사장소 : 경기도 포천시 영북면 운천8리 581-20번지 마을회관
조사일시 : 2010.2.20
조 사 자 : 신동흔, 노영근, 이홍우, 한유진, 구미진

제 보 자 : 정덕재, 남, 88세

구연상황 : 앞의 이야기에 이어서 구연하였다.

줄 거 리 : 중국에 붙잡혀간 임금의 세 아들과 백성들을 무사히 한국으로 데리고 들어온 임경업을 위해 임금과 신하들이 술을 대접했다. 술을 먹고 취해서 집으로 돌아오는데, 임경업을 시기하던 김자점이 신하들을 시켜 임경업이 집으로 돌아오는 길에 함정을 팠다. 함정에 빠져서 죽은 임경업이 그날 밤 피를 흘리며 임금의 꿈에 나타났다. 다음날 임금이 사건을 조사해서 임경업을 죽인 사람이 김자점임을 밝혀냈다. 임금은 김자점을 잡아 수레에 태우고 다니면서 백성들에게 살을 한 점씩 베서 죽이라고 하였다.

임중업이는(임경업이라고 해야 할 것을 구연 내내 임중업으로 구연함.) 어떻게 되는고 허니, 임중업이 인제 에? 임금의 아들 인제 백성들 데리고 와서 인제, 그렇게 무고히 잘 해고 지가 잘해가지고 인제 거기서 인제 뭐야 보내줘서 인제 왔는 왔다고 인제 대통령헌테 데려가 가지고 인제 어? 신하들허구 술을 밤새도록 먹었어. 술을 밤새도록 먹어서 술이 얼쩡해서 (얼쩡하는 것은 술기운이 조금 빨리 올라 얼얼하다라는 의미이다.) 인제, 밤에 옛날엔 다 걸어 댕겼잖아.(다녔잖아.)

밤에 인제 즈('자기'의 의미임.) 집을 갖다 걸어가는데, 아 여 자점이란 놈이 인제 뭐야 임중업이가 살아서 왔으니깐두루 외국 갔다 왔으니깐, 임중업이가 와서 있으믄 지가 크게 못 해먹겠거든? 그니깐두루 이 임중업이를 죽일라고 헌거야. 죽일라고 그냥 뭐야 신하들을 시켜가지고 그냥 뭐야 임중업이 걸어가는 길에다가 그냥 함정을 깊다랗게 그냥 몇(몇) 길 파 놓구, 거기다 그냥 쟁길 갖다가 그냥 낫 뭐 작두 같은 거 도끼 갖다가 거기다 그냥 세워놓고 ○○. 아 술이 취해서 비틀비틀 가다 니미 함정에 빠졌지 뭐야. 함정에 빠져서 그냥 뭐 발 손 그냥 다 그냥 다 다치고 했는데, 아무리 장사래두 손 발 다쳤는데 뛰어올라, 에? 쪼금(조금) 솟아올라믄 그냥 또 떨어지고 또 떨어지고 해서 그냥 거기서 죽었지 뭐야. 거기서 죽었어.

아 그날 저녁으로 그냥 그 임금의 꿈에 뵈드래. 임중업이가 그냥 비어 가지고 그냥 피를 흘리고 돌아서 그냥 대통, 꿈에 그냥 대통령 앞에 와서 무릎 꿇고 그냥 빌드래. 아 그래서 그냥 그 이튿날 그냥 뭐 신하들을 그냥 해서, 그냥 가는 길을 갔다 그냥 ○○ 갔다가 죄 그냥 수색허니깐두루 함정에 빠져죽었지 뭐야. 아 그래서 그 신하들을 그냥 잡아다 붙들어다 갔다가 그냥 들어 캐니깐두루 거 뭐야?

(보조 조사자 : 자점이요.)

누구?

(조사자 : 자점이요.)

자점이. 자점이가 시켜서 우린 했다고 하더래. 아 그래서 자점이가 그냥 발견되니깐두루 도망을 갔어. 그만 자점이가, 붙들려 죽겠으니깐. 붙들려죽겠으니까 도망을 해서 가지고 뭐야. 아 구 개월만엔가, 팔 개월만엔가 붙잡혔지 뭐야. 붙잡어다 이놈을 갖다가 놓고 그놈으로 해서 나라가 망 망했지. 글쎄, 장사를 갖다 죽였으니 그런 놈이 어딨어.

그래서 옛날에 수레라 그랬지. 마차를 갖다가 수레. 거기다 실어서 그냥 실어가지구 그냥 산 채 그냥 꽁 묶어놓고는, 그걸 끌고 댕김서 그냥 백성들 불러서 칼로다 한 점씩 비라고(베라고) 그랬어. 칼로다 한 점씩 비어서 죽였어. 게 자점이가 점점이가 됐다고 아주 동요가 있잖아. 점점이가 됐다고.

(보조 조사자 : 점점이가 됐다고.)

칼로다 한 점씩 백성들이 그냥 불러가지고 칼로다 한 점씩 비어 내버리고, 비어 내버리고 그렇게 해서 자점이가 죽은 거야. 아 옛날 역사책에다 있는 거여. 거 뭐 나랄 막을 임금을, 아니 나랄 막을 장살 갔다가 죽여버렸으니 나라가 뭐 될 거여.

경기도 사람과 충청도 사람의 방귀내기

자료코드 : 02_26_FOT_20100220_SDH_JDJ_0010
조사장소 : 경기도 포천시 영북면 운천8리 581-20번지 마을회관
조사일시 : 2010.2.20
조 사 자 : 신동흔, 노영근, 이홍우, 한유진, 구미진
제 보 자 : 정덕재, 남, 88세

구연상황: 조사자들이 역사적 인물에 대한 다른 이야기를 청하자 구연자는 모른다고 하였다. 그래서 사랑방에서 들었던 이야기를 청하자 구연하였다.

줄 거 리: 경기도와 충청도에 방귀 잘 뀌는 사람이 한명씩 있었다. 두 사람이 만나 방귀 내기를 하기로 하였다. 서로 강 저 편에서 서서 방귀를 뀌어서 절구통을 서로 에게 보내주기로 한 것이다. 내기에서 충청도 사람이 졌다. 그래서 경기도 사람은 충청도 사람을 아궁이에 넣고 방구를 뀌었다. 충청도 사람은 굴뚝 뒤로 가서 떨어졌다.

그전에 이런 사람들은 둘이 있었어요. 방귀 잘 뀌는 사람들은 둘 있었어요.

(조사자 : 그 얘기 좀 해주세요.)

경기도 경기도 사람 하나 허구, 저 충청도 사람 하나 허구 방귀를 그렇게 잘 뀌어요. 방귀도 뭐 요만저만허믄(이만저만하면) 그래. 게 두 놈들이 만나가지구,

"우리 시합을 허자. 방귀 뀌기 시합을 허자 해가지고."

"게 뭔 시합을 허자 하니깐두루, 이 경기도 놈이 우리 절구통을 갖다가 여그다가(여기다가) 여그(여기) 강 건너다 놓고 넌 저쪽이 있구 난 이쪽이 있구. 니가 방귀를 뀌어서 절구통을 보내믄 저기서 너헌테로(너한테로) 보내주마."

그렇게 인제 내기를 허는 거야.

"에헤, 아 그렇허자구."

아 인제 방귀를 서로 껴서 보내주기 시작을 허는데, 아 이놈이 뀌믄 저 강 건너가 떨어지고 저놈이 뀌면 강 이쪽 와 떨어지고. 아 그렇게 허다가

저 충청 충청도 놈이 힘이 없어가지구 힘이 없어가지구 고만 진거여. 그래 졌 졌는데 그 진 놈을 갖다가 붙들고 끌고 와가지고, 옛날엔 저 솥 낭구(나무) 아궁지(아궁이) 있잖아요? 낭구 아궁지 그냥 ○○가 있잖아요? 게 그놈 낭구 아궁지가 있는데, 아 거기 아궁지에다 갖다놓구 방귀를 껴버렸어.('뀌어 버렸어.'의 의미임.) 껴버리니깐두루 껴버려서 저 굴 속으로 가보니깐두루, 이놈이 그 아궁이서 그냥 저 그 구들 넌('넣는'의 의미임.) 방 ○○ 속으로 쑤시고 그냥 나와서 저 굴뚝 뒤에다가 떨어졌더래. 아 새카만 껌댕이(검댕이) 투성이지, 뭐.

[일동 웃음]

아 그렇게 해서 혼을 내드래.

[일동 웃음]

꼼짝없이 그냥. 그래 그 방귀뀌기 내기 해가지고 잘 뀐다고 그냥 내기 해자고 그래가지고 그렇게 골탕을 먹드래.

[일동 웃음]

(조사자 : 경기도 방구가 충청도 방구보다. [웃음])

구렁이 물리치고 부자 된 사람

자료코드 : 02_26_FOT_20100220_SDH_JDJ_0011
조사장소 : 경기도 포천시 영북면 운천8리 581-20번지 마을회관
조사일시 : 2010.2.20
조 사 자 : 신동흔, 노영근, 이홍우, 한유진, 구미진
제 보 자 : 정덕재, 남, 88세
구연상황 : 구렁이 관련 이야기를 청하자 구연하였다.
줄 거 리 : 한 부부가 결혼을 해서 신랑 집으로 돌아가는 길에 구렁이를 만났다. 구렁이
는 신부를 잡아먹겠다고 하였다. 신랑은 꾀를 내어 신부를 잡아먹으려거든 자
신에게 먹고 살 것을 달라고 청하였다. 이에 구렁이는 신랑에게 연적을 주었

다. 연적은 세 귀퉁이로 되어 있었는데 한 귀퉁이를 누르면 쌀이 나오고, 다른 한 귀퉁이를 누르면 돈이 나오는 물건이었다. 그런데 구렁이는 다른 한 귀퉁이를 누르면 뭐가 나오는 지에 대해서는 절대 알려주지 않았다. 그래서 신랑과 한참 실랑이를 했는데, 이를 알려주지 않으면 신부를 내어 줄 수 없다는 말에 구렁이는 결국 알려주었다. 나머지 한 귀퉁이를 누르면 나쁜 사람이 죽는 것이었다. 이 말이 떨어지자마자 신랑은 나쁜 사람 죽어라 라고 외쳐서 구렁이를 죽였다. 신랑은 연적을 얻어 평생 일하지 않고 신부와 편하게 잘 살았다.

구렝이헌테(구렁이한테) 가가지고 뭐야 부자 된 사람은 하나 있어요. 어뜩해(어떻게) 돼 부자가 됐느냐 헐 거 같으믄,(같으면,) 뭐야 결혼식을 해, 허구서 옛날엔 다 걸어 댕겼잖아.(다녔잖아.) 결혼식을 허구선 인제 뭐야 그 색시 집이서(집에서) 자구서 인제 즈이(자기) 집을 갔다 가는데, 두 내외 두 내외 옷을 깨끗이 입고 참 가는데, 아 한 군데 외딴 데 그냥 가는데 아 구렝이란 놈이 그냥 있다가, 어? 그냥 나와 가지고,

"너를 내가 잡아먹겠다 허거든."

아 그래 큰일이지 뭐야. 큰일이지. 아 그래서 여잔 불불 뜰구선(떨고선) 그냥 있는데, 아 신랑 놈도 그냥 와가지고 불불 뜰구서, 그거 뭐 큰구렝이가 집어샘키믄(집어삼키면) 꼼짝 못허고 집어샘키지, 뭐 꼼짝 있어요? 아 그래서 의견 의견을 잘 낸 거야, 지 신랑놈이. 뭐야, 어휴.

"이 처녀를 잡아먹으믄 나 혼자 먹고 살걸 줘야허지 않느냐."

잽히긴(잡히긴) 잽히는 거니깐두루. 잽히긴 잽히는 거야.

"나 먹을 건 줘야 허지 않느냐."

이렇게 싸우는 거야. 아 그니깐두루 구렝이가 가만히 생각허니깐두루 그 그것도 그렇거든. 이 처녀 잡아먹으믄 잡아먹으믄 얘 혼자 어떻게 벌어먹고 사나, 에?

"나 먹고, 생전 먹고 살걸 줘야허지 않느냐?"

인제 그렇게 둘이 싸우는 거야. 싸우는 거야.

"그러믄 내가 먹을 걸 갖다 줄거니깐두루 처녈 주겠느냐?"

인제 그렇게 물었어. 이왕 죽기는 죽는거니깐두루. 아주 이놈이 데려가지만두루('들어가더니만'의 의미로 구연한 것임.) 얼만 있드만두루 얼마 있드만두루. 옛날에 연적이라고 있어요, 연적. 연적을 하나 물구 나온거야. 연적을 하나 물구 나와서,

"이거 이거 하나만 가지믄 생전 먹고 살거니깐두루 처녀를 허락해다오."

"에, 그래라 그럼."

이왕 죽는 거니깐 뭐. 아 그래서 인제 에헤, 구탱이가(귀퉁이가) 네 구탱인데, 네 구탱인가 시(세) 구탱인가 되는데,

"요거는 쌀 나와라 허고 눌르면 쌀이 나오구. 요건 돈 나와라 허고서 눌르믄 돈 나오구, 응?"

그렇다고 말이야. 인제 아마 세 구탱이랬던 모냥이야.(모양이야.)

"아, 그러냐고 말이야. 거 요거 한 구탱이는 한 구탱이는 눌르믄 뭐 나오느냐?"

아 그건 안 알켜주거든.('알려주거든'의 의미임.) 그건 안 알으켜, 그건 안 알으켜주는 거야.

"아, 이거 다 알으켜줘야 허락을 허지, 허락을 못허겠다고 말이야."

아 그러고서 아마 멫(몇) 시간 싸웠던 모냥이야. 그래 싸우다보니깐 아 구랭이란 놈이 고 처녈 먹어야 되겠으니깐두루 먹어야 되겠으니깐두루, 인제 헐 수 없이 인제 해 다가도록 싸우다가 인제 일러줬어.

뭐라고 일러줬는고니, 그렇게 다그치니깐두루 구랭이가 뭐라고니,

"요거는 나쁜 사람 죽어라 하고 눌르믄 눌르믄 죽는 거라고 말이야."

아, 그니깐 아 나올 새 없이 그냥 이 남자 놈이 눌렀단 말이야.

"너 죽어라 허고."

[일동 웃음]

"너 죽어라."

그러는 거야. 아휴, 그러니깐두루 구렝이란 놈이 그냥 뭐 기둥통 같은 놈이 그냥 펄펄 뛰다가 그냥 죽어 자빠지드래. 아 그래서 그놈을 가쥬('가지고'의 의미임.) 가서 그냥 어? 쌀 나와라 허믄 쌀이 그냥 뭐 가마니로 나오고, 돈 나와라 허믄 ○○돌로 몇(몇) 백만 원씩 나오고. 어? 그르더래, 그냥. 그래서 죽을껀데 그냥 남자 놈이 의견을 잘 내가지구, 생전 그냥 아들 딸 낳구 그냥 여자 고생 안시키구 생전 그냥 놀구 먹다가 세상을 떠났대는 거야.

그 남자가 의견이 ○○지, 뭐야? 잡아먹으려 들면 그대로 잡아 멕히지, 그놈의 의견을 낼 수가 있어?

(보조 조사자 : 담력도 쎄네.(세네.))

근데 구렝이란 놈이 구렝이란 놈이 지가 인제 죽을 때가 되니깐두루 인제 그렇게 되는 거지, 뭐. 아 그거 가지고 어 쌀 나와라 허면 쌀도 나오고 돈 나와라 허면 돈 나오는데, 그거 가지구 먹고 살지 왜 처녈 잡아먹을라고 해.

[일동 웃음]

미련한 사람의 보리심기

자료코드 : 02_26_FOT_20100220_SDH_JDJ_0012
조사장소 : 경기도 포천시 영북면 운천8리 581-20번지 마을회관
조사일시 : 2010.2.20
조 사 자 : 신동흔, 노영근, 이홍우, 한유진, 구미진
제 보 자 : 정덕재, 남, 88세
구연상황 : 조사자들이 복을 타고난 사람에 관한 이야기를 청하자 구연하였다.
줄 거 리 : 어떤 사람이 밥만 먹고 일을 안했다. 그래서 자기 엄마가 야단을 치자 이 사람이 구덩이를 깊게 파고 겨우내 그곳에 똥을 누었다. 봄이 되어 그곳에 재를

뿌리고 보리 몇 말을 사다가 구덩이에 모두 부었다. 보리 이삭에 보리가 세알씩 달려있으므로 심은 보리의 세 배를 수확할 것이라 생각했기 때문이었다. 하지만 수확을 하고 보니 몇 배는 고사하고 망하고 말았다.

옛날엔 그런 애긴 있었어요. 이놈이 나이 한 열댓 살 넘어가도록 밥만 먹고 아랫목에서 밥 먹고, 윗목에다가 똥 싸고 일을 안허드래요. 일을 안 허드러. 아 그래서 즈('자기'의 의미임.) 엄마가 그냥 즈 엄마가 야단을 치구 그냥 뚜드려주구(두들겨주고) 그냥 그니깐두루, 아 이놈이 구댕일('구댕이를'의 의미임.) 갖다가 깊게 파고서 그냥 깊게 파고서, 거기다가 거기다 그냥 똥을 그냥 즈 엄마도 가 누래고('누라고 하고'의 의미임.) 인제 저도 가 누구 똥을 갖다 겨우내 눠 눠놨어요. 아 눠놨는데, 놓구서 봄에 가서 뭘 ○○○ 같으믄, 뭐야 보리를 갖다가 보리를 고거 한 이삭 보리밭에 가 보리를 까보고서 인제 그걸 머리를 쓴 거야.

한 이삭 보니깐두루 보리의 알이 세 알이 있는 거야. 세 알 있으믄 한 알 심구믄(심으면) 삼배가(세배가) 늘어나고믄 그거 많을 거 걑죠?(같죠?) 이놈이 미련해가지고 거기다 갖다가 인제 뭐야 똥에다 재 갖다 붓구 그러구선, 보릴 몇(몇) 말 사다가 갖다가 몇 섬 사다가 갖다 붓구서 묻은 거야. 게 이놈이 보리 보리가 가뜩 나와서 보리가 보리가 인제 그렇게 많이 부었으니, 뭐 다 나오기나 해요? 반도 안나오지, 뭐.

보리가 가뜩 나와 가지고 알갱이가 달렸는데 알갱이를 세보니깐 세 알씩, 세 알씩 붙었거든. 그 삼배는 나니깐두루.

"옳다. 인제 부자가 됐구나."

허구서는 아 이놈이 그걸 갖다가 인제 다 여문 다음에 낫으로 비어서 갖다 떠니깐두루 어? 몇 배꺼정은(몇 배까지는) 뭐야 망하구 말드래. 보리 보리 몇 말베께(몇 말밖에) 안나오드래는 거여. 그렇게 그렇게 미련헌 사람이 있지.

기운 센 종

자료코드 : 02_26_FOT_20100220_SDH_JDJ_0013
조사장소 : 경기도 포천시 영북면 운천8리 581-20번지 마을회관
조사일시 : 2010.2.20
조 사 자 : 신동흔, 노영근, 이홍우, 한유진, 구미진
제 보 자 : 정덕재, 남, 88세
구연상황 : 앞 이야기에 이어 바로 구연하였다.
줄 거 리 : 어떤 집에서 머슴을 됐는데 밥만 먹고 일을 안했다. 그래서 하루는 땔나무라
도 해다 달라고 하자 지게와 낫을 안 가지고 나무를 하러 갔다. 그러더니 나
무를 그냥 기둥 째 뽑아가지고 돌아왔다.

　그전에 한 집이서,(집에서,) 이거 참 우스운 얘기지. 한 집에서 머슴을
됐는데, 아니 밥 밥에 고기에 그냥 잘 해 멕여도(먹여도) 일을 안 허는 거
야. 일을 하니, 땔나무나 해다 주까(줄까) 허구선 인제 머슴을 갖다 됐는
데. 일을 안 하는 게야. 아 그래서 하루는 인제 땔나무도 없고 헌데,

　"땔나무라도 해다 줘야 불을 때고 살지 않느냐고 말이야. 불을 때고 살
지 않느냐고."

　그니깐,

　"그래요? 땔나무가 없어요?"

　그래 인제 조반을 먹구서 땔나물 허러 간 거야. 아무것도 안가지구.

　아무것도 안가지구.

　"아니, 낫허구 저 지게허구 가지고가서 땔나물 깎아서 지고 와야 허지
않나?"

　그니깐두루

　"으휴, 지게 낫은 해 뭘 해요?"

　그리구 그대로 가거든. 아 그대로 갔으니, 아 이놈이 가드만두루 어뜩
해(어떻게) 기운이 쎈지(센지) 이딱은 낭구를(나무를) 갖다 쑤욱 쑥, 참낭
굴.('참나무를'의 의미임.) 쑤욱 쑥 뽑아서 어? 낭구를 갖다가 기냥(그냥)

기둥꼴을 갖다 한 댑대 그냥 뽑아서 뭐야 그 낭굴 서까래 같은 걸 인제 밀빵을(멜빵을) 헐러니깐. 서까래 같은 걸 비비 틀어가지구 인제 밀빵을 걸어서 나무를 갖다 기둥꼴을 갖다 뽑아서 그냥 지구 와서 쾅허구 갖다 부리드래.(버리더래.) 아, 뭐 마당으로 하나지 뭐. 아 그렇게 몇(몇) 짐 해다가 그냥 부리드래.

"이것만 허믄 땔 수 있죠?"

[일동 웃음]

"내가 또 뭐야 난 떠나가야 되겠으니깐 내가 가다가 여름 땔나문 해드리고 가께요.(갈게요.)"

그드래. 봄 새 그랬던 모냥이야.(모양이야.) 아, 그거 뭐 땔나무 해온 거 그거 참 지독허지 뭐. 서까래꺼정 비비 틀어서 나물 지구 왔으니, 그렇게 순 뽑아다가. 아휴 그래선 아주 고맙다고 인제 ○○○○ 뭐. 아 이놈이 올라가드만두루 여그서(여기서) 그냥 저 미사일로 올라간 그런 등성이, 한 등성일 가드만두루,

"아 그냥 뭐 여름 나무 해주고 간다고."

낭구 하지만 베야, 뽑아 던 던져두믄 줍그든, 그거. 뽑아 던진 것도. 아 양쪽 손으로다 그냥 참나무를 갖다 그냥 올라가서 뽑아 넹기는데,(넘기는데,) 아 먼지가 자욱허게 그냥 꾀그든. 그 나무가 그냥 뽑아서 그냥, 어? 던지는 바람에 그냥 그렇게 기운이 시구(세고) 그냥, 게 동구라지 하나를 여름 낭구라고 다 뽑아서 그냥 뽑아놓고 갔드래. 간 뒤에 가보니깐두루.

게 그렇게 기운이 센 놈이 있드래, 옛날에.

꾀를 써 남편 다시 찾은 아내

자료코드 : 02_26_FOT_20100220_SDH_JDJ_0014

조사장소 : 경기도 포천시 영북면 운천8리 581-20번지 마을회관
조사일시 : 2010.2.20
조 사 자 : 신동흔, 노영근, 이홍우, 한유진, 구미진
제 보 자 : 정덕재, 남, 88세
구연상황 : 조사자들이 누나와 동생이 성 쌓는 이야기를 청하였다. 그러자 그런 이야기
　　　　　가 하나 있다면서 구연하였다.
줄 거 리 : 한 남자가 산골을 걷다가 하룻밤 묵어가고자 어떤 집에 가게 되었다. 그 집에
　　　　　는 남편은 성 쌓으러 가고 여자 혼자 살고 있었다. 남자는 며칠 묵은 후 다시
　　　　　길을 떠나고자 하였으나 여자가 붙잡았다. 여자는 남편에게 겨우내 땔 땔나무
　　　　　를 좀 해다 주고 가라고 청하였다. 그리고 며칠이 지난 후 여자는 그 남자에
　　　　　게 남편 대신 며칠만 일하고 남편을 집으로 보내달라고 청하였다. 그 남자는
　　　　　신세를 갚고자 그 여자 말대로 남편이 일하는 곳에 찾아가서 자신이 대신 며
　　　　　칠 일하겠으니 집에 다녀오라고 하였다. 그러나 그 남자는 성 쌓는 곳에서 죽
　　　　　을 때까지 나오지 못하였다.

　성 싼('쌓은'의 의미임.) 거 무슨 얘기나 겉으믄(같으면), 옛날에 성 쌓러
가믄 집일('집에를'의 의미임.) 못 오구서 거기서 죽었어요. 보내줘야 오지.

　게 한 놈이 한 놈이 질을(길을) 갔다 가는데 가다가, 옛날엔 다 걸어 댕
기고(다니고) 산골 길 그랬었거든요. 한 집이 가서 자고 가자고 인제 찾으
니깐두루 여자 혼자 살드래. 성 쌓는 데 붙잡혀 가가지구. 성 쌓는 데 붙
잡혀. 아 그래서 그런 얘길 허구. 그런 얘길 허구서 인제,

　"우리 남자는 성 쌓는 데 붙잡혀 가가지구 오지 못헌다구 말이야. 그래
그럼 외딴 데 어디서 뭐한데 헐 수 없구 자구 가라고."

　그 집서 자 자 자는데 아침에 밥을 해 주구, 인제 밥을 해 멕이고(먹이
고) 인제 그래. 그 인제 여자가 꾀가 아주 무섭죠. 이 남잘 가질 못허게
잡았어. 가질 못허게 잡고,

　"우리 집에서 일 좀, 땔나무라도 해다 주구, 일 좀 해 주구 가야 내가
겨울에 추운 겨울에 먹구 사니깐두루 일 좀 해 주구 가."

　붙들었어. 게 거기서 인제 땔나물 갖다 해 주구, 일 해 주구, 인제 여자

가 그렇게 밥 잘 해 주구 인제 해서 메칠(며칠) 인제 묵었어.

메칠 묵었는데 그런 얘길 했어.

"가서 거기 찾아가 가지구 우리 남자 좀 대신 메칠 허구, 대신 메칠 허고 우리 남자 좀 남자를 갖다가 보내달라고 말이야."

그래서 가만히 생각해보니깐두루, 아 그 여자도 신세를 많이 지구 거기서 메칠 묵고 했으니깐두루 그거 뭐 가지고 찾아가지구, 어? 집에 와서 남자 메칠 여자 만나서 인제 살다가 오라고 먹고 살다가 오라고, 인제 그래도 되구 되겠거든. 이놈이 인제 그 여자 꾀에 떨어졌지 뭐야. 아 그래서,

"아 그럼 그르라고."

여자 신셀 많이 지고 했으니깐 신세를 갚아야지 어뜩해.(어떡해.) 그래서 이놈이 거길 갖다가 인제 메칠 걸어서 성 쌓는 델 인제 찾아갔어. 어디어디에 있대는 걸 인제 여자가 일러줬어. 그 찾아가가지구 인제 찾아가지구 인제 뭐야 거 책임자 보구서,

"아저씨, 내가 여그서(여기서) 메칠 허 허구, 저 저사람 집이 좀 갔다오 오믄 해도 돼요?"

[전화소리]

"돼요?"

그르니까,

"아, 그렇게 허라고 말이야. 그렇게 허라고. 그렇허라고."

아 그래서 이 사람을 갖다가 인제 보내구서 거기서 대신 거기서 일을 갖다가 했대. 보내주긴 뭘 보내줘? 거기서 늙어 죽었지.

[일동 웃음]

그런 얘기가 있대는 거야. 그 여자가 거 약은 꾀지 뭐야.

억센 부인에게 누명 씌운 남편

자료코드 : 02_26_FOT_20100220_SDH_JDJ_0015
조사장소 : 경기도 포천시 영북면 운천8리 581-20번지 마을회관
조사일시 : 2010.2.20
조 사 자 : 신동흔, 노영근, 이홍우, 한유진, 구미진
제 보 자 : 정덕재, 남, 88세
구연상황 : 조사자들이 재주 좋은 며느리나 사위 이야기를 청하자 구연하였다.
줄 거 리 : 무척 억센 처녀가 시집을 왔다. 남편 될 사람이 그 처녀를 꺾기 위하여 어머
니에게 날 콩물을 해달라고 하였다. 남편은 날 콩물을 먹고 첫날밤 피곤해서
곯아떨어지는 아내 속곳에 설사를 하고 나서 아내가 한 것이라고 뒤집어 씌
웠다. 자신이 한 일인 줄만 안 아내는 남편이 자신을 데리고 살아주는 것에
오랫동안 고마워하며 살았다. 남편의 환갑날 남편은 술을 먹고 억센 처녀를
꺾고 살게 된 그 사건을 친구들에게 이야기했다. 문 밖에서 이를 듣게 된 아
내는 화가 나서 남편 상투를 뽑아버렸다. 그리고 그 이후로 남편은 아내에게
꼼짝 못하고 살았다.

며느리, 며느리 은어가지고(얻어가지고) 사는 얘기요? 그전에 한 사람이
며느릴, 그러니깐두루 장갈 들믄 못 살고 가는 거야. 시어멈이 많아서. 시
어멈이 많아서. 장갈 들믄 가요. 누가 와서 살 사람이 없어. 근데 한 처녀
가, 한 처녀가 저 뭐야.

"에이, 내가 가서 살겠다고."

근데 처녀가 아주 무척 억셔,(억세다는 의미이다.) 아주. 억셔. 아 그런
데 뭐야, 남자가 인제 걸 얻었드래. 그걸 갖다 은었는데, 아 으뜩해(어떻
게) 연구를 했는고 허니 그 엑센 걸 갖다 꺾어야 살지.

아 옛날엔 시집갈 날짜 받아 놓으믄 메칠(며칠) 여자가 굶잖아요. 아 근
데 이 남자 놈이 인제 꺾을라고 꺾어가지고 살라고, 아 하, 하루는 인제
장가가는 날 즈('자기'의 의미임.) 엄마 보구서 콩물을 해달랬어, 날 콩물.
날 콩물을 해 달랬어. 날 콩물을 갖다 해 달래서,

"여거 뭐 헐러고 허니?"

"내가 먹을라고 그래."

해먹음, 그걸 해먹으믄 설사 난대지, 날 콩물. 아 그래서 첫날 첫날밤에 아 인제 시집오는데 아 옛날엔 저 속곳, 노란 속곳 있잖아요, 노란 속옷. 그걸 갖다 입잖아요. 속에 꼬쟁이(고쟁이) 입고 그거 입고. 아 그런데 첫 날밤에 자는데, 아 이 여자가 인제 여러 날 시집 올라고 인제 여러 날쯤 바느질허구 몰라 밤을 세워서 곯아 터져 자거든.

그래 아 설사가 나서 죽겠어서, 아 여자보고 노란 속곳 꼬쟁이다 가서 꼬쟁이다 갖다가 설사를 갖다가 해서 똥을 싸줬어. 똥을 싸줬어. 아 여잔 고단하니깐 모르고 그냥 자는 거야. 쿨쿨 자는 거야. 아 그래 아침에 늦두룩(늦도록) 또 늦 늦잠을 갖다 자잖아. 고단하니까. 인제 졸려 갖고 그러니까. 아 뭐야 들어가지구 일찍 여자가 안 일어나니깐,

"아, 이따꺼정(이때까지) 왜 안 일어나느냐고."

가서 그냥 어? 이불을 갖다가 지가 헌 노릇이니깐 이불을 갖다 들추고 그냥 어? 꼬쟁이를 갖다, 아 냄새가 그냥 뭐 코를 찌르고 허니깐두루,

[웃으면서]

아 이 꼬쟁이를 갖다 들춰보니깐 뭐 지가 하 해 논('놓은'의 의미임.) 건데. 뭐, 아 순 똥이거든, 그냥. 아 문을 열어젖히믄 열어젖히믄 그냥,

"어머니 허고. 근데 이거 어? 새 새 며느리가 저 뭐야 이불에다 고냥(그냥) 똥을 싸놔 양 데려갈 수가 없다고 말야."

아 글면 그냥 여자라도 헌대로 깨고 깨고보니깐두루 뭐 척근척근 해보니깐두루 진짜 똥이거든. 아 그래서 여자가,

"아휴, 이거 이거 어뜩해요.(어떡해요.) 어뜩해요."

아주 통사정을 허그든.(하거든.) 살려달라고 통사정을 허그든. 시집 와 가지고 지가 저기 장언해서 산다 그르구, 저기 시집 와가지고 첫날 저녁을 지미 똥을 쌌으니 그거 뭐 어 큰소리를 헐 수 가 있어? 그래가지구 그냥 에? 큰소릴 못허고 꼼짝허고서 꼼짝도 못허구, 시어머니헌테나 저 어?

시어머니가 아무리 힘든 일을 시켜도 아무소리 못허구 그냥 끝끝내 그냥 잘 살드래.

잘 사는데 그렇게 살다보니깐 두루 인제 뭐야 시어머니는 돌아갔는지 어쨌는지 모르고 인제 있는데, 에헤, 환갑날이 돌아왔어. 환갑날이 돌아와서 인제 아주 거둑히(가득히) 인제 여자가 아주 어? 거둑히 차려서 인제 데리고 사는게 고마워서, 어? 늦두룩 그냥 환갑이 되도록 살았으니 고마워서 인제 그렇게 남자헌테 잘 해 주구 했는데, 아 그날 이 영감이 친구들허고 술을 먹고 인제 어? 장가간 얘기를 그 자리에서 인제 친구들헌테 얘길 헌거야, 인제 어?

"아, 그래가지구 그 무서운 처녀가 나한테 꼼짝을 못하고 있다가 잘 살아 죽었네."

[웃으면서]

그리구 인제 친구들헌테 얘길 헌거야. 아 이 마누라가 그걸 바깥에서 들었지 뭐야.

[웃음]

바깥에서 들었지 뭐야. 바깥에서 듣구서,

"요놈의 영감 그래서 그치. 그럴 리가 있겠느냐고 말이야. 내가 그럴 리가 있겠느냐구, 어?"

그냥 친구들 있는데 처, 처녀가 인제, 인제 원체 인제 꺽달지고 어? 힘도 좋고 아주 영악허니깐두루 영감한테 들어 댐벼(덤벼) 그냥 상투를 그냥 쏙 뽑아놓더래, ○○를.

[일동 웃음]

그 자리서 그냥. 그래가지고 영감이 에 환갑날 상투 쪽 뺏기고 영감이 그제서는 꼼짝 못허고 살드래.

[일동 웃음]

그랬단 얘기야. 옛날에 그랬대는 거야.

임이 떠난 빈방 안에는

자료코드 : 02_26_FOS_20100220_SDH_KGB_0001
조사장소 : 경기도 포천시 영북면 자일4리 804-24번지 마을회관
조사일시 : 2010.2.20
조 사 자 : 신동흔, 노영근, 이홍우, 한유진, 구미진
제 보 자 : 김금봉, 여, 97세
청   중 : 조사자 외 20인
구연상황 : 제보자가 노래를 잘 한다고 청중들이 이야기하자, 조사자가 노래를 청하였다.
        제보자는 일제강점기 때 아내가 남편 징병 보내면서 부른 노래라며 구연하였다.

임이 떠난 빈방 안에는
한순간 눈물이 남아있구
인천 항구 배뜨난(떠난) 자린
검은 연기가 남아있고
일본 동경이 얼마나 좋길래
꽃겉은(같은) 날두고 연락도 못하소

[웃음]

가실 적에 오신 데는
날짜나 일러주구 가지

길쌈 노래

자료코드 : 02_26_FOS_20100220_SDH_KGB_0002

조사장소 : 경기도 포천시 영북면 자일4리 804-24번지 마을회관
조사일시 : 2010.2.20
조 사 자 : 신동흔, 노영근, 이홍우, 한유진, 구미진
제 보 자 : 김금봉, 여, 97세
청　　　중 : 조사자 외 20인
구연상황 : 조사자가 베 짜면서 부른 노래를 청하자 바로 구연하였다.

베틀을 노세

베틀을 노세

한국 포천에 ○○○○

이나 때는 삼형제고

노인 때는 독신이고

어찌해여 ○○○　○○○

놀아나나

앉을 때는 글 안짓게고

딸이(딸의) 집은 함경도라

북받이 집은

큰애기 손끝에 잘놀아난다

[일동 박수를 치며 웃음]

(조사자 : 노래도 잘 하시네요.)

노래허는 용두머리

춤이나 잘추는 눈썹놀이

홍두깨○○ 허리다 차구

베짜는 아가씨

노래나 불르자(부르자)

물레질 하면서 부르는 노래

자료코드 : 02_26_FOS_20100221_SDH_KGB_0001
조사장소 : 경기도 포천시 영북면 자일4리 749-17번지(제보자 자택)
조사일시 : 2010.2.21
조 사 자 : 신동흔, 노영근, 이홍우, 한유진, 구미진
제 보 자 : 김금봉, 여, 97세
구연상황 : 조사자가 민요를 청하자 구연하였다.

　　물레야 돌아라

　　니가 돌면 어

　　내 신세 편하다

밭일 할 때 부르는 노래

자료코드 : 02_26_FOS_20100221_SDH_KGB_0002
조사장소 : 경기도 포천시 영북면 자일4리 749-17번지(제보자 자택)
조사일시 : 2010.2.21
조 사 자 : 신동흔, 노영근, 이홍우, 한유진, 구미진
제 보 자 : 김금봉, 여, 97세
구연상황 : 조사자가 밭 맬 때 부르는 노래를 청하였다. 그러자 본인은 밭을 매지 않았
　　　　　으나 구연자가 함경도에 살적에 함경도 여자들이 밭일 하면서 부르는 노래라
　　　　　며 구연하였다.

　　우리네 부모가 날 곱게 질러(길러)

　　밭고랑 타라고 날 길렀나

자장노래

자료코드 : 02_26_FOS_20100221_SDH_KGB_0003

조사장소 : 경기도 포천시 영북면 자일4리 749-17번지(제보자 자택)

조사일시 : 2010.2.21

조 사 자 : 신동흔, 노영근, 이홍우, 한유진, 구미진

제 보 자 : 김금봉, 여, 97세

구연상황 : 조사자가 자장가를 청하자, 아이들 재울 때 부르는 노래라며 구연하였다.

> 금자둥아 은자둥아
>
> 너를 주,
>
> 금을 주믄 너를 사니
>
> 은을 주믄 너를 사니
>
> 만첩산중에 폭포둥이야
>
> 니가 어째 내 집에 왔니

성주풀이

자료코드 : 02_26_FOS_20100221_SDH_KGB_0004

조사장소 : 경기도 포천시 영북면 자일4리 749-17번지(제보자 자택)

조사일시 : 2010.2.21

조 사 자 : 신동흔, 노영근, 이홍우, 한유진, 구미진

제 보 자 : 김금봉, 여, 97세

구연상황 : 옛날 노래를 청하자 구연하였다.

> 낙양성 십리 하에
>
> 높고 얕은 저무덤은
>
> 영웅호걸이 몇몇이면(몇몇이면)
>
> 절대가인이(여기서는 절세가인을 의미한다.) 누구란 말이냐
>
> 우리 인상(인생) 한번 가면
>
> 저기 저 모양 될거라다

6. 일동면

▌조사마을

경기도 포천시 일동면 기산1리

조사일시 : 2010.2.6
조 사 자 : 신동흔, 노영근, 이홍우, 한유진, 구미진

　기산리(機山里)는 일동면(一東面)의 면소재지이다. 본래는 영평군(永平郡) 일동면(一東面) 지역으로 틀미 또는 기산리라 하였으며, 1914년 행정구역 개편 때 기산리라 하고 포천군 일동면에 편입시켰다. 기산은 옛날에 비단을 짜는 직기인 베틀에서 나온 이름이며 기산리의 앞산이라고 할 수 있는 금주산(金珠山)의 옛 이름인 금주산(錦珠山)이 비단을 상징하는 것과 밀접한 관계가 있다. 기산리는 행정리가 7리까지 있을 정도로 일동면에서 가장 큰 마을이다. 그 중에서 조사자들이 찾은 마을은 샛말인데, 기산동과 아곡동 사이에 있다고 해서 '간촌(間村)'이라고도 불린다.

　4차 답사 둘째 날 오전에는 수입4리, 길명2리, 화대1리, 화대2리 등의 마을회관에 전화를 걸어 답사의 목적을 설명하고 방문을 요청했으나, 대부분 이야기를 해 줄 사람이 없다거나 오전에는 주민들이 마을회관에 나오지 않는다는 이유로 방문을 거절해 제대로 조사가 이뤄지지 않았다. 그래서 조사자들은 점심을 먹고 미리 전화를 해서 방문 허락을 받은 기산1리 마을회관으로 향했다. 오후 1시에 마을회관에 도착하여 김학조 제보자를 만났다. 김학조 제보자는 '일동면지명연구회' 위원으로 활동한 터라 조사자들에게 기산리뿐만 아니라 일동면의 다른 지명과 관계된 여러 지명유래담을 들려주었다. 김학조 제보자는 직접 청중들을 불러 모아 이야기판을 만들 정도로 이야기 구연에 적극적이어서 조사자들은 화기애애한 분위기 속에서 조사를 진행할 수 있었다.

　가산1리에는 100호 정도가 있는데 이중에 60호는 농사로 생계를 유지

기산1리 경로당 전경

기산1리 마을 전경

하고 나머지 40호는 주로 자영업에 종사를 하고 있다. 기산리는 면소재지인 만큼 다양한 관공서와 교육시설이 밀집해 있다. 일동면사무소와 일동보건지소, 우체국을 비롯하여 교통 요지로서 일동시외버스터미널이 기산리에 자리 잡고 있다. 또한 일동초등학교 및 일동종합중고교가 있어 인근지역 교육 중심지로서의 역할을 하고 있다.

　기산리는 동쪽으로는 가평군(加平郡) 하면(下面), 서쪽으로 길명리(吉明里), 남쪽으로 유동리(柳洞里), 북쪽으로 수입리(水入里)와 화대리(禾垈里)를 접하고 있다. 기산리의 동남쪽에는 가평군과 경계하고 있는 해발 849m의 청계산이 있는데 계곡마다 흐르는 물이 하도 맑아서 붙여진 이름이라고 한다. 그리고 그 아래에는 청계저수지가 있다. 특히, 청계저수지는 '유원지저수지'라고도 하는데 여름철이 되면 많은 사람들이 놀러오기 때문에 붙여진 이름이라고 한다.

경기도 포천시 일동면 길명1리

조사일시 : 2010.2.6
조 사 자 : 신동흔, 노영근, 이홍우, 한유진, 구미진

　길명리(吉明里)는 1912년 행정구역으로 영평군(永平郡) 일동면(一東面) 길명리이다. 길명리는 약 450여 년 전 봉래(蓬萊) 양사언(楊士彦) 선생이 자리 잡은 곳으로 청주양씨(淸州楊氏)의 집성촌이다. 1914년 행정 구역 개편 때 길명리의 일부를 내촌면(內村面) 지현리(芝峴里)에 떼어주고 포천군(抱川郡) 동촌면(東村面) 지현리(芝峴里)의 일부를 병합하여 길명리라 하고 포천군 일동면에 편입하였다. 이 부락은 상서롭고 길한 일만을 누리라는 뜻에서 양사언 선생이 길명(吉明)이라 이름 지었다고 전해진다. 또 다른 일설에는 길명리라는 이름은 닭이 울어 여명의 새날이 밝아오며 날이 밝는 것은 길한 징조라는 의미라고도 한다. 조사자들이 방문한 마을은 길

길명1리 경로당 전경

길명1리 마을 전경

명1리의 '장자골'이란 마을이었다. 제보자에 의하면 옛날에 이 마을에 부자가 많이 살아서 그렇게 부르게 되었다고 한다.

기산1리 답사를 마친 후 미리 전화로 방문 예약을 해 둔 길명1리로 향했다. 오후 2시 30분에 길명1리 경로당에 도착했다. 경로당에 들어서자 여섯 명의 할머니가 점심 식사 후 담소를 나누고 있었다. 조사자들이 이야기를 청하자 여러 생애담이 오고 가다가 김기영 제보자를 중심으로 도깨비 이야기가 많이 구연되었다.

길명1리 장자골에는 현재 50여 가구가 살고 있으며 주민들은 주로 벼농사로 생계를 유지하고 있었다. 장자골은 동족부락은 아니며 다양한 성씨가 고루 거주하고 있는데 외국 사람도 다수 살고 있다고 한다.

길명1리는 일동면의 남서쪽 끝에 위치하고 있다. 동쪽으로는 기산리(機山里)와 유동리(柳洞里)가 있고, 남서쪽으로는 화현면(花峴面) 지현리(芝峴里)가 자리 잡고 있으며, 북쪽으로는 영중면(永中面) 금주리(金珠里)와 인접해 있다.

길명리 산175-1번지에는 향토유적 제45호 지정된 길명사(吉明祠)가 있다. 이는 조선 전기 4대 명필 중의 한 사람인 양사언(楊士彦)의 영정과 위패를 모시기 위해 포천 유림과 문중 등에서 세운 사당이다.

경기도 포천시 일동면 사직2리(조치미)

조사일시 : 2010.2.5
조 사 자 : 신동흔, 노영근, 이홍우, 한유진, 구미진

일동면은 조선시대에 영평현 조량면이었다. 그 후 1895년(고종31년) 행정구역 개편 때 영평현이 포천군에 편입되었다. 사직2리는 1912년 행정구역으로 영평군(永平郡) 일동면(一東面)에 속한다. 사당이 있었으므로 사당말 또는 사직동, 사직이라고 하였다. 1914년 지방행정 구역 개편 때 일

사직2리 경로당 전경

동면 사당리(祠堂里) 일부와 수입리(水入里) 일부를 병합하여 사직리(社稷里)라 하고 포천군 일동면에 편입하였다.

사직2리는 '조치미'라고도 불리는데 조침산(朝針山) 아래에 있는 마을이어서 붙여진 이름이라고 한다. 조침산은 조치미 동남쪽에 있는 산인데 산봉우리가 뾰족하게 생긴 산이다. 아침에 해가 반쯤 떠올랐을 때 보면 산봉우리가 반짝반짝 바늘처럼 보인다고 해서 부르게 된 이름이다. 근래에는 붓처럼 생긴 모양이라고 하여 문필봉(文筆峰)이라고 불리고 있다.

4차 답사 첫 답사지로 사직2리를 선택했다. '사직(社稷)'이라는 마을이름과 관련된 이야기가 어느 정도 있을 것이라는 생각에서였다. 서울에서 오전에 출발하여 11시 40분쯤 사직2리 경로당에 도착했다. 경로당에 들어서자 할아버지가 열 명 정도 있었고, 할머니는 부산하게 점심 준비를 하고 있었다. 조사자들이 옛날이야기를 청하자 연세도 많고 마을에 대해 아는 것이 많다며 95세의 현용하 제보자를 적극 추천했다.

사직리는 동쪽으로는 가평군 북면, 서쪽으로는 수입리, 남쪽으로는 화대리, 북쪽으로는 일동면 연곡리, 노곡리와 경계를 이루고 있다.

사직리라는 마을이름은 '사당말'이라고도 부르는데 지난날 국토신을 모시던 곳을 사단(社檀), 오곡신을 모시던 곳을 직단(稷檀)이라 하여 이 둘을 합하여 사직이라 했다. 고려시대 이전 삼국시대부터 전해오던 풍습이라고 한다. 이 마을에 사직리라는 이름이 붙게 된 것은 조선시대 태조 이성계가 함흥에 머물다가 한양으로 돌아가는 길에 이곳에서 사직단을 차려놓고 제를 올렸기 때문이라고 하는데 실제로 확인된 자료나 흔적은 남아있지 않고 구전되고 있을 뿐이다.

▌제보자

김기영, 여, 1938년생

주 소 지 : 경기도 포천시 일동면 길명1리
제보일시 : 2010.2.6
조 사 자 : 신동흔, 노영근, 이홍우, 한유진, 구미진

제보자 김기영은 본관은 강릉인데 스무
살에 고모부의 중매로 경기도 연천군 청산
면에서 이곳으로 시집을 왔다. 그 후로 줄곧
이 마을에 살면서 슬하에 2남 1녀를 두었
다. 현재 남편과 함께 주로 벼농사를 지으며
생활하고 있다. 어린 시절에 가정 형편이 어
려워 학교는 아예 다니지도 못했다고 한다.
약간 쉰 목소리에 말이 빠르기는 했지만 발
음이 정확하고 목소리가 커서 이야기를 듣는 데는 수월했다. 이야기를 구
연하면서 재미있는 대목이 다가오면 자신이 먼저 웃으면서 구연을 해 청
중의 웃음을 유발했다. 김기영이 구연하는 동안 청중들 또한 적극적으로
구연에 참여해서 활발한 이야기판을 만들었다. 김기영은 고향에서 어린
시절에 들었다는 도깨비 이야기를 다수 구연했다.

제공 자료 목록

02_26_FOT_20100206_SDH_KGY_0001 도깨비에 홀린 사람
02_26_FOT_20100206_SDH_KGY_0002 도깨비의 솥뚜껑 장난
02_26_FOT_20100206_SDH_KGY_0003 도깨비의 땅 끌기
02_26_FOT_20100206_SDH_KGY_0004 도깨비와 수수깡
02_26_FOT_20100206_SDH_KGY_0005 호랑이 새끼를 예뻐한 사람
02_26_FOT_20100206_SDH_KGY_0006 떡 하나 주면 안 잡아먹지

김학조, 남, 1944년생

주 소 지 : 경기도 포천시 일동면 기산1리
제보일시 : 2010.2.6
조 사 자 : 신동흔, 노영근, 이홍우, 한유진, 구미진

　제보자 김학조는 경주 김씨로 임진왜란 때 팔도 도원수를 지낸 김명원(金命元)이 13대조 할아버지이다. 김학조의 조부는 용인시 기흥읍 구갈리라는 곳이 고향이다. 아버지가 연천군청에서 공무원으로 일했는데 8·15 해방 후 사상이 맞지 않아 김학조가 2세 때 이곳으로 이사를 왔다고 한다. 태어나기는 아버지가 철원에서 근무할 때 강원도 철원군 월하리에서 태어났다. 당시 이곳에는 고등학교가 없는데다가 유학 갈 형편이 못 돼서 중학교까지만 마쳤다고 한다. 대신에 '제일강훈 강의록'이라는 고등학교 과정의 책을 봤다고 한다.

　김학조는 27세에 결혼을 해서 3형제를 뒀다. 젊었을 때는 농사를 짓다가 중년에는 사업을 좀 했는데 여의치 않아 현재는 다시 농사를 짓고 있다. 현재 마을 노인회에서 총무를 맡고 있는데 노인들이 노인정을 많이 방문해서 누구나 경제적 부담없이 쉬었다 갈 수 있도록 여러 가지 아이디어를 내면서 노인정 운영에 열의를 쏟고 있었다.

　젊었을 때는 마을의 이장도 6~7년 정도 했고 일동면 이장단협의회 회장도 역임했으며 50년 동안 면자치위원도 지냈다고 한다. 그뿐만 아니라 초대 새마을 지도자도 역임했을 정도로 다방면에서 활동을 했다.

　김학조는 태권도가 4단인데 그래서인지 구연하는 동안 자세가 전혀 흐트러지지 않았다. 비록 체구는 크지 않았지만 차림새가 단정했으며 인상도 온화한 편이었다. 거의 매일 12시까지 책을 읽을 정도로 독서를 좋아

하는데 현재 알고 있는 옛날이야기 중에는 책에서 본 것이 상당수라고 했다. IQ가 128이라고 했는데 그것을 증명하듯이 어린 시절에 들은 장편의 이야기를 거의 완벽하게 기억하고 있었다. 조사자들이 방문했을 때 다른 노인들을 불러 모아 청중을 마련할 정도로 이야기 구연에 적극성을 보였다. 목소리가 크고 발음이 정확할 뿐만 아니라 군더더기 말이 전혀 없어서 이야기 전달력이 대단히 우수했다.

제공 자료 목록

02_26_FOT_20100206_SDH_KHJ_0001 신부 훔치러 갔다가 어린 신랑을 구한 사람
02_26_FOT_20100206_SDH_KHJ_0002 점 잘 치는 엄이장
02_26_FOT_20100206_SDH_KHJ_0003 우연히 잡은 가재 형국 명당
02_26_FOT_20100206_SDH_KHJ_0004 사슴이 알려 준 명당
02_26_FOT_20100206_SDH_KHJ_0005 강감찬 장군

현용하, 남, 1916년생

주 소 지 : 경기도 포천시 사직2리
제보일시 : 2010.2.5
조 사 자 : 신동흔, 노영근, 이홍우, 한유진, 구미진

현용하(玄龍河)는 1916년 평안도 박천에서 태어났다. 평안도 덕천에서 줄곧 어린 시절을 보내다가 8·15 해방 다음 해에 가평으로 내려와서 살았다. 6·25 수복으로 다시 포천으로 옮겨 와 정착한 후 지금까지 살고 있다.

어렸을 때 글방을 조금 다녔을 뿐 정식 학교 교육은 전혀 받지 않았다. 열일곱 살에 첫 결혼을 해서 슬하에 2남 2녀를 뒀다. 여든이 다 되어 가는 큰 아들도

아직 살아 있어서 증손까지 보게 되었다. 첫 번째 부인은 이른 살에 암으로 사망을 했다. 그 후 재혼을 했지만 두 번째 부인 또한 올해 유월에 사망했다. 현재는 장녀와 함께 이 마을에 거주 중이다. 줄곧 논농사를 지어 생계를 유지했고, 가끔 지관(地官) 일을 보곤 했다. 비록 마을 토박이는 아니지만 노인정 초대 회장을 역임한 데다 아버지가 독립운동을 한 공(功)으로 국가유공자여서 마을에서 신임을 얻고 있다.

6 · 25 때 노무자로 부역을 했는데 그때도 사람들이 이야기를 해 달라고 하면 한 자리에서 수십 편의 이야기를 쉬지 않고 구연했을 정도로 원래 이야기에 관심이 많았고 이야기 구연을 좋아했다.

조사자들이 방문했을 때 한복을 정갈하게 입고 있었고, 이야기 구연에 적극성을 보였다. 나이가 많은 관계로 발음이 좋지 않고 목소리가 탁한 편이었다. 그러나 이야기하는 내내 꼿꼿한 자세를 흐트러트리지 않았으며, 이야기의 세부적인 것까지 상세히 묘사할 정도로 기억력도 비상해서 이야기 구연에 탁월한 능력을 보였다.

제공 자료 목록
02_26_FOT_20100205_SDH_HYH_0004 허미수와 퇴조비(退潮碑)
02_26_FOT_20100205_SDH_HYH_0005 강감찬 장군
02_26_FOT_20100205_SDH_HYH_0006 천효자(天孝子)
02_26_FOT_20100205_SDH_HYH_0007 해인사(海印寺)의 해인을 훔친 정만일
02_26_FOT_20100205_SDH_HYH_0008 따오기와 한산사의 종소리
02_26_FOT_20100205_SDH_HYH_0009 정성에 감동해 우물터를 잡아 준 지관

도깨비에 홀린 사람

조사장소 : 경기도 포천시 일동면 길명1리 763-7 마을회관
자료코드 : 02_26_FOT_20100206_SDH_KGY_0001
조사일시 : 2010.2.6
조 사 자 : 신동흔, 노영근, 이홍우, 한유진, 구미진
제 보 자 : 김기영, 여, 73세
청   중 : 조사자 외 6인
구연상황 : 조사자들이 도깨비 이야기를 청하자 바로 구연하였다.
줄 거 리 : 시어머니가 밤에 외가에 갔는데 집에 사람 한명이 없어졌다. 그래서 동네 사람들이 모두 그 사람을 찾으러 다녔다. 그 사람을 찾고 보니 옷을 벗어서 나뭇가지에 걸고 덤불 밑에 앉아서 거기가 자신의 안방이라고 하였다. 그래서 집으로 데리고 왔는데에도 정신을 못 차리다가 다음날이 되어서야 정신을 차렸다.

할머니가 인제 시어머니가 그전에, 저기 인제 외가댁에서 인제 밤에 뭐를 저 밤에 어디를 인제 쭉 갔었대요. 갔는데 인제 이렇게 왔, 집이를(집에를) 왔는데 사람이 하나 없드래는 거야.

"아 그래서 이게 어떻게 된 거냐고. 없다고 인제 그러니까."

사람이 하나 없으니까 아주 동네가 확 풀여서 전부다 찾아 갔대요. 찾아갔더니 덤불 밑에 가서 앉았드래는 거야, 사람이. 덤불 밑에가 앉아가지고 옷을 이렇게 벗어서 나뭇가지다 걸었드래. 소나무 가지다 이렇게 걸었드래요. 그래서,

"왜 거기 가서 이렇게 앉았느냐?"

니까

"거기 안방이라고."

그러드래.

"자기네 안방이라고."

그런 소리는 들었어.

[웃음]

그래 갖고 모시고 왔는데도 정신이 안나드래요. 그러드니 아침이 되니까 정신이 나드래. 그런 소린 들었어. 그런 소리, 시어머니한테.

도깨비의 솥뚜껑 장난

자료코드 : 02_26_FOT_20100206_SDH_KGY_0002
조사장소 : 경기도 포천시 일동면 길명1리 763-7 마을회관
조사일시 : 2010.2.6
조 사 자 : 신동흔, 노영근, 이홍우, 한유진, 구미진
제 보 자 : 김기영, 여, 73세
청　　중 : 조사자 외 6인
구연상황 : 앞 이야기에 이어 구연하였다.
줄 거 리 : 제보자의 친정에서는 저녁이면 무언가가 뛰어다니는 소리가 나고 무언가를
　　　　　부리는 소리가 났었는데, 도깨비들이 춤을 추는 소리였다. 아침에 밥을 하기
　　　　　위해 부엌에 가면 솥뚜껑이 솥 안에 들어가 있었다. 그래서 며느리들이 할아
　　　　　버지에게 솥뚜껑이 솥 안에 들어갔다고 이야기를 하고 나서 다시 부엌으로
　　　　　가보면 다시 솥뚜껑이 솥 위에 덮여 있었다.

도깨비가 옛날에는 다 있었대. 도깨비가 있어 가지고 우리 친정에서 인제 종가집인데, 종가집인데 인제 저녁이면 막 막 이렇게 춤춘대요. 다니는 소리가 난대. 이렇게 막 뛰어다니는 소리가 나고 뭐, 뭐 갖다 부리는 소리가 나고 그런대요, 바깥에서.

그래서 인제 아침에 밥을 허러 나가면은 솥뚜껑을 솥 안에다 쏙 넣어 놨대. 솥뚜껑을 이렇게 쏙 넣어놓고 덮어 놓는대요. 솥뚜껑 밑으로 들어

가 있대요, 솥뚜 솥 안으로. 그래 나와 가지고 인제 방에 들어가서 할아버지보고,

"아버님, 저 솥뚜껑이 저기 솥 안으로 쏙 들어갔어요. 저걸 어떡하죠?"

인제 와서 그리면는(그러면은) 메누리들이(며느리들이) 그리면은 할아버지가 인제 안에서 뭐라고 뭐라고 중얼중얼 한대. 그럼 나가보면 홀랑 덮어놨대, 도로 또. 그 그렇게 헌 소리는 들어봤어요.

도깨비의 땅 끌기

자료코드 : 02_26_FOT_20100206_SDH_KGY_0003
조사장소 : 경기도 포천시 일동면 길명1리 763-7 마을회관
조사일시 : 2010.2.6
조 사 자 : 신동흔, 노영근, 이홍우, 한유진, 구미진
제 보 자 : 김기영, 여, 73세
청　　중 : 조사자 외 6인
구연상황 : 앞 이야기에 이어 구연하였다.
줄 거 리 : 도깨비가 친하면 무언가를 많이 가져다 줘서 부자가 된다. 도깨비와 친해서 번 돈으로는 땅을 사야 한다. 땅을 사놓으면 저녁마다 도깨비가 땅을 가져가기 위해서 땅을 끄는데 그리하면 토질이 나빠진다.

도깨비를 친허면은 그렇게 뭘 많이 갖다 준대요.

(청중 : 많이 갖다 준대잖아, 아주.)

갖다 줘서 부자가 됐는데, 쪼금(조금) 수틀리믄 다 가져간대잖아.

(청중 : 다 가져가지.)

이기니까 다 가지가는 거지 뭐야. 그러니까(그러니까) 인제 땅을 사놓는대. 그 도깨비 친헌 사람은 친해서 버는 건 땅을 사놔야 된대.

(청중 : 땅을 사놔야지.)

땅을 사놓으면 땅을 저녁마다 와서 양쪽에서 으샤으샤 허구 들면, 그것

도 거기 저게 없어진대. 땅이 토질이 망거진대.(망가진대.) 자꾸 들어가자
고 그리면 그것도 망가진다고 글더라고.

(청중 : 그니까 도깨비터에다 자꾸만 뭘 저거 놓고 뭘 저거 해야된대잖
아, 아주.)

도깨비와 수수깡

자료코드 : 02_26_FOT_20100206_SDH_KGY_0004
조사장소 : 경기도 포천시 일동면 길명1리 763-7 마을회관
조사일시 : 2010.2.6
조 사 자 : 신동흔, 노영근, 이홍우, 한유진, 구미진
제 보 자 : 김기영, 여, 73세
청   중 : 조사자 외 6인
구연상황 : 앞 이야기에 이어 구연하였다.
줄 거 리 : 만재라는 사람이 술을 먹고 올라갔는데, 키가 구척이나 되는 사람이 수건을
        목에 동여매고 서 있었다. 그래서 다시 아래로 뛰어 내려가서 올라가지 않았
        는데, 아침에 가보니 수수깡이었다.

순자넨가 그집이, 그집이 그전에 술장사 했잖아, 거기서. 그러면은 인제
그 만재씨가 인제 어딜 갔다오다가 인제 술이 취해가지고 오잖아. 오셔서
인제 술을 한잔 잡숫고 올라갔는데, 거 지금 화천댁 있는 교회 있는 데지
인제 거기가. 그런데 그런데 그냥 거기 올라갔는데 키가 구척 같은 놈이
그냥 수건을 여기다 질끈 동여매고 섰드래잖아. 그러니까 도로 막 뛰어
내려가서 올라가질 못했대. 근데 그 이튿날 올라가보니까 수 수수깡이더
래, 수수깡.

[일동 웃음]

호랑이 새끼를 예뻐한 사람

자료코드 : 02_26_FOT_20100206_SDH_KGY_0005
조사장소 : 경기도 포천시 일동면 길명1리 763-7 마을회관
조사일시 : 2010.2.6
조 사 자 : 신동흔, 노영근, 이홍우, 한유진, 구미진
제 보 자 : 김기영, 여, 73세
청   중 : 조사자 외 6인
구연상황 : 조사자들이 호랑이 이야기를 청하자 구연하였다.
줄 거 리 : 할머니들이 나무를 하러 갔다. 나무를 하러 가서 바위틈에 있는 호랑이 새끼
를 보고 예쁘다고 한 사람들과 데리고 가자고 한 사람들이 있었다. 다음날 아
침에 보니 호랑이 어미가 자신의 새끼를 예쁘다고 한 사람에게는 나무 보따
리를 가져다 문틈에 놓아 주고, 데리고 가자고 한 사람에게는 나무 보따리를
가져다주지 않았다.

할머니들이 나무를 갔었대. 나무를 갔었는데 아주 그냥 저기 호랭이(호
랑이) 새끼들 그 바위틈에다가 아주 그냥 울음을 허드래는 거야. 그래서
인제 그거를,

"아휴 그냥 이쁘다고, 이쁘다고."

이쁘다고 그러는 사람은 괜찮고, 그걸 가주가자고('가지고 가자고'의 의
미임.) 그러는 사람은 가주가자고 그르, 인제 이쁘다고(예쁘다고) 그르니
까, 인제 이렇게 쳐다보니까 침을 지르르르 흘리고 내리다 보드래는 거
아니야, 호랭이가.

(보조 조사자 : 응, 지 새끼 이뻐한다고?)

에, 그르니까 그냥 으악 소리를 치고 죄 내리 뛰었는데, 아침에 보니까
그 가주가자고 그런 사람은 안 갖다주구. 나무 보따리를 안 갖다주구. 그
이쁘다고 그런 사람만 그 나무 보따리를 죄 문턱에다 갖다 났대잖아. 그
런 적도 있대.

[웃음]

그 쪼그매서 들었어, 그 소리를.

떡 하나 주면 안 잡아먹지

자료코드 : 02_26_FOT_20100206_SDH_KGY_0006
조사장소 : 경기도 포천시 일동면 길명1리 763-7 마을회관
조사일시 : 2010.2.6
조 사 자 : 신동흔, 노영근, 이홍우, 한유진, 구미진
제 보 자 : 김기영, 여, 73세
청   중 : 조사자 외 6인
구연상황 : 앞 이야기에 이어 구연하였다.
줄 거 리 : 어떤 할머니가 떡을 해서 이고 산길을 가고 있었다. 그 앞에 돌이 있어서 계
속해서 발로 차면서 걸어왔다. 그랬는데 그 돌이 나중에는 여우로 변했다. 변
해서 할머니에게 떡 하나 주면 안 잡아먹겠다고 해서 떡을 던져주었다. 떡이
다 떨어지자 여우는 할머니의 팔과 다리까지 먹어서 할머니는 몸통만 남았다.

어떤 할머니, 할머닌지 아줌만지 하여튼 떡을 해 이구서는 인제 가, 이
렇게 가는데 아니 이렇게 요만헌(요만한) 돌이 있드래잖아. 돌이 있으니깐
톡 차면 저만치 굴러가서 또 또 가면 고기(거기) 굴러갔다가 또 굴러가고
또 굴러가고, 자꾸 굴러가다가 에 나중에 끝판에 가서는 응? 거기 이 섰
는데 그게 인제 여우로 돌변을 했대, 여우로. 여우로 돌변을 해가지고 떡
을 이고 갔는데,

"저 떡 하나 주면 안 잡아먹지."

그러다 또 떡 하나 주고, 또 가다가 또 가다가 또,

"떡 하나 주면 안 잡아먹지."

떡을 다 줬대. 다 주고 떡 없으니까는 나중에는,

"뭐 팔 하나 주면 안 잡아먹지. 뭐 다리 하나 주면 안 잡아먹지."

막 그렇게 해서 홀딱 먹고 이렇게 이 몸땡이만 남으니까 홀딱 다 집어
먹었대는대 뭐, 사람을. 그른 그른 전설은 들었어.

(보조 조사자 : 그리고서 어떻게 했다는 얘기 못 들었어요, 그 다음에?)

그 담에는 홀랑 집어 먹고 어떻게 됐대는 소리 못 들었어.

신부 훔치러 갔다가 어린 신랑을 구한 사람

자료코드 : 02_26_FOT_20100206_SDH_KHJ_0001

조사장소 : 경기도 포천시 일동면 기산1리 637-5번지 마을회관

조사일시 : 2010.2.6

조 사 자 : 신동흔, 노영근, 이홍우, 한유진, 구미진

제 보 자 : 김학조, 남, 67세

청   중 : 16인

구연상황 : 제보자에게 미리 전화를 해서 방문 약속을 잡은 후 제보자를 비롯한 노인회
         회원들의 점심 식사가 끝난 오후 1시에 마을회관으로 방문했다. 마을회관에
         는 할아버지 네 분과 할머니 열 두 분이 계셨는데, 제보자에게 이야기를 청하
         자 옛날이야기를 하려면 청중이 필요하다며 옛날이야기를 할 테니 듣고 싶은
         사람은 오라며 주위의 할아버지, 할머니를 청중으로 모았다. 그런 다음 50여
         년 전 초등학교 2~3학년 때 어른들에게 들은 이야기라며 구연을 시작했다.

줄 거 리 : 옛날에 두메산골에 결혼 한 지 십 년이 지났는데 자식이 없는 부부가 있었다.
         자식이 없어 애를 태우다가 아기를 얻게 되었는데 곱게 키우다 보니 아들이
         버릇이 없어 부모를 때리고는 했다. 부모는 이래서는 안 되겠다 싶어 아들에
         게 세상을 배워 오라고 집을 내보냈다. 집을 떠난 아들은 팥죽을 쑤는 할머니
         집에서 기거하게 되었는데 거기서 할머니 아들 형제의 효심에 깊은 깨달음을
         얻었다. 하루는 할머니를 따라 아들이 대갓집 결혼 잔치를 가게 되었는데 거
         기서 신부를 보게 된 후로 상사병을 앓게 되었다. 아들은 신부를 훔쳐서 두메
         산골 고향으로 달아날 생각에 신방을 훔쳐보다가 신부의 정인으로부터 어린
         신랑의 목숨을 구하였다. 아들은 자기의 집을 알고 있다는 어린 신랑의 말에
         그를 남겨 두고 고향으로 도망을 가게 되었는데 그때 어린 신랑은 집까지 같
         이 가자며 매달리다 그의 동정을 잡아챘다. 고향으로 돌아 온 아들은 그 날의
         일을 잊고 부모에게 효도하며 결혼도 해서 잘 살았다. 그 후 십여 년이 지나
         아들은 옛날 팥죽집이 생각나 다시 찾게 되었다. 할머니와 아들 형제는 그를
         반갑게 맞아 주었다. 아들은 팥죽 할머니의 아들에게 떠밀려 이야기를 잘 하
         면 정승 대접도 해주고 노잣돈도 준다는 대갓집으로 이야기를 하러 가게 되
         었다. 말주변이 없던 아들은 결국 십여 년 전 자신이 겪은 일을 이야기하게

되었다. 아들의 이야기를 듣던 대갓집 주인은 갑자기 이야기를 멈추고 옛날에 자기를 구해 준 사람이 아니냐며 생명의 은인을 생각하며 평생 간직해 온 동정을 증거물로 보여 주었다. 그리하여 아들은 그 사람과 형제를 맺어 행복하게 잘 살았다고 한다.

산골 아주 깊은 산골 두메산골에 진짜 두 내외가 살고 있는데, 결혼 한 지가 십여 년이 되두 자식을 못 봤습니다. 그래서 자식을 못 봐서 참 무척 애가 타고 있었는데, 어느 날은 참 애기가 생겨서 낳고 보니까는 기골이 장대하게 생긴 아들을 하나 낳았는데, 이게 금이냐 옥이냐 그냥 드리, 참 잘 길러 이삼 세가 되니까, 아 이 놈이 버릇이 없단 말이야. 근데 귀엽기는 하니까 이 사람들이 그저 버릇이 나쁘다고 충고도 안 하고 자식만 이쁘니까. 그래 두세 살이 되니깐 아 이게 때리는 버릇이 생겼단 말이예요. 때리는 버릇이 생겨 가지구, 아 엄마가 맞다 보니깐 아이 안 되겠거든.

"아버지 좀 때려 봐라!"

그래 아버지도 가서 훔쳐 갈기는 거예요.

"얘, 이 놈!"

그러니까, 또 들은 얘기라는 거는 '얘 이 놈!'하는 욕뿐이 없죠. 그러면지 엄마를 때리면서,

"얘, 이 놈!"

하구 때리고, 지 아버지를 때리면서두 여전히,

"얘, 이 놈!"

하구. 그러니까는 옆에서 집은 외 따른 데 있기 때문에 접촉이 잦지 않은 관계로 다른 얘기는 못 듣구 지 어머니, 아버지 얘기만 듣는데, 영 버릇대기가 없어요.

그래가지구 이 놈이 점점 자라면서 심어 놓은 호박에 꼬챙이나 꽂고, 시키는 일은 도대체 안하구. 그래 이럭저럭 자라다 보니깐 여남은 살이

됐는데, 그때까지두 지 아버지, 지 어머니가 열심히 노력해서 논밭에 나가서 일을 하는데두, 거들 생각두 안하구 제멋대로 고집을 씨우고 살았어요. 그래서 두 내외가 궁리를 했어요.

"이게 사람이 될려면 사람 많은 곳으로다 한 번 보내 보자. 어떻게 변해서 오나."

그래가지구 있는 돈 없는 돈 잡곡을 팔아서 괴나리봇짐을 하나 맹글어 가지고, 지 아버지 장개(장가)갈 때 입던 고이 간직했던 두루마기까지 입혀 가지고 괴나리봇짐을 져서,

"너, 돈을 이걸 가지구 가서 세상사는 법두 배우고 사람 많은 데 가서 좀 인간 사는 걸 배워 가지구 와라."

그래 이 놈이 신체는 건강하구 허여멀건 하게 잘 생기긴 했는데, 그저 가다가다 보니까 사람 무척 많고 집 무척 많은 데루 가다 보니까, 지금쯤 아마 한양엘 도착했는 모양이에요. 근데 이렇게 생전 돌아댕겨 보니까 생전 처음 보는 게 어머 어마하게 많으니까, 사람들두 보믄 별스럽게 입고 댕기는 사람도 많고, 집도 보니까 그냥 자기네 쓰러져 가는 오막살이보다 열 배 더 좋구, 생전 보지도 못한 기와집도 있구. 그래서 인제 돌아댕기다가 배가 고파서 그 먹는 골목엘 들어가 보니까, 지가 평소에 먹던 팥죽을 쒀 놨단 말이야, 촌에서 그 뭐, 잡곡하구서 팥죽을 그,

"아, 저거는 내가 먹어 봤으니 저걸 먹어 봐야겠다."

그래서 팥죽 장사 할머니네 집엘 가서,

"이 팥죽이 얼맙니까?"

돈 쓰는 것 자체를 모르니까. 그래 얼마냐구 그러니까, 얼마라고 그러는데. 하여튼 양껏 먹어 보구 인자 볼 판이니까, 두세 그릇 게 눈 감추듯 하구 돈을 내 놓을라구 그러는데, 마침 그 집 아들들이 형제가 제 나이 비슷하구 한두 살이나 밑이나 질까 하는 형제들이 닥쳤단 말이에요. 아, 왔는데,

"어머니, 난 오늘 엿을 팔아서 얼마 남았으니까 이겁니다."

그러구 갖다 드리구. 한 놈은 그러니까 묵 하구, 묵 하구 찹살떡을 파는 녀석인데 갖다 지 어머니한테 돈을 드린단 말이야. 야, 그거 하나 배웠어요, 벌써. 자기는 뭐 꿈쩍거리지 않구 집에서 심술통만 부렸는데, 아 자기 비슷한 나이 되는 사람이 그걸 갖다 주니,

'야, 뭘 해다가 부모님을 아마 드리는가 보다, 세상에.'

그러고 있어서 걔네들하구 얘기를 하구 같은 또래, 나이 또래가 열칠팔 세 됐으니까 얘기를 하다 보니까 해가 넘어가는데 갈 데는 없구. 그래서 거기서 갈 데 없다는 얘기를 했더니,

"그럼, 우리 자는 방에 가서 자라."

그래서 따라 갔어요. 그래 자는데 두 형제가 얘기를 하는 것이,

"나는 어떻하든 이다음에 크면 우리 어머니 혼자 되셔서 우리를 그렇게 길르느라고 애 쓰셨으니까 또 우리가 잘 해가지구 어머님 좀 잘 모셔야지 되겠는"

이런 얘기를 하고 있단 말이에요. 도대체 상상도 못했던 얘기를 이 사람은 듣는 거예요. 듣고 있는데 인제 잠 잘 때는 구해 놨는데 할 일이 있냐 이거예요, 지가? 그래서 떡장사두 따라 댕겨보구, 엿치기 장사도 좀 따라 댕겨보구. 댕기다 보니깐 인제 어느 정도 지리가 익숙해지구 골목마다 누비니깐 안 가본 데 없이 서울 한양 거리를 뒤져 거리고 댕겨 이렇게 살다보니까, 참, 한 어느덧 세월이 한 몇 개월 갔어요.

갔는데 어느 날은 그 팥죽을 쑤던 할머니가 팥죽을 그만 두구, 큰 대갓집의 잔치에 음식을 맨들으러 간다구 가더란 말이에요. 그래서 그런가부다 하구 있었는데,

"아, 내일이 잔친데 너도 가서 구경을 해보자."

그래 거기 가 보니까는 어느 대갓집에서 참, 신랑 각시가 결혼을 하는데, 가서 결혼하는 데를 따라가서 이렇게 참 기껏 얻어 자시구 초례청에

들어오는 색시를 보니깐, 세상에 지가 여지껏 본 여자 중에서는 아주 기가 맥힌 신부가 들어오는데 신랑은 그 보다 나이가 적어서 열서너 살 뿐이 안 됐고, 처녀는 완전히 그, 신부는 자기 나이 또래 나이더라 이거예요. 옛날에는 아마 그렇게 나이가 적은 신랑을 하구두 결혼을 했는 모양이에요. 오늘날 뭐 남자두 좀 많을 수도 있구 여자두 많을 수도 있지만, 대개가 남자가 많지만 그 전에는 아마 그렇게 혼인들을 했는 모양이에요.

그런데 보자마자 눈이 그냥 [눈을 크게 뜨며] 이렇게 돼 버린 거예요. '참, 저런 여자하구 하늘에서 내려 온 선녀같은 여자하구 내가 살아봤으면 얼마나 좋겠나.' 그런 마음이 그냥 머리를 스쳐 가는 거예요. 그래서 돌아와 가지고는 야, 맨날 그 여자 신부 생각만 나구, 보이느니 그 신부 생각만 나는 거예요.

그래 저녁 때꺼정 아—무 생각두 않하구 이 넘이 넋을 잃구 앉아 있던 넘이,

"저는 집으로 가야 되겠습니다."

하구, 작별 인사를 한단 말이야. 그래 짐 보따리라는 게 뭐 있는데 괴나리봇짐 하나 가지구 온 넘이 괴나리봇짐 하나 싸고, 옷이라는 건 어디서 걸치구 댕기던 훑매를 하나 입구 나선 거야. 나서 가지구 그 집을 보니까 규모를 한 번 빙빙 돌아보니까 사랑채가 있구 안채가 있구 뒤에 별당이라구 옛날에 대갓집에 있었는데, 거기서 색시집에서 삼일 간을 묵다가는 그 전에 무슨 법칙인지 습관인지 그렇게 있어 가지구, 아, 거기서 스윽 지나가면서 보니까 그깟 뭐 담은 지가 뭐 저 바우담에서 뛰어 내리구 올라 뛰고 그러던 정도뿐이 안 된단 말이야. 그래서 에이, 그렇게 정찰을 해 놓구.

해넘어, 해넘어 가기 전까지는 또 그 팥죽집 그 아들이라든가 할머니한테 들키지 않게 먼 데 가서 해넘어 가기를 기다리는데, 아, 그날따라 찡그리는(흐린 날이라는 의미) 날이 되서 아주 절벽까지 아주 적막강산(寂寞江

山)으루다 아주 캄캄해 졌어. 아, 그래서 가서 슬슬 가서 벽에 담벼락에서 딱- 이렇게 앉아 가지구 여자를 훔쳐 가지구 내뺄라구. 자기네 두메산골로 가서 살라구 마음을 굳히구 요렇게 들여다 보니까는, 그 옛날 버릇이 신방 지킨다구 그래서 [손가락으로 시늉을 하며] 이걸루 뚫르구 뭐 그냥 그렇게 신방들을 지키구 있단 말이야. 아, 아직은 일른(이른) 시간이라는 거를 이 넘이 직감하구, 옆에 벽에 딱- 달라 붙어 가지구 돌담에 붙어서 시간 가기만 기다리고 있지.

그런데 요렇게 들여다보니깐 어지간히 시간이 갔는지 신방 지키던 사람이 싹- 없어졌어.

'그래, 인제 뛰어넘을 시간인가 부다.'

그러구 가만히 있는데, 그 신방 꾸민 안에 불이 훤히 켜졌더니 문을 덜컥 열더니, 옛날에 그 색시들이 뭐라구 그럽니까?

(청중 : 초례청에.)

초례청에 했던 수건을 가지구 있잖아요? 그 수건을 여자가 흔든단 말이야. 그래서 이게 문 열었는데 뛰어 넘어 갈 수는 없구, 가만히 보니깐 문 닫음과 동시에 어느 넘이 훌렁 넘겨 뛴단 말이지. 아, 깜작 놀라,

'나보다 앞장 선 놈이 있나?'

하구선, 그것만 들여다봤는데, 문을 벌컥 열고 들어가는 거예요. 그래 이 넘이 무슨 꼴인가 하고선 그 넘도 뛰어 넘어가서 문구녕으루다 들여다 보고 있는 거야. 그랬더니 평소부터 이 아가씨가 친했던 그 남자가 들어온 거예요.

들어왔는데 신랑은 적으니깐 한 쪽에다 몰아놓고 그 신랑 신부 첫날밤에 먹으라구 그러는 상차려다 놓은 걸 떡 먹더니, 술 따르라구 그래가지구 여자한테 쭈욱 한 잔 마시더니, 또 따르라고 그러더니, 신랑 쪼끄만 발발 떨고 있는 신랑한테 먹어라구 그러는 거야. 그 신랑이 참 들여다보니깐 작긴 해두 그냥 참 대담하구, 눈이 보니깐 보통 인물이 아니게 생긴

소년이었는데, 앉으라고 그러더니 대뜸 호령을 하더라 이 말이야.

"네 놈은 남에 신방에 뛰어던 넘이 웬 놈이냐구?"

아, 그러니깐,

"먹어 이 놈아!"

그러구, 술을 내밀면서 칼을 하나 꺼내 가지구 안주를 푹 찔러 가지구 들구 있는 거예요. 그러니까 기가 안 죽을 수가 없지. 암만 지가 배짱이 천하에 없어두 칼 든 놈한테는, 또 게다가 덩치도 워낙 적구 힘도 모자라 겠는데, 아 그래 먹어라 그러니까 술을 한 잔 딱 받아먹어. 먹으니깐 칼로 찍었던 걸 이렇게 주믄, 아 그냥 받아먹다 말고 내 찔르믄 죽는 거 아네요? 근데도 여전히 받아먹어. 그러니깐,

"허, 이 놈 봐라! 살아도 삼 배 죽어도 삼 배라니, 너 술 석 잔 먹어 봐라."

술 석 잔 먹었을 때는 찔러버릴 판이지 뭐야. 그러구 내뺄 판인데, 두 잔을 먹더니 자기두 두 잔을 마시구, 석 잔을 딱- 이렇게 주니깐 여기서 들여다보고 있는 놈은,

'인젠 인젠 죽이구 내뺄 것이다!'

이런 생각과 동시에 있는데, 석 잔 이렇게 먹자마자 그냥 문을 박차구 들어 간 거야. 들어가자마자 그 먼처 들어 온 넘을 뱁길루다(발길로) 내질 르구선, 신랑을 그냥 끌어 업구 담을 뛰어 넘은 거요. 그러니까 그 순간에 자기두 훔치러 간, 여자를 훔치러 갔던 넘인데,

[일동 웃음]

그 어린애가 구축받구 도리가 아니라는 것을 그때야 깨닫구 애를 업고 담을 뛰어 넘었어. 담을 뛰어 넘어서 어느 정도 가다가는,

"너, 여기서 집을 찾아 갈 수 있냐?"

그랬더니,

"제 집 좀 들러 가십시오."

그러구, 이 후르매(미상) 옷고름을 붙잡구 대롱대롱 매달리는 거야. 그래서 그냥 떼어 놓구 가야 되잖아요? 자기두 범죄자가 이미 됐으니까.

[일동 웃음]

그래 도망은 가야 되겠는데 붙잡고 있으니 이제 큰일 났어. 그래서 그냥 옷고름을 잡은 걸 자꾸만 놓으라구 그러니까 탁- 채니까 이 놈의 것이 떨어졌어. 그러고는 내빼 버렸어. 찾아갈 수 있다니까.

그래서 내빼가지고선 천상 지 집으루 가야지 인제는 뭐, 거기서 미적거리다가는 붙잡히겠구 그래서, 지 집으로 내려 가는데, 지 어머니, 아버지가 물론 뭐 세월이 가서 몇 개월 지났으니까, 궁금두 하구 어디서 뭘 배워가지구 오는가두 궁금하구 있는데, 아, 오더니 넙죽 절을 하더니, 망태기를 저, 괴나리봇짐을 탁-풀어 놓구는 부엌에 들어가서 식칼을 가지구 나와서 간다 이 말이에요.

"그래, 이 자식이 도살장에 가서 뭐 소나 돼지 잡는 걸 보고 배운 걸 아닌가 하구."

내외가 방에서 벌벌 떨고 있는 거야. 다짜고짜 이 칼을 벅벅 갈고 있으니. 겁에 질려 있었는데, 아 조금 있더니 괴나리봇짐에서 고기를 그래두 한 칼 사가지구 와서 그거를 쏠어 가지구 부모를 대접하기 시작하는 거야. 그래서,

"아, 이거 배우기는 잘 배워 가지구 왔구나!"

그래 가지구 부모를 모시구 열심히 사는 도중에, 그 지난 얘기는 도대체 잊어 버리구 어느덧 자기두 결혼하구 열심히 일하다 보니까 십여 년 넘겨 갔더래요.

그래 인제 세월이 그렇게 흘렀는데 그때야 좀 밥을 좀 먹을 수 있게끔 지가 일을 하구 열심히 자기두 부모님 모시다 보니까 옛날에 팥죽집 생각이 났어. 그래서 또 괴나리봇짐을 지구 거기를 갔더니, 참 반갑게 맞아 주구 그 친구들두 다 결혼해서 성가를 이루고 있는데, 그 큰아들이 하는 소

리가,

"여보게, 자네는 촌에 살았으니까 옛날 얘기 꽤나 들었겠어? 그러니까 는 어느 집 대갓집에서 사랑을 하나 따로 마련해가지구 옛날 얘기 잘 하는 사람은 무조건 정승 대접두 융숭히 하구 갈 때 노자까지 준다니 자네도 그 한 번 가보게."

아, 그래서 권고를 자꾸만 하구 끌고 가다시피 하구 촌에서 들은 얘기를 하라구 끌어대는 바람에 억지로 갔단 말이야, 거기를. 갔는데 이거 진짜 말주변두 변변치 않구, 참 촌에서 들은 것두 별루 없는데 뭐 할 얘기가 있어야지. 그래서 슬며시 생각난 게 자기가 겪은 일은 자기가 할 수 있잖아? 그래서 그 얘기를 참, 살을 붙이구 뼉다귀를 다시 맨들어서 살살 얘기를 하기 시작을 한 거야. 그랬더니 듣던 사람이,

"시톱(스탑)!"

그러는 거야. 지끔 말하면 쉽게,

"고만!"

그런단 말이지. 그러더니 고만 그러더니 아이 그, [잠시 생각하다가] 업어 가, 등에 업혔던 그 사람은 신랑을 데려다 놨는데, 이 사람은 그 안에 참 열심히 가문두 좋구 그래서 열심히 공부를 해가지구, 참 지끔 말하믄 아마 고시패스라구 그럴까, 뭐 급제를 했을까, 그렇게 해가지구 정계에 투신해서 권력두 누리구 재산도 많은 사람인데, 와가지구,

"마저 얘기를 해 보시오!"

아니 그러니깐 말꼬리를 흐릴 수도 없구, 안 할 수도 없구. 그래서 인제 자기 얘기를 허다가 어디꺼정 왔느냐 하믄 훔치러 온 거기까지 얘기를 허니깐, 자꾸만 유심히 그 사람이 보는 거야, 자기를. 아, 그러더니 인제 먼처 뛰어 들어갔던 그 여자 도둑 얘기를 막 할려구 그러니깐,

"잠깐만!"

또 그런단 말이야. 갔다 오더니, 자기가 옛날에 입었던 동정을 갖다 놓

구 돌돌 말은 걸 갖다 놓구,

"마저 얘기를 해 보시오."

그거야. 아, 그래서 마저 얘기를 여차여차여차 얘기를 허다 보니깐, 그 거를 쫙 펴놓구,

"아무 때문에 당신이 아니냐?"

이거야.

"내가 뚫어지게 기억을 할 수 있구, 그때 젊었던 얼굴을 기억하구 있었 는데 세월이 변해서 얼굴만 변했을 뿐이지 당신이 틀림없다."

아, 그래 가지구 바른 소리하라구 들이대는데 거짓말하믄 차라리 거짓 말하믄 아주 볼기를 맞을 것 같이 형세거든. 그래서 할 수 없이 목을 늘 이구,

"죽을 죄를 졌습니다, 제가. 그런 마음을 먹었었기 때문에."

그랬더니,

"그게 아니고, 나는 내 생명의 은인을 구해 준 것을 여지껏 잊질 못해 서 이 동정 떨어진 거를 여지껏 몇 십 년을 가지구 있었다. 그래서 우리 형제처럼 형님으로 모실 테니 같이 여기 이사 오셔서 잘 살아 보시자구."

그래서 잘 살다 엊그저께 돌아갔대나 뭐, 그건 잘 모르겠어요.

[일동 웃음]

점 잘 치는 엄이장

자료코드 : 02_26_FOT_20100206_SDH_KHJ_0002
조사장소 : 경기도 포천시 일동면 기산1리 637-5번지 마을회관
조사일시 : 2010.2.6
조 사 자 : 신동흔, 노영근, 이홍우, 한유진, 구미진
제 보 자 : 김학조, 남, 67세

청   중 : 16인
구연상황 : 앞의 이야기에 이어 조사자가 장사 이야기나 재주 있는 이야기를 들어 본 적
이 있냐고 물어보자, 그런 이야기는 별로 없다고 하면서 유명하게 점 잘 치는
이야기를 해 주겠다며 구연을 시작했다.
줄 거 리 : 길명리에 가면 소경골이라는 데가 있는데 옛날에 엄이장이라는 별명을 가진
사람이 살았다. 엄이장은 뭐든지 잘 맞추고 사람들의 궁금증을 풀어주는 사람
이었다. 하루는 한 사람이 소를 잃어버려 점을 쳐 달라고 간절히 부탁을 하
자, 엄이장은 그 사람에게 남쪽으로 가다가 배가 고파서 못 참겠다는 곳에 이
르러 주위를 살펴보면 큰 나무가 있을 것이니 거기서 소를 찾을 수 있을 것
이라고 했다. 이 사람이 엄이장의 말을 따라 큰 나무에 이르러 소가 나무 꼭
대기 위에 있는 줄 알고 올랐다가 멀리 덤불 밑에 있는 자신의 소를 찾게 되
었다.

에, 여기 길명리 가면 골짜구니 하나가 소경골이라는 데가 있어요, 쇠
경골이라고 그러는데 그게 뭐냐면 봉사를 쇠경이라고 옛날에. 쇠경골에
누가 살았냐하면 이름은 자세히 모르겠구, 엄씨라는 거로만 구전으로 내
려오는데, 그래 엄이장이라고 그런 별명을 가진 양반이 살았대요. 근데
그 양반이 에, 얼마나 잘 맞히고, 잘 뭐든지 궁금증을 좀 풀어주는 그런
사람이었었는데, 어느 촌막에서 소를 잊어버렸다네.

"그래, 소를 잊어버렸는데 점을 좀 쳐 주십시오."

그러니깐,

"허허, 도둑점은 사람 죽이는 건데, 내가 가리켜 주면 내가 죽는데. 그
어떻게 해 주겠나?"

그렇게 인제 방파맥이라는데두,

"저는 그게 전 재산이니 제-발 그 좀 점을 좀 쳐 주시면 고맙겠다구."

아주 애걸복걸해서 점을 치기를 해서, 그 참 육갑을 집고 그 사람의 사
주를 물어보구 육갑을 떠억 치더니, 산통을 쓰윽 빼서 쭈-욱 훑어보더니,

"자네가 여기서 남쪽 방향으로 점심에 배가 고파서 아주 못 배기겠다,
밥을 먹어야지 꼭 살겠다, 하는 데까지 걸어가 보믄 큰 나무가 있을 걸세.

두리번두리번 하다 나무가 큰 나무가 있을 거야."

그 쭈욱 둘라봐서 큰 나무를 이 사람이 부랴부랴 그냥 아침 새벽부터 떠나가지구, 밥을 물론 잔뜩 먹고 떠났는데, 아유 두세 시쯤 되니까 배가 고파 죽겠거든. 그러니까 지금 말하면 아마 육십 리 내지 칠십 리는 갔을 거예요. 그래서 두리번거리구, 큰 나무를 찾으니깐 그때나 이때나 뽀쁘라나무(미류나무)가 제일 삐죽하게 잘 자라잖우? 근데 바로 그 나무 우에 큰 나무 우에 꼭대기에 소가 있다구 가르켜 줬으니까, 그 나무 꼭대기까정 올라가야 제 소를 찾잖아? 허, 그래서 죽기를 결심하구 기어 올라가서 이렇게 보니까, 사방이 제일 높은 데 올라갔으니깐 잘 내려다보일 거 아냐? 보니까는 저만침(저만큼) 그 덤불 밑에 제 소가 보인단 말이지. 그러니까 큰 나무 위에 있을 수밖에!

[일동 웃음]

그래서 소를 찾아왔다는 얘기, 뭐 등등. 그 사람이 이 근처서 살면서 옛날 양반들 그 말씀하시기를 용했다, 그런 말은 좀 들어봤어요.

우연히 잡은 가재 형국 명당

자료코드 : 02_26_FOT_20100206_SDH_KHJ_0003
조사장소 : 경기도 포천시 일동면 기산1리 637-5번지 마을회관
조사일시 : 2010.2.6
조 사 자 : 신동흔, 노영근, 이홍우, 한유진, 구미진
제 보 자 : 김학조, 남, 67세
청   중 : 16인
구연상황 : 앞의 이야기에 이어 조사자가 옛날에는 묏자리를 잘 보는 지관들이 많았다는 얘기를 들었다고 하자, 제보자는 그릇된 풍수에 대한 자신의 의견을 간단히 피력한 후 이 이야기로 넘어갔다.
줄 거 리 : 한 대갓집에서 삼년상을 치르고 풍수를 모집하는데 한 사람이 풍수일로 돈을 잘 버는 형님처럼 자신도 돈을 잘 벌고 싶어서 형님의 쇳대를 훔쳐서 그 대

갓집에 찾아 갔다. 동생은 좋은 자리를 찾기 위해 산을 돌아다니다가 칡에 발목이 걸려 넘어졌다. 화가 난 동생은 그곳이 가재 형국이라며 시신을 거꾸로 묻으라고 했다. 대갓집에서는 동생을 아주 유명한 지관으로 알고 있었기 때문에 시키는 대로 거꾸로 묻었다. 그런데 그 집안의 운이 맞으려고 그랬는지 그 자리가 진짜 가재 형국이었다.

근데 옛날에 대갓집에서 참, 삼년상을 그, 치르구, 장사는 구일로 하구 삼년상을 치르구 그럴 때의 그 일인데, 백일 동안 큰 대감, 대갓집에서는 백일을 중평을 하구, 백일 있다 장사를 지낸대요. 옛날에 그런 법이 있었는데, 아, 그 돌아다니면서 그냥 풍수라는 사람을 전부 모집하다시피 한 거지. 그 집에 가면 돈을 벌어 오니까. 근데 이 사람도 안 맞고 저 사람도 안 맞아.

그런데 어느 사람이 자기 형님이 이걸 해가지구 산수 자리를 봐 주구는, 대갓집 같은 데 가서 한 번 봐 주면은 아이 쌀을 몇 섬씩 벌어오구 그런단 말이야. 그래서,

"에거, 나도 형님이 잘 벌어오니까, 쇳대를 하나 형님 걸 슬쩍 해가지고 가선 나도 좀 봐서 돈 좀 벌어보자."

나섰어. 그래서 그 집에 갔더니, 아 그 집에 가서 슬슬 돌아 댕기다가 그냥 산을 타고 여기저기 댕겨야 되니까, 산을 타고 돌아 댕기다가 칡에 발목을 걸고 나가 틀어졌단 말이야. 에이, 화가 난단 말이야, 또 틀어지구 나니까.

"아, 여기가 가재 형국이야! 그러니까 여기다 까꾸로 묻으시오."

[일동 웃음]

그랬단 말이야. 아니, 산소가 주령(主嶺)에 [손으로 설명을 하며] 이렇게 모셔져 있어야지 이렇게 까꾸로 모시는 사람이 어디 있어? 발이 위루다 산 위쪽으루.

"그래, 여기는 가재 형국이라서 여기 까꾸로 묻어야 된다구."

그랬단 말이야. 아, 그랬더니 그 사람이 그 말을 진짜루 여기구, 아주 유명한 지관(地官)이라구 풍을 쳤으니까. [웃음] 거기다 진짜 까꾸로 모셨어. 그랬더니 이게 운이 맞느라구, 그 집안하구 운이 맞느라구 진짜 가재 형국에다 진짜 바로 모셨단 말이야.

그래, 아 그렇게 해놓구 와서 돈을 벌어 왔다구 지 형한테 가서 자랑을 했더니,

"이 놈, 남의 집을 망가트릴려구 음, 그따위 행위를 하구 왔다구."

막 야단을 치고,

"어딘가 알으켜, 말을 해라."

그래가지구, 거길 가서 보니까 진짜 가재 형국에다가 모셔 놨거든? 지 형이 봐두 가재 형국이야. 그래서 우연의 일치루다 우연히 맞는 것이지, 그것이 꼭 신봉해서는 안 된대는 얘기로 아마 흘렀던 얘기 같애요.

사슴이 알려 준 명당

자료코드 : 02_26_FOT_20100206_SDH_KHJ_0004
조사장소 : 경기도 포천시 일동면 기산1리 637-5번지 마을회관
조사일시 : 2010.2.6
조 사 자 : 신동흔, 노영근, 이홍우, 한유진, 구미진
제 보 자 : 김학조, 남, 67세
청   중 : 16인
구연상황 : 앞의 이야기에 바로 이어 조사자가 짐승이 묏자리를 잡아 준 이야기도 있지 않냐고 물으니 그런 이야기가 있다며 구연을 시작했다.
줄 거 리 : 옛날에 나무꾼이 포수에게 쫓기는 사슴을 구해 주었다. 사냥꾼이 지나가자 숨어 있던 사슴이 나오더니 한 곳에 가서 발로 계속 긁어댔다. 나무꾼이 사슴이 가리키는 그 자리에서 산세를 보니 명당자리였다. 나무꾼은 죽기 전에 자식들에게 사슴이 가르쳐 준 곳에 묻어 달라고 했다. 그래서 나무꾼의 집안은 부흥하고 아주 잘 살았다.

(보조 조사자 : 그 뭐 저, 짐승이 묘자리를 잡아 주는 것도 있다고 그러 잖아요?)

네, 짐승이 묘자리를 잡아 줬다는 것은 그 전에 있었대요. 그에 왜냐면, 어느 나무꾼이 갈퀴나무를 막 열심히 했어. 허는데 그냥 쫓기는 사슴이 와가지구 자기 나무 긁어 놓은 데서 쑤시구 들어간단 말이야. 야, 이게 누가 불연히 개구리가 부지런히 뛰면 뱀이 따라 오는 것이구, 응 뭐 생리적 으루다가 뭐 뺑하면 변소를 가야지 되는 식으루.

'아, 이건 틀림없이 뛰어서 그 속으루다가 숨는 것을 보니까 포수가 따라 오나 보다.'

아, 그래서 자기가 잡아먹을 욕심도 아니구, 또 불쌍해 이놈이. 그래서 더 긁어다 우에다 덮는데, 아 포수가 아닌 게 아니라 쫓아오면서,

"여기 지나가는 사슴 못 봤냐구?"

"아, 못 봤다구."

그러니깐 봐야 어디 뭐 숨을 때가 어디 있어? 나무 긁어가지구 이거 죄 엾혀서 인제 지게다 지구 올라구 모아 놓은 덴데. 아, 그래서 그냥 지나쳐 갔대요. 그러더니 이 사슴이 나오더니, 바로 뭔 바로 위에 와서 발로 북북 긁는단 말이에요. 아, 그래서 그 나무꾼이 고기 가서 앉아 보니까는 참, 좌청룡(左靑龍) 우백호(右白虎)가 돼 있는 것이 안산이 한 이십 리 되구, 뒤에 주령이 후해서 손자들도 많이 보겠구. 아, 그런 주령이 없더래요. 그 래서,

"아, 여기서 사슴이 그 자리 표시해 준 데다가 날 묻어 달라구."

자식들한테 얘기해서 그 집안이 아주 부흥하구 잘 살았다는 얘기두 있 어요.

강감찬 장군

자료코드 : 02_26_FOT_20100206_SDH_KHJ_0005

조사장소 : 경기도 포천시 일동면 기산1리 637-5번지 마을회관

조사일시 : 2010.2.6

조 사 자 : 신동흔, 노영근, 이홍우, 한유진, 구미진

제 보 자 : 김학조, 남, 67세

청   중 : 16인

구연상황 : 앞의 이야기에 이어 조사자가 강감찬 장군 이야기 들어 본 적이 있는지 물어
보자 잠시의 머뭇거림도 없이 바로 강감찬과 관련된 일화 두 편을 구연했다.

줄 거 리 : 고려 때 임금이 강감찬 장군에게 한양의 판윤 벼슬을 제수했다. 당시 한양에
는 호랑이가 많이 나타나서 백성들의 피해가 이만저만이 아니었다. 그러자 강
감찬 장군은 쪽지를 하나 써서 아랫사람에게 주면서 어디를 가서 이를 잡고
있는 중에게 전하라고 했다. 강감찬의 쪽지를 본 중은 모두 만주로 이사를 갔
는데, 그 중이 바로 호랑이였다. 그 뒤로 호랑이에 대한 걱정을 하지 않게 되
었다. 강감찬 장군은 다른 보통 사람의 체격보다 적었다. 그래서 중국 사신을
맞이하러 나갔을 때 나막신 위를 한 치 높여서 신었다. 그랬더니 중국 사신
대표가 그것을 보고 한 치만 낮았어도 천하 명인이 될 사람이라고 했다. 다른
중국 사신들은 강감찬 장군보다 더 풍채가 좋은 부장에게 모였지만 사신 대
표는 사람 보는 안목이 있어 강감찬에게 인사를 청했다.

(보조 조사자 : 어르신, 강감찬 장군 얘기 같은 거 들어 보셨어요?)

글쎄, 강감찬 장군은 야사(野史) 같은 거를 들은 바에 의하면 고려 때
양반 아녜요? 그래, 고려 때 임금님이 얼루(어디로) 그, 하 지끔 한양 한
양, 지끔 서울에 판윤(判尹)이라는 벼슬이 지끔 시장님인가 봐요. 걸루다
가(거기로) 판윤, 한양 판윤으로 제수(除授)를 해서 한양에 와서 계시는데,
한양에 그렇게 범, 호랑이가 많이 나타나서, 그래 민간에 해악을 하구 사
람이 밤이면 댕기질 못할 지경이 되었대요. 근데 강감찬 장군께서 그랬
대요.

"아무 데 가면은, 웬 바우 위에서 중놈이 옷을 벗어 가지구 이를 잡고
있을 것이다. 그 중놈한테 쪽지를 하나 써서 주면서 이것을 전해 주면 그

놈은 알 것이다."

그러더래. 그래 그 쪽지를 그 중한테 인제 거긴 겁이 나서 못 들어가는 골짜구닌데, 가서 보니깐 진짜 중이 앉아서 이를 잡어. 그래서 줬지. 줬더니,

"이크, 이거 가야 되겠군."

그러더니 그 후로는 전부 만주루다가(만주로) 이사를 갔대요, 그 범들이. 그러구 서울에는 범에 대한 걱정, 호랭이에 대한 걱정이 없어졌다, 뭐 그런 얘기도 있구, 그래요.

그리구 뭐, 장군이니까 무지하게 힘 좋구 체격이 좋은 게 아니라, 강감찬 장군이 다른 그 보통 체격보다 적어서 석 자 세 치 도포가 뭐 땅에 찰랑찰랑했다 뭐 이런 얘기도 있고. 이 양반이 중국 사신이 올 때 접반사(接伴使)라는 벼슬을 맡았을 때 접반사로 나갔는데, 접반사가 즉 말해서 지금으로 말하면 서울루다가 오시는 양반 접대하는 그걸루 나가시게 됐는데. 하두 적으니까 나막신 우에다가 한 치를 돋궜어.(돋웠어). 그래도 한 치래두 한 삼 센티 더 높이 좀 보일라고. 그런데 중국 사신으로 온 사람이 배에서 턱 내려서 압록강을 건너서 턱 내리더니, 떡- 사람을 쳐다보더니,

"한 치만 적었으면 천하 명인이겠는데 한 치가 커."

그래 별게 아닌 사람으로 보인단 말이야. 아, 그래서 인제 서로 왔느냐구 인제. 근데 다른 사람은 옆에 따라 온 부장이 더 뻔대있구(번듯하고) 우람하니까 글루(그곳으로) 다른 사람은 모이구, 그 중국 사신은 바로 대표가 온 사람이 정사(正使)가 와서 작은 사람한테 청한 게 그 사람은 안목이 있으니 사람을 볼 줄 아는 사람이었다, 이거야. 그래서 사람이 적다구 무시하지 말라는 얘기루다 나왔는지 그건 모르겠어요. 근데 강감찬 장군은 그렇게 우람하고 큰 양반은 아니었었다.

허미수와 퇴조비(退潮碑)

자료코드 : 02_26_FOT_20100205_SDH_HYH_0004
조사장소 : 경기도 포천시 일동면 사직2리 106-5번지 사직2리 마을회관
조사일시 : 2010.2.5
조 사 자 : 신동흔, 노영근, 이홍우, 한유진, 구미진
제 보 자 : 현용하, 남, 95세
청   중 : 10인
구연상황 : 앞의 이야기가 끝나자마자 조사자가 허미수 선생 이야기 들어 본 적이 있냐
고 묻자, 제보자는 허미수 선생이 참 유명했다며 이야기를 시작했다.
줄 거 리 : 옛날에 서해안에 조수가 계속 들어와 백성들이 살기가 곤란했다. 그래서 백성
들의 원성이 자자했는데 허미수 선생이 퇴조비를 만들어 세우자 그 이후로는
조수가 퇴조비가 있는 곳까지만 들어왔다. 허미수 선생이 죽은 후 이인자(二
人者)가 그곳에 와서 퇴조비를 없애 버리자 다시 예전처럼 조수가 들어왔다.
나라에서 허미수 선생처럼 술법이 있는 사람이라면 퇴조비를 없앨 것도 알았
을 것이라며 허미수 선생의 집터를 뒤지자, 대청마루 밑에서 퇴조비가 하나
더 나왔다.

(보조 조사자 : 어르신 저, 허미수 선생님 들어보셨어요?)

응?

(보조 조사자 : 허미수? 미수 선생.)

허미수?

(보조 조사자 : 예.)

허미수 선생은 어, 미수 선생은 이 저 음…… [잠시 생각에 잠겼다가]
그 허미수 선생은, 선생이 참 유명했죠, 유명했죠. 그, 그 양반도 이
미……

(보조 조사자 : 그 미수 선생 얘기 들어 본 거 기억나는 거 있으세요?)

아 그, 허미수 선생 얘기는 내 잠깐 남겨 두구, 어느 저 서해안에 바다
에 조수물이 자꾸 들어오더래. 조수물이 들어오는데 조수물이 자꾸 들어
와서 어, 인제 그 백성들이 살기가 곤란하고 어려워. 자꾸 물이 들어와서

망가트리구 자꾸 망가트리니깐, 바닷물이 들어와서 조수가 들어와 망가트
리니까, 그래 백성들이 원성이 자자하니까, 그래 허미수 선생이 비석을
하나 새겼어. 퇴조비(退潮碑)라, 퇴조, 물러 갈 퇴(退) 자에, 조수 조(潮) 자
에 비라, 퇴조비라구. 퇴조비를 새겨 가지구선 갔어.

"이걸 갖다 조수물 나간 다음에 세워라. 세워, 끄트머리에다 나간 곳에
세워라."

그래 그걸 갖다가 조수물 나간 다음에 끄트머리에다 세워 놓으니깐 놓
은 다음부터는 조수물이 들어오지 못해.

(보조 조사자 : 아, 그거 세운 다음부터요?)

응, 거기까지만 들어오지 그 이상은 못 들어와. 그마만침(그만큼) 유명
한 양반이야.

(보조 조사자 : 미수 선생이 어디서 그걸 하셨대요?)

그리구 이제 그, 그 양반이 세상을 떠나간 다음에 어떤 또 이인자(二人
者)가 나서,

"뭐, 허미수 선생이 뭐 그렇단(대단하단) 말이야? 이까짓 것 없으면, 없
으면 조수물 여까진 밖에 더 못 들어오는 거지 뭐. 우리 비가 있다구? 없
애라."

그걸 없애 버렸어. 없애버린 다음에 아 없애버리니까 막 들어오는 거
야. 조수물이 이전대로 들어오는 거야. 그래서 나라서,

"아, 이거 이거 큰일 났다. 또 이제, 또 들어오니 큰일 났다."

그래서 그 허미수 선생 살던 집터 자리를 와 뒤져 본 거야.

"그 조수물 들어오지 안 들어오게 만든 술법(術法)이 있는 양반이 이거
없어지면 비가 비석이 없어질 것도 알았을 것이다. 그러니까 어디 뒤져
보자하구."

뒤져보니깐 대청 마루 밑, 밑구녕을 땅을 파니까 그 속에 똑같은 게 하
나 또 있더래. 그래서 또 갖다 세웠었다, 그래. [웃음]

강감찬 장군

자료코드 : 02_26_FOT_20100205_SDH_HYH_0005
조사장소 : 경기도 포천시 일동면 사직2리 106-5번지 사직2리 마을회관
조사일시 : 2010.2.5
조 사 자 : 신동흔, 노영근, 이홍우, 한유진, 구미진
제 보 자 : 현용하, 남, 95세
청   중 : 10인
구연상황 : 앞의 이야기를 마치고 조사자는 옛날에는 허미수처럼 훌륭한 사람들이 많이
         났다며 몇 명을 언급하다가 강감찬도 훌륭한 사람이라며 구연을 시작했다.
줄 거 리 : 강감찬 장군은 수십만의 오랑캐가 침범하자 수가 적은 아군으로 막으려면 수
         를 써야겠다고 생각하고 미리 골짜기에 매복해 있다가 적군을 물리쳤다. 강감
         찬 장군이 하루는 어느 집을 지나는데 무당이 와서 굿을 하고 있었다. 강감찬
         장군이 무슨 굿을 하는지 궁금해 대문 밖에서 집안을 들여다보니까 여우 한
         마리가 굿을 하고 있었다. 강감찬이 들어가서 호통을 치자 무당은 놀래서 나
         자빠지더니 여우로 변했다.

고려 시절에 어, 강감찬이.

(보조 조사자 : 강감찬 장군요?)

응, 강감찬이가 참 훌륭한 양반들이야 거, 이 그럼, 이 그럼.

(보조 조사자 : 강감찬 선생 얘기 좀 해 주시죠?)

응?

(보조 조사자 : 강감찬 선생님 얘기 좀.)

강감찬이, 강감찬이 그 저 군(軍), 전장(戰場)에 전장에 나가서, 전장 말
하자면 장, 장수로 나가 가지구 전쟁도 해서 승리 많이 했구. 그 양반은
강감찬은 이제 군대가, 적군이 올 장소를 미리 가서 암암리(暗暗裡)에 미
리 가서, 세상 사람이 알지 못하는 데 가서 지키구 있다가 적이 나오는
걸 막, 그만침(그만큼) 그 양반은……

(보조 조사자 : 그 얘기 좀 자세히 해 주세요. 강감찬 장군이 그, 미리
그, 가서 적군을 막고 한 얘기 좀.)

저 이, 강감찬 그 양반이 저 이 북쪽 오랑캐, 북쪽 오랑캐가 자꾸 우리 저 고려 시절에 우리나라를 자꾸 침범하니까, 또 오랑캐는 숫자가 수십만 많구. 우리나라는 군대가 뭐, 그 십분의 일밖에 안 된다 그거야. 그, 강감찬 그 양반이 이제 그,

'우리나라 군대는 십분의 일도 안 되는데 이걸 가지구 막을라믄, 그 많은 적군을 막을라믄 그, 수를 써야지 그냥 싸워서는 막을 수는 없다.'

그래서 강감찬 그 양반이 이제 그, 연구한 것이 연구하고 머리 저 그가,

'미리 나오는 것을 인제 골목, 산골짜기 말하자면 이제 골목 있는 데루 나올 때 저기 다가서 군대를 딱 매복하고 있다가 나오믄 그 가운데 들어온 다음에 딱 여기서 잡자.'

우리 군대는 아군은 하나두 손실이 안 가구 다 그, 수십 수많은 적에, 그마만침(그만큼) 훌륭한 양반이었다.

그리구 이제 강감찬이 살 적에 사가(私家)에서 살 적엔, 강감찬이가 키가 일곱 여덟 살 난 아이만 했어.

(보조 조사자 : 작았대요?)

응, 쪼끄매. 키가 적어. 일곱 여덟 살 난 아이들만 했어. 이제 강감찬이 그 양반이 한 동네를 지나가는데 지나가다 보니깐, 길거리 집에서 아, 굿을 한다 그거야 굿, 무당. 무당이 와서 굿을 한다 그거야. 그래 대문을 주 -욱 들여다 보니깐, 무슨 굿을 하나 하구 대문에서 저기 들여다보니까, 아, 큰 여우란 놈이 여우란 놈이 변신이 돼서 사람이 되 가지구서 와서 굿을 한다 그거야. 여우란 놈이, 여우란 놈이 무당 행세를 하구 와서 굿을 하네. 강감찬이 알 세라 모를 세라, 강감찬이 알 세라 모를 세라, 아 춤을 추며 이 놈이 굿을 하는 거야, 응. 굿을 아니까, 아 이 놈들, 강감찬이 들어가설라무네,(들어가서는),

"아, 이 놈! 어디 나와서 어디 굿을, 이런 짓을 다하느냐!"

호령을 하니까, 그 무당이 벌, 벌, 벌렁 자빠지더니 큰 저, 여우가 되설

라무네(되서) 자빠지더래. 그랬다는 얘기가.

(보조 조사자 : 여우가 변신한 거네요?)

응?

(보조 조사자 : 여우가 그 도습한 거야.)

그래, 여우가 돼서 자빠지더라는 거야. 그래가 강감찬이한테는 못 배기는 거지 뭐, 저희가 뭐 변신을 할래야 할 수도 없구 뭐, 강감찬이는 벌써 보믄 벌써 아니, 보니까 아니까 뭐.

천효자(天孝子)

자료코드 : 02_26_FOT_20100205_SDH_HYH_0006
조사장소 : 경기도 포천시 일동면 사직2리 106-5번지 사직2리 마을회관
조사일시 : 2010.2.5
조 사 자 : 신동흔, 노영근, 이홍우, 한유진, 구미진
제 보 자 : 현용하, 남, 95세
청 중 : 10인
구연상황 : 앞의 이야기에 이어 조사자가 지관 이야기를 해달라고 하자 아는 게 없다고
       했다. 다시 조사자가 효자 이야기를 부탁하자 한 가지 생각이 난다며 구연을
       시작했다.
줄 거 리 : 옛날에 천효자가 있었는데 큰 개울을 건너 이웃 동네에 제사를 지내러 가게
       되었다. 그런데 마침 유월 장마 때라 비가 억수같이 내리는 바람에 개울물이
       넘쳐 제사를 마친 천효자는 집에 갈 수가 없었다. 사람들이 위험하다고 말렸
       지만 천효자는 부모님께 음식을 갖다 드려야 한다며 집으로 가겠다고 나섰다.
       사람들이 천효자가 걱정되어 따라가 봤는데 천효자가 불어난 개울 앞에 서자,
       내려오는 개울물은 올라가고 올라가던 개울물은 내려가서 개울물이 갈라져
       천효자가 무사히 건너갈 수 있었다. 또 천효자는 아버지가 먹고 싶다고 하면
       뭐든지 구해다 드리는데 하루는 아버지가 꿩이 먹고 싶다고 했다. 천효자는
       꿩을 잡기 위해 산으로 갔는데 갑자기 큰 장끼 한 마리가 날아와 천효자 앞
       에 떨어졌다.

옛날, 그 효자 이야기 한 가지 한 가지 이야기 하지, 생각이 나 생각이 나니까 하는 거야.

그, 개울이 하나 좀 큼직, 이동(二東)서 내려오는 그런 큼지막한 개울이 하나 있는데 이짝에도 동네가 있구 이짝에도 동네가 사는데. 저짝 한쪽, 한쪽 동네에 여름에 아마 장마 유월달 장마 질 때 거든. 여름에 여름철인데 한쪽에 이제 그, 제수성 제사가 있다 그거야. 제사가 있어 이쪽에 한쪽에 천효자라구 효자가 참, 그야 말로 효자가 살았는데, 그 이제 제삿집에 그 효자가 간 거야.

가서 제사에 가서 제사를 지내구 밤에 제사를 지내구 집으로 돌아와야 할 터인데, 그래 그 효자는 가서 어디 가든지 음식이 생기믄 벌써 아버지 어머니 모실, 드릴 음식부텀 싸 놓고야 제가 쪼끔 먹어두 먹구 하는 거야. 근데 싸놓구 이제 하니까 주인이,

"아, 염려 말구 어서 잡수라구. 여기 또 가실 적에 싸 드릴 터이니 잡수라구."

그래서 인제 그, 그렇게 해서 제사를 거기서 먹구. 비가 자꾸 억수로 자꾸 퍼붓구 그 전에두 많이 온 비가 물이 많이 내려가는데, 비가 또 억수로 퍼붓는 단 말이야. 억수로 퍼부으니까 개울물이 아주 크게 막 나간 거야 나갔는데,

"간다구."

새벽녘이 돼서 인제 아마 그 효자가,

"아버지, 어머니한테 이거 갖다 드려야겠다구."

가야겠다구 나서거든.

"아니, 개울물이 앞에 개울물이 크게 시방 사람이 꿈쩍 못하게 나가는데 어딜 갈라구 그러느냐?"

그래두 가야된다는 거야, 가야 된다고 나가는 거야. 그니깐, 동네 젊은 사람들이 쫓아나가서 나가서 이제 보니까, 개울을 건너 갈라구 개울 건너

가는데 나가 보니까, 이 사람이 앞섶을 척 걷고서 서니까, 개울물이 내려오던 물은 올라가고 내려가던(문맥상 '올라가던'이어야 함.) 물은 내려가구 개울 바닥이 바짝 물 하나도 없이 쩍 나더래.

(보조 조사자 : 물이 갈라진 거예요?)

응, 갈라져 물이 갈라졌어. 그 천효자는 그렇게 효자야.

(보조 조사자 : 아, 천효자가?)

예. 그러구 이제 그 음, 참 그 아버지가 그 효자 그 사람은 아버지가 무엇이 먹구 싶다하믄 그 먹고 잡숫고 싶은 것을 구하러 나가는 거야, 무조건. 나가믄 나가믄 자연히 구해지는 거야.

(보조 조사자 : 어떤 걸 구해 왔다고 그래요?)

그 하루는, 꿩고기를 잡수고 싶다구 그래서 그 아버지가,

"꿩고기를 잡수고 싶다."

그래서,

"그럼 갖다 드리지요."

나가서 산에 나가서 돌아 댕기는 거야, 꿩 잡을라구. 잡을라구 나가 돌아 댕기니 꿩이 너무 그냥 붙잡을 수가 있나? 그 아주 돌아 댕기다가 돌아 댕기다가, 큰 난데없는 그 장끼꿩 한 마리가 막 큰─짓을 자기 앞에 와서 떨어지더래. 그래 그래가지구 그 양반이 그 분이 그래서 갖다가서 모시구 이제 그랬다 그런 얘기가 있구.

(보조 조사자 : 하늘이 내린 거네요?)

예.

해인사(海印寺)의 해인을 훔친 정만일

자료코드 : 02_26_FOT_20100205_SDH_HYH_0007

조사장소 : 경기도 포천시 일동면 사직2리 106-5번지 사직2리 마을회관

조사일시 : 2010.2.5

조 사 자 : 신동흔, 노영근, 이홍우, 한유진, 구미진

제 보 자 : 현용하, 남, 95세

청　　중 : 10인

구연상황 : 앞의 이야기가 끝나고 청중들과 조사자가 제보자의 이야기 구연에 흥미를 느
끼자 "그럼 옛날이야기로 돌아갈까?"라며 적극적으로 구연을 시작했다.

줄 거 리 : 조선 시대에 경복궁을 짓기 위해 팔도의 목수들을 불러 시험을 쳤다. 창문틀
을 백 미터 앞에다 놓고 목수들에게 꼭 맞게 창문을 짜서 달라는 과제가 주
어졌다. 그 중에 한 목수는 꼭 맞게 창문을 짜고 정만일은 종이 하나 붙을 만
큼만 적게 창문을 짰다. 그래서 꼭 맞게 창문을 짠 사람이 일등이 되고 정만
일은 이등이 되었다. 그런데 정만일은 창문을 짰으면 종이를 붙여 달아야 한
다며 다시 심사를 했는데 종이를 붙여서 확인하니 정만일이 짠 창문은 꼭 맞
았지만 도편수의 창문은 맞지 않았다. 그래서 정만일이 도편수가 되었다. 경
복궁이 완성되자 왕은 잔치를 벌이면서 정만일의 공을 치하하며 소원을 물었
는데 정만일은 아무 것도 필요 없고 해인사(海印寺)를 중건해 보고 싶다고 했
다. 왕이 그것을 허락하자 정만일은 해인사로 내려가 중건하는 척 절을 모두
뜯은 다음 절에서 대대로 내려오던 보물인 해인을 훔쳐 달아났다.

그, 우리 이조(李朝) 시절에 경복궁(景福宮) 지을 적에 경복궁, 경복궁
서울의 경복궁. 경복궁 지을 적에 어 그, 우리 이조 시절에 경복궁을 짓는
데, 그 도편수 경복궁 지을 도편수를 도편수와 목수, 그 목수도 뭐 수십
명이야 되겠구, 도편 그 가운데 도편수가 있어야 될 거 아냐? 그래 그, 우
리나라 팔도의 목수들을 일류가는 목수들을 전부 불러 올렸다 그거야.

불러 올려서 시험을 보는 거야. 시험을 보는데 목수들을 저 앞에다 주-
욱 놓구, 아마 뭐 한 메타(meter)른 백 메타쯤 이쪽에다가선 창, 바가지
창, 창문(문맥상 '창틀'을 말함)을 바가지 창문을 주-욱 매달아 놨어. 한
백 메타 밖에서 인제 목수들이 주-욱 앉아서 인제 시험을 치는 거야. 그
창문에다 이제 그, 창문에다가서(창문에다) 이제 똑 맞게 창문을 짜서 달
아라. 그게 시험이라구.

"맞게 짜서 달라, 그렇게 짜라."

그래서 거기 이제 선, 저 그 목수들이 앉아서 자료를 다 준비해다 딱 놨으니까 앉아서 짜는 거야. 그 봐라 보구서, 와 보지는 못하니까, 그 앉아서 바라보구 짜야지. 그래 인제 그, 바라보구서 앉아서 바라보구서 거기에 맞게 짜는 거야. 다 짠, 짜구서 이제 시험을 보는데 갖다 대보는 거야. 그, 보통 사람들이야 뭐 맞을 리가 있나? 뭐, 바라보구 짜는 건데 맞을 리가 있나? 한 사람은 이제 조금 홀싹하구,

(보조 조사자 : 예?)

조금 조금 적은 편이라 그래, 쪼끔 적은 편이라. 종이 하나 붙일 정도만침만 적은 편이라. 한 사람은 꼭 맞는다 그거야. 그래서 꼭 맞는 사람 문이, 창문이 꼭 맞는 사람이 그게 일등 아냐?

(보조 조사자 : 예.)

조끔 홀싹한 사람은 조끔 적게 짰으니까. 근데 그 사람을 일등을 세우구 그 사람은, 홀싹한 사람은 이등 이제 부편수가 됐어. 그래 그, 부편수 된 사람이 뭐라구 말했냐 하면, 그 사람이 정만일이라구 하는 사람이야.

(보조 조사자 : 정?)

정만일이.

(보조 조사자 : 정만일?)

예, 정만일. 이름이 정만일이라구 하는 사람이야. 이건 우리나라에두 이제 그, 그, 문제가 생기는 일이예요, 이것이. 정만일라구 하는 사람이. 그래 정만일이가,

"그, 창문을 짰으믄 그, 종이를 붙이지 않습니까?"

그거야.

"종이를 붙여서 갖다 달아야 되지 않습니까?"

"응, 종이를 붙여 달아야지."

"그럼, 종이를 붙여서 달아야 되지 않습니까?"

그래, 종이를 붙인다 그거야. 종이를 이짝치두 붙이구 둘 다 똑같이 붙여서 갖다 달았어. 다니까 종이를 붙여서 다니까 정만일이가 짠 홀싹한 것은 꼭 맞구, 그 꼭 맞던 넘은 종이를 붙여서 갖다 다니까 안 맞더래, 커서 안 맞더래. 그래서 정만일이가 도(都)편수가 되구 꼭 맞던 사람이 부편수가 되었대요.

그런데 그 정만일이란 사람이 이제 도편수가 되어 가지구서 경복궁을 지은 거야. 지어서 다 짓구, 다 짓구 임금님께서 이제 참 그날 준공식을 할 거 아냐? 준공식을 잔치를 베풀어서 온 백성들 참 그, 오라고 그래서 이제 잔치를 하는데, 그날 임금님께서 정만일이더러,

"네 공을 무엇으로 줄까? 벼슬을 달라믄 벼슬을 줄 거고, 돈을 달라믄 돈을 줄 거고 할 터이니, 말을 해보라."

그러니까, 정만일이 이 놈이 뭐라고 말하냐 하면,

"저는 아무 것도 필요 없습니다. 합천(峽川) 해인사(海印寺), 해인사를 한 번 중수(重修)를 해보고 싶습니다, 그거야. 다시 뜯어서 다시 고쳐 봤으면 좋겠습니다. 그것이, 그것이 원이지 돈도 필요 없구 다 필요 없습니다."

"아, 그거야 할 수, 못하겠느냐? 그럼, 그렇게 하라!"

임금님께서 승낙을 하셨다구. 그래서 그 다음에 정만일이가 그래 합천 해인사에 가서 해인을 저, 합천 해인사에 가서 뜯어설라무네, 이제 전부 뜯어 놓은, 뜯어 다 뜯어 놓은 다음에, 주지(住持)가 생각해 보니까, 다 뜯어서 뜯어 쌓아 놓구 다 한 다음에 주지가 그 절 주지가, 거기서 나온 절의 옛날부터 내려 온 서류가 있는데, 한 옛날부터 내려 온 서류가 있는데 서류를 뒤져보니깐, 어, 해인사 해인(海印, 원래 불교에서 '바다가 만상을 비춤과 같이, 일체를 깨달아 아는 부처의 지혜'를 의미함.) 이라는 물체가 그 해인사에 있어.

어디? 대들보, 대들보 놓는 고 사이 요기에 해인이란 놈이. 아, 그 주지

가 그 글을 보구서, 깜짝 놀라서,

　"큰일 났구나, 이거 다 뜯어 놨는데 해인을 잊어 버렸구나!"

　그래 가서 보니깐 해인이 없더라 그래.

　(보조 조사자 : 그럼, 그 도목수가 가지고 간 건가?)

　응. 정만일이가 가지구 도망간 거야.

　(보조 조사자 : 가지고 도망갔구나! [웃음])

　그 해인이라는 물건은 무엇이냐면 귀중한 유산이야. 그 이제 그, 보, 보물이야, 보물. 귀중하면서, 그걸 비치면서,

　"산이라도 물러가라!"

　그러면 없어 버리지.

　(보조 조사자 : 그 해인은 어떻게 해서 거기에 있게 됐대요?)

　그건 한 옛날부터 이제 그런 보물이 바닷속, 바닷속에서 나왔는데, 나온 것을 해인사 보관했다고 그래. 근데 그래 그때부텀 해인사라는 이름이 생겼다는 거야. 해인이라는 게 무슨 도장처럼 생긴 물체라 그래, 도장처럼 생긴 물체라.

　(보조 조사자 : 그걸 누가, 누가 건져 왔다고 그래요?)

　응?

　(보조 조사자 : 해인을 누가 건져왔다고 그럽니까?)

　누가 건져 온 건 뭐 옛날에 한 옛날에 된 일이니까 그건 몰르고, 이제 저 정만일이가 그걸 도적해 가져 간 것은 그것은 우리가 생각해서 알 수가 있으니까. 그 정만일이가 정만일이가 그것을 가지고 도망가 버렸다. 그래 그, 언제든지 그 해인이 세상에 나오지 않을 것이야. 그 해인이 세상에 나오면 우리나라에 어디서 나오면 뭐, 원자탄도 필요 없다 그거야. 무엇이든지 다 물러가라, 비치고 물러가라. [웃음]

따오기와 한산사의 종소리

자료코드 : 02_26_FOT_20100205_SDH_HYH_0008

조사장소 : 경기도 포천시 일동면 사직2리 106-5번지 사직2리 마을회관

조사일시 : 2010.2.5

조 사 자 : 신동흔, 노영근, 이홍우, 한유진, 구미진

제 보 자 : 현용하, 남, 95세

청   중 : 10인

구연상황 : 앞의 이야기를 마치고 조사자가 다른 얘기 생각나는 게 있으면 해 달라고 하자, 아는 이야기는 많은데 기억이 잘 나지 않는다며 잠시 생각을 하다가 또 옛날이야기 하나 해보겠다며 구연을 시작했다.

줄 거 리 : 옛날에 한 선비가 과거를 보러 가거라 느티나무에 있는 따오기 새끼를 잡아먹으려고 오르는 구렁이를 죽였다. 그 후 다시 길을 떠났는데 산중에서 날이 저물어서 오막살이 한 집이 있어서 하룻밤 묵기를 청했다. 그 집에는 여자 혼자 살고 있었는데 허락하고 한 방에서 밤을 보내게 되었다. 그 여자는 선비에게 계속 얘기를 하자고 했는데 선비는 마침 낮에 있었던 일이 떠올라 따오기 새끼를 잡아먹으려던 구렁이를 죽인 일을 말해주었다. 그러자 그 여자는 그 구렁이가 바로 자기 남편이라며 선비를 죽여서 원수를 갚으려고 했다. 선비는 날이 밝을 때까지 시간을 벌려는 생각에서 자신은 하느님이 낸 사람이라고 했다. 그러면서 하느님이 낸 증거로 한산사에 있는 종이 삼경이 되면 세 번 울릴 것이라고 했다. 시간이 흘러 삼경이 되자 선비가 말한 것처럼 종이 세 번 울렸다. 여자는 원수를 갚지 못해 억울하지만 하느님이 낸 사람을 죽일 수는 없다며 도망을 갔다. 다음 날 선비는 어찌된 영문인지 궁금해 한산사에 올라가 보니 따오기 암수 두 마리가 종 앞에 죽어 있었다. 따오기들이 선비가 여자에게 하는 말을 듣고 은혜를 갚기 위해 종을 쪼아서 세 번 종소리를 낸 것이었다. 다시 과거를 보기 위해 선비는 서울로 떠났다. 그날 밤 임금이 따오기 두 마리가 한산사 종을 쪼아서 세 번 소리를 내는 꿈을 꾸었다. 임금은 이상한 꿈이라 여겨서 과거 시험 시제를 '한산사 야밤종성'이라고 냈다. 선비는 자신이 겪은 일이라 과거 시험 답안을 '한산사 야밤 종성은 곡탁종성(鵠啄鐘聲)'이라고 써서 냈다. 선비는 장원급제를 했다.

옛날, 또 옛날 얘기 해 볼까? [웃음] 그 옛날에는 글방이라고 있어, 글방.

(보조 조사자 : 예, 글방.)

그 글방에 공부 이제, 시방 학교와 마찬가지지 말하자믄. 쪼끄마해 그렇지 적어 그렇지, 학교와 마찬가지야. 동네마다 큰 동네에는 뭐, 좀 많이한 오륙십 호 산다는 동네에는, 동네에는 글방 없는 데가 별루 없어요. 좀 큰 동네라 하면 글방 하나씩은 다 있는데, 그 옛날 선비들이, 선비들이 그 시방 말하면 대학원 나온 이제 그, 그런 분들이 말하자면 선비들이라고 볼 수 있는데, 옛날에도 사서삼경(四書三經) 다 보고 인제 참 어, 그런 분들 이제 선비에 들어가는데. 선비가 돼 가지구 다 공부를 많이 하고선, 나머지는 나라에 올라가서 이제 그, 벼슬할 그게 남아 있다 그거야.

그걸 어떻게 하느냐, 옛날에는 선비들이 각 시골에서 올라와 가지구서 이제 어, 그 삼 년에 한 번씩인가 그렇지 아마? 이제 나라에서 벼슬을 주고, 저 글 글, 저 시관(試官) 나가지구서 시관이 이제 각 선비들 왜 나가서 이제 글, 글짓는 그, 글 지어서 바쳐서 잘 지은 사람은 벼슬을 줘 가지구.

그런데 그 선비가 인제 괴나리봇다리 싸 짊어지구 인제 촌촌, 그 옛날에는 뭐 시방에는 다 여관에서 잠자고 하지만, 그저 아까 얘기한 대로 마찬가지로 큰 동네에 가서 들어가서 그저, 상문 열어 놓은 집에 들어가,

"하룻밤 재워 주십시다."

하면 재워주고 그래 가지구, 그래 선비들이 그렇게 서울을 미리 앞으로 한 달을 앞두고 그러니까 서울을 올라오는 거야, 벼슬 인제 그, [잠시 머뭇거림]

(보조 조사자 : 시험 볼려구요?)

시, 시지일(試之日), 기일(期日)에 올라오는 거야. 올라오다가 한 동네에 아마 그 좀 더운 여름이던 모양이예요. 동네 올라오다 느티나무. 느티나무가 큰-게 있는데 길거리에 있는데 그 느티나무 아래서 쉬어 갈라구 선비가 앉아서 쉬는 거야. 쉬는데 그 느티나무루다, 그 구랭이가 구랭이가 큰 참 큰 구랭이가 올라가는 거야. 기어 수욱 올라가거든. 올라가니까 그

우에서 따오기라고, 따오기라고 그 사이가 두 마리가 자웅(雌雄) 두 마리가 막 구렁이 올라오는 걸 보구 막 싫다구 야단이거든.

그래 그 선비가 보니까, 그 느티나무 꼭대기에 따오기가 둘 있었고 새끼를 쳤다 그거야. 근데 가만 앉아 보니까 구렁이란 놈이 따오기 새끼 잡아먹기 위해서 올라가는 것이라.

'응, 네가 달리 올라가는 게 아니라 따오기 새끼 잡아먹으려구 올라가는 구나! 아이 이놈, 너는 네 새끼를 따오기가 물어 가면 좋겠냐? 왜 따오기 새끼를 잡아먹으려고 올라가느냐? 저런 나쁜 놈이 있나!'

그래 그 후 살펴보니까, 옛날에는 채마밭 해 짓구선 개 들어간다구 개를 그냥 놔서 길르니까 옛날에는. 개 들어간다구 울타리를 이제 주욱 이제 뭐 수수깡 갖은 걸루 엮어서 주욱 돌렸어요. 그래도 말짝(말뚝)을 둘둘 박아야 될 거 아니야, 말짝을? 그 말짝을 그 울타리 해 놓은 말짝을 하나 뽑아다가서 뽑아다가서, 그 구렁이 올라가는 걸 허리를, 허리겠지 왜,

"이 놈, 너! 아니, 그 따오기 새끼 따오기 새끼가 니 새끼를 물어 가면 좋겠냐? 너 왜 따오기 새끼를 잡아먹으려 올라가느냐? 세상에 너 같은 놈이 어디 있느냐!"

그걸루 쳐서 구렁이가 땅에 떨어져서 그만 죽는 거야. 그렇하고선 인제 그 선비가 떠나서 서울로 향해서 또 서울로 오는데 올라가는데, 그 한나절쯤 돼서 그랬는데 그럭저럭 하니깐 올라오다 보니까, 집도 다 없구, 큰 숭악한 산골 골짜구니에 딱 섰다 그거야. 있는데 깜깜하게 어둡긴 하구 집은 없구, 집이 있어야 어디에 자고 가자고 할 수 있는데 집도 없구. 그런데 앞에 불이 반짝반짝 보이는 불빛이 보이거든.

'어, 저기 집이 있구나! 저기 가서 내가 좀 넘의 처마 밑에서라도 자고 가리라.'

하고, 그래 그, 집을 불을 쫓아오니까 조-그만 오두막살이가 있더라 그거야.

(보조 조사자 : 오두막이요?)

오두막살이, 아주 쪼그만 게 있더라, 그거야. 그래 그 단칸방인데 있더라, 그거야. 그래서 주인을 부득이 뭐 집이 그것밖에 없으니까 넘의 집에 밑에서라두 자고 갈라구 주인을 찾아, 주인한테 얘기는 하구 자고 가야겠으니까, 주인을 찾으니까 주인이 여자가 나와서 나오는데,

"아, 주무시고 가세요."

그래 인제 밖에 앉아 있으니까,

"사람의 집을 두고서 밖에서 어떻게 잡니까? 들어오십시오. 걱정 말고 들어오십시오. 암만 이 단칸방이라도 뭐 괜찮으니 들어오십시오."

그래서 그 선비가 그 단칸방에 들어가서 웃목에 앉았는데 보따리를 벗어서 옆에다 놓구 앉았는데, 그 여자가 얘기를 자꾸 하자는 거야 무슨 얘기를. 이제 시방 오늘 이렇게 얘기를 하자는 것과 한 가지로 하는 거야. [웃음] 그래 가만히 생각해 보니까 얘기, 선비가 얘기할 말이 없구, 그 오다가서 그 구랭이 떼려 죽인 얘기가 떠올라서,

"아, 그 얘기 한 마디 하지요. 그래 그, 오늘 오다 아무 데 저 멀리 오다가서 그 느티나무 밑에서 앉아서 쉬는데 구랭이가 올라가는 거 보니까, 따오기가 그 느티나무 위에다 집을 짓고 새끼를 쳤는데 따오기 새끼를 잡아먹을라구 올라가더라구. 그래서 그 따오 저, 구랭이를 울울울 울타리, 울타릴 뽑아서 쳐서 죽였노라. 그런 걸 봤노라."

"그러시냐구. 내 그 말을 듣기 위해서 당신더러 선비더러 말하라고 그런 거요. 내가 그 그 왜 그것의 마누란데 당신 원수를 갚기 위해서, 우리 남편의 원수를 갚기 위해서 내 여기 와서 기다리는데 그래 당신을 여기서 시방 만난 거다. 당신은 오늘 나한테 그 내 남편의 원수를 갚을 테니까 그런 줄 알라."

아, 이 선비가 말 들어 보니깐 곧 죽게 됐거든, 큰일 났거든.

(보조 조사자 : 그러네요.)

그 구랭이한테 죽게 됐거든, 그때는 구랭인 줄 알고 죽게 됐거든. 그래 이 놈은 밤이라구 어디 도망갈 수도 없구 큰일 났거든. 그래서 선비가 뭐라고 말하냐면,

"나는 하늘이 낸 사람이다. 하늘이 낸 사람을 네가 암만 남편의 원수라고 해서 원수를 갚을 수가 있는가? 절대로 안 된다."

아, 그래 서로 옥신각신 싸우는 거야.

"네가 무슨 하늘이 냈단 말이냐?"

하구 싸우는 거야.

"내가 하늘이 날 하느님이 날 냈다는 걸 알려 줄 게 들어봐라. 이제 여기 산이, 우에 큰 산이 있는데 한산산이 아니냐?"

"한산산이다."

"한산산의 절에 종이 야밤 삼경(三更)에 세 번 종소리가 날 터이니까, 세 번 종소리가 나믄 너 하느님이, 내가 하느님이 낸 사람인 줄 알 것이, 알 것이다."

"그래, 그 한산사에서 종소리가 세 번이 나믄 널 하느님이 낸 사람으로 낸 사람으로 알 거지, 그야 당연하지. 그러나 한산사에서 종소리가 세 번 날 일이 뭐냐? 어디 기다려 보자."

그래가지구 선비는 왜 그런 말을 했느냐믄 그렇게 해서 시간이나 끌어서 훤하게 밝으면 도망 갈라구 그래서 그렇게 말한 것이다. 그래 이제, 그래 이제 기다리는 거야. 그런데 야밤 삼경이 돼가 아홉시 반이 뭐야, 한 시쯤 됐든지 그러니까 '땅'하구 종소리가 한 번 나고 들리거든.

"너, 들었냐?"

"들었다."

또 얼마쯤 있더니 또 좀 있더니 또 한 번 '땅'하구 소리가 나거든.

"너, 들었냐?"

"들었다."

또 좀 얼마 있더니 또 한 번 종소리가 또 나거든. 세 번의 종소리가 나거든.

"자, 내가 이젠 하느님이 낸 사람인 줄 네가 알 것이다!"

"야, 세상에 내가 남편의 원수를 갚을라구 여꺼정 와서 좋은 수를 부려가지구 널 잡아 놨는데, 아 하늘이 낸 하늘이 낸 사람이다. 내가 하늘이 낸 사람을 남편의 원수를 갚을 수가 있느냐구."

그냥 그대로 도망을 가는 거야. 도망을 가는 걸 보니까 큰 구랭이가 한 놈이 달아나버리구 이러거든. 그래 괜히 길거리에 풀밭에 앉아 그랬지 집은 무슨 집이야?

(보조 조사자 : 집도 없구요?)

아무, 집도 아무 집도 없구 풀밭에 앉아 괜히 그런 거야.

'야 참, 이상두 하다. 세상에 이런 일이 어디 있는가!'

그래서 그 사람이 선비가,

'암만 길 바빠도 한산사 절에 내 올라가 보고 가리라, 그래 한산사 절에 어떻게 해서 소리가 났는지 올라가 보고 가리라.'

그래서 한산사에 올라가 봤대. 올라가 보니깐 따오기 두 마리가 절, 그 종 앞에 떨어져 죽었더라. 따 큰, 암놈은 한 번 쪼고 떨어져 죽고, 수, 수 놈은 두 번 쪼아서 두 번 소리를 내야지 세 번이라고 그랬으니까, 수 따오기는 두 번을 쪼고 떨어져 죽었더라. 그래 그 따오기들이 그 일을 알구 그 선비가 죽게 되니까,

"우리가 우리 새끼를 살려 준 그 분이 죽게 됐으니까, 우리가 가서 살려 줘야 되겠다. 선비 그 양반이 그렇게 말을 했으니 가서 우리가 해야만 그 분이 하느님이 낸 사람인 줄 알게 아니냐."

그래서 그 따오기가 그렇게 소리를 냈어요. 그래 이 사람이 그걸 구경을 하구 또 떠나서 서울로 향해서 인제 올라오는 거야.

근데 임금님께서 그날 저녁에 꿈에 한산사 종소, 종이 밤 야밤 삼경에

따오기란 놈이 쪼아서 종소리를 낸다 그거야, 꿈에 임금님 꿈에. 따오기한 놈은 들어가서 쪼고 그냥 떨어져 죽고, 한 놈은 두 번을 쪼아서 쪼더라 그거야. 한 번 들어가서 쪼구 나왔다 날라 나왔다 또 재침 들어가 또쪼구서 떨어져 죽더라. 참 그, 임금님께서 꿈을 꾸고 이상하거든.

'참, 이상하다. 세상에 그런 일이 어디 있는가! 이상하다?'

그래, 그 글제를 '한산사 야밤종성'라고 글제를 냈다 그거야. 한산사 밑에 밤중만에 종소리가 세 번이 났다. 그래 이제 시괄날 시, 글 짓는 시괄날이 나서 돼서 이제, 아 떡 선비가 당도했다고 그 좌석에 당도해서 턱-그 시제(試題) 나온 거 보니까,

'한산사 야밤 종소리, 한산사에 밤중에 종소리가 세 번이 났다.'

그걸 세상에 선비들이 알 수가 있나? 한산사에서 무엇 때문에 종소리가세 번이 났는지 여러 선비들은 하나 아는 사람이 하나도 없다 그거야. 이사람은 자기가 다 겪은 일이니까, 한산사 야밤 종소리, 곡탁종성(鵠啄鐘聲)이라구 따오기 곡(鵠) 자야 따오기 곡 자, 곡탁종성이라. 따오기가 쫘서쫘서 소리를 냈다. 써서 바쳤어, 나라에다 바쳤어.

아, 임금님이 그걸 보더니, '한산사 야밤종성은 곡탁종성'이라 따오기가쪼아서 소리가 났다니 한산사 걸 어떻게 알았느냐 그거야, 글을 지었느냐그거야? 그래서 그 장원급제 아주 반주 빡빡 친 거야, 이거 밑에서 땅땅친 거야. 아주 선비가 인제 급제, 장원급제. 그래서 잘-됐다구 합니다.
[웃음]

정성에 감동해 우물터를 잡아 준 지관

자료코드 : 02_26_FOT_20100205_SDH_HYH_0009
조사장소 : 경기도 포천시 일동면 사직2리 106-5번지 사직2리 마을회관
조사일시 : 2010.2.5

조 사 자 : 신동흔, 노영근, 이홍우, 한유진, 구미진
제 보 자 : 현용하, 남, 95세
청   중 : 10인
구연상황 : 앞의 이야기가 끝난 후 조사자가 이야기를 잘 한다고 하자, 6·25 때는 노무
자로 일하면서 동료들에게 수개월 동안 밤마다 이야기를 해줬던 경험도 들려
주었다. 그런 후에 생각이 나니까 또 한다며 옛날이야기 하나를 더 해 주겠다
며 바로 구연을 시작했다.
줄 거 리 : 옛날에 지관 한 명이 경상도로 여행을 갔다. 그런데 그 지방에는 가뭄이 심해
서 우물이 다 말라 버렸다. 지관은 목이 말라 어떤 집에 들어가 물 한 그릇을
부탁했는데 그 집 부인은 물동이를 끼고 나가서는 저녁때가 되어서야 돌아와
지관에게 물 한 그릇을 대접했다. 부인의 정성에 감동을 받은 지관은 일부러
하룻밤 묵기를 청한 뒤 밤과 아침을 이용해 동네를 돌아다니며 우물 자리를
알아봤다. 지관은 이튿날 아침에 동네 책임자를 불러 한 곳을 가르쳐 주며 그
곳을 석 달 후에 내가 다시 올 때까지 파면 우물이 나올 것이라고 했다. 지관
이 떠난 후 동네 노인들은 젊은이들을 시켜 지관이 가르쳐 준 곳을 파기 시
작했는데 반석(盤石)이 나오자 젊은이들이 더 이상 팔 수가 없다고 했다. 노
인들은 보통 사람이 아닌 사람이 파라고 했으니 지관이 올 때까지 정을 이용
해 계속 파라고 했는데 석 달이 다 되어가던 날 돌에 구멍이 뚫리면서 물이
치솟아 우물을 이루었다. 그 우물은 넘치지도 모자라지도 않고 항상 찰랑찰랑
하다고 한다.

그래, 그 선비 한 분이 이제 저 지관(地官), 나이가 든 지관 한 분이 이
제 어디 여행을 갔다가, 이제 저 시방 여기서 얘기하면 저 경상도나 그런
데 가서 무슨 일이 있어서 갔다가서, 아, 그해 거기 그 지방이 간 지방이
자꾸 가물러서 그래 우물이 다 말라 버려서, 우물이 다 말라 버리고 없어
서, 그 국민들이 물이 없어서 아주 헤매는 판이라 그거야. 근데 이, 그 지
관이 목이 말르다 그거야. 마르는데 동네 동네를 찾아 들어가서 한 집에
대문 달린 집 한 집에 들어가서 이제 물을 청했다,

"물 한 그릇 주십시오."

하구, 청했다 그거야. 그러니까, 안 부인이 나오더니,

"예, 물을 잡사, 물이 없습니다. 시방 없으니 가서 갖다 드릴게요. 기다

리세요."

그래 그러구선 물동이를 옆에 끼구선 나가는 걸 보구선, 근데, 하하 이놈, 암만 기다려도 오야지 세상. 물동이를 이고 나간 부인이 와야 물을 얻어 먹구 할 터인데 오야지 세상. 해가 거반 느잇느잇(뉘엇뉘엇) 져가게 되니까, 물동이를 이구 아주 온몸이 전부 땀에 젖어서 옷이 젖어서, 홀쭉쭉한 그 분이 물동이를 이구 왔더라 그거야. 와서 들어가서 물 한 그릇 떠서 내다 줘가지구,

"잡수시오."

'참 세상에서 게서 더 귀한 물이 어디 있느냐! 그렇게 고상을 하면서 가서 물 한 동이 물 떠다가서 선비 대접하는데 정성이 지극하다구.'

그래서 그 지관이,

"저 여기서 하룻밤 자구 갈 수 없습니까?"

하니까,

"아, 자고 가시지 뭐, 이 더운데 뭐 아무 아무데서두 마루에서두 주무시구 주무시세요. 주무시구 가세요."

"자고 가야겠어요, 하룻밤."

"우리 집에서 주무시고 가세요."

그래 인제 게서 자는 거야. 그 지관은 왜 자고 가겠다구 하느냐 하면은, 살짝 자면서 밤에, 밤과 아침에 나가서 물 나올 우물자리를 봐주고 갈라구.

'우물 물 나올 덴 봐주고 가야겠다.'

그래서 나와서 나와서 동네를 돌아댕기면서 동네를 주─욱 돌아댕긴 거야, 물 나올 때가 별루 없구. 동네 복판에 나무, 나무 그런 것이 자랐는데 산 거 산 겉은(같은) 뚱그란 게 이렇게 아마 뭐 한 백 평 이제 또 저게 높으게(높게) 무슨 산동산 같은 게 있는데, 나무가 거기서 자라고 있더라. 그래 거기 스윽 가보니깐 반드시 거기 파면 물이다 이거야.

그래서 이제 그 이튿날 아침에 일어나서 동네 책임자들을 불러가지구,

"여기를 파면 물이 날 터이니 파 보십시오. 내 석달 후에 여기 올 터이니 파 보십시오."

그래 이제 그라구선 그 이제 지관은 이제 떠났구, 떠나서 자기 볼일 보러 가는 거야. 에 선비가, 이제 동네 사람들이 그 이튿날로부터 이제 그 우물을 파기 시작한 거야. 조금 내려 파니깐 반석(盤石)이 나왔는데 반석을 팔 수가 있어야지? 그래두 이제 지각이 있는 노인네들이 모아, 젊은네들이 파다가서,

"아유, 못 파요! 반석이 나와서 못 파요!"

"그래두 그 분은 보통 분이 아니니까 여기를 파라고 말했으니, 그래두 정을 데려다 놓구 동네에서 그저 번갈아 파 들어가 파라. 파 봐라. 여하튼 석 달 있다가 온다고 했으니깐 그 분 오기 기다려서 파 봐라."

그래서 이제 파 보는 거야. 파니까 정으루 쪼는 거야. 한 길쯤 내려 쪼았는데 쪼다 보니까 아마 한 석 달 지나갔던 모양이지. 그 분이 올 때가 거반 됐어. 그래서 쪼니까, 가운데다 정을 대구서 망치루 치니까 구녕(구멍)이 뚫어진다 이거야. 구녕이 펑 뚫어지더니 거기서 물이 칫다(치) 솟는데, 한 여나믄 길 칫다 솟아.

(보조 조사자 : 야, 하하하하.)

[웃음]

그래서 그 우물가, 그라구선 그 한 길 바웃돌을 파서 우물을 맨든 거지.

근데 그 물이 나와서 찰랑찰랑 하기만 하지, 넘어나가지는 않는다 그거야. 암만 퍼두 고만하구 줄지도 않구 그저 넘지 않구 찰랑찰랑. 그런 우물을 그 지리학자가 얻어 주고서 갔다.

[일동 웃음]

▌엮은이 소개

신동흔 서울대학교 국어국문학과와 동대학원을 졸업하였다. 현재 건국대학교 국어국 문학과에 교수로 재직중이다. 최근 연구로는 『삶을 일깨우는 옛이야기의 힘』 (2012), 『시집살이 이야기집성』(전10권, 2013, 공저), 『살아있는 한국신화』 (2014), 『왜 주인공은 모두 길을 떠날까?』(2015) 등의 책과 「구술담화의 서사 적 지향과 그 역사적 가치」(2014), 「설화 속 화수분 화소의 생태론적 고찰」 (2014), 「한국과 독일 설화 속 원조자의 형상과 의미」(2015) 등의 논문이 있다.

노영근 국민대학교 국어국문학과와 동 대학원을 졸업하였다. 현재 국민대학교 교양 대학에 강의전담교수로 재직중이다. 「조선족 이야기꾼 박병대 연구」(2015) 등의 논문과 『호남구전자료집』(2010, 공저) 등의 저서가 있다.

이홍우 부산대학교 국어국문학과를 졸업하고 서울대학교 국어국문학과 대학원에서 박사과정을 수료하였다. 현재 인하대학교에 시간강사로 출강하고 있다. 「근 대 재담집 『소천소지(笑天笑地)』 연구-등장인물의 관계 양상과 그 특징을 중심으로」(2012) 등의 논문과 『설화 속 동물 인간을 말하다』(2008), 『옛이야 기 속에서 생각 찾기』(2013) 등의 공저가 있다.

한유진 이화여자대학교에서 국어국문학을 전공하고 동대학원에서 박사과정을 수료하 였다. 현재 동국대학교 경주캠퍼스에서 강의초빙교수로 강의하고 있다. 주요 논문으로는 「계모설화에 나타난 갈등의 양상」(2012), 「'첫날밤 목 잘린 신랑 과 누명 쓴 신부' 유형 설화에 나타난 갈등 구조와 전승 체계」(2013)가 있다.

구미진 덕성여자대학교 국어국문학과를 졸업하고 서울대학교 대학원에서 석사과정 을 마쳤다. 현재 동국대학교 한국불교융합학과 박사과정에 재학 중이다. 석 사학위논문으로 「<법화영험전>의 서사문학적 특성 연구」가 있다.

증편 한국구비문학대계 1-13
경기도 포천시

초판 인쇄 2015년 12월 1일
초판 발행 2015년 12월 8일

엮 은 이 신동흔 노영근 이홍우 한유진 구미진
엮 은 곳 한국학중앙연구원 어문생활사연구소
출판기획 김인회

펴 낸 이 이대현
펴 낸 곳 도서출판 역락
편   집 권분옥
디 자 인 이홍주

주   소 서울시 서초구 동광로46길 6-6(반포4동 577-25) 문창빌딩 2층
등   록 1999년 4월 19일 제303-2002-000014호
전   화 02-3409-2058, 2060
팩   스 02-3409-2059
이 메 일 youkrack@hanmail.net

값 39,000원

ISBN 979-11-5686-259-8 94810
      978-89-5556-084-8(세트)